ULLSTEIN

W0278137

Das Buch

Rukhsana Mahmood, eine junge Engländerin indischer Abstammung, ist tot. Die allseits beliebte und respektierte Gesundheitsfürsorgerin wurde offenbar mit roher Gewalt in größter Rage erschlagen. Man betraut Inspector John Handford mit den Ermittlungen; allerdings nur ungern, denn obwohl er ein erfahrener und fähiger Polizist ist, erinnert man sich noch zu gut an seinen letzten Fall: Damals untersuchte er ebenfalls einen Mord in der großen asiatischen Gemeinde Bradfords; er fand zwar den Mörder, die Verhaftung führte jedoch zu Ausschreitungen und Unruhen. Um Ähnliches zu verhindern, wird ihm nun der ehrgeizige Sergeant Khalid Ali zur Seite gestellt. Handford ist von einem »Aufpasser« zunächst gar nicht begeistert, bemüht sich aber, sich mit seinem neuen Kollegen zu arrangieren.
Die Ermittlungen beginnen mit einer Überraschung: Die Sikh Rukhsana Mahmood war mit einem pakistanischstämmigen Moslem verheiratet! Die Angehörigen des Ehepaares waren von dieser Verletzung der Traditionen allerdings nicht gerade begeistert und Amajits Familie versucht auch gar nicht, ihre Befriedigung über den Tod seiner Frau zu verbergen. Erste Verdächtige sind nun schnell gefunden – doch vorschnelles Urteilen ist hier fehl am Platz, zumal sich weitere Ungereimtheiten aus Rukhsanas Leben abzeichnen …

Mit Sachkenntnis, Einfühlungsvermögen und großem Geschick führt Lesley Horton Inspector Handford sicher durch Ermittlungen auf heiklem Gebiet.

Die Autorin

Lesley Horton arbeitete nach ihrem Studium als Lehrerin und Journalistin in Bradford, wo sie auch Kreatives Schreiben unterrichtete. Heute lebt sie mit ihrem Mann als freie Schriftstellerin in Keighley. *Fallstricke* ist Lesley Hortons Debüt; zwei weitere Inspector-Handford-Romane sind bereits im Entstehen.

Lesley Horton

Fallstricke

Roman

Aus dem Englischen
von Karola Timm

Ullstein

Besuchen Sie uns im Internet:
www.ullstein-taschenbuch.de

Umwelthinweis:
Dieses Buch wurde auf chlor- und
säurefreiem Papier gedruckt.

Ullstein Verlag
Ullstein ist ein Verlag des Verlagshauses
Ullstein Heyne List GmbH & Co. KG.
Deutsche Erstausgabe
1. Auflage Februar 2003
© 2003 für die deutsche Ausgabe by Ullstein Heyne List GmbH & Co. KG
© 2002 by Lesley Horton
Titel der englischen Originalausgabe: *Snares of Guilt* (Orion Books Ltd., London)
Übersetzung: Karola Timm
Redaktion: Lothar Strüh
Umschlaggestaltung: Thomas Jarzina, Köln
Titelabbildung: IFA-Bilderteam, Düsseldorf
Gesetzt aus der Sabon
Satz: Pinkuin Satz und Datentechnik, Berlin
Druck und Bindearbeiten: Clausen & Bosse, Leck
Printed in Germany
ISBN 3-548-25535-3

Für meine Familie wegen all ihrer Liebe und Unterstützung: für Brian, meinen Mann, für meine Kinder und ihre Lebensgefährten, für Philip, Anne, Gavin, Julie, Joanne und Julie, und vor allem für meine Enkelkinder Lewis, Tom, Phoenix und Ella.

Erstes Kapitel

Nathan Teale, der Haus- und Hofarbeiter, hatte einen ganzen Schwall deftiger Kraftausdrücke auf der Zunge liegen. Er musste heftig schlucken, damit er sie nicht in die kalte Novemberluft abließ, doch er dachte daran, dass er Janice versprochen hatte, nicht mehr zu fluchen. Fluchen sei für ihn vielleicht so selbstverständlich wie das Atmen, hatte sie gesagt, aber es gezieme sich nicht und ihr wäre es lieber, wenn er's ließe. Wörter wie »geziemen« gebrauchte sie, seitdem sie sich die Verfilmung von Jane Austens *Stolz und Vorurteil* im Fernsehen angeschaut hatte. Und obwohl er es für zickig hielt – sowohl dieses »geziemen« als auch *Stolz und Vorurteil* –, wollte er für Janice alles tun.

Seit drei Monaten erst war er verheiratet, und er konnte noch immer kaum glauben, dass sie ja gesagt hatte, als er zaghaft angedeutet hatte, ob sie nicht ehelichen sollten.

»Heiraten, Nathan, nicht ehelichen«, hatte sie ihn korrigiert, war aber trotzdem einverstanden gewesen.

Heute hatte Janice ihren freien Tag, und sie hatte ihn dazu überreden wollen, dass er sich krankmeldete und bei ihr im Bett blieb, doch er hatte der Lust widerstanden und war zur Arbeit gegangen, weil er genau wusste, dass man ihm keinen weiteren grippalen Infekt mehr durchgehen ließ. Statt mit Janice zu kuscheln, war er den ganzen Morgen über draußen in der Kälte gewesen und hatte sich um die Gehwege rund um das Pflegeheim gekümmert. Die Heimleiterin hatte ausdrücklich darauf bestanden, dass er das nasse Laub beiseite räumen sollte. Offensichtlich hatte sie so was selber noch nie probiert. Die verflixten

Blätter wollten sich nicht vom Fleck rühren. Doch er legte sich ins Zeug, trotz aller Widrigkeiten und obwohl er um ein Haar von einem Auto überfahren worden wäre, das die Zufahrt als private Rennpiste missbrauchte.

»Was glaubst du denn, wo du bist?«, hatte er gebrüllt, ehe er das Fahrzeug aus den Augen verlor. »Hier sin' alte Leutchen, weißt du.« Er schaffte es, nicht zu fluchen, ließ aber seine Wut an dem Besen aus, den er mit voller Wucht auf den Boden rammte. Der Stiel zerbrach. Missmutig, die dunklen Brauen zusammengekniffen, starrte er die beiden Hälften an. Das war's. Er brauchte dringend eine Pause, auch wenn sie eigentlich erst in einer Viertelstunde fällig war.

Die Heimleiterin traf ihn in der Personalküche an. Das Tor müsste repariert werden, sagte sie, als er seine Tasse Tee ausgetrunken hatte.

Damit war's geschehen.

»Herr im Himmel! Nicht schon wieder das verdammte Tor!«

Das Tor war in die Umfriedungsmauer eingelassen, die das Gelände des Pflegeheims vom umliegenden Wald abgrenzte. Es wurde von mächtigen Eichen überragt, die die ganze Umgebung in Dunkelheit tauchten, sodass er nicht sehen konnte, was er überhaupt machte. Warum man sich für ein hölzernes Tor entschieden hatte, begriff er sowieso nicht. Angeblich sollte es irgendwie den ländlichen Charakter der Gegend widerspiegeln, aber Nathan war der Ansicht, dass es eher etwas mit der Knausrigkeit der Besitzer zu tun hatte. Aber egal, aus welchem Grund, jedenfalls faulte der Pfosten, an dem das Tor aufgehängt war, mit schöner Regelmäßigkeit weg und musste ständig ausgetauscht werden.

»Keine Widerrede, Nathan. Machen Sie's einfach!« Die Heimleiterin seufzte. Er ebenfalls, weil er mit einer Frau wie ihr nicht streiten konnte.

Er hatte das Tor ausgehängt und wollte gerade den fauligen Pfosten freilegen, als er bemerkte, dass der Deckstein auf der Mauerkrone links von ihm fehlte. Er schob sich die langen schwarzen Haare aus den Augen, trottete zu der Lücke, spähte hindurch und suchte den Boden auf der anderen Seite ab. Im

Zwielicht entdeckte er den Steinquader, der neben einem Baum lag. »Verfluchte Bälger!«, grummelte er. Er warf den Spaten hin, stapfte an der Mauer entlang zurück, ging durch das Tor und steuerte den Stein an.

In dem Moment trat er auf irgendetwas. Ein abgebrochener Ast oder eine vorstehende Wurzel konnten es nicht sein, weil es unter seinen Füßen nachgab, sodass er mit einem Mal hintenüberfiel. Mit rudernden Armen griff er nach dem Pfosten, der prompt abbrach, nachgab und ihn mit sich riss. Als er die Böschung hinabrutschte, fuchtelte er wild mit den Armen und versuchte sich irgendwo festzuhalten. Das Stoffbündel, das er schließlich zu fassen bekam, fühlte sich schwammig und furchtbar kalt an. Er schlug die Nägel hinein, klammerte sich mit aller Kraft daran, während er über den holprigen Boden schlitterte. Das Bündel rumpelte mit ihm die Böschung hinunter, war aber immerhin so schwer, dass es ihm als Bremse diente. Dann, als es nicht mehr weiterging, blieb es neben ihm liegen.

Sobald er sich davon überzeugt hatte, dass er halbwegs heil geblieben war, ließ er das Ding los und setzte sich langsam auf. Das Bündel geriet wieder in Bewegung und rutschte ein Stück näher. Vorsichtig drehte er sich zu ihm um. Ein offenes, blickloses Auge starrte ihn an. Dort, wo das andere hätte sein sollen, war nur ein Mischmasch aus rohem Fleisch, Erde und fauligen Blättern, die in einer Lache aus gerinnendem Blut klebten. Erschrocken fuhr Nathan zurück und übergab sich augenblicklich.

Als nichts mehr kam, setzte er sich wieder auf, die Ellbogen auf die Knie gestützt, mit hängendem Kopf. Er war in Schweiß gebadet und hatte Magenkrämpfe. Ein paar Minuten lang blieb er reglos sitzen und versuchte das, was er soeben gesehen hatte, geistig zu verarbeiten. Dann wandte er sich zitternd wieder der Fratze zu. Aus purer Neugier ließ er den Blick nach unten schweifen, über den ganzen Körper hinweg, und stellte fest, dass er die Leiche einer jungen Frau gefunden hatte. Die Kleidung war nach der Rutschpartie über die Böschung mit Erde verschmiert, und in den zerzausten Haaren hatten sich Aststummel und Blätter verfangen. Die eine Gesichtshälfte war völlig zerschmettert. Knochensplitter ragten aus dem rohen Fleisch über der Wange, und der Unterkiefer klaffte auf, wie zu einem schrillen Schrei aufgerissen. Die dünnen Rinnsale aus vertrocknetem Blut, die sich zu ihrem Mund hinzogen, als ob sie ihr neues Leben einhauchen wollten, waren mit Lehm und Moder verkrustet.

Als er sich über sie beugte, als ihm der Geruch nach nasser Erde, vermischt mit trockenem Blut und dem Duft ihres Parfüms, in die Nase stieg, musste er tief durchatmen und einmal mehr gegen die aufkeimende Übelkeit ankämpfen. Die glänzend schwarzen Haare deuteten darauf hin, dass sie keine Engländerin war, und bei der Kleidung, die er unter ihrem Mantel sehen konnte, handelte es sich offenbar um eine orientalische Tracht aus einem leuchtend türkisen Material.

Einen Moment lang saß er neben ihr da, bis ihn mit einem Mal ein Schauder überlief, als ihm die grausige Wirklichkeit klar wurde und ihn die Angst packte. Voller Panik trat er mit den Füßen aus und stieß sich weg. Zitternd wandte er sich ab und krabbelte auf allen vieren die Böschung hinauf. Als der Boden wieder eben wurde, stand er auf und rannte zwischen den Bäumen hindurch, blieb aber immer wieder an den unteren Ästen hängen. Jeder Kratzer, jedes Hindernis erschreckte ihn aufs Neue. Die Frau war offensichtlich umgebracht worden und der Mörder könnte noch in der Nähe sein, sich zwischen den Bäumen verstecken, ihn beobachten, ihm auflauern. Keuchend atmete er durch und seine Kehle brannte vor Anstrengung. Er meinte jeden einzelnen Herzschlag zu spüren, als er seine Beine zwingen wollte, weiter auszuholen, schneller zu laufen, doch sie waren schwer und träge, und er wurde immer langsamer, bis er das Gefühl hatte, sich im Zeitlupentempo zu bewegen. Als er sich umblickte, stellte er fest, dass er in die falsche Richtung gerannt war, weg vom Tor. Er kehrte um, lief zurück, rutschte immer wieder auf dem nassen Laub und dem Lehm aus und prallte ein ums andere Mal an die raue Steinmauer. Er weinte jetzt, weinte dicke Tränen, die ihm übers Gesicht liefen, und spürte, wie der Schweiß, der sich eben noch so kalt angefühlt hatte, heiß auf seiner Haut prickelte.

Dann tauchte das Tor vor ihm auf. Er stürmte hindurch, auf das Gelände des Pflegeheims, torkelte halb dahin und rannte teils über das nasse Gras, bis er endlich den harten Beton der Auffahrt unter den Füßen spürte. Dann sah er den Haupteingang vor sich. Normalerweise war der für die Heimbewohner und ihre Besucher vorbehalten, aber das hier war eine Ausnahme, das war ein Notfall.

Die Schwester, die am Empfang saß, blickte auf, als er durch die Tür gestürmt kam. »Um Himmels willen, Nathan, was ist denn los?«, hörte er sie noch sagen. »Fehlt Ihnen was?«

Das grelle Neonlicht im Empfangsbereich traf ihn wie ein Blitzschlag, als ob ein weiß-roter Feuerball in seinem Kopf explodierte. Er rang mühsam nach Atem, wollte etwas sagen, doch er war seiner eigenen Stimme nicht mehr mächtig und wusste nicht, ob er ihr geantwortet hatte. Dann kam der Teppichboden auf ihn zu, und er spürte nur noch, wie der grobe Flor über sein Gesicht scharrte, ehe er die Besinnung verlor.

Aber offenbar hatte er ihr doch eine Antwort gegeben, denn als er wieder zu sich kam, zuckte fortwährend der Schein eines Polizeiblaulichts über das Fenster und eine dunkle Gestalt ragte neben ihm auf, allem Anschein nach ein Polizist in Uniform.

Detective Inspector John Handford drehte den Kassettenrecorder lauter, sodass die Musik der Brighouse & Raistrick-Brassband den ganzen Wagen erfüllte. Beim Fahren trommelte er den Rhythmus auf dem Lenkrad mit. Nichts konnte ihm heute die gute Laune verderben, weder die dicken schwarzen Wolken, die wie dichter Nebel über den Hügeln hingen, noch der Regen, der über die Windschutzscheibe strömte. Nicht einmal die Tatsache, dass er an seinem freien Tag zum Dienst zitiert worden war.

Der Anruf von Detective Chief Inspector Russell war um fünf nach drei eingegangen, als Handford gerade die letzten Hausarbeiten auf der langen Liste erledigte, die Gill ihm hinterlassen hatte. Nachdem er den Hörer aufgelegt hatte, hatte er sich in den Sessel neben dem Telefon sinken lassen und das Gesicht in den Händen vergraben. Es war vorbei. Nach allem, was vorgefallen war, hatte er endlich wieder das Wohlwollen seiner Vorgesetzten gefunden und konnte den Fall ad acta legen, dessentwegen er als Rassist abgestempelt worden war und beinahe seinen Posten verloren hätte.

Als er den Kopf hob, fiel sein Blick auf sein Ebenbild im Spiegel an der gegenüberliegenden Wand. Monatelang hatte man ihm nicht nur seine fünfundvierzig Jahre angemerkt, er hatte eher älter ausgesehen, aber heute wirkte er zum ersten Mal wieder selbstbewusster. Zwar wurden Kinn und Wangen allmählich etwas schlaffer, war das Gesicht fülliger als früher, sodass seine einstmals scharf geschnittenen Züge mit der markanten Kinnlade nicht mehr ganz so taufrisch wirkten, und unter seinen Augen zeigten sich die ersten Falten, doch sein Körper war noch immer straff und ohne den geringsten Bauchansatz. Wenn man bedachte, dass er seit achtzehn Jahren verheiratet war und zwei Töchter hatte, die eine vierzehn, die andere zwölf, hatte er sich seiner Meinung nach nicht schlecht gehalten.

Er nahm den Hörer wieder ab und rief seine Frau in der Schule an.

Bitte, lieber Gott, mach, dass sie keinen Unterricht hat.

Sie hatte gerade eine Freistunde, teilte ihm die Frau in der Telefonzentrale mit und stellte ihn in ihr Büro durch.

»Es ist vorbei, Gill. Eine Asiatin wurde tot aufgefunden und der Chef hat mich mit den Ermittlungen betraut.«

»Das ist ja eine wunderbare Nachricht, John. Ich freue mich so für dich. Ich habe dir doch gesagt, dass Russell letzten Endes ein Einsehen haben wird.«

Er hörte ihren herzlichen Tonfall und stellte sich vor, wie ihre Augen aufleuchteten, wie immer, wenn sie sich freute. »Dessen bin ich mir nicht ganz sicher«, sagte er. »Wahrscheinlich kommt es eher von weiter oben.«

»Sei doch nicht so verbittert, mein Schatz. Ich hab's dir doch schon mal gesagt: Wenn du nicht daran glaubst, dass du der beste Mann für diesen Posten bist, glaubt's auch kein anderer, zuallerletzt Russell. Und du bist es. Also geh hin und zeig's ihnen. Wir sehen uns später.«

»O Gott, Gill, ich habe ganz vergessen, dass wir heute Abend essen gehen wollten. Tut mir Leid. Ich sehe zu, dass ich rechtzeitig zurück bin.«

Sie lachte. »Am ersten Tag eines neuen Falles? Das bezweifle ich. Nein, ist schon gut, wir können auch noch ein andermal essen gehen. Die Mädchen bleiben über Nacht bei Mum, sodass ich mir ein langes Bad und eine Flasche Wein gönnen und dann den Abend vor dem Fernseher vertrödeln kann. Endlich kann ich einmal tun und lassen, was ich will.«

Im Hintergrund hörte er eine Glocke schellen. »Entschuldige, Schatz«, sagte sie. »Hamlet erwartet mich. Wir sprechen uns bald. Und viel Glück, John.«

Er hatte ihre aufmunternden Worte im Ohr, als er zum Dienst fuhr. Er würde nie begreifen, wie er es geschafft hatte, dass sich eine Frau wie Gill in ihn verliebt hatte, wusste aber genau, dass er ohne sie und seine Töchter Nicola und Clare den Albtraum, der auf die Ermittlungen wegen des Mordes an der siebzehnjährigen Jamilla Aziz gefolgt war, nicht überstanden hätte.

Jamilla, eine Sechstklässlerin an der örtlichen Gesamtschule, war mit einem weißen Jungen gegangen. Ihr Vater war in Pakistan, und ihr Bruder Mohammed, der gespürt hatte, dass es sich bei dieser Beziehung um mehr als eine Schulfreundschaft handelte, hatte sich dazu verpflichtet gefühlt, sie zur Ordnung zu rufen. Kurz bevor sie vermisst gemeldet wurde, hatte man gesehen, wie sie heftig miteinander gestritten hatten. Zuerst hatte man gedacht, sie wäre davongelaufen, bis man ihre Leiche nach einer längeren polizeilichen Suchaktion in einem Graben fand. Die Familie, die sich nicht eingestehen wollte, dass sich Jamilla freiwillig auf eine derartige Beziehung eingelassen hatte, hatte den Jungen der Tat bezichtigt und darauf beharrt, dass sie infolge eines rassistischen Übergriffes zu Tode gekommen sei. Zunächst hatte Handford in dieser Richtung ermittelt, konnte aber nicht das Geringste finden, das diese Behauptung untermauert hätte. Wie bei Tötungsdelikten üblich, hatte sich der Täter nicht allzu geschickt angestellt, sodass bald darauf erste Hinweise auftauchten, die den Bruder belasteten. Die letzte Bestätigung, die er noch brauchte, lieferte ihm schließlich der Forensic Science Service, der kriminalwissenschaftliche Dienst, und zwei

Wochen nach Jamillas Tod verhaftete er Mohammed Aziz wegen Mordes an seiner Schwester. Die Festnahme löste unter der betroffenen Bevölkerungsgruppe helle Empörung aus, worauf eine etliche hundert Mann starke Meute aufgebrachter und mit allerlei Wurfgeschossen bewaffneter asiatischer Jugendlicher das Polizeirevier und die gesamte Innenstadt belagerte.

Die bestürzte Polizeiführung wie auch die Sprecher der betroffenen Bevölkerungsgruppe brauchten jemanden, dem sie die Schuld an den Vorfällen in die Schuhe schieben konnten, und sie entschieden sich einhellig für den Beamten, der die Ermittlungen leitete. Dass Mohammed Aziz letztlich den Mord an seiner Schwester gestand, spielte kaum eine Rolle – einer musste dafür büßen und daher hatte Handford im Mittelpunkt eines öffentlichen Ermittlungsverfahrens gestanden. Er war rundum entlastet worden und beinahe ungeschoren davongekommen – aber eben nur beinahe.

Jetzt, da er sich der Stadt näherte, schwand seine anfängliche Zuversicht. Er schaltete den Kassettenrecorder aus. Der Zeitpunkt war denkbar ungünstig für eine Rehabilitierung. Angesichts der Rassenunruhen im Juli, der Gräueltaten, die sich am 11. September in Amerika zugetragen hatten, und des Krieges gegen die Taliban kochte die Stimmung in manchen Stadtvierteln ohnehin hoch, und obwohl man sich nach besten Kräften darum bemühte, die Situation so weit wie möglich zu entschärfen, konnte er sich nur zu gut vorstellen, dass es allerhand Ärger geben könnte, wenn herauskam, dass ein Polizist, dem man rassistisches Verhalten vorgeworfen hatte, mit diesem Fall betraut worden war. Bei so einer Anschuldigung blieb immer etwas hängen. Jedenfalls hatten sowohl Russell als auch die asiatische Bevölkerung das ganze letzte Jahr über Wert darauf gelegt, dass er es nach Möglichkeit nicht mit irgendwelchen Straftaten zu tun bekam, in die Letztere verwickelt waren, sei es als Opfer oder als Täter. Was ziemlich schwierig war in einer Stadt, in der ein Drittel der Einwohnerschaft irgendwann aus Pakistan, Bangladesch oder Indien eingewandert war.

Handfords Miene wurde düsterer. Er nahm eine Hand vom Lenkrad, fuhr sich mit den Fingern durch die dichten, vorzeitig ergrauenden Haare und seufzte. Hatte man ihm vergeben oder wollte man ihn nur auf die Probe stellen? Vermutlich keins von beidem. Höchstwahrscheinlich war er der Einzige, der verfügbar gewesen war. Das Kriminaldezernat war voll ausgelastet. Die laufenden Ermittlungen wegen der Vergewaltigung zweier junger Mädchen, die Suche nach einem seit fast vierzehn Tagen vermissten Kind, die Fahndungen im Zusammenhang mit einer Reihe besonders scheußlicher Raubüberfälle und einer zunehmenden Zahl schwerer Einbrüche hatten die Reihen der ranghohen Ermittler gelichtet. Russell blieb vermutlich nichts anderes übrig, als ihn auf den Fall anzusetzen.

Als ihm all das klar wurde, wünschte sich Handford, er hätte vor dem Aufbruch einen starken Drink zu sich genommen. Aber da er sich bei Russell melden sollte, bevor er sich an den Tatort begab, hatte er es für besser gehalten, dem Chef nicht mit einer Whiskeyfahne gegenüberzutreten.

Die Polizeizentrale war ein reiner Zweckbau, ein fünfstöckiger, rechteckiger Glaskasten, dessen Fenster im Schein der Neonröhren leuchteten. Sein moderner Stil wirkte zwar aufdringlich, erdrückte aber nicht die angrenzenden Gebäude, die stolz auf der anderen Seite der vierspurigen Verkehrsachse standen, die sich von Nord nach Süd durch die Stadt zog. Handford trat durch die schwere Glastür auf der Vorderseite. Seine Schuhsohlen quietschten auf den Bodenfliesen, als er mit großen Schritten durch das weitläufige Foyer zu der Tür neben der Rezeption ging, wo er den Zifferncode eintippte, um zu den Büros zu gelangen. Er nahm zwei Stufen auf einmal, als er die Treppe zum Kriminaldezernat im vierten Stock hinaufstürmte. Oben angelangt, begab er sich zum Büro des DCI. Durch die offen stehende Tür sah er Russell an seinem Schreibtisch sitzen.

Detective Chief Inspector W. Stephen Christopher Russell war ziemlich klein für einen Polizisten, sodass ihn Handford mit seinen eins fünfundachtzig um Haupteslänge überragte. Allerdings war die Statur sein einziger Vorteil – und kein allzu großer, denn Russell, der eine Privatschule besucht und danach in Cambridge studiert hatte, wo er mit zwei glatten Einsern abschloss, strahlte eine Selbstsicherheit aus, der Handford nichts entgegenzusetzen hatte. Russells ganzes Gehabe, sein Auftreten, die Haltung, das Benehmen, selbst sein Büro, zehrten an Handfords Selbstbewusstsein, ohne dass er hätte erklären können, weshalb. War es der Neid auf seinen Posten oder bloße Abneigung? Oder wurmte es ihn womöglich, dass es heutzutage bei der Polizei Leute gab, die ihrer Herkunft und Bildung wegen in hohe Positionen befördert wurden, nicht aufgrund ihrer Erfahrung. Denn wenn es auf die Erfahrung ankäme, säße jetzt Handford dort an Russells Stelle. Er hatte zwanzig Dienstjahre vorzuweisen, Russell nur zehn. Zwanzig Jahre, in denen er mehr Diebe festgenommen, mehr Schlägereien unterbunden, mehr Verdächtige verhört und mehr Ermittlungen durchgeführt hatte, als der DCI je erleben würde. Handford hatte nicht viel für Papierkrieg übrig, das musste er zugeben, Russell hingegen hatte die gehobene Beamtenlaufbahn eingeschlagen, ein Weg, der mit allerlei schlauem Schreibkram gepflastert war. War es ein Wunder, wenn er sich in Gegenwart des Chefs immer vorkam wie das sprichwörtlich dröge Nordlicht?

Als Handford anklopfte, blickte Russell auf. »Treten Sie ein, John«, sagte er. »Nehmen Sie Platz. Einen Moment noch.«

Handford nahm den Stuhl neben dem Unkraut – eine Birkenfeige, die so genannt wurde, weil sie geradezu beunruhigend schnell gewachsen und seit ihrem Einzug ins Dezernat immer größer geworden war. Wie sollte man einen Chef ernst nehmen, der sich mit Pflanzen umgab? Vermutlich sogar mit ihnen redete. Gills Worte kamen Handford in den Sinn: *Stell dich nicht so an, John. Wieso soll er sich nicht ein bisschen was Grünes in seinem Büro gönnen, wenn ihm danach zumute ist?* Im Lauf des letzten Jahres war sie eine Art zweites Gewissen für ihn geworden, das seinen Unmut und seine Verbitterung im Zaum hielt. Handford lächelte vor sich hin; es gab nicht viele Menschen, die von sich sagen konnten, dass sie gern mit ihrem Gewissen ins Bett gingen.

Während er den Gedanken auskostete, blickte er sich um. In dem Büro, ordentlich und aufgeräumt wie eh und je, spiegelte sich die ganze Persönlichkeit des Chief Inspectors wider – seine Intelligenz, seine Tüchtigkeit, seine methodische Art. Das Regal hinter dem Schreibtisch enthielt allerlei Handbücher über polizeiliche Arbeit, das Stone's Justices Manual sowie etliche andere in Leder gebundene juristische Fachbücher und penibel beschriftete Aktenordner. Auf den verglasten Borden über den Hängeschränken standen die silbernen Pokale und Auszeichnungen für herausragende sportliche und intellektuelle Leistungen, die Russell, den Daten nach zu schließen, bereits auf der Schule, dann auf der Universität und auf der Polizeiakademie vollbracht hatte. Die diversen Zeugnisse, darunter auch sein Magisterbrief und das Diplom, wirkten durchaus geschmackvoll, wenn auch mit Bedacht so aufgehängt, dass man sie sofort sehen musste. Nicht minder sorgfältig war das in einem silbernen Rahmen steckende Foto einer Frau auf seinem Schreibtisch zurechtgerückt – eine schlanke elegante Blondine mit einem reizenden Lächeln, das ihre ebenmäßigen Zähne bestens zur Geltung brachte. Fotos von Kindern waren nicht vorhanden – Kinder, davon war Handford überzeugt, waren für den Chief Inspector nur ein Hindernis bei seiner weiteren Karriereplanung. Ansonsten unterschied sich dessen Büro kaum von allen anderen Zimmern auf dieser Etage – von dem Duft nach frisch gemahlenem Kaffee einmal abgesehen, der dem ganzen Kriminaldezernat ständig den Mund wässrig machte. Den Chef sah man nie am Getränkeautomaten oder am Elektrokochtopf, mit dem sich die Detectives tassenweise ihren Pulverkaffee aufbrühten – er kochte sich jeden Morgen seinen eigenen Kaffee aus frisch gemahlenen Bohnen.

Russell unterschrieb den Brief, den er gerade las, und legte ihn sorgfältig in einen Aktenordner, schraubte die Kappe seines Füllfederhalters auf und wandte sich an Handford.

»Wie ich Ihnen bereits telefonisch mitteilte, wurde im Moss Carr Woods die Leiche einer jungen Asiatin gefunden«, sagte er ohne jede Vorrede. »Bislang noch nicht identifiziert und ziemlich schlimm zugerichtet, soweit man mir berichtet hat.« Er hielt inne, ließ die Stille einwirken, als wollte er den Ernst der Lage unterstreichen. »Ich musste Sie herbitten, denn Iqbal Ahmed, mit dem ich ebenfalls gesprochen hatte, war nicht gerade erfreut, dass Sie die Ermittlungen übernehmen.«

Als Führer der Moslemgemeinde wurde Iqbal Ahmed bei jeder Straftat verständigt, von der die asiatische Bevölkerung der Stadt betroffen war. Jetzt erwartete er anscheinend sogar, dass man seinen Rat einholte, was die Wahl des Chefermittlers anging. Aber dies war nicht der richtige Zeitpunkt für unstatthafte Äußerungen. »Gut, Sir«, sagte Handford daher lediglich, um kundzutun, dass er zugehört und alles verstanden hatte.

»Ich habe ihm erklärt«, fuhr Russell fort, »dass wir im Moment heillos überlastet sind und dass der Superintendent der Meinung ist, dass es an der Zeit sei, Sie allmählich wieder bei schwereren Straftaten hinzuzuziehen – obgleich mir ein weniger aufsehenerregender Fall lieber gewesen wäre.« Er lehnte sich zurück und überlegte sich seine nächsten Worte.

Handford wartete.

»Sie sollten sich darüber im Klaren sein, John, dass ich Mr Ahmed persönlich versichert habe, dass Sie aus dem Schlamassel im Zusammenhang mit dem Aziz-Mord Ihre Lehren gezogen haben. Er hat unmissverständlich geäußert, dass es ihm lieber wäre, wenn jemand anders mit dem Fall betraut werden würde, war aber bereit, Ihnen eine zweite Chance zu geben, jedenfalls vorerst.« Russell beugte sich vor. »Sie müssen bedenken, dass diesmal nicht nur Ihr Ruf auf dem Spiel steht, sondern auch meiner. Ich weise Sie ausdrücklich darauf hin, dass Sie vorsichtig vorgehen müssen, damit wir nicht noch einmal so was erleben wie im letzten Jahr.«

Handford sträubten sich bei dieser Ungerechtigkeit die Haare. Warum machte man ihm noch immer Vorwürfe? War den Verantwortlichen nicht klar, was sie getan hatten, was für Auswirkungen es für ihn persönlich hätte haben können, wenn sie erfolgreich gewesen wären? Er hatte ein mit einer hohen Hypothek belastetes Haus und zwei halbwüchsige Töchter, die anscheinend bei jeder neuen Mode mitmachen mussten, die auf den Markt kam. Warum konnten die da oben nicht einfach sagen, Sie hatten Recht, Handford – die Familie und die asiatische Bevölkerung hatten Unrecht, und es tut uns Leid? Die Antwort lag auf der Hand: Wenn man den Frieden wahren wollte, musste man freundschaftlichen Umgang mit Iqbal Ahmed pflegen.

Und wenn er, Handford, den Frieden wahren wollte, musste er dem Chef beipflichten, statt ihm zu widersprechen.

»Selbstverständlich werde ich vorsichtig sein, Sir. Ich bin immer vorsichtig. Ich war auch damals vorsichtig, wissen Sie. Genau genommen war es nicht meine Schuld, dass die Sache aus dem Ruder gelaufen ist.« Er, der normalerweise mit einem glatten nordenglischen Tonfall sprach, verfiel in seiner Erregung in den härteren Yorkshire-Akzent seiner Jugend. »Für mich gilt nach wie vor, dass ich Recht hatte – ihr Bruder *war* der Mörder.«

»Darum ging es nicht und das wissen Sie auch. Es ging um Ihre Haltung, John. Die Eltern des Mädchens beharrten darauf, dass die Tat einen rassistischen Hintergrund hätte – und Sie hätten in dieser Richtung ermitteln müssen, aber Sie haben es nicht getan.« Handford setzte zu einer Erwiderung an, doch Russell fuhr fort: »Jedenfalls ihrer Ansicht nach nicht. Sie hatten den Eindruck, dass Sie nicht bereit waren zuzuhören.«

Man konnte nicht zu allem Ja und Amen sagen. »Oh, ich habe zugehört, Stephen, glauben Sie mir. Ich habe jeden verdammten Tag zugehört, jedes Mal, wenn ich das verdammte Telefon abgenommen habe, habe ich zugehört, aber wenn ich darauf geachtet hätte, hätte ich den Falschen festgenommen. Sämtliche Spuren und kriminaltechnischen Erkenntnisse deuteten auf den Bruder hin. Gegen den anderen Jungen lag nichts vor. Sie waren diejenigen, die nicht zuhören wollten.«

»Ich verstehe Sie sehr wohl, John. Aber Tatsache ist, dass Sie die Sache nicht richtig gehandhabt haben.«

»Schon möglich, aber das ist auch alles. Für so was ist vielleicht eine Zurechtweisung angemessen, möglicherweise auch ein Anpfiff, aber kein Untersuchungsverfahren.«

»Darüber haben Sie nicht zu befinden, Inspector«, stellte Russell spitz fest.

»Nein«, sagte Handford, nachdem er sich wieder gefasst hatte.

Wie eine dunkle Wolke hing das Unrecht, das ihm geschehen war, in dem nach Kaffee duftenden Zimmer und einen Moment lang herrschte beklommenes Schweigen.

Der Chief Inspector reichte ihm ein maschinengeschriebenes

Blatt Papier. »Das ist eine Liste der Kriminalbeamten, die Ihnen in der Zentrale zur Verfügung stehen, dazu zwei Detective Constables, Warrender und Appleyard, aus Broughton.« Broughton war ein Polizeirevier im Süden der Stadt. »Außerdem habe ich beantragt, dass man Ihnen Khalid Ali als Sergeant zuteilt.«

Verdutzt blickte Handford auf. »Warum?«

»Weil er eine wertvolle Unterstützung ist. Er ist ein guter Ermittler und ...«

»Wir haben auch hier gute Ermittler«, wandte Handford ein.

Russell warf ihm einen scharfen Blick zu. »Wenn ein Polizist asiatischer Herkunft eine wichtige Rolle bei dieser Ermittlung spielt, wird uns das manche Schwierigkeiten ersparen.«

»Womit ich gemeint bin.«

»Womit sämtliche Schwierigkeiten gemeint sind, die uns erwachsen könnten und für die jemand benötigt wird, der mit den betreffenden kulturellen Eigenarten vertraut ist.«

»Das könnte auch die Dienststelle für multikulturelle Beziehungen leisten, Sir. Dazu braucht man keinen Ali. Sie haben ihn hinzugezogen, damit er mich im Auge behält, dafür sorgt, dass ich nicht über die Stränge schlage.«

Dem Chef riss die Geduld. »Herrgott noch mal, John, benehmen Sie sich nicht so, als wären Sie auf Bewährung. Wenn ich jemanden bräuchte, der auf Sie aufpasst, würde ich es selbst übernehmen und keinen Sergeant aus einem anderen Revier hinzuziehen.«

Handford wich Russells Blick aus.

»Ich habe die Sache mit der Dienststelle für multikulturelle Beziehungen besprochen«, fuhr der Chief Inspector fort. »Und dort hielt man es ebenfalls für gut. Denken Sie mal darüber nach. Ali spricht Urdu, sodass wir keinen Dolmetscher benötigen. Außerdem ist er Moslem. Bei der derzeitigen Stimmung können wir jemanden wie ihn gut gebrauchen. Die Angehörigen und auch die Vertreter der betroffenen Bevölkerungsgruppe werden eher bereit sein, mit einem der Ihren zu sprechen, als mit uns.«

Doch Handford wollte noch nicht nachgeben. »Ich bin ganz Ihrer Meinung, Sir, aber es heißt auch, dass Ali gern aus der Reihe tanzt. Er ist bekannt dafür. Ich persönlich habe noch nicht mit Ali gearbeitet, aber ich kenne andere, die das hinter sich haben, und er hat ihnen ständig Scherereien gemacht. Ich hätte lieber einen Sergeant, der nicht auf eigene Faust loszieht, wenn ihm danach zumute ist. Der könnte ja weiß Gott was anstellen.«

»Dann müssen Sie eben dafür sorgen, dass er es nicht tut. Setzen Sie ihm von Anfang an feste Grenzen. Ich will mich wahrlich nicht mit Ihnen streiten, John, es sei denn, Sie wollen mir damit erklären, dass Sie nicht mit ihm arbeiten können.«

Handford wusste, dass er bis an die Grenze gegangen war. Er machte einen Rückzieher. »Nein, Sir, das will ich damit nicht sagen.«

»Gut.« Russell warf ihm einen eindringlichen Blick zu. »Ali wird heute zu uns stoßen, die Detective Constables kommen morgen. Schauen Sie bei mir vorbei, wenn Sie vom Tatort zurückkehren, damit wir uns auf eine gemeinsame Linie einigen. Ach, und noch was, John.«

»Sir?«

»Fluchen Sie bitte nicht in meinem Büro, auch wenn Ihnen noch so sehr danach zumute ist.«

Handford errötete. »Sir.«

Wieder einmal hatte er das dröge Nordlicht herausgekehrt.

Detective Sergeant Khalid Ali, der an seinem Schreibtisch im Kriminaldezernat des Reviers Broughton saß, musterte den Mann mit den kupferroten Haaren, als er ins Zimmer schlenderte, die Hände tief in den Hosentaschen vergraben. Er kannte den Mann nicht, aber das wollte nichts heißen, weil er mehr unterwegs als anwesend war und die Mehrzahl seiner Kollegen bislang kaum mehr als flüchtig kannte. Die Fälle, die man ihm in den achtzehn Monaten, die er auf diesem Revier Dienst tat, zugeteilt hatte, konnte er an einer Hand abzählen. Ansonsten war er zu allerhand anderen Ermittlungsverfahren in und um Bradford abgestellt worden, sobald irgendwo und irgendwie asiatische Mitbürger betroffen waren. Obwohl er bislang immer herzlich aufgenommen worden war, gab er sich keinen falschen Vorstellungen hin, wusste er genau, dass er nur dazu da war, damit man eventuelle Vorwürfe abfedern konnte, dass sich die Polizei keine Mühe gab, wenn es um die Belange der Moslems oder der Sikhs ging. Er war sich auch darüber im Klaren, dass er nicht allzu lange an seinem Schreibtisch in Broughton sitzen würde, und wunderte sich daher nicht weiter, als er erfuhr, dass er sich am Nachmittag in der Zentrale einfinden und an den Ermittlungen wegen eines Mordes teilnehmen sollte, dem eine junge Asiatin zum Opfer gefallen war.

Der leitende Inspector war John Handford, der, wenn er sich recht erinnerte, vor etwa einem Jahr noch mal davongekommen war, nachdem man ihm rassistisches Verhalten vorgeworfen hatte. Ali konnte sich nicht mehr genau an den Fall entsinnen, weil er seinerzeit auf einem der langen Fortbildungskurse gewesen war, zu denen Polizisten, die für eine schnelle Beförderung vorgesehen waren, häufig geschickt wurden. Er jedenfalls war rasch in einen höheren Dienstrang aufgestiegen. Als Detective Constable hatte er sich in Broughton verabschiedet und als Detective Sergeant war er zurückgekehrt. Aber das war ein Jahr her und jetzt wollte er es unbedingt zum Inspector bringen.

Ali kannte Inspector Handford nicht, machte sich aber Sorgen, weil er womöglich mit einem DI zusammenarbeiten musste, der bestenfalls noch immer eine Stinkwut auf alle Asiaten hatte und schlimmstenfalls ein Rassist war, der lediglich Glück gehabt hatte. Ali wollte sich von so einem Vorgesetzten nicht die weitere Karriere verderben lassen.

Als der Detective mit den kupferroten Haaren an ihm vorbeiging, trafen sich ihre Blicke, und Ali lächelte zur Begrüßung, doch der Mann ging zu einem der anderen, ohne ihn zu beachten.

»Wer ist der Paki, Chris?«, fragte er, ohne sich besonders darum zu bemühen, die Stimme zu senken.

Warnend runzelte Chris Appleyard die Stirn. »Detective Sergeant Ali«, sagte er leise.

»Ein Detective Sergeant? Tja, das ist dir gegenüber eindeutig diskriminierend.«

Ali saß an seinem Schreibtisch, las die Papiere, die er in der Hand hatte, und versuchte so zu tun, als hätte er nichts gehört. Doch er spürte die Blicke des Mannes, der jetzt zum dampfenden Wasserkocher ging und ihn ausschaltete. »Kaffee ist fertig«, rief er, als er das Wasser in die bereitstehenden Tassen goss. Er drehte sich um und schaute zu Ali.

»Oh, tut mir Leid, Sergeant«, sagte er. »Ich hab nur fünf gemacht. Hab Sie da drüben im Finstern gar nicht gesehen. Wollen Sie auch einen Kaffee?« Er nahm die Milchpackung und schüttelte sie. »Milch ist leider auch keine mehr da. Aber ich nehme an, Sie trinken ihn sowieso lieber schwarz.«

»Lass das, Warrender«, zischte Appleyard.

Doch Warrender ließ sich nicht zum Schweigen bringen. »Ich frage den Sergeant doch bloß, ob er Kaffee will«, sagte er. »Schade, dass keine Milch mehr da ist. Hier sind zurzeit einfach zu viele Leute.«

Ali, der seinen Ärger nur schwer bezähmen konnte, schob scharrend seinen Stuhl zurück. Das musste er sich nicht bieten lassen. »Meinen Sie damit die Detectives, Constable ... Warrender, richtig?«, sagte er ruhig. »Oder die Sergeants – oder die Pakis?«

Warrender zuckte die Achseln. »Suchen Sie sich's aus, Sarge. Suchen Sie sich's aus.« Damit verzog er sich zu einem Schreibtisch, wo er sich hinsetzte und den Stuhl so weit zurückschob, dass er die Beine auf die mit Papieren übersäte Platte legen konnte.

Ali folgte ihm, ohne genau zu wissen, was er unternehmen sollte. Am liebsten hätte er ihn zum Abteilungsleiter geschleift, aber er wusste, dass es reine Zeitverschwendung war. Warrender würde behaupten, dass man ihn missverstanden hätte, dass er tatsächlich nur Kaffee habe anbieten wollen.

Er spürte, wie Appleyard ihn am Arm festhielt. »Achte nicht auf ihn, Khalid. Er ist bloß ein Großmaul. Das ist der reine Neid, weil er es wieder nicht zum Sergeant gebracht hat.«

»Und wenn er einen Sergeant sieht, der Asiate ist, meint er, sich darüber auslassen zu müssen, nehme ich an«, versetzte Ali gallig.

»Wie schon gesagt, achte nicht auf ihn.«

Ali riss sich los und kehrte zu seinem Schreibtisch zurück. Die Sache war ausgebügelt worden, aber er hatte trotzdem das

Gefühl, dass er den Kürzeren gezogen hatte. Er ließ sich auf seinen Stuhl sinken. Er sehnte sich nach einem Kaffee, aber bevor er sich die Blöße gab und ihn vor Warrenders Augen schwarz trank, verzichtete er lieber darauf. Missmutig schnippte er einen der Berichte an, die er gelesen hatte. Der Bericht schlitterte über den Tisch und landete auf dem Boden. Ali bückte sich, hob ihn auf und blies den Staub weg, der daran haftete. Wenn sich dieser rassistische Dreck doch nur ebenso leicht entfernen ließe. Aber Leute wie Warrender mit ihren teils offensichtlichen, teils unterschwelligen Bemerkungen ließen sich nicht aus der Welt schaffen. Und er hatte es satt.

Er fuhr hoch, als von der Tür her eine Stimme ertönte. »Der Inspector möchte Sie sprechen, Sergeant.«

»In Ordnung.« Ali ging quer durchs Zimmer und hielt vor Warrenders Schreibtisch inne. Eine halbe Ewigkeit, so jedenfalls kam es ihm vor, blieb er dort stehen und hielt Blickkontakt mit dem Mann. »Eines Tages, Constable«, sagte er schließlich mit eisigem Tonfall, »werden Sie einen Schritt zu weit gehen und ich werde dabei sein. Und dann werde ich dafür sorgen, dass man Sie aus dem Polizeidienst entfernt.«

Warrender lächelte. »Im Traum, Sergeant, im Traum.«

»Ganz recht. Das auch.«

Handford betrat sein Büro. Es war etwas kleiner als Russells, nicht so aufgeräumt, nicht so offiziell und weniger auf den Kult um die eigene Person ausgerichtet. Die Regale enthielten ein, zwei Bücher über polizeiliche Ausbildungsmethoden, ein paar Aktenordner mit Merkblättern, die von den diversen Fortbildungskursen stammten, die er besucht hatte, und die ihm seinerzeit wichtig vorgekommen waren, obwohl er seither kaum einen Blick hineingeworfen hatte, und zwei Bücher über Wanderungen im Lake District und in den Flusstälern in Englands Norden, in denen er gern herumblätterte, wenn er nicht zu beschäftigt war. Nur zwei Fotos hingen an der Wand – eines von der hiesigen Blaskapelle, seiner Brassband, in der er einst gespielt hatte, bis er keine Zeit mehr dafür hatte, ein zweites von seinem ersten Schlagzeug, das er über alles geliebt, aber längst abgeschafft hatte, weil Gill es nicht im Haus haben wollte. Seine Ernennungsurkunde steckte ebenso wie all die anderen Zeugnisse und Zertifikate daheim in einem Umschlag mit der Aufschrift »Ausbildung«.

Er ließ sich auf seinen Stuhl sinken, hatte immer noch an dem Gespräch mit Russell zu kauen und litt bei der bloßen Vorstellung, dass er mit Ali zusammenarbeiten musste. Handford hatte nichts gegen ihn persönlich, er kannte ihn nicht einmal, aber er hatte gehört, wie sich Vorgesetzte darüber beschwert hatten, dass er eigenmächtig handelte und Hinweisen nachging, ohne jemandem Bescheid zu sagen. Und wenn es etwas gab, das Handford nicht brauchen konnte, dann war es ein Mitarbeiter, der sich für wichtiger hielt als das Team, mit dem er arbeitete.

Das war der Haken bei Kollegen wie Ali, jungen Akademikern, die rasch befördert wurden und sich für etwas Besseres hielten. Handford hatte seine eigene Meinung, was Polizisten anging, die auf die Schnelle Karriere machten, und die deckte sich nicht unbedingt mit der offiziell vertretenen. Aber er fühlte sich in seiner Einstellung dadurch bestätigt, dass es so etwas nicht gegeben hatte, als er in den Polizeidienst eingetreten war. Er war nach wie vor der Meinung, dass es nur die Erfahrung war, die einen guten Detective ausmachte, nicht die Beförderung wegen irgendeines Wisches, den man vielleicht vorweisen konnte. Und Ali hatte keine Erfahrung. Aber wenn man bei einem Mordfall nicht das bestmögliche Ermittlungsteam zusammenstellte, sondern bei der Auswahl der Mitarbeiter Rücksicht auf die Befindlichkeiten der betroffenen Bevölkerungsgruppe nahm, war das seiner Ansicht nach ein Armutszeugnis.

Handford griff zum Telefon und rief den Empfang an. »Ich fahre zum Pflegeheim Moss Carr. Bestellen Sie Sergeant Ali, dass er dorthin kommen soll, wenn er hier eintrifft.«

Er war vor die Landkarte an der Wand getreten, um festzustellen, wo dieses Pflegeheim überhaupt lag, als er hinter sich Schritte hörte.

»Khalid Ali, Sir«, sprach ihn jemand von der Tür aus an. »Ich sollte mich bei Ihnen melden.«

Handford wandte sich um. Er war groß, doch der Mann, der

vor ihm stand, war gut fünf Zentimeter größer – und schlanker. »Sergeant Ali«, sagte er leicht gereizt, weil Ali wider seine Anweisung nicht erst am Tatort zu ihm stieß und sich zudem nicht die Mühe gemacht hatte anzuklopfen. »Nein, lassen Sie Ihren Mantel an. Die Leiche wurde in Moss Carr Woods gefunden. Alles Weitere sage ich Ihnen unterwegs.«

»Derjenige, der das getan hat, hat's ernst gemeint«, sagte Handford, als er das zerschmetterte Gesicht der Toten betrachtete. »So eine Schweinerei.«

Die Leiche war nicht von der Stelle bewegt worden und würde auch noch eine Weile liegen bleiben, bis sie von allen Seiten fotografiert und per Videokamera aufgenommen worden war. Obwohl es erst halb fünf war, wurde es bereits dunkel, und eine ungewöhnliche Stille lag über der ganzen Gegend, die durch das künstliche Licht der tragbaren Lampen noch unheimlicher wirkte.

Ein derart gewaltsamer Tod erschreckte Handford immer wieder. Er war sich nicht sicher, ob es am Anblick der Verletzungen lag oder am Wissen darum, dass ein Mensch einen anderen auf so brutale Weise ums Leben bringen konnte. Was immer es auch sein mochte, es bedrückte ihn zutiefst, und er war sich darüber im Klaren, dass er den Tatort nicht ganz ungeschoren verlassen würde.

Er wandte sich an den Polizeiarzt. »Wie lange ist sie schon tot?«

»Nun, es ist kalt und es hat geregnet, aber meiner Schätzung nach starb sie am späten Vormittag oder am frühen Nachmittag.« Er blickte auf die Leiche, dann schaute er den Inspector an. »Ich will doch hoffen, John, dass dieser Fall nicht die gleichen Schwierigkeiten verursacht, die uns letztes Jahr entstanden sind.«

Handford runzelte die Stirn und sein Herz schlug einen Takt schneller, aber er gab keinen Kommentar dazu ab. Er warf einen Blick zu Ali, der sich eifrig Notizen machte, und fragte sich, wie viel er über die Ereignisse des letzten Jahres wusste – und welchen Standpunkt er dazu vertrat.

»Wissen wir, wer sie ist?«, fragte er.

Der Constable in Uniform antwortete ihm. »Janet Turner, die Leiterin des Pflegeheims, meint, sie ist Gesundheitsfürsorgerin in Dr. Haighs Praxis, Sir. Das ist die an der Palin Road. Sie sagt, sie hat sie anhand der Beschreibung der Kleidung erkannt.« Er blätterte in seinem Notizbuch herum. »Sie heißt Rukhsana Mahmood und hat ihre Tante besucht, die sich da oben von einer Operation erholt. Laut Mrs Turner schaut sie hier vorbei, sooft sie kann, und sie meint, sie hätte sie um die Mittagszeit kommen sehen. Außerdem ist einer der Wagen auf dem Parkplatz auf sie zugelassen, daher habe ich ihn versiegeln lassen, bis die Spurensicherung ihn untersucht hat.«

»Danke, Constable, gut gemacht.« Handford wandte sich an Ali. »Gehen Sie hinauf und reden Sie mit der Heimleiterin und dem Mann, der die Leiche gefunden hat. Und gehen Sie behutsam mit ihm um, Ali. Ich komme gleich nach.«

Er schaute dem Sergeant hinterher, als er vorsichtig die Böschung hinaufstieg und sich unterwegs immer wieder an nassen Grasbüscheln festhielt.

Dann wandte sich Handford wieder an den Polizisten in Uniform. »Irgendeine Tatwaffe?«

»Auf der Umfriedungsmauer fehlt ein Stein, Sir«, sagte der Constable. »Der könnte es gewesen sein. Er liegt da drüben.«

Handford folgte dem Mann auf dem mit Absperrband gesicherten Pfad zu der Stelle, an der ein großer Deckstein lag. Er bückte sich und schaute ihn sich genauer an. »Der könnte es tatsächlich gewesen sein.« Er ließ den Blick über den Boden schweifen. »Hier scheint's ansonsten nicht allzu viel zu geben, mit dem man jemandem derartige Verletzungen zufügen kann. Aber dann müsste Blut dran sein und ich sehe keines. Trotzdem, wenn ihn der Mörder einfach fallen gelassen hat, statt ihn wegzuwerfen, befindet es sich vielleicht auf der Unterseite. Wer hat sie gefunden?«

»Nathan Teale, Sir. Er ist im Pflegeheim als eine Art Mädchen für alles angestellt.«

»Ist das die genaue Stelle, an der Teale über sie gestolpert ist?«

»Mehr oder weniger, Sir. Ein paar Schritte weiter rechts, glaube ich.«

»Gut, dann nehmen wir vorerst mal an, dass sie etwa an dieser Stelle umgebracht wurde, und solange wir nichts anderes finden, gehen wir davon aus, dass dieser Stein dazu benutzt wurde. Wie viel wiegt der Ihrer Meinung nach? Vierzig, fünfzig Kilo?«

»Eher mehr, Sir.«

»Dann haben wir es also mit jemandem zu tun, der kräftig ist. Ich bezweifle, dass ich ihn von der Stelle bewegen, geschweige denn hochheben könnte.« Er drehte sich um. »Kommen Sie mit. Alles Weitere überlassen wir den Kriminaltechnikern.« Vorsichtig tasteten sie sich den Pfad entlang. »Bestellen Sie dem Dienst habenden Inspector, dass ich oben im Pflegeheim bin, Constable. Sagen Sie mir Bescheid, wenn die Spurensicherung und die Fotografen da sind. Und stellen Sie fest, was aus dem Zelt geworden ist – ich möchte, dass sie abgedeckt wird, bevor die Presse hier einfällt. Und sorgen Sie dafür, dass wir mehr Licht bekommen. Sonst sehen wir bald gar nichts mehr.«

Zweites Kapitel

Nathan Teale hätte sich am liebsten bis zur Besinnungslosigkeit betrunken. Stattdessen saß er zusammengesackt, aber stocknüchtern im Büro der Leiterin des Pflegeheims Moss Carr und erging sich in Selbstmitleid und bitteren Vorwürfen. Wenn Janice nur darauf bestanden hätte, dass er bei ihr im Bett blieb, wenn Mrs Turner ihn nicht das Laub hätte fegen lassen, wenn nur der Besenstiel nicht zerbrochen wäre, wenn, wenn, wenn.

Ihm war immer noch übel. Jedes Mal, wenn er die Tote wieder vor sich sah, drehte sich ihm der Magen um und bittere Galle stieg ihm in die Kehle. Und zu allem Überfluss wurde er auch noch von einem Sergeant durch die Mangel gedreht, der ihm allerlei Vorhaltungen machte. Fehlte nur noch, dass er ihm die Schuld am Tod der Frau gab.

Er ließ sich tiefer in den Sessel sinken, schlang die Hände um den Bauch und hoffte, dass der Sergeant Mitleid mit ihm hatte, doch der war in sein Notizbuch vertieft und schien sein Elend gar nicht wahrzunehmen. Dem machte das nichts aus, der war vermutlich daran gewöhnt, Leichen zu sehen, sah vermutlich jeden Tag welche.

»Müssen wir das noch mal durchgehen?«, fragte er kläglich. »Ich hab Ihnen doch schon gesagt, was passiert is.«

»Ja, das müssen wir leider«, sagte Sergeant Ali. »Ich begreife nicht, dass Sie die Leiche nicht bemerkt haben. Sie haben gesagt, sie war nicht verdeckt und lag genau auf Ihrem Weg, sodass Sie sie eigentlich nicht hätten übersehen können.«

»Na ja, hab ich aber. Bis ich draufgetreten bin, hab ich keine

Ahnung gehabt, dass sie da liegt. Ich hab Ihnen doch schon zigmal gesagt, dass ich nicht drauf achte, wo ich im Wald hingehe. Brauch ich auch nicht, weil ich mich auskenne. Ich wollte ja keinen Schatz suchen, wissen Sie, und außerdem war ich bloß am Rand. Und wegen der vielen Eichen is das Licht dort schlecht. Ich wollte lediglich den Stein aufheben, ihn wieder auf die Mauer legen und den Torpfosten reparieren.«

»Der Stein muss ziemlich schwer sein. Wie ist der Ihrer Meinung nach heruntergefallen?«

»Das waren irgendwelche Bälger, nehm ich an. Ich muss die obersten Steine ständig wieder drauflegen.«

»Ein bisschen schwer für Kinder, würde ich meinen.«

»Tja, na schön. Dann warn's halt keine Kids, sondern Erwachsene. Woher soll ich das wissen? Ich reparier bloß das Zeug, was repariert werden muss.«

»Können Sie sie aufheben, die Steine?«

Nathan stieß den Atem aus. »Hab ich doch grade gesagt. Die Steine sind ohne Mörtel vermauert. Die fallen ständig runter und ich leg sie wieder drauf.«

»Dann sind Sie also kräftig?«

»Ja, das nehm ich doch an. Ich will fit bleiben, stemm ab und zu ein paar Gewichte.« Er warf Ali einen argwöhnischen Blick zu. »Aber was hat denn das damit zu tun?«

»Das Opfer könnte durchaus mit diesem Stein erschlagen worden sein, Mr Teale. Und derjenige, der das getan hat, ist kräftig, fit und stemmt möglicherweise ab und zu ein paar Gewichte. Haben Sie sie erschlagen, Nathan? Sie dann die Böschung runtergeschubst, als Ihnen klar geworden ist, was Sie getan haben, und sich die Geschichte ausgedacht, dass Sie sie gefunden hätten?«

Nathan starrte den Detective an. Er hatte gerade die schlimmste Erfahrung seines Leben hinter sich, und dieser Trottel dachte, er hätte sich das selber eingebrockt. Seither hatte er ständig das sonderbare Gefühl gehabt, er stünde neben sich und sehe einem Schauspiel zu, in dem er eigentlich gar keine Rolle spielte. Jetzt war er plötzlich die Hauptperson.

»Ich habe sie *gefunden*. Ich hab sie nicht umgebracht! Ich

würde niemals jemand umbringen. Warum sollte ich sie denn umbringen? Ich hab sie ja kaum gekannt.«

Das nächste Mal würde er mit Janice im Bett bleiben. Ein Anschiss von Mrs Turner, weil er zum vierten Mal wegen einer Erkältung blaumachte, war nichts im Vergleich mit dem hier. Er fuhr sich mit den Händen übers Gesicht und wandte sich mit flehentlichem Blick an den Sergeant. »Ich habe sie bloß gefunden, ich schwör's Ihnen. Tut mir Leid, dass ich die Leiche nicht gesehen habe. Tut mir Leid, dass ich draufgetreten bin. Aber ich hab sie lediglich gefunden. Sie müssen mir glauben.«

»Das tun wir doch, Mr Teale.« Die Stimme ertönte irgendwo hinter ihm. Er drehte sich um und sah einen älteren Mann. »Ich bin Detective Inspector Handford«, sagte der Mann und zeigte seinen Dienstausweis vor. Er wandte sich an den Asiaten. »Ich glaube, Mr Teale hat für heute genug durchgemacht, Sergeant, also belassen wir's vorerst dabei. Haben Sie seine Anschrift?«

»Ja, Sir.«

»Sie können nach Hause gehen, Mr Teale. Wir brauchen natürlich noch eine schriftliche Aussage von Ihnen, aber das kann bis morgen warten. Inzwischen hätten wir gern Ihre Kleidung – nur zur Sicherheit. Haben Sie etwas zum Umziehen hier?«

Nathan schüttelte den Kopf.

»Wenn das so ist, bringt Sie ein Fahrer heim. Dort können Sie sich umziehen und er nimmt Ihre Sachen mit.«

Erleichtert, aber viel zu müde, um einen Einwand zu erheben, stieß Nathan seinen Stuhl zurück und stand auf. Durch die jähe Bewegung wurde ihm schwindlig und er musste sich am Schreibtisch festhalten. Handford fasste ihn am Arm.

»Kommen Sie, Mr Teale«, sagte er und übergab Nathan einem bereitstehenden Constable. »Es war ein langer Tag und Sie sind sicher erschöpft. Gehen Sie heim und ruhen Sie sich aus.«

Handford schloss die Tür hinter ihm, dann wurde seine Miene grimmiger, als er sich umdrehte und zum Schreibtisch ging.

Ali schob seinen Stuhl zurück und stand auf.

»Ich habe Ihnen doch gesagt, Sie sollen behutsam mit ihm umgehen«, sagte Handford mit schneidender Stimme, obwohl er sich zu beherrschen versuchte. »Warum sind Sie dann so aggressiv?«

Ali atmete tief durch. »Ich hatte nicht das Gefühl, dass ich aggressiv war, Sir. Es kommt mir bloß komisch vor, dass er die Leiche nicht gesehen hat. Seiner Aussage zufolge hatte der Täter keinerlei Anstalten gemacht, sie zu verstecken. Ich wollte herausfinden, weshalb er sie übersehen hat.«

»Nein, das wollten Sie nicht, Sie wollten ihn in die Mangel nehmen. Ein paar Minuten noch, dann hätte er zugegeben, dass er sie umgebracht hat, bloß damit er in Frieden gelassen wird. Auch mir wäre es recht, wenn wir rasch jemanden festnehmen, Sergeant, aber ich möchte den Richtigen erwischen. Nathan Teale hat gerade eine Leiche gefunden, er ist darüber gestolpert, hat sie berührt und angeschaut. Und sie ist nicht gerade schön anzuschauen, nicht wahr? Er steht unter Schock, Sergeant Ali, und einen Mann, der unter Schock steht, nimmt man nicht in die Mangel.«

»Aber wenn er derjenige ist, der sie umgebracht hat, Sir, dann ...«

»Wir haben keinerlei Anhaltspunkte, die darauf hindeuten, dass er der Mörder ist – bislang haben wir so gut wie gar keine Anhaltspunkte. Warten wir einfach ab, was für Spuren seine Kleidung hergibt. Haben Sie seine Hände überprüft?«

»Ja, aber es sind typische Arbeiterhände, schmutzig und ungepflegt. Außerdem sagt er, er hat sie angefasst, sodass er mühelos alles abstreiten kann, falls wir unter seinen Nägel Gewebespuren finden sollten.«

»Wir schicken trotzdem jemanden vorbei und lassen sie untersuchen. Wenn er sie umgebracht hat, werden wir es herausfinden. Aber wir machen es richtig. Und noch was, Sergeant.« Handford betonte jedes einzelne Wort. »Wenn ich Ihnen sage, dass Sie behutsam mit jemandem umgehen sollen, dann halten Sie sich daran, haben Sie das verstanden?«

Ali senkte den Blick. »Ja, Sir.« Doch seine Verlegenheit war nur von kurzer Dauer. »Sie müssen aber zugeben«, sagte er, »dass er kräftig genug ist. Er hätte den Stein hochheben und sie damit erschlagen können.«

»Herrgott noch mal, Ali«, sagte Handford scharf. »Lassen Sie die Hirngespinste sein und denken Sie wie ein Kriminalist, ja?« Er trat einen Schritt näher, hob die Hand und zählte an den Fingern ab. »Erstens wissen wir nicht genau, ob der Stein die Tatwaffe ist. Zweitens haben wir die Leiche noch nicht eindeutig identifiziert. Und selbst wenn unsere Vermutung zutreffen sollte, wissen wir drittens noch nicht, ob zwischen ihr und Nathan irgendeine Verbindung bestand.« Handford ging zu dem Stuhl, auf dem Nathan gesessen hatte, und ließ sich nieder. »Fahren Sie jetzt zur Palin Road und reden Sie mit Dr. Haigh, wenn Sie meinen, dass Sie das schaffen, ohne einen der Ärzte festzunehmen. Sehen Sie zu, ob die dort ein Foto von Rukhsana Mahmood haben. Wir wollen doch sichergehen, dass sie die Tote ist, bevor wir die Angehörigen behelligen. Stellen Sie außerdem fest, wo sie heute Morgen war und wo sie heute Nachmittag hätte hingehen sollen. Nehmen Sie jemanden mit. Am besten die Kollegin von der freiwilligen Polizeireserve, die draußen vor der Tür steht.«

»Sir.« Ali schlug sein Notizbuch zu und schob es in die Jackentasche. Er schaute Handford nicht an, als er aus dem Zimmer ging.

Handford war wieder am Tatort, als Ali zurückkehrte. Er war froh darum, dass Gill so verständnisvoll gewesen war, was die Einladung zum Abendessen anging, denn es war bereits halb sieben, und wenn Ali das Opfer inzwischen eindeutig identifiziert hatte, mussten sie noch die Angehörigen verständigen. Er schob die Hände tiefer in die Hosentaschen und trat von einem Bein aufs andere, damit ihm wärmer wurde. Der Regen hatte mittlerweile nachgelassen, aber dafür nieselte es unaufhörlich und zwischen den Bäumen hing ein eisiger Dunst. Er war sich nicht sicher, wie lange die Männer hier noch weitermachen konnten.

Er ließ den Blick über die Umgebung schweifen. Inzwischen waren weitere Lampen aufgestellt worden und die Tote lag unter einem Zelt, aber sie würde noch an diesem Abend ins Leichenschauhaus gebracht werden. Die Mitarbeiter der Spurensicherung, die weiße Schutzkleidung trugen, vermaßen und fotografierten unterdessen den Tatort und sammelten alles ein, was Rückschlüsse auf den Täter und den Tathergang geben könnte. Mittlerweile hatten auch die Vertreter der Presse Wind von der Sache bekommen, belagerten das Tor des Pflegeheims und wollten wissen, wer hier umgebracht worden war. Der Constable in Uniform, der auf der anderen Seite stand, erklärte ihnen, dass sie nach Hause gehen sollten, weil es nichts zu sehen gäbe. »Wir geben eine Stellungnahme ab, wenn wir hier fertig sind«, sagte er. Doch die Journalisten und Fotografen kannten diese Sprüche und harrten weiter aus. Handford bewunderte sie zumindest für ihre Standhaftigkeit.

Er sah, wie Ali vorsichtig den Weg entlangkam.

Der Sergeant blies seine Hände an. »Auf einem Bord im Wartezimmer stehen Fotos von sämtlichen Mitarbeitern der Praxis, Sir. Meiner Meinung nach gibt es kaum einen Zweifel, dass es sich bei dem Opfer um Rukhsana Mahmood handelt. Dr. Haigh hat mir ein Foto von ihr mitgegeben.« Er reichte es Handford, der es eingehend musterte.

»Ja, ich glaube, Sie haben Recht, Sergeant.« Bedrückt seufzte er auf. Jetzt hatte das Opfer einen Namen, es hatte Angehörige, Eltern, vielleicht einen Mann, womöglich sogar Kinder, denen er die traurige Nachricht überbringen musste.

»Nach Auskunft von Dr. Haigh«, sagte Ali, »machte sie heute Morgen Hausbesuche, sollte aber nachmittags zur Beratungsstunde für junge Mütter wieder in die Praxis kommen. Sie ist nicht erschienen. Die Hebamme hat die Sache allein durchgezogen. Sie sagte, sie hätte sich Sorgen gemacht, weil das nicht Rukhsanas Art sei, weil sie keine Mütterberatung versäumt hätte, ohne jemandem Bescheid zu sagen. Aber sie dachte, sie wäre vielleicht irgendwo aufgehalten worden oder hätte eine Autopanne. Ich habe Rukhsanas Adresse. Sie und ihr Mann Amajit Mahmood wohnen ganz in der Nähe. Er ist offenbar städtischer Angestellter – im Stadtbauamt, meint Dr. Haigh. Außerdem habe ich eine Liste mit sämtlichen Hausbesuchen, die sie heute Morgen hatte. War gar nicht so einfach, mit den Leuten zu reden, weil die während der Sprechstunde alle Hände voll zu tun hatten. Ich habe gesagt, wir melden uns morgen wieder. Wenn nichts Dringendes dazwischenkommt, will Dr. Haigh zusehen, dass uns morgen nach der Sprechstunde alle Rede und Antwort stehen. Falls Ihnen das recht ist, Sir.«

»Ja, bestens.«

Ein leichtes Lächeln umspielte Alis Lippen. »Und ich habe die Praxis heil gelassen, Sir – nicht ein einziger Arzt wurde festgenommen.«

Handford hob beschwichtigend die Hände. »Ich weiß, ich weiß«, sagte er. »Ich lasse mich leicht zu bissigen Bemerkungen hinreißen, wenn ich mich über irgendetwas ärgere. Meine Frau hält mir das ständig vor. Sie sagt, das wäre einer der Gründe, weshalb ich keinen guten Lehrer abgäbe.« Er steckte das Foto der jungen Frau in die Jackentasche und warf einen Blick auf seine Uhr. »Kommen Sie. Hier können wir nicht mehr viel tun, solange die Spurensicherung noch zugange ist. Wir müssen den Ehemann aufsuchen und ihm die schlechte Nachricht überbringen.«

Amajit Mahmood verstand nicht, warum seine Frau noch nicht zu Hause war. Er selbst war bereits spät dran – die Planungsbesprechung hatte sich stundenlang hingezogen. Rukhsanas Wagen stand nicht am üblichen Platz und im Haus brannte kein Licht. Vielleicht war sie zu einem Hausbesuch gerufen worden. Er fröstelte in der Kälte des Novemberabends. Er schrak zusammen, als jemand irgendwo an der Straße einen Feuerwerkskörper hochgehen ließ. Ein Hund bellte. Amajit blickte sich um und fragte sich nicht zum ersten Mal, ob er und Rukhsana jemals genügend Geld haben würden, um sich ein Haus in einer besseren Gegend zu kaufen. Diese hier konnte er nicht ausstehen. In die zu beiden Seiten von graubraunen Reihenhäusern gesäumte Straße fiel kein Sonnenstrahl, nicht einmal im Sommer. Heute Abend war der Himmel erleuchtet von dem orangefarbenen Schein der Stadtlichter und von der Rückseite des Hauses aus konnte er die Lichter des Pflegeheims sehen, doch die wenigen Laternen, die an dieser Straße funktionierten, warfen kaum mehr als ein paar fahle Flecken auf den Boden, sodass die übrige Umgebung in tiefe Dunkelheit getaucht war.

Er schloss die Haustür auf und schaltete das Flurlicht ein. Wenn Rukhsana noch einmal wegmusste, lehnte sie immer einen Zettel mit einer Nachricht ans Telefon, aber er konnte keinen sehen. Er wählte die Nummer ihres Handys und wartete. Es war abgestellt und eine Mitteilung zu hinterlassen hatte seiner Meinung nach wenig Sinn.

Als er die Vorhänge zuzog, bemerkte er, dass der ferne Lichtschein vom Pflegeheim bis in den angrenzenden Wald reichte. Vielleicht wurde einer der Bewohner vermisst und man suchte ihn. Er hoffte, dass es nicht Rukhsanas Tante war. Aber vielleicht war Rukhsana oben im Pflegeheim. Er wollte zuerst in der Praxis anrufen und danach dort.

Die Praxis war bereits geschlossen, und der Anrufbeantworter teilte ihm mit, dass derzeit niemand zu erreichen sei. Fall er dringend einen Arzt bräuchte, sollte er die 736978 anrufen. Der Dienst habende Arzt meldete sich augenblicklich und erwiderte auf seine Frage hin, dass er Rukhsana den ganzen Nachmittag über nicht benötigt habe, wusste aber auch nicht, wo sie war. Amajit hätte am liebsten sofort im Pflegeheim angerufen, beschloss aber, noch eine Weile damit zu warten. Falls es dort Schwierigkeiten mit einem der Bewohner gab, waren alle beschäftigt und konnten keine Störung gebrauchen.

Er ging in die Küche und schaltete den Elektrokochtopf ein. Wo könnte sie sein, wenn sie weder mit dem Arzt unterwegs noch im Pflegeheim war. Er dachte an ihr gemeinsames Frühstück. Hatte Rukhsana angekündigt, dass sie später heimkommen werde? Wollte sie den Abend vielleicht mit einer Freundin verbringen und er hatte es vergessen? Er wollte gerade zum Adressbuch greifen, als es an der Tür klopfte. Das musste sie sein. Vermutlich hatte sie wieder ihre Schlüssel verloren. Sie brauchte unbedingt eine dieser Plastikspiralen mit einem Ring, damit sie sie an ihrer Kleidung befestigen konnte. Wenn er das nächste Mal in der Stadt war, würde er ihr eine kaufen.

Er nahm sich vor, seine Frau ein bisschen aufzuziehen, als er den Knauf des Sicherheitsschlosses umdrehte und die Tür öffnete. Sein Lächeln verschwand, als er die ernsten Gesichter zweier Fremder vor sich sah, der eine weiß, der andere ein Asiate. Beide waren offiziell gekleidet und hatten ihre schweren Wintermäntel zugeknöpft. Vermutlich Vertreter.

»Mr Mahmood?«, fragte der Weiße. Er hatte ergrauende Schläfen und war der Ältere der beiden, der Stattlichere. Und als Amajit in seine Augen schaute, meinte er einen Anflug von Trauer zu sehen.

»Ja«, sagte er.

»Detective Inspector Handford und Detective Sergeant Ali.« Amajit warf einen Blick auf die Dienstausweise, die sie hochhielten. »Dürfen wir bitte reinkommen, Sir?«

Amajit trat zurück, damit sie durch den schmalen Vorsaal gehen konnten. »Was ist los?«

Er drückte sich an den beiden Männern vorbei und schaltete das Licht im Wohnzimmer ein. Sie folgten ihm, als er zum Fenster ging und die Vorhänge zuzog. Der asiatische Beamte blieb bei der Tür stehen. Er war jünger, weniger vergrämt als der andere, hatte ein langes, schmales Gesicht, das beinahe hübsch war, eine hellere Hautfarbe als die meisten anderen Menschen seiner Herkunft, und er wirkte eher betreten als bedrückt.

Der Inspector ergriff das Wort. »Heißt Ihre Frau Rukhsana Mahmood, Sir?«

»Ja. Warum?«

Sanft fasste er Amajit am Arm. »Ich glaube, es ist besser, wenn Sie sich setzen.«

Amajit rührte sich nicht. »Stimmt irgendwas nicht? Sie ist noch nicht daheim.« Er bekam es mit der Angst zu tun. »Hatte sie einen Unfall?« Vor seinem inneren Auge sah er ihr zusammengequetschtes Auto. Er blickte vom einen Polizisten zum andern. Es konnte kein Autounfall sein. So eine Nachricht überbrachten einem Polizisten in Uniform, nicht die zivilen. Die Angst schlug in helle Panik um. »Was ist los?«, fragte er erneut.

Der Weiße nickte dem Asiaten zu, worauf dieser auf ihn zukam. Er blieb unmittelbar vor ihm stehen, und sein kantiges Gesicht straffte sich, als er einmal tief schluckte und die Stirn runzelte. Er schien nach den richtigen Worten zu suchen. Schließlich sprach er ihn auf Urdu an.

»Tut mir Leid, Mr Mahmood, aber heute Nachmittag wurde

in dem an das Pflegeheim Moss Carr angrenzenden Wald die Leiche einer Asiatin gefunden. Wir glauben, dass es sich um Ihre Frau handelt.«

Amajit versuchte sich auf die Worte zu konzentrieren, doch obwohl sie in sein Bewusstsein eindrangen, waren sie so schrecklich, dass er sie nicht wahrhaben wollte. Es war ein Scherz, ein grausamer Scherz, wie ihn manche Menschen mit Asiaten trieben. Diese Männer waren gar keine Kriminalpolizisten, sie waren ... Amajit blickte vom einen zum anderen, und als sie die Augen senkten, wusste er, dass sie die Wahrheit sagten. Worte in seiner Sprache, die in jeder Sprache das Gleiche bedeuteten.

Er torkelte zurück, tastete nach der Armlehne des Sessels. Er bekam sie zu fassen und ließ sich hineinsinken. »Rukhsana ist tot?«, sagte er, weil er irgendetwas tun musste, das normal war, sich aus seiner Fassungslosigkeit lösen, das schreckliche Schweigen brechen musste. »Im Wald? Was hat sie denn im Wald gemacht? Sind Sie sicher, dass sie es ist?«

Handford nahm in dem Sessel gegenüber von ihm Platz. Rukhsana lächelte von einem Foto auf dem Kaminsims herab. »Ja, Mr Mahmood, so Leid es mir tut, aber wir sind uns so gut wie sicher. Sie müssen sie zwar noch identifizieren, aber es handelt sich mit an Sicherheit grenzender Wahrscheinlichkeit um Ihre Frau.«

Amajit starrte ins Leere. »Die Lichter.« Er blickte zu Handford auf. »Die Lichter oben beim Pflegeheim, sind die ihretwegen da?«

»Ja, Sir«, flüsterte Handford. »Ja, so ist es.«

»Aber ...« Amajit konnte die Mitteilung nur schwer verarbeiten. »Aber wie ist sie gestorben? Ist sie gestürzt?«

»Nein«, erwiderte Ali, diesmal auf Englisch. »Tut mir Leid, dass ich es Ihnen nicht behutsamer beibringen kann, aber sie wurde überfallen. Man hat ihr mehrere Schläge an den Kopf versetzt ...«

Amajit zitterte. Er versuchte sich zusammenzureißen, doch seine Hände zuckten weiter, sodass er sie ineinander schlingen musste, damit sie sich beruhigten.

»Schläge an den Kopf? Aber wer sollte denn so etwas ...« Dann begriff er die ganze schreckliche Wahrheit. »Sie meinen, sie wurde ermordet?«

»Ja, Mr Mahmood. Mein Beileid.«

Amajit ließ den Kopf sinken. Vor einer halben Stunde hatte er sich noch auf einen ganz normalen Abend gefreut, und jetzt ... Es war Unsinn. Sie mussten sich irren. Sie wollten doch, dass er sie identifizierte. Von ihm aus gern – er würde ihnen beweisen, dass sie sich irrten.

»Sie haben doch irgendwas davon gesagt, dass ich sie identifizieren muss. Soll ich gleich mitkommen?«

Der Inspector, so liebenswürdig und verständnisvoll wie zuvor, ergriff wieder das Wort. »Das hat bis morgen Zeit, Sir. Wir schicken Ihnen morgen Vormittag einen Wagen.«

»Morgen, warum erst morgen? Warum nicht gleich? Ich kann nicht bis morgen warten, ich will jetzt Bescheid wissen.« Der Mann verstand ihn anscheinend nicht. Er wandte sich an Ali. »Sie verstehen das doch, nicht wahr?«

»Ja, ja, natürlich, und Inspector Handford ebenso. Aber sie ist noch oben am Tatort.«

»Dann gehe ich eben dorthin.«

»Nein.« Der Sergeant schlug einen entschiedenen Tonfall an. »Sie sollten sie sich lieber erst ansehen, wenn sie ins Leichenschauhaus gebracht wurde.«

»Und wenn ich sie identifiziert habe, darf ich sie dann mitnehmen? Darf ich sie bestatten?«

»Nein, Sir, nicht sofort, fürchte ich«, antwortete Handford. »Der Gerichtsmediziner wird ihre Leiche so schnell wie möglich freigeben. Er wird sie nicht länger als nötig dort behalten.«

Amajit schaute ihn mit bangem Blick an. »Aber unser Brauchtum ...«

Handford schüttelte den Kopf. »Tut mir Leid.«

Ali ging in die Hocke und legte seine Hand auf Amajits Arm. »Wir verstehen das vollkommen«, sagte er. »Aber wenn wir herausfinden sollen, wer sie ermordet hat, muss sie noch ein bisschen bei uns bleiben. Ich verspreche Ihnen, dass es nicht länger dauern wird als nötig.«

Amajit brachte kein Wort mehr heraus. Das Zimmer, in dem sie einträchtig beisammengesessen hatten, er und Rukhsana, kam ihm mit einem Mal kalt und leer vor. Die Möbel, die sie gemeinsam ausgesucht hatten, die Tapeten, die Vorhänge und all die anderen schönen Sachen – sie waren bedeutungslos geworden. Was sollte er jetzt machen? Wie sollte er ohne sie leben?

Er wollte nicht mehr unter Fremden sein, er wollte, dass die Polizisten gingen.

»Ich möchte Ihnen noch ein, zwei Fragen stellen, Mr Mahmood«, sagte Handford. »Falls Sie sich dazu imstande fühlen.«

Amajit versuchte sich zu konzentrieren. »Was kann ich Ihnen schon sagen? Ich bin im Dienst gewesen. Ich habe meine Frau seit heute Morgen nicht mehr gesehen.«

»Sie arbeiten im Stadtbauamt?«

Amajit nickte.

»Sind Sie den ganzen Tag über dort gewesen?«

»Ich war heute Morgen mit einem Architekten draußen bei einer Baustelle.« Er zögerte, versuchte, sich den Tag in Erinnerung zu rufen. »Den ganzen Nachmittag über war ich im Büro und später war ich bei einer Planungsbesprechung. Ich bin noch nicht lange daheim.«

»Nur noch eine Frage, Sir, dann lassen wir Sie in Ruhe. Fällt Ihnen irgendjemand ein, der Ihrer Frau so etwas hätte antun können? Hatte sie irgendwelche Feinde?«

Amajit starrte ins Leere, das Gesicht von Trauer und Schock gezeichnet. Was wusste er schon über Feinde? Freunde, Feinde, Verwandte. Unter gewissen Umständen konnte jeder zum Feind werden. Die Polizei würde die Wahrheit noch früh genug erfahren, aber im Moment mochte er sich nicht mit Erklärungen auseinander setzen – und mit den damit verbundenen Gewissensbissen. »Nein, sie hatte keine Feinde.«

Handford nickte. »Sollen wir sonst noch jemandem Bescheid geben? Ihren Eltern vielleicht?«

»Nein. Ja. Nein. Ich weiß nicht recht. Wir haben uns mit ihren Eltern zerstritten, mit unseren beiden Eltern. Vielleicht sollten Sie es ihnen lieber sagen. Ich glaube nicht, dass sie mit mir sprechen. Ich gebe Ihnen ihre Adresse. Sie wohnen an der Killinghall Road. Das ist im Osten der Stadt.« Er sah, wie der Sergeant die Stirn runzelte, und wusste, dass ihm alles klar war. Die nächste Frage kam daher nicht überraschend.

»Warum haben Sie beide sich mit Ihren Angehörigen zerstritten, Mr Mahmood?«, fragte Ali.

Amajit blickte erst Ali an, dann Handford. »Ihr Sergeant kennt die Antwort bereits, Inspector. Er weiß, dass sich dort, wo Rukhsanas Eltern wohnen, das Sikh-Viertel der Stadt befindet.« Er wandte sich wieder an Ali. »Sie haben Recht, Sergeant. Ich bin Moslem und meine Frau ist eine Sikh. Wir haben uns über unsere kulturelle Herkunft und Religionszugehörigkeit hinweggesetzt und geheiratet, ohne dass unsere Eltern etwas davon wussten.«

Einen Moment lang herrschte Schweigen. Ali konnte Amajit nicht in die Augen sehen, und obwohl er nichts sagte, musste er sichtlich an sich halten, um seiner Empörung Herr zu werden.

Amajit spürte, wie ihm die Tränen in die Augen stiegen. Er hatte es satt, sich gegenüber Leuten erklären zu müssen, die sowieso kein Verständnis dafür hatten.

»Verurteilen Sie mich nicht, Sergeant«, sagte er müde. »So was kommt vor. Bei uns hat es sich so ergeben und wir haben darunter gelitten. Vielleicht ist das letztendlich unsere Strafe.« Mit einem Mal kam er sich ausgelaugt vor. Mehr konnte er nicht mehr ertragen. Er brauchte Zeit. »Bitte, Inspector, nicht noch mehr Fragen, nicht jetzt.«

»Natürlich, Sir. Belassen wir es vorerst dabei. Können Sie heute Nacht irgendwo bleiben? Oder sollen wir jemanden herbitten? Wenn Sie möchten, können wir Ihnen jemanden von der Sozialbetreuung schicken.«

Amajit schüttelte den Kopf. »Nein, nicht noch mehr Fremde. Ich rufe meinen Cousin an. Er wird herkommen.« Mit flehendem Blick schaute er Handford an. »Sie irren sich bestimmt nicht?«

Handford schüttelte einmal mehr den Kopf. »Tut mir Leid.«

Amajit schlug die Hände vors Gesicht und fing an zu weinen.

Schweigend fuhren Handford und Ali zu Rukhsanas Eltern. Sie hatten vermutet, dass sie eine Moslem war, weil sie einen Schalwar-kamis getragen hatte. Die Erkenntnis, dass sie eine Sikh war, ließ den ganzen Fall in einem neuen Licht erscheinen, zumal sich daraus weitere ethnische und kulturelle Verwicklungen ergaben und der Kreis der Tatverdächtigen größer wurde – von der schrecklichen Möglichkeit, dass es sich um einen Fememord handelte, gar nicht zu sprechen.

Die Heizung im Wagen hatte bisher für angenehme Wärme gesorgt, aber jetzt fing Handford an zu schwitzen. Er bekam einen trockenen Mund und sein Magen krampfte sich zusammen. Die Erinnerung an Jamilla Aziz, an eine Unzahl höhnischer, spöttischer Gesichter, an die Beschimpfungen und das herumfliegende Glas eingeschlagener Fenster drohte ihn zu überwältigen. Er sah sich wieder vor seinen Vorgesetzten sitzen, denen er zu erklären versuchte, warum es dazu hatte kommen können, während er sich vergebens mit dem Hinweis verteidigte, dass er die richtigen Schlüsse gezogen hatte und dass die anschließenden Unruhen ihre eigenen Ursachen hatten und nicht gänzlich auf den Tod des Mädchens und die Festnahme des Bruders zurückzuführen waren.

»Sir!« Alis drängender Tonfall riss Handford wieder in die Gegenwart zurück. Er stellte fest, dass er auf die Gegenfahrbahn geraten war. Eine Hupe ertönte und Lichter blinkten auf, dann war er wieder eingeschert.

»Tut mir Leid«, sagte er.

Ali umklammerte die Armstütze an der Türinnenseite. Handford musste sich wohl oder übel eingestehen, dass er das Wissen und die Erfahrung des Sergeants brauchte, auch wenn es ihm noch so schwer fiel. Mit Ali würden die Angehörigen reden, weil sie wussten, dass er verstand, was für eine Schande eine solche Ehe über die Familie brachte und aus welchem Grund sie dies oder jenes getan hatten – was immer das auch sein mochte. Falls es sich hier um einen Mord aus familiären Gründen oder aus Rache handelte, wusste Ali am ehesten, wo er ansetzen musste, um ihnen die entsprechenden Auskünfte zu entlocken.

Dennoch machte Handford sich Sorgen. Er hatte gesehen,

wie der Sergeant in Mahmoods Haus reagiert hatte, und es hatte ihn geärgert, obwohl er wusste, welche Bedeutung Brauchtum und Kultur für Moslems hatten. Aber wenn Ali nicht einmal gegenüber einem Mann, dem sie soeben mitgeteilt hatten, dass seine Frau ermordet worden war, seine Empörung verhehlen konnte, wie zuverlässig – und objektiv – fiel dann sein Urteil aus? Ein Polizist durfte nicht zulassen, dass seine persönliche Einstellung auf die Ermittlungen abfärbte oder seinen Umgang mit einem Verdächtigen beeinträchtigte. Theoretisch sollte das kein Problem darstellen. Sie alle hatten zu Beginn ihrer beruflichen Laufbahn die entscheidende Frage beantworten müssen: »Würden Sie Ihren Bruder, Ihre Schwester, Ihre Mutter oder Ihr Kind festnehmen, falls es nötig sein sollte?« Und selbstverständlich hatten sie alle mit »Ja« geantwortet, weil sie ihren Bruder, ihre Schwester, ihre Mutter oder ihr Kind kannten und wussten, dass es nie dazu käme. Aber bei der Sache, auf die sie heute Abend gestoßen waren, ging es um Religion, um kulturelle und ethnische Besonderheiten, um Stolz und Ehre der Familie – beziehungsweise, jedenfalls in diesem Fall, um die Schande, die über die Familie gebracht worden war. Handford hatte Verständnis dafür, aber Ali lebte nach diesem Brauchtum und diesen Gesetzen, und daher war er möglicherweise nicht dazu in der Lage, zwischen Dienst und Privatleben zu unterscheiden. Handford hatte gesehen, wie sich Alis Gesichtsausdruck verändert hatte, als Amajit ihnen erzählt hatte, dass er sich bei seiner Heirat über Religion und kulturelle Herkunft hinweggesetzt hatte. Amajit hatte es ebenfalls bemerkt, und selbst unter diesen furchtbaren Umständen hatte er es für nötig befunden, den Sergeant anzuflehen, er möge ihn nicht verurteilen, und ihn um Vergebung zu bitten – jedenfalls war es Handford so vorgekommen.

Die Frage war nur, ob er es besser Ali überließ, damit zurechtzukommen, oder ob er ihn offen darauf ansprechen sollte? Wenn in einem der üblichen Teams dieses Problem aufgetaucht wäre, hätte er mit dem Betreffenden in aller Ruhe ein paar Takte geredet und ihm dann, falls nötig, zu helfen versucht. Aber nur weil er wusste, wie seine Leute funktionierten, wie sie dachten –

weil er unbefangen mit ihnen umgehen konnte. Mit Ali sah die Sache anders aus. Weder wusste er über ihn Bescheid, noch konnte er unbefangen mit ihm umgehen, zumal er von Anfang an nicht unbedingt die beste Figur abgegeben hatte, was ihre Zusammenarbeit anging.

»Die nächste rechts, Sir.«

Handford steuerte den Wagen von der Hauptstraße in die dunkle Häuserzeile, in der Rukhsanas Eltern wohnten. Behutsam setzte er ihn an die Bordsteinkante, hielt an und zog die Handbremse. Unterdessen war er zu dem Schluss gekommen, dass er mit Ali genauso umgehen musste wie mit jedem anderen Mitarbeiter. Er drehte sich zu dem Sergeant um, der gerade seinen Sicherheitsgurt löste, ohne den Blick seines Vorgesetzten wahrzunehmen – aber vielleicht wollte er ihn auch einfach nicht beachten.

Handford versuchte die Frage so freundlich wie möglich vorzubringen. »Was diese Mischehen angeht, Khalid, was für eine Einstellung haben Sie dazu?«

Ali ließ den Sitzgurt zwischen den Händen hindurchgleiten. Scheppernd schlug die Schnalle an den Türholm. Einen Moment lang saß er mit gesenktem Kopf da, dann blickte er auf und schaute Handford in die Augen. »Ich hasse diesen Teil, Sir. Können wir den nicht überspringen?« Dann öffnete er die Wagentür und stieg aus, schlug seinen Mantelkragen hoch und ging zur Haustür, ohne auf Handford zu warten.

Handford hieb mit der Hand auf das Lenkrad.

»Verflucht! Verdammt noch mal!«, rief er.

Er hatte es verpatzt, sein unbeholfener Versuch, zu Ali durchzudringen, war in die Hose gegangen. Jetzt war es zu spät, er hatte den rechten Moment verpasst. Aber vielleicht hatte auch Ali dafür gesorgt, dass er ihn verpasst hatte. Er wusste es nicht. Seufzend löste Handford seinen Sicherheitsgurt, öffnete die Tür und stemmte sich aus dem Wagen.

Barry Penistone war betrunken. Fast den ganzen Abend lang hatte er ein Bier nach dem anderen in sich geschüttet, dazu noch etliche Whisky hinterher, und jetzt hing er über der Bar, das

Kinn in eine Schnapslache getaucht. Als er den Kopf nach rechts drehte, weil er hoffte, dass er dort vielleicht ein bisschen klarer sehen konnte, starrte er die in Reih und Glied stehenden Gläser an, die sich im Rhythmus der Musik wiegten, die er im Kopf hatte. Während er noch den Tönen nachhing, hörte er seinen Namen, erst leise, dann lauter.

»Komm schon, Barry. Wir machen gleich dicht. Wird Zeit, dass du heimgehst.«

Die Worte hallten noch in seinem Kopf wider, als er spürte, wie ihn jemand unter den Armen fasste und hochzog. Dann hörte er aus nächster Nähe die Stimme des Gastwirts. »Du musst morgen früh wieder zur Arbeit.«

Barry ruderte mit den Armen. »Lass mich los. Gib mir noch was zu trinken.«

»Du kriegst nichts mehr, Barry, mein Guter. Jedenfalls heute Abend nicht. Du wachst morgen früh sowieso mit einem gewaltigen Kater auf.«

Er versuchte sich aufzurichten, spürte dann gerade noch, wie er zusammensackte, ehe ihm schwarz vor Augen wurde.

Der Wirt ging in die Knie, als er die jähe Last auffangen musste. »Komm her und hilf mir«, rief er dem Barkeeper zu, der gerade die schmutzigen Gläser im Nebenzimmer abräumte. »Los, wir legen ihn auf die Bank. Ich ruf ein Taxi, auch wenn ich mir beim besten Willen nicht vorstellen kann, dass ihn in diesem Zustand jemand mitnimmt. So besoffen hab ich ihn nicht mehr erlebt, seit er aus dem Knast gekommen ist und erfahren hat, dass Donna mit dem Metzger zusammengezogen ist.«

Barry kam kurz wieder zu sich. »Das hätt sie nicht tun solln«, ächzte er. »Das hätt sie einfach nicht tun solln. Sie is an allem schuld. Gib mir noch was zu trinken!« Er schlug auf die Bank. »Gib mir noch was zu trinken!«, verlangte er.

Der Wirt schüttelte den Kopf. »Der ist wieder völlig neben der Spur. Pfeif auf das Taxi, wir schaffen ihn raus. Vielleicht wird er im Regen wieder halbwegs nüchtern.«

Barry wurde ein weiteres Mal an den Armen gepackt und hochgezogen. Er versuchte zu protestieren, als ihn die beiden

Männer zwischen den von Bierlachen bedeckten Tischen hindurchschoben und unterdessen die Stühle und Hocker hochstellten. Aber niemand hörte auf ihn. An der Tür angelangt, drückte der Wirt den Messinggriff durch. Er hielt die Tür mit dem Fuß offen und schob Barry mithilfe des Barkeepers nach draußen. »Komm schon, du Mistkerl, raus mit dir.«

Sobald er draußen war, packten sie ihn wieder. »Gut, lehn ihn jetzt an die Wand.« Der Wirt war außer Atem. »Herrgott, ist der schwer.«

Barry machte Anstalten, wieder in den Pub zu gehen, doch sie hielten ihn fest. »Nein, nix da. Du bleibst, wo du bist.«

Sie drehten ihn herum. »In Ordnung, George, bring ihn über die Straße und stell ihn so hin, dass er in Richtung Park schaut. Von dort aus findet er allein heim.«

Barry wandte den Kopf um und sah den Wirt an. »Sie is an allem schuld. Du glaubst mir doch, nicht wahr?« Er drehte sich um und legte dem Wirt die Hand auf die Schulter. »Ich weiß, dass du mir glaubst. Wenn sie nicht gewesen wär, wär das alles nicht passiert.« Seine Stimme drohte überzuschnappen. »Donna, ich will Donna.«

Ihre Haare und Schultern waren klatschnass vom Regen. »Herrgott noch mal, schaff ihn über die Straße, George.«

George hatte ebenfalls genug. Es war spät, er war müde und er wollte nach Hause, wenn möglich noch vor Mitternacht. Er packte Barry an der Schulter und schob ihn zur Bordsteinkante. »In Ordnung, mein Guter. Wir gehen jetzt über die Straße und du gehst heim. Danach geh ich heim. Hast du verstanden?«

Entschlossen lotste er Barry über die verlassene Straße, zerrte ihn auf den Gehsteig, drehte ihn um neunzig Grad, überzeugte sich davon, dass er halbwegs sicher stand, soweit das unter diesen Umständen überhaupt möglich war, und gab ihm einen Schubs. Dann kehrte er zum Pub zurück, ohne sich noch einmal umzudrehen.

Barry geriet leicht ins Schwanken, als er sich nach dem Barkeeper umdrehte. Der Regen nüchterte ihn allmählich aus. Er wollte nicht nüchtern werden. Wenn er nüchtern wurde, kam die Erinnerung, und er wollte sich nicht erinnern. Er war allein und er wollte nicht allein sein. Er wollte bei Donna sein. Er brauchte Donna. Er sank auf die Knie und krümmte sich vornüber. Er hatte die Ellbogen in eine Pfütze gestützt, und als das Wasser durch seine Jacke drang, vergrub er den Kopf in der Armbeuge und zupfte mit den Händen an den Haaren in seinem Nacken.

»Sie is an allem schuld«, schluchzte er. »Wenn sie nicht gewesen wär, wär das nicht passiert.«

Drittes Kapitel

Karen Penistone zog die Vorhänge auf und fröstelte. Sie stand einen Moment lang da und schaute hinaus. Es war noch immer dunkel und der dichte Dunst, der sich über Nacht gesenkt hatte, reichte bis zu den Häusern auf der anderen Straßenseite und nahm ihr die Sicht auf die kleinen Gärten. Der orangegelbe Schein der Straßenlaternen war zu matt, um die menschenleere Straße zu erleuchten. Auf der Uhr am Kaminsims war es zehn nach sieben. Gerade die rechte Zeit für eine Zigarette. Wieder fröstelte sie, verschränkte die Arme und raffte den verfilzten alten Frotteemorgenmantel enger um sich, damit nicht das letzte bisschen Wärme zwischen dem dünnen Stoff und ihrer Haut entwich. Die Gasheizung war kalt und dunkel, daher schaltete sie den elektrischen Kamin ein und sah zu, wie die roten Flammen über den künstlichen Kohlen züngelten. Das Gas stellte sie nicht an. Es war noch zu früh. Das wollte sie erst eine Weile später aufdrehen, damit das Zimmer warm genug war, wenn sie Danny herunterbrachte. Es kam nicht in Frage, dass sie ihrer selbst wegen Geld verschwendete.

Sie kuschelte sich auf die Couch und schob den Morgenmantel unter ihre Beine, als sie der raue, gerippte Stoff kratzte. Auf der Armlehne lagen eine Schachtel Zigaretten und die Streichhölzer. Sie beugte sich zurück, bekam sie zu fassen und ließ sie in ihren Schoß fallen, zögerte dann einen Moment, bevor sie eine Zigarette herauszog. Das Streichholz flammte auf, als sie es über die Reibfläche zog und dann an die Zigarette hielt, bis der Tabak rot aufglimmte. Die Streichholzflamme verglühte langsam, färbte sich bläulich und verwandelte sich schließlich in einen grauen Rauchfaden, der sich zur Decke ringelte. Sie sog den Rauch ein und genoss das Brennen in ihrer Kehle. Ein kurzer Moment der Freude und dann nichts mehr. Zum x-ten Mal nahm sie sich vor, keine Zigaretten mehr zu kaufen. Diese Schachtel wollte sie noch aufrauchen, weil es Verschwendung wäre, sie einfach wegzuwerfen, aber danach würde sie das Geld beiseite legen, sich aus dem Katalog ihrer Freundin eine neue Sitzgarnitur bestellen und diese in wöchentlichen Ratenzahlungen abstottern.

Karen ließ den Blick durchs Zimmer schweifen und betrachtete es voller Abscheu. Es könnte etwas Neues gebrauchen, damit es ein bisschen freundlicher wirkte. Sie hatte versucht, es so schön wie möglich herzurichten, als sie eingezogen war, aber sie hatte überhaupt nicht gewusst, wo sie anfangen sollte; egal, was sie damit machte, es blieb so, wie es war – schäbig und verkommen. Es gab kein einziges Möbelstück, das nicht aus zweiter Hand stammte. Und sie waren nicht einmal gut erhalten. Sie konnte sich noch daran erinnern, wie die beige Sitzgarnitur, für die in dem schmuddligen Laden in der High Street kein Platz gewesen war, wochenlang draußen auf dem Gehsteig gestanden hatte, den Autoabgasen, der Witterung und den Kindern ausgesetzt, die darauf spielten. Sie hatte sie eigentlich nicht in ihrer Wohnung haben wollen, doch letztlich hatte sie sich nichts anderes leisten können. »Ich sag immer, es gibt für alles einen Käufer«, hatte der Mann mit den fettigen Haaren geäußert, als sie ihm das Geld gegeben hatte. Er hatte sich die Finger geleckt, die Scheine langsam nachgezählt, sie dann zusammengerollt und in seine Hosentasche gesteckt. »Können Sie jemand auftreiben, der sie abholt, meine Liebe?«

Karen dachte daran, wie sie früher immer von ihrem eigenen Zuhause geträumt, sich vorgestellt hatte, wie sie danach suchen und was sie damit machen wollte – allzu nobel musste es gar nicht sein, aber auch nicht so verlottert wie diese Bruchbude. Sie schloss die Augen und stellte sich die Reihenhaushälfte ihrer Träume vor, die auf einem Privatgrundstück mit eigenem Garten stand, der sich zu einem Fußweg hinabzog und mit Mandelbäumen bepflanzt war, die im Frühling rosa blühten und deren

Laub im Sommer wie poliertes Kupfer schimmerte. Eine Zeit lang befand sie sich in einer anderen Welt, der Welt, die sie sich immer gewünscht hatte, mit der sie sogar angegeben hatte, bevor sie hier gelandet war. Wieder zog sie an ihrer Zigarette und stieß langsam den Rauch aus. Eines Tages, wenn Danny zur Schule ging, würde sie sich eine Arbeit suchen, nicht irgendeinen Job, sondern den Beruf, den sie immer hatte ausüben wollen. Sie wollte Friseuse werden, und wenn sie es irgendwann so weit gebracht hatte, konnten sie irgendwo wohnen, wo es schöner war als hier.

Karen schnippte die Zigarettenasche in den Kamin. Was bildete sie sich bloß ein? Was sollten diese albernen Träume? Mit welchem Recht erwartete sie mehr, als ihrer Mutter vergönnt war? Sie war gerade achtzehn geworden und hatte ein zweijähriges Kind. Selbstverständlich war sie verbittert und hatte die Nase voll, weil es ihr wie mit allem in ihrem Leben ging – weil sie nicht einmal das richtig hinbekam. Danny war nicht in Liebe gezeugt worden. Es war beim allerersten Mal passiert und sie hatte es weder gewollt noch genossen. Sie hatte abtreiben wollen, aber zu lange gewartet, bis es irgendwann zu spät gewesen war. Niemand wusste, wer der Vater war, außer ihm und ihr, daher dachten die Leute, sie wäre ein Flittchen, das mit jedem schlief. Sie hörte noch immer das Gerede. »Die weiß nicht mal, wer der Vater ist.«

Doch sie wusste es sehr wohl. Sie konnte sich noch genau an den Akt erinnern und an den Krach, den es gegeben hatte, als sie schließlich ihren ganzen Mut zusammengenommen und ihm mitgeteilt hatte, dass sie schwanger war. Er hatte nichts davon wissen wollen, doch sie hatte seinen Gesichtsausdruck gesehen. Er hatte Angst gehabt. Er hatte sie verhöhnt, sie als Flittchen und Nutte bezeichnet, und sie hatte ihn angeschrien, dass er daran schuld sei, wenn sie ein Kind kriegte, und mit den Fäusten nach ihm geschlagen, doch er hatte sie festgehalten, bevor sie ihn traf, und ihr gedroht, dass er sie fertig machen würde, wenn sie es jemals verraten sollte. Sie hatte gewusst, dass er es ernst meinte, und Stillschweigen gewahrt.

Ihr Kind war mit verkrüppelten Füßen geboren – Klumpfüße,

hatte ihre Mutter gesagt. Rührte vermutlich von der Lage im Mutterleib her. Als er zur Welt gekommen war, hatte ihr der Arzt im Krankenhaus erklärt, dass sie Übungen mit ihm machen und seine Beine in Schienen schnallen müsste, damit sie gerichtet werden konnten, und später müsste er dann Spezialschuhe tragen. Geholfen hatte ihm schließlich die Operation, die er über sich ergehen lassen musste, und jetzt fing er an zu laufen. Aber er brauchte viel Zuspruch, und wenn Rukhsana Mahmood nicht gewesen wäre, ihre Fürsorgerin, die sie anfangs tagtäglich besucht hatte und auch jetzt noch mindestens einmal die Woche vorbeischaute, wäre sie niemals damit zurechtgekommen.

Karen mochte Rukhsana; sie behandelte sie nicht so von oben herab wie die Frau im Sozialamt. Rukhsana ermutigte sie, drängte sie sogar dazu, Friseuse zu lernen. Sie könnte auf die hiesige Berufsschule gehen, erklärte sie ihr, wo es eine Kinderkrippe gab, zumal Danny alt genug dafür wäre, wenn im September das neue Schuljahr anfinge. Karen hatte eingewandt, angesichts all dessen, was sie für ihn tun müsste, wäre das unmöglich. Doch Rukhsana hatte erwidert, die Kindergärtnerinnen in der Krippe seien gut ausgebildet und kämen schon mit ihm zurecht – und außerdem stünde sie, falls nötig, jederzeit mit Rat und Tat zur Verfügung.

Karen rauchte ihre Zigarette zu Ende, bückte sich und schaltete die Gasheizung ein. Sie genoss gerade die erste Wärme, als sie das Klirren vor der Tür hörte – der Milchmann holte die leeren Flaschen ab und brachte neue. Gleichzeitig schlug die Uhr am Kaminsims sieben. Sie seufzte; sie musste sich aufrappeln. Sie raffte ihren rosa Frottémorgenmantel wieder enger um sich, schlurfte in den kalten Vorsaal hinaus, holte den Schlüssel von dem kleinen Tisch und schloss die Haustür auf. Als sie sich bückte, roch sie das Erbrochene unmittelbar neben dem Türstock. Angewidert verzog sie das Gesicht, wich der Lache aus, als sie hinaustrat, und blickte zu dem kleinen Schlafzimmerfenster hinauf. Die Vorhänge waren zugezogen. Barry musste letzte Nacht betrunken heimgekommen sein, ohne dass sie ihn gehört hatte. Barry schlief immer in ihrem Haus, wenn er besoffen war; vom Pub aus war es zu ihr näher als zu seiner Mutter. Schon komisch, dachte sie, dass er immer die Vorhänge zuzieht, egal, wie besoffen er ist.

Karen brachte die Milch in die Küche und ging dann auf Zehenspitzen die Treppe hinauf. Sie warf einen Blick in ihr Zimmer. Danny lag flach auf dem Bauch in seinem Kinderbett und schlief noch. Vorsichtig begab sie sich zur Tür des Gästeschlafzimmers und lauschte, hörte aber nichts. Vielleicht war Barry diesmal an seinem Erbrochenen erstickt.

Karen ging ins Badezimmer und betrachtete sich im Spiegelschrank. Was bist du bloß für ein Mensch, fragte sie sich, wenn du auf solche Gedanken kommst – deinem Bruder den Tod wünschst? Während sie ihr Spiegelbild musterte, dachte sie bekümmert an den alten Barry. Was war nur aus ihm geworden? Einst war er der große Bruder gewesen, der auf sie aufgepasst und dafür gesorgt hatte, dass ihr niemand etwas zuleide tat. Sie konnte sich noch daran erinnern, wie er ihren Vater daran gehindert hatte, sie zu schlagen, wenn sie nach durchtanzter Nacht nach Hause gekommen war. Und ein andermal war er gegen eine ganze Bande asiatischer Jungs angetreten, die sie umringt und gehänselt hatten.

Sie zog sich aus, drehte die Dusche auf und stellte sich unter den lauwarmen Strahl. Während sie sich die Haare und den Körper mit Duschgel einseifte, beschäftigten sich ihre Gedanken mit Barry. Er war nicht immer so daneben gewesen; klar, jähzornig war er seit jeher, aber nicht ihr gegenüber – die achtzehn Monate Knast hatten sie beide verändert. Er war brutaler geworden, aggressiver – aber was war aus ihr geworden? Wenn man sich vorstellte, wie man jemanden umbrachte, war das nicht ebenso schlimm, wie wenn man ihn tatsächlich umbrachte? Sie wusste nicht genau, was für ein Mensch sie seinetwegen geworden war, aber wenn sich Barry zu Tode soff und sie ihn dadurch loswurde, sollte ihr das nur recht sein.

Sie zog sich gerade ihren Pulli über, als sie Danny weinen hörte. Er war normalerweise ein ruhiges Kind, aber wenn er morgens aufwachte und nicht aus dem Bettchen kam, machte er immer Theater. Danny hatte kaum den ersten Ton von sich gegeben, als aus dem Gästezimmer lautes Gepolter drang.

»Scheiße! Wer hat denn den blöden Stuhl da hingestellt?« Im nächsten Moment brüllte Barry laut los. »Bring das Balg zur Ruhe! Mir platzt die Birne!« Das Kind schrie nur noch lauter. »Bring ihn zur Ruhe, sag ich. Sonst sorg ich eigenhändig dafür, dass er das Maul hält.«

»Ach, halt selber das Maul, du versoffener Sack. Und putz deinen Dreck draußen weg.«

»Putz ihn selber weg. Bring mir lieber 'ne Tasse Tee.«

Karen ging einfach weg und kümmerte sich um Danny. Sie nahm ihren Sohn aus dem Bett und trug ihn hinunter in die Küche, küsste unterwegs immer wieder seine dichten braunen Locken. Sie drückte ihn an ihre Schulter, zog den Kindersitz an den Tisch und setzte ihn hinein, bugsierte erst das linke, dann das rechte Bein vorsichtig an dem Riemen in der Mitte vorbei und machte ihm dann sein Frühstück. Sie stellte eine Schale Reisflocken vor ihn hin und gab ihm einen Löffel, mit dem er sofort quietschvergnügt auf sein Müsli einschlug und laut aufjuchzte, als die Milch in hohem Bogen in sein Gesicht und über den Tisch spritzte.

»Bring ihn zur Ruhe!« Barry drängelte sich an dem Kindersitz vorbei und ließ sich auf den Küchenstuhl fallen. Er hatte eine Zigarette im Mundwinkel hängen.

»Herrgott, siehst du fertig aus. War wohl 'ne tolle Nacht, was?«

Ihr Spott kam bei ihm nicht an. Barry nahm die Zigarette aus dem Mund und schnippte die Asche aufs Linoleum. »Geht dich gar nix an.«

»Es geht mich sehr wohl was an, wenn du auf meine Haustürtreppe kotzt, bei mir absteigst und in meinem Gästebett schläfst. Und benutze gefälligst einen Aschenbecher, ja?«

»Wo is der Tee?«

»Du kriegst keinen Tee, solange du die Sauerei draußen nicht weggeputzt hast.«

»Ach, komm schon, Kar, ich kotz gleich wieder, wenn ich das mache. Bring mir 'n Tee, dann mach ich's.«

»O ja, das hab ich schon mal gehört.« Barry blickte zu ihr auf. Sein blasses, unrasiertes Gesicht und die zerknitterte Kleidung sagten alles. Er war ein widerwärtiger Penner, und wenn es ihm schlecht ging, hatte er sich das nur selbst zuzuschreiben. Doch wider besseres Wissen ließ sich Karen erweichen. »Na schön, du kriegst deinen Tee. Aber hinterher machst du die Treppe sauber.«

»O Gott!«, ächzte Barry und rieb sich mit den Handballen die Schläfen. »Verflucht, was hab ich bloß gemacht.«

»Herrgott noch mal, Barry, leg mal 'ne andere Platte auf. Du hast das Gleiche gemacht wie immer. Du hast dich besoffen und jetzt bedauerst du dich selber.« Karen trat einen Schritt auf ihren Bruder zu und legte ihm vorsichtig die Hand auf die Schulter. »Du musst damit aufhören, Barry. Ich weiß, dass du dich immer noch wegen Donna rumquälst, aber sie ist weg. Sie will dich nicht mehr, nicht nach dem, was du mit dem Mann im Pub angestellt hast, und daran kannst du auch mit deiner Sauferei nichts mehr ändern.«

Barry zog seine Schulter weg. »Was weißt du denn?«, stöhnte er. »Du weißt gar nichts.«

»Ich weiß, dass es deine eigene Schuld war. Es war deine Schuld, dass sie dich verlassen hat.«

»Verpiss dich!«, brüllte Barry, stand auf und trat gegen den Stuhl. Krachend kippte er um. »Verpiss dich!« Er hob die Hand und schlug nach ihrem Gesicht, doch Karen duckte sich und wich aus. Mit einem dumpfen Knall traf Barrys Faust auf den Hängeschrank an der Wand.

»Hau ab!«, schrie sie. »Raus mit dir!«

Barry saugte an seinen Knöcheln, die er sich am Schrank blutig geschlagen hatte, und drängte sich an ihr vorbei. »Du elendes Miststück!«, brüllte er. »Du elendes Miststück!«

Danny, der seine Mutter und seinen Onkel gespannt beobachtet hatte, fing an zu weinen. Karen nahm ihn aus dem Kindersitz, drückte ihn an sich und schmiegte das tränennasse Gesicht an seinen Lockenkopf. »Ist schon gut, Danny«, schluchzte sie. »Ist schon gut.«

Warrender wollte dem Mann neben ihm gerade seine Meinung anvertrauen, als Handford den Lageraum betrat.

»... derjenige, der letztes Jahr die Unruhen ausgelöst hat? Hab gedacht, der wäre gefeuert worden. Hat uns grade noch gefehlt. Ein abgehalfterter Inspector und ein Paki-Sergeant.«

»Sei still«, flüsterte Appleyard und warf einen warnenden Blick zur Tür.

Handford kam auf sie zu. »Haben Sie etwas auf dem Herzen, Warrender?«, fragte er mit drohendem Unterton.

»Nein, Chef, hab ich nicht.« Er wirkte völlig ungerührt.

Die rund zehn Detectives, die sich angeregt miteinander unterhielten, verstummten nach und nach, aber Handford wartete, bis völlige Stille eingekehrt war. Er hielt noch einen Moment lang Blickkontakt mit Warrender, ehe er sich zwischen den Tischen hindurch zum anderen Ende des Zimmers begab. Es war früh am Tag und die Beamten, die dem Ermittlungsteam zugeteilt worden waren, fläzten auf den Stühlen oder standen in kleinen Gruppen herum, tranken Kaffee und aßen Sandwiches. Nur Ali hielt sich etwas abseits und war allem Anschein nach in den Lageplan vom Tatort vertieft, der an die Wand gepinnt war. Handford wusste nicht, ob er Warrenders Bemerkung mitbekommen hatte.

Die Gespräche wurden wieder aufgenommen, doch die Stimmung war jetzt gedämpft, weniger aufgeregt und erwartungsvoll als zuvor – niemand wusste genau, was als Nächstes geschehen würde. Handford konnte das nicht gebrauchen. Für ihn stand zu viel auf dem Spiel, als dass er sich diesen Mist gefallen lassen durfte, den Warrender verbreitete. Er musste etwas dagegen tun, aber nicht jetzt; jetzt standen wichtigere Dinge an.

»Gut, dann wollen wir mal loslegen.« Handfords Tonfall war scharf und schneidend und er ließ die Unterlagen, die er bei sich hatte, auf den Tisch fallen. Augenblicklich kehrte Stille ein. Als er wieder das Wort ergriff, klang er ruhig und beherrscht. »Tut mir Leid, dass man Sie zu einer so unchristlichen Zeit herbestellt hat«, sagte er. »Aber der gestrige Mord wird wahrscheinlich großes Aufsehen erregen, daher müssen wir uns ranhalten.« Er wandte sich an Ali. »Falls Sie einander noch nicht kennen gelernt haben sollten – das ist Detective Sergeant Ali und die beiden da drüben sind die Detective Constables Warrender und Appleyard. Alle drei wurden uns für diese Ermittlungen von Broughton zugeteilt.«

Diejenigen, die sie kannten, murmelten ein paar kurze Worte zur Begrüßung. Als wieder Ruhe einkehrte, verwies Handford sie auf die ledernen Aktenordner, die an alle verteilt worden waren. Sie enthielten das aus der Arztpraxis stammende Foto des Opfers, Karten vom Pflegeheim und der Umgebung sowie eine Skizze, auf der die ursprüngliche Lage der Leiche und ihre endgültige Position festgehalten waren, nachdem Nathan Teale sie mit sich die Böschung hinabgezerrt hatte. Ferner enthielten sie einen in aller Eile verfassten Bericht des Polizeiarztes, in dem in nüchterner Medizinersprache die Verletzungen an Kopf und Körper sowie die Wunden an Händen und Unterarmen beschrieben waren, die von den letzten schrecklichen Augenblicken in Rukhsanas Leben und ihren Bemühungen kündeten, sich gegen ihren Mörder zur Wehr zu setzen.

Der Inspector deutete auf das an die Wandtafel gepinnte Foto. »Wir warten noch immer auf die offizielle Identifizierung, die heute Morgen stattfinden soll, aber es gibt kaum einen Zweifel, dass es sich bei dem Opfer um Rukhsana Mahmood handelt, siebenundzwanzig Jahre alt, Gesundheitsfürsorgerin in der Praxis von Dr. Haigh an der Palin Road, verheiratet mit Amajit Mahmood, einem Beamten im Stadtbauamt. Sie wurde gestern Nachmittag von einem gewissen Nathan Teale, dem Haus- und Hofarbeiter des Pflegeheims Moss Carr, in dem an das Heimgelände angrenzenden Wald gefunden. Sie hatte Verletzungen am Kopf, die ihr vermutlich mit einem Deckstein von der Umfriedungsmauer zugefügt wurden. Tut mir Leid, dass es noch keine Fotos vom Tatort gibt, aber ich werde sie aufhängen, sobald ich welche erhalte. Bislang wissen wir nur wenig über sie, abgesehen davon, dass sie eine Sikh war, während ihr Mann Moslem ist. Ich muss Ihnen sicher nicht erklären, in was für eine schwierige Lage sich die beiden damit gebracht haben.«

»Und uns«, sagte Warrender.

Handford ging weder auf die Bemerkung noch auf das beifällige Gemurmel ein, das darauf folgte. Warrender hatte Recht, aber Handford wollte sich nicht damit aufhalten.

»Amajit Mahmood bat uns, beiden Elternteilen die Nachricht zu überbringen«, fuhr er fort. »Doch als Sergeant Ali und ich Amajits Eltern aufsuchten, verleugneten sie das Paar schlichtweg, sagten, Rukhsana sei nie ihre Schwiegertochter gewesen und seit der Hochzeit betrachteten sie Amajit nicht mehr als ihren Sohn. Sie sahen nicht ein, das sie ihm beistehen sollten, nur weil sie tot sei. Oder uns bei den Ermittlungen helfen. Ihre Angehörigen waren sichtlich bestürzt, beteuerten aber, dass sie sie trotz wiederholter Versuche nicht dazu hätten bewegen können, ihren Mann zu verlassen und nach Hause zurückzukehren, wodurch sie große Schande über die Familie gebracht habe. Ihr Vater sagte, ihr Tod sei die Strafe dafür. Wir können also nicht ausschließen, dass es sich um einen Fememord durch die eine oder andere Familie handelt, aber wir dürfen uns nicht darauf versteifen. Wir müssen auch alle anderen Möglichkeiten in Betracht ziehen.« Ali starrte ihn an, doch Handford ließ sich nicht aus der Ruhe bringen.

»Rukhsana wollte eine Tante besuchen, die als Patientin in dem Pflegeheim weilt, so viel wissen wir. Aber wir wissen nicht, warum sie in den Wald gegangen ist. Dass sie lediglich spazieren gehen und ein bisschen frische Luft schnappen wollte, können wir in Anbetracht der Jahreszeit und der Witterung, die gestern herrschte, ausschließen. Der Wald ist ein gutes Stück vom Heim entfernt, daher muss sie aus einem bestimmten Grund dorthin gegangen sein. Weil sie allein sein, über irgendetwas nachdenken wollte? Wenn ja, worüber? Weil sie sich mit jemandem treffen wollte? Wenn ja, mit wem? Mit einer Freundin, einem Liebhaber, einem Angehörigen, einem Drogendealer? Sie hatte nicht viel bei sich. Ihre Tasche und ihr Handy wurden im Wagen gefunden. Das Handy war abgeschaltet und die Tasche war, soweit wir feststellen konnten, unberührt.« Handford hielt inne, damit sich alle die bisherigen Erkenntnisse einprägen konnten. »Momentan haben wir noch keinen Verdächtigen. Amajit hat allem Anschein nach ein Alibi. Er sagt, er war den ganzen Vormittag mit einem Architekten draußen auf einer Baustelle, den ganzen Nachmittag über im Büro und hinterher bei einer Planungsbesprechung. Allen, ich möchte, dass Sie das überprüfen.

Die Angehörigen haben ebenfalls Alibis. Die überlasse ich Sergeant Ali. Mal sehen, was dabei herauskommt. Der Sergeant ist übrigens der Meinung, dass auch Nathan Teale infrage käme.« Er warf einen kurzen Blick zu Ali, der etwas herumdruckste.

Warrender beugte sich zu Appleyard. »Hauptsache, er kann von seiner eigenen Mischpoke ablenken«, sagte er leise.

»Wenn Sie etwas beizutragen haben, Warrender, dann wollen wir das alle hören.« Der Inspector klang bissig.

»Nein, Chef, gar nichts.« Warrender erwiderte seinen Blick mit teils verächtlicher, teils spöttischer Miene.

»Wenn Rukhsana mit dem Deckstein umgebracht wurde, käme Teale von der Statur und der Körperkraft her durchaus infrage, aber bislang haben wir vom Labor noch nichts vorliegen, und nach dem derzeitigen Stand der Erkenntnisse sieht es nicht so aus, als ob er irgendetwas mit der Toten zu tun hatte. Aber ausschließen können wir es nicht. Davies, Sie und Jordan nehmen seine Aussage zu Protokoll und sehen zu, dass Sie so viel wie möglich über ihn erfahren. Wir haben seine Kleidung und die Stiefel, die er gestern trug. Außerdem hat die Spurensicherung einen Stiefelabdruck in der Nähe des Tatorts gefunden. Wir werden bald erfahren, ob er von ihm stammt.«

Er wurde vom Telefon unterbrochen. Die Ermittlerin, die am nächsten saß, nahm ab. »Lageraum, Detective Sergeant Hewitt am Apparat.« Einen Moment lang herrschte Schweigen, dann sagte Hewitt: »Ja, danke, ich sag ihm Bescheid.« Sie wandte sich an Handford. »Eine Mitteilung aus dem Labor, Sir. Sie wurde eindeutig mit dem Deckstein erschlagen. Sie haben Haare, Blutspuren und Hautpartikel des Opfers gefunden. Und die Obduktion findet heute Morgen um neun Uhr statt, sobald sie offiziell identifiziert wurde.«

»Gut, danke. Okay. Davies und Jordan, heben Sie sich Teale für später auf. Davies, ich möchte Sie bei der Obduktion bei mir haben, und Sie, Constable Jordan, suchen gemeinsam mit Sergeant Ali Rukhsanas Eltern auf, und danach Amajits. Nehmen Sie sich sämtliche Mitglieder der Familie vor, stellen Sie fest, wie sie zu dieser Ehe stehen. Bohren Sie nach, lassen Sie sich nicht abwimmeln. Wir müssen über diese beiden Familien mehr in

Erfahrung bringen. Ali, wir zwei treffen uns gegen zehn hier und besuchen anschließend Amajit. Graham und Clarke, hier ist eine Liste mit sämtlichen Hausbesuchen, die Rukhsana gestern erledigt hat. Sprechen Sie bei den Leuten vor, stellen Sie fest, wann sie kam, wann sie ging, was für einen Eindruck sie machte – Sie wissen ja, welche Fragen Sie stellen müssen. Anschließend suchen Sie die Praxis auf. Nach den morgendlichen Terminen stehen uns die Ärzte dort zur Verfügung, sofern es keinen Notfall gibt. Besorgen Sie sich Hintergrundinformationen über das Opfer – wie sie war, ob es irgendwelche Schwierigkeiten gab, über die jemand Bescheid wusste, ob sie Feinde hatte. Sie wissen schon, worauf es ankommt.« Er deutete auf eine Gruppe von Polizisten im hinteren Teil des Zimmers. »Sie begeben sich an den Tatort und helfen bei der Suche nach Fingerabdrücken. Wilson ist für die Beweisstücke zuständig. Und Detective Sergeant Hewitt übernimmt die Büroleitung. Noch irgendwelche Fragen?«

»Könnte es etwas mit Drogen zu tun haben, Sir?«, fragte Clarke. »Sie wissen schon – dass sie vielleicht wegen irgendwelcher Drogen umgebracht wurde, die sie bei sich hatte oder mit denen sie möglicherweise sogar gehandelt hat.«

»Ich glaube nicht, dass eine Fürsorgerin Drogen bei sich hat, was wiederum hieße, dass sie getötet wurde, weil sie keine hatte, und wir es mit Amateuren zu tun hätten. Ob sie gedealt hat? Die Möglichkeit besteht natürlich immer, und das würde möglicherweise erklären, warum sie im Wald war. Warrender und Appleyard, Sie ziehen los und vernehmen sämtliche uns bekannten Süchtigen. Und Sie, Clarke, erkundigen sich in der Praxis, welche Drogen sie, falls überhaupt, bei sich gehabt haben könnte.«

»Sir.«

Handford spürte, wie ihn die Erregung packte. Das sagte ihm schon eher zu – endlich eine Ermittlung, auf die er sich mit Zähnen und Klauen stürzen konnte.

»Ich möchte, dass drei von Ihnen sich noch heute Morgen das Personal des Pflegeheims vornehmen. Besorgen Sie sich eine Besucherliste. Gestern haben die Busfahrer gestreikt, und da Moss Carr ziemlich weit draußen liegt, brauchte jeder Besucher ein Fahrzeug. Stellen Sie sämtliche Autonummern fest und überprüfen Sie sie. Falls es im Heim Überwachungskameras gibt, besorgen Sie sich die Videobänder, vor allem die vom Parkplatz. Und jetzt heißt es Klinken putzen. Zuerst bei den Nachbarn der Mahmoods. Sie wohnen in einer überwiegend weißen Gegend, vermutlich wegen der Mischehe. Wenn sie unter Moslems oder Sikhs lebten, hätte man sie wahrscheinlich geschnitten oder ihnen noch Schlimmeres angetan. Das erleichtert Ihnen die Arbeit, wirft aber zugleich die Frage auf, weshalb sie überhaupt in Bradford wohnen. Normalerweise müsste man meinen, dass dieser Ort zuallerletzt infrage käme. Wir müssen den Grund dafür herausfinden. Falls die Familien sich darauf verständigt haben, sie in Frieden zu lassen, wäre es nachvollziehbar. Aber ansonsten setzten sie sich dadurch allerlei Schmähungen aus, brachten sich vielleicht sogar in Gefahr. Wir lassen die ersten Erkundigungen von Streifenpolizisten einholen, aber sobald deren Berichte vorliegen, haken Sie weiter nach. Mit wem waren sie befreundet? Wie haben sie gelebt? Waren sie gesellig oder blieben sie lieber unter sich? Hatten sie viele Gäste, gemeinsam oder jeder für sich? Hatten sie finanzielle Sorgen? Hatten sie Feinde? Machten sie einen glücklichen Eindruck? All das und noch mehr. Inzwischen gehen Sie an der Killinghall Road, wo Rukhsanas Eltern leben, und an der Tallow Road – dort wohnen Amajits Angehörige – von Haus zu Haus. Sehen Sie zu, dass Sie eine Frau mitnehmen.« Das führte zu allerhand Bemerkungen und wildem Gejohle. »Ist ja gut, ist ja gut. Ich habe dafür gesorgt, dass uns ein paar weibliche Constables in Zivil zur Verfügung stehen. Wenden Sie sich also an den Inspector vom Dienst, falls Sie keine Partnerin haben. Wir kommen leichter und schneller voran, wenn eine Frau an die Tür klopft und der Mann im Hintergrund bleibt.«

»Ganz recht, Chef. Die sollen sich im Hintergrund halten, wo sie hingehören.«

Die Frotzeleien gingen noch ein, zwei Minuten weiter. Handford ließ ihnen ihren Spaß, dann schlug er auf den Tisch. »Gut, das wäre von meiner Seite aus alles. Sergeant Ali, wollen Sie noch etwas dazu sagen?«

»Sir.« Khalid stand auf, ging nach vorn und stellte sich neben den Inspector. Er klang selbstbewusst, als er das Wort ergriff, schaute aber weder Handford noch seine Kollegen aus Broughton an, sondern richtete den Blick auf die Männer und Frauen mitten im Zimmer. »Sie werden feststellen, dass nur wenige Frauen, die in diesen Vierteln wohnen, fließend Englisch sprechen. Aber wenn ihre Kinder da sind, können die für Sie übersetzen, und meiner Erfahrung nach kann man sich auch auf sie verlassen, vor allem auf die älteren. Sollten Sie der Sache nicht trauen, machen Sie sich eine Notiz und sagen Sie mir Bescheid. Ich statte den Betreffenden dann einen weiteren Besuch ab. Die meisten werden vermutlich als Alibi angeben, sie seien in der Moschee oder im Gurdwara gewesen – das ist der Tempel der Sikhs. Überprüfen Sie das doppelt und dreifach. Die Nachbarn werden Verständnis für die Einstellung der betreffenden Familien haben und zu ihnen halten – und möglicherweise durchklingen lassen, dass wir ihrer Ansicht nach kein Recht haben, uns in eine Familienangelegenheit einzumischen. Lassen Sie sich davon nicht beirren.« Er wartete einen Moment, ob jemand etwas dazu anmerken oder eine Frage stellen wollte, und trat dann ab.

Handford übernahm wieder. »Die Sache wird nicht einfach werden, aber denken Sie daran, dass eine junge Frau brutal erschlagen wurde. Soweit wir derzeit absehen können, hatten nur die Angehörigen ein Motiv – es könnte sich also um einen Fememord von Seiten der einen oder der anderen Familie handeln, aber wir dürfen uns nicht darauf versteifen, bis wir Beweise dafür haben. Ich kann nicht oft genug wiederholen, dass wir ohne jede Scheuklappen vorgehen müssen. Wir müssen alle gleich behandeln und zusehen, dass wir die Auskünfte bekommen, die wir benötigen.« Er hielt kurz inne. Seine Leute waren allesamt erfahrene Ermittler, sodass er sich das, was er sagen wollte, eigentlich sparen konnte, aber um seines eigenen Seelenfriedens willen musste er es ansprechen. »Ich möchte nicht, dass es zu irgendeinem Zwischenfall kommt. Erwarten Sie nicht von vornherein, dass es Ärger gibt. Setzen Sie niemanden unter Druck. Achten Sie darauf, dass Sie die Auskünfte erhalten, die wir wollen, und werden Sie nicht aggressiv – auch wenn man es Ihnen gegenüber ist. Wir treffen uns morgen früh um halb elf zu einer Lagebesprechung.« Er blickte sich im Zimmer um. »Niemand, und zwar *keiner* von Ihnen, fehlt ohne meine ausdrückliche Erlaubnis bei einer Lagebesprechung, und das meine ich ernst. Falls Sie mich oder Sergeant Ali bis dahin brauchen sollten, erreichen Sie uns über Handy. Gut, halten Sie sich ran.«

Stühle scharrten über den Boden, rundum redeten alle durcheinander, bis die Geräuschkulisse leiser wurde, als der Trupp den Lageraum verließ. Nur Handford und Ali sowie Detective Constable Elizabeth Jordan und Detective Sergeant Davies blieben zurück. Handford trat wieder vor die Tafel, an der das Foto der Toten hing. Er musterte es. Die schwarzen Haare glänzten im Blitzlicht; sie lachte so herzhaft, dass sich die zarte Haut unter ihren Augen ringelte und sich ein Fächer feiner Fältchen um ihre Augenwinkel legte. Das Licht betonte ihre ausgeprägten Wangenknochen. Bislang lag noch kein Foto vom Tatort vor, aber Handford hatte ständig den Anblick vor Augen, den sie geboten hatte, als er sie zum ersten Mal gesehen hatte. Die linke Gesichtshälfte eingeschlagen, fast bis zur Unkenntlichkeit entstellt. Warum hatte die Frau diesen grässlichen Tod erleiden müssen? Der Täter, wer immer er sein mochte, musste außer sich vor Wut gewesen sein. Womit hatte sie ihn derart in Rage gebracht, dass er zu einem schweren Stein griff und ihr damit den Schädel einschlug? Ging es um Drogen? Der Drogenkonsum in der Stadt war ein großes Problem. Hatte sie etwas damit zu tun? War sie deswegen umgebracht worden? Oder ging es um ihre Ehe mit Amajit? Könnte das der Grund sein? Nach über zwei Jahren? Ging es vielleicht um eine familiäre Sache? Wollte sie womöglich ihren Mann verlassen, weil sie einen anderen kennen gelernt hatte? Was immer es auch sein mochte, sie hatte in den letzten Minuten ihres Lebens jedenfalls bitter dafür büßen müssen.

»Armes Ding«, sagte er seufzend. »Sie muss die Hölle durchgemacht haben, bevor sie starb.«

Ali, der seine Sachen einsammelte, warf ihm einen kurzen Blick zu und widmete sich dann wieder wortlos seinen Angelegenheiten.

Handford war Alis verächtlicher Gesichtsausdruck nicht entgangen. Er dachte zunächst, der Sergeant nähme ihm sein Mitgefühl mit dem Opfer übel. Sie alle mussten Distanz wahren können, egal, was passiert war, sonst konnte man diesen Beruf nicht ausüben. Aber Ali konnte nicht erwarten, dass ihn die Sache völlig unberührt ließ. Auch er hatte nicht gerade unbeteiligt gewirkt, als er Amajit die Nachricht auf Urdu überbracht hatte. Handford hatte gesehen, wie betroffen er gewesen war, wie er hin und her überlegt hatte. Vielleicht galt seine Verachtung ihm, weil er es nicht geschafft hatte, Warrender in die Schranken zu weisen, beziehungsweise wegen seines unbeholfenen Versuchs, gestern Abend mit ihm über die Ehe der Mahmoods zu sprechen.

Er wandte sich an Davies und Jordan. »Besorgen Sie sich in der Kantine einen Kaffee. Wir kommen gleich nach.« Die beiden Detectives, die sich angesichts der Spannung, die im Lageraum entstand, zusehends unwohler fühlten, blickten einander an, als die anderen weggingen. Handford wartete, bis sie verschwunden waren, und schloss dann die Tür hinter ihnen.

»Was ist los, Sergeant?«

Ali packte weiter seine Sachen ein. »Nichts, Sir.«

»Erzählen Sie mir keinen Unsinn, Ali. Dafür habe ich keine Zeit. Sie haben sich den ganzen Morgen über aufgeführt wie ein Kleinkind.«

Damit drang er zu ihm durch. Ali reagierte unwirsch. Er fuhr herum und schaute Handford mit funkelnden braunen Augen an. »Sie hatten gestern Abend kein Recht, meine Einstellung, mein Urteilsvermögen oder meine Zuverlässigkeit infrage zu stellen.«

»Oh, aber selbstverständlich«, erwiderte Handford ruhig. »Wenn ich auch nur einen Augenblick den Eindruck habe, dass Sie in Ihrem Urteilsvermögen beeinträchtigt sind, muss ich es infrage stellen. Und Amajit hat gestern Abend Ihre empörte Miene bemerkt, als er erklärte, dass er Moslem ist und Rukhsana eine Sikh war. Und ich habe sie auch gesehen. Vielleicht sollten Sie bedenken, dass ich der Inspector bin und Sie der Sergeant. Folglich muss ich die Sache ausbaden, wenn etwas schief geht.«

Ali schwieg.

»Ich habe versucht, im Auto mit Ihnen darüber zu reden«, fuhr Handford fort, »aber Sie wollten sich nicht darauf einlassen. Es gab ein Problem, und ich musste feststellen, wie Sie damit zurechtkommen. Ich würde mit jedem anderen Mitarbeiter in meinem Team genauso verfahren, wenn er mir Grund zu der Annahme gibt, dass er Beruf und persönliche Einstellung nicht voneinander trennen kann.«

»Die Umstände ihrer Ehe sind kein Thema.«

»Doch, das sind sie. Sie waren für die beiden ein Thema und sie sind es auch für uns und für Sie. Wie schon gesagt, Ali, ich habe Ihren Gesichtsausdruck bemerkt.«

Ali senkte den Blick. Einen Moment lang herrschte Schweigen, dann stieß er mit gepresster Stimme aus: »Sie brauchen mein Urteilsvermögen oder meine Zuverlässigkeit nicht infrage zu stellen, Sir. Ich bin Polizist, und ich weiß, was das heißt. Und ich habe mein Gesicht auch nicht aus Empörung verzogen.«

»Nein? Warum denn dann?«

»Ich weiß es nicht, jedenfalls nicht aus Empörung.«

Viertes Kapitel

Mit angewiderter Miene kippte Karen Wasser auf das Erbrochene vor der Haustürtreppe und fegte es wütend auf den Erdstreifen um den armseligen Flecken Gras, der den Vorgarten darstellen sollte. Bei jedem forschen Besenstrich fluchte sie vor sich hin und wünschte sich, sie könnte Barry auf die erdenklich qualvollste Art ins Jenseits befördern, am liebsten an den Eiern.

»Für derartige Gedanken könnten Sie festgenommen werden, meine Liebe.«

Zwei Männer in Regenmänteln, die beide Aktenmappen bei sich hatten, standen etwa einen Schritt von ihr entfernt.

Bullen!

Sie blickte sich um, sah aber nirgendwo ein Polizeiauto, weder einen Streifenwagen noch ein Zivilfahrzeug, aber diese Männer waren Bullen. Sie sahen aus wie Bullen und sie rochen wie Bullen. Mit Bullen kannte sich Karen aus; sie war darauf geeicht. Als Kind hatte sie ihnen so oft die Tür aufgemacht, dass sie die meisten beim Vornamen kannte. Bei jedem Einbruch, der irgendwo im Umkreis von fünf Meilen verübt worden war, waren sie zu den Penistones gekommen, fast so, als ob ein roter Faden vom Tatort zu ihrem Haus führte. Die Polizei war so oft vor ihrer Tür aufgetaucht, dass sie ihnen gleich einen eigenen Schlüssel hätten geben können, damit sie das Haus durchsuchen konnten, ohne jemanden zu stören.

Sie trat zum Eimer zurück, hob ihn hoch und kippte das Wasser in hohem Bogen auf den Dreck, der immer noch auf dem Weg trieb.

Der jüngere und größere der beiden Polizisten sprang zurück, um dem Wasserschwall zu entgehen.

»'tschuldigung«, sagte sie. »Ich putz grade die Kotze hier weg.« Mit einem letzten Besenstrich fegte sie das Wasser in Richtung der beiden Männer, nahm den Eimer und wandte sich dem Haus zu.

Die Männer verzogen das Gesicht, als sie zu der an den Zaun angrenzenden Seite des Weges gingen und vorsichtig den Pfützen auswichen. »Können wir Sie kurz sprechen, meine Liebe?«, sagte der Grauhaarige.

»Kommt drauf an, wer ihr seid und was ihr wollt.«

Er schob das Revers seines Regenmantels zur Seite und griff in die Innentasche seiner Jacke. »Detective Constable Clarke«, sagte er, zog seinen Dienstausweis heraus und hielt ihn ihr hin. Er deutete auf den Mann hinter ihm, der sich gerade mit einem Taschentuch die Schuhe abwischte. »Das ist Detective Constable Graham.«

»Schön. Und was wollt ihr?« Karen ging ins Haus und durch die kleine Küche, wo sie den Eimer in die Spüle stellte. Es musste um Barry gehen. Wahrscheinlich sollte sie ihm wieder einmal ein Alibi geben. Aus welchem Grund sollten die Bullen sonst zu ihr kommen. Tja, diesmal konnte er es vergessen; nach heute Morgen konnte er sich sein Alibi abschminken.

Die beiden Männer fassten ihre Frage als Einladung auf, wischten sich die Füße auf dem fadenscheinigen Abtreter vor der Tür ab und gingen den Vorsaal entlang. Danny, der inzwischen angezogen war, saß in seinem Kinderstuhl in der Küche und beschäftigte sich mit den Spielsachen, die sie auf ein Tablett gestellt hatte. Aufmerksam betrachtete er die beiden Männer, dann ließ er eines seiner Autos auf den Boden fallen.

Clarke hob es auf und gab es dem Kind, das vor Freude krähte und es sofort wieder fallen ließ. Der Polizist bückte sich ein weiteres Mal und reichte ihm das Auto. »Wir ziehen Erkundigungen wegen eines Vorfalls auf dem Gelände des Pflegeheims Moss Carr ein«, sagte er.

Karens Anspannung ließ nach. Wenn es um irgendetwas ging, das oben beim Pflegeheim passiert war, hatte es wahrscheinlich nichts mit Barry zu tun. Sie drehte den Wasserhahn auf und spülte den Eimer aus. »Was für ein Vorfall? Woher soll ich denn wissen, was da oben vor sich geht? Das ist weit weg.«

Clarke ging nicht auf ihre Frage ein. »Soweit wir wissen, hat Rukhsana Mahmood Sie gestern besucht.«

Sie stellte den Eimer in den Schrank unter der Spüle und richtete sich auf. Dann wandte sie sich zu den beiden Männern um und lehnte sich an das Waschbecken. »Ja, sie kommt jede Woche.«

»Wann ist sie hier eingetroffen?«

»Gegen elf. Warum?«

»Und wann ist sie wieder gegangen?«

Karen zuckte die Achseln. »Etwa um Viertel vor zwölf. Ja, es muss um diese Zeit gewesen sein, weil sie gesagt hat, dass ich ihr letzter Hausbesuch bin, weil sie ihre Tante besuchen wollte.«

»Das hat sie Ihnen gesagt?«

»Ja, obwohl ich's sowieso gewusst hätte, weil sie asiatische Kleidung getragen hat.«

Clarke zog die Augenbrauen hoch. »Und das war ungewöhnlich?«

»Die hat sie nur getragen, wenn sie ihre Tante besuchen wollte. Sonst hat sie immer Hosen und eine Bluse oder 'nen Pulli angehabt. Sie hat gesagt, ihre Tante legt großen Wert auf die Tradition und mag es nicht, wenn sie sich über das Brauchtum hinwegsetzt. Daher hat sie ihr zuliebe immer asiatische Kleidung getragen, wenn sie sie besucht hat. Ich fand das nett.«

Clarke lächelte. »Ja, das war es auch. Und als sie hier war, verhielt sie sich dabei so wie immer? Oder wirkte sie irgendwie besorgt oder aufgeregt?«

»Nein, sie war so wie immer.«

Constable Graham, der sich unterdessen mit Danny beschäftigt hatte, meldete sich zu Wort. »Kommen Sie gut mit ihr zurecht?«

»Mit Rukhsana? Ja, ziemlich gut. Sie ist meine Fürsorgerin und hilft mir mit Danny. Hören Sie mal, warum stellen Sie mir all diese Fragen? Was ist passiert?«

»Darf ich mich setzen?« Clarke klang freundlich, verständnisvoll. »Vielleicht sollten Sie das auch lieber tun.«

Karen entfernte sich von der Spüle und setzte sich auf einen Stuhl auf der anderen Seite des Tisches. Ihr Herz schlug heftiger. Da sie immer noch kein Wort über Barry verloren hatten, konnte es nichts mit ihm zu tun haben. Aber es musste um irgendwas Ernstes gehen, das wusste sie genau. »Was ist denn los?«, fragte sie.

»Tut mir Leid, meine Liebe«, sagte Clarke leise. »Aber wir haben gestern oben beim Pflegeheim die Leiche einer Frau gefunden. Sie wurde ermordet. Wir glauben, dass es sich um Rukhsana handelt.«

Karen starrte ihn eine halbe Ewigkeit lang an, so jedenfalls kam es ihr vor, dann stand sie auf und ging wieder zur Spüle. Sie musste irgendetwas machen, während sie zu begreifen versuchte, was er gerade gesagt hatte. »Ich mache mir eine Tasse Tee. Wollen Sie auch eine?«

»Nur zu, kochen Sie eine Kanne, dann trinken wir alle eine Tasse.«

Karen nahm wieder Platz, während der Wasserkocher heiß wurde. »Heißt das, dass sie mir nicht mehr helfen kann?« Was für eine blöde Frage. Sie wusste nicht, warum sie das gesagt hatte. Die Bullen mussten sie für völlig bescheuert halten.

Sie stand auf. »Ich geh mir kurz 'ne Zigarette holen. Sie sind nebenan.«

Graham griff in seine Tasche. »Hier, nehmen Sie eine von mir.«

»Nein, danke, ich hol lieber meine.« Sie drückte sich an Dannys Kindersitz vorbei und ging zur Tür, blieb dann stehen. »Sie haben gesagt, Sie glauben, dass es sich um Rukhsana handelt. Heißt das, dass sie es womöglich doch nicht ist?«

»Nein. Das heißt nur, dass sie noch nicht offiziell identifiziert wurde.«

»Wer macht das?«

»Keine Sorge, meine Liebe, Sie haben damit nichts zu tun. Ihr Mann kommt heute Morgen ins Leichenschauhaus. Eigentlich« – er warf einen Blick auf seine Uhr – »ist er wahrscheinlich schon da gewesen.«

»Armer Amajit«, sagte sie leise und verschwand im Flur.

Als sie weg war, beugte sich Graham über den Tisch zu Clarke. »Du wirst zu weich«, sagte er mit gesenkter Stimme.

»Ja, ich weiß«, flüsterte Clarke. »Aber ich hatte schon öfter mit jungen Leuten wie ihr zu tun. Ein Mädchen, das auf sich allein gestellt ist, vermutlich erst fünfzehn oder sechzehn war, als sie ihr Kind gekriegt hat. Die hat's bestimmt nicht leicht.«

»Ich bin mir sicher, dass sie damit zurechtkommt.« Der Wasserkocher schaltete sich ab, worauf Graham hinging und das Wasser in die Teekanne goss. »Der Tee ist so weit.«

Im nächsten Moment kehrte Karen mit einer Zigarette im Mund zurück.

»Dann kennen Sie also Rukhsanas Mann?«, fragte Clarke.

Karen holte drei Tassen von der Arbeitsfläche und goss Tee ein. »Ja, ich bin ihnen mal in der Stadt begegnet und sie hat mich vorgestellt. Eines Tages hat sie dann mich und Danny zum Essen bei ihnen eingeladen. Das war an Id und sie waren allein, daher hat Rukhsana gemeint, es wäre schön, wenn Danny und ich vorbeikämen.« Sie reichte jedem der beiden Männer eine Tasse und setzte sich dann wieder auf den Stuhl. »Ich stell mir Id ein bisschen so ähnlich wie Weihnachten vor – vor allem für Kinder, Sie wissen schon. Sie haben keine – Kinder, meine ich –, daher nehm ich an, dass sie dachten, mit einem Baby im Haus wär's ein bisschen weihnachtlicher. Es war ganz zauberhaft. Er ist nett, sie sind alle beide nett.«

»Warum hat sie Sie nach wie vor besucht?«, fragte Graham, während er einen Löffel Zucker in seine Tasse gab. »Das ist ungewöhnlich. Meine Frau hat unsere Fürsorgerin nach den ersten paar Wochen kaum mehr zu Gesicht bekommen.«

»Sie hilft mir mit Danny. Mit seinen Füßen ist was nicht in Ordnung. Er trägt spezielle Schuhe und irgendwann wird das auch werden, aber er kann immer noch nicht richtig laufen und daher kommt sie her und hilft mir. Das ist alles.«

»Tja, wenn ich an Ihrer Stelle wäre, würde ich zu der Praxis gehen und nachfragen, ob Ihnen nicht jemand anders helfen kann. Kinder machen eine Menge Arbeit, selbst wenn alles in Ordnung ist, aber wenn ihnen irgendetwas fehlt …«

»Das kann man wohl sagen«, erwiderte sie. »Ob ich vielleicht Amajit aufsuchen sollte, was meinen Sie?«, fragte sie dann an Clarke gewandt. »Meinen Sie, es wäre ihm recht?«

»Ich würde ein bisschen warten. Wir müssen ihm noch allerhand Fragen stellen, und unser Chef hat gesagt, dass er gestern Abend ziemlich außer sich war. Lassen Sie ihm noch ein, zwei Tage Zeit.« Der Polizist stand auf und packte seine Papiere wieder in seine Aktentasche. »Gut, meine Liebe, das wär's vorerst. Aber falls Ihnen noch irgendetwas einfallen sollte, erreichen Sie mich unter dieser Nummer.« Er reichte ihr eine kleine Karte. »Alles Gute mit dem kleinen Mann.«

Karen lächelte ihn an. »Danke.« Sie wollte Danny auf den Arm nehmen.

»Nein, lassen Sie ihn sitzen«, sagte Graham. »Wir finden schon raus. Und danke für den Tee.«

Sie kam trotzdem mit. Bullen konnte man nie trauen, das war ihr in Fleisch und Blut übergegangen, die durfte man nicht aus den Augen lassen. Als sie bereits draußen waren und sie gerade die Tür schließen wollte, drehte sich Clarke noch einmal zu ihr um. »Wem war denn schlecht, meine Liebe?«

»Wieso schlecht?«

»Sie haben doch gesagt, Sie putzen gerade die Kotze weg, als wir hierher gekommen sind.«

»Ach so. Das war mein Bruder. Hat sich letzte Nacht besoffen und die ganze Treppe voll gereihert. Aber ich bin ja wieder mal die Blöde, die alles wegputzen darf.«

»Dann wohnt er also hier bei Ihnen?«

»Nein, der kreuzt bloß auf, wenn er hackevoll ist.«

»Tja, so ist das halt mit Brüdern. Nochmals besten Dank, meine Liebe.«

Karen schloss die Tür. Sie hielt sich einen Moment lang am Knauf fest und stützte die Stirn auf die Hand. Helle Panik packte sie. Wie sollte sie ohne Rukhsana zurechtkommen? Sie war auf sie angewiesen – mehr, als sie sich eingestehen mochte. Und sie war ihre Freundin, eine der wenigen, die sie hatte. Sie ließ den Türgriff los und lehnte sich an die Wand. Danny fing an zu weinen; ihm fehlte die Zuwendung, die er in den letzten paar Minuten gehabt hatte.

Karen stöhnte. »Herrgott noch mal, Danny, sei still«, schrie sie. »Was hast du denn ständig? Kannst du mich nicht eine Minute lang in Ruhe lassen?« Doch Danny heulte weiter und Karen hielt sich die Ohren zu und sank zu Boden. »Sei still, Danny«, flehte sie. »Bitte sei still.«

Wie ein Zombie folgte Amajit seinem Cousin Faysal ins Wohnzimmer. In den letzten achtzehn Stunden war er sichtlich gealtert. Sein einstmals hübsches Gesicht wirkte abgespannt und verhärmt, die Wangen waren blass und fahl.

Er konnte sich nicht vorstellen, was Rukhsana in den letzten Augenblicken ihres Lebens durchgemacht hatte, doch den Anblick, der sich ihm im Leichenschauhaus geboten hatte, aus dem er gerade kam, hatte er noch erschreckend deutlich vor Augen. Er hatte seine Frau angeschaut, den mit einem weißen Laken bedeckten Körper gesehen, den Verband, der die linke Seite ihres Gesichts verbarg. Er hatte am liebsten zu ihr gehen, sie berühren und in die Arme nehmen wollen wie ein Kind, ihr sagen, dass alles wieder gut werden würde. Doch sie lag auf der anderen Seite der Glasscheibe und ein fremder Mann war bei ihr im Zimmer.

Ihr Tod war der Aufmacher in der Frühausgabe der Lokalzeitung gewesen, und trotz des steten Nieselregens versammelten sich auf der Straße vor dem Haus immer mehr Journalisten und Fotografen. Sie hatten den Wagen umlagert, als er vorgefahren war, und ihn mit Fragen bombardiert, doch ihre Worte waren unverständlich gewesen, und er hatte nicht begriffen, was sie von ihm wissen wollten. Der Polizist hatte versucht, sie zu verscheuchen, doch einer von ihnen hatte geschrien: »Was empfinden Sie, Mr Mahmood?« Diese Frage war zu ihm durchgedrungen und hatte eine schier unbezähmbare Wut ausgelöst. Er wollte sie am liebsten anschreien, dass sie keine so blöden Fragen stellen sollten, doch der jähe Zornausbruch hatte seine ganze Kraft aufgezehrt, sodass er nur schweigend dastand, während sein Cousin die Haustür aufsperrte.

»Ich mache uns einen Kaffee.« Faysal verschwand in der Küche. Amajit wollte eigentlich gar keinen, doch er hatte nicht die

Kraft zu widersprechen, daher nahm er die Tasse, die ihm sein Cousin reichte, als er zurückkehrte.

Faysal setzte sich ihm gegenüber. »Amajit, wir müssen darüber reden.«

»Was gibt's denn da zu reden? Sie ist tot. Darüber gibt es nichts zu reden.«

»Du weißt, was ich meine.« Faysal stellte die Tasse neben seinem Sessel auf dem Boden ab und ließ sich auf die Knie sinken. Er legte Amajit die Hand auf die Schulter. »Falls diese Sache irgendetwas mit der Familie zu tun haben sollte, müssen wir entscheiden, was wir tun wollen, was wir der Polizei sagen wollen. Und wir müssen uns jetzt entscheiden, bevor sie dich vernehmen.«

»Mit der Familie?« Amajit schaute seinen Cousin entsetzt an. »Nein, Faysal, sie können es nicht gewesen sein. Nicht nach zwei Jahren.«

»Es mag zwei Jahre her sein, aber du weißt genauso gut wie ich, dass Kamal und Jahangier geschworen haben, sich an Rukhsana zu rächen. Du hast die Frau verschmäht, die deine Eltern für dich ausgesucht hatten, und stattdessen eine Sikh geheiratet. Kannst du dir vorstellen, was du deinen Brüdern damit angetan hast? Du hast dich über Gesetz und Brauchtum hinweggesetzt, dich von der Gemeinschaft losgesagt, in der du aufgewachsen bist, Amajit, du hast Schande über alle gebracht. Rukhsana hat dir den Kopf verdreht und dir die Seele geraubt. Sie musste bestraft werden.«

»Indem man sie umbringt?«

»Indem man die notwendigen Maßnahmen ergreift. Sie hat unserer Familie Schande bereitet. Und abgesehen von lästerlichen Reden wider unsere Religion gibt es nichts Schlimmeres.«

»Um Gottes willen, Faysal, wir haben uns geliebt«, erwiderte Amajit fast flehentlich. »Ich habe sie geliebt.« Er brachte nur noch ein Flüstern zustande, schlug dann die Hände vor die Augen, um die Tränen zu unterdrücken.

»Aha? Weißt du überhaupt, was Liebe ist? Du sollst deine Eltern lieben, aber du hast Schande über sie gebracht. Du hättest nie wieder zurückkehren dürfen. Als du das getan hast, hast du deine Familie noch mehr entehrt. Das kann dir keiner von uns vergeben.«

Amajit schüttelte den Kopf. »Du verstehst das nicht, Faysal.«

»Ich muss es nicht verstehen. Ich bin Moslem und ich bin stolz auf meine Religion und meine Kultur. Ich brauche es nicht zu verstehen.«

Schweigend und wie erstarrt saßen sie eine Zeit lang da. Dann stand Faysal auf. »Wenn deine Brüder irgendetwas damit zu tun haben, dann ist das eine Familienangelegenheit, und das muss es auch bleiben. Ich meine es ernst, Amajit. Du darfst nicht noch mehr Schande über uns bringen, indem du der Polizei etwas verrätst. Halte die Familie aus der Sache raus.«

»Das kann ich nicht, Faysal. Sie wissen bereits Bescheid. Sie konnten nicht verstehen, weshalb ich unsere Eltern nicht von Rukhsanas Tod verständigen konnte. Und außerdem ist der Sergeant, der gestern Abend hier war, einer von uns. Er stammt aus Pakistan. Ihm war alles klar, auch wenn es der Engländer nicht begriffen hat. Ich habe seine feindselige Miene gesehen, als ich es ihnen erzählt habe.«

»Dann versteht er es. Wenn wir mit ihm reden, es ihm erklären, wird er unsere Haltung einsehen. Er wird begreifen, dass diejenigen, die unser Brauchtum in den Schmutz ziehen, bestraft werden müssen. Und er wird verstehen, dass es sie nichts angeht, dass es eine Familienangelegenheit ist.«

»Er ist Polizist, Faysal. Er wird es selbstverständlich nicht einsehen. Er ist seinem Beruf verpflichtet. Und außerdem bezweifle ich, dass ihn der andere Mann gewähren lässt.« Amajit ließ sich zurücksinken und starrte die Tasse in seiner Hand an. »Sie wollten mich nicht bei ihr bleiben lassen. Ich durfte sie nicht einmal berühren.« Dann fuhr er wieder hoch. »Bitte, Faysal, ich muss wissen, wer ihr das angetan hat. Derjenige, der es war, muss dafür bestraft werden.«

Faysal beugte sich über seinen Cousin und ergriff mit beiden Händen die Armlehnen des Sessels. »Nein, Amajit«, sagte er. »Hör mir mal zu. Wir sind zusammen aufgewachsen, wir sind seit jeher eher wie Brüder zueinander als wie Cousins, und trotz der Vorbehalte deines Vaters habe ich versucht, für dich da zu sein. Aber ich warne dich. Wenn du gegenüber der Polizei auch nur ein Wort über Kamal und Jahangier verlauten lässt, wirst du auch mich verlieren.«

Amajit hob den Kopf. Tiefe Falten zogen sich durch sein Gesicht und jede einzelne kündete von seinem Schmerz. Er wusste, dass Faysal ein Versprechen von ihm erwartete, doch er konnte es ihm nicht geben.

Er schrak auf, als es plötzlich laut an der Tür klopfte. »O nein«, stieß er aus. »Ich kann nicht mit Journalisten reden.«

»Ich schicke sie fort.«

Amajit hörte, wie er die Tür öffnete und mit jemandem sprach. Dann kehrte Faysal zurück. »Es sind keine Journalisten, Amajit. Es ist die Polizei.« Er trat zur Seite und ließ Handford und Ali ins Zimmer.

»Guten Morgen, Mr Mahmood«, sagte der Engländer. »Entschuldigen Sie. Ich weiß, wie Ihnen zumute ist, aber wir müssen mit Ihnen reden.«

Karen erledigte den Aufwasch wie ein Roboter. Niemand konnte verstehen, wie sehr sie und Danny Rukhsana brauchten. Sie hatte niemanden mehr, mit dem sie reden konnte, niemanden, der ihr gut zuredete. Jetzt, da Rukhsana tot war, würde sie nie den Mut aufbringen, auf die Berufsschule zu gehen. Sie kam sich völlig allein gelassen vor, meinte schier, vor Angst und Trauer zu vergehen, und weinte laut auf. Danny erschrak und plärrte seinerseits los.

»Hör mit dem Gezeter auf!«, schrie sie ihn an und warf die Tasse, die sie in der Hand hatte, wieder in die Seifenlauge, sodass das Wasser über die Arbeitsplatte auf den Boden spritzte. Sie stand einen Moment lang da, hielt sich an der Kante des Spülbeckens fest, ließ sich dann auf den Stuhl sinken, griff zu der Zigarettenschachtel und nahm eine heraus, ohne nachzudenken. Angewidert warf sie sie wieder hin. »Sieh dir an, was ich wegen dir mache«, brüllte sie das Kind an. »Ich wollte damit aufhören.« Dann stürzte sie zu ihm, teils aus Liebe, aber auch, weil sie sich schämte, und nahm ihn aus seinem Stuhl. Schluchzend drückte sie ihn mit nassen Händen an sich, bis ihre Tränen versiegten. »Es tut mir Leid«, flüsterte sie. »Es tut mir Leid. Du kannst ja nichts dafür.«

Als sich sowohl sie als auch das Kind wieder halbwegs beruhigt hatten, trug sie ihn in den Flur. Sie nahm seinen blauen Anorak vom Treppengeländer, setzte sich auf die mit fadenscheinigem Teppichboden belegte unterste Stufe, hockte ihn auf ihr Knie und zwängte seine Hände in die Ärmel, zog sie zurecht und machte dann den Reißverschluss zu. Gekonnt hob sie ihn auf die Hüfte und hielt ihn fest, während sie mit der freien Hand und einem Fuß den Sportwagen aufklappte. Sie setzte ihn hinein und legte ihm eine karierte Decke über die Beine.

Sie musste raus – fort von dem Geruch, dem Schmutz und der ganzen Armseligkeit. Nicht, dass sie eine Ahnung hatte, wohin sie sich wenden sollte; dort, wo sie normalerweise hinging, war es auch nicht besser – weder bei ihrer Mutter noch bei ihrer Freundin. Und dennoch wusste sie genau, wohin sie gehen wollte. Sie wollte zu Amajit, ihre Trauer mit ihm gemeinsam tragen. Egal, was die Bullen gesagt hatten – sie könnte bei ihm sitzen, mit ihm fühlen, dann wäre keiner von ihnen allein.

Der Nebel draußen hatte sich noch immer kaum gelichtet, es nieselte nach wie vor und die Kälte haftete förmlich auf der Haut. Danny, dem die Witterung nichts ausmachte, auch wenn sich seine Wangen in der eisigen Luft röteten, schlief ein, sobald sich der Wagen in Bewegung setzte. Bis zu Amajit war es ganz schön weit, aber Karen hatte keine Lust, mit dem Bus zu fahren, wollte sich das umständliche Ein- und Aussteigen nicht antun, daher ging sie zu Fuß. Als sie ankam, sah sie eine Schar Journalisten und Fotografen vor dem Haus stehen, die ein Polizist vergebens wegzuscheuchen versuchte. Am Gehsteig parkte ein Auto, kein Streifenwagen zwar, aber sie wusste sofort, dass es der Polizei gehörte. Als sie zur Haustür ging, fragte sie der junge Beamte, wohin sie wollte.

»Ich möchte Amajit besuchen«, sagte sie. Und weil sie das Gefühl hatte, sie müsste ihm eine Erklärung abgeben, fügte sie hinzu: »Ich habe Rukhsana gekannt.«

»Vielleicht später, meine Liebe. Zurzeit sind die Kollegen von der Kripo bei ihm. Kommen Sie heute Nachmittag wieder.«

Ohne ein weiteres Wort machte Karen mit dem Sportwagen kehrt und zog in Richtung Innenstadt davon. Nach Hause wollte sie auf keinen Fall, noch nicht. Sie nahm sich vor, irgendwo einen Kaffee zu trinken und in der Stadt zu bleiben, bis sie Amajit besuchen konnte.

Es ging auf halb elf zu, als Handford und Ali in Amajits Wohnzimmer geleitet wurden. Nach der frühmorgendlichen Lagebesprechung hatten Ali und Jordan beide Elternteile aufgesucht, waren aber kaum vorangekommen. So wenig sie aufgrund ihrer Religion miteinander zu tun haben wollten, waren sie doch einer Meinung, was die Ächtung von Rukhsana und Amajit aus dem Kreis der Familie anging, sodass die Detectives hinterher fast ebenso wenig wussten wie vorher. Rukhsanas Eltern hatten sich schlichtweg geweigert, über die Ehe zu sprechen, die so viel Schande über sie gebracht hatte. Die Mutter hatte zwar ein bisschen über die Kindheit ihrer Tochter geredet und war offensichtlich über ihren Tod betroffen gewesen, aber etwas Verwertbares war dabei nicht herausgesprungen.

»Sie haben alle ein Alibi«, teilte Ali Handford mit. »Sie behaupten, sie wären im Langar gewesen.«

Handford zog die Augenbrauen hoch. »Im Langar?«

»Das ist die Suppenküche der Sikh-Gemeinde. Sie sagen, sie hätten dort bis weit in den Nachmittag hinein Essen zubereitet und ausgegeben.«

»Auch die Männer?«

»Ja, jeder arbeitet dort mit. Wir haben auf dem Weg zu Amajits Eltern dort vorbeigeschaut und alle haben ihre Aussage bestätigt.«

Bei Amajits Eltern hatten sie, wie Ali zugeben musste, noch weniger erreicht. Sie hatten sich über die Nachricht von Rukhsanas Tod überhaupt nicht aufgeregt und interessierten sich auch nicht dafür. Sie wüssten nichts von ihrer Schwiegertochter, hatten sie gesagt, und wollten auch nichts von ihr wissen. Ihnen genügte es, dass sie tot war. Wie und warum sie gestorben sei, ginge sie nichts an.

»Sein Vater behauptet, seine Frau sei zum Zeitpunkt des

Mordes daheim gewesen und er war in der Moschee. Der Imam, der die Gebetsstunde leitete, hat bestätigt, dass Mr Mahmood dort war. Mrs Mahmood war zwischen zwölf und eins zu Hause, sagt sie, weil um diese Zeit ihre beiden jüngeren Söhne aus der Schule kamen, aber danach war sie allein. Und mehr wollten sie uns nicht sagen. Und wir werden auch nicht mehr von ihnen erfahren, solange wir keine weiteren Anhaltspunkte haben, mit denen wir sie konfrontieren können. Sie haben es gar nicht darauf angelegt, sich herauszureden – sie waren einfach nicht bereit, darüber zu sprechen.«

»Machen Sie sich nichts daraus. Sie haben bestimmt Ihr Bestes gegeben.« Handford hoffte, dass er Recht hatte. Dass Ali zwischen dem Moslem und dem Polizeibeamten unterscheiden konnte.

»Wir könnten sie aufs Revier bringen und dort vernehmen«, sagte Ali. »Wenn sie aus ihrer häuslichen Umgebung weg sind, irgendwo, wo es offizieller zugeht, werden sie vielleicht gesprächiger.«

»Nein, das ist nicht nötig. Damit verstören wir sie vielleicht noch mehr.« Handford hielt inne. »Was ist mit den anderen Mitgliedern der Familie?«

»Es sind insgesamt sechs. Eine Schwester ist verheiratet und lebt in Birmingham, die andere studiert und ist ebenfalls weg. Die beiden jüngsten Söhne waren in der Schule. Ich werde nachprüfen, ob sie gestern dort gewesen sind. Aber sie sind erst zwölf beziehungsweise vierzehn, daher kann ich mir nicht vorstellen, dass sie etwas damit zu tun haben. Die anderen beiden, Kamal, der siebzehn ist, und Jahangier mit seinen neunzehn, sind arbeitslos. Aber sie waren nicht da, und keiner schien zu wissen, wo sie waren, daher hatte ich keine Gelegenheit, mit ihnen zu sprechen. Aber ich nehme an, wenn wir nähere Auskünfte über die Beziehung innerhalb der Familien haben wollen, sind wir auf Amajit angewiesen. Wir könnten es vermutlich auch bei den Sprechern der jeweiligen Gemeinschaften versuchen. Vielleicht erzählen die uns irgendetwas.«

Auch Handford konnte über die näheren Umstände von Rukhsanas Tod nur wenig mehr berichten als das, was er bereits bei der morgendlichen Besprechung vorgetragen hatte. Er war mit Davies bei der Autopsie gewesen, aber nicht lange geblieben. Er konnte Obduktionen nicht ausstehen. Erstens wurde er den Geruch nicht mehr los, und zweitens stellte er immer wieder fest, dass ihm das Schicksal des Menschen, der dort auf dem Tisch lag, zu nahe ging.

»Allem Anschein nach liegt kein sexueller Übergriff vor«, teilte ihm der Pathologe mit. Er zog das Laken weg, mit dem die Leiche bedeckt war. »Wie Sie sehen können, hat sie schlimme Abwehrverletzungen an den Händen erlitten. An den Unterarmen befinden sich schwere Blutergüsse, allerdings keine Abschürfungen, weil sie vermutlich durch die Ärmel ihrer Kleidung geschützt waren. Die Verletzungen an den Oberarmen sind weniger schwer, was vermutlich darauf zurückzuführen ist, dass die Ärmel nach oben rutschten, als sie die Hände hob. Doch der rechte Ellbogen wurde regelrecht zerschmettert.« Er schaute Handford an. »Die Ärmste muss sich wie wild zur Wehr gesetzt haben.«

»Irgendwelche Spuren unter den Fingernägeln?«

»Nichts, was auf den Täter hindeuten könnte. Ich bezweifle, dass sie nahe genug an ihn herangekommen ist. Vermutlich ging es ihr in erster Linie darum, der Waffe auszuweichen.«

»Dann liegen uns also keinerlei DNA-Spuren vor?«

»Nein, es sei denn, wir finden sie an anderer Stelle.«

Danach hatte Handford Davies allein gelassen, ihn angewiesen, dass er ihn sofort anrufen sollte, falls sich bei der Autopsie etwas Wichtiges ergeben sollte, und war aufs Revier zurückgekehrt, wo er Papierkram erledigt und auf Ali gewartet hatte. Folglich hatten sie jetzt, da sie wieder beisammen waren, so gut wie keine Anhaltspunkte, geschweige denn Neuigkeiten, die sie den Journalisten, die vor dem Haus warteten, mitteilen konnten. Handford erklärte ihnen lediglich, dass sie auf dem Laufenden gehalten werden würden, sobald irgendwelche Erkenntnisse vorlägen.

»Wird Ihnen der Mord an Rukhsana Mahmood ähnliche Schwierigkeiten bereiten wie seinerzeit die Ermittlung im Fall Jamilla Aziz, Inspector?«, fragte ein Journalist.

Handford blieb abrupt stehen. Er drehte sich langsam um und musterte den Mann mit eisigem Blick. »Ich bin nicht bereit, Fragen zu früheren Fällen zu beantworten, Mr Redmayne«, versetzte er missmutig. »Und was diese Sache hier angeht, werden wir so bald wie möglich eine Erklärung abgeben. Wenn Sie mich jetzt bitte entschuldigen würden …« Damit begab er sich zur Tür.

Handford spürte Alis Blick. Er hätte sich umdrehen und die Miene des Sergeants erkunden können, doch er ließ es bleiben. Und Ali sagte nichts. Handford wünschte, der Sergeant würde seine Gedanken offen aussprechen, dann herrschten wenigstens klare Verhältnisse.

Amajits Cousin ließ sie ein und führte sie ins Wohnzimmer. Noch immer hing ein Hauch von Rukhsanas dezentem Parfüm in der Luft und kündete davon, dass sie hier einst gelebt, sich hier aufgehalten hatte, doch jetzt strahlten die Wände, der Teppichboden, die ganze Einrichtung etwas Bedrückendes aus – die Trauer und der Verlust waren geradezu körperlich spürbar. Amajit, der einen dunklen Anzug samt Krawatte trug, saß zusammengesunken in einem Sessel. Er raffte sich auf, als sie eintraten, und stellte seinen Cousin vor, der Jeans, einen Pulli und Designer-Turnschuhe trug. Die schwere goldene Uhr und der Ring, den er trug, deuteten darauf hin, dass er kein armer Mann war.

Amajit und Ali nahmen auf der Couch Platz, Handford in einem Sessel ihnen gegenüber. Faysal ging ein paar Schritte weg und setzte sich an einen Tisch am Fenster, sodass Amajit ihn unmittelbar im Blick hatte.

»Wie lange waren Sie mit Rukhsana verheiratet, Amajit?«, fragte Handford behutsam, sobald sie sich niedergelassen hatten.

»Rund zwei Jahre.«

»Haben Sie sich vor der Hochzeit schon länger gekannt?«

»Wir haben uns kennen gelernt, als ich auf die Universität ging und sie im letzten Jahr ihrer Schwesternausbildung war.« Gedankenverloren starrte er zu Boden.

»Sir?«, hakte Handford nach.

Amajit raffte sich auf. »Ich hatte mir bei einem Fußballspiel auf der Universität das Bein gebrochen. Es war ein komplizierter Bruch, der operiert werden musste. Ich war fast drei Wochen im Krankenhaus. Sie tat auf der Station Dienst.« Er warf einen Blick zu seinem Cousin, der reglos, mit verkniffenem Mund und verschlossener Miene dasaß.

»Wir haben uns angefreundet, und als ich aus dem Krankenhaus entlassen wurde, kam sie mich besuchen. Danach ergab sich alles Weitere wie von selbst. Wir konnten einfach nichts dagegen tun.«

»Du hättest nach Hause kommen sollen. Dann wäre es vorbei gewesen.« Der Cousin verlor zum ersten Mal die Beherrschung.

Handford versuchte festzustellen, wie Ali darauf reagierte, doch der Sergeant blickte unverwandt in sein Notizbuch. »Versuchen Sie sich bitte herauszuhalten, Mr Hussain«, sagte Handford, ohne sich zu Faysal umzudrehen. »Fahren Sie fort, Amajit.«

»Wir blieben beide in London, nachdem wir unsere Ausbildung abgeschlossen hatten. Sie arbeitete weiter im Krankenhaus, bis ich eine Anstellung beim Bezirksamt von Lambeth bekam, und wechselte dann als Krankenschwester zu einer Poliklinik in der Nähe. Dort kam sie auch auf die Idee, Gesundheitsfürsorgerin zu werden.«

»Und als Sie in London lebten, beschlossen Sie zu heiraten?«

»Ja.«

»Hatten Ihre Eltern noch keine Ehefrau für Sie ausgesucht?«, fragte Ali.

Handford warf ihm einen kurzen Blick zu, doch der Sergeant ließ sich keine Regung anmerken.

»Selbstverständlich.« Faysal stand auf, bevor Amajit antworten konnte. »Wofür halten Sie uns denn? Wir sind Moslems.«

Diesmal sprach Handford ihn direkt an. »Bitte unterbrechen Sie uns nicht, Sir, sonst muss ich Sie auffordern zu gehen.« Er wandte sich wieder an Amajit. »Ihre Eltern hatten Sie also bereits jemandem versprochen – war das auch bei Rukhsana der Fall?«

Amajit hatte den Kopf gesenkt. »Ja«, flüsterte er.

»Dennoch haben Sie sie geheiratet?«, warf Ali ein.

»Ja.« Wieder flehte Amajit den Sergeant förmlich an. »Wir haben uns geliebt, wir konnten nicht mehr ohneeinander leben.« Dann wandte er sich an Handford. »Sind Sie verheiratet, Inspector?«

»Ja.«

»Und Sie haben aus Liebe geheiratet?«

»Ja.«

»Warum dann nicht auch wir?«

Wieder stand Faysal auf und ging auf Amajit zu. »Weil er jemand aus seinen Kreisen geheiratet hat und weil er ein Weißer ist. Deswegen.«

»Zum letzten Mal, Mr Hussain«, warnte ihn Handford mit einem Tonfall, der kein Widerwort duldete.

Faysal blieb einen Moment lang reglos stehen, dann schnappte er sich seinen Anorak, der über einer Sessellehne hing, und ging zur Tür. Er hatte bereits die Hand am Knauf, drehte sich dann noch einmal um und blickte Amajit an. »Erklär's ihnen. Erklär ihnen, was du deiner Familie angetan hast. Und danach kannst du ihnen erklären, welche Schande du über uns gebracht hast und warum wir uns nichts daraus machen, dass Rukhsana tot ist.«

Faysal ließ seine ganze Wut an der Haustür aus, die er so heftig zuschlug, dass die Wände bebten.

Was ist denn für diese Familie das schlimmere Verbrechen, fragte sich Handford, der Mord oder die Ehe? Amajit tat ihm Leid. Er hatte seine Frau verloren, und es gab niemand, der ihm in seiner Trauer beistand.

Er wartete eine Zeit lang, bis sich Amajit wieder gefasst hatte. »Wie haben Ihrer beider Familien darauf reagiert?«, fragte er dann.

»Sie haben uns verstoßen.«

»War das alles?«

»Reicht das nicht?«, versetzte Amajit bitter.

Handford sagte nichts. Er wartete wieder eine Weile, während Amajit um Fassung rang.

Amajit räusperte sich. »Rukhsanas Familie hat einen ihrer Brüder geschickt, der mit ihr sprechen sollte, sie dazu überreden sollte, ihre Meinung zu ändern und in die Gemeinschaft der Sikhs zurückzukehren. Aber sie hat nein gesagt. Sie hat gesagt, ihre Familie würde keine Ruhe geben, solange sie nicht wieder bei ihnen ist.«

»Was hatte das Ihrer Meinung nach zu bedeuten?«

»Dass man sie möglicherweise kidnappen wollte.«

»Und Ihre Eltern?«

Er wischte sich mit den Fingerknöcheln die Tränen aus den Augen. »Die haben gesagt, ich hätte ihnen Schande bereitet und wäre nicht mehr ihr Sohn.«

»Gab es Drohungen?«

Amajit zögerte einen Moment. »Nein, eigentlich nicht.«

Ali atmete laut aus. »Sind Sie sich da ganz sicher, Mr Mahmood?«

Handford warf Ali einen kurzen Blick zu. Doch bevor er etwas sagen konnte, konterte Amajit mit schneidender Stimme. »Vielleicht haben Sie Ihren Eltern noch nie Kummer bereitet, Sergeant. Obwohl ich es kaum glauben kann. Sie sind immerhin Polizist, und ich weiß, was das unter unseresgleichen bedeutet.«

Danach herrschte einen Moment lang Schweigen. Der Einwand hatte Ali sichtlich getroffen. Handford wusste sehr wohl, dass in der asiatischen Bevölkerungsgruppe die Meinung vorherrschte, ihre Söhne hätten im Polizeidienst nichts verloren. Vielleicht hatte sich auch Ali dem Willen seines Vaters widersetzt.

»Ich glaube, wir könnten einen Kaffee gebrauchen«, sagte Handford. Etwas Besseres fiel ihm nicht ein.

Ali warf ihm einen wütenden Blick zu, stand aber trotzdem auf und ging hinaus.

»Tut mir Leid, Inspector«, sagte Amajit. »Ich bin nicht ganz bei mir. Ich werde mich bei ihm entschuldigen.«

»Nein, nicht nötig. Er ist Schlimmeres gewöhnt. Nun denn, Sie haben mehrere Brüder und Schwestern. Wie haben die auf Ihren Entschluss reagiert?«

»Meine Schwestern haben sich kaum dazu geäußert. Meine jüngeren Brüder waren traurig. Die älteren, Kamal und Jahangier, waren wütend.«

»Inwiefern haben sie ihre Wut geäußert?«

Amajit antwortete ausweichend. »Sie waren einfach außer sich.«

»Wie haben sie das kundgetan?«, hakte Handford nach. »Mit Drohungen?«

Es gab kein Entrinnen. »Sie haben Rukhsana gedroht.«

»Ihnen nicht?«

»Nein, sie haben ihr die ganze Schuld gegeben.«

Handford setzte weiter nach. »Womit haben sie gedroht?«

»Sie haben gesagt, sie wollten sich im Namen der Familie rächen.«

»Inwiefern?«

»Indem man sie bestraft.«

»Und wie?«

»Das weiß ich nicht.«

»Wollten sie ihr etwas antun?«

»Möglicherweise.«

»Indem man sie umbringt?«

»Nein.« Es klang wie ein erstickter Schrei, und Handford wusste sofort, dass Amajit ebenso wenig daran glaubte wie er.

Ali kehrte mit einem Tablett zurück, auf dem drei Tassen Kaffee standen.

»Haben Sie keine Kinder?«, fragte er, als er Amajit eine davon reichte.

»Nein«, sagte er, »wir wollten noch eine Weile damit warten.«

Handford trank einen Schluck. »Haben Sie eine glückliche Ehe geführt?«

»Ja, ich glaube schon. Wir waren zufrieden miteinander. Rukhsana war eine großartige Frau und wir haben uns gut verstanden. Sie war intelligent, immer bester Dinge. Manchmal haben wir uns stundenlang einfach nur unterhalten – wir haben gut zusammengepasst. Aber wir lebten in einer Art Niemandsland – wir hatten keinerlei Rückhalt, weder Freunde noch Bekannte. Wir mussten unsere ganze Kraft aus uns selbst beziehen. Wenn wir uns nicht so geliebt hätten, hätten wir es, glaube ich, nicht geschafft.«

»Dann gab es also keinerlei Schwierigkeiten – von den Auseinandersetzungen mit Ihren Familien einmal abgesehen?«, fragte Handford.

»Nein, Inspector, nicht mehr als in jeder anderen Ehe.«

»Warum sind Sie zurückgekehrt? Meiner Meinung nach hätten Sie es in London leichter gehabt.«

»Weil es sich so ergab, weil wir uns beide beruflich besser stellen konnten. Deshalb beschlossen wir, zurückzukehren. Außerdem hatten wir es auch in London nicht leicht. Unsere Gemeinschaften haben im Lauf der Jahre ein ganzes Netz aus familiären und freundschaftlichen Beziehungen aufgebaut. Dem kann man nur schwer entrinnen. Warum also hätten wir nicht zurückkommen sollen? Wir haben uns ein Haus in einem weißen Stadtviertel gemietet, möglichst weit weg sowohl von ihrer als auch von meiner Familie, weil wir unter uns bleiben wollten.« Amajit lehnte sich zurück, schloss einen Moment lang die Augen.

Handford gönnte ihm eine kurze Atempause. »Gehen wir noch einmal genauer durch, wann Sie gestern wo gewesen sind«, sagte er dann. »Sie sind doch im Stadtbauamt beschäftigt?«

Amajit schlug die Augen auf und hob müde den Kopf. »Ja.«

»Wann sind Sie zur Arbeit gegangen? Vor oder nach Ihrer Frau?«

»Vor ihr, etwa um halb acht. Ich wollte gestern zeitig dort sein. Ich musste eine Baustelle aufsuchen und wollte mir die Pläne noch einmal vornehmen.«

»Wo befand sich die Baustelle, die Sie aufgesucht haben?«

»Auf der anderen Seite der Stadt, bei dem neu ausgewiesenen Industriegebiet draußen an der Umgehungsstraße. Ich habe mich dort mit dem Architekten getroffen. Mit Mr Craven von Craven, Junes und Medway. Ich kam gegen halb zehn dort hin und ging etwa um halb zwölf.«

»Waren Sie die ganze Zeit zusammen?«

»Ja. Und um Viertel nach zehn stieß der Bauunternehmer dazu und blieb etwa eine halbe Stunde.«

»Sie haben die Baustelle also um halb zwölf verlassen. Was haben Sie danach gemacht? Sind Sie ins Büro zurückgekehrt?«

»Nicht gleich. Ich habe mir bei einem Imbiss ein Sandwich besorgt und bin anschließend wieder ins Büro gegangen.«

»Bei welchem Imbiss?«

»Einem Stand im Stadtzentrum.«

»Wann sind Sie wieder im Büro gewesen?«

»Das muss gegen Mittag gewesen sein. Und ich blieb dort, bis ich um halb fünf zur Planungsbesprechung musste. Sie dauerte ziemlich lange, etwa bis sechs. Danach bin ich sofort nach Hause gegangen.«

»Und ...« Handford wurde vom schrillen Klingeln seines Handys unterbrochen.

Er ging aus dem Zimmer. Ein paar Minuten später kehrte er mit ernster Miene wieder zurück. »Das war Davies«, erklärte er Ali. »Er ist noch im Leichenschauhaus.« Dann wandte er sich an Amajit. »Mr Mahmood, warum haben Sie mir nicht erzählt, dass Ihre Frau im dritten Monat schwanger war?«

Fünftes Kapitel

Handford und Ali saßen im Wagen vor Amajits Haus.

»Sie muss gewusst haben, dass sie schwanger war«, sagte Ali entschieden. »Sie muss es gewusst haben.« Er dachte einen Moment lang nach. »Obwohl man hin und wieder von Frauen hört«, sagte er versonnen, »die nicht bemerken, dass sie schwanger sind, bis das Kind kommt.« Er schüttelte den Kopf. »Ich kann das nicht begreifen. Meine Frau wusste es sofort.«

»Meine ebenfalls«, sagte Handford. »Und Rukhsana war Fürsorgerin. Sie hätte es erst recht wissen müssen. Zwölf Wochen – selbstverständlich wusste sie es.«

»Und warum hat sie es ihrem Mann nicht erzählt?«

»Ich weiß es nicht. Er wirkte jedenfalls wie vom Donner gerührt. Also ist er entweder ein guter Schauspieler oder sie hat wirklich nichts gesagt. Vielleicht wollte sie es abtreiben.«

Ali schaute ihn bestürzt an. »Das hätte sie doch bestimmt nicht getan?«

»Unter normalen Umständen vermutlich nicht, aber Sie haben ja gehört, was Amajit sagte. Mit ihrer Ehe haben sie sich in ein Niemandsland begeben. Vielleicht wollte sie unter diesen Voraussetzungen kein Kind aufziehen.«

»Selbst dann kann ich mir nicht vorstellen, dass sie an eine Abtreibung gedacht hat. Es wäre ein krasser Verstoß gegen ihre Religion.«

»Das war auch die Ehe mit einem Moslem, aber sie hat sich davon nicht abhalten lassen.« Er warf einen Blick zu Ali. »Tut mir Leid.«

»Nein, nein, Sie haben Recht. Sie haben sich beide nicht davon abhalten lassen.«

Einen Moment lang schwiegen sie. Der Sergeant war nachdenklich, und Handford spürte, wie die Spannung zwischen ihnen nachließ.

»Diese Ehe hat allerhand Schaden angerichtet«, sagte er schließlich. »Sein Cousin hielt jedenfalls überhaupt nichts davon und die Brüder haben die ganze Schuld auf Rukhsana geschoben. Könnte es sein, dass man sie mit dem Tod bestrafen wollte?«

»Ich bin davon überzeugt, dass sowohl Amajit als auch Faysal glauben, die Brüder könnten ihre Drohung wahr gemacht haben. Aber sie werden es nicht zugeben. Das liefe auf einen Verrat an der Familie hinaus.« Ali zögerte. »Was mir zu schaffen macht ...« Er verstummte.

»Reden Sie weiter.«

»Wenn es sich um eine Bestrafung handeln sollte, wäre sie vorsätzlich umgebracht worden. Meines Erachtens hätte man sie erschossen oder erstochen, vielleicht sogar mit dem Auto überfahren. Da sie aber mit einem Stein erschlagen wurde, deutet das eher auf eine Tat im Affekt hin. Auf jemanden, der sie aus Wut ermordete.«

»Faysal wirkte heute Morgen ziemlich jähzornig.«

»Ja. Aber Amajit vertraut ihm anscheinend. Immerhin hat er ihn gebeten, über Nacht bei ihm zu bleiben und mit ihm zum Leichenschauhaus zu gehen. Das hätte er nicht getan, wenn Faysal ihn ebenso schneiden würde wie die anderen Angehörigen. Genau genommen frage ich mich angesichts seines Verhaltens gegenüber Amajit, warum Faysal ihn nicht schneidet. Es muss etwas zu bedeuten haben. Ich weiß nur nicht genau, was.«

»Nun ja, denken Sie drüber nach, und wenn Ihnen etwas einfällt, suchen wir Amajit noch mal auf.«

»Ich frage mich, ob wir mit ihm nicht eingehender über diese Schwangerschaft reden sollten. Aber nicht daheim. Wir sollten ihn aufs Revier bringen.«

Handford saß schweigend da und dachte nach, verglich das,

was er erfahren hatte, mit dem, was er wusste und was er vermutete, versuchte, die wenigen Erkenntnisse aufzuschlüsseln und gleichzeitig die einzelnen Mosaiksteinchen zu einem Bild zusammenzufügen. »Erst mal sehen, was der heutige Tag bringt. Wir lassen ihn bis morgen schmoren, über dies und jenes nachdenken.«

Ali wirkte nicht überzeugt. »Möglicherweise wird er mitteilsamer, wenn er Zeit zum Nachdenken hatte, aber er ist auch leicht beeinflussbar. Wenn Faysal die Gelegenheit dazu bekommt, könnte er ihm alles Mögliche einreden.«

»Trotzdem sollten wir ihn meiner Meinung nach lieber eine Weile in Ruhe lassen.« Handford schwieg einen Moment. »Wer war Rukhsanas Hausarzt?«, fragte er dann.

»Ich weiß es nicht genau, Sir. Soll ich es feststellen?«

»Nein, das übernehme ich. Wer ist in der Praxis?«

»Graham und Clarke.«

»Gut. Setzen Sie mich dort ab. Fahren Sie kurz beim Revier vorbei und schnappen Sie sich irgendjemanden, der seine Aufgabe schon erledigt hat. Anschließend suchen Sie noch mal Amajits Eltern auf und reden mit Kamal und Jahangier. Die sind bislang zu schwer zu erreichen gewesen. Suchen Sie sie, falls sie immer noch nicht da sein sollten. Stellen Sie sie zur Rede und erkundigen Sie sich, wo sie gestern gewesen sind. Aber seien Sie nicht zu hart. Ich möchte keinen Stunk – ich will erst mehr über sie wissen. Überprüfen Sie sie, sobald Sie mit ihnen geredet haben, und stellen Sie fest, ob irgendetwas über sie vorliegt. Und erwähnen Sie nichts von der Schwangerschaft – meiner Meinung nach sollten wir das so lange wie möglich für uns behalten.«

Amajit hatte sich kaum von der Stelle gerührt, seit die Polizisten das Haus verlassen hatten. Zusammengesunken saß er in der einen Ecke der Couch, unfähig, sich zu bewegen, während ihm die Gedanken durch den Kopf schwirrten wie ein Schwarm Motten. Er fuhr kurz hoch, als die goldene Standuhr am Kaminsims die volle Stunde schlug. Die Uhr hatte Rukhsana gehört; sie hatte sie kurz nach ihrer Hochzeit bei einem Juwelier gesehen und sich auf der Stelle in sie verliebt. Er hatte sie gekauft und sie damit überrascht. Er konnte sich noch genau erinnern, wie er sie nach Hause gebracht und sich in das kleine Wohnzimmer in ihrem Apartment geschlichen hatte, während sie noch in der Küche war und das Abendessen zubereitete. Er hatte sie auf zwei Minuten vor der vollen Stunde eingestellt, und als sie läutete, hatte sie sofort Bescheid gewusst, war zum Kaminsims gelaufen, ohne sich die Hände abzutrocknen, hatte vor Begeisterung laut aufgejuchzt und sie in die Hand genommen. Hinterher hatte sie ihn umarmt und geküsst, bis er kaum noch Luft bekam.

Er hob die Hand und strich sich über die Wange, die sie geküsst hatte, dachte daran, wie sich ihr Atem und ihre Lippen angefühlt hatten. Doch allmählich wurden die angenehmen Erinnerungen von dem Anblick überlagert, den Rukhsana unter dem weißen Laken im Leichenschauhaus geboten hatte. Apathisch ließ er die Hand in den Schoß sinken und starrte auf die leere Stelle auf der Couch, auf die sie sich abends oft gekuschelt hatte, wenn sie ein Buch gelesen oder ferngesehen hatte. Er konnte kaum einen klaren Gedanken fassen, war hin- und hergerissen zwischen dem Wunsch, sich einzurollen wie eine Kugel, damit ihm nichts und niemand etwas anhaben konnte, und dem Bedürfnis, laut aufzuschreien, damit der Schmerz nachließ. Er machte keines von beiden. Von Zeit zu Zeit dachte er daran, wie Faysal aus dem Haus gestürmt war, als die Polizei hier gewesen war. Er musste ihn anrufen, ihm sagen, wie dankbar er ihm für seinen Beistand war. Aber nicht gleich. Er war noch immer damit beschäftigt, die Nachricht zu verarbeiten, die Handford ihm überbracht hatte, und die Phrasen und Vorhaltungen seines Cousins bezüglich seiner Pflichten gegenüber der Familie konnte er dabei zuallerletzt gebrauchen.

Warum hatte sie ihm nicht erzählt, dass sie schwanger war? Sie musste es gewusst haben. Im dritten Monat – sie musste es einfach gewusst haben. Handford hatte gefragt, ob mit ihrer Ehe alles in Ordnung gewesen sei, und er hatte mit Ja geantwortet, tatsächlich aber war es in den letzten Monaten nicht ganz einfach gewesen. Rukhsana hatte viel zu tun gehabt, er ebenfalls, und sie hatten einander nicht so oft gesehen, wie er es sich gewünscht hätte – wie sie beide es sich gewünscht hätten. Doch sie waren gut miteinander ausgekommen. Es war nichts Ernstes, nichts, das den Inspector etwas anginge.

Ihm fiel ein, dass sie in letzter Zeit öfter so gewirkt hatte, als beschäftigte sie etwas. Doch als er sie darauf angesprochen hatte, hatte sie gesagt, sie wäre lediglich müde. Er hatte sich damals kurz gefragt, ob sie schwanger sein könnte, hatte aber nicht weiter nachgehakt. Obwohl sie gern ein Kind gehabt hätten, waren sie sich beide darüber im Klaren gewesen, dass es schwer werden würde, weil sie sich entscheiden mussten, ob sie es als Moslem oder als Sikh erziehen wollten, ihm helfen mussten, sich in einer Familie ohne weitere Angehörige zurechtzufinden. Und außerdem waren sie beide übereingekommen, dass sie erst ein anderes Haus brauchten, etwas Größeres, in einer besseren Gegend. Vielleicht hatte sie deshalb nichts gesagt. Möglicherweise dachte sie, er wäre sauer, weil dadurch ihre ganzen Pläne über den Haufen geworfen wurden. Sie hätte ihn doch besser kennen müssen; er konnte ihr niemals böse sein, egal, was sie getan hätte. Er liebte sie so sehr und durch ein Kind wäre ihre Beziehung nur noch inniger geworden. Der Schmerz nahm überhand. Jetzt hatte er sie beide verloren, die Frau, die er anbetete, und das Kind, das er niemals kennen lernen würde, das er aber nichtsdestoweniger von ganzem Herzen liebte.

Er schrak auf, als es an der Tür klopfte. Einen kurzen Moment dachte er, es wäre Rukhsana, die wieder einmal ihren Schlüssel vergessen hatte, doch dann wurde ihm klar, dass er sie ein für alle Male verloren hatte, und wieder überwältigte ihn der Schmerz. Er rührte sich nicht von der Stelle, wollte niemanden sehen. Der Besucher war hartnäckig, klopfte diesmal lauter. Vielleicht war es wieder die Polizei. Hoffentlich nicht. Müde zog er sich vom Sofa hoch und schleppte sich zur Tür, stützte sich unterwegs an der Wand ab, um die Kraft aufzubringen, die ihn diese wenigen Schritte kosteten. Als er die Tür öffnete, sah er ein junges Mädchen in Jeans und einem schwarzen Anorak im Nieselregen stehen. Ihr Kopf war unbedeckt und ihre lockigen Haare glitzerten vor Nässe. Sie hatte ein kleines Kind in einem Sportwagen dabei. Vermutlich wollte sie zu Rukhsana. O nein. Bitte nicht.

»Hallo, Amajit«, sagte sie leise.

»Ja, bitte?«

»Ich bin's, Karen, Karen Penistone. Ich war an Id hier.«

Amajit bemühte sich darum, sie zu verstehen, versuchte trotz aller Müdigkeit zu begreifen, was sie meinte.

»An Id?«

»Ja, können Sie sich nicht mehr dran erinnern? Rukhsana hat Danny und mich eingeladen.«

Allmählich entsann er sich wieder dunkel. »An Id ... ja ... an Id.« Er musste sich förmlich zu einer Antwort zwingen. »Rukhsana ist nicht da«, sagte er dann.

»Ich weiß. Die Polizei war bei mir.«

»Die Polizei?« Er wünschte, er könnte endlich wieder einen klaren Gedanken fassen. »Es regnet«, sagte er. »Sie sollten lieber reinkommen.«

Karen schob den Sportwagen durch die Tür und in den engen Flur.

»Warum ist die Polizei bei Ihnen gewesen?«

»Vermutlich, weil sie gestern bei mir war, bevor ...« Sie verstummte.

»Ja, bevor ...«

»Ach, Amajit. Die arme Rukhsana. Wie konnte ihr jemand nur so was antun? Sie war so nett.« Sie umarmte ihn und drückte ihn an sich. Und zum ersten Mal an diesem Tag gab er seiner Trauer nach. Er schlang die Arme um sie, vergrub das Gesicht in ihren Haaren und weinte.

Im Wartezimmer der Praxis an der Palin Road war jetzt, kurz vor der Mittagsstunde, Ruhe eingekehrt. Zwei Patienten blätterten in Illustrierten herum, während sie darauf warteten, dass sie aufgerufen wurden. Dr. Haigh war zu einem Notfall gerufen worden und konnte erst später vernommen werden, doch alle anderen Ärzte waren wie versprochen da.

Handford schickte Graham zurück aufs Revier und hörte dann geduldig zu, als Clarke ihn auf den neuesten Stand der

Dinge brachte. Zwei Mitteilungen ließen ihn sofort hellhörig werden. Die erste lautete, dass Rukhsana unlängst den Arzt gewechselt hatte.

»Ursprünglich war Dr. Berridge ihr Hausarzt«, erklärte Clarke. »Aber als Elinor Copeman vor zwei Monaten in die Praxis eintrat, bat sie darum, in ihre Patientenliste aufgenommen zu werden. Sie meinte, sie würde lieber von einer Frau behandelt werden.«

»Das scheint mir durchaus nachvollziehbar. Asiatische Frauen gehen oftmals lieber zu einer Ärztin«, sagte Handford.

Clarke senkte die Stimme. »Aber das war möglicherweise nicht der einzige Grund, Chef. Eins der Mädchen im Büro hat mir erzählt, dass sie ein ausgesprochen freundschaftliches Verhältnis zu Dr. Berridge hatte. Ihrer Ansicht nach hat sie deshalb den Arzt gewechselt.«

Handford zog die Augenbrauen hoch. »Ein freundschaftliches Verhältnis?«

»Sie haben viel Zeit miteinander verbracht. Das Büropersonal nimmt an, dass sie ein Verhältnis hatten.«

»Gibt es irgendwelche Anhaltspunkte, die diese Behauptung untermauern könnten?«

»Nein, es ist bloß Klatsch. Aber wie schon die Sprechstundenhilfe am Empfang gesagt hat – sie sind nicht blind. Und machen wir uns nichts vor, Sir. Die Praxis ist zu klein, als dass einem so was entgeht.«

»Haben Sie mit Dr. Berridge darüber gesprochen?«

»Nein, und mit Dr. Copeman habe ich auch noch nicht gesprochen. Sie haben noch zwei Patienten, und die Dame am Empfang sagte, sie dürften nicht gestört werden.«

Handford wollte sich gerade bei der Sprechstundenhilfe beschweren, als das Glasfenster am Büro der Empfangsdame zurückgeschoben wurde und eine mollige Frau in einem Pullover aus helloranger, gelber und roter Wolle, in dem sie aussah wie ein überreifer Pfirsich, herausspähte.

»Mr Clarke«, rief sie. »Dr. Copeman kann Sie jetzt empfangen. Dr. Berridge hat noch einen Patienten, aber in etwa fünf Minuten steht er Ihnen zur Verfügung.« Damit schob sie das Fenster wieder zu.

Handford stellte sich und Clarke vor, als sie Dr. Copemans Sprechzimmer betraten. Während er der attraktiven Frau, die hinter ihrem Schreibtisch hervorkam, die Hand schüttelte, kam er zu dem Schluss, dass er entweder in die Jahre kam oder aber die Ärzte immer jünger wurden. Er musterte ihre schlanke Gestalt und wünschte, er wäre zehn Jahre jünger. Sie hatte rotbraune Haare, die in langen Wellen auf die Schulter fielen, trug ein mitternachtsblaues Kostüm und eine taubengraue Bluse und wirkte sowohl elegant als auch tüchtig.

»Womit kann ich Ihnen behilflich sein, Inspector?« Sie sprach mit einem leichten Norfolk-Akzent.

»Ich ermittle wegen des Todes von Rukhsana Mahmood, Dr. Copeman, und muss Ihnen ein paar Fragen stellen.«

Elinor Copeman deutete auf die Stühle, die neben ihrem Schreibtisch standen, woraufhin sie Platz nahmen. »Natürlich«, sagte sie.

»Soweit ich weiß«, begann Handford, »ist Mrs Mahmood seit etwa sieben Wochen Ihre Patientin.«

»Ja, sie wollte lieber von einer Ärztin behandelt werden, was bei einer Asiatin nicht weiter ungewöhnlich ist, auch wenn sie selbst einen medizinischen Beruf ausübt. Dr. Berridge hatte nichts dagegen, daher habe ich sie angenommen.«

»Ist sie seither bei Ihnen in der Sprechstunde gewesen?«

»Ja. Aber ich bin mir nicht sicher, ob ich über ärztliche Angelegenheiten mit Ihnen sprechen sollte.«

»Dr. Copeman, Rukhsana Mahmood ist tot. Sie verstoßen nicht mehr gegen die ärztliche Schweigepflicht.«

»Nein, vermutlich nicht.«

»Ist sie wegen ihrer Schwangerschaft bei Ihnen gewesen?«

Die Ärztin konnte ihre Überraschung nicht verbergen. »Sie wissen darüber Bescheid?«

»Durch die Autopsie«, erklärte er und wunderte sich, weshalb sie wegen dieser Frage so überrascht war.

Sie wurde etwas gelöster. »Natürlich«, sagte sie. »Ja, Rukhsana kam vor einem Monat zu mir, um sich ihre Schwangerschaft bestätigen zu lassen. Sie war etwa in der achten Woche, aber ...« Sie zögerte.

»Ja?«

»Sie war ziemlich erschüttert darüber, dass sie schwanger war.«

Handford warf Clarke einen Blick zu. »Hat sie gesagt, warum?«

»Nur, dass es nicht der richtige Zeitpunkt wäre.«

»Haben Sie ihr geglaubt?«

»Ich hatte keinen Grund, daran zu zweifeln.«

»Hat sie Sie um einen Abbruch gebeten?«

»Nein.« Wieder zögerte Elinor Copeman einen Moment. »Sie bestand darauf, dass niemand etwas erfahren dürfte«, sagte sie dann. »Nicht einmal ihr Mann, deshalb war ich so überrascht, als Sie mich danach fragten. Sie war diesbezüglich sehr entschieden.«

»Aber sie hat Ihnen keinen Grund genannt?«

»Nein, und ich habe sie nicht bedrängt. Es ging mich nichts an.«

»Nicht einmal als Freundin, als Kollegin?«

»Ich war zugleich auch ihre Ärztin und ich habe das ebenso vertraulich behandelt wie bei jedem anderen Patienten.«

Handford wechselte das Thema. »Sind Sie gut mit ihr ausgekommen?«

»Sie war freundlich, eine angenehme Gesprächspartnerin und eine ausgezeichnete Fürsorgerin. Aber privat kannte ich sie nicht allzu gut.«

»Wissen Sie etwas über ihre Beziehung zu Dr. Berridge? Meines Wissen ging ihre Freundschaft über ein rein kollegiales Verhältnis hinaus.«

»Ich achte nicht auf Klatsch, Inspector.«

»Nein. Aber die Gerüchte haben Sie gehört?«

»Es ist eine kleine Praxis, da lässt sich das gar nicht vermeiden. Aber ich habe keine Ahnung, ob etwas dran war, falls Sie das wissen wollen. Da müssen Sie ihn fragen.«

Dr. Ian Berridge lehnte sich auf seinem Stuhl zurück und fuhr sich mit der Hand durch die wirren, schulterlangen Haare, ehe er antwortete. »Rukhsana war eine Kollegin. Sie hat einige meiner Patienten betreut – natürlich haben wir uns oft gesehen.« Sein Tonfall war gepflegt, doch der weiche irische Zungenschlag, der bei jedem Wort mitschwang, war unüberhörbar.

Handford ließ den Blick auf dem Gesicht des Arztes ruhen. Der Mann war ihm von Anfang an unsympathisch. Der Mann war nicht aufrichtig. Seine Erklärungen, sein Lächeln, selbst der Handschlag, mit dem er sie empfangen hatte, als sie sein Zimmer betraten, wirkten aufgesetzt. Doch das hieß nicht, dass Berridge Rukhsanas Liebhaber oder gar ihr Mörder war, und da er sich laut Dienstvorschrift keine Vorurteile erlauben durfte, machte er weiter.

»Und das war alles, Doktor? Ihre Beziehung ging also nicht über ein rein kollegiales Verhältnis hinaus?«

Berridge richtete sich auf und nahm den Füllfederhalter auf seinem Schreibtisch in die Hand. Er spielte damit herum, drehte ihn zwischen den Fingern hin und her und verschaffte sich so die Möglichkeit, dem Blick des Inspectors auszuweichen. »Nein, selbstverständlich nicht.«

Handford lächelte, als fände er sich mit der Antwort ab. »Ich weiß, dass sie Patientin in dieser Praxis war. Aber welcher Arzt hat sie betreut?«

»Dr. Copeman.«

»Dr. Copeman ist erst seit zwei Monaten hier. Wer war vorher ihr Arzt?«

Berridge wirkte unsicher. »Das war ich.«

»Und warum ist sie zu Dr. Copeman gewechselt?«

Ian Berridge legte den Füller hin und wandte die dunklen Augen dem Inspector zu. »Es war nichts Persönliches. Sie wollte sich lieber von einer Frau behandeln lassen. Manche Frauen halten es so.«

»Und das war der einzige Grund?«

Der Arzt griff wieder zum Füller und musterte ihn eingehend, als suchte er nach einem Makel. »Ja, das war der einzige Grund.«

Handford drehte sich zu Clarke um, der den Blick des Inspectors zu deuten wusste. Der Mann, der ihnen gegenübersaß, log.

Ali saß zusammengekauert im Wagen vor Amajits Elternhaus und ließ sich die warme Luft der Heizung um die Beine streichen. Er zog eine zweite Zigarette aus der Schachtel auf dem Beifahrersitz und zündete sie an. Er hatte sich das Rauchen auf der Universität angewöhnt, frönte ihm aber nur in seiner Freizeit. Eigentlich hätte er es sich auch jetzt verkniffen, wenn Handford ihn nicht hierher geschickt hätte. Er war durchaus in der Lage, ein paar Ärzte zu vernehmen, und Handford hätte es nichts geschadet, wenn er mal herauskam und die hiesige Bevölkerung hautnah erlebte.

Als er das Fenster herunterkurbelte, damit die Hitze und der Zigarettenqualm abziehen konnten, traf die beißende Kälte auf seine Wangen und er schlug den Mantelkragen hoch. Er hielt ihn mit der Hand fest, während er weiter darauf wartete, dass die beiden jüngeren Mahmood-Brüder aus der Schule nach Hause kamen.

Er war allein, und die Mutter hatte sich geweigert, einen Mann ohne Begleitung ins Haus zu lassen. Als er geklopft hatte, war ein verschleiertes Gesicht im Fenster neben der Tür aufgetaucht, dann war er mit einem kurzen Handwedeln weggescheucht worden. Er warf einen Blick auf seine Uhr – zwanzig nach zwölf. Fehlte gerade noch, dass die Jungs in der Schule zu Mittag aßen. Noch eine Viertelstunde, dann wollte er zusehen, dass er irgendwo eine Polizistin auftrieb, die ihn begleitete.

Die Straße war menschenleer. Die Befragung der Nachbarn war mittlerweile abgeschlossen. Umso mehr wurmte es ihn, dass er sich nicht vorher danach erkundigt hatte. Sonst hätte er dafür sorgen können, dass ihn ein weiblicher Constable hier erwartete, an seiner Stelle an die Tür klopfte und ihm Zutritt verschaffte, was ihm viel Zeit erspart hätte. Ein dummer Fehler, ein Patzer, den ihm der Inspector garantiert vorhielt, zumal er ihn ausdrücklich angewiesen hatte, nicht allein loszuziehen. Er war auch wie geheißen ins Revier zurückgekehrt, doch Warrender war der Einzige gewesen, der im Lageraum abkömmlich war.

»Kann ich irgendwas für Sie tun, Sarge?«, hatte er mit einem verächtlichen Grinsen gefragt.

Ali hatte ihm keine Antwort gegeben. Er hatte keine Lust, mit Warrender im Auto zu sitzen und sich dessen Kommentare anzuhören, und er wollte nicht, dass der Constable seine dämlichen Sprüche abließ, die er sich garantiert nicht verkneifen konnte, wenn sie die Mahmood-Brüder zu fassen bekamen. Warrender scherte sich vermutlich nicht den Deut darum, dass er dabei war; der genoss es wahrscheinlich, wenn er spürte, wie unwohl ihm war, und zog erst recht vom Leder. Ali lehnte den Kopf an die Nackenstütze und stellte sich vor, wie Handford ihn zurechtweisen würde, wenn er erfuhr, dass er sich wieder einmal über seine Anweisungen hinweggesetzt hatte. Verdammt noch mal – er war es, der sich ständig diese rassistischen Anspielungen anhören musste, nicht der Inspector, und er wollte auf seine Weise damit umgehen.

Doch Handford ließ ihn nicht los. Der Mann war unberechenbar wie nur was. Eben noch freundlich und umgänglich und im nächsten Moment bissig und herrisch. Ein abgehalfterter Inspector? Möglicherweise. Er kam mit seinen Ermittlungen nicht voran, so viel stand fest, weil er sich um alles drückte, was man ihm als rassistisches Verhalten auslegen könnte, und daher nicht zum eigentlichen Kern der Sache vordrang. Die Familie hielt zusammen, sie verschanzte sich hinter Sprachbarrieren und Brauchtum, damit sie nicht auf ihre Fragen eingehen mussten, und Handford ließ es ihnen durchgehen. »Gehen Sie behutsam mit ihm um. Fassen Sie sie nicht zu hart an. Lassen wir ihn eine Weile in Ruhe.« Es kam ihm fast so vor, als wollte er sich mit niemandem anlegen. Er hatte sich sogar entschuldigt, als er ihn darauf hingewiesen hatte, dass Rukhsana einen Moslem geheiratet hatte. Warum machte er das? Die Ehe war eine Tatsache. Tatsache war auch, dass sie eine Sikh war und er Moslem. Wozu schlich er auf Zehenspitzen um diese Fakten herum? Und das bei den Ermittlungen in einem Mordfall. Warum fasste er die Zeugen und Verdächtigen mit Samthandschuhen an? Dass man sich mit den Leuten anlegte, gehörte in diesem Beruf dazu. Man musste sie sich vornehmen, sie brechen, bevor sie dazu kamen, sich eine Geschichte zurechtzulegen. Tja, nun hatte er die Gelegenheit dazu. Er hatte den Auftrag, die Brüder zu befragen, und genau das hatte er vor – eine ordentliche, harte Vernehmung, kein Herumschleichen um den heißen Brei.

Kamal und Jahangier kamen für diesen Mord infrage – sie hatten ein klares Motiv, das hatte selbst Amajit zugeben müssen. Dass sie Rukhsana die Schuld an der Ehe gegeben hatten, stand zweifelsfrei fest, dass sie gedroht hatten, sie zu bestrafen, ebenfalls. Aber Handford hatte ihn angewiesen, behutsam mit ihnen umzugehen. Warum? Was war mit dem Mann los? Ali dachte an das Gespräch, das sie vor ihrem Besuch bei Amajit geführt hatten, und an die Unterredung hinterher, als es um die Schwangerschaft gegangen war. Sie war kollegial gewesen, ruhig, geradezu freundlich. Aber bei anderen Gelegenheiten war es ihm so vorgekommen, als wollte Handford einen Streit mit ihm vom Zaun brechen, nur um zu zeigen, wer der Chef war – oben beim Pflegeheim zum Beispiel und nach der Lagebesprechung. Ali war davon überzeugt, dass Handfords Haltung etwas mit dem Fall im letzten Jahr zu tun haben musste, aber bislang war ihm nicht klar, weshalb der Inspector diesbezüglich so empfindlich war. Ein Jammer, dass er fort gewesen war, als es den großen Knall gegeben hatte, denn dadurch wusste er nur in groben Zügen, was vorgefallen war. Sobald er Zeit hatte, wollte er sich näher damit beschäftigen. Vielleicht konnte er seinen Chef dann ein bisschen besser verstehen.

Er drückte seine Zigarette aus und rang gerade mit seinem Gewissen, ob er sich noch eine gönnen sollte, als er die beiden jüngeren Brüder nach Hause schlendern sah – verwahrlost, die Jacken offen, die Hemden aus dem Hosenbund gezerrt, die Schulkrawatten in die Tasche gestopft. Sie sprangen zur Seite, als Ali die Autotür öffnete.

Er zeigte ihnen seinen Dienstausweis. »Ich möchte eure Mutter sprechen, Jungs. Ich muss wissen, wo Kamal und Jahangier sind«, sagte er, bevor sie sich wieder gefasst hatten.

»Die sind nicht da, die sind bestimmt im Battle's.« Als Ali sie verständnislos anschaute, sagte der Kleinere erklärend: »Das is der Snooker-Salon bei der Thorn's Road.«

Das Battle's war, wie sich herausstellte, einer von sechs, sieben Salons, die in den heruntergekommenen Seitenstraßen im Stadtzentrum aus dem Boden geschossen waren. Während der Rezession von Spekulanten gekauft und eingerichtet, waren sie beliebte Anlaufstellen für kleine Drogendealer, die darin ihren Stoff vertickerten, und Prostituierte, die sich davor herumtrieben, rauchten und auf Kundschaft warteten. Gelegentlich führte die Polizei hier eine Razzia durch, aber im Allgemeinen, wenn auch nicht offiziell, galten die Salons und die umliegenden Straßen als Niemandsland, eine Gegend, in die man besser keinen Fuß setzen sollte.

Weil er kein Risiko eingehen und weder die Räder noch die Stereoanlage oder irgendetwas anderes verlieren wollte, das man leicht klauen konnte, ließ Ali den Wagen am Parkplatz der Polizeizentrale stehen und ging zu Fuß zum Salon. In den Seitenstraßen war wenig los – vermutlich war es den meisten Frauen zu kalt. Ein, zwei Unentwegte gingen trotzdem anschaffen und boten ihm ihre Dienste an, die er dankend ablehnte. »Dann verzieh dich doch, elender Geizhals«, rief ihm eine der Damen hinterher. Doch er ging ungerührt weiter, bis er zu der Neonreklame kam, die matt im dumpfen Dämmerlicht leuchtete, und sich in das Gebäude begab.

Vom Schein der Hängelampen einmal abgesehen, der auf die Tische fiel, an denen gespielt wurde, war der Raum, den Ali betrat, düster und trostlos. Die Tresen entlang der Wände standen voller Plastikbecher und überquellender Aschenbecher, desgleichen die Bar am anderen Ende. Auf die dicke grüne Veloursٍtapete waren mit Klebeband große, von Hand beschriftete Hinweisschilder befestigt, mit denen die Kunden darauf aufmerksam gemacht wurden, dass sie ihre Getränke nicht an die Snooker-Tische mitnehmen durften. Der Raum stank nach abgestandenem Zigarettenqualm, Dope, Bier und Schweiß, und als Ali auf die dick geschminkte Frau am Kassenschalter zuging, hatte er sich bereits so gut wie entschlossen, Handfords Rat zu beherzigen und nur die notwendigsten Fragen zu stellen. Er sagte nicht, wer er war, sondern erkundigte sich nur, ob die beiden Männer da waren. Die Frau deutete auf sie, ohne die Zigarette aus dem Mund zu nehmen. »Da drüben«, sagte sie. »Tisch drei.«

Dann beugte sie sich durch die schmale Luke und rief: »Ein Bulle will euch sprechen, Jan. Wieder mal ungezogen gewesen, was?«

Worauf sie alle drei lachten.

Ali ging auf die beiden Männer am Tisch zu. Er zog den Dienstausweis aus seiner Tasche und stellte sich vor. Als er näher kam, stieß der Kleinere mit aller Kraft den Spielball an. Sie sahen zu, wie die weiße Kugel auf die rote prallte und sie mit solcher Wucht quer über die grüne Tuchbespannung trieb, dass sie auf die Bande prallte und mehrmals lautstark auf dem Tisch hin und her schoss, bis sie schließlich ausrollte und neben der gelben liegen blieb.

Erst jetzt warf er einen Blick auf Ali. »Wer hat denn den reingelassen«, grummelte er, an seinen Bruder gewandt. »Hier drin stinkt's auf einmal, Jahangier.« Nicht gerade die originellste Bemerkung, aber als Ali den jungen Mann betrachtete, der großspurig zu der auf der Tischkante stehenden Getränkedose stolzierte und sie mit einem hämisch herausfordernden Grinsen ansetzte, bezweifelte er, dass er zu etwas Intelligenterem imstande war.

Jahangier beugte sich über den Tisch, um seinerseits zum Stoß anzusetzen. »Was willst du?«, fragte er unwirsch.

»Mit euch über den Tod eurer Schwägerin reden.«

»Wir sind beschäftigt.«

Ali rang sich ein schmales Lächeln ab, und als Jahangier sein Queue zurückzog, um die weiße Kugel anzuschneiden, griff er zu und fischte sie vom Tisch. »Wenn ich fertig bin, könnt ihr weitermachen«, sagte er kurz und knapp.

Drohend trat Kamal einen Schritt auf den Detective zu, und als Jahangier seinen Queue hob, befürchtete Ali bereits, er wollte ihn damit schlagen. Doch stattdessen legte er ihn mit einem höhnischen Grinsen behutsam auf den Tisch. »Du hast zwei Minuten Zeit«, sagte er. »Was willst du?«

»Wann habt ihr Rukhsana zum letzten Mal gesehen?«

»Hast du mit Amajit gesprochen?«

»Ja.«

»Dann weißt du doch Bescheid. Wir wollen sie nicht sehen und wir haben sie noch nie gesehen. Unsere Familie hat nichts mit ihr zu schaffen. Sonst noch was?« Jahangier griff wieder zu seinem Queue.

Ali wandte sich an Kamal. »Was ist mit Ihnen?«

»Ich bin ziemlich eigen, was meinen Umgang angeht.« Ali zweifelte nicht daran. »Sie war eine Nutte, eine Schlampe, und jetzt is sie dort, wo sie hingehört. Derjenige, der sie umgebracht hat, hat uns allen einen Gefallen getan.«

»Eine Nutte, eine Schlampe? Das entspricht nicht dem Eindruck, den uns die Leute, die sie kannten, von ihr vermittelt haben.«

»Die haben sie eben nicht so gekannt wie wir.«

»Aber Ihr Bruder sagte doch, Sie haben sie nie gesehen. Woher wollen Sie wissen, dass sie eine Nutte und eine Schlampe war?«

»Wir wissen es halt.« Und zur Bekräftigung fügte er hinzu: »Bloß gut für sie, dass sie sich jemand anders vorgenommen hat, bevor wir's gemacht haben.«

Ali lächelte ihn an. »Tja, wollen wir doch mal sehen, ob dem so ist, ja? Wo seid ihr beide gestern zwischen elf und zwei gewesen?«

»Das geht dich gar nichts an.«

»Doch, und ich glaube, ihr werdet das noch einsehen. Wo wart ihr?«

»Wie schon gesagt, das geht dich nichts an.«

»Und ich habe gesagt, dass es mich sehr wohl etwas angeht, also hört auf, mir die Zeit zu stehlen. Hier oder auf dem Revier, das liegt bei euch.«

Kamal trank einen weiteren Schluck, während er sich die beiden Möglichkeiten durch den Kopf gehen ließ. »Mach schon weiter«, knurrte er.

»Es ist allgemein bekannt, dass ihr Rukhsana die Schuld an der Ehe gegeben habt, und dass ihr sie mehr als einmal bedroht habt, seit sie und Amajit geheiratet haben. Wo also seid ihr gestern gewesen?«

Jahangier legte den Queue bedächtig auf den Tisch, wandte sich mit verächtlichem Blick an den Detective und musterte ihn von oben bis unten.

Ali fuhr fort, ohne ihn zu beachten. »Soweit ich weiß, wolltet ihr sie bestrafen. Was versteht ihr unter bestrafen, Jahangier? Wolltet ihr sie überfahren, erstechen, sie an einen ruhigen Ort schaffen – irgendwo im Wald vielleicht – und sie mit einem Stein erschlagen? Habt ihr sie bestraft? Einer von euch? Oder alle beide?«

Jahangier ballte die Fäuste und trat einen Schritt auf Ali zu. Ali fasste den weißen Spielball fester. Sein Gegenüber kam noch näher, so nahe, dass Ali deutlich die Aknenarben auf seiner Nase sehen konnte, als er auf ihn hinabblickte.

»Sie hat Schande über die Familie gebracht, die hat nichts anderes verdient. Wenn du wirklich einer von uns wärst, würdest du das wissen, und du würdest deine Zeit nicht mit uns vertrödeln.«

Keiner von ihnen regte sich. Jahangier atmete jetzt schwerer, war kurz davor, seiner Wut freien Lauf zu lassen.

»Und, habt ihr eure Drohung wahr gemacht?« Ali hatte die Kugel nach wie vor fest in der Hand.

Kamal stolzierte zur anderen Seite des Tisches und löste dadurch die Spannung. »Wir hätten's jederzeit machen können, wenn wir gewollt hätten. Jetzt müssen wir's nicht mehr machen. Jemand anders hat's uns abgenommen. Und wir wünschen ihm alles Gute.«

Ali wandte sich an Kamal. »Wo seid ihr beiden gestern gewesen?«

Kamal hatte sein Selbstvertrauen wiedergewonnen. »Geht dich nix an.«

Ali bedauerte, dass er Warrender nicht mitgenommen hatte, und sei es auch nur, damit er ihn daran hinderte, über den kleinen Scheißkerl herzufallen. Warrender hätte das hier genossen – die Macht und die Möglichkeit zu entscheiden, welchem Paki er helfen und wen er in die Mangel nehmen sollte.

Er schaute Kamal in die Augen. »Zum letzten Mal, wo seid ihr gestern gewesen?«

Alis Tonfall überzeugte Jahangier davon, dass er für seinen Bruder einspringen musste. Immer noch schwer atmend, blickte er zu dem Detective auf, dann stieß er Kamal aus dem Weg. »Hier«, sagte er. »Wir sind beide hier gewesen. Wir sind immer hier – jeden Tag. Das kannst du nachprüfen, wenn du willst. Ist nicht weiter schwer – nicht für einen Schlaumeier wie dich.« Er drehte sich zu der Frau in dem Kabuff um. »Mandy, sind wir gestern hier gewesen?«, brüllte er.

»Wo sollt ihr denn sonst gewesen sein?«, antwortete sie.

Ali wandte sich an sie. »Waren Sie gestern hier?«

»Nein, mein Guter, das war mein freier Tag.«

Ali musste unwillkürlich lächeln. Er nahm sich wieder die Brüder vor. »Nicht unbedingt die beste Entlastungszeugin«, sagte er. »Gibt es sonst noch jemanden, der bestätigen kann, dass ihr den ganzen Tag hier zugebracht habt?«

Kamal zuckte die Achseln. »Jeder, der hier gewesen is.«

»Namen?«

»Du bist doch der Polizist.«

Er ging zu Mandy. »Führen Sie Buch darüber, wer tagtäglich hierher kommt.«

»Die Leute tragen sich ein und aus, ja – aber als Buchführung würd ich das nicht bezeichnen.«

»Mit Zeitangabe?«

»Ja.«

»Haben Sie eine Mitgliederliste?«

»Irgendwo schon.«

»Gut, besorgen Sie sie. Und ich will eine Kopie der Ein- und Austragungen von gestern.«

Er ging wieder zu Kamal und Jahangier, warf die weiße Kugel von einer Hand in die andere. Die Luft in dem Salon war drückend, aber Ali war noch nicht fertig.

»Habt ihr euren Bruder seit dem Mord gesehen?«

»Nein, warum sollten wir?«

»Weil er euer Bruder ist, weil gerade seine Frau ermordet wurde und weil er derzeit vermutlich jeden Beistand gebrauchen kann.«

»Bist du blöde, oder bist du schon so sehr zum Weißen geworden, dass du gar nichts mehr kapierst?« Jahangier rückte Ali näher auf die Pelle. »Dann will ich's dir ein für alle Mal erklären, Weißer. Sie war keine von uns, und unser Bruder hat sich dafür entschieden, mit unserer Kultur zu brechen. Daher wollen wir nichts mehr mit ihnen zu tun haben – nie mehr! Uns ist scheißegal, dass sie tot is, und es ist uns auch egal, wie es ihm geht. Sie hat's verdient und er hat's verdient. Also hau ab und lass uns in Ruhe.«

Ali musterte sie mit verächtlichem Blick. »Niemand hat das verdient, was mit ihr geschehen ist. Egal, was sie getan hat, egal, was sie beide getan haben, aber niemand hat verdient, dass ihm mit einem Stein der Schädel eingeschlagen wird. Und er hat nicht verdient, dass er sie in diesem Zustand sehen musste. Und wenn ihr immer noch der Meinung seid, dass es ihn und sie zu Recht getroffen hat, habt ihr keinen Funken Mitgefühl im Leib. Dann seid ihr diejenigen, die unsere Kultur und unsere Religion in Verruf bringen.«

»Hau ab, Bulle. Verpiss dich.«

Ali lächelte. »Vorerst bin ich mit euch fertig, aber wir sprechen uns wieder. Da ihr den ganzen Tag hier zubringt, treffe ich euch ja zweifellos hier an. Ich nehme an, keiner von euch hat Arbeit.«

Jahangier lachte höhnisch auf. »Wo lebst du denn? Pakis kriegen keine Arbeit, jedenfalls nicht in diesem Land – es sei denn, sie werden Bullen«, fügte er giftig hinzu.

Ali ließ sich nicht darauf ein. »Ich will eine ordentliche Aussage. Im Revier – morgen früh um halb zwölf.« Er ließ die weiße Kugel auf den Tisch fallen. »Viel Spaß beim Spielen«, sagte er und kehrte ihnen den Rücken zu, ging zuerst zu Mandy, die ihm die beiden Listen reichte, und verließ dann den Salon.

Vorsichtig trug Amajit die beiden Kaffeetassen ins Wohnzimmer. Eine reichte er Karen, die mit Danny am Boden spielte. Da sie nicht wusste, was sie erwartete oder wie lange sie bleiben würde, hatte sie nicht daran gedacht, Spielsachen für ihn mitzunehmen. Amajit hatte nachschauen wollen, ob irgendetwas in den Schachteln war, die Rukhsana immer bei sich hatte, aber

Karen hatte nicht gewollt, dass er sich noch mehr aufregte, und ihm gesagt, dass Danny zufrieden sei, wenn er irgendetwas bekäme, das er herumkullern könnte. In der Speisekammer hatten sie schließlich einen leeren Pappkarton und ein paar kleine Blechbüchsen gefunden, mit denen er seither selig spielte. Während sie auf ihn aufpassten, redeten sie über Rukhsana, über Amajit, über ihre Ehe und ihr Zusammenleben, hauptsächlich aber über Rukhsana. Dann, als er nicht mehr weitersprechen konnte, war Amajit in die Küche gegangen, um Kaffee zu kochen.

»Danke«, sagte Karen, als sie ihm die Tasse abnahm und daran nippte. Er war bitterer, als sie es gewohnt war, aber sie trank ihn trotzdem.

Einen Moment lang saßen sie schweigend da. »Tut mir Leid«, sagte Amajit dann.

»Was?«

»Wegen ... vorhin. Ich konnte einfach nicht anders.«

»Seien Sie nicht albern.«

»Sie sind der erste Mensch, der Anteil nimmt.«

»Nein, das kann nicht sein. Jeder mochte Rukhsana.«

»Nicht alle.«

»Tja, jeder, den ich kenne, mochte sie.«

Amajit lächelte über ihre Naivität. Sie wirkte so jung und doch hatte sie ein zweijähriges Kind. Eine ledige Mutter, kein Mann – normalerweise müsste er sie dafür verachten, was sie getan hatte, was sie in den Augen seiner Familie war. Aber er konnte es nicht. Sie war freundlich, sie nahm Anteil, und sie war im Regen zu ihm gekommen, um ihm mitzuteilen, wie traurig sie war. Seine Familie hatte das nicht getan. Und würde es auch nie tun.

»Was ist?«

Amajit wurde klar, dass er sie angestarrt hatte. »Tut mir Leid. Ich wollte Sie nicht so anglotzen. Ich habe bloß nachgedacht ...«

»Worüber?«

»Wie aufmerksam Sie sind – dass Sie den weiten Weg auf sich genommen haben, mit einem Kind, bei diesem Wetter.«

»Keine Ursache. Ich wollte bloß, dass Sie wissen, wie Leid mir das tut, was passiert ist. Der Polizist hat gesagt, ich soll ein paar Tage warten, dass man Ihnen noch allerhand Fragen stellen müsste. Aber das wäre nicht mehr dasselbe gewesen.« Sie schwieg einen Moment. »Denken die, Sie haben das gemacht?«, sagte sie. »Sie umgebracht, mein ich.«

»Sie etwa?«

»Nein, selbstverständlich nicht.«

»Ich weiß nicht, ob sie es denken oder nicht. Ich rechne schon damit, dass ich zum Kreis der Verdächtigen gehöre. Aber ausdrücklich gesagt haben sie es nicht.«

Danny verhedderte sich mit dem Karton, den er im Zimmer herumschob, an den Beinen eines Sessels und fing an zu schreien. Karen ging zu ihm und half ihm aus der Klemme.

»Rukhsana war schwanger, wissen Sie? Im dritten Monat.«

Karen schlug die Hand vor den Mund. »Das ist ja furchtbar. Na ja, furchtbar nicht, aber ... unter diesen Umständen. Sie hat kein Wort davon gesagt.«

»Nein. Sie hat niemandem etwas erzählt. Ich wusste es auch nicht, bis es mir die Polizei mitgeteilt hat. Sie haben es bei der Obduktion festgestellt.«

»Das ist ja furchtbar«, sagte Karen erneut. »Es auf diese Weise zu erfahren, mein ich.«

»Ich habe das Gefühl, die Polizei glaubt mir nicht, dass ich nichts davon gewusst habe.«

»Sie hat immer davon geredet, dass sie irgendwann ein Kind haben möchte – wenn der richtige Zeitpunkt gekommen ist, hat sie immer gesagt.«

»Ja, wir wollten erst aus diesem Haus ausziehen, bevor wir ein Kind bekommen.«

Karen blickte sich in dem Zimmer um. Es wirkte gepflegt und freundlich mit seinen cremefarben gestrichenen Wänden, auf denen sich der Schein der Lampen spiegelte. Die salbeigrüne Sitzgarnitur mit ihrer leichten Braun- und Beigemusterung hob sich dezent von dem etwas dunkleren Teppich und den Vorhängen ab. »Warum sollten Sie denn umziehen?«, sagte sie. »Das Haus ist doch herrlich.«

»Wir wollten gern ein größeres, irgendwo anders, mit einem Garten, in dem die Kinder spielen können.«

»Ich hab einen Garten. Aber das Haus ist eine Bruchbude, das Grundstück die reinste Müllkippe. Ich glaube nicht, dass ich Danny jemals in meinem Garten spielen lassen würde. Die Leute werfen alles mögliche Zeug über die Mauer – Spritzen, gebrauchte Kondome, sogar tote Tiere. Ein Garten allein macht es nicht besser, wissen Sie. Es kommt auf die Leute an, die Leute außen rum und die Leute, die im Haus wohnen, und auf die innere Einstellung der Leute, das ist das wirklich Entscheidende.«

Amajit betrachtete das Mädchen, das mit übergeschlagenen Beinen am Boden saß und seine Ansichten so simpel und selbstverständlich aussprach, und er wunderte sich über ihr Verständnis. Sie kannte sich aus im Leben, das verriet ihr Blick. Er wandte sich an Danny, der ihn neugierig anschaute, aber völlig unbekümmert war, weil er sich bei seiner Mutter sicher und geborgen fühlte. Unschuld, Arglosigkeit und völliges Vertrauen in die Erwachsenen um ihn sprachen aus seinen Augen. Aber nicht so bei Karen. Ihr Blick verriet all ihre Erkenntnisse und Wahrnehmungen; er kündete von Erfahrung, von wohlweislich gehüteten Geheimnissen und unangenehmen Erinnerungen. Das Vertrauen, das aus Dannys Augen sprach, das auch sie als Kind vermutlich gehabt hatte, war verschwunden, ersetzt durch eine gewisse Freudlosigkeit, die auf Unglück, Leid und Verletzungen schließen ließ. Rukhsana hatte oft darüber gesprochen, wie beredt Augen und Blicke sein könnten, wenn man sie nur zu deuten wusste.

»Sie machen es schon wieder.«

»Was?«

»Mich anstarren.«

»Tut mir Leid«, sagte er. »Ich habe an Rukhsana gedacht.«

Nur eine halbe Lüge. Aber auch nicht die ganze Wahrheit. Ein paar wenige Augenblicke lang war er in Gedanken nicht bei Rukhsana gewesen, die hatte sich erst später dazugesellt. Beschämt wandte er den Blick ab. Die Trauer, wenn auch jetzt mit Schuldgefühl durchsetzt, lag förmlich in der Luft, war geradezu spürbar, sodass er meinte, sie mit Händen greifen und festhalten, sie wieder in Geist und Seele bannen zu können, damit Rukhsana nicht noch einmal von ihm ginge.

Mitten in die Stille schlug die Standuhr und kündigte die volle Stunde an. Danny kicherte, als das Geläut ertönte, und deutete in die Richtung, aus der es kam.

»Herrgott, ist es schon so spät. Tut mir Leid, Amajit, ich muss gehen. Danny will seinen Tee.« Sie stand auf und ging zum Fenster, blickte hinaus in den späten Novembernachmittag. Es war dunkel, stockdunkel, doch im Scheinwerferlicht der vorbeifahrenden Autos konnte sie den Regen sehen, der jetzt dichter fiel.

»Komm schon, Danny«, sagte sie und hob ihn auf. »Die Busse sind jetzt bestimmt gestopft voll. Wir gehen lieber zu Fuß.«

Amajit raffte sich auf. »Nein, ich fahre Sie heim.« Es war das Mindeste, was er tun konnte.

Karen warf erneut einen Blick aus dem Fenster. »Sind Sie sicher? Das wäre sehr nett.«

Sie fing an, den Karton und die Blechbüchsen einzusammeln, mit denen Danny gespielt hatte. Amajit bückte sich, um ihr zu helfen. »Ich übernehme das. Machen Sie Danny fertig.«

Während er aufräumte, sah Amajit zu, wie sie Danny von seinem improvisierten Spielzeug weglockte und ihn geduldig anzog, sich nicht daran störte, dass er sich wand und zappelte, wieder heruntergelassen werden und weiterspielen wollte.

»Karen«, sagte er zögernd, wusste nicht recht, wie er sein Anliegen ausdrücken sollte, ob es nicht ungehörig wäre und wie sie seine Bitte auffassen würde.

»Ja?« Sie blickte zu ihm auf und wandte sich dann wieder ab, während sie Dannys Hände in die Ärmel seines Anoraks bugsierte.

»Könnten Sie … könnten Sie vielleicht … morgen wieder hierher kommen?«

Sechstes Kapitel

Wenn sich Sergeant Khalid Ali wegen des scheußlichen Novemberwetters nicht so vornübergebeugt, den Kopf eingezogen und den Mantelkragen hochgeschlagen hätte, als er die nasse Straße entlang in Richtung Stadtzentrum ging, wäre ihm vielleicht der nagelneue, sündhaft teure Porsche aufgefallen, der gegenüber vom Battle's parkte, und der Mann, der am Steuer saß. Wenn er es nicht so eilig gehabt hätte, den Snooker-Salon hinter sich zu lassen, die kaum verhohlene Feindseligkeit, die ihm in dieser Gegend entgegenschlug, die ringsum aufragenden Häuser mit ihren düsteren, nach Urin stinkenden Eingängen, die im schwindenden Tageslicht so bedrohlich wirkten, wenn er sich nicht so sehr nach der Helligkeit und dem orangefarbenen Lichtschein der Innenstadt gesehnt hätte, hätte Sergeant Ali womöglich den Fahrer erkannt und sich gewundert, weil die Gastronomie offenbar so einträglich war, dass sich ein Restaurantbesitzer eine derart kostspielige Luxuskarosse leisten konnte. Und da er immerhin Detective und von Berufs wegen dementsprechend abgebrüht und misstrauisch war, hätte er sich dann wahrscheinlich gefragt, was Faysal Hussain mit so einem Fahrzeug in dieser Gegend verloren hatte, und ihm wäre binnen kürzester Zeit klar geworden, dass Hussain womöglich nicht nur im Gastronomiegewerbe tätig war, sondern auch noch andere Gelüste stillte, die weitaus mehr Gewinn abwarfen.

Als Ali sich durch Nacht und Nieselregen auf den Rückweg zum sicheren Revier machte, saß Faysal auf dem weichen, mit cremefarbenem Leder bezogenen Autositz und genoss die Wärme, während er sich eine CD mit Bangra-Musik anhörte, den Text mitmurmelte, der alle Polizisten als ahnungslose, unterentwickelte Idioten beschrieb. Er kam sich stark und unbezwingbar vor, als er dem Sergeant hinterherblickte, wie ein Günstling des Schicksals, das ihn stets davor bewahrte, zur falschen Zeit am falschen Ort aufzutauchen. Wenn er nur ein paar Minuten früher beim Battle's gewesen wäre, wäre er Ali garantiert über den Weg gelaufen.

Als der Detective in Dunst und Dunkelheit verschwunden war, stieg Faysal aus dem Porsche und ging auf den Salon zu, drehte sich noch einmal kurz um und verriegelte die Tür mit der elektronischen Fernbedienung.

In dem Snooker-Salon war es fast genauso dunkel wie draußen. Faysal blieb einen Moment lang stehen, bis er sich in dem Tabakqualm zurechtfand, blickte sich kurz um und sah seine Cousins, die sich offensichtlich heftig stritten. Er hielt nicht allzu viel von den beiden – seiner Meinung nach waren sie verweichlicht, die reinsten Jammerlappen. Jahangier war der Vernünftigere, der Schlauere der beiden, obwohl sie fast gleich alt und schier unzertrennlich waren, und er war es auch, der den Jüngeren im Zaum hielt. Wenn sie keine Verwandten gewesen wären, hätte Faysal einen weiten Bogen um sie gemacht, doch da sie zur Familie gehörten und alles taten, was er von ihnen verlangte, ohne auch nur einmal nachzufragen oder einen Einwand zu erheben, waren sie für ihn von Nutzen. Sie blickten zu ihm auf – er war ihr Vorbild, er hatte es zu etwas gebracht, er war ein angesehener Geschäftsmann, geachtet nicht nur unter seinesgleichen, er hatte Geld und konnte sich alles Mögliche leisten. Er wusste aber auch, dass sie ihn vor allem wegen seiner anderen Geschäfte respektierten, die er nebenbei betrieb, ohne dass die Polizei auch nur die geringste Ahnung davon hatte.

Faysal ging zu Jahangier und schüttelte ihm die Hand. »Was wollte der Bulle von euch?«

»Er wollte wissen, ob wir Rukhsana umgebracht haben.«

»Und was habt ihr ihm gesagt?«

»Was denkst du denn?«

Eine halbwegs anständige Antwort war das nicht, aber Faysal musste sich vorerst damit begnügen. Wenn er davon überzeugt gewesen wäre, dass sie ihre Schwägerin umgebracht hatten, hätte er sie außer Landes schaffen müssen, und das hätte ihm derzeit ganz und gar nicht in den Kram gepasst.

Kamal stolzierte um den Tisch herum. »Ich hab dem Bullen gesagt, dass wir sie jederzeit hätten umbringen können, wenn wir gewollt hätten, und dass wir demjenigen, der's gemacht hat, alles Gute wünschen.«

Faysal, dessen schmales, kantiges Gesicht wie versteinert wirkte, warf dem jüngeren Cousin einen durchdringenden Blick zu, richtete aber das Wort an Jahangier. »Ist der so blöd geboren oder hat er das erst gelernt?« Er musterte Kamal einen Moment lang mit finsterem Blick, ehe er sich wieder an den Älteren wandte. »Herrgott noch mal, Jahangier, sorg dafür, dass er das Maul hält. Und sieh zu, dass ihn die Bullen nicht in die Finger kriegen.«

»Das kann ich nicht, Faysal. Wir müssen morgen um halb zwölf auf dem Revier sein und unsere Aussage machen. Die vernehmen uns bestimmt einzeln. Und du kennst ihn doch, dir ist doch klar, dass er alles Mögliche erzählt, wenn er meint, dass er damit den großen Macker markieren kann.«

Faysal musterte Jahangier einen Moment lang, doch der ging nicht weiter darauf ein, leckte sich lediglich die Lippen, ließ sich aber keinerlei Angst anmerken. Zu guter Letzt senkte Faysal den Blick und lehnte sich mit verschränkten Armen an den Tisch.

»Hört mal«, sagte er. »Ich habe einen Job für euch.« Er hätte lieber jemand anderen damit beauftragt, jemanden, der zuverlässiger war. Doch ihm blieb nichts anderes übrig, wenn er Kamal ruhig stellen und aus dem Weg haben wollte, wenn er dafür sorgen wollte, dass eine Familienangelegenheit dort blieb, wo sie hingehörte, nämlich in der Familie. Vor allem aber, wenn er wollte, dass seine wie geschmiert laufenden Geschäfte nicht in Gefahr gerieten, dass er alles im Griff hatte.

Jahangier grinste. »Wieder mal 'n Rave?«

»Nein, kein Rave. Diesmal geht es um was anderes, und es

läuft darauf hinaus, dass ihr den Bullen aus dem Weg gehen müsst. Ich kann nicht riskieren, dass er sein großes Maul aufreißt.«

Jahangier fasste wieder Mut. »Das kostet dich aber was, Faysal. Ich arbeite nicht umsonst, nicht, wenn wir uns dabei Ärger mit den Bullen einhandeln können.«

»Ich will ja nur, dass ihr Amajit im Auge behaltet – ohne dass er etwas davon merkt.«

»Warum? Der kann uns doch nichts anhaben.« Jahangier zündete sich eine Zigarette an und nahm einen tiefen Zug. Langsam stieß er den Rauch aus.

Faysal wedelte den Qualm von seinem Gesicht weg. »Herrgott noch mal, muss das sein?« Er starrte Jahangier finster an, bis der sich verpflichtet fühlte, die eben erst angerauchte Kippe auszudrücken. Faysal beugte sich vor und senkte die Stimme. »Ich traue Amajit nicht. Er gehört nicht mehr zu uns, er kennt keine Treuepflicht mehr, seit er sie geheiratet hat, und jetzt, wo sie tot ist … Im Moment hat er keine Ahnung, wer sie umgebracht hat, kann sich nicht vorstellen, dass es jemand aus der Familie gewesen sein könnte, aber es wird nicht lange dauern, bis er mit dem Finger auf uns deutet, auch wenn er's nicht beweisen kann. Und dann wird er mit der Polizei reden, und zwar schneller, als sie aus dem Weg geräumt worden ist. Ich will nicht, dass sich jemand in unsere Angelegenheiten einmischt, Jahangier, und ich will nicht, dass die Polizei mehr bei uns rumschnüffelt als bei ihm. Also lasst ihn nicht aus den Augen, stellt fest, wer zu ihm geht, mit wem er redet, folgt ihm, egal, wohin er geht, und sagt mir Bescheid.«

»Ich hab gesagt, das kostet dich was«, wiederholte Jahangier. »Ich mach das nicht umsonst.«

»Keine Sorge, ihr werdet gut bezahlt und ihr kriegt ein Auto.«

Kamal grinste übers ganze Gesicht. »Ein Auto? Klasse.«

Faysal schaute ihn mit einer Mischung aus Abscheu und Verachtung an. »Er fährt!«, blaffte er und deutete auf Jahangier. »Du hältst dich zurück und tust, was man dir sagt. Kapiert?«

Kamal erschrak, als er den Tonfall seines Cousins hörte, und wich zurück.

»Ich nehme an, dass wir unsere Vorladung morgen nicht einhalten«, sagte Jahangier, ohne auf die Demütigung seines Bruders einzugehen.

»Nein. Ich bin sogar der Meinung, dass es ganz gut wäre, wenn alle denken, dass ihr in Pakistan seid. Dass ihr dort was für mich erledigen müsst. Geht heim, packt eine Reisetasche und nehmt eure Pässe mit. Bestellt meinem Onkel, dass ihr eine Weile weg seid, aber nicht wisst, wie lange.«

Jahangier wechselte einen kurzen Blick mit seinem Bruder. »Was ist mit der Polizei?«

Faysal zuckte die Achseln. »Die könnt ihr vergessen. Die kriegen die gleiche Geschichte zu hören, wenn sie fragen. Sie können nicht viel dagegen unternehmen.« Er nahm Kamal den Queue aus der Hand, beugte sich über den Tisch und stieß die schwarze Kugel ins hintere Loch. Dann richtete er sich wieder auf. »Ihr müsst irgendwo unterkommen. Ihr könnt die Wohnung über dem Restaurant haben.«

»Aber benutzt du die denn nicht für …«

»Ja, also kommt mir nicht in die Quere und saut sie nicht ein. Und erzählt keinem, dass ihr dort seid. Niemandem! Alle sollen denken, dass ihr in Pakistan seid, vor allem Amajit.«

Amajit setzte Karen vor dem Gartentor ab, half ihr mit Danny und dem Sportwagen und wartete, bis sie bei der Haustür war, ehe er wegfuhr. Obwohl er Angst davor hatte, in das leere Haus zurückzukehren, hatte er die Tasse Tee, die sie ihm angeboten hatte, abgelehnt, hatte gesagt, er hätte noch einiges zu erledigen und müsste heim. Er hatte sich bei ihr bedankt, dass sie bei ihm gewesen war, als er jemanden gebraucht hatte, und ihr gesagt, er sei froh, dass sie sich bereit erklärt habe, am nächsten Morgen wieder vorbeizukommen.

Obwohl es so ein trauriger Tag war, war Karen bester Dinge. Amajits Besorgnis, dass sie nass werden könnte, hatte sie gefreut, desgleichen seine Einladung. Und sie hatte es genossen, in einem so hübschen Auto heimgefahren zu werden. Es war zwar nur klein und schon ein paar Jahre alt, aber es war sauber und gut gepflegt, und sie war sich vorgekommen wie eine Prinzessin, als sie mit Danny auf den Knien im Fond gesessen hatte. Sie hatte Amajits Profil sehen können, wenn sie an den Straßenlampen vorbeikamen, und sie hatte seine Haare betrachten können, die sich an den Spitzen leicht lockten und im Nacken zu einem ordentlichen V frisiert waren, hatte die dunkle Haut darunter bemerkt, die in den helleren Ton seines Hemdkragens überging, der aus dem messerscharf gebügelten Sakko ragte. Er hatte nicht viel gesagt, aber wenn, dann hatte er mit einem weichen Tonfall gesprochen, einer sonderbaren Mischung aus einem leicht asiatischen Zungenschlag und einer Spur Yorkshire-Akzent, beides durch die drei Jahre auf der Universität abgeschliffen. Als sie an seine Tränen dachte, daran, wie er sie festgehalten hatte, während er weinte, wollte sie ihn am liebsten wieder berühren, ihm Kraft einflößen. Ein Schaudern war durch ihren ganzen Körper gegangen und das trug ein Übriges zu ihrem Wohlbefinden bei. Niemand in ihrer Familie hatte jemals ein Auto besessen, und obwohl Barry den Führerschein hatte, benutzte er immer die Karre eines Freundes, und das auch nur ab und zu. Der alte, heruntergekommene grüne VW-Käfer hatte schon bessere Zeiten erlebt. Der Rost entlang der Türkanten griff allmählich auf die ganze Karosserie über und die Vorderhaube, die bei einem Zusammenstoß mit einem Motorrad beschädigt worden war, war einfach durch eine leuchtend orangefarbene vom Schrottplatz ersetzt worden, ohne dass sich jemand die Mühe gemacht hatte, sie umzuspritzen. Karen konnte es nicht ausstehen, wenn er vor dem Haus parkte, nicht mal für kurze Zeit, so wie gestern. Es war wahrlich nicht leicht, diese Gegend noch mehr zu verschandeln, aber dieser Wagen schaffte es spielend.

Als sie den Fußweg zu ihrem Haus entlangging, sah Karen, dass die Wohnzimmervorhänge zugezogen waren, und bemerkte in der dunstigen Dunkelheit den schimmernden Lichtschein hinter dem viereckigen Fenster. Sie hatte das Gefühl, als ob sich Eiszapfen in ihrem Bauch bildeten. Barry. Der verdarb garantiert wieder alles. Heute Morgen hatte er versucht, sie zu schlagen, hatte sie ein elendes Miststück genannt, aber da war er wieder, dieser eingebildete, blöde Kotzbrocken. Er war bestimmt nicht gekommen, um sich zu entschuldigen, so viel stand fest. Man entschuldigt sich nicht, wenn man der Meinung ist, dass alles, was man macht, richtig ist, und er hatte seit jeher ein übersteigertes Selbstwertgefühl, war stets davon überzeugt, dass er immer Recht hatte.

Er lag auf der Couch, sah fern und rührte sich nicht, als sie durch die Wohnzimmertür blickte.

»Was machst du hier?«, blaffte sie.

»Fernsehen, was denkst du denn?«

Karen warf einen Blick zum Bildschirm. »Aber das sind die Nachrichten. Wieso schaust du dir die Nachrichten an?«

Ihr höhnischer Tonfall kam bei Barry nicht an. »Das sind die Lokalnachrichten«, sagte er.

»Und?«

»Die bringen das Spiel von gestern Abend. Ich will die Höhepunkte sehn.«

Karen verzog sich in den Flur, um Danny den Anorak auszuziehen.

»Was ist denn mit deinem Fernseher los?«, murmelte sie so leise, dass er es nicht hören konnte.

»Wieso kommst du mit dem Taxi heim?« Barrys Stimme hallte durch den Flur.

»Bin ich nicht.«

»Was war das dann für ein Auto?«

Sie antwortete nicht, sondern nahm Danny auf den Arm und ging wieder ins Zimmer. Nachdem sie das Kind am Boden abgesetzt hatte, wandte sie sich an Barry. »Mach dich nützlich und pass auf ihn auf«, sagte sie. »Ich suche unterdessen seinen Tee raus.«

»Für was hältst du mich denn?«, versetzte er, ohne den Blick vom Bildschirm zu wenden. »Für ein verfluchtes Kindermädchen?«

Der Nachrichtensprecher, der eben noch gelächelt hatte, wurde ernst, als er in die andere Kamera blickte. »Nachdem gestern die Leiche von Mrs Rukhsana Mahmood in einem Wald unweit ihres Hauses aufgefunden wurde, leitete die Polizei eine Großfahndung nach dem Mörder ein.«

Karen blieb stehen und schaute zum Fernseher. Sie kehrte ins Zimmer zurück und hockte sich auf die Armlehne der Couch.

»Die siebenundzwanzig Jahre alte Fürsorgerin starb an den Kopfverletzungen, die ihr mit einem schweren Gegenstand zugefügt wurden«, fuhr der Nachrichtensprecher fort. »Die Tote wurde heute Morgen von ihrem Mann Amajit Mahmood, einem Beamten im Stadtbauamt, identifiziert.« Ein Bild von Rukhsana füllte den Bildschirm, gefolgt von Aufnahmen von dem Wald, in dem sie gefunden worden war, vom Pflegeheim und schließlich von dem Getümmel vor Amajits Haus, als er vom Leichenschauhaus zurückgekehrt war. »Detective Inspector John Handford, der die Ermittlungen leitet, weigerte sich, mit der Presse zu sprechen, als er heute Morgen bei Mr Mahmoods Haus eintraf.« Daraufhin wurden Bilder von den Rücken des Inspectors und eines weiteren Detectives gezeigt, wie sie im Haus verschwanden. Schließlich wurde eine Außenaufnahme von der Polizeizentrale eingeblendet, wo, wie der Nachrichtensprecher sagte, in ein paar Minuten eine Pressekonferenz stattfinden werde, an der ihr Reporter teilnehme. Bis es so weit sei, gebe es eine kurze Pause. Die Erkennungsmelodie ertönte und der Schriftzug des Fernsehsenders wurde eingeblendet.

Barry lehnte sich wieder auf der Couch zurück. Er fummelte an der Fernbedienung herum und stellte den Ton leiser.

»Die arme Rukhsana«, murmelte Karen und runzelte bekümmert die Stirn.

Barry warf ihr einen finsteren Blick zu. »Von wegen arm. Wieder eine, die wir los sind. Meinetwegen können sie alle kaltmachen, einen nach dem andern. Noch besser wär's, wenn man sie alle in den Flieger setzt und wieder dorthin zurückschafft, wo sie herkommen.«

»Hör auf, Barry. Rukhsana war nett. Die war nicht der Meinung, dass sie ihre Zeit mit mir verschwendet, bloß weil ich eine ledige Mutter bin.«

»Neugieriges Miststück. Die taugen doch alle nichts.«

»Die taugen wohl was. Sie jedenfalls schon. Mir tut es sehr

Leid, dass sie tot ist. Es ist so schrecklich, dass sie auf diese Weise sterben musste. Das hat sie nicht verdient, niemand verdient so was.«

»Nein? So 'ne Paki-Nutte. Das is doch das Einzige, wozu die gut sind.«

»Du rassistisches Schwein! Du weißt ja gar nicht, was du daherredest. Sie war nicht anders als wir, in ihrem Innern nicht. Ist doch egal, was für eine Hautfarbe sie hatte – tot ist sie trotzdem. Ich wär doch auch tot, wenn mir so was passiert.«

»Tja, wenigstens kann sie jetzt nicht mehr in unsern Angelegenheiten rumschnüffeln.«

»Das hat sie nie getan. Sie hat sich bloß um uns gekümmert. Ihr ist es um die Menschen gegangen, um mich und Danny. Sie wollte uns helfen.«

»Klar, um zu sehen, was sie alles von dir erfahren kann. Ich weiß, wie die sind, die sind nicht anders als die Bewährungshelfer und die Sozialarbeiter. Mischen sich in alles ein, was sie einen Dreck angeht.«

»Woher willst du denn wissen, was sie gemacht hat.«

»Ich weiß immerhin so viel, dass ich dem Doktor gesagt habe, dass wir sie loswerden wollen, dass wir sie nicht mehr hier im Haus haben wollen«, erklärte er.

Karen starrte ihren Bruder an. »Was? Wann? Dazu hast du kein Recht. Wann hast du das gemacht, Barry?«

Barry schnaubte kurz, antwortete aber nicht. Er beugte sich vor und stellte den Ton lauter, als auf dem Bildschirm eine Innenaufnahme aus einem Zimmer in der Polizeizentrale erschien.

Die Kamera erfasste drei Polizisten, die an einem Tisch saßen. Der Kleinste der drei ergriff das Wort. Sein Name, Detective Chief Inspector Stephen Russell, wurde unten am Bildschirm eingeblendet.

»... dass das Revier Broughton Sergeant Khalid Ali zu uns abgestellt hat, und ich bin davon überzeugt, dass unsere asiatischen Mitbürger seine Anwesenheit begrüßen werden.« Die Kamera schwenkte zu dem asiatischen Ermittler, der sich sichtlich um eine ernste Miene bemühte, aber nur betreten wirkte.

»Dass sie 'nen verfluchten Paki zuziehen, is mal wieder typisch«, moserte Barry.

»Schhh.«

»Gibt es schon irgendwelche Verdächtigen, Inspector Handford?«, wollte ein Reporter von dem anderen weißen Polizisten wissen.

»Bislang noch nicht, aber wir glauben, dass sie ihren Mörder möglicherweise kannte.«

»Irgendein Motiv?«

»Wir verfolgen mehrere Spuren, aber ein klares Motiv für den Mord an Mrs Mahmood konnten wir bislang noch nicht erkennen.«

»Könnte die Tat einen rassistischen Hintergrund haben?«

»Derzeit gibt es noch keinerlei Hinweise, dass ihr Tod einen rassistischen Hintergrund hat, aber wir schließen es auch nicht aus.«

»Wurde sie Opfer eines Sexualdelikts?«

»Das erfahren wir erst, wenn uns die Ergebnisse der Autopsie vorliegen.«

Ein weiterer Reporter stand auf. »Inspector Handford, als letztes Jahr eine junge Asiatin ermordet wurde, kam es in der asiatischen Bevölkerung zu heftigen Unmutsäußerungen. Befürchten Sie, dass dies wieder geschehen könnte? Ich beziehe mich dabei auf den Mord an Jamilla Aziz, Sir, und die anschließenden Unruhen.«

»Ich weiß sehr wohl, worauf Sie sich beziehen«, sagte Handford. Er klingt gereizt, dachte Karen, und seine Miene ist hart geworden. »Und ich glaube, ich habe Ihnen bereits heute Morgen gesagt, als Sie mir die gleiche Frage stellten, Mr Redmayne, dass es meiner Ansicht nach keinerlei Grund gibt, mit irgendwelchen Schwierigkeiten zu rechnen, abgesehen von denen, auf die man bei jeder Mordermittlung gefasst sein muss. Daher lautet die Antwort, nein, ich erwarte nicht, dass es Ärger gibt. Aber statt mich mit irgendwelchen Schwierigkeiten zu befassen, die uns möglicherweise erwachsen könnten, meine Damen und Herren, möchte ich lieber die Gelegenheit nutzen, um die Mithilfe der Bevölkerung zu bitten – melden Sie sich bitte bei uns, falls Sie

Mrs Mahmood gestern Vormittag nach elf Uhr fünfundvierzig gesehen haben. Wir wissen bislang noch nicht, warum sie in diesem Wald gewesen ist, und hätten gern Ihre Unterstützung, damit wir ihren Weg genau verfolgen können, nachdem sie ihre letzte Patientin an der Saxton Road verließ, bis zu ihrem Eintreffen beim Pflegeheim, wo sie ihre Tante besuchte. Vor allem aber müssen wir erfahren, wo sie sich zwischen zwölf Uhr dreißig, als sie ihre Tante verließ, und zwei Uhr aufhielt, denn in diesem Zeitraum muss sie getötet worden sein.«

Die Kamera schwenkte wieder zu seinem Vorgesetzten. »Es handelt sich hier um einen besonders barbarischen Mord«, sagte er. »Und ich gebrauche den Begriff barbarisch nicht leichtfertig. Mrs Mahmood versuchte sich vergebens zur Wehr zu setzen, bevor ihr brutal der Schädel eingeschlagen wurde. Der Mörder ist ein gefährlicher Mann. Falls irgendjemand einen Verdacht haben sollte, wer die Tat begangen haben könnte, oder uns irgendwelche Auskünfte geben kann, so unbedeutend sie ihm auch vorkommen mögen, dann möge er sich bitte bei der Polizeizentrale melden. Wir versprechen Ihnen, dass jeder Hinweis absolut vertraulich behandelt wird. Ich danke für Ihre Mühe.« Während er sprach, wurde unten am Bildschirm eine Telefonnummer eingeblendet.

Das Bild verblasste, als sich die drei Polizisten erhoben.

»Ich weiß nicht, warum die sich wegen 'ner Paki so viel Umstände machen.« Barry ließ sich wieder zurücksinken, griff zu der Schachtel, die auf der Armlehne lag, und schnippte eine Zigarette heraus. Er klemmte sie sich zwischen die Zähne und hielt die orange-blaue Flamme seines Feuerzeugs an die Spitze, bis sie aufglühte, schnappte dann das Feuerzeug wieder zu, nahm einen tiefen Zug und ließ langsam eine Reihe von Rauchkringeln zur Decke aufsteigen.

Karen starrte weiter auf den Bildschirm, nahm aber den Nachrichtensprecher, der zum nächsten Beitrag überleitete, kaum wahr, oder die Bilder von den mit Lehm verkrusteten Fußballern, die über ein aufgeweichtes Spielfeld schlitterten und den glitschigen, langsam dahinkullernden Ball zu erreichen versuchten. »Die glauben, dass es Amajit getan hat.«

»Was?«

»Dass er Rukhsana umgebracht hat.«

»Woher weißt du das?«

Karen kam sofort zur Besinnung, kaum dass er die Frage ausgesprochen hatte, und erstarrte gleichzeitig. Sie hätte lieber den Mund halten, Amajits Namen nicht ins Spiel bringen sollen. Angesichts der Vorurteile ihres Bruders gegen alle Pakistanis hatte sie nie erwähnt, dass sie sich mit Rukhsana angefreundet hatte oder dass sie an Id bei ihr zu Hause gewesen war. Und sie hatte auch nicht vorgehabt, ihm von ihrem heutigen Besuch zu erzählen. Daher schwieg sie und betete insgeheim, dass er keinen Verdacht schöpfen möge.

Doch Barry war von Haus aus argwöhnisch, aber seit er aus dem Gefängnis entlassen worden war, war er nicht nur völlig unberechenbar geworden, sondern witterte auch überall Unrat. Diesmal allerdings hatte er es auf den Punkt getroffen, und als ihm das allmählich klar wurde, kniff er die Augen zusammen. Einen Moment lang starrte er sie mit durchdringendem Blick an, während Hals und Wangen rot anliefen. Langsam zog er an seiner Zigarette, genoss den Rauch und steigerte sich in seine Wut hinein, als wollte er sich höchste Lust verschaffen. Ohne Karen aus den Augen zu lassen, nahm er die Zigarette aus dem Mund. Sie sah, wie er die glühende Spitze zwischen Daumen und Zeigefinger nahm, sah die brennenden Tabakkrümel auf die Couch fallen, als er sie ausdrückte. Schließlich schnippte er sie in den Kamin.

Sie versuchte den Schaden zu begrenzen. »Ich ... ich habe bloß laut gedacht. Ich meine, normalerweise verdächtigen sie doch die Angehörigen zuerst, nicht wahr?«

Barry gab keinen Ton von sich, schaute sie nur mit teils spöttischer, teils verächtlicher Miene an.

Sie wandte den Blick von ihm ab. »Ich muss Dannys Tee machen«, sagte sie und wollte aufstehen. Im nächsten Moment packte Barry zu, wie eine Schlange, die ihre Beute schlägt, und ergriff ihr Handgelenk.

»Woher weißt du das?« Er sprach bedächtig, beherrscht, brutal.

Sie versuchte sich loszureißen, doch er war zu stark. Wenn

sie ihm die Wahrheit sagte, würde er sie schlagen, auf sie einprügeln und nicht eher aufhören, bis ihn entweder die Kraft verließ oder seine Wut verflogen war. Und wenn er der Meinung war, dass sie log, blühte ihr das Gleiche. Sie wusste es, hatte es schon erlebt. Sie hatte das Gefühl, als zögen sich ihre Eingeweide zusammen, und bekam kaum Luft, als sie mit unsicherer, zitternder Stimme zu einer Erwiderung ansetzte. »Ich weiß es nicht, Barry.« Sie versuchte seine Finger aufzubiegen, doch er grub sie nur noch tiefer und fester in ihren Arm, als wollte er sie in den Knochen bohren. Dann zerrte er sie zu sich, riss sie herum, bis sie vor ihm auf den Knien war.

»Er war das, nicht wahr? Das war sein Auto. Du bist bei ihm gewesen – du bist bei dem Paki gewesen?«

Karen ließ den Kopf auf den Teppichboden sinken. »Barry, bitte. Bitte nicht. Du tust mir weh.« Sie weinte jetzt vor Angst und Schmerz, und ihre Tränen mischten sich mit dem Schleim und Speichel, der ihr aus Nase und Mund lief.

Wieder zerrte er an ihrem Arm. »Du bist bei dem Paki gewesen, nicht wahr?«, brüllte er und grub die Nägel mit jedem Wort tiefer in ihr Fleisch. Sein nach Zigaretten stinkender Atem und der Schweißgeruch seines ungewaschenen Körpers schlugen ihr ins Gesicht, sodass sie sich am liebsten übergeben hätte, um alles auszuspeien, alles loszuwerden.

»Ja«, schrie sie. »Ja, ja, ja.«

Er richtete sich auf, zog sie vom Boden hoch, bis sie mit wackligen Beinen vor ihm stand, dann ließ er ihren Arm los und schlug ihr mitten ins Gesicht. Karen geriet ins Straucheln und stolperte über Danny, der immer noch auf dem Läufer spielte. Sie rutschte aus und stürzte, prallte mit dem Kopf an den Kaminsims und dann, als sie fiel, an die Kante der kalten Feuerstelle. Danny schrie auf, teils erschrocken, teils vor Schmerz, als sie ihn mit dem Fuß traf. Als sie ihn weinen hörte, versuchte sie sich aufzurappeln, obwohl sie halb bewusstlos war.

Das Letzte, das sie hörte, bevor sie die Besinnung verlor, waren Barrys Worte. »Du Miststück, du gehst nicht noch mal dorthin. Hast du gehört? Du lässt dich nicht mehr in der Nähe von dem Paki blicken.«

Als die Pressekonferenz vorüber war, sah John Handford, wie Peter Redmayne durch die Journalistenmeute auf ihn zukam. Der Himmel möge ihn vor diesem eingebildeten, selbstgerechten Zeitungsmann bewahren. Noch eine Bemerkung über die Pakistanerunruhen und er konnte für nichts garantieren. Er warf einen Blick zur Seite, um festzustellen, ob er ihm entrinnen konnte. Aber Ali war von Journalisten umringt, die ihm den Weg nach links versperrten, und auf der anderen Seiten packten die Kameraleute gerade ihre Ausrüstung ein. Er seufzte.

Er rang sich ein verbindliches Lächeln ab. »Mr Redmayne. Womit kann ich Ihnen noch dienen?«

»Nur eine kurze Auskunft, Inspector. Es geht um Faysal Hussain. Ist er mit Amajit Mahmood verwandt?«

»Ein Cousin.«

»Sind Sie ihm schon mal begegnet, Inspector?«

»Nur kurz. Heute Morgen. Warum?«

»Ich habe möglicherweise eine Auskunft für Sie.«

Das wäre das erste Mal, dachte Handford, dass Redmayne mir eine Auskunft gibt. Normalerweise war es umgekehrt. Der Mann war Polizeireporter bei der Lokalzeitung, hing ständig am Telefon und wollte, dass man ihm die eine oder andere Story bestätigte.

»Was für eine Auskunft?«

»Nicht hier. Ich muss zurück in die Redaktion und meinen Bericht abliefern, außerdem kommt gerade Ihr Chef auf uns zu. Ich bin etwa ab sieben im Globe. Wir sehen uns dort.« Damit drängte er sich durch die Menschenmenge, die Ali umlagerte, und verließ den Raum.

»John.« Russell blieb neben ihm stehen.

»Sir?«

»Ist sehr gut gelaufen, finden Sie nicht?«

»Hervorragend, Sir.« Handford rang sich erneut ein Lächeln ab.

»Ziemlich heikel, diese Frage bezüglich der Vorgänge im letzten Jahr. Aber Sie haben sie meines Erachtens gut gemeistert.«

Eine weitere Premiere. »Vielen Dank, Sir.«

»Was wollte Redmayne?«

»Ich bin mir nicht sicher. Er hat mich gefragt, ob ich Faysal Hussain kenne, Mahmoods Cousin, und sagte dann, er hätte möglicherweise eine Auskunft für mich. Ich treffe mich um sieben mit ihm im Globe.«

»Nun denn, sehen Sie zu, dass er derjenige ist, der die Auskunft gibt, nicht Sie. Er ist ein guter Journalist, beißt sich fest wie ein Frettchen und lässt nicht mehr locker. Keine Ahnung, warum er immer noch bei einem Lokalblatt arbeitet.« Er bückte sich und ergriff seinen Aktenkoffer. »Natasha hat heute Abend ein paar Freunde zu uns eingeladen, daher gehe ich jetzt nach Hause. Sie können mich dort erreichen, falls sich irgendetwas Wichtiges ergeben sollte. Ansonsten sehen wir uns morgen.«

Nur Russell konnte eine Frau namens Natasha haben. Hatte vermutlich ein kleines Vermögen in die Ehe mitgebracht, vielleicht sogar einen Adelstitel. Ein paar Freunde hatte sie also eingeladen – den stellvertretenden Polizeichef vielleicht? Den Lord Lieutenant?

Handford warf einen Blick auf seine Uhr. Es war fast halb sieben. Er wollte sich kurz erkundigen, ob im Lageraum irgendeine Mitteilung eingegangen war, bevor er sich mit Redmayne traf. Russell hatte Recht. Redmayne war ein guter Journalist, der nicht lockerließ, wenn er etwas erfahren wollte. Wenn er also irgendwas über Hussain vorliegen hatte, musste es etwas Wissenswertes sein.

Handford hatte sich bislang nicht weiter mit Faysal Hussain befasst und wusste kaum mehr, als dass er Amajits Cousin war. Vielleicht sollte er jetzt damit anfangen. Er hatte das Gefühl, als ob sich eine Hand um seinen Magen krampfte. Diese Sache wurde mehr und mehr zu einer Familienangelegenheit.

Er seufzte auf, sammelte seine Unterlagen auf dem Tisch ein und blickte sich nach Ali um, der auf der anderen Seite des Raumes stand und mit ernster Miene in sein Handy sprach. Handford ging zu ihm und wartete, bis er fertig war. »Gibt's irgendwas?«, sagte er.

»Nein, Sir. Nichts Wichtiges.« Ali wirkte nervös und stellte sich ziemlich ungeschickt an, als er das Telefon wieder in die Tasche steckte.

»Gut«, sagte Handford skeptisch. »Haben Sie mit den Brüdern gesprochen?«

»Ja, Sir. Sie waren im Battle's, einem der Snooker-Salons im Stadtzentrum. Ein übles Paar. Und sie haben Rukhsana eindeutig gehasst.«

»So sehr, dass sie sie umgebracht haben könnten?«

»O ja. Allerdings klopfen sie meiner Meinung nach bloß große Sprüche, ohne dass viel dahinter steckt, zumindest Kamal. Jahangier ist ein bisschen durchtriebener.«

»Haben sie ein Alibi?«

»Sie sagen, sie wären den ganzen Tag im Battle's gewesen. Ich habe mir die Unterlagen geben lassen, soweit vorhanden, aber allzu sehr würde ich mich nicht darauf verlassen. Ich hake morgen noch mal nach. Ich habe ihnen gesagt, sie sollen morgen um elf Uhr dreißig aufs Revier kommen und eine Aussage machen. Möglicherweise erfahren wir mehr, wenn wir sie getrennt vernehmen.«

»Dann belassen wir es bis morgen dabei«, sagte Handford. »Ich gehe noch kurz in den Besprechungsraum und treffe mich dann mit einem Journalisten, mit diesem Redmayne. Er sagt, er will mir irgendetwas über Mahmoods Cousin mitteilen. Haben Sie sich seit heute Morgen noch mal mit ihm beschäftigt?«

»Mir ist dazu nichts Neues eingefallen. Er ist eingebildet, unduldsam, hat etwas gegen die Ehe, aber nicht gegen Amajit. Er wollte nicht, dass wir uns einmischen beziehungsweise irgendetwas unternehmen, das er als Einmischung versteht.«

»Wissen wir irgendetwas über ihn?«

»Nicht viel, außer dass er erfolgreich ist. Ihm gehört ein großes Curryhaus im Stadtzentrum. Es ist sogar ziemlich gut – ich habe ein paar Mal dort gegessen. Ich glaube, er hat noch ein paar andere, die im ganzen Landkreis verteilt sind. Soweit ich gehört habe, ist er in der moslemischen Gemeinde hoch angesehen. Soll ich ihn genauer überprüfen?«

»Ja, das könnte nichts schaden. Aber bitte behutsam und diskret. Falls sich bei meinem Treffen mit Redmayne irgendetwas Wichtiges ergibt, rufe ich Sie zu Hause an. Ansonsten sehen wir uns morgen. Dann reden wir auch mit Hussain.«

»Sir!« Detective Sergeant Hewitt blieb neben Handford stehen. »Ich habe einen Anruf von der Sekretärin des Pathologen bekommen. Der vorläufige Autopsiebericht ist fertig. Sie sagte, sie schickt ihn uns morgen mit der Hauspost zu, aber ich habe vorgeschlagen, dass Khalid ihn morgen früh abholen könnte.« Sie schaute ihren Kollegen an. »Sie haben doch nichts dagegen, oder?«

»Nein, natürlich nicht. Es liegt auf dem Weg.« Er wandte sich an Handford. »Nun denn, wenn das alles ist, Sir, dann bis morgen.«

»Gut, Khalid, einen schönen Abend noch.«

Hewitt verfiel in Gleichschritt mit ihrem Chef, als sie gemeinsam zum Besprechungsraum gingen.

»Schon irgendwelche Rückmeldungen auf die Pressekonferenz?«, fragte Handford.

»Eine ganze Menge. Aber Sie wissen ja, wie das ist – größtenteils von Irren, die behaupten, sie hätten sie umgebracht, oder von irgendwelchen Leuten, die sie irgendwo gesehen haben wollen, wo sie nicht gewesen ist – ich glaube, Sheffield ist bisher das Weiteste gewesen.«

Handford lächelte. »Schon klar.«

»Aber einen brauchbaren Hinweis gab's doch, Sir. Eine Frau, die draußen beim Pflegeheim war, sagte, sie hätte Rukhsana gegen ein Uhr auf dem Parkplatz mit einem Mann streiten sehen. Sie hat Fotos für einen neuen Prospekt gemacht, den sie herstellen wollen. Allerdings kann ich mir beim besten Willen nicht vorstellen, wieso man das Heim ausgerechnet im November fotografieren sollte.«

»Wusste sie, wer dieser Mann war?«

Sie warf einen Blick in ihr Notizbuch. »Ja, Sir. Sie war sich ziemlich sicher, dass es sich um Dr. Berridge handelte.«

Siebtes Kapitel

Karen kam langsam wieder zu sich. Sie hatte das Gefühl, als wäre ihr ganzer Kopf in wabernden, wirbelnden Dunst gehüllt, meinte trotz geschlossener Augen Tausende winziger Glühwürmer schwärmen zu sehen. Sie versuchte sich aufzurichten, doch bei der geringsten Bewegung wurde ihr schwindlig, sodass sie sich wieder zurücksinken ließ und die Augen schloss. Mit den Fingerspitzen betastete sie die Stelle, die am meisten wehtat. Die Haut über ihrem rechten Wangenknochen fühlte sich straff an, wie gespannt, und rund um die Augen meinte sie eine wässrige Geschwulst zu spüren, die nachgab, wenn sie zudrückte.

Es dauerte eine Zeit lang, bis sie sich wieder halbwegs daran erinnern konnte, was geschehen war. Rukhsanas lächelndes Gesicht tauchte verschwommen vor ihr auf, dann Amajit und schließlich Barry. Sie kniff die Augen zusammen, als er auf sie zukam, nahm den Hass wahr, den er ausstrahlte, und spürte den sengenden Schmerz, als er ihr mit dem Handrücken ins Gesicht schlug, sodass sie gegen den Kamin prallte.

Sie lag auf der Couch. Jemand hatte ihr ein Kissen unter den Kopf geschoben und sie mit einem Bettüberwurf zugedeckt. Sämtliche Lampen waren ausgeschaltet, doch drei Lichtstreifen drangen durch die Tür, fielen auf den Boden und überschnitten sich an der gegenüberliegenden Wand. Als sie allmählich wieder zur Besinnung kam, nahm sie auch Töne wahr, hörte, wie oben jemand hin und her ging. Dann stieg ihr der muffige Geruch nach verbranntem Toast in die Nase. Ihr wurde übel.

Sie furchte die Stirn, versuchte festzustellen, ob es morgens oder abends war, denn in dem Schummerlicht ließ sich das kaum erkennen. In weiter Ferne meinte sie Danny weinen zu hören. Und mit einem Mal fiel ihr wieder ein, dass sie sich um ihren Sohn hatte kümmern wollen, dass sie versucht hatte, halbwegs bei Bewusstsein zu bleiben, bis sie bei ihm war, doch dann ließ sie ihr Gedächtnis im Stich. Sie rief seinen Namen. »Danny!« Sie hatte das Gefühl, als ob das Echo in ihrem Schädel widerhallte, jeden einzelnen Nerv in Schwingungen versetzte, ohne dass auch nur ein einziger Ton nach außen drang.

Sie zog die Decke weg, setzte sich auf und wollte die Füße auf den Boden stellen, aber prompt wurde ihr wieder schwindlig und speiübel. Einen Moment lang blieb sie so sitzen, mit gesenktem Kopf und geschlossenen Augen. Draußen im Flur knackte eine Diele und sie meinte eine flüsternde Männerstimme zu hören. Vorsichtig schlug sie die Augen auf und blickte zur Tür. Der Lichtstreifen wurde breiter, und dann sah sie dort eine dunkle Gestalt, die sich im Zwielicht abzeichnete.

»Aha, gut«, sagte er. »Du bist aufgewacht. Ich hab Danny was zu essen gemacht – ein gekochtes Ei und ein bisschen Toast. Mehr kann ich nicht, aber er hat alles aufgegessen. Außerdem hab ich ihn gebadet, und ich hab ihn runtergebracht, damit er dir gute Nacht sagt.« Barry ging in die Hocke, damit das Kind seiner Mutter einen Kuss geben konnte, doch Danny schaute sie nur an, als wollte er sie fragen, was mit ihr los sei, warum sie so dasäße. Dann wandte er sich mit einem Mal wieder ab und schlang die Arme um den Hals seines Onkels.

Karen starrte ihren Bruder an. »Du hast mich geschlagen, Barry. Du hast mich bewusstlos geschlagen.«

Barry stand vor ihr wie der Inbegriff des fürsorglichen, liebevollen Bruders, hatte ein Handtuch über der Schulter hängen und hielt Danny im Arm.

»Ja«, sagte er. »Weil du mich auf die Palme gebracht hast. Aber jetzt geht's dir ja wieder einigermaßen, und ich bleib heut Nacht bei dir, damit du dich nicht um Danny kümmern musst. Bleib einfach lieben und deck dich gut zu. Ich bring ihn zu Bett, mach ihm 'ne Tasse Tee, und danach können wir ein bisschen fernsehen.«

Handfords Laune besserte sich, sobald er durch die Tür des Globe trat und von der wohligen Wärme des Kaminfeuers empfangen wurde. Es war kurz vor sieben, und das Lokal war so gut wie leer, da die meisten Menschen bei diesem Wetter lieber zu Hause blieben und sich ein paar Dosen Bier oder eine Flasche Wein gönnten. Inzwischen regnete es stärker und aller Wahrscheinlichkeit nach zog noch in dieser Nacht ein Gewitter auf. Handford blickte sich beifällig um und stellte fest, dass Redmayne wenigstens einen einigermaßen guten Geschmack besaß, was Pubs anging. Für gewöhnlich traf er sich mit Informanten an weniger angenehmen Orten, aber andererseits waren die meisten seiner Informanten auch nicht so gut betucht, dass sie einen etwas abseits, in einem der besseren Wohnviertel der Stadt gelegenen Pub aufsuchten. Der Duft, der hinter der Theke hervorzog, deutete darauf hin, dass es hier auch eine ganz passable Küche mit dem entsprechenden Speisenangebot gab. Einen Moment lang spielte er mit dem Gedanken, sich etwas zu bestellen, entschied sich dann aber dagegen. Gill wäre alles andere als angetan, wenn sie wieder einmal das Essen einfrieren musste, weil er bereits satt war.

Als er Detective geworden war, hatte sie für die Mädchen etwas zu essen gemacht und dann auf ihn gewartet, damit sie gemeinsam essen konnten, doch das war lange her. Jetzt, da sie wieder als Lehrerin tätig war, aß sie mit den Töchtern. Mit leerem Magen könnte sie keine Aufsätze korrigieren, sagte sie. Ursprünglich hatte sie sein Essen in den Kühlschrank gestellt, wenn er sich verspätete, damit er es wieder aufwärmen konnte, und wenn er bereits etwas zu sich genommen hatte, kam es ins Gefrierfach. Aber auch das hatte in letzter Zeit überhand genommen und vor ein paar Wochen hatte sie sich über seine Gedankenlosigkeit beklagt.

»Das ist das letzte Mal, John. Wenn du mir nicht Bescheid sagen kannst, wenn du bereits gegessen hast, und ich noch einmal eine Mahlzeit kochen und anschließend einfrieren muss, mach ich das nicht mehr. Dann musst du selber für dich sorgen.«

Er wusste, dass sie Recht hatte. Er war gedankenlos gewesen; die meisten Kriminalpolizisten waren gedankenlos, wenn sie in einer Ermittlung steckten. So etwas nahm das ganze Dasein in Beschlag. Er konnte froh sein, dass sie sich nur beklagte. Viele andere verließen ihre Männer mitsamt den Kindern.

Daher bestellte er sich nichts zu essen, sondern besorgte sich an der Bar lediglich ein Bitter und eine Packung Chips mit Zwiebel- und Käsegeschmack.

Redmayne verspätete sich, daher gönnte sich Handford eine Ruhepause, während er in einer Nische in der Nähe des Kamins sein Bier trank und die Chips aß. Der tiefrote Teppichboden, die dunklen Eichenmöbel, die Balkendecke, an der vier große Wagenräder mit acht Speichen und ebenso vielen kleinen, kerzenförmigen Glühbirnen samt Schirm hingen, die dort angebracht waren, wo die Speichen auf die Felge trafen, sowie das lodernde Kaminfeuer verliehen der Bar eine Atmosphäre, die Handford bei aller Müdigkeit als wohltuend empfand. An den Wänden hingen gerahmte Fotos von Schauspielern in diversen Rollen aus Shakespeare-Dramen. Sein Blick verweilte beim jungen Laurence Olivier als Hamlet, der Yoricks Schädel hochhält, und er musste wieder an Rukhsana denken, der von einem oder mehreren Unbekannten der Schädel eingeschlagen worden war. Er hoffte von ganzem Herzen, dass der oder die Täter nicht der Familie angehörten.

»Inspector.« Eine Stimme riss ihn aus seinen Gedanken. »Entschuldigen Sie, dass ich mich verspätet habe. Ich habe für meinen Bericht etwas länger gebraucht, als ich dachte.«

Der Mann, der vor ihm stand, entsprach ganz und gar nicht dem Bild, das man sich im Allgemeinen von einem Enthüllungsjournalisten machte. Er trug eine Brille, war Mitte bis Ende dreißig, schlank und zierlich und hatte dunkle, struppige Haare, die aussahen, als wären sie seit Wochen nicht mehr gekämmt worden. Hinter diesem wenig aufregenden Äußeren verbarg sich jedoch, wie Handford wusste, ein messerscharfer, analytischer Verstand. Seine Texte waren gut durchdacht und geschliffen formuliert, aber auch zupackend und überzeugend.

»Keine Ursache, Mr Redmayne«, sagte Handford, als er aufstand und den Mann begrüßte. »Darf ich Ihnen etwas zu trinken holen?«

»Bitte. Hier wird noch echtes Ale gezapft, daher nehme ich ein Black Sheep, ein Halfpint bitte, wenn es Ihnen recht ist.«

»Gut.« Er rutschte aus der Sitznische.

Der Barkeeper nahm die Bestellung kommentarlos entgegen und knapp eine Minute später kehrte Handford zurück, stellte das Glas mit dem bernsteinfarbenen Getränk auf den Tisch und setzte sich. »Ein ziemlich netter Pub«, sagte er.

»Ja, er ist mein Stammlokal. Und ich wusste, dass nicht viel los ist.« Redmayne nahm einen großen Schluck.

»Faysal Hussain, Mr Redmayne. Sie sagten, Sie hätten ein paar Informationen über ihn.«

»Peter«, bot Redmayne ihm an, dann bückte er sich und griff nach seinem Aktenkoffer. Er holte einen Spiralblock heraus, stellte den Koffer wieder auf den Boden und blätterte eine Seite nach der anderen um. »Bevor wir anfangen – falls sich durch meine Informationen irgendetwas ergibt, will ich die Geschichte exklusiv.«

Was sonst? Für nichts gaben Journalisten nie etwas preis. Handford nickte. »Falls etwas dabei herauskommen sollte, sorge ich dafür, dass Sie es zuerst erfahren.«

»Na schön. Ich schreibe für eine Sportillustrierte einen Beitrag über leistungssteigernde Drogen und ...«

»Meinen Sie damit Anabolika?«

»Ja.«

Handford war überrascht. »Ich hätte nicht gedacht, dass es hier in der Gegend eine große Nachfrage gibt – sportlich ist hier nicht gerade viel los.«

»Nein, Sie irren sich. Die Nachfrage ist durchaus vorhanden. Und dieses Zeug wird auch nicht ausschließlich von Spitzensportlern benutzt. Viele ganz normale Menschen nehmen es. Die Leute wollen stramm und muskulös wirken, gut aussehen, wenn sie zwei Wochen auf Mallorca fahren, damit sie die Mädchen abschleppen können. Und mit diesem Zeug ist das ziemlich einfach.«

»Was hat das mit Hussain zu tun?«

»Er liefert es. An so gut wie sämtliche Fitnessstudios, Snooker-Salons, Discos, Jugendclubs und Tagesstätten in ganz Yorkshire – und vermutlich darüber hinaus. In der Stadt sind Anabolika weit verbreitet, genau genommen im ganzen Bezirk. Selbst bei vorsichtiger Schätzung würde ich meinen, dass es etwa siebzehntausend Menschen gibt, die sie benutzen, manche davon kaum älter als fünfzehn.«

Handford stöhnte auf. Was war nur mit den Leuten los? Konnten die nichts mehr machen, ohne Pillen zu schlucken? Er hatte Nicola und Clare ein ums andere Mal eingetrichtert, wie gefährlich Drogen waren. Und jetzt kam eine weitere hinzu, auch wenn sie nicht ganz so gefährlich sein mochte wie manch andere.

»Die Mehrzahl hat nicht die geringste Absicht, Bodybuilding zu betreiben oder an Wettkämpfen teilzunehmen«, fuhr Redmayne fort. »Sie wollen lediglich gut aussehen und meinen, damit schaffen sie es mühelos. Sie haben keine Ahnung von den gesundheitlichen Risiken. Nieren- und Leberschäden, Herzerkrankungen, selbst Aids.«

»Aids?« Handford konnte seine Überraschung nicht verhehlen.

»Ja. Die Leute spritzen sich das Zeug immer öfter direkt in die Muskulatur. Das heißt wiederum, dass Spritzbestecke gemeinsam benutzt werden.«

»Und Hussain liefert das Zeug? Wissen Sie das genau?«

»O ja. Ich habe ihn dabei beobachtet. Würde mich nicht wundern, wenn er damit eine hübsche Stange Geld verdient. Von dem Gewinn, den seine Restaurants abwerfen, könnte er sich garantiert keinen Porsche leisten.«

»Und Sie haben ihn das Zeug verkaufen sehen?«

»Er betreibt seine Geschäfte hauptsächlich in der Wohnung über dem Restaurant. Er wohnt dort nicht. Er hat ein Haus in diesem neu erschlossenen privaten Wohngebiet auf der anderen Seite der Stadt. Sie wissen schon, drüben beim Museum und nicht weit vom Park weg. Bei ihm zu Hause habe ich nicht viele Leute gesehen, aber in der Wohnung empfängt er eine Menge Besucher. Meiner Meinung nach sind das seine Dealer. Ich bin einem von ihnen ein paarmal gefolgt, habe gesehen, wie er das Zeug weitergegeben hat.«

»Aber Sie haben nicht gesehen, wie Hussain selbst irgendetwas weitergegeben hat?«

»Ich bin nicht in der Wohnung gewesen, falls Sie darauf hinauswollen. Ich habe nicht gesehen, wie er etwas übergeben hat. Und er verteilt das Zeug auch nicht persönlich an die Kundschaft. Der macht sich die Finger nicht schmutzig. Damit beauftragt er andere. Er ist der Lieferant, der Großhändler, wenn Sie so wollen. Ab und zu besucht er die einschlägigen Läden, und Sie können mir glauben, dass er dort nicht hingeht, weil er sie mit Speisen und Getränken beliefert. Er war heute Nachmittag im Battle's. Ihr Sergeant hätte ihn bemerkt, wenn er aufgepasst hätte.«

»Sergeant Ali?«

»Ja. Hussain saß draußen in seinem Auto und hat gewartet, bis Ali wieder weg war, bevor er hineinging. Ihr Sergeant wollte so schnell wie möglich weg – was ich ihm nicht verübeln kann.«

Handford versuchte ruhig zu bleiben, sich seinen Ärger nicht anmerken zu lassen. »War er allein?«

»Ich glaube schon, jedenfalls habe ich sonst niemanden gesehen.«

Ali macht seinem Ruf offensichtlich alle Ehre, dachte Handford. Er hatte ihm ziemlich deutlich klar gemacht, dass er jemanden mitnehmen sollte, wenn er mit den älteren Mahmood-Brüdern sprach, so wie es sich gehörte, doch der Sergeant hatte sich über die Anweisung hinweggesetzt. Handford zog einen Chip aus der Packung und steckte ihn in den Mund. Russell hatte gesagt, er sollte dafür sorgen, dass Ali spurte, doch in diesem Moment hatte er das Gefühl, dass bei dem Sergeant Hopfen und Malz verloren war.

Redmayne trank sein Glas aus und stand auf. »Noch mal das Gleiche?«, fragte er.

Handford reichte ihm das Glas, worauf sich der Zeitungsmann zur Bar begab. Inzwischen herrschte in dem Pub mehr Betrieb und Redmayne wechselte unterwegs ein paar Worte mit einigen Stammgästen. Handford ließ sich an die harte Rückenlehne der Sitzbank sinken und dachte über Faysal Hussain nach, wünschte, er hätte ihm mehr Beachtung geschenkt, als er Amajit vernommen hatte. Ali hatte gesagt, der Mann wollte offenbar nicht, dass sich die Polizei einmischte, hatte aber vermutet, er wollte lediglich verhindern, dass sie etwas über die Angelegenheiten der Familie erfuhren. Aber vielleicht wollte er nicht, dass sie sich mit seinen persönlichen Geschäften befassten. Wusste Amajit vielleicht, was da vor sich ging? War er daran beteiligt? Hatte Rukhsana irgendwie davon erfahren, womöglich in der Praxis, in der sie gearbeitet hatte, von Patienten, die an den Nebenwirkungen der Anabolika litten, und Hussain hatte es herausgefunden und sie umgebracht? Oder gar Amajit?

Redmayne kehrte mit den Getränken zurück. Er setzte sich. »Ich bin Faysal Hussain einmal nach Hull gefolgt. Er ging an Bord eines Schiffes, der ...« Er blätterte in seinem Notizblock herum. »Der *Belgrade*. Einem kroatischen Fischkutter, der unter britischer Flagge fährt. Er kam aus der Nordsee – offiziell jedenfalls. Ich weiß nicht, was er dort gemacht hat, aber allem Anschein nach war er mit dem Kapitän dick befreundet. Ich nehme an, dass das Schiff Anabolika an Bord hatte – vermutlich nachgemachte. Und dass Hussain dort eingekauft hat.«

Handford schaute ihn verdutzt an. »Einen Moment, nicht so schnell. Er besitzt eine Reihe von Restaurants. Vielleicht war er in Hull, weil er Fisch einkaufen wollte. Warum glauben Sie, dass er hinter Anabolika her war und dass es sich um Fakes gehandelt haben könnte?«

»Weil auf dem europäischen Kontinent ein schwunghafter Handel mit gefälschten Anabolika getrieben wird und der Großteil davon in illegalen Labors in Kroatien, Bosnien und Tschechien hergestellt wird. Für Leute, die aus Russland oder dem ehemaligen Jugoslawien stammen, ist das ein angenehmer Nebenverdienst. Außerdem bezieht Hussain seine Fische immer vom Großhändler – von Snaygills, um genau zu sein. Sein Gemüse stammt vom gleichen Händler. Der Großteil des Fleisches, das er anbietet, ist *halal*, das heißt, dass es von geschächteten Tieren stammt, und er bezieht es von dem entsprechenden Lieferanten. Alles weitere kauft er bei der Fleischerei Goodwin. Seine Gewürze kauft er in pakistanischen Supermärkten und das Brot bei ...«

»Ist ja gut, Redmayne.« Handford lächelte. »Sie haben mich überzeugt.« Er dachte über seine nächste Frage nach. »Wie haben Sie das alles erfahren?«

Der Journalist grinste. »Ich habe die Lieferwagen gesehen.« Dann nahm er Handfords Miene wahr und hob die Hände. »Entschuldigung.«

»Und wer hat Ihnen von den Drogen erzählt?«

Redmayne lächelte erneut. »Kommen Sie mir nicht mit so was, Inspector. Sie wissen doch genau, dass ich meine Quellen nicht preisgeben kann.«

Handford seufzte. Er hatte damit gerechnet, aber den Versuch war es wert gewesen. »Sie sind aber bereit, eine Aussage zu machen, falls es notwendig sein sollte?«

»Ja, falls es notwendig sein sollte. Aber ich nenne keine Namen, abgesehen von denen, die Sie bereits kennen.«

Handford war sich nicht sicher, inwiefern Redmaynes Hinweise zu den laufenden Ermittlungen im Mordfall Rukhsana Mahmood passten, wenn überhaupt, aber er wollte nichts außer Acht lassen. Geld war schließlich immer ein Motiv.

»Okay«, sagte er. »Angenommen, Sie haben Recht. Wie viel dürfte Hussain mit den Anabolika verdienen?«

»Eine ganze Menge, wenn man bedenkt, dass manch eine Lieferung, die in den letzten ein, zwei Jahren erfolgte, einen Straßenverkaufswert zwischen dreißigtausend und mehreren Millionen Pfund hatte.«

Handford pfiff durch die Zähne. Trotz aller Vorbehalte bewunderte er Redmayne allmählich.

»Dealt Hussain Ihres Wissens auch mit anderen Sachen?«

»Mit Ecstasy ganz bestimmt, und auch in diesem Fall würde ich jede Wette eingehen, dass es sich um gefälschtes Zeug handelt. Davon ist eine ganze Menge in Umlauf und die meisten Kids, die es zum ersten Mal nehmen, erkennen den Unterschied nicht. Vermutlich auch mit Amphetaminen. In der Gastronomie ist das sehr gefragt – damit die Köche und das Personal munter bleiben.«

Handford blickte sich in dem Pub um, in dem vor allem Gäste aus der Mittelschicht verkehrten, sah, wie sie miteinander redeten, lachten, tranken, aßen, und fragte sich, ob sie wussten oder sich darum scherten, was möglicherweise in der Küche vor sich ging.

»Eigentlich«, fuhr Redmayne fort, »bin ich mir ziemlich sicher, dass er so gut wie alles besorgen kann, wenn er danach gefragt wird – vermutlich hat er irgendwo ein ganzes Lager.«

»Auch Heroin und Crack?«

»Er kann es vermutlich beschaffen, aber ich habe keinerlei Anhaltspunkte, dass er im großen Stil dealt. Warum auch? Das hieße doch, dass er sich in den Markt der großen Dealer hineindrängen müsste und außerdem noch die Polizei im Nacken hätte. Um Anabolika kümmern die sich nicht weiter. Das ist nur eine drittklassige Droge, nicht weiter wichtig und kaum der Mühe wert. Hussain ist nicht dumm. Er will Geld verdienen und mit den Anabolika hat er ein gutes Auskommen. Die großen Dealer stören sich nicht daran und der Polizei ist es mehr oder weniger egal. Und in der asiatischen Bevölkerung genießt er hohes Ansehen. Warum sollte er das aufs Spiel setzen?«

»Tja, warum auch? Sonst noch was?«

»Ich habe dafür nicht die entsprechenden Beweise, aber ich bin mir ziemlich sicher, dass er auch Raves organisiert – Sie wissen schon, diese Tanzveranstaltungen, die nur einmal angekündigt werden. Die Eintrittskarte bekommt man, wenn man eine bestimmte Telefonnummer anruft, die in der Zeitung steht.«

»In Ihrer?«

»O ja, da bin ich mir ganz sicher. Auch wenn es anhand der Anzeige nicht ersichtlich ist. Die sind ganz unverfänglich.«

»Ein umtriebiger Mann. Man möchte meinen, dass er mit seinen Restaurants genug zu tun hat.«

Redmayne trank sein Glas aus. »Tja, so weit mein Beitrag zu Ihren Ermittlungen, falls es etwas bringt. Was wollen Sie damit anfangen?«

»Mit den Kollegen vom Drogendezernat reden, feststellen, ob sie irgendwas gegen ihn vorliegen haben. Aber vermutlich interessieren sie sich nicht für ihn, wie Sie schon sagten, weil er nichts mit harten Drogen zu tun hat, folglich werde ich ihnen nicht ins Handwerk pfuschen. Aber ich werde mir die Sache merken und ihn im Auge behalten. Es könnte etwas mit dem Mord an Rukhsana Mahmood zu tun haben, vielleicht aber auch nicht. Ich wünschte nur, ich hätte mehr auf Hussain geachtet, als wir bei Mahmood waren.«

Redmayne schaute ihn überrascht an. »Dann kennen Sie ihn also nicht näher?«

»Nein, sollte ich das?«

»Das will ich doch meinen. Er war der Mann, der letztes Jahr nach dem Mord an Jamilla Aziz diese Unruhen angezettelt hat.«

Khalid Ali hatte die Stirn in tiefe Falten gelegt, als er an diesem Abend vom Revier nach Hause fuhr. Er war besorgt und durcheinander. Besorgt, weil der Anruf, den er nach der Pressekonferenz entgegengenommen hatte, von Amajit Mahmood kam, der ihn gebeten hatte, ihn am nächsten Morgen zu besuchen, und durcheinander, weil er nicht wusste, warum er Handford nichts davon erzählt hatte.

Amajit hatte nicht genau gesagt, warum er ihn sprechen wollte, aber wenn es etwas mit seinem Verhalten wegen der Mischehe der Mahmoods zu tun hatte, dann war der Inspector der Letzte, der etwas davon erfahren durfte. Wenn es andererseits darum ging, dass Amajits Familie sich hatte rächen wollen oder vielleicht sogar schuld an Rukhsanas Tod war, dann musste er selbstverständlich mit ihm reden. Und wer sonst sollte mit Amajit reden, da ein weißer Polizist nicht annähernd verstand, was Ehre und Schande für einen Moslem bedeuteten. Zog man ihn nicht genau deshalb zu jeder Ermittlung hinzu, von der die asiatische Bevölkerungsgruppe betroffen war? Damit er mit den Leuten redete, von Asiate zu Asiate, von Moslem zu Moslem. Dazu brauchte er nicht eigens die Erlaubnis des Inspector dazu war er da. Deshalb hatte er nichts gesagt.

Doch obwohl er davon überzeugt war, dass er die richtige Entscheidung getroffen hatte, hatte er das Gefühl, als schlösse sich eine unsichtbare Hand um seinen Magen und drückte zu. Das hatte er nicht mehr erlebt, seit er in der Schule wider besseres Wissen irgendetwas angestellt hatte.

Da war es wieder, dieses dumpfe, ungute Gefühl im Bauch, das ihn schon während der ganzen Ermittlung heimsuchte, diesmal ausgelöst durch Redmaynes Worte. Er versuchte sich einzureden, dass ihm nur das Bier nicht bekommen war, das er auf leeren Magen getrunken hatte, doch er wusste, dass es nicht stimmte. All die Zweifel an seinen Fähigkeiten und die Unsicherheit, die ihn das ganze letzte Jahr über verfolgt hatten, meldeten sich mit aller Macht zurück.

Schweigend fuhr er dahin, ohne den Kassettenrecorder einzuschalten.

Der Regen hatte vorübergehend aufgehört, doch der Mond war nach wie vor von dunklen Gewitterwolken verdeckt.

Undurchdringliche, endlose Dunkelheit umfing ihn. Ein Wagen huschte vorbei und schleuderte einen Gischtschleier auf, der ihm einen Moment lang die Sicht nahm. Scharrend schabten die Scheibenwischer über Wasser und Schotter. Die Straße lag voller Lehm und Steine, die der Regen von den aufgeweichten Hängen der Hügel geschwemmt hatte, und die Reifen eines entgegenkommenden Lastwagens erfassten einen dieser Granitbrocken und warfen ihn gegen die Fahrertür von Handfords Wagen. Der laute Schlag erinnerte ihn an den dumpfen Aufprall der Pflastersteine und Ziegel auf die Schutzschilde und Einsatzfahrzeuge der Polizei. Handford schloss die Hände so fest ums Lenkrad, dass sich seine Knöchel weiß verfärbten, und versuchte die Gedanken an die schrecklichen Unruhen zu verdrängen, an die Molotowcocktails, die am Boden zerplatzten, die undeutlichen Silhouetten der Jugendlichen, die sie warfen, die ihre Gesichter mit Schals vermummt hatten, damit man sie nicht erkannte.

Regentropfen fielen auf die Windschutzscheibe, erst nur vereinzelt, doch dann immer dichter, bis es in Strömen goss. Plötzlich tauchte ein Blitz die Landschaft vor ihm in grelles Licht und ein paar Sekunden später grollte der Donner durch den Wagen.

Als er verhallte, verschwanden auch die Bilder und hinterließen nur eine unterschwellige Angst, die seine Vergangenheit für immer an seine Zukunft fesseln würde.

Handford legte den Hörer wieder auf. »Sein Handy ist abgestellt«, sagte er. »Was, zum Teufel, treibt der Mann?«

Gill reichte ihm ein Glas Whisky. »Er wird sich schon noch melden. Seine Frau hat ihm bestimmt ausgerichtet, dass du angerufen hast.«

Er setzte sich neben sie und trank einen Schluck. »Darauf kommt es nicht an, Gill. Ich muss ihn jederzeit erreichen können, nicht nur dann, wenn ihm danach zumute ist. Wir ermitteln wegen eines Mordes, Herrgott noch mal.«

»Vielleicht ist der Akku leer.«

»Dann soll er ihn austauschen. Er hat noch einen.« Handford seufzte. »Er weiß genauso gut wie ich, dass wir in Verbindung bleiben müssen. Er wusste, dass ich mich mit Redmayne treffen wollte und dass die Besprechung etwas mit dem Fall zu tun hatte. Er muss erfahren, was dabei herausgekommen ist. Eigentlich hätte ich gedacht, dass er es von sich aus wissen will.«

»Was ist daran so wichtig, dass dieser Mann mit Anabolika handelt?«, fragte Gill.

Handford schob die Hefte, die seine Frau korrigiert hatte, beiseite und stellte sein Glas auf dem kleinen Couchtisch ab. »Das weiß ich noch nicht. Möglicherweise hat es gar nichts mit den laufenden Ermittlungen zu tun, aber es könnte sein. Wenn Rukhsana etwas über die Anabolika wusste, vielleicht durch Patienten, die unter den Nebenwirkungen litten, und den Entschluss fasste, Hussain das Handwerk zu legen, dann könnte er sie womöglich zum Schweigen gebracht haben. Ali muss erfahren, dass wir zumindest Erkenntnisse haben, die darauf hindeuten, dass er etwas damit zu tun haben könnte.«

»Aber nicht, dass er letztes Jahr die Unruhen angezettelt hat?«, wagte Gill sich vor.

Handford warf ihr einen kurzen Blick zu. »Das ist nicht nötig. Das war letztes Jahr. Mit dem jetzigen Fall hat das nichts zu tun.«

Sie sah ihn von der Seite an, sagte aber nichts.

Er wandte sich ab, griff zu seinem Glas und nahm einen tiefen Schluck. Die Antwort war unbefriedigend, das wusste er. Er glaubte selbst nicht daran, denn auch er hatte sich den ganzen

Abend lang den Kopf über den eigentlichen Sinn von Redmaynes Auskunft zerbrochen. Wenn Hussain die Unruhen im letzten Jahr angezettelt hatte, obwohl er nichts mit dem Fall zu tun gehabt hatte, wozu war er dann erst fähig, wenn er betroffen war, vielleicht sogar der Mörder? Handford wollte gar nicht daran denken, geschweige denn mit Ali darüber reden – beziehungsweise mit Gill.

Er spürte den Druck, der auf ihm lastete, und wollte von sich ablenken, wieder auf Ali zu sprechen kommen und ihr erklären, weshalb er auf dem Laufenden gehalten werden musste.

»Es geht nicht nur um Hussain und die Anabolika, Gill«, sagte er. »Kurz nachdem Ali die Pressekonferenz verlassen hatte, berichtete mir Hewitt, dass eine Zeugin angerufen hat, die gesehen haben will, wie sich Rukhsana kurz vor ihrem Tod oben beim Pflegeheim mit einem Mann gestritten hat. So was muss er erfahren, und zwar jetzt, nicht erst morgen.« Handford lächelte seine Frau an. »Wenn ich heute Nacht sterbe, muss er die Lagebesprechung leiten, daher muss er alles wissen, was ich weiß.«

Gill rückte näher zu ihm und hakte sich bei ihm unter. »Keine Sorge, mein Schatz, wenn du heute Nacht stirbst, sorge ich dafür, dass er es erfährt.«

Handford nahm ihre Hand. »Weißt du«, sagte er nachdenklich, »ich habe bereits geglaubt, dass ich allmählich besser mit ihm zurechtkomme. Er ist ein guter Kriminalist, scharfsinnig, aufmerksam und manchmal erstaunlich umgänglich.«

»Dann solltest du vielleicht eher darauf achten.«

»Das tu ich auch, wenn wir über den Fall und die uns vorliegenden Erkenntnisse sprechen. Es sind die anderen Sachen, die mich stören, zum Beispiel seine Einstellung zur Ehe der Mahmoods. Er war regelrecht empört bei der Vorstellung, dass Amajit eine Sikh geheiratet hatte, und man sah es ihm am Gesicht an. Wir haben es alle bemerkt, aber als ich mit ihm darüber reden wollte, ist er nicht darauf eingegangen, sondern hat das Thema gewechselt. Und heute Morgen hat er durchklingen lassen, dass ich im Unrecht wäre, weil ich an seiner Berufsauffassung gezweifelt hätte.«

»Und, tust du das?«

»Was? An seiner Berufsauffassung zweifeln? Nein, ich glaube nicht. Aber ich muss wissen, ob er mit dieser Mischehe umgehen kann. Gestern Abend hatte ich den Eindruck, dass er es nicht kann.«

»Was hat er dazu gesagt?«

»Dass er es kann.« Handford grinste. »Und zwar in sehr deutlichen Worten.«

Gill dachte nach. »Weißt du, was ich glaube, John? Ich glaube, dem armen Mann ist mit einem Mal klar geworden, dass nicht nur er Vorurteilen ausgesetzt ist, sondern dass auch er welche hat. Deshalb ist er so sauer auf dich.«

Handford bezweifelte das. »Ich glaube, er würde dir widersprechen. Ich glaube, er würde sagen, dass das, was Amajit getan hat, ein Unrecht war, weil es gegen die Gesetze des Islam verstößt, und dass seine persönliche Meinung nichts mit einem Vorurteil zu tun hat.«

»Natürlich. Weil es viel einfacher ist, dir die Schuld zu geben, statt so etwas einzusehen. Du musst mit ihm reden, und zwar anständig. Wenn er so scharfsinnig und aufmerksam ist, wie du sagst, wird er selbst darauf kommen, was er tatsächlich glaubt. Vielleicht redet er sogar in diesem Augenblick mit seiner Frau darüber.«

Handford schüttelte den Kopf. »Das bezweifle ich doch sehr, Gill. Ali ist viel zu stolz, als dass er Gefühle preisgibt, die ihn in ein schlechtes Licht rücken könnten.«

Doch diesmal irrte sich Handford. Genau damit befassten sich Khalid und Amina Ali gerade. Nach dem Abendessen hatte er seinen Vater besucht, um mit ihm über Mischehen zu sprechen, und jetzt unterhielt er sich mit seiner Frau darüber.

Er hatte Handford gegenüber nicht zugeben können, und er würde es auch nie tun, dass ihn schon der bloße Gedanke an diese Verbindung abgestoßen hatte. Sich selbst musste er es jedoch eingestehen, und er wusste auch, dass er sich damit auseinander setzen musste, wenn er weiter an dem Fall mitarbeiten wollte. Deswegen hatte er seinen Vater aufgesucht. Er war verstört, weil er mit einem Mal gemeint hatte, er müsste über jemanden richten, weil sein anfängliches Mitgefühl mit dem Opfer einem jähen Unmut gewichen war, als er erfahren hatte, wer sie war. Und weil der Wesenszug, den er plötzlich an sich entdeckt hatte, seine Einstellung zu den Ermittlungen beeinflusste.

Amina war aufgeblieben und hatte auf ihn gewartet. Sie hatte zwei Anrufe entgegengenommen, während er unterwegs gewesen war, beide von Handford. Beim ersten Mal hatte sie gesagt, dass ihr Mann außer Haus sei, aber sein Handy dabeihabe. Wenige Minuten später hatte Handford ein zweites Mal angerufen, darauf hingewiesen, dass das Handy abgestellt sei, und sie gebeten, ihm auszurichten, dass er sich melden sollte, sobald er zurückkäme.

Ali stöhnte, als sie es ihm erzählte. Er war müde. Höchstwahrscheinlich wollte der Inspector mit ihm lediglich über das Gespräch mit dem Journalisten reden, sonst hätte er eine genauere Nachricht hinterlassen. Das konnte bis morgen früh warten.

»Rufst du den Inspector noch an, Khalid?«, fragte Amina.

Er warf einen langen Blick auf seine Uhr. »Nein, es ist zu spät. Ich spreche morgen früh mit ihm.«

»Dann sag ihm aber bitte, dass ich seine Nachricht weitergegeben habe. Ich möchte nicht, dass er mir die Schuld gibt, wenn du dich nicht an seine Anweisungen hältst.«

Er legte ihr den Arm um die Taille. »Keine Sorge, Amina, ich sag's ihm schon. Es reicht, wenn er ständig sauer auf mich ist, er muss es nicht auch noch an dir auslassen.«

Sie streichelte sein Gesicht. »Du siehst müde aus. Ich mache dir einen Kaffee.«

Er döste auf der Couch vor sich hin, als Amina das Tablett brachte. Sie tippte ihm an die Schulter. »Willst du einen oder möchtest du lieber gleich zu Bett gehen?«, fragte sie.

Er setzte sich auf. »Nein, ich nehme eine Tasse.«

Amina goss ihm Kaffee ein. »Wie geht's deinem Vater?«

»Dem geht's gut. Mir gegenüber war er natürlich so streng wie eh und je. Er hätte ja schließlich versucht, mich zu überreden, dass ich in der Anwaltskanzlei bleibe, aber ich wollte ja nicht auf ihn hören. Und da ich mich für den Polizeidienst entschieden hätte, und zwar gegen seinen Willen, müsste ich allein die Folgen tragen. Du kennst das ja.«

Amina stellte ihre Tasse ab und wandte sich ihm zu. »Willst du stattdessen mit mir darüber reden? Ich verspreche dir, dass ich nicht so streng bin wie dein Vater.«

Er lächelte sie an. »Herzlich gern, Amina, obwohl ich mir über meine Gefühle nicht ganz im Klaren bin und nicht genau weiß, ob ich vernünftig darüber sprechen kann.«

»Versuch es. Fang mit Inspector Handford an. Kommst du inzwischen besser mit ihm aus? Am Telefon klang er ganz nett.«

»Das kann ich mir vorstellen. Er kann auch ganz nett sein. Aber ich weiß nie, wie lange er nett ist, und damit tu ich mir schwer. Im einen Moment spricht er mit mir ruhig und vernünftig über den Fall, lässt meine Einwände gelten, und im nächsten staucht er mich zusammen, weil er sich einbildet, ich hätte irgendwas gemacht, was ihm nicht recht ist, zum Beispiel Nathan Teale unter Druck gesetzt.«

»Das hast du doch auch«, wandte seine Frau unverblümt ein. »Das hast du gestern Abend selber gesagt.«

»Mag ja sein«, erwiderte Ali. »Aber Tatsache ist, dass er sie umgebracht haben könnte. Er ist bislang der Einzige, der von der Kraft her dazu fähig gewesen wäre. Ich musste ihn ein bisschen unter Druck setzen.«

Amina schwieg.

Khalid grinste. »Na schön, dann habe ich mich eben geirrt. Vielleicht habe ich den Anpfiff des Inspectors verdient.«

Sie nickte kurz und beifällig, gab aber immer noch keinen Kommentar dazu ab. »Aber darum geht es doch nicht, Khalid, oder?«, sagte sie kurz darauf. »Dass du zurechtgewiesen wirst, weil du eigenmächtig vorgehst, bist du doch gewöhnt. Darüber zerbrichst du dir doch nicht den Kopf. Diesmal geht es um mehr, was immer es auch sein mag, und das wirkt sich auf dein Verhältnis zu dem Inspector aus und bringt dich in eine Zwickmühle.« Sie griff nach seiner Hand. »Behalte es nicht für dich, Khalid, erzähl's mir.«

Einen Moment lang rang er um die richtigen Worte. »Er

wollte mit mir über die Ehe der Mahmoods sprechen, über meine Einstellung dazu. Das kann ich aber nicht, weil er es möglicherweise nur darauf anlegt, dass ich von dem Fall abgezogen werde. Warum sollte ich ihm diese Genugtuung gönnen? Er wird nie verstehen, warum mich dieses oder jenes Gefühl umtreibt.«

»Zunächst einmal glaube ich, dass du dich irrst, Khalid. Das ist bloß eine Ausflucht, damit du dich nicht damit auseinander setzen musst, dass du, obwohl alle dagegen waren, einen Beruf ergriffen hast, in dem dir deine Überzeugungen manchmal im Weg stehen. Und zweitens glaube ich, dass er möglicherweise durchaus Verständnis dafür hat. Du musst es zumindest darauf ankommen lassen.«

Ali spürte, wie sich sämtliche Muskeln in seinem Gesicht verkrampften, und als er wieder das Wort ergriff, klang eine Bitterkeit durch, die er eigentlich hatte vermeiden wollen. »Es geht nicht um die Ehe an sich – was ich davon halte, kann ich ganz einfach erklären. Es hätte nie dazu kommen dürfen. Es geht um mehr.« Er stockte, denn sobald er seine Gefühle offen aussprach, das wusste er genau, musste er sich damit abfinden, dass er sich durchaus von seinen Überzeugungen beeinflussen ließ, was den weiteren Verlauf der Ermittlungen anging, und dass er sie womöglich in eine bestimmte Richtung lenken wollte. Er wollte, dass Amajit schuldig war, er wollte, dass er bestraft wurde.

Er schaute Amina an und sah ihren ermutigenden Blick, nach dem er sich gesehnt hatte.

Er holte tief Luft. »Es geht vor allem darum, wie ich mit diesen Gefühlen umgehe. Das ist so schwer zu erklären.«

»Du meinst, sie haben deine Einstellung zu dem Fall beeinflusst?«

Ali seufzte. Jetzt gab es kein Zurück mehr. »Und zu Amajit. Sobald er es uns erzählt hatte, hatte ich keinerlei Mitgefühl mehr mit ihm. Ich wollte, dass er dafür bestraft wird. Und offenbar hat man es mir angesehen, denn er bat mich darum, dass ich ihn nicht verurteilen sollte. Und hinterher und auch heute Morgen wollte der Inspector wissen, ob ich mit dieser Ehe zurechtkomme.«

»Was hast du gesagt?«

»Dass ich weiß, was es heißt, Polizist zu sein, und dass er kein Recht hätte, mein Urteilsvermögen oder meine Zuverlässigkeit infrage zu stellen.«

Amina lächelte ihn an. »Oje«, sagte sie.

Er erwiderte ihr Lächeln. »Ich weiß. Ich habe mal wieder meinen ganzen Hochmut raushängen lassen.«

»Meiner Meinung nach hast du eher dein schlechtes Gewissen raushängen lassen. Es wirkt bloß wie Hochmut.«

Sie hatte Recht, wie immer. Er hatte ein schlechtes Gewissen. »Und was soll ich jetzt machen?«

»Meiner Ansicht nach hast du zwei Möglichkeiten. Du kannst zum einen darum bitte, dass du von dem Fall abgezogen wirst, aber das musst du begründen. Vermutlich könntest du Mr Handford die Schuld in die Schuhe schieben, was zwar nicht weiter schwer sein dürfte, aber nicht der Wahrheit entspricht, und für so was bist du zu ehrlich. Das heißt, dass du den wahren Grund angeben musst.«

»Ja. Ich weiß.«

»Dann halte dich daran, rede mit Inspector Handford darüber, bevor ihr deswegen noch mehr aneinander geratet. Das eine oder andere weiß er ohnehin, du musst ihm nur noch alles Übrige erklären. Aber du musst mit ihm reden, und zwar offen und ehrlich.«

Ali beugte sich zu seiner Frau und küsste sie. »Du hast ganz Recht. Es klingt so einfach, wenn du es sagst. Weißt du, Amina, alle Welt meint, dass in einer Moslemehe der Mann das Sagen hat, dass nur er entscheidet. Aber das stimmt nicht. Es ist die Frau. Du bist viel klüger als ich, und ich wüsste, ehrlich gesagt, nicht, was ich ohne dich machen sollte. Ich mache es so, wie du gesagt hast. Ich rede morgen mit dem Inspector.«

Karen schlief in dieser Nacht schlecht. Sie hatte Kopfschmerzen und die Tabletten, die sie genommen hatte, hatten so gut wie nichts genützt. Die Luft war durch das Gewitter kaum besser geworden und in dem Zimmer war es schwül und stickig. Trotz des Novemberwetters schwitzte sie unter der Zudecke. Sie stieß sie weg, wollte aufstehen, umherlaufen, sich etwas zu trinken holen, doch sobald sie sich von der Stelle rührte, verstärkte sich noch der pochende Schmerz in ihren Schläfen, und prompt wurde ihr wieder übel.

Ringsum herrschte Stille. Sie vermisste Dannys vertraute Atemzüge und die leisen Laute, die er ab und zu ausstieß, wenn er neben ihr in seinem Bettchen schlief, aber Barry hatte darauf bestanden, diese Nacht bei ihm zu bleiben. Er hatte ein großes Trara veranstaltet, als er das Kinderbett durch den Flur geschleppt hatte, als wollte er durch schieren Kraftaufwand beweisen, dass er sich um sie sorgte, und Abbitte leisten für das, was er getan hatte. Er sagte so gut wie nichts, entschuldigte sich nicht und zeigte auch keinerlei Reue, aber Karen wusste, dass sein Verhalten fast einer Entschuldigung gleichkam, soweit er dazu überhaupt fähig war. Es wollte schon was heißen, dass er nicht einfach weggegangen war, sondern dablieb und auf Danny aufpasste.

Er hatte viel für das Kind übrig, und manchmal zeigte er es, wenn auch nur selten. Er wollte nicht, dass seine Freunde ihn für einen Weichling hielten, was Kinder anging – das könnte seinem Ansehen schaden. Aber es gab auch noch andere Sachen, die sie nicht wissen sollten. Doch das behielt Karen lieber für sich. Diesmal hatte er sie nur geschlagen, aber wenn sie alles erzählte, was sie wusste, würde er sie vermutlich umbringen.

Ali hatte die Bettdecke von sich gestrampelt und fühlte sich wie gerädert, als er aufwachte. Er hatte eine schlimme Nacht hinter sich, hatte sich eine halbe Ewigkeit lang hin und her geworfen, ein ums andere Mal herumgewälzt und bis in die frühen Morgenstunden keinen Schlaf gefunden. Amina hatte sich an ihn gekuschelt, wie sie es mit den Kindern machte, wenn sie nicht zur Ruhe kamen. Es hatte gewirkt, aber danach hatte er so tief geschlafen, dass er erschrocken hochfuhr, als der Wecker losschrillte. Er hatte fürchterliche Kopfschmerzen, die ihm schier den Schädel zersprengten, ohne dass irgendetwas dagegen half.

Die wässrig-weiße Sonne stand tief am Horizont, als wollte sie den blauen Himmel verhöhnen. Der Wagen sprang zunächst nicht an, und er fluchte vor sich hin, weil er ihn über Nacht nicht in der Garage abgestellt hatte. Doch dann lief der Motor, und er fuhr durch den frühmorgendlichen Verkehr zur Pathologie, um den Obduktionsbericht zu holen. Von dort aus fuhr er quer durch die Stadt zu Amajits Haus.

Der Mann sah elend aus, und Ali hoffte, dass er nie solche Schmerzen durchmachen musste wie Amajit.

»Wie geht es Ihnen?«, fragte er, nur um das Eis zu brechen, denn er erwartete keine Antwort darauf.

Amajit zuckte die Achseln. Er führte Ali ins Wohnzimmer und bedeutete ihm, Platz zu nehmen. »Kaffee?«, fragte er.

»Nein, nein danke.« Ali hielt einen Moment inne. »Warum wollten Sie mich sprechen?«

»Ich weiß es nicht genau. Ich ... ich musste einfach mit jemandem reden.«

»Eigentlich bin ich nicht die richtige Person dafür. Wir können Ihnen immer noch jemanden von der Sozialbetreuung zur Verfügung stellen, wenn Sie möchten.«

Amajit ging nicht auf den Vorschlag ein. »Glauben Sie, dass ich es gewesen bin? Dass ich Rukhsana umgebracht habe?«

Ali wusste, dass er spätestens jetzt das Gespräch beenden sollte. »Tut mir Leid«, sollte er sagen, »ich kann nicht mit Ihnen über eine laufende Ermittlung sprechen.« Doch Amajits gequälte Miene hielt ihn davon ab. »Wir wissen nicht, wer sie umgebracht hat«, sagte er. »Aber wir müssen alle Möglichkeiten in Betracht ziehen.«

»Es sind häufig Familienangehörige, nicht wahr?«, sagte Amajit.

»Ziemlich oft, ja.«

Amajit musterte seine Hände, dann fuhr er sich durch die Haare. »Faysal glaubt, dass es möglicherweise jemand aus meiner Familie gewesen sein könnte.«

Trotz aller Vorsätze wurde Alis Blick härter. »Das habe ich erwartet.«

»Sie halten nicht viel von mir, Sergeant, stimmt's?«

Ali richtete sich auf. »Es geht nicht darum, ob ich etwas von Ihnen halte oder nicht, Sir«, sagte er.

»Trotzdem ...«

Keiner der beiden Männer sagte etwas. Ali fröstelte. Es war kalt in dem Zimmer. »Darf ich meine Meinung ändern, was den Kaffee angeht?«

»Sicher.«

Während er wartete, stand Ali auf und trat vor den Kamin. Rukhsana lächelte ihn aus dem hölzernen Bilderrahmen an. Die Uhr schlug die volle Stunde. Es war ein Fehler gewesen, herzukommen. Amajit hatte ihm nichts mitzuteilen, er wollte sich nur bei jemandem ausweinen, und er war dafür nicht der richtige Mann, durfte es nicht sein.

Amajit kehrte mit zwei Tassen zurück und gab Ali eine, worauf er sich wieder setzte. »Erzählen Sie mir etwas über Faysal.«

»Er ist der Sohn meines Onkels. Er wird meine älteste Schwester heiraten, wenn sie nächstes Jahr mit dem Studium fertig ist.«

»Aber er hat nicht mitgemacht, als Sie von Ihrer ganzen Familie verstoßen wurden?«

»Er wollte nichts mit Rukhsana zu tun haben, aber ich habe von Zeit zu Zeit mit ihm gesprochen. Er hat die Ehe nicht gebilligt, war aber für mich da, wenn ich ihn brauchte. Wir sind fast gleichaltrig und wuchsen zusammen auf, sind auf die gleiche Schule gegangen. Wir waren so gut wie unzertrennlich.« Amajit lächelte leicht, als er daran dachte. »Meine Eltern sagten immer, wir wären eher wie Brüder, nicht wie Cousins. So eine Beziehung kann man nicht einfach kaputtmachen.«

»Dann haben Sie Glück gehabt.«

»Ja.«

»Sie sagten, Faysal meint, dass sie womöglich von jemandem aus der Familie umgebracht wurde. Hat er gesagt, von wem?«

»Er glaubt ...« Amajit zögerte. »Er glaubt ... dass es möglicherweise Jahangier und Kamal waren.«

»Pflichten Sie ihm bei?«

»Sie sind meine Brüder. Wie soll ich ihm da beipflichten?«

»Sie haben Rukhsana die Schuld gegeben und Rache geschworen – das haben Sie selber gesagt.«

Amajit schloss die Augen. Ali betrachtete ihn, sah die Verzweiflung, die sich auf seinem Gesicht abzeichnete. Er wollte es Amajit etwas leichter machen.

»Dass Faysal glaubt, sie könnten es gewesen sein, genügt nicht. Wir brauchen Beweise, und als ich mit ihnen gesprochen habe, behaupteten sie, sie wären zum Zeitpunkt des Mordes im Snooker-Salon gewesen.« Alis Magen krampfte sich zusammen. Er gab schon wieder Erkenntnisse preis, die er für sich behalten sollte.

Amajit schlug die Augen auf. »Dann können sie es also nicht getan haben?«

»Nun ja, wir müssen ihr Alibi überprüfen, aber wenn sie wirklich dort waren, wo sie laut ihrer Aussage gewesen sind – nein, dann können sie es nicht getan haben.«

»Und warum hat Faysal sie dann nach Pakistan geschickt?«

Ali blickte jäh auf und schaute ihn mit großen Augen an. »Wann?«

»Gestern Abend. Er hat es mir erzählt, als er vorbeikam, um zu sehen, wie es mir geht.«

Das hatte Ali gerade noch gefehlt – dass sich zwei Verdächtige, die er bereits vernommen hatte, nach Pakistan absetzten. Er meinte Warrenders Bemerkungen zu hören. »Machen sie das nicht immer, sobald's ein bisschen brenzlig wird? Dann hauen sie nach Pakistan ab. Würde mich nicht wundern, wenn Ali ihnen dabei geholfen hat.« Er verdrängte den Gedanken. »Hat Faysal einen Grund genannt?«

»Er sagte, er muss dort etwas erledigen und deshalb schickt er sie hin.«

»Worum geht es dabei?«

»Das hat er nicht gesagt.«

»Ist das üblich, dass er sie darum bittet, in Pakistan etwas für ihn zu erledigen?«

»Ab und zu, aber normalerweise nur, wenn sie sowieso hinfahren – um Verwandte zu besuchen.«

»Hat er gesagt, wann sie abreisen?«

»Sie sind schon weg – gestern Abend.«

»Und Sie meinen, er hat sie weggeschickt, weil er vermutet, dass sie etwas mit Rukhsanas Tod zu tun haben?«

Amajits Gesicht war grau vor Kummer. »Ich hoffe – ich bete darum, dass er sich irrt. Aber ja, ich glaube, das ist der eigentliche Grund.«

Ali warf einen Blick auf die Uhr am Armaturenbrett. Er hatte keine Zeit, Faysal zu suchen und mit ihm zu reden, aber er könnte zu Amajits Eltern fahren und feststellen, ob die Brüder gestern Abend tatsächlich nach Pakistan abgereist waren.

Inzwischen herrschte der übliche Berufsverkehr, sodass er gut eine halbe Stunde brauchte, bis er sich durch Staus und verstopfte Straßen zu seinem Ziel durchgeschlagen hatte.

Als er vor dem Haus hielt, betete er darum, dass Mr Mahmood da sein möge und er sich nicht noch einmal mit einer Frau auseinander setzen musste, die ihn nicht über die Schwelle lassen wollte. Zum ersten Mal an diesem Tag hatte er Glück, aber die Auskunft, die ihm Mr Mahmood gab, entsprach nicht seinen Erwartungen. Ja, Kamal und Jahangier waren am Abend zuvor nach Pakistan gereist, ja, sie sprangen für ihren Cousin ein, nein, er hatte keine Ahnung, wann sie wieder zurückkämen. Er wusste nicht einmal genau, wohin sie gefahren waren, aber Faysal wollte der Familie Bescheid sagen, sobald sie dort eingetroffen waren. Mr Mahmood erklärte sich bereit, Ali zu verständigen, wenn er etwas von ihnen hörte, obwohl er nicht einsah, was für einen Zweck das haben sollte.

Ali trat aus der Haustür, dann drehte er sich noch einmal um. »Das kam ziemlich plötzlich, Mr Mahmood. Kommt es öfter vor, dass Faysal sie Hals über Kopf rund um die halbe Welt fliegen lässt?«

»Faysal ist ein Geschäftsmann und gelegentlich muss er rasch handeln. Manchmal bittet er meine Söhne, ihm zu helfen.«

»Ihr Neffe besitzt hierzulande Restaurants. Was für Geschäfte könnte er denn in Pakistan zu erledigen haben?«

»Faysal spricht mit mir nicht über seine Angelegenheiten. Er ist ehrgeizig und er ist ein hoch geachtetes Mitglied unserer Gemeinde, Sergeant. Es war abzusehen, dass er früher oder später auch in Pakistan geschäftlich tätig werden würde. Er möchte, dass meine Söhne ihm dabei behilflich sind.«

Ali wusste nicht viel über Faysal Hussain, aber er war davon überzeugt, dass er zu schlau war, um ausgerechnet die Hilfe der Mahmood-Brüder in Anspruch zu nehmen, wenn er in Pakistan ein Geschäft aufziehen wollte. Auf Amajit würde er möglicherweise zurückgreifen, aber bestimmt nicht auf Kamal und Jahangier. Sie hatten nicht gerade den Eindruck gemacht, als könnten sie für ihren Cousin das Bestmögliche herausholen. Nein, ihre plötzliche Abreise deutete eher darauf hin, dass Amajits Befürchtung begründet war – dass sie ihre Schwägerin umgebracht hatten.

Damit war jede Hoffnung dahin, dass er Handford seinen Besuch bei Amajit verheimlichen konnte. Wenigstens konnte man ihm nicht die Schuld daran geben, dass die Brüder abgereist waren. Und sie hatten früher davon erfahren, mussten nicht erst vergebens warten, dass die Brüder im Revier aufkreuzten, um ihre Aussage zu machen. Er beschloss, Handford noch vor der Lagebesprechung aufzusuchen. »Herrgott, die Lagebesprechung.« Er warf einen Blick auf die Uhr. Noch eine Viertelstunde – das könnte er gerade noch schaffen, wenn er sich nicht an die Geschwindigkeitsbeschränkung hielt und die Ampeln mitspielten.

Seine Finger waren taub vor Kälte, sodass es einen Moment dauerte, bis er die Tür aufbekam und den Schlüssel im Zündschloss stecken hatte. Er schnallte sich an und drehte den Schlüssel um. Nichts tat sich. Der Motor gab keinen Ton von sich. Er versuchte es noch einmal – wieder nichts. Nicht durchdrehen, sagte er sich und sprach ein Stoßgebet, als er es erneut versuchte, aber sein Gott schenkte ihm kein Gehör und das Fahrzeug gab immer noch keinen Mucks von sich. Wütend stemmte er sich aus dem Wagen und ging nach vorn. Er klappte die Haube auf, beugte sich über den nach warmem Öl riechenden Motor und musterte ihn. Er wusste nicht, warum er das machte, denn von Kfz-Technik verstand er nichts. Er hatte keine Ahnung, was funktionierte und was nicht. Beziehungsweise warum es nicht funktionierte.

Er schlug die Haube zu und ließ sich wieder auf den Fahrersitz sinken. Einen Moment lang starrte er ins Leere, wurde immer verzweifelter, fuhr sich dann mit beiden Händen übers Gesicht und spürte, wie seine Fingernägel über die Wangen kratzten. Dann fand er sich allmählich damit ab, dass er nicht mehr rechtzeitig zu der Lagebesprechung kam – Handfords Lagebesprechung, bei der niemand ohne ausdrückliche Erlaubnis fehlen durfte.

Achtes Kapitel

Trotz des Versprechens, das er Gill gegeben hatte, platzte Handford der Kragen, sobald er den Sergeant sah. »Wo, zum Teufel, sind Sie gewesen?«, sagte er in eiskaltem Tonfall.

Die Lagebesprechung war vorüber, wie Ali befürchtet hatte. Er hatte gehofft, er könnte sich unbemerkt ins Revier stehlen, ins Kriminaldezernat schleichen, sich ein paar Minuten sammeln und dann zum Büro des Inspectors gehen, den Kopf durch die Tür stecken und ihm sagen, es täte ihm Leid, dass er sich verspätet habe, aber sein Wagen sei nicht angesprungen. Er hatte sich die Sätze auf dem Rückweg im Abschleppwagen zurechtgelegt und ein ums andere Mal geprobt, bis er genau den richtigen Ton traf. Doch als er mitten auf dem Korridor, nur ein paar Schritte von der Tür zum Lageraum entfernt, auf den Inspector stieß, hatte er keine Gelegenheit mehr, sich kurz hinter die Kulissen zu verziehen, sondern stand plötzlich auf offener Bühne.

Er wollte seinen Mantel ausziehen. Auf dem Revier war es vergleichsweise warm, wenn man von draußen kam, und er spürte, wie er ins Schwitzen geriet. Seine Wangen glühten und die Finger kribbelten, als das Blut wieder in Wallung kam.

»Ich hatte eine Autopanne.«

»Und Ihr Handy hat auch schlappgemacht, nehme ich an.«

Alis Magen krampfte sich wieder zusammen. »Nein, Sir, ich glaube nicht.«

»Nein, verdammt noch mal, aber es war abgestellt, Ali. Genau wie gestern Abend.«

»Weil ich meinen Vater besucht habe.«

»Und das ist für Sie ein Grund, Ihr Handy abzustellen?«

Ali antwortete nicht. Er wollte es nicht erklären, es hatte keinen Sinn. Handford würde es nicht verstehen.

Seine Finger kribbelten nicht mehr, sie tobten jetzt.

Auf dem Korridor tobte ebenfalls das pralle Leben, wie am Samstagnachmittag in der Innenstadt. Ein Constable in Uniform stieß die Schwingtüren am anderen Ende auf, kam auf sie zu und murmelte im Vorübergehen: »Entschuldigen Sie, Sir.«

Handford beachtete ihn nicht. »Was, zum Teufel, treiben Sie, Ali?«, brüllte er. »Wo sind Sie gewesen?«

Ali blickte sich um. Hier, auf dem hell erleuchteten Korridor, inmitten der Büros rundum, konnte er es nicht erklären. Aber Handford wartete auf eine Antwort.

»Ich habe ein paar Ermittlungen angestellt«, sagte er. »Vielleicht könnten wir ...«, setzte er an. »In Ihr Büro gehen« wollte er sagen, doch er wurde erneut unterbrochen, als die Türen aufflogen und zwei Zivilfahnder in den Korridor kamen und sich einen Witz erzählten.

Handford nahm sie anscheinend gar nicht wahr. »Was für Ermittlungen?«, herrschte er ihn an. Sie standen unmittelbar voreinander, sodass Ali Handfords pochende Halsschlagader über dem blauweiß gestreiften Hemdkragen sehen konnte.

Die Fahnder verstummten, als sie vorbeigingen, und wandten den Blick ab. Ali sagte nichts. Er trat einen Schritt zur Seite, legte die Hände auf den Rücken und lehnte sich an die Wand. Fühlte, wie die Kälte aus dem Gemäuer in seine Hände eindrang, und schaute zu Boden, betrachtete seine Schuhe. Er wollte die Ruhe bewahren, aber als er sich fragte, ob Handford bei einem weißen Kollegen den gleichen Tonfall angeschlagen hätte, spürte er, wie ihn wieder der alte Hochmut packte, wie ein Tier, das seine scharfen Fänge in seine Seele schlug.

Wieder flogen die Schwingtüren auf und wieder nahm Handford keinerlei Notiz davon.

»Was für Ermittlungen?«, wiederholte er.

Alis Arroganz schlug in helle Wut um. Was bildete sich Handford ein? Wie konnte er es wagen, ihn mitten auf dem Korridor, vor allen Leuten, in so einem Tonfall anzufahren? Er stieß sich von der Wand ab und wollte weggehen.

»Wohin wollen Sie?«

»In Ihr Büro.«

»Bleiben Sie stehen, Ali, und geben Sie mir eine Antwort!«

»In Ihrem Büro.«

»Auf der Stelle!«

Ali blieb stehen und drehte sich zu Handford um. Er schluckte einmal tief. »Nein. Erst wenn wir in Ihrem Büro sind.«

Einen Moment lang standen sie sich beide gegenüber und funkelten einander an. Sie waren nicht mehr Inspector und Sergeant, sondern zwei Widersacher, die sich auf dem Schlachtfeld begegnen und voller Wut, Misstrauen und Hass mustern.

Ali hatte mit einem Mal alles satt, nachdem er sich jahrelang bemüht hatte, sich in einen Apparat einzufügen, der nur für Weiße geschaffen war. Wozu? Er fuhr mit der Hand durch die Luft, als wollte er ein Insekt erschlagen, stieß den Atem aus und schüttelte den Kopf. Er ging weiter, bis er vor dem Besprechungsraum stand, legte die Hand auf den Griff und wollte die Tür aufstoßen. Drinnen klingelte ein Telefon, eine Frau verlangte einen Bericht, der Fotokopierer surrte, jemand summte laut vor sich hin. Es klang, als wären alle so beschäftigt, dass sie gar nicht wahrgenommen hatten, was draußen vorging, aber Ali wusste, dass die Männer und Frauen hinter dieser Tür alles gehört hatten. Ihre Kommentare und spöttischen Bemerkungen hatten ihm jetzt gerade noch gefehlt. Allesamt Fans von Handford, die nur zu gern miterleben wollten, wie er die Abreibung bekam, die er ihrer Ansicht nach verdiente. Er wandte sich kurzerhand ab und ging weiter.

Handfords wütende Stimme hallte durch den Korridor. »Kommen Sie zurück, Sergeant!«

Ali ging weiter, ohne sich darum zu scheren. Wut und Verzweiflung trieben ihn jetzt, vereint mit Hochmut und Stolz.

Eine andere Stimme drang zu ihm. »Zurück, Sergeant!« Das war Russell. Als ob ein eisiger Wind durch den Korridor fegte. Ali hatte ihn noch nie schreien gehört, hatte noch nie erlebt, dass er laut wurde. Der Ton bohrte sich zwischen seine Schulterblätter. Er blieb stehen, schloss einen Moment lang die Augen, dann drehte er sich um. Am liebsten wäre er weitergegangen, bis nach Broughton, aber wenn er das machte, das wusste er genau, dann war er wieder in Uniform und durfte Streifendienst schieben, noch ehe der Tag zur Neige ging. Und das wollte er nicht, er wollte Detective bleiben und auch als solcher anerkannt werden. Er konnte Warrenders abfällige Bemerkungen förmlich hören, meinte, seine spöttische Miene vor sich zu sehen. Mit einem Mal waren sein Stolz und sein Hochmut dahin, wie Schmeißfliegen, die unverhofft in einen Strahl Insektenspray geraten sind. Er schluckte, drehte sich dann um und ging mit hämmerndem Herzen auf den Chef des Kriminaldezernats zu.

»Sie warten in Inspector Handfords Büro, Sergeant.« Russells Tonfall war so eisig, dass er selbst dem abgebrühtesten Streifenpolizisten bis ins Mark gefahren wäre. Ali hatte mit einem Mal eine seiner Lehrerinnen vor Augen. Sie war klein und zierlich gewesen, nicht weiter ernst zu nehmen. Doch sobald sie ihn ansprach, nur seinen Namen nannte, zog er den Kopf ein. Ihr hatte er immer aufs Wort gehorcht und genauso ging es ihm mit Russell.

»Sir.« Er blickte weder den Chef noch Handford an.

»In mein Büro, Inspector. Sofort.«

Das »Sofort« kam so scharf, dass Handford augenblicklich klar war, was es zu bedeuten hatte. Nicht nur Ali steckte in der Klemme. Das »Sofort« hieß, dass auch ihm der Kopf gewaschen wurde. Handford folgte dem Chief Inspector in sein Zimmer, zog unterwegs seinen Krawattenknoten zurecht und wusste nicht genau, ob er bereit war, sich von jemandem zusammenstauchen zu lassen, der noch in kurzen Hosen herumgelaufen war, als er bereits auf die Universität ging.

Doch darüber hatte er nicht zu befinden und auf ein kurzes Nicken seines Chefs hin schloss er die Tür. Der Duft der frisch gemahlenen Kaffeebohnen stieg ihm in die Nase und prompt lief ihm wieder das Wasser im Mund zusammen.

Russell wandte sich an ihn. »Machen Sie so etwas *nie* wieder.«

Handford richtete den Blick auf die Krawatte des Chief Inspectors. Es war eine elegante Krawatte mit einem Mosaikmuster aus hellgelben, grauen und schwarzen Würfeln, und aus irgendeinem unerklärlichen Grund hätte Handford ihn am liebsten gefragt, wo er sie gekauft hatte.

»Sie sind Inspector, Sie tragen Verantwortung.« Russell schlug einen eisigen Tonfall an und seine Worte klangen gemessen und unmissverständlich. »Sie sollten ein gewisses Gespür dafür haben, was zulässig ist und was nicht. Was, um alles auf der Welt, ist in Sie gefahren?«

»Ali ...« Handfords Stimme klang hoch und schrill, und er räusperte sich. »Ali ist zu spät gekommen. Er hat die Lagebesprechung versäumt. Ich habe die Geduld verloren, als er hereingeschlendert kam, als könnte er kein Wässerchen trüben. Und als ich ihn fragte, wo er gewesen sei, wollte er sich aus dem Staub machen, ohne mir eine Antwort zu geben.« Er riss sich von der Krawatte los und schaute Russell an. »Ich weiß«, sagte er und hob einlenkend die Hände. »Ich hätte warten und die Sache in meinem Büro mit ihm austragen sollen. Tut mir Leid, Sir«, schloss er kleinlaut.

Der Chief Inspector musterte ihn mit durchdringendem Blick. »Ich darf doch wohl wenigstens erwarten, Inspector, dass Sie sich beherrschen können.«

»Ja.«

»Oder sind Sie, was Ali angeht, zu keinem vernünftigen Verhalten fähig? Ich dachte, Sie könnten mit ihm arbeiten. Ich habe Sie gefragt, wenn Sie sich erinnern können, und Sie sagten, Sie könnten es.«

»Ich kann es auch, Sir.«

»Nein, John, nicht können, wollen. Und zwar in gutem Einvernehmen. Haben Sie verstanden?«

»Ja, Sir.«

Russell ging zu dem Stuhl hinter seinem Schreibtisch und setzte sich. »Die Sprecher der asiatischen Bevölkerungsgruppe sitzen mir im Nacken und wollen wissen, ob demnächst mit einer Festnahme zu rechnen ist. Soll ich ihnen etwa erklären, dass es dazu niemals kommen wird, weil sich zwei leitende

Beamte, die mit dem Fall betraut sind, nicht ausstehen können?«

»Nein, Sir, natürlich nicht.«

»Sind Sie sich dessen ganz sicher?« Russell sprach leise, aber mit messerscharfem Unterton. »Denn in Anbetracht der Tatsache, dass einer der Beamten Asiate ist, werden die Rassismus schreien, noch ehe ich ausgeredet habe, meinen Sie nicht auch?«

»Vermutlich.«

»Und es wird Ihr Kopf sein, den sie verlangen. Und machen Sie sich nichts vor, Inspector, den werden sie auch bekommen. Es ist mir egal, was Ali getan hat, Sie regeln das, und zwar auf der Stelle. Denn wenn Sie das nicht tun, werden Sie von den Ermittlungen abgezogen und ich betraue jemand anderen damit.« Er beugte sich vor. »Habe ich mich klar ausgedrückt?«

»Ja, Sir.«

»Gut.« Russell bedeutete Handford, dass er auf dem Stuhl ihm gegenüber Platz nehmen sollte. »Warum also mussten wir so ein Theater machen?«

Der Kaffeeduft war kaum noch zu ertragen. Aber dass ihm Russell eine Tasse anbieten würde, war wohl zu viel verlangt.

»Ich habe keine Ahnung, wo Ali heute Morgen war oder was er gemacht hat«, sagte er. »Er war nicht bei der Lagebesprechung, genau genommen war er bis vor ein paar Minuten nirgendwo aufzufinden, auch nicht in seinem Büro.«

»Hat er eine Erklärung dafür?«

»Er sagt, er hatte eine Autopanne.«

»Vielleicht stimmt es. So etwas kommt vor.«

»Und warum hat er dann nicht angerufen und uns Bescheid gesagt? Seine Frau sagte, er sei um acht gegangen. Als er hier ankam, war es nach elf. In dieser Zeit hätte er die Strecke zweimal zu Fuß gehen können. Wir haben versucht, ihn zu erreichen, aber sein Handy war abgestellt und auf seinen Pieper hat er nicht reagiert.« Handford kam zu seinem eigentlichen Anliegen. »Gestern Abend war es das Gleiche. Da konnte ich ihn auch nicht erreichen. Ich wollte mit ihm reden, nachdem ich mich mit Redmayne getroffen hatte. Er war nicht daheim und über sein Handy konnte ich ihn auch nicht erreichen, deshalb habe ich bei seiner Frau eine Nachricht hinterlassen und um Rückruf gebeten, aber er hat keinerlei Anstalten gemacht, sich zu melden – und ich bin lange genug aufgeblieben und habe gewartet. Herrgott noch mal, Stephen, wir ermitteln in einem Mordfall. Ich rufe doch nicht einfach an, weil ich mit ihm plaudern will. Ich glaube, ich habe durchaus Grund, wütend auf ihn zu sein, finden Sie nicht?«

Russell seufzte auf. »Ja, John, gewiss«, sagte er. »Sie haben Recht. Von einem Sergeant erwarten wir etwas anderes. Schicken Sie ihn vorbei, dann spreche ich mit ihm – blase ihm den Marsch. Danach können Sie feststellen, was da vor sich gegangen ist.« Russell beugte sich vor, war wieder ganz der Vorgesetzte. Er schaute Handford an, musterte ihn mit kritischem Blick. »Und gleichzeitig, Inspector, können Sie Ihr Verhältnis zu ihm regeln. Ich werde ihn *nicht* von dem Fall abziehen. Wenn Sie das nicht geregelt bekommen, dann gehen *Sie*, nicht er. Haben Sie mich verstanden?«

»Ja, Sir.«

Handford seufzte. Manchmal spürte er sein Alter und diesmal war es wieder so weit. Nachdem er fortwährend dem Duft nach frisch gemahlenen Kaffeebohnen ausgesetzt gewesen war, brauchte er unbedingt Koffein, um seine blank liegenden Nerven zu beruhigen, daher machte er einen Umweg zum Getränkeautomaten, bevor er in sein Büro zurückkehrte. Irgendwas Stärkeres wäre ihm lieber gewesen, doch das wagte er nicht, nicht, wenn er an Russells Ansichten dachte, was Alkohol während der Dienstzeit anging. Müde begab er sich auf den Rückweg zu seinem Büro, hatte den Styroporbecher mit der trüb-braunen Brühe in der Hand, die laut der Ausschilderung auf dem Automaten Milchkaffee ohne Zucker darstellen sollte.

Als er die Tür aufstieß, sah er Ali am Fenster stehen und hinausblicken. Die grauen Kuppeln der Häuser auf der anderen Seite der Durchfahrtsstraße ragten düster am winterlich blauen Himmel auf und im Westen ballten sich dunkle Regenwolken.

»Jetzt sind Sie an der Reihe«, sagte er. »Aber kommen Sie wieder zurück, wenn Sie mit ihm gesprochen haben.« Wortlos ging der Sergeant. Handford stellte den Becher ab und schüttelte die Kaffeetropfen von Daumen und Handgelenk.

Alis Mantel hing über einem Stuhl. Er nahm ihn und hängte ihn neben seinen, dann setzte er sich an seinen Schreibtisch. Er zog die unterste Schublade heraus, legte die Füße darauf und lehnte sich zurück, verschränkte die Hände hinter dem Kopf und starrte zur Decke. *Habe ich mich klar ausgedrückt, Inspector? O ja, Sir, völlig klar! So verdammt klar, dass Sie durchsichtig sind, Sir.*

Stephen Russell wollte sich absichern. Sollte auch nur der geringste Verdacht aufkommen, dass Rassendiskriminierung im Spiel war, würde er dafür sorgen, dass jemand anders den Hut nehmen musste, nicht er. Handfords Auseinandersetzung mit Ali hatte nicht das Geringste mit Rassismus zu tun. Es ging um die Haltung des Mannes, seinen offenkundigen Widerwillen, sich in das Team einzufügen.

Es ist mir egal, was Ali getan hat. Ich werde ihn nicht von dem Fall abziehen. Wenn Sie das nicht geregelt bekommen, dann gehen Sie, nicht er.

Handford schloss die Augen, fuhr sich mit den Händen übers Gesicht, zupfte sich an den Wangen und versuchte jeden Gedanken an Russell, seine Worte und sein nach Kaffee duftendes Büro zu verdrängen. Aber stattdessen hatte er nur wieder sich und Ali vor Augen, als sie auf dem Korridor standen – der Sergeant scheinbar ruhig, während er tobte. Er weigerte sich zunächst, das Geschehen vernünftig zu betrachten, doch als er es im Nachhinein noch einmal durchspielte, legte sich sein Unmut gegenüber dem Chief Inspector. Verdammt, der Mann hatte Recht. An dem Vorfall auf dem Korridor war ohne jeden Zweifel er schuld gewesen, sonst niemand. Was hatte er sich nur dabei gedacht? Wie konnte er es dazu kommen lassen? Warum war er so aufgebraust? Warum drehte er in Alis Beisein immer gleich durch?

Er hatte sich von Anfang an über Ali aufgeregt, hatte ihm misstraut und war dann von diesem einmal eingeschlagenen Weg nicht mehr abgekommen. Letztes Jahr hatte ihm die asiatische Bevölkerung übel mitgespielt und er war nach wie vor wütend auf sie. Gab er etwa Ali die Schuld, benutzte er ihn als Prellbock, weil er zum ersten Mal die Gelegenheit hatte, es jemandem heimzuzahlen? Ließ er etwa seiner Rassenzugehörigkeit wegen seine Wut an ihm aus? Oder weil der Sergeant aufgrund der Ereignisse um den Mordfall Jamilla Aziz hinzugezogen worden war? Er wusste es nicht. Er hielt von beiden Erklärungen nicht viel. Aber er wusste insgeheim, dass Russell Recht hatte – er hätte den Sergeant nicht mitten auf dem Korridor anbrüllen dürfen, vor allen Leuten.

Er seufzte, nahm die Füße von der Schublade und drehte sich mitsamt dem Stuhl herum, sodass er gerade vor dem Schreibtisch saß. Reue und Bedauern waren ja schön und gut, aber der eigentliche Knackpunkt war damit noch nicht aus der Welt. Er war Alis Vorgesetzter und daher musste er sich nach wie vor mit Alis Haltung auseinander setzen. Sie arbeiteten noch nicht lange zusammen, aber in dieser kurzen Zeit hatte er nahezu jede Anweisung missachtet, die er ihm gegeben hatte. Er war sogar allein losgezogen, als er die Brüder vernommen hatte. Dazu will ich von Ali eine Erklärung, dachte Handford grimmig.

Er hatte Russell vor dem Mann gewarnt, ihn darauf hingewiesen, wie er war, als er ihn von Broughton angefordert hatte. Doch die gute Beziehung zur asiatischen Bevölkerung war ja wichtiger als eine tote Frau und deshalb war er in seinem Team – sein Sergeant. *Das* allerdings hatte eine ganze Menge mit Rassenzugehörigkeit zu tun, denn im Grunde genommen lief es darauf hinaus, dass der eigentliche Kern der Sache zu kurz kam, wenn es nur darum ging, wie man sich nach außen darstellte, und im Augenblick ging es leider nur darum, wie man sich der asiatischen Bevölkerung darstellte. Und wenn er mit Ali nicht irgendwie seinen Frieden schloss, sodass sie halbwegs miteinander arbeiten konnten, dann wurde er von dem Fall abgezogen, nicht der Sergeant, so ungerecht das auch sein mochte.

Er griff zu dem Obduktionsbericht, der auf seinem Schreibtisch lag, und fing an zu lesen.

»Das Opfer starb infolge einer Reihe von Schlägen, die ihm auf der linken Seite von Schädel und Gesicht beigebracht wurden. Diese führten zu mehreren Schädelbrüchen und schweren

Gehirnverletzungen. Stirnbein, Keilbein, Schläfenbein und Jochbein wurden ...«

Er war immer noch nicht über den ersten Absatz hinausgekommen, als Ali rund zehn Minuten später an der Tür klopfte. Handford legte die Unterlagen hin, griff zu seinem mittlerweile kalt gewordenen Kaffee und rief: »Herein.«

Wenn er sich nicht selbst so sehr bedauert hätte, hätte ihm der Sergeant Leid getan. Er wirkte abgespannt, war aschfahl im Gesicht. Offenbar hatte Russell ihm gehörig »den Marsch geblasen«, wie er es ausgedrückt hatte.

»Ich glaube, Sie sollten sich lieber setzen, bevor Sie hinfallen«, sagte Handford.

Dankbar zog sich Ali einen Stuhl zurecht und ließ sich darauf sinken.

»Der Chief Inspector hat uns beiden heute Morgen die Hölle heiß gemacht – mir auf jeden Fall und Ihnen allem Anschein nach auch.«

»Ja.«

»Tja, so Leid es mir tut, Sergeant, aber die Sache ist noch nicht ausgestanden. Ich muss Sie noch mal fragen, warum Sie nicht an der Lagebesprechung teilgenommen haben.«

»Mein Auto ist nicht angesprungen.«

»Herrgott noch mal, Ali, das ist keine Entschuldigung.« Handford spürte, wie ihn wieder die Wut packte. Er trank den letzten Schluck kalten Kaffee und warf den leeren Styroporbecher in seinen Papierkorb. Er prallte auf den Rand, kullerte kurz darauf herum und landete dann im Müll.

»Sie hätten bloß anzurufen brauchen, dann hätten wir jemanden zu Ihnen geschickt, das wissen Sie doch. Wo waren Sie, als Ihr Auto nicht angesprungen ist? In der Pathologie jedenfalls nicht, weil Hewitt die Sekretärin angerufen hat, und die sagte, Sie wären schon wieder weg.«

»Nein, Sir.« Ali räusperte sich. »Ich war in der Tallow Road.«

»In der Tallow Road?«

»Ja, Sir.«

»Dort, wo Amajit Mahmoods Eltern wohnen?«

»Ja.«

»Warum? Das ist nicht einmal in der Nähe des Leichenschauhauses und weitab vom Weg zum Revier.«

»Ich wollte Kamal und Jahangier sprechen«, erwiderte Ali müde.

Kein Wunder, dass er sein Handy abgestellt hatte. Er wollte nicht erreichbar sein. Warum konnte sich der Mann nicht an das halten, was man ihm auftrug? »Ich habe gesagt, wir wollen sie in Ruhe lassen, bis wir mehr über sie in Erfahrung gebracht haben.« Handford beugte sich über den Schreibtisch und brüllte los. »Befolgen Sie grundsätzlich keinerlei Anweisungen? Oder setzen Sie sich nur über meine hinweg?«

Ali zuckte zusammen. »Keineswegs, Sir. Ich war dort, weil ich erfahren habe, dass sie nach Pakistan abgereist sind.« Er brachte nur mehr ein Flüstern zustande. »Ich wollte es überprüfen.«

»Nach Pakistan? Wann?«

»Gestern Abend.«

»Aber Sie haben mir doch nach der Pressekonferenz berichtet, dass Sie mit ihnen gesprochen haben. Haben sie nichts davon gesagt, dass sie wegwollten?«

»Ich glaube, da wussten sie es noch nicht. Nach Auskunft ihres Vaters fiel die Entscheidung ziemlich plötzlich.«

»Auf wessen Geheiß?«

»Faysal Hussains.«

Schon wieder Faysal Hussain. »Warum sollte der sie nach Pakistan schicken?«

Ali öffnete den Mund und wollte etwas sagen, aber Handford hob die Hand und gebot ihm Einhalt. »Nein, einen Moment noch.« Er griff zum Telefon und rief im Besprechungsraum an. »Sergeant Hewitt, es scheint, als ob die Mahmood-Brüder nach Pakistan abgereist sind ... gestern Abend. Überprüfen Sie die Flüge, stellen Sie fest, wohin sie genau gereist sind ... ich weiß es nicht, Manchester vermutlich, aber es könnte auch irgendein anderer Flughafen gewesen sein. Ja, tun Sie das ... danke.« Er legte den Hörer wieder auf und wandte sich an Ali. »Gut, fahren Sie fort.«

»Nach Auskunft ihres Vaters will Hussain in Pakistan geschäftlich tätig werden, deshalb hat er die Brüder hingeschickt, um – ich weiß es nicht genau – die entsprechenden Verhandlungen in die Wege zu leiten.« Alis Tonfall deutete darauf hin, dass er an dieser Aussage eher zweifelte.

»Woher wissen Sie das alles?«

»Ihr Vater hat es mir erzählt.«

»Nein, Ali, das meine ich nicht. Wer hat Ihnen erzählt, dass die Brüder weg sind?«

Ali wand sich. »Amajit Mahmood«, sagte er.

»Amajit Mahmood.« Handford seufzte. »Und wann haben Sie mit dem gesprochen?«

Der Sergeant kniff den Mund zusammen. »Heute Morgen«, erwiderte er mit gepresster Stimme.

»Ich dachte, wir – Sie und ich – hätten beschlossen, erst nach der heutigen Lagebesprechung wieder mit Amajit zu reden.«

Ali schwieg.

»Nun gut, fahren Sie fort. Warum waren Sie bei Amajit Mahmood?«

»Er rief mich an, Sir. Gestern, am späten Nachmittag, kurz nach der Pressekonferenz. Er bat mich, bei ihm vorbeizukommen.«

»Warum?«

»Er sagte, er wollte mit mir reden.«

»Und das war nach der Pressekonferenz? War das der Anruf, den Sie entgegengenommen haben?«

Ali nickte.

»Warum haben Sie mir nichts davon gesagt?«

»Ich weiß nicht. Weil ... na ja, ich nehme an, weil ich dachte, Sie würden vielleicht nein sagen, da wir beschlossen hatten, ihn vorerst in Ruhe zu lassen, und dadurch sähe es so aus, als wäre ich ...« Er suchte nach Worten. »Unfähig, könnte keine eigenen Entscheidungen treffen ... ich weiß es nicht.«

»Die Entscheidung war bereits gefallen, Ali.«

»Ich weiß, aber ich hatte einfach das Gefühl, es wäre wichtig, ihm klar zu machen, dass einer von uns Amajits Situation versteht.«

Und es gab nicht den geringsten Zweifel, wer das sein sollte. Handford wusste nicht genau, wen er da vor sich sitzen hatte – einen allzu ehrgeizigen Sergeant, der unbedingt gemocht werden wollte, oder einen Mann, der sich seinen asiatischen Brüdern und Schwestern mehr verpflichtet fühlte als seinem Beruf. Obwohl er nach seiner gestrigen Reaktion gemeint hätte, dass Ali der Letzte war, der Amajits Situation verstünde, wie er es ausgedrückt hatte.

Ali redete immer noch, bemühte sich um eine Erklärung. »Ich dachte, wenn ihm erst einmal klar wird, dass wir ihn nicht verdächtigen, dass wir sozusagen auf seiner Seite stehen, wird er offener. Ich habe mir, ehrlich gesagt, nichts weiter dabei gedacht. Er hat ein Alibi, sodass er ohnehin aus dem Raster fällt.«

»Haben Sie ihm das gesagt?«

»Mehr oder weniger.« Ali brachte kaum mehr als ein Flüstern zustande.

Handford war teils fassungslos, teils wütend. Eines stand fest, unabhängig davon, ob Ali nur allzu ehrgeizig oder hin- und hergerissen war zwischen Dienstpflicht und Rassenzugehörigkeit – der Mann war ein Dummkopf.

»Mehr oder weniger? Aus dem Raster? Auf seiner Seite? Was sind denn das für Sprüche? Was, zum Teufel, treiben Sie da?« Handford hielt inne, musste sich mühsam beherrschen. »Wir stehen auf keiner Seite, bei niemandem, Ali. Und ganz gewiss nicht auf Mahmoods. Außerdem fällt er keineswegs aus dem Raster, was Sie auch wissen würden, wenn Sie an der Lagebesprechung teilgenommen hätten, statt sich als Sozialarbeiter aufzuspielen. Woher wollen Sie wissen, dass er ein Alibi hat? Sie nehmen ihn einfach beim Wort, nicht wahr? Nun denn, Sergeant, dann lassen Sie sich mal eines gesagt sein. Amajit Mahmood hat *kein* Alibi. Er hat uns angelogen. Er war erst nach zwei wieder in seinem Büro. Das heißt, dass er uns erst noch erklären muss, wo er sich in diesen nahezu dreieinhalb Stunden zwischen halb elf und kurz vor halb drei aufgehalten hat. Ich nehme an, das haben Sie ihm nicht gesagt.«

Ali schüttelte den Kopf. »Nein.«

»In dieser Zeit hätte er sich leicht mit Rukhsana beim Pflegeheim treffen, sie umbringen, nach Hause gehen, sich umziehen *und* ins Büro zurückkehren können.«

Ali rang um seine Glaubwürdigkeit. »Aber er hat kein Motiv.«

»Ich glaube, wir können davon ausgehen, dass er eines hat. Auch das wäre Ihnen klar, wenn Sie bei der Lagebesprechung gewesen wären. Womöglich hat ihm seine Frau erzählt, dass sie ein Verhältnis mit Dr. Berridge hat. Vielleicht war das Kind von Dr. Berridge. Vielleicht hat sie es Ali erzählt und er hat sie umgebracht. Immerhin hat er so gut wie alles verloren, als er sie geheiratet hat – seine Familie, seine Freunde, seinen guten Ruf, sogar seinen Glauben. Können Sie sich vorstellen, was in ihm vorgeht, wenn er erfährt, dass seine Frau ein Verhältnis hat und von ihrem Geliebten ein Kind bekommt? Sie haben selbst gesagt, dass es eher so aussieht, als ob es sich um einen Mord im Affekt handelt statt um Vorsatz.«

Ali verzog das Gesicht, als ihm allmählich klar wurde, was er angerichtet hatte, dann sackte er sichtlich in sich zusammen. »Tut mir Leid, Sir.«

»Verdammt noch mal, das will ich auch gehofft haben. Nicht dass das auch nur annähernd genügt. Ihnen haben wir es zu verdanken, wenn Mahmood meint, wir stünden auf seiner Seite. Was glauben Sie, wie dem zumute ist, wenn er feststellt, dass wir keineswegs auf seiner Seite sind, sondern dass er unser Hauptverdächtiger ist? Herr im Himmel, Khalid, wenn wir ihn uns unter dringendem Tatverdacht vornehmen müssen, kriegen wir doch überhaupt nichts mehr aus ihm raus.« Handford griff zum Obduktionsbericht, warf ihn dann wieder hin.

»Was glauben Sie, warum Sie hier sind, Sergeant? Wegen der Ermittlungen in einem Mordfall oder um die asiatische Bevölkerung zu beschwichtigen? Ich weiß nicht, was man Ihnen gesagt hat, als Sie zu uns abgestellt wurden, aber meiner Ansicht nach sind Sie hier, um an den Ermittlungen im Mordfall Rukhsana Mahmood mitzuwirken. Wenn wir dadurch, dass Sie Asiate sind, leichter das Vertrauen der entsprechenden Bevölkerungsgruppe gewinnen, kommt uns das selbstverständlich zugute, aber Sie sind weder deren Freund noch ihr Verbündeter.« Er schwieg einen Moment und betrachtete Ali, der wie gebannt auf die Schreibtischkante blickte.

»Ab sofort«, fuhr Handford ungerührt fort, »werden Sie nicht mehr abhauen, nur weil Ihnen danach zumute ist. Sie werden niemandem mehr irgendwelche Auskünfte geben, geschweige denn einem Tatverdächtigen. Sie werden sich nicht mehr über Vereinbarungen hinwegsetzen. Ab sofort werden Sie nicht mehr Ihren Pieper überhören, und Sie werden auch Ihr Handy nicht mehr abstellen, damit man Sie nicht erreichen kann. Ich habe gestern Abend bei Ihrer Frau eine Nachricht hinterlassen und um Rückruf gebeten, sobald Sie nach Hause kommen. Ich nehme an, sie hat Ihnen Bescheid gesagt.«

Ali nickte.

»Ich bin bis in den frühen Morgen aufgeblieben und habe gewartet. Nichts. Ich sage Ihnen, dass Sie mit jemandem behutsam umgehen sollen – Sie halten sich nicht daran. Ich sage Ihnen, dass Sie jemanden mitnehmen sollen, wenn Sie mit den Brüdern sprechen, aber Sie ziehen allein los.«

Ali wollte etwas einwenden.

»Leugnen Sie es nicht, Ali«, sagte Handford. »Man hat Sie gesehen. Sie waren allein dort, nicht wahr?«

»Ja, Sir«, flüsterte Ali.

»Warum?«

»Weil nur Warrender abkömmlich war. Ich hielt es nicht für angebracht, ihn zur Vernehmung von Kamal und Jahangier mitzunehmen.«

Handford konnte das durchaus verstehen, aber dies war nicht der richtige Zeitpunkt, um verständnisvoll zu sein. »Das war Ihre Meinung, nicht wahr?«

Ali schwieg.

»Es steht Ihnen nicht zu, sich auszusuchen, welchen Kollegen Sie zu einer Vernehmung mitnehmen wollen«, blaffte Handford ihn an. »Sie gehen zu zweit, und zwar mit demjenigen, der abkömmlich ist. Ich könnte deswegen ein Disziplinarverfahren gegen Sie anstrengen, Ali, wie Sie wohl wissen. Und wenn Sie noch einmal aus der Reihe tanzen, werde ich das auch tun.« Er beugte sich vor. »Wenn es nach mir ginge, Sergeant, wären Sie längst von diesem Fall abgezogen. Als Polizist haben Sie total versagt. Jeder Anfänger hätte sich geschickter angestellt. Ich habe es Ihnen oben beim Pflegeheim schon einmal gesagt und ich sage es Ihnen noch mal – Sie sind Detective, verhalten Sie sich endlich dementsprechend.«

Danach herrschte Schweigen. Mehr gab es dazu nicht zu sagen. Dann klopfte jemand forsch an die Tür und die Spannung löste sich.

Es war Hewitt. Sie warf einen Blick zu Ali. »Entschuldigen Sie, Sir«, sagte sie, »aber das Labor hat gerade angerufen. Nach Aussage der Kriminaltechniker stammt der Stiefelabdruck nicht von Teale. Auf seiner Jacke befinden sich zwar Blutspuren von ihr, aber die deuten eher darauf hin, dass er sie sich zugezogen hat, als er mit ihr die Böschung runtergerutscht ist, als dass er sie erschlagen hat.«

Handford bezähmte seine Wut. »Gut«, sagte er und atmete tief durch. »Dann entlastet ihn das, meine ich. Sonst noch was?«

»Ja. Am Mantel des Opfers hat man einen Brandfleck gefunden, der offenbar von einer Zigarette stammt. Er ist frisch und könnte durch den Mörder verursacht worden sein. Ich habe beim Leiter der Spurensicherung nachgefragt, und er hat bestätigt, dass etliche Kippen gefunden wurden, darunter eine in unmittelbarer Nähe des Tatorts. Ich dachte, wir sollten uns diesbezüglich erst die Patienten vornehmen, deshalb habe ich jemand hingeschickt. Wir halten uns an die Liste von gestern und gehen einen nach dem andern durch.« Sie zog ihr Notizbuch zu Rate. »Ach, und außerdem haben die Kriminaltechniker Gewebeproben vom Fötus zum DNA-Test geschickt. Sie versuchen sich ranzuhalten, aber eine Weile wird's schon dauern.«

Handford beruhigte sich allmählich. »Gut. Danke, Liz. Irgendwas über die Mahmood-Brüder erfahren?«

»Nein, Chef, noch nicht.«

»Okay. Gibt's bei euch Kaffee?«

»Läuft gerade durch, Chef.«

»Bitten Sie jemanden, dass er uns welchen bringt, ja? Ich glaube, Khalid könnte auch eine Tasse gebrauchen, und Sie wissen ja, dass ich jederzeit eine trinke.«

Als Hewitt ging, sah Handford, wie sie Ali einen wissenden Blick zuwarf, den er vergeblich zu erwidern versuchte. Dann schloss sie die Tür.

»Gut«, sagte Handford. »Zur Lagebesprechung.« Er griff zu einem Aktenordner, der auf seinem Schreibtisch lag, schlug ihn auf und überflog ein paar Seiten, bevor er sich an Ali wandte.

»Von den Patienten, die Rukhsana vor ihrem Tod besuchte, haben wir nicht viel Verwertbares erfahren«, sagte er. »Und dass es der Mörder möglicherweise auf Drogen abgesehen haben könnte, halte ich für abwegig. Allerdings rief nach der Pressekonferenz eine freischaffende Fotografin an, um uns mitzuteilen, dass sie Rukhsana gegen ein Uhr beim Pflegeheim gesehen habe, wo sie sich allem Anschein nach mit einem Mann stritt. Ihrer Meinung nach handelte es sich um Dr. Berridge. Sie hat Fotos für einen neuen Prospekt des Pflegeheims geschossen und konnte Rukhsana und Berridge ablichten.« Er reichte Ali einen Umschlag, dem der Sergeant mehrere Abzüge entnahm.

Er musterte sie. »Ich kenne Dr. Berridge nicht, aber die Frau sieht eindeutig aus wie Rukhsana.« Er gab Handford die Fotos zurück. »Könnte er ein Verdächtiger sein?«

Handford zuckte die Achseln. »Ausschließen können wir es nicht, aber wir müssen uns erst davon überzeugen, ob er einen Grund hatte, sie umzubringen – dass er zum Beispiel ein Verhältnis mit ihr hatte und dachte, das Kind wäre von ihm. Sie wollte offenbar nicht abtreiben lassen. Meiner Meinung nach könnte ihn das durchaus aufgebracht haben.«

»So sehr, dass er zu einem Mauerstein griff?«

»Keine Ahnung. Ich habe gestern Morgen mit ihm gesprochen, aber er bestritt, dass Rukhsana und er mehr als nur Kollegen gewesen seien. Er war unruhig, regelrecht nervös, sodass an den Gerüchten womöglich etwas dran ist. Jedenfalls werden Clarke und ich noch mal mit ihm sprechen. Mal sehen, was dabei herauskommt. Bis dahin möchte ich, dass Sie …«

Die Tür ging auf und ein Beamter trat ein und brachte zwei Tassen Kaffee. Er gab eine Ali und stellte die andere auf den Schreibtisch. Handford sah, dass Alis Hände zitterten; er hatte an diesem Morgen einiges einstecken müssen. Er wartete, bis der Beamte wieder weg war, und fuhr dann fort. »Ich möchte, dass Sie Amajit aufsuchen …«

Ali kniff einen Moment lang die Augen zusammen und schloss sie dann, als wollte er die Worte nicht wahrhaben.

»Tut mir Leid, Khalid. Sie haben uns die Suppe eingebrockt, also müssen Sie sie auch auslöffeln. Er muss uns erklären, was er in diesen drei Stunden getrieben hat – das ist viel Zeit. Graham hat Amajit überprüft, deshalb wird er Sie begleiten. Und nun zu meinem Gespräch mit Peter Redmayne.« Ohne auf Faysal Hussains Rolle bei den Unruhen im Zusammenhang mit dem Mordfall Aziz einzugehen, berichtete ihm Handford von der Begegnung am Abend zuvor. »Ich bin davon überzeugt, dass die Auskunft stimmt, aber ich werde kein Geld für eine umfassende Überwachung verschwenden. Stattdessen sollen ihn ein paar Kollegen vom Streifendienst unauffällig im Auge behalten. Ich habe mich beim Drogendezernat erkundigt, aber dort liegt nichts gegen ihn vor, deshalb sind die froh, wenn wir uns um ihn kümmern. Für Anabolika interessieren sie sich sowieso nicht. Die sind mit den Heroin- und Crack-Dealern ausgelastet.« Er schwieg einen Moment. »Ich nehme an, Sie wissen auch nicht mehr über ihn?«

»Nein, nicht viel, abgesehen davon, dass er seinen Cousin aus irgendeinem Grund nicht verstoßen hat. Amajit führt das auf das gute Verhältnis zurück, das sie seit ihrer Kindheit hatten. Offenbar glaubt Hussain, Kamal und Jahangier hätten Rukhsana umgebracht, und vermutlich hat er sie deshalb nach Pakistan geschickt.« Ali trank den letzten Schluck Kaffee und stellte die Tasse neben seinem Stuhl auf dem Boden ab.

Handford druckste kurz herum, rutschte auf seinem Stuhl hin und her. Jetzt musste er zur Sache kommen, auch wenn es ihm unangenehm war. »Schauen Sie, Khalid, wir sind von Anfang an nicht allzu gut miteinander ausgekommen. Ich weiß nicht, wessen Schuld das ist, Ihre oder meine, und ich habe auch keine allzu große Lust, das herauszufinden.« Er rang sich ein Lächeln ab. »Und Sie vermutlich auch nicht, kann ich mir vorstellen. Wir können später darüber reden, aber vorerst sollten wir Frieden schließen, noch mal von vorn anfangen – was auch immer.« Er reichte Ali die Hand.

»Ja, Sir. Das soll mir recht sein.« Er ergriff Handfords Hand.

»Okay, dann legen wir los. Ihr Mantel hängt da drüben. Bestellen Sie Clarke, dass ich bereit bin.«

Ali nahm seinen Mantel und öffnete die Tür.

»Ach, und noch was, Ali.«

»Sir?«

»Diese Sache von heute Morgen tut mir Leid. Ich hätte Sie draußen auf dem Korridor nicht so anbrüllen sollen.«

»Nein, Sir, das hätten Sie nicht tun sollen.«

Handford spürte, wie er rot anlief. Mit ein paar wenigen Worten hatte Ali ihn tiefer getroffen als Russell mit all seinem wohl formulierten Tadel.

»Hast du mit ihm geredet?«, fragte Clarke.

»Mit wem soll ich worüber geredet haben?« Handford warf einen kurzen Blick zu dem silberhaarigen Detective, der neben ihm saß. Sie fuhren durch den Mittagsverkehr zu der Praxis an der Palin Road.

»Mit Ali. Über letztes Jahr.«

»Nein.«

»Warum nicht? Nach dem, was heute Morgen vorgefallen ist, bist du es ihm schuldig. Er sollte zumindest verstehen können, warum du dich ihm gegenüber so beschissen aufgeführt hast.«

»Pass auf, Clarke. Denk dran, mit wem du sprichst.«

Doch Clarke ließ sich nicht beirren. Mit neunundvierzig war er der älteste Mitarbeiter im Dezernat, auch wenn er nach wie vor nur Detective Constable war, weil er nie besonders ehrgeizig gewesen war und lieber die Laufarbeit erledigte, als Entscheidungen zu treffen. Aber mit der Zeit war er zu einer Art Mentor und Vaterfigur in der Dienststelle geworden und diese Aufgabe nahm er ernst. Außerdem kannte er John Handford gut. Sie hatten zur gleichen Zeit bei der Polizei angefangen, waren gemeinsam auf Streife gegangen, und obwohl er rund fünf Jahre älter war, waren sie seither miteinander befreundet. Handford wusste, dass ihn sein Dienstrang kalt ließ. In Clarkes Augen war er ein Freund – und zwar ein Freund, dem seiner Ansicht nach jemand die Meinung sagen musste, auch wenn sie noch so unangenehm war.

»Ali geht's im Moment ziemlich dreckig.«

»Mir auch. Vielleicht ist es dir entgangen, aber er war nicht der Einzige, den der Chef zusammengestaucht hat.«

»Nein, aber du hast ihn dir hinterher noch mal vorgenommen.«

»Er hat's verdient.«

»Mag sein. Aber das ändert nichts an der Tatsache, dass du vergleichsweise heil davongekommen bist.«

»Und deshalb nimmst du dir jetzt mich vor. Ausgleichende Gerechtigkeit sozusagen.«

Clarke seufzte wie ein Vater, der sich bemüht, mit einem trotzigen Teenager klarzukommen. »Red mit ihm, John. Wie soll er deine Haltung verstehen, solange du das nicht tust? Er ist der Einzige im Team, der nicht genau weiß, was vorgefallen ist, und wenn er jemand fragt, könnte er was Falsches erfahren – es sind noch etliche andere Versionen in Umlauf. Erzähl's ihm. Sorg dafür, dass er's von dir erfährt, nicht von jemandem wie Warrender.«

»Ich werde darüber nachdenken.«

Clarke blickte zum Wagendach auf. »Der Himmel bewahre mich vor sturen Vorgesetzten.« Er drehte sich wieder zu Handford. »Denk drüber nach, John. Er kann sich nicht ins Team einfügen, wenn er in diese Sache nicht eingeweiht ist. Zumal sich das auf die laufenden Ermittlungen auswirkt.«

»Mit den Ermittlungen hat das gar nichts zu tun.«

»Das sollte es zwar nicht, tut's aber trotzdem. Wir wissen Bescheid, wir sind vorsichtig. Das kann er aber nicht, weil er nicht weiß, dass er vorsichtig sein muss. Du benimmst dich, als ob du auf Glasscherben gehst. Im einen Moment schneidest du dich ins eigene Fleisch, im nächsten verletzt du Ali.«

Handford erwiderte nichts. Clarke hatte Recht, aber er dachte nicht daran, ihm das zu sagen.

»Ich gebe dir noch bis Feierabend Zeit, John. Wenn du es ihm bis morgen nicht erzählt hast, mach ich's.«

»Wenn du das tust, sorge ich dafür, dass du Posten und Pensionsanspruch los bist.«

Clarke grinste. »Nein, wirst du nicht.«

Sie fuhren auf den Parkplatz der Praxis. Handford stellte den Motor ab und ließ sich zurücksinken. Egal, ob Clarke Recht hatte oder nicht – das hatte ihm gerade noch gefehlt. Er wünschte, er wäre ein Kind und könnte laut losplärren. Er war sich sicher, dass ihm das besser bekäme. »Na schön, du hast gewonnen«, sagte er. »Ich rede mit ihm.«

»Bis morgen«, versetzte Clarke.

Neuntes Kapitel

»Entschuldigen Sie, Inspector, ich war nur kurz draußen.« Ian Berridge kam mit weit ausholenden Schritten ins Sprechzimmer, wo die beiden Männer saßen und auf ihn warteten. »Margaret hätte mir Bescheid sagen sollen.«

Die beiden Polizisten standen auf. »Keine Ursache, Sir«, sagte Handford. »Ihre Sprechstundenhilfe hat uns mitgeteilt, dass Sie den ganzen Morgen hier eingespannt waren und ein bisschen frische Luft schnappen wollten. Sie passt gut auf Sie auf, das muss man ihr lassen.«

»Manchmal zu gut. Sie ist seit Jahren hier. Sehr freundlich, aber manchmal allzu fürsorglich – sie meint, sie müsste uns vor der Aufdringlichkeit der Patienten schützen.« Er lachte. »Als ich hier anfing, hat sie mich regelrecht erschreckt. Ich hatte das Gefühl, ich müsste sie um Erlaubnis fragen, bevor ich mein Sprechzimmer betrete.«

»Das kann ich mir vorstellen.« Handford betrachtete Berridge, als er ihnen bedeutete, dass sie wieder Platz nehmen sollten, dann seinen Mantel auszog und ihn auf die Untersuchungsliege warf. Sein Auftreten wirkte viel zu jugendlich für einen praktischen Arzt, aber andererseits hatte Handford in letzter Zeit immer öfter das Gefühl, dass so gut wie jeder viel zu jung für den Posten war, den er bekleidete. Der Doktor war groß und schlank, hatte schulterlange braune Haare, die an den Schläfen allmählich schütter wurden, und sah auf eine sonderbare Art und Weise durchaus gut aus. Genauer besehen, war sein Gesicht jedoch eher unsympathisch – zu lang und zu schmal, was durch den hohen Haaransatz und das spitze Kinn noch betont wurde. Dazu der dünne Mund, die eng stehenden Augen und die lange Nase, über denen die Stirn aufragte wie auf einer Karikatur von einem Intellektuellen. Doch insgesamt strahlte er etwas Spitzbübisches aus, eine hitzige Jungenhaftigkeit, mit der er den bockigtrotzigen Zug um seine Mundwinkel überspielte. Vermutlich hatte er diese Miene von klein auf geübt, sie einstudiert und auch ausgenutzt, wenn er etwas haben wollte oder wieder einmal in der Klemme saß. Bei den Frauen, die er kennen gelernt hatte, kam sie vermutlich gut an. Und warum auch nicht?, dachte Handford. Auf Männer wie Berridge flogen die Frauen. Margaret bemutterte ihn, Rukhsana hatte vermutlich mit ihm geschlafen und seine Patientinnen beteten ihn regelrecht an. Doch sein jungenhafter Charme hatte auch seine Grenzen – diesmal kam er damit nicht so leicht aus der Patsche.

Handford wusste nicht genau, wie tief Berridge in der Tinte saß – ob er nur gegen das Berufsethos verstoßen oder sich auch strafbar gemacht hatte. Aber nervös war Berridge mit Sicherheit. Sein Gesicht wirkte angespannt, während er weiter locker daherplauderte, sich in Nebensächlichkeiten erging, als wollte er den Augenblick hinauszögern, da er sich ernsteren Fragen stellen musste.

»Ich war draußen und habe eine geraucht, um ganz ehrlich zu sein. Aber erzählen Sie das Margaret nicht. Sie würde das nicht billigen. Ihrer Meinung nach sollten Ärzte über so was erhaben sein.«

»Ganz bestimmt.« Handford lächelte. »Ein Arzt, der raucht, ist nicht unbedingt das beste Vorbild.«

»Nein, aber ich mache es auch nicht oft. Nur wenn ich mich nach einem anstrengenden Vormittag etwas abregen muss.« Er lachte nervös auf. »Oder wenn mich die Polizei in zwei Tagen zum zweiten Mal vernehmen will.«

»Wir müssen bloß ein paar Einzelheiten abklären. Kein Grund zur Sorge.« Manchmal bekam Handford Gewissensbisse, wenn er so freundlich daherredete.

Einen Moment lang saßen sie einander schweigend gegenüber, Clarke und Handford auf der einen, Berridge auf der anderen Seite. »Nun denn, womit kann ich Ihnen dienen, Inspector?«, fragte der Doktor schließlich.

»Sind Sie verheiratet, Dr. Berridge?«

Vermutlich hatte er mit allem Möglichen gerechnet, aber damit offenbar nicht. »Ja«, antwortete er, doch es klang eher, als wollte er eine Frage stellen.

»Kinder?«

»Ja, aber mir ist nicht ganz klar ...«

Handford lächelte. »Ich möchte gern ein bisschen mehr über die Menschen erfahren, mit denen ich spreche. Mehr als nur ihre Aussagen. Ich möchte wissen, wer sie sind, damit ich mir einen Eindruck von ihnen machen kann, in etwa eine Vorstellung habe, woher sie kommen.« Er schwieg einen Moment. »Wie viele? Kinder, meine ich.«

»Drei – zwei Jungen und ein Mädchen.«

»Und wie lange sind Sie schon hier tätig?«

Berridge dachte einen Moment lang nach. »Das müssten fast vier Jahre sein.«

»Wo waren Sie vorher beschäftigt?«

»Ich war Facharzt in einer Klinik in der Nähe von Belfast.«

»Und weshalb sind Sie nach England gekommen und speziell in diesen Teil des Landes?« Handford schaute ihn ebenso treuherzig wie gespannt an, eine Miene, die auch er sich im Lauf der Jahre angeeignet hatte.

»Ich wollte von den ewigen Auseinandersetzungen in Nordirland weg, damit meine Kinder in Frieden aufwachsen können. Außerdem hatte ich beschlossen, mich als praktischer Arzt niederzulassen, als mir dieser Posten angeboten wurde. Er entsprach genau meinen Vorstellungen. Als praktischer Arzt lerne ich meine Patienten viel besser kennen, erfahre etwas über ihr Leben, ihre Familien, ihre Probleme. Ich habe es mit Menschen aus Fleisch und Blut zu tun, wissen Sie? In einem Krankenhaus ist das gar nicht möglich.« Berridge rutschte ein Stück tiefer, machte es sich bequemer.

»Vier Jahre. Sie waren also bereits hier, als Rukhsana Mahmood in der Praxis anfing?«

»Ja.«

»Wie sind Sie mit ihr klargekommen?«

»Das habe ich Ihnen doch schon gestern gesagt. Sie war eine gute Fürsorgerin.«

»Sie war also nur eine gute Fürsorgerin, kein Mensch aus Fleisch und Blut?«

»Sie war eine Kollegin. Das ist etwas anderes.«

»War sie auch eine Freundin?«

»Sie war eine Kollegin, Inspector. Nur eine Kollegin.«

Handford wirkte einen Moment lang versonnen, so als überlegte er, was er darauf erwidern sollte. »Aber jeder, mit dem ich bislang gesprochen habe, mochte sie offenbar, meinte, sie wäre mehr als nur eine Mitarbeiterin gewesen.«

»Nun denn, ja, auch ich mochte sie. Sie war ein liebenswürdiger Mensch.« Berridge richtete sich wieder auf.

Handford wunderte sich einmal mehr darüber, wie berechenbar die Menschen waren. Die Miene und die Körpersprache des Arztes verrieten ihm, dass er über den Verlauf, den diese Vernehmung nahm, beunruhigt war und unbedingt wieder die Initiative ergreifen wollte. Und er wusste auch, dass es nur noch eine Frage von Sekunden war, bis Berridge sich verständnisvoll geben und einwenden würde, dass er sich zwar darüber im Klaren sei, dass er nur seine Pflicht täte, aber …

»Schauen Sie, Inspector, wir alle vermissen Rukhsana. Es war ein schrecklicher Schlag, den man kaum verwinden kann. Ich weiß, dass Sie nur Ihre Pflicht tun, aber keiner von uns hätte ihr so etwas angetan. Sollten Sie nicht lieber woanders nach dem Täter suchen?«

»Das tun wir, Sir. Das kann ich Ihnen versichern. Aber sehen Sie«, sagte er, als wollte er den Doktor ins Vertrauen ziehen, »wir müssen uns ein Bild von Rukhsana machen, von ihrem Leben, ihrer Herkunft, von dem Menschen, der sie war, und das heißt, dass wir mit den Leuten reden müssen, mit denen sie gearbeitet hat.«

Ian Berridge hob ergeben die Hand.

»Sie sagten gestern, dass Sie ihr Hausarzt waren, bevor sie zu Dr. Copeman ging.«

»Ja.«

»Erklären Sie mir noch einmal, weshalb sie zu Dr. Copeman gewechselt ist.«

Dr. Berridge seufzte. »Sie wollte lieber von einer Ärztin betreut werden. Manche Frauen ziehen das vor, vor allem Asiatinnen. Wir hatten aber keine – keine Ärztin, meine ich, bis Dr. Copeman zu uns kam. Einige unserer Patientinnen sind zu ihr gewechselt.«

»Aber als Rukhsana bei Ihnen in Behandlung war, war sie Ihrer Meinung nach gesund?«

»Ja, absolut. Hin und wieder ein Infekt. Eine leichte Erkältung, aber nichts Schlimmes.«

»Wie meine Frau«, sagte Handford lächelnd. »Ich glaube, die hat sich nur in ärztliche Behandlung begeben, wenn sie schwanger war. Und das ist gottlob lange her.«

Berridge wirkte jetzt sichtlich gelöster. Er befand sich wieder auf vertrautem Boden. Er lächelte ebenfalls. »Ich kenne das nur zu gut, Inspector. Manche Frauen bekomme ich nur zu sehen, wenn sie guter Hoffnung sind.«

»Und Rukhsana?« Eine unverfängliche Frage mit einem leicht verwunderten Unterton.

»Rukhsana war nicht bei mir in Behandlung. Sie wollte während der Schwangerschaft von Dr. Copeman betreut werden.«

Da war es – Berridge war nicht auf der Hut gewesen.

»Rukhsana war schwanger?«

Berridge straffte sich, als ihm klar wurde, dass er einen Fehler begangen hatte. »Ja. Ja, ich glaube es zumindest.«

»Sie glauben es also? Aber genau wissen Sie es nicht?«

Der Doktor geriet ins Schwimmen. »Ich glaube, ich habe es möglicherweise irgendwo gehört – der übliche Klatsch in einer Arztpraxis, Sie wissen schon.«

»Dann haben Sie also die Schwangerschaft nicht festgestellt?«

»Nein.«

»Und woher wussten Sie dann, dass sie sich deshalb von Dr. Copeman betreuen lassen wollte? Wenn Sie die Schwangerschaft nicht festgestellt haben, können Sie doch allenfalls den üblichen Klatsch gehört haben, wie Sie es ausdrücken.«

»Ich glaube, ich wusste es auch nicht – nicht genau jedenfalls. Sie – sie hatte davon gesprochen, dass sie und ihr Mann ein Kind wollten, deshalb ging ich vermutlich davon aus, dass sie lieber von einer Ärztin betreut werden wollte, weil sie schwanger war.«

»Wann hat Dr. Copeman hier angefangen?«

»Anfang September.«

»Und wann ist Mrs Mahmood zu ihr gewechselt?«

»Das weiß ich nicht mehr genau, Inspector. Ich müsste auf meinem Computer nachsehen.«

»Bitte.«

Dr. Berridge wandte sich seinem Computer zu, gab ein paar Befehle ein und las dann vom Bildschirm ab. »Das war Mitte September – am achtzehnten, um genau zu sein.« Er drehte sich wieder zu seinem Schreibtisch um.

»Laut Obduktionsbericht war der Fötus ungefähr zwölf Wochen alt, als Rukhsana starb«, sagte Handford versonnen. »Das hieße, dass sie um den achtzehnten September etwa in der fünften Woche schwanger gewesen sein müsste.«

Berridge griff zu seinem Füllfederhalter und drehte ihn zwischen den Fingern hin und her. Ein matter Sonnenstrahl fiel durch die Jalousien und spiegelte sich auf dem schmalen Ring am dritten Finger seiner linken Hand.

»Ja«, sagte er.

»Und warum hat sie Ihrer Meinung nach nicht sofort den Arzt gewechselt, als Dr. Copeman hier anfing?«

»Ich weiß es nicht.«

»Sie war Fürsorgerin«, sagte Handford. »Sie kannte sich doch mit Schwangerschaften aus. Warum hat sie so lange gewartet? Das Kind muss etwa Mitte August gezeugt worden sein. Folglich müsste sie Anfang September etwas geahnt haben. Durchaus möglich, dass sie selber einen Schwangerschaftstest gemacht hat. Warum hat sie Ihrer Meinung nach noch zwei beziehungsweise fast drei Wochen gewartet, bevor sie zu Dr. Copeman gewechselt ist?«

Berridge gab keine Antwort.

Handford betrachtete ihn einen Moment lang, dann hakte er

nach. »Wissen Sie ganz genau, dass sie Ihnen gegenüber nicht erwähnt hat, dass sie schwanger war? Immerhin waren Sie ihr Arzt.«

»Nein, Inspector, ich habe Ihnen doch gesagt, dass sie mich nicht konsultiert hat.«

Handford beugte sich vor. »Wenn sie Sie nicht konsultiert hat, Dr. Berridge, woher wussten Sie dann, dass sie schwanger war? Bestimmt nicht durch den üblichen Klatsch. Und von Dr. Copeman können Sie es auch nicht erfahren haben, denn das wäre ja ein Verstoß gegen die ärztliche Schweigepflicht.«

»Ja, ich meine, nein, es war nicht Dr. Copeman – natürlich nicht.« Berridge wurde immer nervöser. »Rukhsana muss es einer Sprechstundenhilfe erzählt haben. Ja, ich glaube, irgendeine von ihnen muss es gewesen sein.«

»Wissen Sie noch, wer das war?«

»Nein.« Einen Moment lang herrschte Schweigen, dann versuchte er das Gespräch wieder an sich zu reißen. »Spielt das denn eine Rolle?«, sagte er. »Ich wusste es einfach – irgendjemand könnte es irgendwann einmal erwähnt haben.«

»Dann haben Sie es also nicht von Rukhsana persönlich erfahren?«

»Nein, auf keinen Fall. Das habe ich Ihnen doch schon mehrmals gesagt.«

»Sind Sie sich dessen sicher, Sir?«

»Ja, Inspector, das weiß ich ganz genau.« Berridge klang müde.

Handford lehnte sich zurück. »Tut mir Leid, wenn ich aufdringlich wirke, aber sehen Sie, eines gibt mir zu denken. Rukhsana erklärte Dr. Copeland, dass niemand etwas von ihrer Schwangerschaft erfahren sollte, nicht einmal ihr Mann – sie war diesbezüglich sehr entschieden. Und soweit wir feststellen konnten, wusste niemand in der Praxis etwas davon, außer Dr. Copeland und Ihnen.«

Der Doktor riss sich von seinem Füller los und blickte vom einen Detective zum anderen. Handford gab Clarke ein kaum merkliches Zeichen, dass er übernehmen sollte.

»Ich habe gestern mit einer Reihe von Mitarbeitern gesprochen«, sagte Clarke leise. »Und anscheinend hatten alle den

Eindruck, dass zwischen Ihnen und Rukhsana irgendetwas lief, dass Sie eine intime Beziehung miteinander hätten.«

Berridge wirkte sichtlich erschrocken. Der irische Akzent klang deutlicher durch, sein Tonfall wurde schriller. »Machen Sie sich nicht lächerlich. Herrgott noch mal, sie war eine Patientin. Man könnte mir die Zulassung entziehen, wenn ich mich mit einer Patientin einließe. Ich habe keine Ahnung, woher Sie das haben. Aber Sie glauben doch wohl nicht, dass ich so eine Dummheit begehe.«

»Immerhin hat sie den Arzt gewechselt«, beharrte Clarke. »Mag sein, dass ich mehr hineindeute, als an der Sache dran ist, aber eins frage ich mich doch. Hat sie den Arzt gewechselt, weil sie schwanger war und sich lieber einer Frau anvertrauen wollte oder weil sie ein Verhältnis mit Ihnen hatte und nicht wollte, dass man Ihnen die Zulassung entzieht?«

Berridge wurde mit einem Mal unwirsch. Er warf den Füller hin und blickte mit bockig trotziger Miene auf. »Das lasse ich mir nicht bieten. Sie stellen meine Berufsauffassung und mein Ethos infrage. Wenn diese Vernehmung so weitergeht, möchte ich jemanden bei mir haben.«

Handford ging dazwischen. Er wollte es sich mit Berridge nicht zu sehr verscherzen.

»Belassen wir es vorerst dabei. Sie haben einen ziemlich anstrengenden Beruf, nicht wahr?«

Berridge warf Clarke einen giftigen Blick zu, dann wandte er sich an Handford. »Ja, mitunter.«

»Ein bisschen so ähnlich wie meiner, nehme ich an. Ich gehe immer spazieren, wenn ich das Gefühl habe, dass ich mal wieder Abstand gewinnen muss. Ich wandere gern durch die Gegend. Man bekommt viel frische Luft, der Kopf wird frei, man kann wieder klar denken.« Er lächelte. »Was machen Sie, wenn Sie abspannen wollen?«

»Ich spiele für gewöhnlich Squash.«

»Dann gehen Sie also nicht spazieren?«

»Nicht oft. Hier in der Gegend kann man nirgendwo anständig wandern gehen.«

»Abgesehen von dem Wald oben beim Pflegeheim.«

Berridge griff wieder zu seinem Füllfederhalter.

»Mir sind bloß gerade die Wanderstiefel aufgefallen, die dort in der Ecke stehen. Sind das Ihre?«

»Die brauche ich bei schlechtem Wetter. Manche Patienten von mir wohnen an matschigen Feldwegen. Ich ziehe sie immer an, wenn ich dort einen Hausbesuch machen muss.«

»Auch oben beim Pflegeheim?«

»Manchmal.«

»Gut. Ich würde gern wissen, wo Sie gewesen sind, als Rukhsana umgebracht wurde. Nach Auskunft von Margaret hatten Sie an diesem Morgen einen Patienten nach dem anderen und wurden erst gegen Mittag fertig.«

»Wenn Margaret das sagt, muss es wohl so gewesen sein. Sie kann Ihnen eine Auflistung sämtlicher Patienten geben, die in meiner Sprechstunde waren.«

»Ja, sie sagte, dass sie uns einen Ausdruck zur Verfügung stellt. Wann haben Sie die Praxis verlassen?«

»Ich habe hier noch einen Kaffee getrunken und in aller Eile ein Sandwich gegessen. Demnach müsste es etwa kurz nach zwölf bis zwanzig nach zwölf gewesen sein.«

»Und wo waren Sie danach?«

»Ich hatte etliche Hausbesuche zu erledigen. Ich war ohnehin spät dran und wollte sie hinter mich bringen, weil ich am späten Nachmittag wieder Sprechstunde hatte.«

»Haben Sie auch Patienten oben im Pflegeheim besucht?«

»Nein, nicht am Dienstag. Das sollten Sie bei der Heimleitung jederzeit feststellen können.«

»Am Dienstag waren Sie also nicht oben beim Pflegeheim.«

»Das habe ich doch gerade gesagt.«

»Nein, Dr. Berridge. Sie haben gesagt, dass Sie dort keine Patienten besucht haben. Ich wollte wissen, ob Sie überhaupt da oben waren.«

»Nein, ich hatte keinerlei Grund dazu.«

»Ich frage Sie, weil sich eine Zeugin bei uns gemeldet hat, die behauptet, sie hätte Sie gegen ein Uhr auf dem Parkplatz des Pflegeheims gesehen. Nach Aussage dieser Zeugin hatten Sie eine heftige Auseinandersetzung mit Rukhsana Mahmood.«

Der Doktor wurde kreidebleich. Er starrte erst Handford an, dann Clarke. Schließlich schüttelte er den Kopf. »Nein, das stimmt nicht. Ihre Zeugin muss sich irren. Es muss an einem andern Tag gewesen sein. Am Dienstag war ich nicht dort.« Sein Tonfall war unverändert ruhig, doch der Blick wirkte gehetzt.

»So Leid es mir tut, Dr. Berridge, aber unsere Zeugin hat sich nicht geirrt. Sie ist eine Ihrer Patientinnen, eine von den gesunden, aber sie kennt Sie trotzdem ganz gut. Und was noch wichtiger ist – sie ist freischaffende Fotografin und wollte ein paar Bilder von dem Heim und dem Grundstück schießen, die für einen neuen Prospekt gedacht sind. Ich habe mich bei der Heimleiterin erkundigt und nach deren Aussage war sie eindeutig am Dienstag dort. Angesichts der Witterungsverhältnisse war sie vermutlich froh, dass sich auf dem Grundstück überhaupt jemand blicken ließ, und hat Sie daher abgelichtet. Sie hat uns die Abzüge überlassen.« Handford zog ein zwanzig mal fünfundzwanzig Zentimeter großes Foto aus seinem Aktenordner und legte es vor dem Doktor hin. Ein Mann und eine Frau waren darauf zu sehen, die dicht beisammenstanden und sich offenbar angeregt miteinander unterhielten. Der Mann war groß und schlank, hatte schulterlange braune Haare, trug einen Mantel, der dem ähnelte, den Dr. Berridge auf die Untersuchungsliege geworfen hatte, und hatte Stiefel an, in die er die Hosenbeine gesteckt hatte. Die Frau war Asiatin. Unter ihrem Mantel waren die leuchtend türkisfarbenen Pluderhosen des Schalwar-kamis deutlich zu erkennen.

»Die Fotografin hätte die Bilder selbstverständlich nicht ohne Ihr Einverständnis verwendet. Aber das sind doch Sie und Rukhsana, nicht wahr?«

Der Doktor schloss kurz die Augen, dann schlug er sie auf und räusperte sich. »Ja, ja, so ist es«, sagte er.

Handford holte ein weiteres Foto heraus, diesmal eine Ausschnittvergrößerung von Berridge und Rukhsana. Tiefe Falten durchzogen Berridges Gesicht, der Mund stand offen, so als schreie er. Rukhsana, über deren Wangen die Tränen liefen, wirkte verängstigt.

»Es ist nicht allzu scharf«, sagte Handford. »Aber Ihre Miene deutet meiner Meinung nach darauf hin, dass Sie nicht über einen Patienten gesprochen haben.«

»Nein.«

»Sie wirken ziemlich aufgebracht, Dr. Berridge. Haben Sie sich gestritten?«

Der Arzt nickte.

»Mrs Mahmood weint anscheinend.«

»Ja.«

»Würden Sie mir vielleicht verraten, warum?«

Berridge schüttelte den Kopf.

Handford wartete einen Moment. »Ich will Ihnen auf die Sprünge helfen«, sagte er dann. »Sagen Sie mir Bescheid, wenn ich dicht dran bin. Sie hatten mit Rukhsana Mahmood ein Verhältnis. Sie hat Ihnen erzählt, dass sie schwanger ist – vielleicht an dem Tag, an dem sie umgebracht wurde, vielleicht auch bevor sie zu Dr. Copeman gewechselt ist. Möglicherweise wollten Sie nur mit ihr reden, sie überzeugen, dass das Kind nicht von Ihnen ist, aber vielleicht wollten Sie auch, dass sie eine Abtreibung vornimmt, und sie ließ sich nicht darauf ein. Sie wussten, dass sie zum Pflegeheim gehen und ihre Tante besuchen wollte – jeder wusste das. Wir haben Aussagen von Patienten und Mitarbeitern, die alle erklärten, dass sie nur asiatische Tracht trug, wenn sie ihre Tante besuchte. Und da Sie, Dr. Berridge, wussten, wohin sie ging, nehme ich an, dass Sie ihr gefolgt sind, um mit ihr zu reden, sie vielleicht zur Vernunft bringen wollten. Etwa eine Stunde später wird sie mit schweren Kopfverletzungen aufgefunden. Welche Schlüsse würden Sie daraus ziehen, Dr. Berridge? Sie hatten durchaus einen Grund, sie zu töten. Wenn diese Sache herausgekommen wäre, würde man Ihnen bestenfalls die Zulassung entziehen, schlimmstenfalls aber würden Sie nicht nur Ihren Beruf verlieren, sondern auch Ihre Frau und die Kinder.«

Berridge sackte wieder in seinen Stuhl und schlug sich die Hände vors Gesicht. »O Gott.« Die Worte waren kaum zu hören.

Handford lächelte in sich hinein. Es war ihm nicht immer angenehm, wenn er einen normalerweise anständigen Menschen bei einer Lüge ertappte, aber bei Berridge war es etwas anderes. Er ging jede Wette ein, dass Lügen für ihn etwas Selbstverständliches waren, dass sie ihm mühelos über die Lippen gingen, wenn er sich aus einer Verlegenheit retten wollte, in die er sich selbst gebracht hatte. Sein Charme und seine persönliche Ausstrahlung waren sein Schutzschild. Dass er den durchbohrt hatte, befriedigte ihn zutiefst.

»Gut«, sagte Handford. »Fangen wir noch mal von vorn an. Sie hatten also ein Verhältnis mit Rukhsana Mahmood.«

»Ja.«

»Wie lange?«

Ian Berridge blickte auf und schaute den Inspector an. Abgespannt hatte er bereits zuvor gewirkt, doch jetzt hatte er die Stirn in tiefe Falten gelegt und sein ohnehin schon fahles Gesicht war mattgrau. Handford starrte ihn an. Er hatte schon viele Männer und Frauen in dieser Lage erlebt. Manche wurden verschlossen, manche streitlustig, und andere, wie Dr. Berridge, versanken in Jammer und Selbstmitleid.

»Etwa neun Monate. Sie ist – war – eine attraktive Frau, lustig, lebhaft, und ihre Stimme klang, als ginge die Sonne auf. In ihre Stimme habe ich mich zuerst verliebt.« Sein Tonfall war weicher geworden und ein trauriges Lächeln spielte um seinen Mund. Seine Lider zuckten einen Moment lang, als er tief Luft holte, um sich zu beruhigen. »Wir sind gut miteinander ausgekommen, wir mochten uns.« Er drehte den Füller jetzt hektischer. »Es sollte kein Verhältnis daraus werden – es hat sich einfach ergeben.«

»Wann?«

»Im Mai. Wir waren bei einer Tagung in Harrogate, bei der es um die Pflege von Geriatriepatienten ging. Stuart – Dr. Haigh – war der Meinung, wir sollten daran teilnehmen. In unsere Praxis kommen viele ältere Patienten. Aber es war unglaublich langweilig. Wir haben es einen Vormittag lang ausgehalten und beschlossen dann, den Rest zu schwänzen und aufs Land zu fahren. Sie wollen sicher keine Einzelheiten wissen, Inspector.« Er stieß den Atem aus. »Bezeichnen Sie es meinetwegen als Liebe, Lust, wie Sie wollen. Ich weiß lediglich, dass ich sie so sehr begehrte, dass es wehtat.«

»Und wenn Sie etwas begehren, kriegen Sie es auch immer, Dr. Berridge.« Es war keine Frage.

Ian Berridge zuckte die Achseln. »Sie hatte nichts dagegen.«

»Und dann ging das Verhältnis weiter?«

»Wir haben uns getroffen, sooft wir konnten, bei ihr zu Hause, bei mir. Meine Kinder sind im Internat, meine Frau ist Sozialarbeiterin und hat häufig Spätdienst, und ihr Mann musste abends zu Sitzungen. Es war nicht weiter schwierig.«

»War Rukhsana der Meinung, dass es sich um eine dauerhafte Beziehung handelte?« Handford warf einen kurzen Blick zu Clarke. Er war froh, dass er ihn dabeihatte und nicht Ali. Obwohl sie Frieden geschlossen hatten, war er sich nicht sicher, wie der Sergeant auf diese Aussage reagiert hätte. Noch stand seiner Ansicht nach ein klärendes Gespräch über seine Haltung bezüglich der Ehe der Mahmoods aus.

Berridge zuckte die Achseln. »Sie hat nie davon gesprochen, dass sie ihren Mann verlassen wollte, wenn Sie das meinen.«

»Und Sie? Waren Sie der Meinung, dass mehr daraus werden könnte?«

»Das ging nicht. Ich war ihr Arzt, sie meine Patientin. Es hat Spaß gemacht, das war alles.«

Spaß! Handford verzog das Gesicht. Warum betrachteten es manche Männer als Spaß, wenn sie mit den Gefühlen einer Frau spielten? Er fragte sich, wie oft Berridge so etwas schon früher gemacht hatte.

Er zwang sich dazu, mit der Vernehmung fortzufahren. »Wann hat sie Ihnen erzählt, dass sie schwanger ist?«

»Bevor sie zu Dr. Copeman gegangen ist. Deswegen hat sie ja den Arzt gewechselt.«

»Und das Kind, war das von Ihnen?«

»Ich weiß es nicht. Wirklich nicht. Es hätte genauso gut von ihrem Mann sein können.« Er sah jetzt aus, als könnte er jeden Moment in Tränen ausbrechen. Handford wartete, ließ ihm Zeit, damit er sich wieder sammeln konnte.

»Worüber haben Sie sich gestritten?«

Der Doktor atmete tief durch. Vermutlich hätte er in diesem Augenblick eine Zigarette gebrauchen können. »Ich wollte, dass sie einen Abbruch vornehmen lässt. Sie war zuerst dafür, doch dann änderte sie ihre Meinung und sagte, sie wollte darüber nachdenken. Die Zeit wurde knapp. Ich wusste, dass sie zum Pflegeheim wollte, um ihre Tante zu besuchen, deshalb bin ich hingefahren. Sie musste sich entscheiden. Aber sie machte Ausflüchte, schützte alle möglichen Gründe vor, weshalb sie das nicht machen könnte. Zuerst war es ihre Religion, dann meinte sie, das Kind könnte ja auch von ihrem Mann sein, und schließlich sagte sie, sie müsste den Abbruch privat vornehmen lassen, aber das könnte sie sich nicht leisten. Ich sagte, das sei kein Problem, ich käme dafür auf. Aber dann sagte sie, sie könnte es nicht abtreiben, weil sie ihrem Mann bereits erzählt hätte, dass sie schwanger sei. Es sei also zu spät.«

»Glauben Sie, dass sie es ihm erzählt hat, oder war das nur eine Ausrede, damit sie von Ihnen nicht weiter bedrängt wurde?«

»Ich weiß es nicht. Ich konnte nicht davon ausgehen, dass sie log. Sie sagte, sie hätte es ihm erzählt, folglich musste ich ihr glauben.«

»Was haben Sie dann gemacht?«

Berridge war sichtlich bestürzt, weil ihm, wie Handford wusste, mit einem Mal klar wurde, dass ihm der Charme, auf den er sich stets verlassen hatte, diesmal nichts nutzte. »Ich habe sie angeschrien, sie beschimpft.« Berridge schloss die Augen, als wollte er die Erinnerung daran ausblenden. »Möglicherweise habe ich sie sogar geschlagen. Ich weiß es nicht. Sie brüllte mich an, dann fing sie an zu weinen, nicht aus Schmerz, sondern eher aus Wut. Das muss zu dem Zeitpunkt gewesen sein, als uns die Fotografin sah. Sie müssen das verstehen. Ich hatte das Gefühl, als ob mir alles entgleitet – sie, mein Beruf, meine Familie. Ich wollte einfach, dass sie zur Vernunft kommt. Aber ich habe sie nicht getötet, Inspector. Ich habe sie nicht umgebracht. Ich habe sie stehen lassen, bin weggegangen und habe sie nie wieder gesehen.« Er blickte auf und schaute die beiden Männer an. »Wusste ihr Mann, dass sie schwanger war?«

»Anscheinend nicht. Offenbar hat er es erst nach der Autopsie erfahren.«

Berridge wandte sich mit flehendem Blick an Handford. »Weiß er, dass wir ein Verhältnis hatten?«

»Nicht dass ich wüsste.«

Berridge fuhr sich mit der Zunge über die Lippen. »Werden Sie es ihm erzählen?«

»Vermutlich, aber nicht unbedingt.« Lass den Mann ein bisschen schmoren; er hat es verdient. »Im Moment trauert er um seine Frau und sein ungeborenes Kind. Ich glaube, damit hat er vorerst genug zu tun, finden Sie nicht?«

Berridge senkte den Blick und musterte den Füller in seiner Hand.

Handford steckte die Fotos wieder in den Ordner. »Ich möchte eine Auflistung Ihrer sämtlichen Hausbesuche am Dienstagnachmittag, Dr. Berridge. Mit Namen, Adressen und Anlass des Besuchs.«

»Die kann ich Ihnen nicht geben, Inspector. Sie wissen genauso gut wie ich, dass derartige Unterlagen streng vertraulich sind.«

»Dr. Berridge.« Handford verlor allmählich die Geduld. »Wir können entweder unsere Zeit damit verschwenden, dass ich zu einem Friedensrichter gehe und mir eine Vollmacht besorge, mit der ich an diese Unterlagen herankomme, oder Sie geben sie uns gleich. Es liegt bei Ihnen.«

Berridge gab sich geschlagen. »Gut«, sagte er müde. »Ich sorge dafür, dass Margaret sie für Sie ausdruckt.«

»Außerdem möchte ich Ihre Stiefel und die Kleidung, die Sie am Dienstag getragen haben. Constable Clarke wird mitkommen und sie sich aushändigen lassen.«

Der Doktor schaute Handford mit flehentlichem Blick an. »Muss diese Sache herauskommen? Ich könnte wirklich meine Zulassung verlieren.«

Allem Anschein nach, dachte Handford, hat er mit einem Mal seine Zukunft vor Augen, wie ein Ertrinkender, der sein ganzes Leben noch einmal an sich vorüberziehen sieht. Eine Zukunft, die ebenso zerstört war wie Rukhsanas Schädel, zertrümmert und zu Brei geschlagen wie ihr Gehirn. Ian Berridge war erst Mitte dreißig, aber möglicherweise würde er sich damit abfinden müssen, dass er beruflich erledigt war. Das jahrelange Studium, die vielen Überstunden, die er als junger Arzt geleistet hatte, die schlaflosen Nächte – alles umsonst. Nur weil er sich an eine Frau herangemacht hatte, mit der er nicht verheiratet war, eine Frau, die seine Patientin gewesen war. Ihn jetzt darauf hinzuweisen, dass er an die Folgen hätte denken sollen, bevor er sich auf die Beziehung eingelassen hatte, war sinnlos – dazu war es zu spät. Niemand, nicht einmal ein Arzt, war gegen die Macht der Leidenschaft gefeit, die ein Mensch in einem anderen entfachen konnte. Und Rukhsana hatte offenbar eine derartige Leidenschaft entfachen können.

»Ob es herauskommt oder nicht, hängt davon ab, wer das Kind gezeugt und wer Rukhsana umgebracht hat. Wir haben eine Gewebeprobe vom Fötus zur DNA-Untersuchung geschickt. Falls es sich nicht um Mr Mahmoods Kind handeln sollte, werden wir Sie zur Blutentnahme bitten müssen. Die können Sie verweigern, aber ich muss Sie darauf hinweisen, dass dies nur zu einer Schlussfolgerung führen würde. Die Untersuchung wird eine Weile dauern, deshalb müssen Sie sich leider zu unserer Verfügung halten, bis wir das Ergebnis vorliegen haben. Falls Sie sie jedoch umgebracht haben, Dr. Berridge, dann sollte der Entzug der Zulassung noch die geringste Ihrer Sorgen sein, finden Sie nicht?«

Es war beinahe Viertel vor zwölf, als Karen an Amajits Tür klopfte. Sie hatte versprochen, dass sie vormittags vorbeikommen wollte, und er war ein ums andere Mal zum Fenster gegangen, hatte gehofft, dass sie endlich eintreffen möge. Inzwischen war er fast davon überzeugt, dass sie nicht mehr kam.

Der Morgen war furchtbar gewesen, und er hatte keine Ahnung, wie er den Nachmittag und den Abend überstehen sollte beziehungsweise den nächsten und den übernächsten Tag. Er hatte Sergeant Ali angerufen, weil er plötzlich das Bedürfnis gehabt hatte, mit ihm zu reden. Doch das Gespräch hatte nichts genützt.

Hinterher hatte er sich allenfalls noch ausgelaugter gefühlt. Der Detective war kurz angebunden gewesen, mehr daran interessiert, Fragen zu stellen, als welche zu beantworten, und er wollte anscheinend nicht begreifen, dass er über seine Frau reden wollte, dass er begreifen wollte, warum jemand – irgendjemand – mit ihr in den Wald gegangen war und sie erschlagen hatte. Die Vernunft sagte ihm, dass es zu früh für irgendwelche Erklärungen war, immerhin war es erst zwei Tage her, zwei Tage, die ihm wie eine Ewigkeit vorkamen. Vergebens hatte er versucht, sich aus der Benommenheit zu lösen, in der er sich seit achtundvierzig Stunden befand, und sich an den Moment zu erinnern, als er ihr »bis heute Abend« zugerufen hatte, bevor er aus der Haustür gegangen war. Alles war stehen geblieben, irgendwann um den Zeitpunkt ihres Todes erstarrt, und sein Verstand wollte sich von diesem Augenblick nicht losreißen. Immer wieder hatte er es sich vorgestellt, bis seine Sinne so überreizt waren, dass er den ekelerregenden Schlag zu hören meinte, als der Stein sie traf, den dumpfen Ton, als ihr Schädel barst, die Schmerzensschreie, die sie ausstieß. Und wenn er die Augen schloss, um die Geräusche auszublenden, sah er, wie ihr Blut das nasse Laub und die Erde tränkte, spürte den kalten Nieselregen, der durch ihren Mantel drang, und roch die dumpfig-fauligen Ausdünstungen des Herbstes.

Und dann war da noch das Kind. Das Kind, das er nie kennen lernen würde. Er wusste nicht genau, was schwerer zu ertragen war.

Den Sergeant hatte all das nicht berührt – warum sollte es auch? Für ihn war es ein Mord wie jeder andere, nichts als eine weitere Ermittlung. Er hatte so eindeutig zu erkennen gegeben, wie sehr er die Ehe missbilligte, dass er nicht einmal Mitleid haben konnte. Wenn Amajit durch Rukhsanas Tod irgendetwas gelernt hatte, dann war es die Erkenntnis, dass sich Vorurteile in vielerlei Form äußern konnten. Dass Ali seine Pflicht tat, bezweifelte er nicht, aber er tat sie ohne Mitgefühl oder Toleranz. Er war vermutlich der einzige Asiate in dem Ermittlungsteam, zweifellos wegen der »ethnischen Herkunft des Opfers« hinzugezogen, aber ausgerechnet er brachte wahrscheinlich das wenigste Verständnis auf. Folglich tat er seine Pflicht, stellte Fragen, suchte Anhaltspunkte, sprach über ihn, seine Frau und seine Familie, verwertete die Erkenntnisse, versuchte sie zu ordnen und zusammenzufügen wie die einzelnen Teile eines Puzzles, das ihn und seine Kollegen möglicherweise in die richtige Richtung führte. Und wenn nicht, dann sei's drum, dann konnte er von vorn anfangen, Rukhsana umbringen, ihn umbringen, alles noch einmal durchhecheln.

Der bloße Gedanke daran, dass wildfremde Menschen in seiner Vergangenheit herumwühlten, in Rukhsanas Vergangenheit, und möglicherweise feststellten, dass … dass was? Er erschauderte. Sie hatten vor ihm gewusst, dass seine Frau schwanger gewesen war. Was wussten sie sonst noch? Was könnten sie sonst noch erfahren?

Im Lauf der letzten Wochen, vielleicht sogar Monate, war in ihrer Ehe irgendetwas schief gelaufen. Er hatte es auf ihren Beruf geschoben – sie waren ständig eingespannt, ständig erschöpft. Ihre Patienten hatten mehr Zeit in Anspruch genommen, als er bereit war zu geben, und der Stadtrat hatte ihn mehr in Beschlag genommen, als ihr recht gewesen war. Öffentlich Bedienstete waren sie beide gewesen, Diener der Öffentlichkeit, aber sich selbst hatten sie damit keinen Dienst erwiesen. Doch er hätte alles getan, um sie glücklich zu machen, wäre sogar bereit gewesen …

Er blickte sich im Zimmer um. Es war ungewöhnlich ruhig. Er hatte mit Rukhsana oft hier gesessen, aber es war ihm noch nie so ruhig vorgekommen. Wie ein Grab. Ihr Parfüm hing noch immer in der Luft. Erstaunlich, dass es sich so lange hielt, aber er hatte auch Angst davor, dass es verfliegen könnte und ihm gar nichts mehr blieb. Er ließ den Tränen freien Lauf. Er sehnte sich nach seiner Familie, nach der Kraft seines Vaters, den liebevollen Armen seiner Mutter, sehnte sich danach, im Kreise seiner Schwestern und Brüder zu sein, eingesponnen wie in einen Kokon, bis er bereit war, sich einem Leben ohne Rukhsana zu stellen. Aber er wusste, dass es nicht dazu kommen würde. Wenn sie eines natürlichen Todes gestorben wäre, wären sie vielleicht zu ihm gekommen, aber ihr Tod hatte zu viel Aufsehen erregt und die Schande, die er über sie gebracht hatte, hatte auf ihre ganze Gemeinschaft abgefärbt. Sie wollten und durften nichts mehr mit ihm zu tun haben. Faysal war der Einzige, der sich in seine Nähe wagte, aber auch er war unwirsch, hatte darauf verwiesen, dass diese Angelegenheit außer ihnen niemanden etwas anginge. Aber so war es nicht. Mord war keine Privatsache – nicht in diesem Land. In diesem Land war die Polizei dafür zuständig, die Presse und die Bevölkerung nahmen daran Anteil. Und sie lebten in diesem Land.

Er schreckte auf, als es schließlich doch noch an der Tür klopfte. Ungeduldig riss er sie auf. Karen bückte sich gerade über den Sportwagen und wollte Danny losschnallen. Als sie sich aufrichtete, keuchte Amajit auf. Ihre ganze rechte Gesichtshälfte war rötlich-lila verfärbt, die Haut rund um das linke Auge, von der Wange bis zum Haaransatz, war blau-schwarz unterlaufen und über ihrer Augenbraue klaffte eine breite Platzwunde. Sie war kreidebleich und sah aus, als würde sie mitten auf dem Gehsteig zusammenbrechen.

»Mein Gott, Karen, was ist passiert?«

Sie rang sich ein Lächeln ab. »Tut mir Leid, dass ich zu spät komme«, sagte sie. »Die Busfahrer haben mal wieder gestreikt. Ich musste zu Fuß gehen.«

Sie kämpfte immer noch mit den Riemen am Sportwagen, doch ihre Hände zitterten so sehr, dass sie sie nicht lösen konnte. Tränen rannen ihr über die Wangen.

»Der Busfahrerstreik ist doch egal. Was ist Ihnen zugestoßen? Kommen Sie.« Amajit bückte sich, legte ihr die Hände um die Schultern zog sie behutsam hoch. »Gehen Sie rein und setzen Sie sich. Ich bringe Danny und den Sportwagen hinein.«

Kamal gähnte. Das hier war eindeutig der langweiligste Job, um den man ihn und Jahangier je gebeten hatte. Außerdem war es kalt. Das Auto hatte zwar eine Heizung, aber die ging nur, wenn der Motor lief, und wenn der ständig vor sich hin tuckerte und Abgasschwaden ausspie, könnte jemand auf sie aufmerksam werden und sich fragen, was sie hier machten. Daher saßen sie fröstelnd da, angeödet und gelangweilt, er auf dem Rücksitz und Jahangier vorn, und beobachteten Amajits Haustür. Auf diese Weise hatten sie genügend Platz und konnten sich jederzeit ducken, falls jemand herumschnüffelte.

Er kuschelte sich in seinen Mantel und hoffte darauf, dass der ihn wenigstens etwas wärmte, damit es ihm wieder besser ging. Herrgott, war das langweilig. Seit der asiatische Detective aus dem Haus gestürmt und mit seinem Auto davongefahren war, hatte sich nichts mehr getan. Das war aber auch schon das Spannendste gewesen, was sie an diesem Morgen erlebt hatten.

Das Auto, das Faysal für sie besorgt hatte, war Klasse. Selbstverständlich nicht mit dem Porsche vergleichbar, aber so neu und schnittig, dass er sich etwas darauf einbilden konnte. Er hätte am liebsten aussteigen und es sich noch mal von draußen angucken wollen, aber Jahangier hatte ihn angebrüllt, dass er gefälligst sitzen bleiben sollte. »Willst du, dass jemand auf uns aufmerksam wird?«, hatte er geschrien. »Genau das passiert nämlich, wenn du ständig rein- und raushüpfst.«

Kamal warf einen Blick durch das Rückfenster und sah zwei Mädchen, die auf sie zukamen. Schade, dass er nicht vorne saß, auf dem Fahrersitz, aber wenn er das Fenster runterkurbelte, sahen ihn die Mädchen bestimmt, und vielleicht gefiel er ihnen und sie kamen her. Er stellte sich vor, wie er sich mit ihnen auf dem Rücksitz tummelte und es ihnen besorgte, wie sie es noch nie erlebt hatten – allen beiden. Doch sie gingen vorbei, ohne ihn eines weiteren Blickes zu würdigen. Er ließ sich tiefer in den Sitz sinken und verschränkte die Arme. Tja, selber schuld, wenn sie sich so was entgehen ließen.

Er gähnte erneut.

»Um Himmels willen, lass das.« Jahangier blickte von dem Pornoheft auf, in dem er herumblätterte. Er schlug es zu und reichte es nach hinten. »Lies das, wenn du was zu tun haben willst.«

Kamal schlug das Aufklappbild in der Mitte auf. Er richtete sich auf. Pfeif auf die pickligen Mädels auf der Straße – er wollte lieber die hier haben. Er hielt seinem Bruder das Bild vor die Augen. »Schau dir das an«, stöhnte er.

Doch Jahangier hatte sich ebenfalls aufgerichtet. »Nein, schau dir lieber das an«, sagte er und schob das Heft mit einer Hand beiseite. Ein Mädchen mit einem Kinderwagen war vor Amajits Tür stehen geblieben. Sie klopfte, ging dann in die Hocke, um die Riemen zu lösen, mit denen das Kind festgeschnallt war. Die Tür ging auf und Amajit kam heraus. Er redete mit ihr, beugte sich vor, schlang ihr die Arme um die Schultern und half ihr auf. Dann ging sie hinein und er schnallte das Kind los, nahm es auf den Arm und verschwand ebenfalls im Haus. Kurz darauf kehrte er zurück, klappte den Kinderwagen zusammen, trug ihn hinein und schloss die Tür.

»Er hat 'ne weiße Schnepfe!« Kamal konnte seine Erregung nicht mehr bezähmen. »Erst diese Schlampe und jetzt 'ne Weiße. Du hast es doch gesehen, Jan. Er macht's schon wieder – erst diese Schlampe und jetzt 'ne Weiße. Los, wir gehn rein und nehmen ihn uns vor.« Er wollte die Autotür aufstoßen.

»Nein!« Jahangier streckte den Arm aus und hielt ihn zurück. »Wir bleiben hier. Faysal hat das ausdrücklich gesagt und daran halten wir uns.« Er griff zu dem Handy, das auf dem Armaturenbrett lag, tippte mit dem Daumen eine Nummer ein und hielt es ans Ohr.

»Aber du hast es doch gesehen. Er hat den Arm um sie gelegt. Wir müssen ihn uns vornehmen.«

»Nein, ich habe gesagt, wir bleiben hier.« Jahangier ließ das Handy sinken. »Er geht nicht ran. Ich probier's später noch mal.«

Einen Moment lang saßen sie schweigend da, dann platzte Kamal wieder los, aufgeregter als zuvor. »Die kenn ich«, sagte er. »Ich bin mit ihr zur Schule gegangen. 'ne fette Fotze is das gewesen. Sie hat 'n Bruder, riesengroß, wie ein Gorilla, der hat sie früher manchmal von der Schule abgeholt – ein richtiger Brocken. Mit dem hat sich keiner angelegt.« Er wandte sich an seinen Bruder. »Einmal hat er ...«

»Hör auf mit dem Geseier.« Jahangier wollte es nicht wissen. »Ich muss nachdenken.«

Kamal runzelte die Stirn, als ihn sein Bruder anfegte. Für wen hielt Jahangier ihn eigentlich? Warum durfte nur er das Maul aufreißen? Er ließ sich wieder in den Sitz sinken und grummelte vor sich hin.

Nach einer Weile ergriff Jahangier das Wort. »Wie heißt die Braut?«

»Weiß ich nicht mehr, is lange her. Außerdem war ich nicht allzu oft in der Schule.«

»Tja, dann denk nach. Es is wichtig.«

Kamal legte die Stirn in Falten, als wollte er die letzten Winkel seines Gedächtnisses durchforsten – eine Miene, die er in der Schule eingeübt hatte. Die Lehrer dachten dann immer, er wäre mit der Aufgabe befasst. »Weiß ich nicht. Irgendwas mit K.« Er ließ den Buchstaben nachklingen, als fiele ihm gleich das ganze Wort ein.

»Christine? Clare? Kimberley?« Jahangier schnaubte unwirsch. »Komm schon, denk nach, du Blödmann, denk nach. Ich kann dir nicht ewig englische Mädchennamen aufzählen. Was is mit Carol? Karen?«

»Das isses«, rief Kamal aufgeregt. »Karen – äh, Karen Penistone. Das isses, Karen Penistone. Ein blöder Name, Penistone.«

Jahangier rutschte herum und sah seinen Bruder an. »Hat die irgendwas mit Barry Penistone zu tun?«

»Ja, ganz recht. So heißt ihr Bruder.«

»Den kenn ich. Er arbeitet für Faysal – vertickert sein Zeug, macht manchmal den Rausschmeißer bei 'nem Rave. Genau, den kenn ich. Du hast Recht, der is gefährlich, is im Nu auf hundertachtzig und kann zuhaun wie 'ne Dampframme. Hat vor etwa drei Jahren achtzehn Monate gesessen, weil er jemand mit dem Bierglas die Fresse poliert hat. Hat gedacht, der Typ baggert seine Freundin an, und hat ihm einfach eine verballert. Und was hat dem seine Schwester mit Amajit zu tun?«

»Was denkst du denn? Du weißt doch ganz genau, was die da drin treiben. Wahrscheinlich sind sie grade dabei, er und die weiße Schnepfe. Die Sache ist bloß die – was machen wir?« Kamal wurde ungeduldig, brannte darauf, dass endlich was passierte. »Wir können die doch nicht einfach da drin rumturteln lassen. Ich bin dafür, dass wir die Tür eintreten, sie uns vornehmen und ihnen zeigen, wo's langgeht.« Er schlug sich mit der Faust in die offene Hand.

»Stell dich nicht so dämlich an. Wenn wir jetzt dazwischengehen, is alles aus – für Amajit, das Mädchen und für uns.« Er warf Kamal einen wissenden Blick zu. »Wir kriegen für das hier gute Kohle – wir müssen das hinausziehen, so lang wir können. Dann fickt er eben mit 'ner Weißen. Was soll's? Amajit gibt's nicht mehr, der is für uns längst erledigt. Soll er sich doch sein eignes Grab schaufeln – wir lachen uns dabei einen ab. Nein, wir bleiben hier sitzen, wir halten uns an das, was Faysal uns gesagt hat. Und wir passen auf, dass keiner von denen, weder Amajit noch das Mädchen, irgendwas davon mitkriegt, dass wir sie beobachten. Für die grobe Nummer is hinterher immer noch jede Menge Zeit. Du kommst schon noch zum Zug.«

Zehntes Kapitel

Obwohl es noch nicht einmal zwei Uhr nachmittags war, waren die Vorhänge an der Wohnung über Faysal Hussains Restaurant im Stadtzentrum zugezogen. Wenn es um seine »anderen Geschäfte« ging, war Hussain vorsichtig, vielleicht unnötig vorsichtig, doch da die Zimmer über den Läden auf der anderen Seite der Durchfahrtsstraße gute Beobachtungspunkte abgaben, falls ihn jemand ausspähen wollte, hielt er diese Vorsicht für gerechtfertigt. Heute war Auslieferungstag, und je weniger man davon mitbekam, desto besser.

Im Moment hatte er gerade einen Anruf entgegengenommen und war ein paar Schritte von dem Mann weggegangen, der bei ihm war, aber er ließ ihn nicht aus den Augen. Er traute niemandem. Manche seiner Kleindealer sackten mir nichts, dir nichts seine Ware ein und beschwerten sich dann, dass sie gelinkt worden wären.

Er hörte dem Anrufer einen Moment lang zu, ohne etwas zu sagen, doch als er den Hörer wieder auf die Gabel an der Wand legte, spielte ein Lächeln um seine Lippen. Er legte den Zeigefinger der linken Hand an den Mund, während er den Mann betrachtete, der vor dem offenen Karton kauerte und den Inhalt überprüfte.

»Kennst du Amajit Mahmood?«, fragte er.

Der Mann blickte nicht auf. »Das is 'n Paki. Warum sollte ich den kennen?«

Hussain straffte sich. »Seine Frau wurde vor zwei Tagen ermordet.«

Staubfäden tanzten in dem trüben Sonnenstrahl, der durch

den senkrechten Spalt zwischen den beiden Vorhängen drang und auf die graue, mit Kunstharz beschichtete Tischplatte fiel. Auf der einen Seite standen vier weitere Pappkartons, auf der anderen lag ein Bündel Zwanzig-Pfund-Noten.

Nachdem Barry sich davon überzeugt hatte, dass der Inhalt in Ordnung war, klappte er die vier Laschen wieder ineinander, verschloss den Karton, hob ihn auf den Tisch und stellte ihn zu den anderen. Er reichte Faysal das Geld. »Kannst du's später nachzählen? Ich muss wieder zur Arbeit.«

Faysal steckte die Scheine ein. »Hab ich schon gemacht. Obwohl ich es für unwahrscheinlich halte, dass du mich übers Ohr haust. Du brauchst mich mehr als ich dich.« Er zuckte die Achseln. »Ich bin der Einzige hier in der Gegend, von dem du das Zeug kriegst, das du haben willst.«

Barry warf ihm einen verächtlichen Blick zu, sagte aber nichts.

Faysals Blick schweifte wieder zum Telefon. »Bist du dir sicher, dass du Amajit Mahmood nicht kennst?«

»Warum sollte ich den Mann von 'ner Paki-Schlampe kennen, die sich umbringen lassen hat?«

»Weil deine Schwester ihn kennt. Sie ist heute Vormittag gegen Viertel vor zwölf in sein Haus gegangen. Darum ging es bei dem Anruf.« Ein zufriedenes Lächeln spielte um Faysals Mund, als er sah, wie Barrys Augen größer wurden und sich dann trübten. Wer brauchte schon Fäuste, um Penistone niederzuschlagen, wenn eine kurze Nachricht das Gleiche bewirkte?

Faysal ging zur Tür. »Ich lass dich das Zeug allein raus zum Taxi bringen. Du nimmst dir doch ein Taxi, nicht wahr? Falls du mit der alten Rostlaube da bist, die du immer fährst, dann mach so schnell, wie du kannst. Ich will nicht, dass sie länger als nötig vor meinem Restaurant steht. Sie vergrault die Gäste.« Er schwieg ein paar Sekunden. »Bist du beim Rave? Denk dran, es sind zwei Abende, Freitag und Samstag.«

Barry, der noch immer fassungslos war, erwiderte nichts.

»Ich nehme an, das soll ja heißen, stimmt's?«, sagte Faysal. »Jemand bringt das andere Zeug gegen halb acht zur Scheune«, fuhr er fort, als er immer noch keine Antwort bekam. »Sieh zu, dass du da bist.« Die Tür knarrte, als er sie öffnete. »Ach, und zieh die Vorhänge auf, bevor du gehst.«

Barry Penistone rührte sich immer noch nicht. Sein Atem ging rasselnd, als hätte ihm jemand ein Messer in die Brust gestoßen. Wortlos sah er zu, wie die Tür geschlossen und dann langsam wieder geöffnet wurde. Faysal kehrte zurück, grinste übers ganze Gesicht. »Sie haben Amajits Haus übrigens in einem Krankenwagen verlassen. Ich glaube, das habe ich noch nicht erwähnt, oder? Sie lag auf der Bahre.«

Graham warf Ali einen kurzen Blick zu. »War schlimm heute Morgen, was?«

»Wenn Sie damit den Rüffel meinen, den mir Russell und Handford verpasst haben – ja, ziemlich schlimm.«

Ein paar Minuten lang fuhren sie schweigend dahin.

»Dann weiß also jeder Bescheid?«, sagte Ali. Er wollte nicht darüber reden, aber er musste es wissen.

»Tja, so was lässt sich schwer verheimlichen«, stellte Graham fest. »Der Inspector war ganz schön geladen, weil Sie nicht bei der Lagebesprechung waren. Sie hätten machen können, was Sie wollen. Das hätte alles nichts genutzt.«

»Nein, vermutlich nicht.« Er schwieg einen Moment. »Ich kann mir vorstellen, dass Warrender allerhand dazu zu sagen hatte.«

»Warrender hat immer allerhand zu sagen, aber nichts, was es wert wäre, dass man es sich anhört.«

Ali klappte die Sonnenblende herunter, als ihn ein jäher Lichtstrahl traf. Den ganzen Morgen über hatte prachtvolles Wetter geherrscht, doch jetzt zogen dichte, blau-schwarze Regenwolken über den Himmel. Aber von Zeit zu Zeit drang die Sonne durch und schien ihm genau in die Augen, während er dem Krankenwagen durch die Nebenstraßen zur Klinik folgte.

Er hatte mit weit offenen Hintertüren vor Amajits Haus gestanden, als sie dort eingetroffen waren, und obwohl Ali aus Erfahrung wusste, dass er keine voreiligen Schlüsse ziehen sollte, war ihm beim Anblick des großen, weißen Fahrzeuges das Herz in die Hose gerutscht. Mit einem Mal hatte er Amajit vor

Augen, dazu eine leere Flasche Paracetamol, und er meinte sich förmlich dabei zu sehen, wie er dem Inspector und dem Chief Inspector erklären musste, dass der Ehemann des Opfers irgendwann nach ihrem Gespräch am frühen Morgen eine Überdosis Schlaftabletten geschluckt hatte. Das hatte er nicht verdient. Er machte sich sowieso schon schwere Vorwürfe und so etwas hatte ihm gerade noch gefehlt.

Erst als die Haustür aufging und Amajit, der einen offenbar mit Salzlösung gefüllten Beutel hochhielt, rückwärts herauskam, unmittelbar gefolgt von den Sanitätern, die eine Bahre durch den schmalen Eingang schoben, wurde Ali bewusst, dass er die Luft angehalten hatte. Eine dichte Wolke bildete sich vor seinem Mund, als er den Atem ausstieß, sich aus dem Wagen stemmte und zu einem der Männer in den grünen Overalls stürmte. Er zeigte seinen Dienstausweis vor und deutete mit dem Kopf auf die unter einer Decke liegende Gestalt. »Was ist passiert?«

»Kopfverletzungen. Wir bringen sie ins Royal.« Er wandte sich an Amajit, der jetzt im Krankenwagen saß. »Kommen Sie mit, mein Guter?«

Amajit reichte dem Sanitäter den mit der klaren Flüssigkeit gefüllten Plastikbeutel. »Ja«, sagte er. »Ich hole nur rasch den kleinen Jungen.« Er nickte Ali kurz zu, sprang aus dem Wagen und rannte ins Haus.

»Wer ist sie?« Ali blickte auf die junge Frau, die auf der Bahre lag. Ihr Gesicht war aschgrau, soweit es nicht von scheußlichen Blutergüssen verfärbt war, und über dem Auge befand sich eine dick mit Blut verkrustete Platzwunde. Ein Infusionsschlauch führte zu ihrem Arm und die Sanitäter hatten ihr eine Halskrause umgelegt.

»Sie heißt Karen Penistone. Aber in diesem Zustand ist sie nicht vernehmungsfähig. Die hat es schwer erwischt.«

»Wissen Sie, wie es passiert ist?«

»Das Übliche. Sie ist die Treppe runtergefallen.« Der Sanitäter zog die Augenbrauen hoch, um kundzutun, dass er kein Wort glaubte.

»Hat er das getan?« Ali deutete mit dem Kopf zum Haus.

»Nein, wenn das, was er uns gesagt hat, stimmt. Er sagt, sie ist vor etwa zwanzig Minuten hergekommen und im Wohnzimmer in Ohnmacht gefallen. Sie musste von der Saxton Road aus zu Fuß gehen, weil die Busfahrer streiken. Ich persönlich wundere mich nur, dass sie in der Verfassung überhaupt so weit gekommen ist. Sie ist jetzt wieder halbwegs bei Bewusstsein, aber nicht ansprechbar.«

Amajit hatte ein kleines Kind auf dem Arm, als er wieder aus dem Haus kam. Ali ging auf ihn zu. »Hören Sie, ich weiß, dass das nicht der richtige Zeitpunkt ist, aber ich muss mit Ihnen reden. Vielleicht können Sie noch einen Moment hier bleiben. Wir bringen Sie dann später zum Krankenhaus.«

»Nein, ich fahre mit ihr.« Und als wollte er zeigen, dass er keinen Widerspruch duldete, zog er entschieden den Schlüssel aus dem Sicherheitsschloss, stieg in den Krankenwagen und nahm gegenüber der Bahre Platz. Der Sanitäter schloss die Tür. »Wie schon gesagt, wir bringen sie ins Royal. Sie können uns ja hinterherfahren«, sagte er zu den beiden Polizisten.

Das dortige Wartezimmer war kaum der geeignete Ort für eine Vernehmung, aber wenn sie Amajit nicht auf der Stelle festnehmen wollten, blieb ihnen nichts weiter übrig, als hinterherzufahren. Ali war nicht mehr Herr der Lage, ein Zustand, der ihm ganz und gar nicht gefiel und den er nicht gewohnt war.

»Wissen Sie, wer die Frau war?«, fragte er Graham unterwegs.

»Karen Penistone. Stammt aus einer sauberen Familie, lauter Kleinkriminelle, hat allerdings selber noch nie was angestellt, soweit ich weiß – abgesehen davon, dass sie schwanger wurde, als sie noch zur Schule gegangen ist.«

Ali hielt hinter dem Krankenwagen, der an einer roten Ampel stehen blieb. »Sie ist auf keinen Fall die Treppe runtergefallen, nicht bei diesen Verletzungen. Die Kleine wurde fürchterlich verprügelt. Glauben Sie, Amajit hat ihr das angetan?«

»Das bezweifele ich, Sergeant. Wahrscheinlich war's eher jemand aus ihrer Familie. Das ist eine brutale Bande, allen voran Barry Penistone.«

Doch Ali war nicht bereit, es dabei bewenden zu lassen. »Schon sehr sonderbar, finden Sie nicht? Vor zwei Tagen wurde Amajits Frau mit schweren Kopfverletzungen tot im Wald aufgefunden und jetzt wird eine andere junge Frau mit ähnlichen Verletzungen aus seinem Haus abtransportiert. Ich bin mir nicht sicher, ob ich an solche Zufälle glauben soll.« Ali wollte sich nicht von seiner persönlichen Meinung beeinflussen lassen, aber entweder hatte Amajit schlichtweg Pech oder er steckte irgendwie selbst mit drin. Auf jeden Fall gab es da einen Zusammenhang.

»Sergeant, wir haben Grün.«

Ali legte den Gang ein und fuhr los. »Ich frage mich, woher sie Amajit kennt.«

»Ich glaube nicht, dass sie ihn näher kennt. Rukhsana hat sie an Id zu ihnen eingeladen. Vermutlich hat sie ihn dort kennen gelernt.«

»Sie glauben also nicht, dass sie irgendetwas miteinander haben?«

Graham dachte in aller Ruhe darüber nach. »Nein, das kann ich mir nicht vorstellen. Eine Andersgläubige heiraten mag ja noch angehen. Aber ein Verhältnis mit einer Weißen, einer ledigen Mutter? Das bezweifle ich. Ich halte es eher für wahrscheinlicher, dass sie ihn aufgesucht hat, um ihm ihr Beileid auszusprechen und ihm beizustehen.«

Ali war sich dessen nicht so sicher. Er traute es Amajit durchaus zu. Ein Moslem, der eine Andersgläubige heiratete, könnte sich auch mit einer Weißen eingelassen haben.

Doch er behielt seine Gedanken für sich. »In diesem Zustand?«, sagte er. »Das glaube ich nicht. Da muss mehr dran sein. Reden Sie mit ihr, wenn sie vernehmungsfähig ist. Mal sehen, was Sie herausfinden.«

An der Klinik angekommen, bog der Krankenwagen nach rechts ab, zur Unfallstation und zur Notaufnahme, während sie nach links auf den öffentlichen Parkplatz fahren mussten. Über etliche verschlungene, sich kreuzende Fahr- und Fußwege gelangten sie zur Rückseite des Gebäudes und hielten sich dann an die zahlreichen Schilder, bis sie zum Wartesaal gelangten. Amajit saß im hinteren Bereich und hatte Danny auf dem Arm, der an seiner Schulter eingeschlafen war.

Ali hoffte, dass seine Miene halbwegs mitfühlend wirkte, als er zu ihm ging. »Wie geht es ihr?«

»Sie wird gerade geröngt.«

Ali wechselte ein paar kurze Worte mit Graham und setzte sich dann neben Amajit. »Hören Sie, es tut mir Leid, aber ich muss mit Ihnen reden. Constable Graham erkundigt sich gerade, wie lange die Röntgenaufnahmen dauern, und er will zusehen, ob wir uns in eines der Wartezimmer für Verwandte setzen können. Möchten Sie unterdessen etwas trinken?«

Amajit schüttelte den Kopf.

»Wer ist sie? Diese Frau?«

»Sie ist – sie war – eine von Rukhsanas Patientinnen.«

»Ist das ihr Kind?«

»Ja.«

»Hat sie Angehörige?«

»Ich weiß es nicht. Sie lebt allein, aber vielleicht hat sie Verwandte. Wir haben nicht über sie geredet, nur über Rukhsana. Aber ...« Er dachte kurz nach. »Ich glaube, Rukhsana hat irgendetwas von einem Bruder erwähnt.«

In diesem Moment kehrte Graham zurück, um ihnen mitzuteilen, dass Karen noch eine Weile behandelt werde. Sie könnten sich unterdessen aber ins Wartezimmer für Verwandte setzen. Noch ehe Amajit einen Einwand erheben konnte, nahm Ali ihm den schlafenden Jungen ab und ging zu der Tür, die eine Schwester aufhielt. Er legte Danny behutsam auf eine zweisitzige Couch. Der Junge regte sich kurz, wachte aber nicht auf.

Amajit ging zum Fenster und rieb sich die steif gewordenen Arme. Er starrte hinaus auf den Besucherparkplatz, auf dem selbst um diese Tageszeit ein ständiges Kommen und Gehen herrschte. Dann drehte er sich um und lehnte sich ans Fensterbrett.

»Warum war sie bei Ihnen zu Hause?«, fragte Ali.

»Sie hat mich gestern besucht, und ich habe sie gebeten, heute wieder vorbeizukommen.«

»Warum?«

»Weil sie nett war und weil ich nicht allein sein wollte – aber eigentlich geht Sie das nichts an.«

Ali achtete nicht auf die Bemerkung. »Sie wissen also nicht, wie sie sich diese Verletzungen zugezogen hat?«

»Nein. Aber ich nehme an, dass Sie glauben, ich wäre das gewesen. Der Sanitäter sagte, Sie hätten gefragt, ob ich das getan hätte«, fügte er zur Erklärung hinzu.

Ein Jammer, dass der Sanitäter seinen Mund nicht gehalten hatte.

»Haben Sie's getan?«

»Glauben Sie tatsächlich, ich würde eine junge Frau schlagen – irgendeine Frau?« Amajit musterte ihn mit finsterem Blick. »Diesen Eindruck haben Sie mir heute Morgen nicht vermittelt.«

»Wir haben nicht mehr heute Morgen«, erwiderte Ali eisig. »Vor gerade mal zwei Tagen ist Rukhsana an schweren Kopfverletzungen gestorben, und jetzt komme ich zu Ihrem Haus und stelle fest, dass eine junge Frau, die ähnlich zugerichtet wurde, auf einer Bahre weggebracht wird. Ich hätte meinen Beruf verfehlt, wenn ich mir darüber keine Gedanken machen würde.«

»Sie glauben also, ich habe Rukhsana umgebracht und zwei Tage später eine ihrer Patientinnen bewusstlos geschlagen? Da müssen Sie sich schon was Besseres einfallen lassen, Sergeant.« Amajits Stimme triefte vor Spott.

»Muss ich das?«, erwiderte Ali. »Nach außen hin mögen Sie vielleicht den Eindruck erwecken, dass Sie sanftmütig und liebenswürdig sind, aber ich weiß, wie beharrlich Sie sein mussten, seit Sie Ihre Frau geheiratet haben. Wenn man seinen Willen einmal mit einer derartigen Entschlossenheit und Zielstrebigkeit durchgesetzt hat, ist es möglicherweise nur ein kleiner Schritt, bis man ihn beim nächsten Mal mit Gewalt durchsetzt.«

Amajits Knöchel verfärbten sich weiß, als er sich an der Kante des Fensterbretts festhielt. »Ich habe meine Frau nicht umgebracht«, sagte er mit zusammengebissenen Zähnen. »Und ich habe Karen weder die Treppe hinuntergestoßen noch bewusstlos geschlagen. Ich habe diesen Schritt nicht getan, auch wenn er Ihrer Meinung nach noch so klein sein mag.«

»Nun denn, wir werden später mit Karen darüber sprechen, sie danach fragen. In der Zwischenzeit möchte ich mit Ihnen noch einmal durchgehen, wo Sie am Dienstag zu welcher Zeit gewesen sind.«

Amajit drehte sich wieder zum Fenster um, doch diesmal blickte er nicht hinaus. Er breitete die Arme aus, hielt sich am Fensterbrett fest und senkte den Kopf. Ali wartete. Dann richtete sich Amajit auf, ging langsam vom Fenster weg und setzte sich auf einen Stuhl gegenüber dem Detective. »Offensichtlich wissen Sie Bescheid.« Er hob den Kopf. »Sie wissen es, sonst würden Sie mich nicht noch einmal danach fragen.«

»Was soll ich wissen, Amajit?«

»Sie wissen, dass ich gelogen habe, als ich Ihnen sagte, wo ich am Dienstag war, nachdem ich die Baustelle besichtigt habe.«

»Und wo waren Sie?« Ali war überrascht, dass es so einfach gewesen war.

Amajit beugte sich vor, ließ den Kopf auf die Brust sinken, stützte die Ellbogen auf die Knie, faltete die Hände und dachte einen Moment lang über die Antwort nach. »Es war nur eine Frage der Zeit, bis Sie es herausfinden. Durch meinen Aufenthaltsort würde mein Alibi noch glaubhafter. Aber es tut mir Leid, Sergeant, ich bin nicht bereit, es Ihnen zu sagen.«

»Nun, mir tut es ebenfalls Leid, aber Sie müssen es mir sagen. Es geht um mindestens zweieinhalb Stunden, über die Sie keine Rechenschaft ablegen können, und wenn Sie diese Auskunft verweigern, dürfen Sie sich nicht wundern, wenn ich daraus die falschen Schlüsse ziehe.«

»Die haben Sie doch bereits gezogen.«

»Dann verraten Sie mir, wo Sie waren.«

Amajit schaute Ali in die Augen. »Ich bin durchaus bereit, zu sagen, wo ich gewesen bin, ich bin nur nicht bereit, es *Ihnen* zu sagen.«

Ali konnte seine Überraschung nicht verhehlen. »Und warum nicht?«

»Wegen Ihrer Einstellung mir gegenüber. Sie halten nichts von mir …« Ali wollte ihn unterbrechen, doch Amajit gab ihm keine Gelegenheit dazu. »Leugnen Sie es nicht. Damit beleidigen Sie mich nur noch mehr. Ich weiß, was Sie empfinden, und ich weiß, was Sie empfinden werden, wenn Sie erfahren, wo ich war. Sie haben ein sehr beredtes Mienenspiel, Sergeant, und Sie werden mich Ihre Missbilligung spüren lassen, genau wie an dem Tag, als Rukhsana starb. Es reicht, wenn ich mir das von meiner Familie und unserer Gemeinschaft bieten lassen muss. Aber ich lasse mir das nicht von einem Mann bieten, den ich nicht kenne, einem Mann, der meint, er hätte ein Recht dazu, mich abzulehnen, nur weil er derzeit mein Leben in seine Einzelteile zerlegt.«

Ali saß reglos da, betroffen durch den jähen Ausbruch.

»Sie arbeiten an diesem Fall mit, weil Sie einer von uns sind, stimmt's?«

Ali schwieg. Diese Vernehmung war ihm ebenso aus der Hand geglitten wie alles andere an diesem Tag.

Amajit stand auf und ging weg, dann fuhr er zu dem Sergeant herum. »Weil man meint, dass Sie mich verstehen, vielleicht so etwas wie ein Freund werden könnten?«

Ali räusperte sich, bevor er antwortete. »Nein, kein Freund«, sagte er, »nur jemand, der Verständnis hat.«

»Aber Sie haben für mich und meine Frau weniger Verständnis als jeder andere.« Er deutete auf Graham. »Ich wette, er ist aufgeschlossener als Sie. Ich wette, er lehnt mich nicht ab.«

»Ich auch nicht, Sir. Es geht nicht darum, ob ich Sie ablehne oder –«

»Ich kenne Sie erst seit zwei Tagen«, unterbrach ihn Amajit. »Und Sie haben mir das schon mindestens dreimal gesagt. Ich glaube Ihnen kein Wort. Und reden Sie mich gefälligst nicht mit Sir an, es sei denn, Sie meinen es ernst«, fügte er hinzu.

Danny regte sich wieder und stieß einen leisen Schrei aus. Er schlug die Augen auf und schaute Ali schläfrig an. Amajit ging zu ihm. »Komm, kleiner Mann, mal sehen, ob wir deine Mum finden.« Er nahm ihn auf den Arm, drückte ihn an sich und wandte sich dann an Ali. »Ich habe nichts mehr dazu zu sagen. Bestellen Sie Ihrem Inspector, dass ich ihm erklären werde, wo ich am Dienstag gewesen bin. Aber ich will Sie nicht in der Nähe haben.«

Barry drängte sich durch die Frauen, Kinder und alten Männer, die den Aufnahmeschalter umlagerten.

Er war sofort zum Royal gefahren, nachdem Hussain ihm mitgeteilt hatte, dass Karen im Krankenwagen weggebracht worden war. Er wusste, dass sie nur in dieser Klinik sein konnte. Seine Mutter war immer ins Royal gebracht worden, wenn sein Vater ihr wieder einmal eine ordentliche Tracht Prügel verpasst hatte. Er blickte sich um – lauter Frauen mit Blutergüssen und blauen Augen. Sie kamen immer hierher – jedes Mal.

Er schlug mit der Faust auf den Schalter. Die Frau funkelte ihn wütend an.

»Wie lang dauert das denn? Ich hab nicht den ganzen Tag Zeit.«

»Zwei Stunden Wartezeit«, sagte sie und deutete mit ihrem gepflegten Finger auf das Leuchtschild. »Sie werden aufgerufen, wenn es so weit ist.«

»Ich bin kein Patient, ich warte auf meine Schwester. Mit dem Röntgen is sie fertig. Was machen die mit ihr?«

»Man wird Sie trotzdem aufrufen, wenn es so weit ist«, beharrte sie.

Blödes Weib! Er öffnete den Mund und wollte ihr gerade sagen, dass sie ihn kreuzweise könnte, als er hinter sich ein Kind hörte. Er erkannte Dannys hohen Schrei und fuhr herum, rechnete mit Karen, aber sah stattdessen einen Asiaten, der den Jungen im Arm hatte. Mit einem Mal packte ihn die helle Wut und er langte brutal nach ihm. »Was machst du mit ihm, du verdammter Paki? Lass ihn los.«

Erschrocken wich der Mann zurück.

Barry stürzte sich auf ihn. »Du bist der Paki, bei dem sie gewesen is. Was hast du mit ihr gemacht? Hast du sie verprügelt, du Paki-Sau?!«

Amajit versuchte den Schlägen auszuweichen, die auf ihn einprasselten, und gleichzeitig Danny festzuhalten, doch er wich zu weit zurück, war zu schnell und konnte sich nicht mehr abfangen, als er rückwärts fiel und auf dem Schoß einer Frau landete, die angesichts dessen, was vor ihr geschah, gerade die Flucht ergreifen wollte.

Barry warf sich nach vorn. »Gib ihn her, das is meiner.« Er griff nach Danny, aber Amajit war zu schnell. Er drückte der Frau den Jungen in die Arme.

Die Patienten, die kurz zuvor gemeint hatten, sie wären zu schwer verletzt oder zu krank, um sich zu bewegen, flüchteten vor den miteinander rangelnden Männern. Barry packte einen Stuhl. Er riss ihn hoch über den Kopf und wollte ihn werfen, musste aber feststellen, dass ihn jemand in den Armhebel genommen hatte. Er war überrascht, als er feststellte, wie mühelos ihm der Mann, der unverhofft hinter ihm aufgetaucht war, den Stuhl entwand. Er schepperte über den Boden, als seine Arme heruntergedrückt und auf den Rücken gebogen wurden. Dann wurde er niedergerungen.

Er wehrte sich, wollte sich losreißen, doch der Griff war zu fest, und je mehr er sich wand, desto eiserner wurde er. Schließlich hörte er auf, sich herumzuwälzen, blieb still liegen und verzerrte das Gesicht, als er auf die kalten Fliesen gedrückt wurde.

»Gut gemacht, Sergeant«, hörte er jemanden sagen. Dann wurde er hochgezogen und auf einen Stuhl gedrückt. »Da bleibst du jetzt.« Barry, der immer noch außer sich vor Wut war, wollte aufspringen, doch der Mann drückte ihm die Hände auf die Schulter. »Bleib sitzen, sonst leg ich dir Handschellen an.«

»Gut.« Der Polizist stand schwer atmend da, fuhr sich mit den Fingern durch die zerzausten Haare, zog seinen Mantel zurecht und holte den Dienstausweis aus der Tasche. »Sergeant Khalid Ali«, sagte er. »Und wer sind Sie?«

Barry schnaubte, sagte aber nichts.

»Er ist wegen seiner Schwester hier«, meldete sich die Frau am Aufnahmeschalter.

»Wie heißt sie?«

»Karen Penistone. Sie wurde mit Kopfverletzungen eingeliefert.«

»Danke.« Ali wandte sich an Barry. »Warum sind Sie so ausgerastet, Mr Penistone?«

»Was macht der mit ihm?« Barry deutete auf Danny, den inzwischen Graham auf dem Arm hatte. »Der gehört mir. Den fasst kein Paki an.«

»Nein, er gehört nicht Ihnen, Mr Penistone. Das ist der Sohn Ihrer Schwester. Und Mr Mahmood passt auf ihn auf, solange sie behandelt wird.«

»Der gehört zur Familie, und der da« – er warf Amajit einen wütenden Blick zu –, »der gehört nicht dazu. Er hat meine Schwester zusammengeschlagen.«

»Nein, das hat er nicht. Wenn man ihr Glauben schenken kann.« Alis Tonfall deutete an, dass er nicht davon überzeugt war. »Sie ist die Treppe heruntergefallen. Sie jedoch, Mr Penistone, haben Mr Mahmood tätlich angegriffen. Wir haben es alle gesehen. Und wenn er Anzeige erstattet, werde ich Sie festnehmen.« Er wandte sich an Amajit, der jetzt mit Danny auf einem der verlassenen Stühle saß, und hob fragend die Augenbrauen.

»Nein, nein, Sergeant. Ich möchte keine Anzeige erstatten.«

»Dann schlage ich vor, Mr Penistone«, sagte Ali, »dass Sie nach Hause gehen und sich beruhigen. Ihre Schwester wird sich sicher bei Ihnen melden.«

Barry schlurfte zur Tür. Als er sie aufriss, drehte er sich noch einmal um und brüllte: »Pass bloß auf, Paki. Mit dir bin ich noch nicht fertig.«

Ali wandte sich an Amajit. »Ich glaube, der meint Sie«, sagte er mit einem verschmitzten Grinsen. »Aber möglicherweise könnte er auch mich gemeint haben.«

Zum ersten Mal an diesem Tag lächelten sie beide.

Ein Arzt kam aus dem Behandlungsraum. »Mr Mahmood?« Amajit stand auf. »Die Röntgenaufnahmen von Miss Penistone zeigen, dass kein Bruch vorliegt, aber sie hat eine schwere Gehirnerschütterung erlitten. Ich würde sie lieber noch zur Beobachtung hier behalten, wenigstens über Nacht, aber sie besteht darauf, dass sie nach Hause muss. Sie sagt, sie hat niemanden, der sich um ihr Kind kümmert. Kennen Sie jemanden, der bei ihr bleiben kann? Sie sollte eigentlich nicht allein gelassen werden.«

Ali zog erstaunt die Augenbrauen hoch, als Amajit sagte: »Ist schon in Ordnung, sie kann bei mir bleiben.«

Handford, der einen Aktenordner im Arm hatte, ging zu Alis Schreibtisch. »Ich habe gehört, dass Sie heute jemanden in die Mangel genommen haben«, sagte er. »Muss ein toller Kampf gewesen sein, hat man mir gesagt. Graham war schwer beeindruckt. Er sagt, Penistone ist ein Brocken von einem Kerl.«

»Das ergab sich so. Ich habe gehandelt, ohne nachzudenken.«

»Nicht nach dem, was ich gehört habe.«

»Nein? Nun ja, es ging um ein Kind.«

»Jedenfalls gut gemacht. Aber sehen Sie zu, dass es nicht zur Gewohnheit wird. Das Team ist nicht groß genug. Ich will nicht, dass einer meiner Männer im Krankenhaus landet.« Handford grinste, damit Ali nicht auf den Gedanken kam, er wollte ihn schon wieder kritisieren.

Einen Moment lang herrschte Stille, dann sagte Handford: »Ich nehme an, Sie sind mit Mahmood nicht allzu weit gekommen.«

»Nein. Er wollte nicht mit mir reden. Nun ja, jedenfalls nicht darüber, was er in diesen zweieinhalb Stunden gemacht hat. Er ist bereit, es Ihnen zu sagen, aber er meint, ich würde es missbilligen.«

Handford war einen Moment lang versucht, sich dazu zu äußern. »Das kommt vor«, sagte er stattdessen. »Ich spreche später mit ihm.« Er legte den Aktenordner auf Alis Schreibtisch. »In der Zwischenzeit können Sie sich das hier anschauen. Es ist die Akte über den Fall Jamilla Aziz. Das war letztes Jahr und hat keinerlei Bezug zu diesem Fall – zumindest sollte es das nicht haben. Aber es lässt sich nicht aus der Welt schaffen. Daher ist es nur gerecht« – er warf einen Blick zu Clarke, der den Daumen hochreckte –, »dass jeder weiß, was vorgefallen ist. Lesen Sie das, und wenn Sie danach irgendwelche Fragen haben, können Sie jederzeit zu mir kommen. Wir sprechen uns später.«

Elftes Kapitel

Barry stand in dem kleinen Wohnzimmer und wusste nicht, was schlimmer war – die Wut über die Demütigung, die ihm Ali und Graham zugefügt hatten, oder die Sorge um Karen. Wo, zum Teufel, steckte sie? Immer noch bei diesem Paki? Wenn ja, konnte sie was erleben. Sie hätte überhaupt nicht zu ihm gehen dürfen. Hatte er ihr das gestern Abend nicht klar gemacht? Sie hatte ein Kind, sie hatte gefälligst zu Hause zu sein, auf ihren Sohn aufzupassen, statt ihn einem dahergelaufenen Paki zu überlassen.

Mit einem Mal befiel ihn tiefe Trostlosigkeit. Warum konnte sie nicht hier sein? Wo war sie? Die Sorge behielt die Oberhand. Er versuchte sich auf seine Wut zu konzentrieren, denn die Wut verdrängte all die anderen Gefühle, mit denen er sich nicht herumplagen wollte. Gefühle, die wehtaten. Genau wie die Gedanken an Donna. Donna und Karen, Karen und Donna. Ausgerechnet die beiden Frauen, die er am meisten brauchte, musste er verlieren. Die eine an einen Metzger, die andere an einen Paki. Eine Frau wie Donna hatte er noch nie kennen gelernt, und Karen war die Schwester, die er mehr als alle anderen Angehörigen liebte. Sie war nicht so wie die übrige Bande. Äußerlich machte sie nicht viel her, das konnten nicht mal ihre besten Freundinnen behaupten. Aber sie war gescheit, brachte es vermutlich eines Tages noch zu was, hätte es vielleicht schon geschafft, wenn sie Danny nicht hätte. Die Penistones hatten die Weisheit wahrlich nicht mit Löffeln gefressen – allesamt keinen Funken Verstand im Kopf, hatten die Lehrer immer gesagt –, mit Ausnahme von Karen. Irgendwie war sie aus der Art geschlagen. Sie hätte nicht in diese Familie hineingeboren werden dürfen, sie hatte etwas Besseres verdient. Danny auch, denn der war genauso helle wie seine Mutter. Beide verdienten sie etwas Besseres als das, was sie hatten – aber keinen Paki, nicht diesen Paki, nicht Mahmood.

Der bloße Gedanke daran, wie Danny in den Armen dieses Kerls gelegen hatte, entfachte Barrys Wut aufs Neue. Zu guter Letzt siegte doch wieder die Wut. Warum konnte sie sich nicht mit ihresgleichen abgeben? Warum musste sie alles kaputtmachen? Karen und Danny gehörten ihm, nicht irgendeinem dahergelaufenen Paki. *Er* musste sich um sie kümmern, und niemand, schon gar nicht dieser braune Bulle, hatte ein Recht, ihn daran zu hindern. Aber die Farbigen wimmelten ja überall herum, meinten, sie könnten jedem sagen, wo es langgeht.

Tja, ihm nicht, Karen nicht und auch nicht Danny. Dafür würde er schon sorgen. Sein Vater hatte immer gesagt, man müsste ihnen zeigen, wer der Herr im Haus ist. »Die leben verdammt noch mal in unserm Land«, hatte er immer gesagt, »und da muss man ihnen einfach zeigen, wer der Herr im Haus is.« Danach hatte er immer gelacht und ihm in die Rippen geboxt. »Das ist das elfte Gebot, Barry, mein Guter – zeig den Pakis, wer der Herr im Haus ist.«

Vermutlich war es das einzige Gebot, das Barry in seinen ganzen siebenundzwanzig Lebensjahren befolgt hatte. Selbstverständlich hatte er ihnen gezeigt, wer der Herr im Haus war, sogar in der Schule – zumindest so lange, bis ihn einer zum Gespött der Leute gemacht hatte. Eines Tages hatte er sich in der Mittagspause den schmächtigsten Jungen weit und breit ausgesucht und an die Turnhallenmauer gedrängt, hatte vor, ihn zu verdreschen, ihm zu zeigen, wer der Leithund war und wer nichts zu melden hatte. Doch der Junge hatte sich weggeduckt, als Barry mit der Faust zuhieb, sodass er stattdessen auf die Ziegelmauer gehauen hatte. Er hatte sich die ganze Hand ruiniert, aber noch schlimmer war, dass ihn die Pakis ausgelacht hatten. Die liefen immer in Horden herum und zogen ihn jedes Mal auf, wenn sie ihn sahen. Und einer von ihnen war es auch, der ihn später festnahm, nachdem er dem Mann im Pub das Bierglas ins

Gesicht gerammt hatte. Das war die allerschlimmste Demütigung gewesen, als ihm der Paki die Handschellen anlegte und ihn in den Bus stieß, sich dann dazusetzte, ihn nicht aus den Augen ließ, ihn ständig hämisch angrinste. Im Gefängnis hatte Barry dieses Bild immer vor Augen gehabt, hatte seinen Hass auf dieses Pack gepflegt, ihn wuchern lassen, bis er so reif war, dass er sich daran ergötzen konnte.

Und jetzt trieb sich seine Schwester mit einem von ihnen herum. Machte weiß Gott was mit ihm.

Im Lagerhaus der Bäckerei, in der er arbeitete, hatte ihm seine Phantasie keine Ruhe gelassen. Ständig hatte er sie alle beide vor sich gesehen, ein Bild, das ihm nicht aus dem Kopf ging, das er nicht loswurde, wie ein Klebestreifen, der sich nicht abschütteln lässt, und sein Hass war wie eine schwärende Wunde gewesen, bis er sich irgendwann einfach aufmachte, zum Krankenhaus zurückkehrte, um ihnen klar zu machen, dass sie sich voneinander fern halten sollten. Aber sie war nicht da gewesen. Die Frau mit den langen Fingernägeln hatte gesagt, sie wäre entlassen worden und nach Hause gegangen. Was bloß bewies, dass ihr nichts fehlte – der Paki hätte sich gar nicht einzumischen brauchen.

Und jetzt war er wieder im Haus, aber hier war sie auch nicht.

Die Frau nebenan hatte irgendwas von einem Auto gesagt, das sie vor einiger Zeit vor dem Haus gesehen hätte. »Ich dachte, ich hätte ein Auto gesehen, aber sie hab ich nicht gesehen. Aber es gibt ja immer wieder Leute, die die Siedlung als Parkplatz missbrauchen. Der Stadtrat sollte was dagegen tun.«

Sie hätte endlos weitergequasselt, wenn Barry sich nicht an ihr vorbeigedrängt und kurzerhand die Tür aufgeschlossen hätte. Er hatte keine Lust, sich ihr Geschwätz noch länger anzuhören. »Elender Flegel«, bekam er gerade noch mit, als er die Tür zumachte. Von der Diele aus antwortete er ihr mit dem entsprechenden Handzeichen.

Im Haus war es still. Er rief ihren Namen, bekam aber keine Antwort. »Komm schon, Karen. Ich schlag dich auch nicht.«

In der Düsternis, die an diesem späten Novembernachmittag herrschte, und der unangenehm muffigen Luft wirkte die Stille umso bedrückender. Er versuchte sein Unbehagen zu verdrängen, doch die dunklen Ahnungen und die Sorge um seine Schwester suchten ihn heim wie Schlangen, die sich um seinen Leib wanden, seine Nerven reizten, als stünde er unter Strom. Vielleicht war sie gar nicht bei dem Paki, vielleicht war sie irgendwo umgekippt.

Gefühle, mit denen er sich lieber nicht auseinander setzen wollte, trieben ihn um – sie schmeckten nach Gewissensbissen und von Gewissensbissen hielt er nichts. Das hieße ja, dass er an allem schuld war, und das war er nicht. Sie hatte es sich selber zuzuschreiben, mit ihm hatte das gar nichts zu tun. Er hatte ihr bloß den Kopf zurechtgerückt, wie es sich gehörte, wenn man jemand liebte. Auf diese Weise zeigt man ihm, dass man ihn liebt. Er zwang sich dazu, an etwas anderes zu denken, sich eine angenehmere Erklärung für ihre Abwesenheit einfallen zu lassen. Sie war wahrscheinlich einkaufen gegangen – wollte den Tee für Danny besorgen. Vermutlich war sie bald wieder da.

Eigentlich hätte ihn das beruhigen müssen, tat es aber nicht. Nervös streifte er durch das Haus. Die Küche sah noch genauso aus wie heute Morgen, als er zur Arbeit gegangen war – sie hatte nicht mal abgespült. Er nahm eine halb leere Milchflasche und roch daran, zuckte sofort zurück, als ihm der faulig saure Gestank in die Nase stieg. Der musste man noch einiges beibringen; er wollte nicht, dass Danny in so einem Saustall aufwuchs. Sie war zu jung gewesen, als sie das Kind gekriegt hatte. Wenn sie es ihm früh genug erzählt hätte, hätte er dafür gesorgt, dass sie es loswurde. Hätte ihr zunächst vielleicht ein paar geknallt, ihr eine Lektion erteilt, aber letzten Endes hätte er ihr dabei geholfen. Schließlich war sie seine Schwester, und seine Schwester lässt man nicht im Stich, egal, was sie angestellt hat. Aber sie hatte es für sich behalten, bis es zu spät war, und so war Danny auf die Welt gekommen und gehörte jetzt zur Familie, und sie hatte sich gefälligst anständig um ihn zu kümmern.

Ein jähes Geräusch ließ ihn aufschrecken. Karen. Er stürmte in den dunklen Flur und spähte in die Finsternis. Hier war niemand. Keine Karen, kein Danny. Er hatte lediglich gehört, wie die Abendausgabe der Lokalzeitung auf dem Fußabtreter gelandet war. Er ließ sie liegen, kehrte ins Wohnzimmer zurück und stellte die Gasheizung höher. Er konnte nichts weiter tun als warten. Er schaltete den Fernseher ein, damit er sich nicht mehr mit irgendwelchen dummen Gedanken herumschlagen musste, und ließ sich in einen Sessel sinken. Hier lief immer noch das Kinderprogramm, daher griff er zur Fernbedienung und zappte die Sender durch, bis er auf irgendetwas stieß, das ihm mehr zusagte. Eine amerikanische Quasselshow, besser als nichts. Doch irgendwann nahm er die flackernden Bilder und den Ton kaum noch wahr. Danny müsste bald seinen Tee kriegen, wo also blieb sie? Danny müsste mittlerweile hier sein, mit seinen Sachen spielen. Er schaute Danny gern zu, wenn er mit seinen Sachen spielte.

Er warf einen Blick zu dem Pappkarton, in dem Dannys Spielsachen aufbewahrt wurden, und mit einem Mal wurde aus dem unterschwelligen Verdacht Gewissheit. Er war nicht da. Er hatte es vorher nicht bemerkt, aber er war weg. Sie hatte Dannys Sachen zu dem Paki mitgenommen. Das Auto draußen vor der Tür hatte ihm gehört, genau wie gestern Abend. Das war die einzige Erklärung – woanders konnte sie nicht sein. Keine ihrer Freundinnen hatte eine eigene Wohnung, und zu ihrer Mutter ging sie auf keinen Fall, denn dort kriegte sie erst richtig Zoff. Also konnte sie nur bei dem Paki sein.

Er fluchte lauthals vor sich hin, stürmte außer sich vor Wut die Treppe hinauf und ins Badezimmer. Dannys Badesachen waren weg. Sein Bettchen, das immer noch in seinem Zimmer stand, war leer. Sein Schlafanzug war nicht da – und die Decke, die war ebenfalls weg. Die hatte sie vermutlich mitgenommen, um ihn zur Ruhe zu bringen – ohne seine Decke schlief er nicht ein.

Barry rannte wieder in die Küche, riss die Schränke und Schubladen auf, schob das Geschirr und die Bestecke beiseite, warf dabei die Milchflasche um, sodass sich der halb geronnene Rahm über das Abtropfbrett und auf den Boden ergoss. Dannys Plastikgeschirr, sein Löffel und seine Gabel waren ebenfalls weg.

Er stürmte in den Flur hinaus und holte die Zeitung. Er schlug sie auf, suchte sich sämtliche Artikel heraus, in denen es um den Mord an Rukhsana Mahmood ging – irgendwo musste doch stehen, wo sie gewohnt hatte. Er überflog jede einzelne Spalte. Nichts. Nur das, was die Bullen im Fernsehen gesagt hatten. Er warf die Zeitung wieder hin und stürzte ins Wohnzimmer. Die Zeitung von gestern – da hatte irgendwas dringestanden. Er wühlte in dem Stapel herum, bis er auf das Blatt mit der in fetten schwarzen Lettern gesetzten Schlagzeile stieß, die nur aus einem Wort bestand: MORD. Und ganz unten auf der Seite war die Straße angegeben, in der sie gewohnt hatte.

»Also, was war los?« Faysal warf den beiden Männern, die am Tisch saßen, zwei Dosen zu und lehnte sich dann mit verschränkten Armen an den Wandschrank.

Jahangiers Dose zischte, als er sie aufriss, und die braune Flüssigkeit spritzte heraus und lief über den Rand. Er leckte sich die Spritzer von der Hand ab und trank einen Schluck. »Das haben wir doch schon erzählt. Sie is mit ihrem Kind beim Haus aufgekreuzt. Amajit kam raus, total freundlich, hat sie in die Arme genommen und reingeführt, dann is er noch mal rausgekommen und hat das Kind und den Sportwagen geholt. Zirka zwanzig Minuten später ist ’n Krankenwagen vorgefahren und hat sie ins Krankenhaus gebracht. Er ist mitgefahren. Kurz bevor sie los sind, ist der asiatische Bulle aufgekreuzt, aber Amajit wollte nichts mit ihm zu tun haben, also ist er wieder in sein Auto gestiegen und hat sich an den Krankenwagen gehängt.«

»Und es war eindeutig Karen Penistone?«

»Na klar war sie's«, sagte Kamal.

»Seid ihr ihnen zum Krankenhaus gefolgt? Habt ihr erfahren, was passiert ist?«

»Nein«, antwortete Jahangier. »Wir konnten nicht riskieren, dass man uns entdeckt. Das war wie ein Scheißkonvoi, vorne der Krankenwagen und hinterher die Polizei.«

»Dann wisst ihr also nicht, was mit ihr los ist?«

»Kopfverletzungen, jedenfalls nach Auskunft der Frau im Krankenhaus. Ich hab mit dem Handy angerufen, hab gesagt, ich wär ihr Cousin und hätte erfahren, dass man sie in die Unfallaufnahme gebracht hat. Ich hab ihr irgendwelchen Krampf vorgemacht, von wegen, dass ich auf der Autobahn bin und mir ernsthaft Sorgen um Karen mache, und sie hat mir erzählt, dass sie mit Kopfverletzungen eingeliefert worden ist.«

»Wie hat sie sich die zugezogen?«

»Jemand hat sie verdroschen, nehm ich an.«

»Amajit?«

Jahangier lachte laut auf. »Kannst du dir vorstellen, dass unser Bruder jemand vermöbelt? Er is doch viel zu nett für so was, viel zu gebildet.«

Faysal überhörte den bitteren Unterton, interessierte sich nicht für Jahangiers Eifersucht. »Wie ging es dann weiter?«

»Tja, wir haben zirka zwei Stunden dort rumgehangen, bis sie der Krankenwagen wieder heimgebracht hat.«

»Alle beide.«

»Ja, ihn und die Schnepfe.« Kamal hatte es satt, ständig im Abseits zu stehen. »Sie ist mit ihm ins Haus gegangen und ein bisschen später sind sie dann beide wieder rausgekommen und in sein Auto gestiegen.«

»Seid ihr ihnen gefolgt?«

»Ja, er hat sie zu ihrem Haus gefahren.«

»Wo ist das?« Faysal trat von einem Bein aufs andere.

»An der Saxton Road, in der Scargill-Siedlung. Hausnummer einhundertvier.«

»Und dann?«

»Sie sind etwa 'ne Viertelstunde drin geblieben, dann sind sie wieder rausgekommen, hatten ein paar Tragetüten und 'nen Karton dabei und sind zu Amajit gefahren.«

»Die wohnt bei ihm«, mischte sich Kamal ein. Er konnte seine Erregung kaum verhehlen. »Er hat sie bei sich einziehen lassen.«

»Was denn, mit ein paar Tragetüten für ihr ganzes Zeug?«, höhnte Jahangier. »Das glaub ich nicht.«

Kamal kämpfte um seine Glaubwürdigkeit. »Dann fahren sie halt noch mal hin und holen den Rest.«

»Genau, mit 'nem Möbelwagen, nehm ich an«, versetzte sein Bruder mit vor Spott triefender Stimme. »Stell dich nicht so blöd an!«

Kamal knallte seine Dose auf den Tisch und warf seinem Bruder einen finsteren Blick zu. »Wenn du dich für so scheißschlau hältst, kannst du mir ja sagen, was die machen.«

Einen Moment lang starrten sie einander unverwandt an, ohne dass einer von beiden nachgab.

»Lasst das«, knurrte Faysal, worauf Kamal zu seiner Dose griff und einen tiefen Schluck nahm.

Faysal wandte sich an Jahangier. »Er könnte Recht haben, weißt du«, warf er ein. »Warum hat Amajit die Frau in sein Haus gebracht?«

Kamal, der sich bestätigt fühlte, schaute seinen Bruder feixend an. »Die eine raus, die andre rein. Und er ist nicht pingelig, der nimmt jede.«

Faysal rieb sich mit beiden Händen übers Gesicht. »Seid ihr sicher, dass es Penistones Schwester ist?«

»Ja.«

»Dann müssen wir es unterbinden. Wenn's irgendjemand anders wäre, würde es mir nichts ausmachen. Aber Penistone passt das bestimmt nicht und der macht uns Ärger.«

»Wir könnten hingehen und ihnen Bescheid stoßen. Sie beide ins Krankenhaus bringen.« Kamal konnte seine Erregung kaum im Zaum halten.

»Sei nicht so blöde. Dann wimmeln hier überall die Bullen rum. Macht, was ich euch gesagt habe. Beobachtet sie und sagt mir Bescheid, was vor sich geht. Ich rede mit Amajit, knöpfe ihn mir vor. Und jetzt geht runter und besorgt euch was zu essen – in der Küche, nicht im Restaurant.«

Der Duft der Curry-Gerichte, die für die Abendgäste zubereitet wurden, zog durch die Wohnung im ersten Stock und beide Brüder waren hungrig. Sie hatten den ganzen Tag im Auto zugebracht und nichts als ein paar Sandwiches und eine Thermoskanne Kaffee dabeigehabt, sodass sie nichts gegen ein anständiges Abendessen einzuwenden hatten. Sie waren schon fast an der Tür, als Faysal sagte: »Einen Moment noch, Jan.«

Jahangier drehte sich um und sagte zu Kamal, dass er gleich nachkäme.

»Nicht in seinem Beisein.« Faysal deutete mit dem Kopf auf

Kamal, der im Treppenhaus verschwand. »Ich möchte, dass du Penistones Schwester warnst. Sorg dafür, dass sie sich von Amajit fern hält. Mach alles, was nötig ist, aber scheuch sie weg. Hat mir gerade noch gefehlt, dass Penistone mir im Nacken sitzt. Und wenn Amajit mit seiner Schwester vögelt, passiert genau das, und das kann ich nicht gebrauchen. Der macht Ärger, dieser Penistone, und ich will nicht, dass seinetwegen die Bullen hier auftauchen.«

»Bitte, geh dem nicht weiter nach. Ich will nicht, dass die Bullen eingeschaltet werden.« Müde ließ Karen den Kopf auf die Couch sinken, auf der sie lag, nachdem Amajit darauf bestanden hatte. Danny spielte am Boden mit seinen Sachen.

Amajit, der neben ihr kauerte, schüttelte den Kopf. »Es geht nicht, dass jemand, der andere Leute bewusstlos schlägt, weiter frei herumläuft. Schau dich doch an.«

»Mir geht's gut.«

»Nein, ganz und gar nicht. Du hast Glück gehabt. Es hätte viel schlimmer ausgehen können. Dir hätte das Gleiche wie Rukhsana passieren können.« Tränen stiegen ihm in die Augen.

Karen streckte die Hand aus und streichelte seine Wange. »Ich weiß, ich weiß. Aber dazu kommt's nicht. Das tut er mir nicht an. Er war bloß wütend auf mich, das war alles.«

»Wer war wütend auf dich, Karen?«

Ohne etwas zu erwidern, zog sie die Hand zurück. Amajit schaute ihr eine Zeit lang in die Augen. »Es war dein Bruder, nicht wahr?«, sagte er dann. »Ich habe ihn erlebt, als er im Krankenhaus auf mich losgegangen ist. Wenn Sergeant Ali nicht gewesen wäre ...« Er zuckte die Achseln. Dann runzelte er die Stirn. »Warum, Karen? Warum hat er dir das angetan?«

»Bitte, Amajit.« Er hörte, wie müde sie war, bekam aber auch die Angst mit, die in ihrer Stimme mitschwang. »Ich kann es dir nicht sagen.« Sie wollte von der Couch aufstehen. »Ich kann nicht hier bleiben. Ich muss nach Hause.«

Er legte ihr die Hände auf die Schulter. »Nein«, erwiderte er entschieden. »Du bleibst hier. Keine weiteren Fragen, ich verspreche es dir. Ich habe dem Arzt gesagt, dass ich bei dir bleibe, und das tu ich auch.« Er stand auf. »Ruh du dich aus, versuch ein bisschen zu schlafen. Sag mir nur, was ich Danny zu seinem Tee geben soll, dann erledige ich das.« Überrascht blickte sie auf, als hätte sie die Schmerzen vorübergehend vergessen. »Sieh mich nicht so an. Ich weiß, wie eine Küche aussieht. Ich kenne mich vielleicht nicht allzu gut mit Kindern aus, aber wenn es sein muss, kann ich ihn vermutlich auch baden. Die Windeln anlegen – tja, das könnte vielleicht ein bisschen schwierig werden.«

»Dann mach ihm irgendwas. Einen Toast mit Bohnen, ein gekochtes Ei, irgendwas in der Richtung.«

»Gut. Mach dir um uns keine Sorgen. Wir kommen schon klar, nicht wahr, Danny?« Damit nahm er das Kind auf den Arm, hob ein paar Spielsachen vom Boden auf und verließ das Zimmer.

Draußen im Flur lehnte er sich an die Wand. »Was ist nur los, Danny?«, fragte er das Kind. Vor zwei Tagen hatte er noch ein friedliches, geregeltes Leben geführt. Jetzt kam er sich vor, als wäre er in einen Mahlstrom geraten, der ihn herumwirbelte, während er mit den Armen um sich schlug, sich erst an Rukhsana, dann an Karen festzuhalten versuchte, aber immer weiter in die Tiefe gezogen wurde. Er drückte Danny an sich, spürte den harten Schädelknochen des Jungen an seiner Wange. Seine Festigkeit tröstete ihn. Die Haare des Kindes waren nass von seinen Tränen. Er wischte sie weg.

»Wer könnte denn deiner Mum so wehgetan haben?«

Ihr Bruder? Er musste es gewesen sein, sonst hätte sie es abgestritten. Weswegen hatte er sie so verprügelt? Weil sie hier bei ihm gewesen war? Im Krankenhaus hatte Barry Penistone ihn als Paki bezeichnet, hatte nicht gewollt, dass er Danny anfasste. Aber die eigene Schwester verprügeln, weil er Pakistanis nicht leiden konnte …

Er stieß sich von der Wand ab. »Komm mit, wird Zeit, dass du deinen Tee kriegst«, flüsterte er dem Jungen ins Ohr und ging mit ihm in die Küche, wo er ihn behutsam auf dem Boden absetzte.

»Dass er deine Mum so geschlagen hat, war nicht nötig.«

Der kleine Junge blickte zu ihm auf, als bekäme er jedes Wort mit.

»Er hätte sie nicht schlagen dürfen, nicht wegen mir«, erklärte ihm Amajit, bückte sich dann und strich ihm mit dem Finger über die Wange. »So etwas hätte ich Rukhsana nie angetan, egal, was sie gemacht hätte.«

»Gott sei Dank.« Amajit wirkte ungemein erleichtert, als er Handford sah. Er fasste ihn am Arm und geleitete ihn und Graham durch die Tür. »Ich nehme an, Sie wissen auch nicht, wie man einem Kind Windeln anlegt, oder?«

»Tja, ist lange her, dass ich so was das letzte Mal gemacht habe«, sagte Handford. »Aber ich kann mir vorstellen, dass es so ähnlich ist wie mit dem Radfahren – wenn man's einmal kann, verlernt man es nie wieder.«

Graham, um dessen Mund ein leichtes Lächeln spielte, folgte ihnen ins Zimmer.

Handford spürte, dass sich der Constable eine Geschichte zurechtlegte, die er auf dem Revier zum Besten geben konnte. »Sie brauchen gar nicht dran zu denken!«, warnte er ihn. »Ein Wort, nur ein einziges Wort …!«

»Ich habe ihm etwas zu essen gegeben und ihn gebadet«, erklärte Amajit. »Aber mit der Windel komme ich nicht zurecht. Ich weiß nicht mal, wo hinten und vorn ist.« Er fuhr sich mit der Hand durch die schwarzen Haare. »Karen schläft oben, und ich wollte sie nicht wecken, wenn es nicht unbedingt sein muss.«

»Wie geht es ihr?«

»Sie ist müde und hat immer noch Schmerzen. Sie hätte im Krankenhaus bleiben sollen.«

Handford zog seinen Mantel aus und reichte ihn Graham.

»Ist in dem Beutel da irgendeine Creme?«, fragte er und beugte sich über das Kind, das auf der Couch saß. Danny hatte sich aus dem Handtuch gestrampelt, in das Amajit ihn gewickelt hatte, und war splitternackt. »Na komm, kleiner Mann, mal sehen, ob ich noch weiß, wie es geht.« Geschickt legte er ihn auf den Rücken, hielt mit einer Hand seine Beine hoch und verteilte mit der anderen die Creme großzügig auf seinem Hintern und um sein Geschlechtsteil. Dann legte er ihm die Windel an, zog die Klebestreifen straff und drückte sie fest. Er hob den Jungen hoch – die Windel saß. »Nicht schlecht, wenn ich mich selbst loben warf, obwohl ich gestehen muss, dass die heutzutage einfacher anzulegen sind als zu meiner Zeit«, bemerkte er.

»Sie haben mir das Leben gerettet.« Amajit wickelte Danny wieder in das Handtuch und nahm ihn auf den Arm. »Ich ziehe ihm seinen Schlafanzug an und bringe ihn zu Bett. Dann können wir miteinander reden. Ich kann mir vorstellen, dass Sie deshalb hier sind.«

»Ja.« Handford wischte sich die Hände mit einem Säuglingspflegetuch aus der Plastikbox ab.

»Kochen Sie sich einen Kaffee, ich bin gleich wieder da.« Amajit ging zur Tür. Der kleine Junge drehte sich noch einmal zu den beiden Fremden um, strahlte übers ganze Gesicht und winkte Handford mit den Fingern. Der große Mann lächelte und warf ihm einen Handkuss zu. Trotz der Umstände, obwohl es hier um Mord und Gewalt ging, musste er an seine Töchter denken, als sie noch Babys waren, und mit einem Mal beneidete er Karen. Sie konnte sich glücklich schätzen. Er hatte so viel verpasst, als seine Kinder klein gewesen waren, hatte fast nichts von ihnen mitbekommen. Als er noch Uniform getragen hatte, war es halbwegs gegangen, aber als Detective war er so gut wie nie daheim gewesen, jedenfalls nicht, wenn die Kinder auf waren. Frühmorgens, wenn sie noch im Bett waren, verließ er das Haus, und wenn er abends heimkam, schliefen sie bereits. Und selbst wenn er rechtzeitig zu Hause gewesen war, war er so mit Akten und Berichten beschäftigt gewesen, hatte nur seine Karriere im Auge gehabt, dass er genauso gut hätte weit weg sein können.

Graham schaute ihn beifällig an. »Sie haben da einen Freund gewonnen«, sagte er. »Und diese Windel, Chef, die haben Sie prima hingekriegt, wenn ich das mal sagen darf.«

»Ja, und wenn das im Revier rumgeht, weiß ich, woher es kommt.«

»Kein Wort, Chef. Ich halte dicht.«

»Das will ich auch hoffen. Und nachdem ich schon meine gute Tat vollbracht habe, während Sie herumgestanden und zugeschaut haben, können Sie den Kaffee machen.«

Als er allein war, ließ Handford den Blick durch das Zimmer schweifen. Viel hatte sich nicht verändert. Vielleicht war es ein bisschen unordentlicher und auf den Möbeln setzte sich allmählich der erste Staub ab, aber das war alles. Er nahm das Foto von Rukhsana vom Kaminsims. Sie sah ziemlich gut aus, machte einen lebhaften und aufgeweckten Eindruck. Es war eine Atelieraufnahme, wirkte aber überhaupt nicht gestellt. Ihr dunkelblaues Kleid hob sich leuchtend vor dem cremefarbenen Hintergrund ab. Schwarze Haare fielen um den anmutigen Hals und das schlanke Gesicht. Die großen, braunen Augen strahlten vor Glück, doch Handford fiel vor allem das Lächeln auf, und als er das Bild betrachtete, hätte er am liebsten mit ihr gelächelt. Kein Wunder, dass Amajit in sie vernarrt gewesen war – und Ian Berridge ebenfalls. Handford seufzte und fragte sich, warum so eine schöne Frau, die alles aufs Spiel gesetzt und einen Andersgläubigen geheiratet hatte, so rasch fremdgegangen war. Vielleicht lag es daran, dass sie eine gewisse Selbständigkeit gewonnen hatte, wie sie nur wenigen Asiatinnen zugestanden wurde. Aus Gesprächen mit den Beauftragten für multikulturelle Angelegenheiten in der Zentrale wusste er, dass viele Asiaten eine Art Doppelleben führten, teils ihrer Tradition verhaftet waren, teils dem westlichen Lebensstil. Vielleicht war das der Grund sowohl für die Ehe als auch für das Verhältnis, auf das sie sich eingelassen hatte. Er würde es nie erfahren, aber eins stand fest: Wenn Amajit nichts von der Beziehung seiner Frau zu Berridge wusste, dann brach im Laufe dieses Abends ein weiteres Mal die Welt für ihn zusammen.

Er stellte das Foto zurück, als Graham mit drei Tassen Kaffee hereinkam, gefolgt von Amajit. Handford nahm eine Tasse und wandte sich dem Sessel zu. »Darf ich?«, fragte er.

Amajit nickte. »Ich habe Danny zu Karen ins Bett gelegt. Meinen Sie, da geht's ihm gut?«

»Ganz bestimmt.« Handford schwieg einen Moment. »Warum haben Sie sich bereit erklärt, Karen über Nacht bei sich aufzunehmen? Ich finde das etwas sonderbar, wenn ich das so sagen darf, vor allem unter diesen Umständen.«

»Unter welchen Umständen? Was meinen Sie damit? Weil meine Frau vor kurzem ermordet wurde und ich allein lebe, oder weil ich Asiate und Moslem bin?«

Handford rutschte betreten hin und her. »Nun ja, aus all diesen Gründen, nehme ich an, aber ich habe mich vor allem gefragt, ob Sie damit zurechtkommen. Sie haben in den letzten vierundzwanzig Stunden viel durchgemacht.«

Amajit hielt seine Tasse mit beiden Händen fest. »Tut mir Leid, ich bin im Moment ein bisschen empfindlich. Sie haben Recht. Es ist sonderbar, und auch ich habe mich das immer wieder gefragt, seit ich es ihr angeboten habe.« Er schwieg einen Moment, als versuchte er, sich über seine Beweggründe klar zu werden. »Karen hat mich gestern Nachmittag besucht. Sie wollte mir ihr Beileid aussprechen und blieb dann hier, ließ mich reden, hörte mir zu, ohne mich zu verurteilen. Sie mochte Rukhsana, sie wollte mit mir trauern. Ich wollte nicht allein sein, deshalb habe ich sie gebeten, heute wiederzukommen, und das hat sie getan, trotz ihrer Verletzungen. Ich hatte einfach das Gefühl, das sei das Mindeste, was ich für sie tun könnte, deshalb habe ich sie bei mir aufgenommen – damit sich jemand um sie kümmert. Allein lassen konnte man sie jedenfalls nicht, nicht in diesem Zustand.«

»Wissen Sie, wer das getan hat?«

»Ihr Bruder, glaube ich. Sie hat es nicht gesagt, nicht ausdrücklich, aber ich glaube, er war es.«

»Wissen Sie, warum?«

»Vermutlich, weil sie mich besucht hat. Er war im Krankenhaus, müssen Sie wissen. Er wollte mir Danny entreißen. Er hasst mich – na ja, nicht mich speziell, sondern alle Asiaten. Er hat mich als Paki bezeichnet, aber meiner Meinung nach kann er einen Inder nicht von einem Pakistani oder einem Bangladescher unterscheiden. Er schert uns einfach alle über einen Kamm.«

Danach herrschte Schweigen. Handford brach es.

»Warum haben Sie uns angelogen, als Sie uns erzählt haben, wo Sie an dem Tag, an dem Rukhsana starb, gewesen sind?«

Der jähe Themenwechsel und der Tonfall des Inspectors trafen Amajit unvorbereitet. Er schreckte auf, zuckte zusammen und verschüttete den Kaffee. »Wie bitte?«

»Warum haben Sie uns angelogen, als Sie uns erzählt haben, wo Sie waren, als Ihre Frau starb?«

Amajit rubbelte an den braunen Flecken auf seiner Hose und versuchte seine Fassung wiederzugewinnen. »Ich bin mir nicht ganz sicher, ob ich das getan habe.«

»Kommen Sie, Mr Mahmood, Sie haben uns erzählt, Sie wären unmittelbar nach dem Besuch auf der Baustelle in Ihr Büro zurückgekehrt. Doch als wir das überprüft haben, erfuhren wir, dass Sie erst gegen halb drei wieder dort eintrafen. Wo waren Sie?«

Amajit musterte seinen Kaffee. »Ich war in Leeds.«

»In Leeds?« Handford blickte kurz zu Graham. »Warum waren Sie in Leeds?«

»Ich wollte mit jemandem sprechen.«

»Mit wem?«

Amajit hatte den Blick noch immer auf die Kaffeetasse gerichtet, doch er hatte das Gesicht verzogen, als sei er hin- und hergerissen zwischen Kummer und Scham. Dann blickte er auf, als hätte er einen Entschluss gefasst, und schaute Handford an. »Ich war im Gurdwara – das ist ...«

»Ein Tempel der Sikhs, ich weiß.«

»Ich wollte dort mit einem der Älteren sprechen. Ich wollte ... ich hatte mich entschieden ... Ich wollte wissen, ob ich ein Sikh werden könnte, den Glauben wechseln.« Die Worte sprudelten förmlich aus ihm heraus, als wären sie ihm weniger unangenehm, wenn er sie so schnell wie möglich ausstieß. »Hier konnte ich mit niemandem sprechen, hier sind Rukhsana und ich zu bekannt. Das hätte zu viel Aufsehen erregt. Deshalb bin ich in eine andere Stadt gefahren.«

Wieder versank er in Schweigen und diesmal ließen Handford und Graham ihn gewähren. Kein Wunder, dass Amajit nicht mit Ali darüber sprechen wollte. Man brauchte nicht allzu viel Phantasie, um sich vorstellen zu können, wie er darauf reagiert hätte.

»Darf ich Sie fragen, weshalb Sie daran gedacht haben, Ihren Glauben zu wechseln? Das ist ein gewaltiger Schritt.«

Amajit fasste die Tasse mit beiden Händen und drückte sie an seine Wange, als spende sie ihm Trost und Kraft.

»Ich habe sie geliebt, Inspector. So sehr geliebt. Aber es war schwer für uns – wir hatten uns mit unseren Familien überworfen, wir wollten ein Kind, waren uns aber auch über die Schwierigkeiten im Klaren, haben miteinander gehadert, ob es wirklich eine gute Idee wäre, und konnten uns doch nicht einig werden. Ich dachte ... ich habe gemeint, wenn ich durch diesen Schritt Rukhsana ...« Er stockte und schwieg einen Moment, bis er sich wieder gefasst hatte. »Rukhsana hätte zu ihrer Familie zurückkehren können. Vermutlich hätte man sie wieder aufgenommen. Außerdem dachte ich, dass es dadurch keine Auseinandersetzungen mehr darüber geben würde, wie wir unsere Kinder erziehen wollen, und dass wir ihnen ein Elternhaus bieten könnten, das eines Glaubens war. Außerdem hatte ich gehofft, dass ihre Eltern sich vielleicht mit unserer Ehe abfinden und auch mich akzeptieren würden. Dann hätten unsere Kinder wenigstens *ein* Großelternpaar.«

»Und Ihre Familie?«

»Sie wären tief betroffen gewesen.« Fünf Worte, die nicht einmal annähernd dazu taugten, die Höllenqual zu beschreiben, die sie ausgestanden hätten. Amajit sank einen Moment lang in sich zusammen, wie von einem Gram gebeugt, der ihn aber nicht brechen, nicht um den Verstand bringen konnte. Zweifellos wünschte er sich das, dann würde er nichts mehr fühlen, nichts mehr empfinden, doch er war zu stark, hatte zu viele Kraftreserven. Er fing sich wieder, rang einen Moment lang um Fassung. »Ich habe gelernt, auch ohne meine Familie zu leben, Inspector«, sagte er leise. »Ich tu es nicht gern, aber ich wäre damit auch weiter zurechtgekommen.«

»Ich entnehme dem, dass Rukhsana nicht wusste, was Sie vorhatten.«

»Nein.« Amajit senkte die Tasse, folgte ihr mit seinem Blick. »Ich wollte erst feststellen, ob es überhaupt möglich ist, bevor ich es ihr gegenüber erwähne.«

»Wie sind Sie nach Leeds gekommen?«

»Mit dem Auto.«

»Und Sie sind direkt von der Baustelle aus dorthin gefahren?«

»Ja.«

»Dann müssten Sie etwa gegen zwölf, Viertel nach zwölf dort gewesen sein?«

»Ja, ungefähr.«

»Wurden Sie dort erwartet?«

»Ich habe ein paar Tage vorher angerufen und um ein Gespräch mit einem der Älteren gebeten.«

»Wie lange waren Sie in dem Tempel?«

»Etwa eine Dreiviertelstunde.«

»Können Sie mir den Namen der Person nennen, mit der Sie gesprochen haben? Wir müssen das überprüfen.«

»Ich habe ihn mir aufgeschrieben. Auf einem Zettel im Auto. Ich hole ihn rasch.«

Die beiden Detectives warteten, bis sie hörten, wie die Haustür geschlossen wurde. »Kein Wunder, dass er nicht mit Sergeant Ali sprechen wollte«, sagte Graham dann. »Meiner Meinung nach ist das nichts weiter Weltbewegendes, aber ich bin auch nicht gerade ein religiöser Mensch. Allerdings weiß ich, wie viel Wert der Sergeant darauf legt, dass er Moslem ist.«

Handford wollte nicht über Ali sprechen. »Wenn Mahmood den Tempel gegen ein Uhr verlassen hat, müsste er etwa um Viertel vor zwei wieder im Büro gewesen sein, spätestens um zwei. Doch er hat sich erst um halb drei zurückgemeldet. Er kann also nicht sofort dorthin gefahren sein. Er muss vorher noch irgendwo anders gewesen sein.«

Sie hörten, wie die Haustür aufgesperrt und wieder geschlossen wurde, und kurz darauf kam Amajit ins Wohnzimmer. Er reichte Handford ein Blatt Papier.

»Tut mir Leid, Inspector, ich hätte es Ihnen gleich sagen sollen.«

»Das hätte uns jedenfalls eine Menge Zeit erspart.«

»Es tut mir Leid.« Er stand vor dem Detective wie ein Schuljunge, der etwas angestellt hat.

Handford blickte vom Sessel aus zu ihm auf. »Wie lange haben Sie für die Rückfahrt gebraucht?«

»Eine halbe, allenfalls eine Dreiviertelstunde.«

»Sind Sie sich sicher?«

»Ja.«

Plötzlich funkelte Handford ihn wütend an. »Ach, kommen Sie, Amajit«, rief er und erschreckte sowohl den Mann, der vor ihm saß, als auch Graham, der seinem Chef einen verdutzten Blick zuwarf. »Selbst wenn Sie eine Dreiviertelstunde gebraucht haben, wären Sie um Viertel vor zwei wieder zurück gewesen. Sie haben sich aber erst gegen halb drei zurückgemeldet. Hören Sie auf, mich an der Nase herumzuführen. Wo waren Sie?«

Amajit antwortete nicht gleich. Er hatte die Lippen zusammengepresst und mahlte mit den Kaumuskeln. Langsam zog er sich zu seinem Sessel zurück und ließ sich hineinsinken.

Handford achtete auf Amajits Augen, sah, wie sein Blick vom einen zum andern zuckte, flatternd und unstet wie eine Motte im Licht. »Nun kommen Sie schon«, sagte er leise. »Wo waren Sie?«

Der sanftere Ton schien Amajit wieder halbwegs zu beruhigen. Er beugte sich vor und blickte zu Boden. »Ich bin auf dem Rückweg oben beim Pflegeheim vorbeigefahren.«

Die beiden Detectives blickten einander an. Amajit war in der fraglichen Zeit dort gewesen. Er hätte sie umbringen können. Und wenn er wusste, dass sie fremdging, hatte er auch ein Motiv.

»Warum? Warum sind Sie zum Pflegeheim gefahren?«, fragte Handford.

»Rukhsana wollte ihre Tante besuchen. Ich habe gedacht, sie wäre noch dort.«

»Warum?«

»Weil ich mit ihr reden wollte, ihr erzählen, wo ich gewesen bin.«

»War sie noch da?«

»Ich habe sie nirgendwo gesehen.«

»Ihr Auto stand auf dem Parkplatz.«

»Ich war nicht auf dem Parkplatz. Ich bin auf der Zufahrt

dem Hofarbeiter begegnet. Ich habe angehalten und ihn gefragt, ob er weiß, wo sie ist. Aber er sagte, er hätte sie aus dem Hauptgebäude kommen sehen, daher nahm ich an, sie wäre bereits weg.«

»Und danach?«

»Ich bin bis vor das Haus gefahren, habe gewendet und bin ins Büro zurückgekehrt.«

»Hat Nathan Teale, der Hofarbeiter, Sie wegfahren sehen?«

»Nein, er war nicht mehr da, als ich wieder durch diesen Teil des Grundstücks kam.«

Handford lehnte sich zurück und rieb sich das Gesicht. Seine Hand roch noch nach Babycreme. Der blanke Hohn, dachte er, während er den Duft auskostete – Amajit konnte einem Säugling nicht mal die Windeln wechseln, aber er hätte durchaus das Undenkbare tun und seiner Frau mit einem Deckstein den Schädel einschlagen können. Wie viel Zeit brauchte man für so etwas? Reichten dreißig, vierzig Minuten, um sie umzubringen und ins Büro zurückzufahren? Das war alles noch zu vage. Er musste genau wissen, wann Amajit im Tempel vorgesprochen und wann er ihn verlassen hatte, wie die Verkehrsverhältnisse gewesen waren, wie lange die Rückfahrt gedauert hatte.

»Ist Ihnen klar, was das bedeutet, Mr Mahmood?«

Amajit hob den Kopf. »Ja, es bedeutet, dass ich etwa zu dem Zeitpunkt, als meine Frau ermordet wurde, dort war.«

»Das heißt«, sagte Handford leise und bedächtig, »dass noch immer ungeklärt ist, wo Sie in diesen fast vierzig Minuten gewesen sind. Und solange Sie mir das nicht lückenlos erklären können, haben Sie kein Alibi. Sie könnten durchaus als Täter infrage kommen.«

Zwölftes Kapitel

Amajit sprang auf und ging zum Fenster, wo er die Vorhänge zuzog, sodass weder der Lichtschein noch die abendlichen Verkehrsgeräusche hereindrangen. Dann wandte er sich den beiden Polizisten zu.

»Ich habe meine Frau nicht umgebracht. Ich war es nicht.« Aufgebracht stieß er die Worte aus, erregt und voller Nachdruck.

»Warum sollte ich Ihnen glauben?« Handford schlug einen harten Ton an. »Sie haben uns in so gut wie jeder Hinsicht belogen.«

»Ich habe nicht gelogen, was den Gurdwara angeht, dass ich meinen Glauben wechseln möchte.«

»Vermutlich nicht, aber es hat lange gedauert, bis Sie mit der Wahrheit herausgerückt sind. Sie hätten es mir von Anfang an sagen können, Sie hätten es heute Morgen Sergeant Ali sagen können, haben Sie aber nicht. Möglicherweise könnten Sie einwenden, dass Sie es mit der Wahrheit nur nicht so genau genommen hätten, eher Ausflüchte gemacht als gelogen, aber Sie haben es dennoch getan, weil Sie sich herauswinden wollten.«

Amajit fuhr zu Handford herum, starrte ihn mit glänzenden Augen an. »Wenn Sie in der Lage wären, in der ich und Rukhsana waren, würden Sie es verstehen«, sagte er.

»Was soll das heißen?«

»Das heißt, dass man unter den Umständen, in denen wir gelebt haben, sehr schnell lernt, dass man sein Gesicht nur retten, sein Selbstwertgefühl nur bewahren kann, wenn man Ausflüchte macht, sich herauswindet, wie Sie es ausgedrückt haben. Dass man darauf achten muss, wem man die Wahrheit sagt.«

»Aber nicht , wenn es darum geht, den Mörder Ihrer Frau zu finden«, stellte Handford ruhig fest. »Was nützt denn da noch der ganze Stolz?«

Amajit ging nicht darauf ein. Stattdessen setzte er sich auf einen der Stühle in der Nähe des Fensters, beugte sich über den Esstisch und betrachtete seine Finger, während er eine Staubfussel fing und damit herumspielte.

»Was haben Sie gemacht, nachdem Sie vom Pflegeheim weggefahren sind, Amajit?«

»Nichts Besonderes. Ich bin ein Stück die Straße entlanggefahren, habe auf einem Rastplatz gehalten und nachgedacht.«

»Worüber?«

»Über das, was ich vorhatte. Über meine Familie und die Auswirkungen, die mein Verhalten auf sie haben würde. Ob und inwieweit ich ihnen noch mehr Schmerz bereiten wollte.« Er zwirbelte die Fussel mit Mittelfinger und Daumen der rechten Hand zu einer kleinen Kugel, schlug sich die andere vor die Augen und drückte sie ans Gesicht, als wollte er die Tränen unterdrücken. »Ich weiß nicht …«

Der Mann war erschöpft. Handford tat er zutiefst Leid. Amajit schleppte so viel Schuldgefühle mit sich herum. Handford wusste, dass er ihn hart angegangen hatte, aber es war wichtig, dass diese Schuld zutage kam. Bei Berridge war das einfach gewesen. Seine Schuldgefühle, soweit er überhaupt welche gehabt hatte, waren allenfalls oberflächlich – man musste nicht weit vordringen. Aber Amajits Schuld saß tief und dementsprechend behutsam musste man damit umgehen.

»Fahren Sie fort«, sagte Handford leise.

Amajit nahm die Hand von den Augen und versuchte sich die Tränen abzuwischen. »Ich habe Rukhsana geliebt und nur aus Liebe habe ich eine Andersgläubige geheiratet. Ihretwegen hatte ich vor, dem Islam abtrünnig zu werden. Ich musste darüber nachdenken, was ich da tat und warum. Ich musste mir darüber klar werden, dass meine Liebe zu ihr inniger war als alles andere und dass ich ihr deswegen niemals Vorwürfe machen würde.«

Handford warf seinem Partner einen kurzen Blick zu, einen

Blick voller Mitgefühl, einen Blick, der besagte, dass Rukhsana Amajit nicht verdient habe. Und dass er etwas Besseres verdient hatte als das, was er ihm beibringen musste.

Amajit starrte vor sich hin. »Ich muss mindestens zwanzig Minuten dort herumgesessen haben, wenn nicht mehr. Ich kam zu keinem Entschluss, weil ich ständig nur daran denken musste, wie sehr ich sie liebte. Ich versuchte meine Gefühle zu unterdrücken, klaren Kopf zu behalten und nüchtern darüber nachzudenken, was am besten für uns war, aber es ging nicht, weil ich immer wieder feststellte, wie sehr ich sie liebte.« Er wandte sich an die beiden Männer und zuckte kurz die Achseln. »Dann bin ich weitergefahren, zurück ins Büro.«

»Hat Sie irgendjemand gesehen?«

Die schlichte, sachdienliche Frage schien etwas zu nützen. Amajits Stimme klang kräftiger, als er antwortete. »Ich habe keine Ahnung, Inspector. Ich habe kaum wahrgenommen, was um mich vorging. Ich habe niemand bemerkt, niemandem zugewinkt und mit niemand gesprochen.« Verzweiflung schwang in seinem Tonfall mit. »Wenn Sie also meinen, ich hätte nicht in meinem Auto gesessen, wenn Sie meinen, ich hätte meine Frau umgebracht, dann müssen Sie das beweisen, weil ich Ihnen nämlich nicht mehr weiterhelfen kann.« Er richtete sich auf, als schöpfte er aus seinem Unmut neue Kraft, mit der er die Initiative ergreifen konnte. »Nun, wenn das alles war, wäre es mir lieb, wenn Sie beide gingen.«

Das Mitgefühl, das Handford eben noch empfunden hatte, verflog, als Amajit sie mit einem Mal abwimmeln wollte.

»Tut mir Leid, Mr Mahmood«, sagte er kurz und knapp, »aber ich bin noch nicht fertig. Ich habe noch ein paar Fragen.«

»Und wenn ich sie nicht beantworten möchte?«, versetzte Amajit trotzig.

»Dann werde ich Sie auf Ihre Rechte aufmerksam machen und aufs Revier bringen, wo wir fortfahren werden.«

»Sie wollen mich festnehmen?« Es klang eher konsterniert als forsch.

»Nicht unbedingt, aber ich habe genügend Anhaltspunkte, um Sie unter hinreichendem Tatverdacht festzunehmen.«

Handford war sich nicht sicher, ob Amajit ihm glaubte. Aber er hoffte es. Denn dann würde er einsehen, dass er hier besser aufgehoben war. Ein gewisser Verdacht bleibt immer an einem hängen, wenn man »der Polizei bei ihren Ermittlungen weitergeholfen« hat, vor allem, wenn es sich bei dem Betreffenden um den Ehemann des Opfers handelt. Er hoffte, dass sich Amajit darüber im Klaren war. Doch noch mehr Gedanken machte er sich über die rechtliche Seite – dass Amajit einen Anwalt hinzuziehen konnte, wenn er ihn festnahm, dass die Frist unweigerlich ablief und er unter Druck geriet. Das hatte ihm gerade noch gefehlt, denn diesmal war es durchaus möglich, dass er den Falschen festnahm.

Er hatte das Gefühl, als warteten sie eine halbe Ewigkeit.

»Na schön, Inspector, stellen Sie Ihre Fragen.«

Handford war sichtlich erleichtert. Aber er brauchte noch ein bisschen Zeit, musste die Sache noch etwas hinausschieben.

»Vielleicht erst noch einen Kaffee, Sir. Constable Graham wird sicher so gut sein.«

»Wie Sie wollen. Wenn Sie nichts dagegen haben, schaue ich kurz nach Karen und dem kleinen Jungen, während wir warten.«

»Nein, machen Sie nur.« Handford war froh über die kurze Pause. Dadurch hatte er Zeit, seine Gedanken zu ordnen, sich zu überlegen, wo er in den nächsten paar Minuten den Hebel ansetzen wollte.

Es war durchaus möglich, dass Amajit keine Ahnung hatte, was ihn erwartete. Handford wünschte, er müsste es ihm nicht mitteilen. Genau genommen musste er es auch nicht. Trotz dessen, was er soeben gesagt hatte, könnte er jederzeit aufstehen und gehen, die Vernehmung abbrechen und ein andermal damit fortfahren. Und warum auch nicht? Es war spät, Amajit war müde, er war müde. Aber wenn er jetzt nachgab, sich sagte, das war's, gehen wir heim, fangen wir morgen noch mal an, dann hatte Amajit genügend Zeit, um wieder Kraft zu schöpfen. Wenn er erfahren wollte, ob der Mann wirklich die Wahrheit sagte, gab es nur eine Möglichkeit: Er musste mit ihm bis zum

Äußersten gehen und ihn an seinem wundesten Punkt treffen. Und mit wunden Punkten kannte sich Handford aus – er hatte sich über ein Jahr lang damit herumgeschlagen.

Er musste den richtigen Dreh finden, damit Amajit nicht so unsicher wurde, dass er mit allem einverstanden war, um dem Albtraum ein Ende zu bereiten. Vielmehr wollte er ihn in einen Zustand bringen, in dem er zur Wahrheit vordringen konnte, genauso, wie er es bei Berridge gemacht hatte. Auf die Wahrheit kam es letzten Endes an – für alle Beteiligten. Und wenn er die Wahrheit zutage fördern wollte, musste er im Leben anderer Menschen herumschnüffeln, ihre Vergangenheit und Gegenwart durchforsten, das Gedenken an jene besudeln, die sie liebten. Bald schon würde das Foto auf dem Kaminsims Amajit nicht mehr trösten, bald schon würde er es hassen. Und das bereitete Handford Kopfzerbrechen. Es hätte ihm nicht das Geringste ausgemacht, wenn er Berridge zur Strecke bringen müsste, denn Berridge hatte es verdient, aber aus irgendeinem Grund war es ihm alles andere als gleichgültig, dass er mit Amajit so umspringen musste.

»Der Kaffee, Sir«, meldete sich Graham.

»Danke.«

»Glauben Sie, er hat sie umgebracht?«

Handford dachte einen Moment lang nach. »Nein«, sagte er schließlich. »Ich glaube es nicht, um ehrlich zu sein, aber wir müssen sichergehen.« Er trank einen Schluck Kaffee. »Ich hoffe sogar, dass er's nicht war«, murmelte er.

Graham warf seinem Vorgesetzten einen kurzen Blick zu. »Warum? Warum hoffen Sie, dass er's nicht war?«

Handford seufzte. Graham hatte die letzte Bemerkung nicht hören sollen. »Weil ich ihn mag.«

»Kein allzu überzeugender Grund, jedenfalls nicht in unserem Beruf, wenn ich das mal sagen darf.«

Herrgott noch mal, was war bloß mit seinem Team los, dass jeder Constable meinte, er könnte ihn belehren? »Zu meiner Zeit, Graham«, sagte er, »haben die Constables nicht an der professionellen Einstellung eines Inspectors gezweifelt. Sie hatten mehr Respekt.«

Graham grinste. »'tschuldigung, Sir. Aber sogar ich weiß, dass viele vermeintlich nette Menschen dazu fähig sind, jemanden umzubringen.«

»Ja, na schön, na schön. Da Sie unbedingt Wert darauf legen, nehme ich mir Ihren Hinweis zu Herzen. Und nun trinken Sie Ihren Kaffee.«

Handford musste unwillkürlich lächeln, doch da er Graham diese Genugtuung nicht gönnen wollte, stand er auf und ging zum Fenster. Er wusste, dass ihnen die Frotzelei gut getan hatte. Es war wichtig, dass sie sich ab und zu von all dem Leid und Grauen, das sie umgab, losrissen und sich normal verhielten, und sei es auch nur für ein, zwei Minuten. Er zog den Vorhang zur Seite und blickte hinaus. Es hatte angefangen zu regnen und die Scheinwerfer der vorbeifahrenden Autos spiegelten sich in den Pfützen. Er drehte sich wieder um.

»Ich möchte, dass Sie morgen Mahmoods Alibi überprüfen. Erkundigen Sie sich vor allem, wann er beim Tempel eingetroffen ist und wann er ihn wieder verlassen hat. Sprechen Sie mit der Verkehrspolizei und stellen Sie fest, was auf den Straßen los war und wie lange er für die Rückfahrt von Leeds bis hierher gebraucht haben könnte. Sagen Sie Warrender, er soll Nathan Teale noch mal vernehmen. Er soll noch mal den ganzen Tag mit ihm durchgehen, jede einzelne Minute. Er hat nichts davon erwähnt, dass er Mahmood gesehen hat, also muss man ihm ein bisschen auf die Sprünge helfen. Wenn er das vergessen hat, hat er vielleicht auch noch andere Sachen vergessen. Bringen Sie ihn aufs Revier, wenn es sein muss.«

»Sir.«

»Sie schlafen beide tief und fest.« Amajit kam ins Zimmer und ließ sich müde in den Sessel sinken. Graham reichte ihm einen Kaffee.

»Danke. Ich glaube, ich habe in meinem ganzen Leben noch nie so viel von dem Zeug getrunken. Angeblich soll es schädlich sein.«

Handford wollte weitermachen. »Können wir fortfahren?«

Amajit gab mit einer kurzen Handbewegung sein Einverständnis.

»Rukhsana hat regelmäßig ihre Tante im Pflegeheim besucht. Führte das nicht zu Reibereien mit ihrer Familie?«

»Ich nehme es an, aber ihre Tante ist eine resolute alte Dame. Sie macht, was sie will, schon seit jeher. Oh, auch sie war wegen der Ehe gekränkt, wer nicht? Aber sie war nicht nachtragend und weigerte sich, Rukhsana deshalb zu verstoßen. Mit mir allerdings wollte sie nichts zu tun haben.«

Mit einem Mal wirkte er betroffen. »Hat ihr irgendjemand mitgeteilt, dass Rukhsana tot ist? Ich habe nicht daran gedacht.«

»Ja, keine Sorge«, sagte Handford. »Die Heimleiterin hat es ihr schonend beigebracht. Sie war natürlich tief betroffen, aber sie ist tapfer, wie Sie schon sagten. Einer meiner Männer hat heute Morgen mit ihr gesprochen. Er sagte, sie hätte es einigermaßen verkraftet.«

»Gut.« Amajit wirkte sichtlich erleichtert.

»Erzählen Sie mir etwas von Rukhsanas Freundinnen.« Handford hatte das imaginäre Messer gezückt.

»Sie hatte nicht viele. Die meisten Freundinnen, die sie aus der Schule kannte, Moslems wie Sikhs, durften nach unserer Hochzeit nicht mehr mit ihr verkehren. Mit der einen oder anderen traf sie sich heimlich, aber nur ab und zu.«

»Und in der Praxis?«

»Ich glaube nicht, dass sie die Frauen dort als Freundinnen betrachtet hat, eher als Kolleginnen. Sie hat nicht viel über sie gesprochen.«

»Gilt das auch für Dr. Copeman?«

»Ja, ich glaube schon.«

»Und was ist mit Karen Penistone?«

»Ich weiß es nicht. Sie hatte anscheinend eine gute Beziehung zu ihr. Sie sagte, Karen sei ein intelligentes Mädchen, aber leider an die falsche Familie geraten, falls Sie wissen, was ich meine.«

Handford nickte.

»Danny kam mit Klumpfüßen zur Welt, daher musste Karen von Anfang an mit ihm Krankengymnastik machen. Er wurde operiert, als er noch ziemlich klein war, glaube ich, aber er kann immer noch nicht richtig gehen. Rukhsana hat so oft wie möglich bei ihr vorbeigeschaut, um ihr zu helfen und sie aufzumuntern. Sie hat mir mal erzählt, dass sie sich Gedanken darüber macht, wer der Vater des Jungen sei. Karen weigerte sich, den Namen zu nennen. Sie bestand darauf, dass ihn niemand erfahren sollte, aber ich glaube, Rukhsana hatte einen Verdacht.«

»Hat sie mit Ihnen darüber gesprochen?«

Amajit runzelte die Stirn. »Nein, sie wollte nicht. Aber sie hatte vor, mit Dr. Haigh darüber zu reden. Ich weiß allerdings nicht, ob sie es getan hat.«

Handford trank seinen Kaffee aus und stellte die Tasse neben seinem Sessel am Boden ab.

»Sie sagten, Rukhsana hätte die anderen Frauen in der Praxis als Kolleginnen betrachtet. Wie sah es mit den Ärzten aus?«

»Genauso. Es waren eben Arztkollegen.«

»Meines Wissens war Dr. Berridge ihr Arzt.« Das Messer glitt über die Haut, schnitt aber noch nicht bis aufs Blut.

»Anfangs ja, aber als Dr. Copeman in der Praxis anfing, wechselte sie den Arzt. Sie sagte, sie wollte sich lieber von einer Frau behandeln lassen.«

Graham, der bislang ruhig dagesessen hatte, beugte sich vor. »Gehen Sie auch in diese Praxis, wenn Sie zum Arzt müssen?«

»Ja. Dr. Berridge ist mein Hausarzt.«

»Sind Sie mit ihm zufrieden?«, fragte Graham.

»Ich kann nicht klagen.« Amajit wirkte verwundert.

»Wie gut kennen Sie ihn?«

»Überhaupt nicht, abgesehen davon, dass er mein Arzt ist. Entschuldigen Sie, aber ich sehe nicht recht ein, was das mit Rukhsana zu tun haben soll.«

Jetzt war der entscheidende Zeitpunkt gekommen. Handford konnte entweder mit dem Messer zustoßen oder weiter an der Oberfläche herumschnippeln, bis das erste Blut floss. Schmerzhaft war das eine wie das andere. Er entschloss sich für Ersteres, wollte es hinter sich bringen.

»Wussten Sie, dass Ihre Frau ein Verhältnis mit Dr. Berridge hatte?«

Als Handford sah, wie sich Amajits Miene veränderte, wurde ihm zum ersten Mal klar, was heilloses Entsetzen bedeutete.

Eine Vielzahl von Gefühlen spiegelte sich auf Amajits Gesicht wider. Von Ungläubigkeit bis Abscheu. Und Handford wusste, dass die Abscheu ihm galt.

Und als sich die Abscheu durchsetzte, sprang Amajit auf, sodass sich der Kaffee auf den Teppich ergoss. »Raus!«, brüllte er. »Raus mit Ihnen!«

Im nächsten Moment wurde Handford an den Jackenrevers hochgezogen. Graham packte Amajit, riss ihn zurück und drehte ihm die Arme auf den Rücken. »Setzen Sie sich«, blaffte er ihn an und zog ihn wieder zu seinem Sessel.

Schwer atmend wandte sich Graham an Handford. »Ist alles in Ordnung, Sir?«

»Ja, bestens.« Handford strich sein Sakko glatt und rückte die Krawatte zurecht.

Amajit lag zusammengesunken da und hatte den Kopf auf die Armlehne gebettet, sodass seine Tränen einen dunklen Fleck auf dem Velourssamtbezug bildeten. »Was fällt Ihnen ein! Was fällt Ihnen ein!« Die Worte waren kaum hörbar.

Handford nahm wieder Platz. »Mr Mahmood«, sagte er. »Setzen Sie sich bitte aufrecht.«

Amajit beachtete ihn nicht, sondern stieß immer nur die gleichen Worte aus. »Was fällt Ihnen ein? So etwas würde sie niemals tun.« Dann blickte er auf. »Wo sind Ihre Beweise?«, wollte er wissen.

»Dr. Berridge hat die Affäre zugegeben. Das hätte er nicht getan, wenn es nicht stimmen würde. Er hat zu viel zu verlieren.« Handford hielt inne. »Wenn Sie etwas davon wussten, hätten Sie durchaus ein Motiv gehabt, um Ihre Frau umzubringen.«

»Wenn ich etwas davon gewusst hätte, Inspector«, sagte er mit dumpfer Stimme, »hätte ich ganz bestimmt nicht meine Frau umgebracht.«

Handford stemmte sich aus dem Sessel und ging zum Fenster. Er war sich ziemlich sicher, dass er jetzt die Wahrheit erfahren hatte, es sei denn, er stieß auf weitere Anhaltspunkte.

Amajit richtete sich auf. »Warum mussten Sie mir das erzählen?« Die Worte klangen erstickt. »Warum?« Er schaukelte vor und zurück. »Genügt es nicht, dass sie tot ist?«

Handford wandte sich um. »Tut mir Leid. Aber ich musste erfahren, wie viel Sie wussten. Und das war die einzige Möglichkeit.« Er schwieg einen Moment. »Ein Mord ist eine scheußliche Sache. So etwas bringt bei uns allen das Schlimmste zum Vorschein.«

Amajit rang um Worte. »Das Kind, war das von ihm?«

»Ich weiß es nicht, noch nicht.«

Amajit krümmte sich vornüber, legte die Stirn auf die Knie und schlang die Arme um den Leib, als wollte er den Schmerz unterdrücken. »Sagen Sie mir Bescheid, wenn Sie es wissen?«

»Ja, wenn ich es weiß.« Er ging neben Amajit in die Hocke. »Ich verspreche es.« Er hielt inne. »Tut mir Leid«, sagte er schließlich. »Ich weiß, wie tief Sie das verletzt hat. Kommen Sie darüber hinweg?« Eine blöde Frage, für die er den vernichtenden Blick verdient hatte, den er sich einhandelte.

Handford richtete sich auf und überließ Graham das Wort. »Sollen wir jemanden holen, der über Nacht bei Ihnen bleibt?«, fragte er.

Amajit wollte nicht, dass sie sich um ihn sorgten. Er schüttelte den Kopf. »Gehen Sie einfach«, sagte er.

Sie griffen zu ihren Mänteln.

»Gut, dann lassen wir Sie jetzt allein«, sagte Handford, als er seinen anzog. »Aber wir müssen noch mal mit Ihnen sprechen. Ich gebe Ihnen –«

Seine Worte wurden von einem lauten, beharrlichen Klopfen an der Haustür übertönt.

Handford wandte sich an Graham. »Um Himmels willen, kümmern Sie sich darum«, sagte er, »bevor noch jemand die Tür eintritt. Wimmeln Sie ihn ab.«

Graham wollte gerade in den Flur hinausgehen, als sie hörten, wie jemand mit schweren Stiefeln die Tür traktierte, bis das Holz splitterte und das Schloss nachgab. Ein Mann, den Handford noch nie gesehen hatte, drängte sich an Graham vorbei und stürmte ins Wohnzimmer.

»Wo is der Paki?«, brüllte er.

O Gott, dachte Handford, während er die riesige Gestalt musterte, das hat mir gerade noch gefehlt.

Graham packte ihn am Arm. »Was wollen Sie, Penistone?«

Doch Barry Penistone schüttelte ihn ab. Er ging auf Amajit zu, der aufgestanden war und zum Kamin zurückwich. »Wo ist sie, Paki?«

Handford ging dazwischen. »Falls Sie Ihre Schwester meinen, Mr Penistone, die ist im Bett. Und ich rate Ihnen auch, Sie dort zu lassen.«

»Verpiss dich, Bulle. Das geht bloß mich und den Paki was an. Ihr habt damit überhaupt nichts zu tun.«

»Es geht uns durchaus etwas an. Karen braucht ihre Ruhe. Außerdem haben Sie Mr Mahmoods Haustür eingeschlagen und das ist eine Straftat. Wenn Sie also nicht wollen, dass ich Sie festnehme, sollten Sie meinem Rat folgen und nach Hause gehen.«

Penistone ging auf Handford los, hob die Fäuste und schlug nach dem Kopf des Inspectors. Für einen Mann seiner Größe und Statur bewegte er sich erstaunlich schnell und geschmeidig. Handford duckte sich im letzten Moment weg, riss instinktiv den Arm hoch und fing damit den fürchterlichen Hieb ab, der trotz des dicken Wintermantels teuflisch wehtat. Er versuchte seinen Widersacher am Arm zu packen, bevor er den nächsten Schlag anbringen konnte, verfehlte ihn und wurde mit voller Wucht an der Brust erwischt. Der Treffer schleuderte ihn an den Esstisch zurück. Penistone ging erneut auf ihn los, aber Handford rollte sich rückwärts ab. Als er den Polizisten nicht zu fassen bekam, wollte sich Penistone Amajit vornehmen, doch Graham packte ihn am Arm, riss ihn herunter, drehte ihn auf den Rücken und stieß ihn gleichzeitig zu Boden. Penistone versuchte sich loszureißen, schlug und trat wild um sich, doch inzwischen war Handford über den Tisch geklettert, ergriff seinen Kopf und drückte ihn auf den Teppichboden.

»Beruhigen Sie sich«, schrie Handford ihn an. »Wenn Sie sich beruhigt haben, lassen wir Sie los.«

Als seine Wut nachließ, erlahmte Penistones Widerstand, worauf sie ihn auf die Beine zogen. Handford stieß ihn zu Graham.

»Nehmen Sie ihn wegen Körperverletzung, Hausfriedensbruch und Sachbeschädigung fest«, knurrte er. »Und rufen Sie einen Bus, der ihn abholt. Schaffen Sie ihn mir bis dahin aus den Augen.«

Als Graham Barry in den Flur hinausschob, rang Handford immer noch nach Atem. Allmählich wurde er für so etwas eindeutig zu alt.

Sobald er wieder halbwegs bei Kräften war, wandte er sich an die verängstigte Gestalt hinter ihm. »Keine Sorge«, sagte er nach wie vor schwer atmend. »Der wird Sie heute Nacht nicht mehr behelligen.«

»Sind Sie verletzt?«, fragte Amajit.

Handford rieb sich vorsichtig den Arm. »Gebrochene Knochen heilen wieder«, sagte er. »Nein, mir fehlt nichts«, fügte er dann hinzu. »Aber morgen kann ich mit meinen Blutergüssen protzen. Herrgott, ist das ein Brocken. Und stark dazu.«

Eine kraftlose Frauenstimme ertönte hinter ihnen. »Das kommt von den Anabolika, die er nimmt.«

Amajit und Handford drehten sich um und sahen Karen, die Danny auf dem Arm hatte und sich erschöpft an den Türpfosten lehnte.

»Anabolika?«

»Ja, die nimmt er schon, seit er aus dem Gefängnis gekommen ist.«

Während Detective Constable Graham Barry Penistone in den Zellentrakt brachte, wo er erkennungsdienstlich behandelt wurde, kehrte Handford in sein Büro zurück, um zwei Anrufe zu tätigen. Der erste galt Peter Redmayne. Wenn Barry Penistone Anabolika nahm, dann hatte er wahrscheinlich etwas mit Faysal Hussain zu tun. Er musste wissen, ob Redmayne ihn in Hussains Wohnung gesehen hatte.

»Peter? Ich bin's, John Handford.«

Einen Moment lang herrschte Schweigen. Dann: »Hallo, John, ich nehme an, Sie wollen etwas wissen.«

»Nun, ja. Ich möchte Sie etwas fragen und Sie möglicherweise um einen Gefallen bitten.«

»Dachte ich mir doch. Sie haben mich mit Peter angeredet,

ein deutliches Zeichen, dass Sie irgendwas von mir wollen. Im Pub war ich Mr Redmayne.« Er ließ den Hinweis kurz einwirken. »Was kann ich für Sie tun?«, sagte er dann.

»Kennen Sie einen gewissen Barry Penistone?«

»Nein, sollte ich?«

»Er nimmt Anabolika, was möglicherweise heißt, dass er sie von Hussain oder einem seiner Dealer bekommt.«

»Wie sieht er aus?«

»Ein Brocken von einem Kerl, der reinste Schlägertyp.«

»Das sind sie alle, sogar die Frauen. Deswegen nehmen sie ja Anabolika.«

»Ja, tut mir Leid. Ich bin ein bisschen müde. Ich habe gerade sechs Runden mit ihm hinter mir – wenigstens kommt es mir so vor.« Er rieb sich den Arm und fragte sich, ob er ihn im Krankenhaus hätte untersuchen lassen sollen. »Er ist groß, eins neunzig bis eins dreiundneunzig, bringt gut und gern zwei Zentner auf die Waage, allem Anschein nach nichts als Muskeln. Ein Gesicht wie ein Pfannkuchen, die Augen dementsprechend, dunkle Haare, soweit vorhanden. Nicht ganz kahl geschoren, aber fast.«

Peter Redmayne kicherte. »Meine Güte, der muss Ihnen ja ordentlich zu schaffen gemacht haben. Das ist nicht unbedingt die sachlichste Beschreibung, die ich bislang von einem Polizisten gehört habe.«

»Wenn Sie damit ausdrücken wollen, dass ich ihn nicht mag, haben Sie Recht«, sagte Handford mit giftigem Unterton. »Er ist ein Schläger. Aber er hasst Pakistanis, und wenn ich weiß, dass er etwas mit Hussain zu schaffen hat, kann ich ihn vielleicht dazu überreden, dass er den Mann verpfeift – vor allem, wenn ich mich bereit erkläre, ihn nicht wegen Körperverletzung zu belangen.«

»Irgendwelche Vorstrafen?«

»Ja, er hat achtzehn Monate wegen schwerer Körperverletzung gesessen, kam vor etwa drei Jahren wieder frei. Seither ist er nicht weiter aufgefallen, soweit wir wissen, abgesehen davon, dass er einmal den Freund seiner ehemaligen Verlobten mit einem Schlachtermesser bedroht hat.«

»Herrgott, woher hatte er das denn?«

»Vom Freund der Verlobten – er ist Metzger. Offenbar wollte Penistone seine Freundin zurückerobern und die wollte nichts davon wissen. Folglich hat er zum Messer gegriffen und gedroht, sich den Freund vorzunehmen. Nach dem Motto, wenn ich dich nicht kriege, sorge ich dafür, dass er dich auch nicht kriegt. Glücklicherweise hat jemand das Geschrei gehört und die Polizei gerufen. Letzten Endes ist nichts dabei herausgekommen, weil niemand Anzeige erstattet hat – sie wollten kein Theater haben.«

»Haben Sie ein Foto von ihm?«

»Ja, ich faxe es Ihnen durch.«

»Schicken Sie es mir lieber hierher, nach Hause. Es ist die gleiche Nummer, unter der Sie mich angerufen haben. Mal sehen, ob ich ihn kenne. Wenn ja, höre ich mich ein bisschen um und melde mich wieder bei Ihnen.«

»Danke.«

»Darf ich Sie fragen, ob er möglicherweise etwas mit dem Mord an Rukhsana Mahmood zu tun hat?«

»Ich glaube nicht. Für uns zählt er nicht zum Kreis der Verdächtigen. Seine Schwester war eine von Rukhsanas Patientinnen, aber soweit ich weiß, bestand keinerlei Beziehung zwischen ihm und dem Opfer.«

»War nur eine Frage. Ich melde mich wegen der Anabolika bei Ihnen. Und falls irgendwas dabei herauskommen sollte, erfahre ich es vor allen anderen, ja?«

Handford unterdrückte einen Seufzer. »Ja, Peter, Sie erfahren es vor allen anderen.« Er legte den Hörer wieder auf. Zum Teufel, lieber einen Freund als einen Feind.

Der zweite Anruf galt Sergeant Khalid Ali. Handford hatte sich überlegt, ob er lieber warten und morgen früh persönlich mit ihm sprechen sollte, entschied sich aber dagegen. Wenn es sich um einen anderen Mitarbeiter gehandelt hätte, hätte er auch nicht so lange gewartet, und je früher Ali erfuhr, was Amajit ihnen gesagt hatte, desto besser. Zumindest konnte er sich dann innerlich darauf einstellen.

In diesem Fall war Alis Reaktion durchaus erfreulich. »Das

dachte ich mir fast«, sagte er. »Es musste um so was Ähnliches gehen.«

»Und Sie kommen damit klar?«, hakte Handford nach. Er war davon überzeugt, dass es so einfach nicht war.

»Ja«, erwiderte er. »Ich komme damit klar. Ich hatte heute nicht unbedingt meinen besten Tag, aber dadurch und auch aufgrund eines langen Gesprächs, das ich gestern Abend mit meiner Frau geführt habe, habe ich mir ein paar Gedanken über mich gemacht.«

Handford dachte an Gill. »Nicht nur Sie, Khalid. Nicht nur Sie.«

»Sir?«

»Ja?«

»Als ich mit meiner Frau geredet habe, hat sie mich gefragt ... nun ja, sie wollte wissen, ob Sie und Ihre Frau Lust hätten, am Samstagabend zu uns zu kommen. Sie meinte, dadurch könnten wir einander vielleicht besser kennen lernen – außerhalb der Dienstzeit.«

»Warum nicht? Ich halte das für eine großartige Idee. Ich muss mich allerdings erst mit Gill absprechen, sichergehen, dass sie nicht schon etwas anderes vorhat, aber wenn sie kann, kommen wir gern. Ich sage Ihnen morgen Bescheid.« Im Grunde genommen war er sich nicht sicher, ob es wirklich so eine gute Idee war, aber es wäre ausgesprochen unfreundlich gewesen, die Einladung abzulehnen. Außerdem hatte Ali Recht. Dadurch hatten sie die Gelegenheit, sich auch außerhalb des Dienstes besser kennen zu lernen.

Er meinte förmlich zu hören, wie Ali am anderen Ende vor sich hin grinste. »Gut, Sir, dann bis morgen.«

»Haben Sie inzwischen die Akte zum Fall Jamilla Aziz gelesen?«

»Ja, und ich habe mit Clarke gesprochen. Ich hoffe, Sie haben nichts dagegen. Er hat mir von den Ermittlungen berichtet. Ich habe seinerzeit kaum etwas davon mitbekommen, weil ich auf einem langen Fortbildungskurs war, daher hat er mir die näheren Einzelheiten erzählt.«

Handford konnte sich Clarkes selbstgefällige Miene vorstellen. »Nein, es macht mir nichts aus. Gut, dass Sie ihn gefragt haben.«

»Er steht zu Ihnen, Sir. Er sagte, man hätte Ihnen übel mitgespielt. Und ich bin seiner Meinung, falls Ihnen das etwas nützt.«

»Vielen Dank, Ali.« Handford war mit einem Mal hundemüde. Es war ein langer Tag gewesen. »Ich hätte es Ihnen vorher sagen müssen. Aber ich war, um ehrlich zu sein, dauernd der Meinung, dass man Sie hinzugezogen hat, damit Sie mich im Auge behalten. Wirklich blöde. Tut mir Leid.«

»Vergessen Sie's, Sir. Es ist nicht wichtig.«

»Da wäre aber noch was. Nach Auskunft von Peter Redmayne war Faysal Hussain der Anstifter.«

»Amajit Mahmoods Cousin?«

»Genau der.«

»Aber warum sollte Faysal Hussain Unruhen anzetteln?«

»Das habe ich mich auch gefragt.«

»Ich könnte es ja verstehen, wenn er ein Verwandter gewesen wäre«, sagte Ali bedächtig. »Aber das war er nicht. Was also hatte er damit zu tun? Ich habe eher den Eindruck, dass er das Licht der Öffentlichkeit lieber meidet, statt dadurch Aufsehen zu erregen, dass er Unruhen anzettelt.«

»Er selbst hat kein Aufsehen erregt. Ich hatte vor diesem Fall noch nie was von ihm gehört. Und ich hatte auch keine Ahnung, dass er etwas mit diesen Unruhen zu tun hatte, bis Redmayne es mir erzählt hat.«

»Trotzdem behaupte ich, dass es ihm weniger um die Familie Aziz ging, sondern dass er eher Sie loswerden wollte. Vielleicht dachte er, Sie hätten etwas über seine diversen Machenschaften erfahren.«

»Aber warum? Sein Name ist nie gefallen.«

»Das wusste er aber nicht, oder? Und offensichtlich wollte er kein Risiko eingehen.«

»Wollen Sie damit etwa sagen, dass Jamillas Bruder irgendwas mit Hussain zu schaffen hatte und er dachte, ich wüsste es?«

»Ja, ich würde fast darauf wetten.«

»Sie meinen also, ich habe letztes Jahr die Hölle durchgemacht«, sagte Handford ungläubig, »weil jemand unbegründete Befürchtungen hatte?«

»Sieht meiner Meinung nach ganz so aus. Wir müssen ihn beobachten, Sir, sonst tut er uns das noch mal an.«

Handford war dankbar für das »uns«.

»Eigentlich dumm«, fuhr Ali fort. »Wenn er sich herausgehalten hätte, hätten wir von seinen Machenschaften gar nichts mitbekommen. Schließlich handelt er nicht mit Betäubungsmitteln.«

»Könnte schon sein«, sagte Handford nachdenklich. »Aber wir beide haben eine Kostprobe davon bekommen, was das Zeug bei den Leuten bewirkt, die es nehmen. Als Penistone auf mich losgegangen ist, habe ich gedacht, mich trifft ein zehn Tonnen schwerer Felsblock. Ich kann immer noch nicht fassen, wie stark dieser Kerl ist.«

Ali schwieg einen Moment lang. »Stark genug, um einen eineinhalb Zentner schweren Deckstein aufzuheben, Sir?«, sagte er dann.

Handford dachte darüber nach. »Bislang ist er unter all den Leuten, auf die wir gestoßen sind, der Einzige, der es vermutlich könnte.« Er hielt inne und dachte nach. »Die Sache hat was für sich, Khalid«, sagte er versonnen. »Aber soweit ich das ersehen kann, besteht keinerlei Verbindung zwischen ihm und Rukhsana.«

»Abgesehen von Karen Penistone, Sir. Und seinen Vorurteilen.«

Dreizehntes Kapitel

»Ich muss gehen.« Karen wandte sich zur Wohnzimmertür. »Ich muss rauskriegen, was sie mit ihm machen.«

Amajit wollte sie zurückhalten. »Karen, Sie sind nicht in der Verfassung, um irgendwo hinzugehen. Legen Sie sich wieder ins Bett.« Sanft zog er sie an sich, fasste sie an der Schulter und beugte sich vor, sodass er ihr in die Augen schaute. Sein Blick wirkte besorgt, doch sein Gesicht war fahl und abgespannt. »Sie haben doch gehört, was der Inspector gesagt hat. Es hat keinen Sinn, wenn Sie heute Nacht noch losziehen. Er ist in polizeilichem Gewahrsam.«

»Nicht, wenn Sie die Anzeige zurückziehen.« Sie wollte ihn nicht vor den Kopf stoßen, nachdem er so freundlich zu ihr gewesen war, aber unwillkürlich schlug sie einen trotzig-vorwurfsvollen Tonfall an, als wäre es seine Schuld, dass sie hier war und jemand seine Tür eingetreten hatte.

Er schien es kaum wahrzunehmen. »Karen, selbst wenn ich das tue, nützt es nichts. Er hat einen Polizisten angegriffen. Die lassen ihn nicht so einfach davonkommen.« Behutsam lotste er sie zum Sofa. »Bitte, Sie sehen nach wie vor nicht gut aus. Bleiben Sie hier.« Er drehte sich zu dem Kind um, das in einem Sessel schlief. »Ich bringe Danny nach oben und hole Ihnen eine Zudecke und ein Kissen. Sie können eine Weile auf dem Sofa liegen bleiben.«

Sie war zu müde, um ihm zu widersprechen, daher ließ sie sich auf die Couch betten und schmiegte den Kopf an die samtig glatte Polsterung. Amajit hatte sämtliche Lampen eingeschaltet, sodass es keinerlei Schatten gab, keinen dunklen Winkel. In dem grellen, gleißenden Licht wurden ihre Kopfschmerzen wieder schlimmer und so schloss sie die Augen.

Danny rührte sich kaum, als Amajit ihn aus dem Zimmer trug. Sie hörte seine gedämpften Schritte auf dem Teppichboden, als er die Treppe hinaufstieg. Ein bisschen anders als bei ihr, wo der Belag beinahe bis auf die blanken Bretter abgetreten war.

Die Tür knarrte leise, als er zurückkehrte. »Er hat keinen Mucks gemacht, hat sich gleich wieder eingerollt, als ich ihn hingelegt habe. Der schläft bis morgen durch.« Er bettete das Kissen auf die Armlehne der Couch. »Kommen Sie, legen Sie sich hin.« Sie tat, wie ihr geheißen, worauf er die Zudecke über sie breitete. »Ich mache uns einen Tee. Möchten Sie ein Sandwich oder irgendwas anderes?«

»Nein, bloß einen Tee.« Sie schaute ihn an. »Sie sehen müde aus, Amajit. War es schlimm mit der Polizei?«

Beim Gedanken an die letzten zwei Stunden verfinsterte sich seine Miene und er ließ sich in den nächstbesten Sessel sinken. »Sie hatte ein Verhältnis.«

»Das ist doch lächerlich.«

»Sie haben es jedenfalls gesagt.«

Karen richtete sich weiter auf. »Das glaub ich nicht. Mit wem denn?«

»Mit einem der Ärzte in der Praxis, sagen sie. Dr. Berridge. Es geht schon seit Monaten. Sie glauben, ich hätte es herausgefunden und sie umgebracht. Sie glauben, ich hätte einen Stein genommen und ihr über den Kopf gezogen. Sie glauben, ich hätte sie erschlagen.« Er massierte sich die Stirn mit den Handballen, hatte die Finger wie Krallen gekrümmt. »So etwas würde ich nie tun, Karen. Niemals. Ich habe sie geliebt. Egal, was sie gemacht hat, so was hätte ich ihr niemals angetan.«

Karen stieß die Zudecke beiseite und zog sich zu ihm hoch. Sie legte ihm die Arme um die Schultern und hielt ihn fest. »Ich weiß, ich weiß«, flüsterte sie und küsste ihn durch das dichte schwarze Haar, als wäre er ein Kind, das Trost brauchte. Er klammerte sich an sie, vergrub sein Gesicht an ihrem Hals, während er am ganzen Körper von Weinkrämpfen geschüttelt wurde. Nach einiger Zeit hörte er allmählich auf zu weinen, aber sie hielten sich weiter eng umschlungen, bis er sich unverhofft von ihr löste und sie anschaute, trockenen Auges zwar, aber mit zutiefst schmerzlichem Blick.

»Tut mir Leid«, sagte er. »Ich hätte Sie nicht damit behelligen dürfen. Ich mache uns gleich einen Tee.«

Karen blickte ihm hinterher, als er das Zimmer verließ. Sie ergriff die Zudecke, ließ sich wieder zurücksinken und zog sie sich bis unter das Kinn. Nicht eine Sekunde lang glaubte sie, dass er Rukhsana umgebracht hatte, dazu war er nicht fähig. Wenn sie nur seinen Schmerz etwas lindern, ihm helfen könnte, mit dieser Brutalität fertig zu werden, die er erlebt hatte, die für ihn etwas Neues war, ihr hingegen nur zu vertraut. Im Lauf der Jahre hatte sie damit umzugehen gelernt. Aber für ihn waren dieser wilde Hass, diese unbezähmbare Wut etwas Fremdes – Barrys Hass, sein ungeheurer Jähzorn, in den er sich von einem Moment zum anderen hineinsteigerte und der ebenso schnell wieder verflog, so als wäre nichts geschehen. Amajit kannte so etwas nicht, verstand es nicht, hatte Angst davor. Sie wusste, dass sie ihm nicht über das Leid hinweghelfen konnte, das ihn ob seines Verlustes und wegen Rukhsanas Untreue plagte, denn obwohl sie es erahnte, kannte sie seine Gefühle nicht, konnte sie nicht einmal annähernd nachvollziehen. Aber wenn sie ihm wenigstens in einer Hinsicht beistehen konnte, käme er vielleicht mit allem anderen zurecht. Sie schloss die Augen. Schmerz war Schmerz, aber Barrys Prügel, so weh sie auch taten, waren leichter zu ertragen, weil der Schmerz irgendwann nachließ, nicht aber die Qualen, die Amajit durchlebte.

Sie hatte nach wie vor Kopfschmerzen, aber jetzt waren sie wieder heftiger geworden. Sacht strich sie sich mit dem Handrücken über die Stirn. Er fühlte sich kühl an, verschaffte ihr aber kaum Linderung. Mit einem Mal spürte sie, dass sie nicht mehr allein war, und schlug die Augen auf. Amajit kniete neben der Couch, dicht zu ihr gebeugt. Sie spürte seinen warmen Atem auf der Haut. Unwillkürlich streichelte sie seine Wange.

»Geht es Ihnen besser?«, fragte sie.

Er ergriff ihre Hand. »Ein bisschen«, sagte er. »Ich bin so froh, dass Sie hier sind, Karen. Ich glaube, ohne Sie wäre ich dem nicht gewachsen gewesen.«

»Der arme Kerl sieht aus, als ob er seither nicht viel geschlafen hat«, flüsterte Margaret der Sprechstundenhilfe neben ihr zu, worauf sie beide einen Blick zu Amajit warfen.

Er war ohne Voranmeldung gekommen, aber Margaret hatte gesagt, sie wollte zusehen, dass er Dr. Haigh so schnell wie möglich sprechen könnte. Der würde ihm etwas geben, damit er über das Schlimmste hinwegkäme, hatte sie gesagt.

Das Schlimmste! Was war das Schlimmste? Vor zwei Tagen hätte er gesagt, das sei der Augenblick gewesen, als man ihm mitteilte, dass seine Frau ermordet worden war. Bis gestern, als ihm klar geworden war, dass man ihn der Tat verdächtigte, als er vernommen wurde, diese beharrlichen Fragen über sich ergehen lassen musste – als er erfahren hatte, dass seine Frau ein Verhältnis hatte und das Kind, das sie unter dem Herzen getragen hatte, möglicherweise von ihrem Liebhaber stammte, nicht von ihm. Unaufhörlich wie ein steter Trommelschlag gingen ihm Handfords Worte durch den Kopf. *Wussten Sie, dass Ihre Frau ein Verhältnis mit Dr. Berridge hatte?* Bis er schier wahnsinnig zu werden meinte. Hatte Dr. Haigh tatsächlich Tabletten, die einem über so etwas hinweghalfen?

Er wusste nicht genau, warum er Karen etwas von Rukhsanas Verhältnis mit Dr. Berridge erzählt hatte. Ursprünglich hatte er es nicht vorgehabt, weil er das Andenken an seine Frau in Ehren halten wollte, doch nachdem die Polizisten gegangen waren, hatte er ständig Rukhsana und Berridge vor Augen gehabt, in inbrünstiger Leidenschaft vereint, sodass es ihm einfach herausgerutscht war.

Er hatte den Doktor so selten besucht, dass er sich kaum an sein Gesicht erinnern konnte, doch er sah ihre nackten Leiber vor sich, weiß auf braun – ineinander verschlungen, hitzig, sah, wie sie sich vor Lust wälzten. Er kniff die Augen zusammen, versuchte die Bilder loszuwerden. Sie hatten also ein Verhältnis miteinander gehabt. Wo? Wo hatten sie es getrieben? In ihrem

Auto? In irgendeinem Hotel? Hier in der Praxis? In seinem Bett? Wut und Scham peinigten ihn. Er spürte, dass er am ganzen Leib zitterte, dass sämtliche Muskeln zuckten, als würde er von Fieberschüben geschüttelt, bis er es kaum mehr aushielt. Krampfhaft umklammerte er die Armlehnen des Stuhls, zwang sich dazu, sitzen zu bleiben, hielt sich mit letzter Willenskraft fest. Karen hatte ihm geraten, zum Arzt zu gehen und sich etwas verschreiben zu lassen. So einen Schlag, hatte sie gesagt, könnte niemand wegstecken, ohne irgendetwas zu nehmen. Er musste nicht zu Dr. Berridge, er konnte sich auch an Dr. Haigh halten. Immerhin war er sehr hilfsbereit gewesen, als er ihn am Tag nach Rukhsanas Tod aufgesucht hatte. Wenn er ihm irgendwie beistehen könnte, hatte er gesagt, wenn er irgendetwas wollte, sollte er sich nur an ihn wenden.

Deshalb war er aufgebrochen, als sie Danny gerade sein Frühstück zubereitete, und zu der Praxis gefahren. Zuerst war er im Auto sitzen geblieben, weil er es nicht über sich brachte, das Gebäude zu betreten, hatte nur das Personal beobachtet, gesehen, wie alle ihrer Arbeit nachgingen, als ob nichts geschehen wäre. Aber er wollte endlich schlafen, ohne dass ihn Albträume heimsuchten. Außerdem hatte Karen Recht. Mit Tabletten war das viel leichter. Also hatte er sich schließlich aufgerafft, hatte die Tür aufgestoßen und war wie ein Roboter zur Anmeldung gegangen. Margaret war ausgesprochen verständnisvoll gewesen.

Jetzt saß er auf einem Stuhl vor Dr. Haighs Sprechzimmer, aber er hatte auch Dr. Berridges Behandlungsraum im Blick. Er hatte sich vorgenommen, dem Liebhaber seiner Frau aus dem Weg zu gehen, als er hierher kam, doch als Berridge ein, zwei Minuten lang allein war, nachdem der eine Patient aus seinem Sprechzimmer gekommen und der nächste noch nicht aufgerufen war, stieß er wie unter Zwang die Tür auf.

Berridge, der sich gerade etwas notierte, blickte verdutzt auf. Als ihm klar wurde, wen er vor sich hatte, bekam er es mit der Angst zu tun, dann packte ihn die helle Panik. Er rührte sich nicht, saß wie gelähmt da, mit angespannter Miene, den Füllfederhalter in der Hand.

»Warum? Sagen Sie mir nur, warum?« Amajits Stimme schnappte über.

Berridge saß reglos da, und einen Moment lang fragte sich Amajit, ob er sich womöglich geirrt hatte, ob ihn die Polizei hereingelegt hatte.

»Mr Mahmood, ich …«

Berridges Tonfall verriet ihm, dass es stimmte.

»Warum, Sie Dreckskerl?«, schrie Amajit. »Sie sind doch auch mein Arzt. Ich bin Ihr Patient. Wie konnten Sie sich da nur mit meiner Frau einlassen?«

Berridge sagte nichts. Mit gesenktem Kopf saß er da.

Amajit ging zu der offenen Tür und deutete hinaus auf die Stuhlreihen. »Wissen die Bescheid? Wissen die Leute da draußen im Wartezimmer, dass Sie sich mit Ihren Patientinnen einlassen?« Er trat ein paar Schritte zurück, bis er unmittelbar vor dem Arzt stand, und packte ihn am Revers.

»Bitte, Mr Mahmood …«

Amajit zerrte Berridge, der sich kaum auf den Beinen halten konnte, ins Wartezimmer und stieß ihn dann vor sich. Berridge geriet ins Stolpern, verlor das Gleichgewicht und fiel auf die Knie. Amajit packte die langen braunen Haare und zog seinen Kopf hoch.

»Seht ihn euch an!«, rief er. »Seht ihn euch genau an. Das ist euer Doktor. Euer Doktor hatte ein Verhältnis mit meiner Frau! Dass sie seine Patientin war, dass ich sein Patient bin, das war ihm völlig egal. Er hatte ein Verhältnis mit *meiner Frau*!« Er packte den Haarschopf fester. »Nicht wahr?«, herrschte er ihn an. Und als er keine Antwort bekam, riss er seinen Kopf weiter zurück. »Nicht wahr?«

Niemand rührte sich, keiner sagte ein Wort.

»Geben Sie's zu. Sie hatten ein Verhältnis mit meiner Frau.«

»Ja.« Berridge brachte kaum mehr als ein Flüstern zustande.

»Lauter. Damit es alle hören.«

»Ja.«

Amajit atmete tief durch, ließ den Haarschopf los und stieß Berridge zu Boden. Dann war auch er am Ende seiner Kräfte und sank neben ihm in die Knie.

Er wusste nicht, wie lange er dort gekauert hatte, aber es konnten allenfalls ein paar Sekunden gewesen sein, als ihn zwei Hände an der Schulter fassten.

»Kommen Sie, Mr Mahmood. Kommen Sie mit.« Ein besänftigender Tonfall, voller Anteilnahme.

Behutsam half ihm Dr. Haigh auf und geleitete ihn in sein Sprechzimmer. »Kümmern Sie sich um ihn«, sagte er zu der Sprechstundenhilfe. »Ich bin gleich zurück.«

Als ihn die Sprechstundenhilfe zu einem Stuhl führen wollte, drehte sich mit einem Mal das ganze Zimmer vor seinen Augen. Das Letzte, was er hörte, bevor ihm die Sinne schwanden, war Dr. Haighs lauter Ruf. »Kann sich vielleicht jemand um Dr. Berridge kümmern?«

»Gott sei Dank, das wäre erledigt.«

Handford legte den Aktenordner mit der Kostenaufstellung in den Ausgangskorb, stand dann auf, reckte sich und warf einen Blick auf die Uhr. Viertel nach sechs. Noch eine halbe Stunde, dann wollte auch er Feierabend machen. Wenn danach noch etwas anfiel, konnte man ihn per Pieper erreichen. Heute wollte er zeitig nach Hause gehen, anständig zu Abend essen, ein Bier trinken, vor dem Fernseher sitzen – wo er wahrscheinlich wieder einschlief.

Klang gut, aber warum hatte er dabei das Gefühl, als stehle er sich davon? Er machte diesen Beruf schon zu lange, daran lag es vermutlich; die ewigen Überstunden waren ihm längst zur Gewohnheit geworden. Aber hier konnte er derzeit nichts weiter tun. Die Mahmood-Brüder waren allem Anschein nach nicht nach Pakistan abgereist; für sie war nirgendwo ein Flug gebucht, weder am Mittwoch noch am Donnerstag oder am Freitag. Sie trieben sich also vermutlich noch irgendwo in der Gegend herum und mussten nur aufgespürt werden. Er hinterließ die entsprechende Anweisung für die Detectives, die am Wochenende Dienst hatten. Sie sollten sich die Eltern noch einmal vornehmen, bei Faysal Hussain nachfragen, zusehen, dass man sie fand. Nathan Teale und seine Frau waren laut Auskunft einer Nachbarin, die sie gebeten hatten, ihre Katze zu füttern, bis

Sonntagabend verreist. Den konnte man also erst am Montagmorgen ein weiteres Mal vernehmen.

Auch ein Gespräch mit Amajit brachte nichts, da sein Alibi bestätigt worden war, von der guten halben Stunde einmal abgesehen, die er auf dem Rastplatz gewesen war. Die Pressestelle hatte eine Verlautbarung für die Abendzeitung, den lokalen Fernsehsender und die Radionachrichten herausgegeben, in der die Bevölkerung um Rückmeldung gebeten wurde, falls jemand zur fraglichen Zeit seinen Wagen gesehen hatte. Es war immer unwahrscheinlicher, dass er seine Frau umgebracht hatte, aber eine Zeugenaussage bezüglich dieser dreißig Minuten könnte nichts schaden, damit die Sache niet- und nagelfest war. Handford war sich darüber im Klaren, dass sie nicht viel gegen Amajit in der Hand hatten, dass der Tatverdacht allenfalls auf Mutmaßungen beruhte, die jeder halbwegs anständige Anwalt vor Gericht zerpflücken konnte, falls die Staatsanwaltschaft überhaupt Anklage erhob. Er bedauerte es nicht. Wenigstens musste er nicht mit der Wut der asiatischen Bevölkerung rechnen – es sei denn, Kamal und Jahangier hatten tatsächlich ihr Versprechen wahr gemacht und Rache geübt. Wenn nicht, blieb nur noch Ian Berridge als Hauptverdächtiger übrig.

Handford ging in den Lageraum und goss sich eine Tasse Kaffee ein. Konnte ein Mann, der den Eid des Hippokrates geschworen hatte, einen derart brutalen Mord begehen? *Sei nicht blöde, John, selbstverständlich kann er das. Was war denn mit Shipman?* Berridge hatte mit Sicherheit ein Motiv und auch die Gelegenheit, aber war er auch stark genug? Nathan Teale und Barry Penistone waren es, aber soweit er das ersehen konnte, hatte keiner von beiden einen Grund, sie umzubringen. Wenn es sich also nicht um einen Racheakt von Seiten der Familie handelte – und nach so langer Zeit hielt er das für unwahrscheinlich –, musste er sich wieder mit Berridge befassen. Ein eher schmächtiger, schwächlicher Mann, der aber, wenn ihn die Wut packte, möglicherweise die nötige Kraft aufbieten konnte – und Berridge war wütend gewesen.

»John?« Handford hatte nicht bemerkt, dass Clarke an seinem Schreibtisch saß. Er ging zu ihm.

»Ich glaube, ich habe etwas über Berridge rausgekriegt«, sagte Clarke. Ein leichtes Lächeln spielte um seine Mundwinkel.

»Muss was Gutes sein. Dieses Grinsen habe ich eine ganze Weile nicht gesehen.« Handford schmunzelte.

»Tja, es ist pikant, so viel kann ich dir sagen. Scheint ein ziemlicher Wüstling zu sein, unser Dr. Berridge.«

»Ein Wüstling? Na, daran erkennt man, wie alt du bist.« Handford zog sich einen Stuhl zurecht, setzte sich und streckte die Beine aus.

Clarke warf ihm einen unwirschen Blick zu. »Ich habe mit einem Detective Sergeant Jowett in Belfast gesprochen«, sagte er. »Seinen Worten zufolge denkt Berridge nur noch mit dem Unterleib, wenn es um Frauen geht, vor allem, wenn sie jung und hübsch sind.«

»Nun ja, warum überrascht mich das nicht weiter?«

Clarke warf einen Blick in sein Notizbuch. »Er ist nicht vorbestraft, aber man hat eine Akte über ihn angelegt, als ihn die Eltern eines jungen Mädchens bezichtigten, er hätte bei ihrer Tochter ernsthafte sexuelle Annäherungsversuche unternommen. Sie war fünfzehn, wirkte aber wie zwanzig und war nach Aussage ihrer Schulfreunde sexuell erfahren. Berridge stritt die Vorwürfe selbstverständlich ab. Er war damals in der Gynäkologie tätig und sagte, sie hätte die Untersuchung mit einem Annäherungsversuch verwechselt.«

Handford zog ungläubig die Augenbrauen hoch.

»Jedenfalls konnte man ihm nichts nachweisen. Sein Wort stand gegen das der Eltern, sodass die Sache eingestellt wurde.«

»Was war mit dem Mädchen?«

»Als es darauf ankam, hat sie ihre Geschichte zurückgenommen. Hat gesagt, sie hätte alles nur erfunden. Eine Teenagerphantasie, von der sie sich hätte mitreißen lassen. Man war allgemein der Ansicht, dass er sie irgendwie überredet hatte, damit sie aussagte, sie hätte sein Verhalten missverstanden. Die Eltern waren gezwungen, die Anzeige zurückzuziehen, und kurz darauf verließ Berridge die Klinik und kam hierher – offenbar mit ausgezeichneten Referenzen. Nach Auskunft von Jowett waren die Behörden erleichtert, als er wegzog. Es gab eine ganze Reihe von Gerüchten, wonach er diverse Affären hatte, unter anderen auch mit Patientinnen und jungen Mädchen. Seine Frau wollte sich mehr als einmal von ihm trennen.«

»Er schläft also mit jeder, die er kriegen kann. Das heißt aber noch lange nicht, dass er Rukhsana umgebracht hat.«

»Nein, aber das ist noch nicht alles. Während der polizeilichen Ermittlungen kam raus, dass Berridge ein Jahr zuvor höchstwahrscheinlich eine junge Frau geschwängert hatte. Wieder handelte es sich um eine Patientin, die diesmal nicht minderjährig war, aber an einer chronischen Krankheit litt. Musste über Monate hinweg immer wieder ins Krankenhaus. Irgendeine Frauenkrankheit.« Er warf einen Blick auf seine Notizen. »Endometriose.« Clarke sprach es Silbe für Silbe aus. »So was Ähnliches.« Er hielt inne, schaute sich das Wort noch einmal an und schüttelte verwundert den Kopf.

»Jedenfalls handelte es sich um eine gewisse Bethany Cantrell. Studentin auf dem College, achtzehn Jahre alt. Naiv und nach Aussage ihrer Schulfreundinnen irrsinnig in Berridge verliebt. Hat ununterbrochen über ihn geredet. Meiner Meinung nach gibt es nicht den geringsten Zweifel daran, dass sie sich ziemlich oft getroffen haben. Schließlich ging sie auf die Universität, und man nahm allgemein an, dass die Beziehung allmählich ausklang.«

Handford schlug die Beine übereinander. »Mir ist nicht ganz klar, wohin das führen soll.«

»Die Sache ist die, Chef, dass die Beziehung, wie später herauskam, nicht etwa zu Ende ging, weil Bethany auf die Universität musste, sondern weil sie schwanger wurde. Sie hatte einer Freundin anvertraut, dass er sie liebte und bei ihr bleiben wollte. Aber das tat er nicht, sondern er bestand darauf, dass sie einen Abbruch vornehmen lassen sollte. Zu ihrem eigenen Besten selbstverständlich. Sie wollte doch auf die Universität gehen, sie würde dadurch ihr ganzes Leben ruinieren und so weiter und so fort. Aber sie hat sich geweigert, wollte nicht abtreiben lassen, sah außerdem in Irland gar keine Möglichkeit dazu, und eine Reise ins Ausland konnte sie sich nicht leisten. Er versuchte sie zu überreden, sagte, am Geld sollte es nicht scheitern, er käme dafür auf. Aber letzten Endes sagte sie, sie brächte es nicht über sich. Sie wollte es ihren Eltern erzählen und alles Weitere auf sich nehmen.«

Handford seufzte. »Kommt mir irgendwie bekannt vor.«

»Es kommt noch besser. Denn wenige Stunden nach dem Gespräch wurde sie mit Kopf- und Unterleibsverletzungen ins Krankenhaus eingeliefert *und* sie hat das Kind verloren. Seinerzeit sagte sie, sie wäre überfallen worden. Lieferte eine ziemlich überzeugende, wenn auch mehr oder weniger nichts sagende Beschreibung der Täter – groß, Mitte zwanzig, der eine dunkelhaarig, der andere blond, trugen Jeans und Jeansjacken, so in der Richtung. Nicht weiter erstaunlich, dass sie nie gefasst wurden. Aber als im darauf folgenden Jahr die Ermittlungen gegen Berridge eingeleitet wurden, erfuhr Bethany durch eine Freundin davon und setzte sich mit Jowett in Verbindung. Offenbar hatte sie Berridge gewarnt, ihm gesagt, wenn er noch einmal jemandem das Gleiche antäte wie ihr und sie erfahre es, würde sie zur Polizei gehen. Und sie hat Wort gehalten. Sie hat Jowett alles erzählt, vor allem auch, dass Berridge gern zuschlägt, wenn es nicht nach seinem Willen geht.«

»Hatte man schon vor dieser Sache einen Verdacht, dass Berridge womöglich hinter diesem Überfall stecken könnte?«

»Nein. Sie stand zu ihrer Geschichte, bis sie von diesem Mädchen hörte und sich an Jowett wandte. Das heißt natürlich noch nicht, dass er Rukhsana umgebracht hat, das ist mir klar, Chef. Aber er ist mit Sicherheit nicht der freundliche, fürsorgliche Arzt, für den ihn seine Patienten halten, und er ist jähzornig.«

»*Wenn* sie die Wahrheit sagt.« Handford rutschte ein Stück tiefer. »Nicht auszuschließen, dass sie sich bloß an ihm rächen wollte.« Er verschränkte die Hände hinter dem Kopf. »Was ist dabei herausgekommen?«

»Nichts. Ihr Wort stand gegen seines. Und wie du schon gesagt hast – es hätte sich auch nur um einen Racheakt ihrerseits handeln können.«

»Wo ist sie jetzt?«

»In London, in Clapham, genauer gesagt. Arbeitet als Rechercheurin für die BBC. Wenn du willst, kann ich mich mit der

Cavendish Road in Verbindung setzen, darum bitten, dass man sie vernimmt.«

»Ja, mach das. Sag denen, sie sollen uns die Aussage per E-Mail zusenden. Und ein Foto, wenn sie eins haben. Ich kläre das mit dem Chef.«

»Was wollen Sie mit dem Chef klären?« Russell war in der Tür aufgetaucht und sah Handford mit ernster Miene an.

»Dass wir die Kollegen an der Cavendish Road in London bitten wollen, eine Zeugin für uns zu vernehmen.«

»Wenn es notwendig ist und wenn es unser Etat hergibt. Berichten Sie mir später darüber.« Er wandte sich an Clarke. »Lassen Sie uns bitte einen Moment allein, ja?«

Clarke, der mit Handford einen kurzen Blick wechselte, nahm seinen Mantel und ging aus dem Zimmer.

Der Inspector setzte sich auf. Was nun? Russell zog sich einen Stuhl zurecht. »Ich habe Dr. Haigh in meinem Büro.«

»Sir?«

»Offenbar kam Amajit Mahmood heute Morgen in die Praxis und griff Dr. Berridge tätlich an. Er sagt, Sie hätten ihm mitgeteilt, dass Berridge ein Verhältnis mit seiner Frau hatte.«

Handford rutschte das Herz in die Hose. Er wusste, dass Amajit wütend gewesen war, aber das wäre nicht nötig gewesen. Verdammter Idiot. »Ja, gestern Abend, als wir ihn vernommen haben.«

»Warum?« Russell zog fragend die Augenbrauen hoch.

»Weil wir uns Klarheit darüber verschaffen mussten, ob er es wusste. Es hätte durchaus ein Motiv für den Mord an seiner Frau sein können.«

»Dann ist er also ein Tatverdächtiger?«

»Ausschließen kann ich es nicht, Sir. Noch nicht.«

»Und Dr. Berridge?«

»Bei ihm auch nicht.«

»Nun ja.« Russell seufzte tief auf. »Sehr bedauerlich, dass Sie Mahmood nicht etwas sanfter anpacken konnten, zusehen, dass Sie es ihm entlocken, statt ihn direkt damit zu konfrontieren. Mir fällt dazu nur der sprichwörtliche Elefant im Porzellanladen ein, John.«

Im nächsten Moment ergriff Handford das Wort.

»Wenn ich auch nur einen Moment gedacht hätte, dass er es weiß, hätte ich dafür gesorgt, dass er es mir erzählt. Aber offensichtlich hatte er keine Ahnung. Und letzten Endes wäre das eine für ihn ebenso schmerzlich gewesen wie das andere, egal, wie ich es angestellt hätte.«

»Möglicherweise, aber darum geht es nicht. Wenn Sie behutsamer vorgegangen wären, hätte sich dieser Tumult in der Praxis heute Morgen vielleicht vermeiden lassen.«

Das war's, er hatte eins auf die Finger bekommen. Russell stand auf und stellte den Stuhl wieder an seinen ursprünglichen Standort. »Sie dürfen gern mitkommen und Dr. Haigh besänftigen. Wie ich bereits andeutete, ist er alles andere als erfreut.«

Handford seufzte auf, nachdem er es sich die ganze Zeit verkniffen hatte.

»Keine Sorge, John, ich werde Ihnen beistehen.«

Sie gingen zu Russells Büro. Dr. Haigh saß in einem der bequemen Sessel mit Armlehnen, die für Besucher vorbehalten waren, und hatte eine Porzellantasse samt Untertasse auf dem Schoß stehen. Er war ein gemütlich wirkender Mann, grauhaarig, rundlich – der reinste Bilderbucharzt. Handford fragte sich, ob Rukhsana alt genug gewesen war, um sich noch an die Fernsehärzte von früher erinnern zu können, an Dr. Finlay und Dr. Cameron zum Beispiel.

Russell lächelte den Arzt an. »Ich glaube, Sie kennen Detective Inspector Handford.« Schon erstaunlich, dachte Handford, wie er sich binnen kürzester Zeit verändern kann. Jetzt gab er den perfekten Gastgeber, der nicht das Geringste mit dem eingeschnappten Vorgesetzten gemein hatte, den er eben noch gespielt hatte.

»Ja.« Dr. Haigh erhob sich kurz und gab ihm die Hand. »Inspector.«

»Sir.«

»Einen Kaffee, John?«

Einem geschenkten Gaul … »Danke, gern, Sir.«

»Dr. Haigh ist ziemlich betroffen über den Vorfall von heute Morgen«, sagte Russell, als er ihm aus der Perkolatorkanne eine Tasse eingoss. Er reichte sie Handford, zog sich dann hinter seinen Schreibtisch zurück und nahm Platz. Handford, der Tasse samt Untertasse in der Hand hielt, blieb stehen.

»Ja, das kann ich mir vorstellen, Sir. Mr Mahmood war sehr aufgebracht, was ja durchaus verständlich ist.«

»Ich wünschte nur, Sie hätten mich vorgewarnt, mir vorher mitgeteilt, dass Sie es ihm sagen wollten.« Dr. Haigh holte tief Luft. »Dann hätte ich dafür gesorgt, dass uns dieser peinliche Auftritt erspart geblieben wäre. Es war höchst unangenehm, vor allem für die Patienten, die im Wartezimmer saßen.«

Garantiert! Das wird noch wochenlang für Gesprächsstoff sorgen. »Wussten Sie etwas von der Beziehung, Sir?« Handford lehnte sich an einen der Aktenschränke. Er hatte einen langen Tag hinter sich, er war müde und außerdem hätte ihm Russell wenigstens einen Sitzplatz anbieten können.

»Ich hatte Gerüchte gehört. Aber als Rukhsana von Dr. Berridge zu Dr. Copeman wechselte und er nicht mehr ihr Arzt war, ging mich die Sache nichts mehr an.« Er trank einen Schluck. »Ich habe es zwar nicht gebilligt, aber sie waren beide erwachsene Menschen, sie mussten selbst wissen, was sie taten. Ich konnte nur hoffen, dass sie die nötige Diskretion wahrten.«

Handford trank einen Schluck Kaffee und stellte dann die Tasse samt Untertasse auf den Aktenschrank. »Meines Wissens ist Dr. Berridge seit vier Jahren bei Ihnen tätig.«

»Ja, ungefähr. Er kam aus Belfast, mit besten Empfehlungen. Und er war ein erfahrener Gynäkologe, ein Facharzt, der uns hier fehlte. Und er ist ein sehr guter Arzt, Inspector. Ich würde ihn ungern verlieren. Deswegen bin ich so ungehalten über diesen Vorfall. Wenn sich gewisse Gerüchte verbreiten ... nun ja, Sie können sich gar nicht vorstellen, wie sehr das der Praxis schaden könnte.«

Handford hätte am liebsten eingewandt, dass all das nicht passiert wäre, wenn Dr. Haigh in seiner Praxis die Zügel nicht so hätte schleifen lassen. Doch der warnende Seitenblick, den Russell ihm zuwarf, überzeugte ihn davon, dass er seine Gedanken lieber für sich behalten sollte.

»Rukhsana wurde in dem Wald ermordet, der an das Pflegeheim angrenzt«, sagte er stattdessen. »Und wir fragen uns, warum sie sich dort aufhielt. Es war ein scheußlicher Tag und der Wald ist ein ganzes Stück vom Hauptgebäude des Heims und vom Parkplatz entfernt. Haben Sie eine Ahnung, warum sie dort hingegangen sein könne?«

»Nicht die geringste, Inspector.«

»Wissen Sie, ob sie sich wegen irgendetwas Sorgen machte?«

»Meinen Sie, wegen ihrer Schwangerschaft?«

»Wissen Sie darüber Bescheid?«

»Inzwischen schon, seit diesem Vorfall heute Morgen. Ich musste natürlich mit Ian sprechen – mit Dr. Berridge – und er hat es mir erzählt. Er macht sich verständlicherweise Sorgen, dass er der Vater sein könnte. Aber ob ihr das Kopfzerbrechen bereitet hat, das weiß ich leider nicht.«

»Könnte es sich um irgendetwas anderes gehandelt haben?«

»Nein, nicht dass ich wüsste – jedenfalls nichts, das sie mir anvertraut hätte.« Dr. Haigh stellte seine Tasse auf Russells Schreibtisch. »Tut mir Leid, aber ich muss gehen. Wir haben nach der Sprechstunde eine Mitarbeiterversammlung. Ich mache so etwas am Freitag gar nicht gern, aber ...« Er seufzte, als wäre er ungehalten darüber, dass man ihn in eine derartige Lage gebracht hatte, woran seiner Meinung nach offensichtlich Handford schuld war.

Er schüttelte Russell die Hand. »Vielen Dank, Chief Inspector, war schön, Sie kennen zu lernen. Ich bedaure nur, dass es unter so unglückseligen Umständen sein musste.« Er nickte Handford kurz zu. »Inspector.«

Handford öffnete ihm die Tür. »Wie geht es Mr Mahmood, Doktor?«

»Ich habe ihn nach Hause gebracht und ihm ein Beruhigungsmittel gegeben. Er sollte eine Zeit lang schlafen. Der arme Mann war völlig erschöpft. Eine junge Frau mit einem kleinen Jungen war da. Sie sagte, sie werde bei ihm bleiben.«

»Karen Penistone.«

Der Arzt blieb in der Tür stehen und wandte sich an den Inspector. »Das war also Karen Penistone.«

»Kennen Sie sie, Sir?«

»Nein, nicht persönlich.« Er trat wieder einen Schritt in das

Zimmer. »Ich weiß nicht, ob es eine Rolle spielt, ich bin mir nicht einmal sicher, ob ich es Ihnen überhaupt sagten sollte – aber ja, da war etwas, über das sich Rukhsana Gedanken machte. Es ging um Karen Penistone.«

Handford schloss die Tür. »Sir?«

»Sie suchte mich eines Tages auf, wusste nicht recht, was sie tun sollte. Sie machte sich Sorgen wegen Karens Beziehung zu ihrem Bruder.«

»Barry?«

»Ja, das ist er. Offenbar hatte sie fürchterliche Angst vor ihm. Er war ständig bei ihr zu Hause, wurde des Öfteren gewalttätig und sprang mit ihr um, als wäre sie sein persönliches Eigentum. Aber er betete den kleinen Jungen an. Schrieb ihr genau vor, wie sie ihn aufziehen sollte. Außerdem war er sehr voreingenommen, wollte nicht, dass Rukhsana sie aufsuchte. Ich kann mich noch daran erinnern, dass er eines Tages zu mir kam und mir mitteilte, dass sie sie nicht mehr als Fürsorgerin haben wollten.«

»Was haben Sie dazu gesagt?«

»Ich erklärte ihm, dass sie die Fürsorgerin seiner Schwester sei und wenn sie zu mir käme und mich darum bäte, würde ich ihr vielleicht eine andere Fürsorgerin zuteilen. Das hat sie aber nicht getan.«

»Hat sich Rukhsana deshalb Gedanken gemacht?«, fragte Handford.

»Nein, es ging um etwas Ernsteres. Das Kind kam mit Talipes zur Welt. An beiden Füßen.«

»Das sind Klumpfüße, nicht wahr?«

»Ja. Die Fersen standen nach innen, der übrige Fuß war schräg nach unten verkrümmt. In diesem Fall kam erschwerend hinzu, dass auch die Schienbeine verdreht waren. So etwas kann genetisch bedingt sein, Inspector. Karens Großvater hatte die gleiche Behinderung, aber es vererbt sich nur sehr selten von einer Generation auf die andere – es sei denn, beide Elternteile sind genetisch vorbelastet. Deshalb hat sich Rukhsana Gedanken gemacht.«

Vierzehntes Kapitel

Karen hatte keine Ahnung, wie spät es war, als sie aufwachte. Der orangerote Schein der Straßenlaternen, der durch die dünnen Vorhänge drang, tauchte das Zimmer in ein trübe schimmerndes Zwielicht. Sie drehte sich zu Danny um. Ausgestreckt lag er da, hatte den einen Arm über den Kopf gelegt, die Faust geballt, den anderen neben sich, die Finger gespreizt, als wollte er die Grenzen seiner kleinen Welt ertasten. Vorsichtig, damit sie ihn nicht weckte, zog Karen den Arm unter der Zudecke hervor, hielt ihn vors Gesicht und versuchte auf ihrer Armbanduhr die Zeit abzulesen, aber es war zu dunkel.

Im Haus war es totenstill. Und kalt. Sie schlug die Decke zur Seite, stieg behutsam aus dem Bett und zog den Morgenmantel an, den Amajit ihr geliehen hatte. Vorsichtig schlich sie aus dem Schlafzimmer, tastete sich an der Wand im Treppenhaus entlang, bis sie auf den Lichtschalter stieß. Sie kippte ihn nach unten. Als sie der grelle Lichtschein aus dem Badezimmer traf, blinzelte sie kurz. Weil sie niemanden stören wollte, schloss sie erst die Tür, bevor sie den Zahnputzbecher aus der Halterung nahm und ihn unter den Kaltwasserhahn hielt. Sie hatte einen trockenen Mund, daher spülte sie ihn erst ein paarmal mit dem eisigen Nass aus, bevor sie es schluckte, das angenehm kühle Gefühl genoss, als es durch ihre Kehle in den Bauch lief.

Sie warf einen Blick auf ihre Uhr und stellte fest, dass es zehn nach vier war. Die Heizspirale unter der Badezimmerlampe glühte rot auf und die Wärme drang allmählich durch ihren Frotteemantel. Sie beugte sich vor, lehnte sich an das Waschbecken und betrachtete ihr Spiegelbild im Toilettenschrank. Es kam ihr vor, als wäre eine halbe Ewigkeit vergangen, seit sie das zum letzten Mal in ihrem kleinen Badezimmer daheim gemacht hatte – an dem Tag, an dem sie erfahren hatte, dass Rukhsana tot war, dem Tag, da sie Barry das Gleiche gewünscht hatte. Wie lange war das her? Zwei, drei Tage? Und in so kurzer Zeit hatte sich ihr ganzes Leben derart verändert, wie sie es nie und nimmer erwartet hätte, aber sie musste sich auch damit abfinden, dass es so nicht weitergehen durfte. Wenn sie nichts dagegen unternahm, machte es Barry. Und der war so voller Hass, dass er gemeingefährlich war, wie eine Tretmine, die bei der geringsten Berührung explodiert.

Die Blutergüsse in ihrem Gesicht verblassten allmählich. Sie strich mit den Fingern darüber, als wollte sie ein Abbild ihres Lebens nachzeichnen – all die Schläge, die Gemeinheiten, die Verbitterung und den ewigen, unaufhörlichen Schmerz. Nicht den äußeren Schmerz, denn der ließ nach, sobald die Wunden verheilten, sondern einen Schmerz, der tiefer saß, einen Schmerz, den sie seit zwei, fast drei Jahren mit sich herumschleppte, seit der Nacht …

Sie erschauderte von Kopf bis Fuß, riss sich dann zusammen und zwang sich, den Tatsachen ins Auge zu sehen. Gerecht war es nicht, aber so war es nun mal im Leben, jedenfalls dort, wo sie herkam, in dem Leben, in das sie morgen wieder zurückkehren musste. Sie war ganz schön dumm gewesen, wenn sie gemeint hatte, sie könnte auf die andere Seite der Stadt ziehen, Zugang zu Amajits Welt finden und die trostlose Siedlung ein für alle Male hinter sich lassen, in der nichts als kaputte Familien und immer mehr ledige Mütter wohnten.

Sie seufzte auf, spülte das Glas aus und steckte es wieder in den Haltering. Dann schlang die den Morgenmantel eng um sich, verließ das Badezimmer und zog leise die Tür zu. Der gelbe Lichtstreifen, der darunter hindurchfiel, erlosch, als sie den Schalter drückte.

Amajits Schlafzimmertür war geschlossen. Er hatte sich die Bettruhe redlich verdient, auch wenn sie auf Chemie beruhte. Wenigstens wurde er dadurch eine Zeit lang all das Leid und die

Trauer los. Morgen, wenn sie weg war, musste er allein damit fertig werden. Er hatte sonst niemand. Keine Angehörigen, weil die Familie nicht bereit war, ihre Vorurteile über den Haufen zu werfen, keine Freunde, weil niemand mit ihm gesehen werden wollte. Möglicherweise war letztlich sie diejenige, die es glücklicher getroffen hatte, denn so schlimm es bei ihnen auch zugegangen war, so roh und grob ihre Familie auch gewesen sein mochte, aber ihre Angehörigen hätten ihr das nicht angetan, die hätten sie in so einem Elend nicht allein gelassen.

Sie wollte gerade wieder in ihr Zimmer zurückkehren, als sie einen Laut hörte, wie ein leises Husten. Von Danny kam es allem Anschein nach nicht, aber sie schaute trotzdem nach ihm. Er lag immer noch genauso da wie vorhin. Doch die Laute hörte sie immer noch, auch wenn sie jetzt leiser waren. Sie spitzte die Ohren, versuchte festzustellen, woher sie kamen. Vorhin hatte sie bewusst kein Licht im Treppenhaus angemacht, doch jetzt tat sie es. Unten rührte sich nichts; die Haustür war zu und fest verschlossen, nachdem die Polizei einen Handwerker vorbeigeschickt hatte, der ein neues Schloss eingebaut und den Türpfosten geflickt hatte. Der dumpfe Ton kam irgendwo aus nächster Nähe. Vorsichtig drückte sie die Klinke von Amajits Schlafzimmertür durch und schob sie einen Spaltbreit auf. Er lag auf dem Bettzeug und hatte immer noch den kimonoartigen Morgenmantel an, den er angezogen hatte, als Dr. Haigh ihm das Beruhigungsmittel gegeben hatte. Eingerollt wie ein Embryo lag er da, hatte den Kopf im Kissen vergraben, soweit sie das erkennen konnte. Als sie auf Zehenspitzen zu ihm ging, wurde ihr allmählich klar, dass er schluchzte, aber sie wusste nicht, ob er wach war oder nur im Traum vor sich hin weinte. Sie kauerte sich neben ihm nieder, damit sie ihn deutlicher sehen konnte, strich ihm dann über die Haare, streichelte ihn so, wie sie es immer mit Danny machte. Er rührte sich nicht, daher fuhr sie fort, machte immer weiter und murmelte jedes Mal ihr besänftigendes »Schsch«. Sie wusste nicht, wie lange sie neben ihm kauerte, aber irgendwann beruhigte er sich, worauf sie ihre Hand wegnahm, sich auf die Bettkante stützte und hochstemmte. Langsam zog sie sich zurück.

»Gehen Sie nicht weg.«

Karen blieb stehen. »Ich wollte Sie nicht aufwecken«, sagte sie.

»Ich war schon wach.« Er drehte sich zu ihr um. »Gehen Sie bitte nicht weg.«

Sie begab sich wieder zum Bett und kniete sich neben ihn. »Ich bleibe bei Ihnen, bis Sie eingeschlafen sind.«

Amajit richtete sich auf und schaute sie an. Seine Wangen waren tränennass, die Augen rot und verquollen.

»Es tut so weh, Karen«, sagte er. Dann schluchzte er erstickt auf, und es dauerte einen Moment, bis er sich wieder halbwegs gefasst hatte. »Was soll ich denn machen?«, stieß er schließlich hervor. »Wie soll ich das nur überstehen?«

Sie legte ihm die Hand auf die Wange. »Ich weiß es nicht, Amajit. Ich weiß es wirklich nicht.«

»Halten Sie mich fest.«

Sie legte die Arme um ihn. Er klammerte sich an sie, hielt sie so fest, dass sie sich auf die Bettkante setzen musste, um ihn zu stützen. Er war verkrampft, und es dauerte eine Zeit, bis sie spürte, wie er sich allmählich entspannte und wieder regelmäßiger atmete. Als sie dachte, dass er sich halbwegs beruhigt hätte, rüttelte sie ihn kurz, um ihm kundzutun, dass er jetzt vielleicht schlafen könnte.

Er nahm den Kopf von ihrer Schulter, wandte sich zu ihr und schaute sie an. Sie spürte seinen warmen Atem auf der Wange, als er sich vorbeugte. Er nahm ihr Gesicht in beide Hände, zog sie zu sich, bis er ihre Lippen fand, und küsste sie gierig, drang mit der Zunge in ihren Mund ein und erkundete ihn. Sie wollte ihn wegstoßen, nein sagen, und ein-, zweimal versuchte sie es, aber irgendetwas hinderte sie daran, und so hielt sie ihn fest und erwiderte den Kuss mit einer Inbrunst, die sie selbst erschreckte. Sie fuhr mit den Fingern durch seine Haare, krallte sich an seine Kopfhaut, als sie von jäher Leidenschaft gepackt wurde.

Er löste sich von ihr, betrachtete sie zärtlich und mit sanftem Blick. Dann zog er sie weiter aufs Bett und band langsam den Gürtel des Morgenmantels auf. Behutsam streifte er ihn über ihre Arme, schob dann das T-Shirt hoch, das sie darunter trug, und entblößte ihre Brüste, die er erst mit der Hand und dann mit der Zunge liebkoste. Sie löste den Gürtel seines Kimonos, worauf er sich aufrichtete und ihn abschüttelte, nackt vor ihr kniete. Er zog ihr das T-Shirt über den Kopf und legte sich auf sie. Die Inbrunst von vorhin wich einer tiefen Zärtlichkeit, als sie einander erkundeten, und als er in sie eindrang, war er sanft und behutsam. Einmal rief er Rukhsanas Namen, aber Karen machte es nichts aus. Er brauchte sie, damit sie seinen Schmerz linderte, und sie wiederum liebte ihn. Sie hatten nichts, das sie schützen konnte, außer ihrer Verletzlichkeit, und diese Verletzlichkeit war es, die Amajit zumindest einen Moment lang wieder den Frieden schenkte, der ihm genommen worden war, und in ihr eine Ruhe schuf, wie sie sie noch nie erfahren hatte. Sie erreichten gemeinsam den Höhepunkt, und sie spürte, wie er sich in ihr ergoss, als er kam. Sein Samen rann zwischen ihren Beinen hinab, als er sich zurückzog, und sie fühlte ihn unter sich, warm und klebrig.

Barry trat von einem Bein aufs andere. Das nasse Gras schmatzte unter seinen Füßen, und er spürte, wie die klamme Kälte durch die dünnen Sohlen seiner Schuhe drang. Morgen Abend zog er Stiefel an, egal, was Hussain sagte. Auch heute hatte er sich über die Anweisungen des Pakis hinweggesetzt und trug seine dick gefütterte Jacke – die sah zwar nicht besonders aus, aber sie schützte ihn zumindest etwas vor der Kälte, und es war kalt, verdammt kalt sogar. Der Winter war für Barry ein Gräuel – keine Wärme, keine Sonne, nur Finsternis und Trübsal. Im Gefängnis war es genauso gewesen. Auch dort hatte er keine Sonne gesehen, zu keiner Jahreszeit, so sehr sie sich auch bemühte, aber durch das kleine, vergitterte Fenster war nicht ein einziger Strahl gefallen. Selbst der Hof und die Sportplätze lagen im Schatten der hohen Mauern. Achtzehn Monate lang waren die Hitze und die Helligkeit der Sonne nicht mehr als eine Erinnerung gewesen, und jetzt hatte er in jedem Winter das Gefühl, als wäre er wieder im Gefängnis.

Er schlug die Hände zusammen, um seine steifen Gliedmaßen etwas aufzuwärmen. Nur Faysal Hussain veranstaltete im November einen Rave; und nur Hussain erwartete, dass sich seine Rausschmeißer herausputzten, als arbeiteten sie in einem Nachtclub im Stadtzentrum, nicht in einer verwahrlosten alten Scheune, die irgendeinem Farmer gehörte, der nur geil aufs Geld war. Trotzdem sah er gut aus mit dem schwarzen Jackett und der Fliege – und dank der Anabolika. Kam bei den Mädchen gut an. Die konnten nicht genug von ihm kriegen.

Er drehte sich um, sperrte die Augen auf und versuchte in dem Schummerlicht, das in der Scheune herrschte, etwas zu erkennen. Der Innenraum war in rauchig trübe Düsternis getaucht, durch die immer wieder die bunten Strahlen der improvisierten Discobeleuchtung zuckten, manche gleißend wie abgerissene Hochspannungsdrähte, während andere breite Streifen über die grauen, herumwirbelnden Gestalten warfen. Der immer gleiche, gnadenlose Beat der Musik dröhnte ihm in den Ohren. Die Kids, die sich in diesem Krach da drin tummelten, taten sich weiß Gott was an – wahrscheinlich waren sie mit dreißig alle taub. Jemand hatte gesagt, nach dem letzten Rave hätten sich Leute, die zwei Meilen weiter weg wohnten, bei der Polizei beschwert, aber der hatte auch in einem Lagerhaus am Stadtrand stattgefunden, nicht auf einem gottverlassenen Hügel inmitten eines Feldes, das mit Kuhfladen übersät war. Er hatte die Landluft noch nie leiden können und bei Kälte und Regen konnte er den Geruch erst recht nicht ausstehen. Ständig hatte er ihn in der Nase, trotz des Qualms, der Dope-Schwaden und des Schweißgestanks, die aus der Scheune drangen.

Die Kids störte das alles nicht; denen war es anscheinend auch egal, dass die Außentemperatur knapp über dem Gefrierpunkt lag. Die meisten waren so mit Acid, Speed und Ecstasy zugeknallt, dass sie vermutlich nicht mal wussten, welcher Monat, geschweige denn, ob es kalt oder heiß war. Ein paar liefen auf H – er hatte mindestens ein halbes Dutzend gesehen, die sich einen Schuss setzten. Er rührte den Dreck nicht an, nahm es weder, noch verkaufte er es. Brauchte er auch nicht, er kam auch mit dem anderen Zeug gut über die Runden.

Er schob die Hand in die Jackentasche und strich mit den Fingern über das Bündel Geldscheine. Sie fühlten sich gut an. Eigentlich gar keine üble Nacht; sogar die Anabolika waren gut gegangen. Die musste man nicht groß anbieten, hatte er festgestellt, sie verkauften sich fast von selbst. Die Jungs schauten ihn einmal an und steckten auch schon die Hände in die Taschen, träumten von den Frauen, die sie aufreißen konnten, wenn sie aussahen wie Mr Universum. Und Recht hatten sie – er hatte damit nie Schwierigkeiten gehabt, jedenfalls nicht mehr, seit er das Zeug nahm. Auch heute Nacht wollte er sich eine Frau schnappen, eine von den zweien, die vorhin ständig um ihn herumscharwenzelt waren. Wenigstens konnte er sich dabei wieder aufwärmen.

Die Scheinwerfer eines Autos tasteten sich über die Wiese, tanzten auf und ab, als die Räder über die losgetretenen Grasklumpen holperten. Es war zu dunkel, als dass er etwas sehen konnte, aber um diese Zeit war es höchstwahrscheinlich Hussain. Das Auto hielt an und die Lichter gingen aus. Eine Tür wurde zugeschlagen, dann hörte er das Piepsen und sah, wie die orangefarbenen Parklichter kurz aufblinkten, als das Fahrzeug elektronisch verriegelt wurde. Ein paar Sekunden später tauchte Faysal Hussain vor ihm auf.

»Ich dachte, du wärst eingelocht. Hab gehört, dass du eine Tür eingetreten und einen Bullen verprügelt hast.«

»Tja, na ja, die haben mich laufen lassen. In drei Wochen ist Gerichtstermin. Die können mir nichts anhaben.«

»Das hoffst du.« Faysal drängte sich an Barry vorbei und schaute in die Scheune. »Scheint ganz gut zu laufen. Viel verkauft?«

Barry stampfte wieder mit den Füßen auf. »Die Hütte ist voll, und das bei dieser Scheißkälte.« Er holte das Geldbündel aus der Tasche. »Ich bin alles losgeworden. Die können nicht genug kriegen.«

»Steck das weg, du Blödmann. Hier laufen ein paar Leute rum, die dich aufmischen, ohne auch nur einmal nachzudenken, damit sie das in die Finger kriegen.«

Barry schob das Bündel wieder in die Innentasche seiner Jacke. »Soll'n die mal probieren«, versetzte er feixend. Gegen seine Kraft und den scharfen kleinen Freund, der in seinem Schuh steckte, hatten sie keine Chance.

Faysal musterte seinen Rausschmeißer und verkniff sich jeden Kommentar. »Irgendwelchen Ärger?« Er deutete mit dem Kopf in Richtung der Ortschaft.

»Nein. Die Lichter sind ständig an- und ausgegangen wie an Weihnachten, aber niemand hat die Bullen geholt – zumindest sind sie nicht angerückt.«

»Gut. Wir sehen uns morgen. Ich bringe das Zeug gegen acht vorbei. Und morgen Abend kommst du nicht mit der Jacke. Du siehst damit aus, als wärst du durch die Scheiße gerobbt.« Er machte auf dem Absatz kehrt, ohne auf eine Antwort zu warten.

Barry reckte den Mittelfinger in die Luft, als er ihm hinterherblickte. Selber, du dreckiger Paki. Er drehte sich um, als er ein unterdrücktes Kichern hinter sich hörte, und sah zwei Mädchen, die auf ihn zustaksten. Feixend wartete er auf sie.

Karen war bereits auf und bereitete das Frühstück zu, als Amajit in die Küche kam.

»Möchtest du einen Toast?«, fragte sie.

Er schüttelte den Kopf, ohne sie anzublicken. Er hatte keine Krawatte um, trug aber eine schicke dunkle Hose und ein blütenweißes Hemd. Das muss noch Rukhsana gebügelt haben, dachte Karen und fragte sich, wer das jetzt erledigen sollte.

»Einen Kaffee?«

»Bitte.« Er brachte nur ein Krächzen zustande, räusperte sich und wiederholte das Wort.

Sie goss eine Tasse ein und reichte sie ihm.

»Karen, ich …«

»Ich glaube, ich sollte heute lieber nach Hause gehen. Mir geht's viel besser und außerdem muss ich einkaufen und ein paar Sachen für Danny besorgen.« Die Worte sprudelten nur so aus ihr heraus. Sie wusste, was er sagen wollte, und mochte es nicht hören.

»Ja, natürlich.« Amajit umklammerte die Kaffeetasse, als könnte sie wegfliegen, wenn er sie losließe. »Ich fahre dich.«

»Danke.«

Anscheinend gab es nichts mehr zu sagen, sodass sie sich eine

Zeit lang betreten anschwiegen. Karen beschäftigte sich mit irgendetwas, ohne zu wissen, was es war, und Amajit saß da, wie zu Stein erstarrt, und betrachtete den Inhalt seiner Tasse.

»Tut mir Leid, Karen.« Die Worte waren kaum vernehmbar, doch sie brauchte sie nicht zu hören. Sie hatte gewusst, wie ihm zumute war, als sie seinen Blick gesehen hatte.

»Das muss es nicht.«

»Was letzte Nacht vorgefallen ist, war unverzeihlich. Ich hätte das nicht tun dürfen. Was soll ich nur sagen?«

Karen, die ihm gegenübersaß, rutschte auf die Stuhlkante, beugte sich vor und legte ihm die Hand auf den Arm. »Gar nichts, weil *du* nichts getan hast, Amajit – *wir* waren das.«

»Aber ich hatte kein Recht, dich ... auf diese Weise zu missbrauchen.«

Karen spürte, wie ihr die Tränen in die Augen stiegen. »Das hast du nicht getan, Amajit.« Sie drückte seinen Arm. »Du hast nichts getan.«

»Ich habe Rukhsana betrogen. Das habe ich noch nie getan. Du bist so was gewöhnt, aber ich nicht. Ich schlafe nicht mit anderen Frauen.«

Einen Moment lang wusste sie nicht, wie ihr geschah. Ihr drehte sich der Kopf, als sie versuchte, die Worte zu erfassen, die er ausgesprochen hatte, ihren Sinn zu verstehen. Hatte sie richtig gehört? Kurz zuvor hatte er sich noch Vorwürfe gemacht und sie hatte ihn getröstet, und jetzt war mit einem Mal sie an allem schuld, weil sie – weil sie was war? Sie zog ihre Hand weg und starrte ihn an.

»Was meinst du damit? Was bin ich gewöhnt?«

Sie musste unbedingt Abstand zu ihm gewinnen, daher schob sie den Stuhl ein Stück vom Tisch weg, dass er über die Fliesen scharrte, stand dann auf und wich zurück. Doch ihre Beine zitterten so sehr, dass sie sich zur Einbauküche umdrehen und sich mit den Händen auf der harten Arbeitsplatte abstützen musste, ihm den Rücken zukehrte. Hatte er das wirklich gesagt? Dachte er das tatsächlich? Sie wandte sich um.

»Ich schlafe nicht mit irgendwelchen Leuten, Amajit. Wie kannst du so was sagen?« Sie wurde lauter. »Ich steige nicht mit jedem ins Bett, das hab ich noch nie gemacht. Für wen hältst du mich eigentlich?« Sie zog den Stuhl näher zu sich, ließ sich darauf sinken und wischte die Tränen weg, die ihr über die Wangen liefen. Was fiel ihm ein? Wie konnte er es nur wagen, sie zu verurteilen, wo er doch keine Ahnung hatte?

»Ihr seid alle gleich«, sagte sie. »Bloß weil ich weiß, jung und ledig bin, denkst du, ich bin leicht zu haben. Hast du letzte Nacht deshalb mit mir geschlafen, Amajit? Weil ich weiß und leicht zu haben bin? Ich habe gedacht, du liebst mich. Dabei wolltest du bloß mit mir vögeln, weil ich leicht zu haben bin.« Voller Verbitterung stieß sie die Worte aus. »Tja, dann lass dir eins gesagt sein, du Dreckskerl. Ich bin nicht leicht zu haben. Mein Gott, nach dem zu schließen, was die Polizei gesagt hat, war Rukhsana viel leichter zu haben als ich. Die hat sich mehr rumgetrieben, als ich es je getan habe.«

Als der Name seiner Frau fiel, riss Amajit den Kopf hoch. Eben noch hatte er beschämt gewirkt, doch jetzt starrte er sie mit ungläubiger Miene an.

»Sag so was nicht, sag das nie wieder«, schrie er und knallte die Tasse auf den Tisch.

Der heiße Kaffee spritzte über Karen. Er kühlte auf ihrem blauen Oberteil ab, bevor er durch den blauen Stoff sickerte, aber sie spürte, wie er auf ihren Händen brannte. Sofort stieß sie den Stuhl zurück, stürzte zum Waschbecken, drehte den Hahn auf und hielt sie unter den kalten Wasserstrahl.

Nachdem er sich abreagiert hatte, sank Amajit auf den Tisch, ohne darauf zu achten, dass er die weißen Hemdsärmel in die Kaffeelache tunkte, die sich auf der Kiefernholzplatte ausbreitete, allmählich über den Rand rann und auf den Boden tropfte.

»Sag das nie wieder.« Er flüsterte jetzt nur noch. »Rukhsana war keine Hure. Das war sie nicht und hätte es auch nie sein können.«

»Und ich bin auch keine Hure, Amajit. Ich schlafe nicht mit jedem, und du hast kein Recht, so was zu sagen.« Plötzlich hatte sie einen Kloß im Hals, brachte keinen Ton mehr heraus. Sie zog die Hände unter dem kalten Wasser weg. »Ich habe überhaupt noch nie mit jemand geschlafen. Du bist der Erste.« Sie nahm ein Wischtuch und rubbelte an den Kaffeeflecken auf ihrem T-Shirt.

»Und was ist mit Danny? Wie ist der entstanden? War das etwa wieder mal eine unbefleckte Empfängnis?«

Sein Spott traf sie tief und mit einem Mal reichte es ihr. Das Wohlgefühl von letzter Nacht war wie weggewischt; jetzt brach wieder der Schmerz durch, den sie seit drei Jahren ertragen musste. Wütend wollte sie sich zur Wehr setzen, so wie vorhin, doch sie hatte nicht mehr die Kraft dazu. Sie ließ die Schultern sinken, drehte sich mit tränennassen Wangen zu ihm um und schaute ihn mit einer sonderbaren Miene an, teils tief verletzt, aber auch voller Verachtung.

»Ganz im Gegenteil, Amajit«, sagte sie tonlos. »Danny ist alles andere als unbefleckt empfangen worden. Wenn man vergewaltigt wird, bleibt man nicht unbefleckt – ganz und gar nicht.«

Die beiden Detectives saßen allein am Tisch und genossen die Ruhe in Khalid Alis Esszimmer.

Der Abend war bislang gut verlaufen und Handford fühlte sich mittlerweile so wohl wie schon seit langem nicht mehr. Das Currygericht samt der Beilagen – Chutney, Nüsse, gedünsteten Auberginen und Okraschoten, knusprig gebratene Zwiebelringe, dazu ein Raitha aus gewürfelten Gurken in Joghurt und ein süßes asiatisches Dessert – war hervorragend gewesen. Ebenso die Gesellschaft, und Handford war froh, dass er und Gill Amina Alis Einladung angenommen hatten. Sämtliche Vorbehalte, die sie zuvor hatten, waren im Nu verflogen, als sie das Haus betraten, wo sie mit aller Herzlichkeit empfangen worden waren.

Die Kinder, der sieben Jahre alte Hassan und die fünfjährige Bushra, waren bereits im Schlafanzug, durften aber aufbleiben, um die englischen Gäste kennen zu lernen. Anfangs hatten sie ein bisschen gefremdelt, doch dann hatten sie irgendwie einen Narren an Handford gefressen und darauf bestanden, dass er ihnen eine Geschichte vorlesen sollte, bevor sie schlafen gingen. Ali hatte ihnen Vorhaltungen gemacht, aber Handford hatte sich darüber hinweggesetzt, sie aufgefordert, ein Buch auszusuchen, und sich dann von ihnen an der Hand nach oben führen lassen.

Trotz des Altersunterschieds verstanden sich Gill und Amina auf Anhieb. Sie hatten sich eine ganze Weile darüber unterhalten, wie Gill damit zurechtkam, dass sie einerseits einen anspruchsvollen Beruf hatte, sich zugleich aber auch um die Familie kümmern musste. Dann hatte Amina sie durch das Haus geführt, bis Gill sie auf ihre Tracht angesprochen hatte, den Schalwar-kamis mit der lindgrünen Pluderhose und der smaragdgrünen Jacke, worauf ihr Amina ihre Garderobe gezeigt hatte.

Ali, der sich etwas überflüssig vorkam, saß am Klavier und strich mit den Fingern über die Tasten, schlug dann ein Notenblatt auf und fing an zu spielen.

»Amina hat zauberhafte Sachen«, sagte Gill zu ihrem Mann, als er von seiner Vorlesestunde zurückkehrte. »Und sie schneidert fast alles selbst. Sie hat gesagt, sie macht mir einen Schalwar-kamis, wenn ich möchte. Meinst du, so was steht mir?«

»Du siehst damit bestimmt ganz wunderbar aus«, sagte er.

»Gut, weil wir bereits besprochen haben, wann und wo wir den Stoff kaufen wollen.«

Ali spielte immer noch und Handford trat hinter ihn und hörte zu. Der Sergeant war nicht nur ein guter Polizist, sondern zudem ein begabter Pianist.

»Damit sind Sie für die Weihnachtsfeier vorgemerkt«, sagte Handford, als das Stück ausklang.

»Sie können mit John im Duo auftreten«, sagte Gill.

Ali schaute ihn verdutzt an. »Ich wusste gar nicht, dass Sie ein Instrument spielen«, sagte er.

»Klavier spielen kann ich nicht, jedenfalls nicht so gut wie Sie. Trompete und Saxophon, aber ich bin ein bisschen aus der Übung.«

Gill legte den Arm um ihren Mann. »Glauben Sie ihm kein Wort«, sagte sie. »Er hat in einer Brassband gespielt, bevor er vor lauter Kriminalistik zu nichts mehr kam. Er ist gut.«

»Na dann, abgemacht. Wir treten bei der Weihnachtsfeier auf.« Ali stand vom Klavierhocker auf. »Die werden sich wundern, vor allem Warrender.«

Beim Essen hatten sie sich über dies und jenes unterhalten, über ihr Familienleben, die Kinder, das Wetter, über Gott und die Welt, aber sobald Handford und Ali allein waren, hatten sie wieder über den Fall gesprochen.

»Wissen Sie, John«, sagte Ali versonnen. »In Anbetracht dessen, was Dr. Haigh Ihnen berichtet hat, könnte auch Barry Penistone der Täter sein. Wenn er der Vater von Karens Kind ist, könnte man ihn nicht nur wegen Inzests belangen, sondern auch wegen Unzucht mit einer Minderjährigen, denn sie kann allenfalls fünfzehn gewesen sein, als das Kind gezeugt wurde.«

»Nein, dazu ist es zu spät«, wandte Handford ein. »Das muss binnen Jahresfrist angezeigt werden.«

»Vielleicht weiß Penistone das nicht. Und wenn er der Meinung war, dass Rukhsana Bescheid wusste und vorhatte, ihn anzuzeigen, wäre es durchaus denkbar, dass er sie daran hindern wollte, notfalls auch mit Gewalt. Ich möchte ihn mir mal genauer vornehmen.«

Handford hatte seine Vorbehalte, was Alis Intuition anging, aber er wollte ihm seinen Willen lassen. Gestern wäre er dazu noch nicht bereit gewesen.

»Ich bin trotzdem der Meinung, dass Sie sich irren, Khalid. Niemand hat Penistone zur fraglichen Zeit in der Nähe des Pflegeheims gesehen. Aber meinetwegen können Sie ihn gern überprüfen. Sie müssen bloß eins bedenken – er hätte ein Auto gebraucht.«

Die beiden Frauen kamen ins Esszimmer, standen eine Zeit lang mit verschränkten Armen da und hörten zu.

»John, du hast es mir versprochen«, wandte Gill Handford schließlich mit tadelndem Tonfall ein. »Keine Dienstgespräche, kein Wort über die Arbeit.«

»Tut mir Leid, aber ich kann nichts dafür. Khalid hat damit angefangen.«

Amina ging zu ihrem Mann und blieb hinter ihm stehen. Sie legte ihm die Hände auf die Schulter. »Wenn das so ist, sollten wir dazwischengehen. Nachdem wir abgespült haben, kann sich Khalid um den Kaffee kümmern.«

Ali legte den Kopf zurück und lächelte seine Frau an. »Und ich dachte schon, ich wäre fein heraus. Du hast mit John geredet, nicht wahr? Er hat dich auf die Idee gebracht.« Er wandte sich an Gill. »Das habe ich bloß Ihrem Mann zu verdanken. Jetzt denkt meine Frau, ich würde bei unseren Ermittlungen ständig nur Kaffee kochen.«

»Selbstverständlich«, wandte Handford grinsend ein. »Wie sich das für einen Sergeant gehört. Er kocht Kaffee für seinen Inspector – dazu ist er doch da.«

»Wenn das so ist, helfe ich Ihnen gern«, sagte Gill. »Sie kümmern sich unterdessen um John, Amina, während ich ein bisschen mit Ihrem Mann plaudere, ihm ein paar Tipps gebe, damit er nicht alles macht, was John von ihm verlangt.« Sie lächelte ihrem Mann verschmitzt zu, als sie und Ali das Zimmer verließen.

»Setzen wir uns ins Wohnzimmer.« Alis Frau deutete auf die gläserne Doppeltür, die nach nebenan führte. Obwohl alles tadellos sauber und aufgeräumt war, sah man, dass hier Familienleben stattfand, dass sich hier Kinder tummelten – an der Wand standen Kartons voller Spielsachen, auf dem Klavier lagen Noten für Anfänger. Die schweren Samtvorhänge, die an diesem Novemberabend zugezogen waren, und das Kohlenfeuer, das in dem aus Steinen gemauerten Kamin brannte, trugen ein Übriges zu der heimeligen, wohnlichen Atmosphäre bei. Auf der Kredenz standen Fotos der Kinder und an den cremefarbenen Wänden hingen Ölgemälde und Aquarelle.

»Es war ein wunderbarer Abend, Amina«, sagte Handford, als er zu den burgunderroten Polstersesseln ging. »War eine gute Idee von Ihnen. Khalid und ich mussten uns einfach mal privat kennen lernen.« Er setzte sich und schlug die Beine übereinander.

»Es hat Spaß gemacht«, pflichtete Amina ihm bei. »Wir kommen nicht allzu oft dazu, jemanden einzuladen. Nicht bei Khalids Beruf. Das geht Ihnen sicher genauso.«

»Das geht uns allen so. Viele Überstunden, ständig in Bereitschaft, selbst wenn man freihat. Und je höher man aufsteigt, desto schlimmer wird es. Das Leben eines Polizisten ist mit gebrochenen Versprechen gepflastert. Eigentlich kein Wunder, dass so viele Ehen scheitern.«

»Ihre nicht. Sie sind schon ziemlich lange verheiratet, nicht wahr?«

»Neunzehn Jahre ungefähr. Aber ich habe Glück gehabt. Für Gill war es schwierig, als die Mädchen klein waren und ich so gut wie nie daheim gewesen bin, aber jetzt sind sie zwölf beziehungsweise vierzehn, und sie unterrichtet wieder. Und sie ist eine gute Lehrerin, ist vergangenes Jahr zur Leiterin im Fachbereich Englisch ernannt worden. Ich bin stolz auf sie. Aber ich sehe ein, dass es nicht einfach ist, mit einem Polizisten verheiratet zu sein.«

Einen Moment lang saßen sie schweigend da. »Was ist mit Ihnen?«, sagte Handford dann. »Wie kommen Sie damit zurecht?«

»Ich komme zurecht. Khalid und ich kannten uns schon lange, bevor wir geheiratet haben. Mir war immer klar, was er mit seinem Leben anfangen wollte, und als seine Frau muss ich dafür sorgen, dass er die Freiheit dazu hat.«

»Waren Sie einander versprochen?«

»Ja, aber wir kannten uns, wie ich schon sagte. Wir sind beide nicht weit von hier aufgewachsen. Außerdem ging es mir nicht so wie vielen anderen Mädchen aus unserem Kulturkreis. Meine Eltern waren froh, dass ich vor der Hochzeit meine Ausbildung auf der Universität abschloss. Sie haben mich sogar tatkräftig dabei unterstützt. Wir haben geheiratet, sobald ich mein Diplom hatte, aber ich habe hinterher noch ein paar Jahre gearbeitet und Berufserfahrung gesammelt, bevor die Kinder zur Welt kamen. Wenn sie alt genug sind, die Hauptschule besuchen, gehe ich vielleicht wieder arbeiten – wenigstens halbtags. Ich war Buchhalterin, das ist ein Beruf, in dem man auch halbtags arbeiten kann. Bis dahin kümmere ich mich um den Haushalt und die Kinder, und wenn ich Zeit habe, male ich ein bisschen.«

»Haben Sie die Bilder gemalt?« Als sie nickte, stand Handford auf und betrachtete die Landschaften und Porträts, die an den Wänden hingen. Er blieb vor einem Bild stehen, das seinen

Sergeant zeigte. »Das ist richtig gut, wissen Sie. Sie haben ihn genau getroffen. Man sieht seinen Sinn für Humor, aber er ist durchsetzt mit, ich weiß nicht recht, einer gewissen Schwermut – nein, nicht Schwermut, das ist nicht der richtige Ausdruck, eher eine Art Unbehagen, eine innere Unruhe, die er anscheinend ständig mit sich herumschleppt. Manchmal kommt es mir so vor, als ob er sämtliche Sorgen der Welt auf den Schultern trägt.«

Amina kam zu ihm. »Khalid hat mir erzählt, was am Donnerstag vorgefallen ist.«

Handford, der von dem jähen Themenwechsel überrascht wurde, erwiderte nichts. Er tat so, als wäre er mit dem Bild beschäftigt.

»Er hat mir erzählt, was Sie gesagt haben.«

Er blickte sie an. »Aha? Ja, nachdem ich Sie kennen gelernt habe, kann ich mir das vorstellen. Er ist offener als ich. Ich bin mir nicht sicher, ob ich es Gill erzählt hätte.«

Sie gingen von dem Bild weg und setzten sich auf die Couch, er in die eine Ecke, sie in die andere.

»Er hat gesagt, Sie wären auch getadelt worden.«

»Ja.« Ihre freimütige Art beunruhigte ihn.

»Und Sie haben mit Ihrer Frau nicht darüber gesprochen?«

»Nicht näher, nein.« Genau genommen hatte er Gill lediglich gesagt, dass er einen schlechten Tag gehabt hatte.

»Das hätten Sie aber tun sollen. Sie hätte es sicher verstanden und Ihnen geholfen.« Alis Frau hatte anscheinend das gleiche Talent wie ihr Mann – er fühlte sich genauso unbehaglich wie nach ihrem Streitgespräch.

Handford rutschte ein Stück vor. »Vermutlich, aber ich nehme an, es war mir peinlich. Ich wollte mir keine Blöße geben. Ich kenne Gill, sie hätte gesagt, dass ich es verdient hätte, jedes Wort.«

»Genau das hat Khalid auch gesagt – dass er jedes Wort verdient hätte, das Sie zu ihm sagten.«

Handford dachte an die Auseinandersetzung auf dem Korridor. »Na ja, vielleicht nicht jedes Wort.«

»Oh, ganz bestimmt, John. Ich kenne meinen Mann. Er neigt dazu, erst zu handeln und dann nachzudenken. Normalerweise kommt er damit durch. Aber diesmal nicht, und es geschieht ihm recht.«

»Sie dürfen ihm nicht alles vorwerfen. Es war nicht allein seine Schuld.« Handford wäre es lieber gewesen, wenn das Gespräch nicht stattgefunden hätte, und er wusste nicht genau, warum er sich immer noch darauf einließ. Aber Amina Ali hatte eine Art an sich, die einen dazu ermunterte, offen zu sein, sich ihr anzuvertrauen. Sie hätte Sozialarbeiterin oder Anwältin werden sollen, keine Buchhalterin. »Es hatte eher etwas mit meiner Einstellung zu tun. Ich habe ihm nicht getraut, nicht etwa, weil er nicht vertrauenswürdig gewesen wäre, sondern weil ich nicht genau wusste, weshalb man ihn mir zugeteilt hatte.«

»Wegen dem Fall im letzten Jahr, als dieser Junge seine Schwester umgebracht hat?«

Handford lächelte sie an. »Das hat er Ihnen auch erzählt, was? Habe ich denn gar keine Geheimnisse mehr?«

Ihre Augen funkelten. »Vermutlich nicht. Aber in einem haben Sie Recht – mein Mann ist vertrauenswürdig, ehrlich und zuverlässig. Er würde niemals jemanden ausspionieren, zuallerletzt seinen Inspector.«

Handford erwiderte nichts. Dazu gab es nichts zu sagen. Was war bloß mit den Alis los? Er hatte noch nie jemanden kennen gelernt, der mit so wenigen Worten so tief in sein Gewissen vordringen konnte.

Amina beugte sich vor. »Ich kann gut verstehen, wie Ihnen zumute ist. Aber das ist ein Jahr her. Sie sollten es auf sich beruhen lassen.«

»Ich weiß.« Handford seufzte. »Aber das ist nicht so einfach. Ich war so dicht davor, alles zu verlieren, wofür ich gearbeitet hatte.« Er maß mit Daumen und Zeigefinger den Abstand ab.

Sie machte es ihm nach. »So dicht? Bei Khalid scheint mir das die meiste Zeit der Fall zu sein. Er ist ständig so dicht davor, aufzugeben.«

»Was, er will aus dem Dienst ausscheiden? Warum?« Handford runzelte die Stirn. Warrender? Er wusste, dass es Ärger mit Warrender gab, aber er hätte nicht gedacht, dass sich Ali das so zu Herzen nahm.

Amina schien ihre Antwort sorgfältig abzuwägen, bevor sie etwas erwiderte. »Es ist nicht einfach, als Asiate in der Welt der Weißen zu leben, und im Polizeidienst noch viel weniger.«

Es ging also um Warrender. »Hat er Schwierigkeiten mit jemandem im Team? Das hätte er mir sagen sollen. Ich könnte etwas dagegen unternehmen.« Nicht dass ich es bislang getan habe, obwohl ich Bescheid wusste. Er nahm sich vor, nicht länger untätig zuzusehen, sondern Warrender gewaltig zusammenzustauchen, wenn er das nächste Mal eine seiner Bemerkungen machte.

»Nein, das ist es nicht. Damit kann er leben. Er mag es nicht, aber er kann damit leben.« Sie zögerte. »Khalid ist ein stolzer Mann. Er muss viel beweisen, nicht nur Ihnen, sondern auch sich selbst und seinen Eltern, vor allem seinem Vater. Sein Vater wollte nicht, dass er Polizist wird. Für ihn, wie für so viele seiner Generation, gibt es nur ein paar wenige Berufe, die sie für ihre Söhne für würdig erachten. Ich übe einen davon aus. Ansonsten gibt es nur die Medizin und das Rechtswesen – aber als Anwalt, nicht als Polizist. Leider wollte Khalid genau das seit jeher werden, und es war ihm so ernst damit, dass er sich beworben hat und prompt genommen wurde, bevor er es seinen Eltern erzählte.«

Das konnte Handford wiederum nachvollziehen. »Das muss ziemlich schwer für ihn gewesen sein. Ich weiß, dass viele Asiaten der Meinung sind, der Polizeidienst wäre nicht der richtige Beruf für ihre Söhne und Töchter. Aber das ist nicht nur bei Ihnen so. Mein Vater war der gleichen Meinung. Er wollte, dass ich Lehrer werde, so wie er. Gott sei Dank hat er sich mit meiner Entscheidung abgefunden, als ihm klar wurde, dass ich den Lehrerberuf nicht ausstehen konnte. Ich glaube, er war ziemlich stolz auf mich, als er zu meiner Abschlussparade kam.«

»Khalids Vater war nicht stolz, er war untröstlich. Er weinte – vor seinen Augen. Und dieses Bild sieht Khalid ständig vor sich. Es wurde etwas leichter, als er zur Kriminalpolizei kam, keine Uniform mehr trug. Aber dennoch …«

»Aber er hat noch Kontakt zu seinem Vater?«

»O ja. Sein Vater hat ihn nicht verstoßen, so aufgebracht er auch war – immer noch ist –, aber Khalid kann nicht mit ihm über seine Arbeit sprechen, jedenfalls nicht so, wie er es gern möchte. Er hat es versucht, aber sein Vater ist der Ansicht, dass er – wie würden Sie es bezeichnen? – die Suppe, die er sich eingebrockt hat, selbst auslöffeln muss.«

Handford lächelte. »Deshalb hat Khalid sein Handy abgestellt, als er seinen Vater besucht hat. Damit er ihn nicht noch mehr aufbringt, alles noch schlimmer macht. Ich wünschte, er hätte es mir erklärt.«

»Wie schon gesagt, John – mein Mann hat seinen Stolz.«

Sie wurden unterbrochen, als die Glastür aufgeschoben wurde.

»Kaffee«, verkündete Ali, als er mit einem Tablett ins Zimmer kam. Er blickte sich um. »Kommt schon, ihr zwei, ihr habt noch nicht mal den kleinen Tisch rausgezogen. Wo soll ich das hinstellen?«

Handford sprang auf und zog den Couchtisch näher zum Sofa. »Tut mir Leid, wir waren zu sehr ins Gespräch vertieft.«

Ali stellte das Tablett ab und goss den Kaffee ein. »Milch und Zucker könnt ihr euch selber nehmen«, sagte er. Er blickte zu Handford auf. »Jetzt wissen Sie also alles über mich?«

Handford schaute den Sergeant an. »Ich weiß mehr als vorher«, sagte er mit ernster Miene.

»Ich auch, Sir.«

Handford warf seiner Frau einen kurzen Blick zu. Er war sich nicht hundertprozentig sicher, aber er hätte trotzdem schwören können, dass sie lächelte.

»Woran denkst du?«, fragte er.

»An mein Gespräch mit Khalid. Er hat einen ausgesprochen bissigen Humor.«

Schweigend fuhren sie eine Weile weiter, bis Handford es nicht mehr aushielt. »Nun denn, willst du's mir nicht erzählen?«

»Bestimmt nicht. Das wäre ein Vertrauensbruch.«

»Gill!«

»Nein.« Ein kurzes Kichern, dann: »Aber es war komisch.«

Handford schaltete herunter, als sie von der Hauptstraße abbogen. »Ich kriege es schon raus, wenn ich ihn das nächste Mal sehe«, sagte er pikiert.

»Das bezweifle ich.« Sie wandte sich ihm zu, lächelte nicht mehr. »Er ist ein tüchtiger Mann, John«, sagte sie. »Er hat große Hochachtung vor dir, weißt du?«

Handford seufzte, als er in Gedanken die Ereignisse der letzten paar Tage Revue passieren ließ. »Das bezweifle ich«, sagte er. »Wenn ich so behandelt worden wäre, wie ich ihn behandelt habe, hätte ich ganz bestimmt keine Hochachtung.«

Er steuerte über die steile Zufahrt und hielt an, zog die Handbremse und stellte den Motor ab. Die Sicherheitsbeleuchtung ging an und einen Moment lang saßen sie schweigend im gleißenden Lichtschein. Gill ergriff schließlich das Wort.

»Wieso hast du mir nicht erzählt, was zwischen euch vorgefallen ist?«

»Hab ich doch.« Er starrte durch die Windschutzscheibe auf das Garagentor.

»Wohl kaum. Und bestimmt nicht in allen Einzelheiten.« Sie wandte sich ihm zu. »Du kannst mit mir reden, das weißt du doch.«

»Ja, ich weiß. Tut mir Leid.« Er streckte den Arm aus und tastete nach ihrer Hand, ergriff sie, zog sie zu sich und küsste sie sanft. »Ich liebe dich, Gill Handford.«

»Ja, das weiß ich.« Sie lächelte ihn an und führte die beiden Hände an ihren Mund. »Ich wünschte nur, du könntest dich selbst ein bisschen mehr lieben.«

Fünfzehntes Kapitel

Am zweiten Abend des Raves wurden sie von der Polizei überrascht. Sie rückten im Konvoi an und waren nur noch rund hundert Meter vom Tor entfernt, als sie die Blaulichter einschalteten und kurz darauf die Sirenen. Das schrille Geheul schallte durch die Dunkelheit und verschmolz mit dem pulsierenden Beat der Musik, der durch die Scheunenwände hämmerte.

Irgendjemand aus der Ortschaft hatte sich beschwert. Allem Anschein nach. Musste ja so kommen, jedenfalls Barrys Meinung nach. Er hatte Hussain gewarnt, ihm gesagt, dass er es zu toll trieb, hier in der Gegend einen Rave über zwei Nächte durchzuziehen. In Bridgeden wimmelte es von Geschäftsleuten, Stadträten und reichen Säcken, die mit ihrem Geld nichts Besseres anzufangen wussten, als sich jedes Jahr ein neues Auto zu kaufen und sich Häuser anzuschaffen, die zu groß für jede normale Familie waren. Diese Leute hatten Beziehungen und waren so von sich eingenommen, dass sie die auch spielen ließen. Aber nein, Hussain wusste ja alles besser.

Die Kids in der Scheune bekamen nichts mit, waren weggetreten von den Drogen oder fuhren zu sehr auf die Lichter und die Musik ab, als dass sie die Polizeisirenen wahrgenommen hätten. Aber als Barry das erste Blaulicht über die raue Feldsteinmauer zucken sah, wusste er, was los war und was er zu tun hatte – das Messer und das Geld loswerden.

Auch in der zweiten Nacht hatte er wieder alles verkauft, und wenn es so weiterging, hatte er bald genug, um auf eigene Kasse zu dealen. Dann konnte ihn Faysal Hussain kreuzweise, dann konnten sie ihn alle. Eines Tages würde er genauso reich sein wie die Drecksäcke, die in Bridgeden wohnten, reich genug, um sich dort ein Haus zu kaufen. Es gab bereits eins, das es ihm angetan hatte – ein großer Bungalow mit eigenem Garten, ein gutes Stück von der Straße weg, in der Nähe der Bushaltestelle. Nicht dass er die Bushaltestelle brauchte, denn wenn er sich das Haus leisten konnte, konnte er sich auch das Auto dazu leisten – einen Porsche, wie Hussain. Möglicherweise kaufte er sich sogar Hussains.

Vielleicht könnten Karen und Danny bei ihm wohnen. Von ihm aus gern. Zumindest würde sich Karen dann diesen Paki aus dem Kopf schlagen. Nicht dass er was dagegen hatte, dass sie mit jemand zusammenzog oder ihn sogar heiratete, wenn sie das wollte. Aber seiner Meinung nach gab es ein paar Leute, mit denen man zusammenleben konnte, ein paar, die man heiraten konnte, und ein paar andere, mit denen man weder das eine noch das andere machte. Als er daran dachte, was Mahmood womöglich mit seiner Schwester trieb, packten ihn wieder der Hass und die Eifersucht. Wenn er nicht aufpasste, ging er hoch, dann drosch er blindwütig um sich, ohne Sinn und Verstand. Wie unlängst, als er Karen eine geknallt hatte.

Als die Polizeiwagen auf das Feld fuhren und die Lichter wie Suchscheinwerfer durch die Dunkelheit drangen, kam er wieder zur Besinnung. Komm schon, Barry, sieh zu, dass du das Zeug loswirst, sonst gibt's weder ein Haus noch sonst was.

Trotz seines massigen Körpers bewegte er sich geschmeidig wie eine Katze. Geduckt huschte er durch die Dunkelheit zu dem grünen Volkswagen. Die Fahrer der Polizeiwagen, die tiefe Furchen durch die Wiese pflügten, hatten alle Hände voll zu tun, damit sie auf dem matschigen Boden nicht stecken blieben. Barry öffnete die Beifahrertür, hob die Fußmatte hoch, ließ das Geld und das Messer fallen, schob das schwarze Stück Gummi wieder zurecht und fegte dann den Müll vom Vordersitz auf den Boden. Dreißig Sekunden später stand er wieder neben dem Scheunentor und sah zu, wie die Bullen aus ihren Pandas schwärmten. Beim Anblick der schmächtigen Gestalten, die sich heutzutage Polizisten schimpften, musste er grinsen. Vielleicht sollte er mal probieren, ob er ihnen ein bisschen was zum Aufpäppeln verkaufen konnte. Aber nicht heute Nacht, selbst wenn er noch was übrig gehabt hätte. Heute Nacht wollte er die Sache so schnell wie möglich hinter sich bringen, wollte auf sie warten, sie anschreien, ein bisschen mit ihnen rangeln und sich dann festnehmen und in den Knast bringen lassen. Das ließ sich nicht verhindern, aber lange würden sie ihn nicht dort behalten. Sie hatten nichts, was sie ihm anhängen konnten – keine Drogen, kein Geld, kein Messer. Noch vor Sonnenaufgang würde er wieder hier sein und das Auto abholen.

Ein Polizist baute sich vor ihm auf. Barry musterte ihn. Er hätte ihn platt machen können wie eine Fliege, wenn er gewollt hätte.

»Wer ist der Veranstalter?«

Barry rubbelte über die silbernen Sterne auf der Schulter des Polizisten. »Verflucht noch mal«, sagte er. »Derjenige, wo uns verpfiffen hat, muss gute Beziehungen haben. Hab noch nie so viel Lametta bei 'nem Rave gesehen. Ihr müsst gut aufpassen. Die Wiese is voller Scheiße. Will ja nicht, dass ihr euch die Schuhe dreckig macht.«

Eine Schar Polizisten stürmte an ihm vorbei in die Scheune, wo sich ihre dunklen Uniformen im Schein der Lichter, die durch den Raum strichen, bunt verfärbten. Schreie und Flüche drangen in die Nacht hinaus, dann drängten mit einem Mal lauter Jugendliche durch die Toreinfahrt und versuchten, sich davonzustehlen, bevor sie erwischt und aufs Polizeirevier gebracht wurden, wo ihre Eltern sie abholen konnten. Eltern, denen zum ersten Mal klar wurde, dass ihre Sprösslinge nicht dort waren, wo sie angeblich hin wollten, die feststellen mussten, dass ihre Bälger, voll gepumpt mit Speed und Ecstacy, zwar die ganze Nacht lang einen abhotten konnten, aber morgens nie aus dem Bett zu kriegen waren.

Die Bullen gingen draußen in Stellung, versuchten sie zu schnappen, als sie an ihnen vorbeirannten. Viele, jedenfalls diejenigen, die Glück hatten, entkamen ihnen.

Der Inspector wischte Barrys Hand von seiner Schulter. »Wer ist dafür zuständig?«, herrschte er ihn an.

»Woher soll ich das wissen? Ich bin bloß der Türsteher. Ich sorg dafür, dass keine unerwünschten Gäste reinkommen.« Er beugte sich zu dem Polizisten vor, als wollte er ihm eine Standpauke halten. »Hörn Sie mal, sagen Sie den Bullen, die sollen die Mädels nicht so betatschen.«

Der Inspector ging nicht darauf ein. »Sie sind der Rausschmeißer?«

»Türsteher, man bezeichnet uns als Türsteher«, sagte Barry, ohne den Blick von den Mädchen zu wenden, die aus der Toreinfahrt schwärmten. Er wollte sich auf eine Polizistin stürzen und sie von einem der Mädchen wegzerren, doch der Inspector packte ihn.

»O nein, das lassen Sie schön bleiben.«

Barrys dicke Jacke spannte sich um seine Schultern, als er rücklings an das Scheunentor gedrückt wurde. Das Leichtgewicht war stärker, als er gedacht hatte.

Der Inspector rief einen seiner Kollegen zu sich.

Ein milchgesichtiger Polizist, der aussah, als ob er sich noch nicht rasieren müsste, kam anmarschiert. »Sir?«

»Durchsuchen Sie den Rausschmeißer.«

»Sir.«

Barry funkelte die beiden an. »Dazu haben Sie kein Recht.«

»O doch, das haben wir, wenn ich den Verdacht habe, dass Sie Drogen bei sich haben. Und davon gehe ich aus.« Der Inspector bedeutete seinem Untergebenen, dass er anfangen sollte.

Grinsend hob Barry die Arme. Der Jungbulle tastete ihn ab, griff in die Taschen der dicken Jacke und in den Anzug, den er darunter trug.

»Hey, pass gefälligst auf, wo du hinfasst«, fuhr Barry ihn an.

Der junge Mann lief rot an, wie man im hellen Licht erkennen konnte, das jetzt aus der Scheune fiel. »Nichts, Sir.«

»Bringen Sie ihn zum Wagen.«

»Wollen Sie mich etwa einbuchten?« Barry tat so, als wäre er teils überrascht, teils entrüstet. Er war stolz darauf, wie er die Sache hier handhabte.

»Nur damit Sie uns bei unseren Ermittlungen weiterhelfen, Sir. Vielleicht können Sie sich auf dem Revier besser erinnern.

Vielleicht fällt Ihnen ja dort ein, wer Ihr Boss ist.« Der spöttische Unterton des Inspectors deutete darauf hin, dass er zusehends die Geduld verlor. Vermutlich hielt er es für unter seiner Würde, dass er mitten in der Nacht einen Rave ausheben musste.

Einen Moment lang fragte sich Barry, ob das nicht sogar genau der richtige Zeitpunkt war, um Hussain zu verpfeifen. Er hatte bereits einen guten Packen Tausender zurückgelegt, vermutlich genug, um sich selbständig zu machen, wenn er vorsichtig damit umging – und wenn Hussain saß, gehörte das Revier ihm. So eine Chance bekam er womöglich nie wieder.

»Das isser.« Eine schrille Mädchenstimme riss ihn aus seinen Gedanken. Sie stand neben einem anderen Polizisten und deutete auf ihn.

»Der Rausschmeißer?«, versetzte der Polizist.

»Ja, der da.« Es war das Mädchen, das er gestern Nacht kennen gelernt hatte, diejenige, die mit ihrer Freundin da gewesen war, diejenige, die mit ihm hinter die Scheune gegangen war. Allzu toll war sie nicht gewesen, aber besser als nichts. Heute Abend hatte sie ihn wieder angemacht, aber er hatte sie abblitzen lassen. Er wollte eine, die ein bisschen mehr Übung an der Scheunenwand hatte, die wusste, wie sie sich hinstellen musste. Die trieben sich hier massenhaft rum. Wenn man ein paar Jahre lang bei Raves arbeitete, wusste man, wer diejenigen welchen waren. Man musste bloß die nötige Geduld haben und diesmal hatte es sich auch gelohnt.

Der Polizist drehte sich zu dem Inspector um und flüsterte ihm etwas ins Ohr. Das Mädchen zeigte Barry den Mittelfinger. Was zog die blöde Zicke da durch?

Voller Genugtuung wandte sich der Inspector wieder an Barry. »Jetzt bist du dran«, besagte seine Miene. Er schaute das Mädchen an. »Sind Sie sicher, Miss? Das ist eine schwere Anschuldigung.«

»Klar bin ich mir sicher. Das ist der Kerl, der mir mit seinen dreckigen Pfoten unter die Bluse und in den Schlüpfer gefasst hat.«

Khalid Ali war unruhig. Seufzend legte er die Sonntagszeitung neben seinen Frühstücksteller und schob den Stuhl zurück. »Ich fahre aufs Revier«, sagte er.

»Ach, Khalid, nein!«

»Nicht lange. Ich muss nur was überprüfen.«

»Nicht heute, Khalid, bitte. Die Kinder haben sich so darauf gefreut, dass du zu Hause bist. Kann das nicht bis morgen warten?«

»Widersprich mir nicht, Amina. Ich habe gesagt, dass es nicht lange dauert. Ich habe hinterher noch viel Zeit, um mit den Kindern zu spielen.«

Seine Frau warf das Handtuch auf die Arbeitsplatte. »Das kenne ich, Khalid. Sie können froh sein, wenn sie dich noch einmal sehen, bevor sie zu Bett müssen.«

»Ich bin bald wieder da.« Er versuchte, so aufrichtig und beschwichtigend wie nur möglich zu klingen, obwohl ihm klar war, dass es nur leere Versprechungen waren. Daher schnappte er sich seinen Mantel und die Autoschlüssel und ging, bevor sie ihn mit einer ihrer wohl überlegten Bemerkungen bloßstellte.

Auf der Fahrt zum Revier war ihm alles andere als wohl zumute. Aber so war das nun mal in diesem Beruf. Man gewöhnte sich daran, alles Mögliche zu versprechen, obwohl man genau wusste, dass man es nicht halten konnte. Er hätte nicht hingemusst. Die Sache hätte bis Montag warten können. Alles, was erledigt werden musste, war erledigt. Was die laufenden Ermittlungen anging, kam man auch vierundzwanzig Stunden ohne ihn aus, aber seine Kinder konnten nicht auf ihn verzichten. Handford hatte andere Kollegen mit allen wichtigen Aufgaben betraut und schaute zweifellos selbst vorbei oder war zumindest telefonisch erreichbar, falls sich irgendetwas Wichtiges ergeben sollte. Ali seufzte. Erst gestern Abend hatte er sich bei Gill Handford beklagt, dass er seine Familie so gut wie nie sah, hatte es auf den Beruf und seine Vorgesetzten geschoben, die ihn im ganzen Bezirk herumschickten, um die asiatische Bevölkerung zu beschwichtigen. Der Gedanke daran hinterließ einen bitteren Nachgeschmack. Einen Moment lang haderten der pflichtbewusste Ehemann und Vater und der Polizist miteinander, aber wie immer behielt der Polizist die Oberhand. Er redete sich ein, dass er zu Hause sowieso zu nichts zu gebrauchen gewesen wäre, solange er nicht wenigstens damit anfing, Penistone zu überprüfen. Der Mann ließ ihm keine Ruhe, machte ihm zu schaffen wie ein ständiger Juckreiz an einer Stelle, an die man nicht herankommt. Vielleicht war es Intuition, vielleicht auch irgendetwas anderes, aber er hatte ein ungutes Gefühl, was ihn anging, und das wurde er nur los, wenn er sich ins Büro begab und sich damit auseinander setzte. Um seines eigenen Seelenfriedens willen konnte das nicht bis Montag warten.

Ebenso wenig konnte er seine Neugier bezähmen, was Faysal Hussain anging und die Rolle, die er im Fall Jamilla Aziz gespielt hatte. Hussain hatte nicht das Geringste damit zu tun gehabt. Er war in keiner Aussage erwähnt worden, weder als Zeuge noch als möglicher Verdächtiger. Doch aus irgendeinem Grund hatte er die Lunte angesteckt, die diesen Gewaltausbruch ausgelöst hatte. Warum? Aus ethnischen Gründen? Aus Hass auf die Polizei? Oder war es gegen Handford persönlich gerichtet gewesen? Wenn es nicht wieder zu so etwas kommen sollte, mussten sie erfahren, welche Rolle Hussain bei diesen Unruhen gespielt hatte und was er damit bezweckte.

Das Kriminaldezernat war wie ausgestorben. Die Korridore, auf denen sonst ein stetes Kommen und Gehen herrschte, waren menschenleer, und im Lageraum hielt sich nur ein Kollege auf, der die Beine auf den Schreibtisch gelegt hatte und mit geschlossenen Augen der Musik aus seinem Walkman lauschte.

Ali stupste ihn an die Beine. »Nichts zu tun, Warrender?«

Warrender blickte auf, riss sich die Kopfhörer herunter und ließ sie wie ein Stethoskop um seinen Hals hängen. Der blecherne Rhythmus der Musik lief weiter.

»Ich habe nachgedacht«, versetzte er.

Ali musterte ihn. Der Detective hatte sein Sakko über die Stuhllehne gehängt. Der oberste Knopf seines Hemdes war offen, die Krawatte gelockert, aber nicht aufgebunden. Er konnte es dem Mann nicht verübeln, denn so kalt es draußen auch war, hier im Gebäude herrschte eine Bruthitze. Er ließ den Blick auf

Warrenders Gesicht verweilen. »Worüber haben Sie nachgedacht?«, fragte er.

»Darüber, dass ich meine Zeit damit vergeude, indem ich Dutzenden von Meldungen nachgehe, wonach man angeblich Mahmoods Auto irgendwo gesehen haben will. Und warum ich das halbe Wochenende damit zubringe, mit der Familie zu reden, obwohl sowieso keiner ein Wort von dem versteht, was ich sage – oder zumindest so tut, als ob. Reine Zeitverschwendung. Wir wissen doch alle, dass es jemand aus der Familie war, der sie umgebracht hat. Ist bei der Mischpoke doch immer so. Wir sollten sie alle hierher schaffen, ihnen klar machen, dass sie uns gefälligst nicht mehr zum Narren halten sollen, und sie dazu zwingen, dass sie auspacken.«

Ali spürte, wie ihn die Wut packte. Jetzt, da niemand anders da war, nutzte Warrender die Gelegenheit und kostete sie in vollen Zügen aus.

Der Sergeant schlug einen eisigen Tonfall an. »Meinen Sie etwa, wir sollten sie ein bisschen verprügeln, bis sie gestehen?«

»Warum nicht? Vermutlich ist das die einzige Sprache, die sie verstehen. Die denken sich doch auch nichts dabei, wenn sie sich gegenseitig vermöbeln. Sagen Sie mal, Sergeant« – Warrender legte den Kopf zur Seite –, »denken die wirklich, dass man blaue Flecken nicht sieht? Letztes Jahr hatten wir dieses Mädchen – war in einem grauenhaften Zustand, schwarz und blau geschlagen, nachdem ihr Bruder mit ihr fertig war. Dabei hat sie nichts weiter gemacht, als mit einem Jungen zu sprechen, mit dem sie zur Schule geht.«

»Und so was kommt in weißen Familien nicht vor?«

»Nennen Sie mir einen Fall.«

Danach herrschte eine Zeit lang Schweigen.

»Sehen Sie, Sie können es nicht.«

»Mir kommen da sofort Barry Penistone und seine Schwester in den Sinn«, sagte Ali. Er dachte einen Moment nach und betrachtete Warrenders Miene, die jetzt nicht mehr spöttisch wirkte, sondern verächtlich. Er hakte nach. »Und wenn so etwas, wie Sie sagen, nur in der asiatischen Bevölkerung vorkommt, dann erklären Sie mir mal, Warrender, warum unsere Spezialeinheit gegen häusliche Gewalt so überlastet ist und warum der Großteil der Frauen, mit denen sie es zu tun haben, weiß ist.«

Warrender schaltete seinen Walkman aus und nahm die Kassette heraus. Er drehte sie um und legte sie wieder ein. »Was wollen Sie hier überhaupt? Ich dachte, Sie hätten heute frei. Das ist der Ärger mit euch – ihr müsst ständig arbeiten.«

»Und wen genau meinen Sie mit ›euch‹?«

Warrender blickte zu ihm auf und lächelte. »Die Senkrechtstarter«, antwortete er, als wäre er die Liebenswürdigkeit in Person. »Was haben Sie denn gedacht?« Er wartete auf eine Antwort. »Kommen Sie, Sergeant«, sagte er, als er keine Antwort bekam, »so was muss ich Ihnen doch nicht näher erklären. Leute wie Sie können es doch kaum abwarten, dass sie Superintendent werden. Ständig sind sie am Ackern, selbst dann, wenn sie's gar nicht müssten. Warum bleiben Sie an Ihrem freien Tag nicht einfach daheim?«

»Na ja, Warrender, heute Morgen habe ich meine Frau verprügelt, deshalb dachte ich, ich gönne ihr und mir mal ein bisschen Ruhe, komme hierher und arbeite ein bisschen, bevor ich heimgehe und sie noch mal verprügle.« Seine Stimme klang schneidend wie Stahl. »Ist Ihre Frage damit beantwortet, Constable?« Ali schaute ihn mit stechendem Blick an und stellte zu seiner Genugtuung fest, dass der Detective rot anlief. »Ich nehme an, das soll ja heißen, richtig?«, sagte er.

Er ging zum Wasserkocher und schaltete ihn an. Er hatte das Gefühl, als hätte er den Mund voller Sand, als ihm bewusst wurde, dass er zum ersten Mal Kontra gegeben hatte. Er hätte es dabei belassen, sich seinem eigentlichen Vorhaben widmen können, aber er wusste, dass er mehr tun musste, als nur seinen Standpunkt klar zu machen – er musste zeigen, wer der Herr im Haus war. Er leckte sich kurz die Lippen, als er sich wieder zu Warrender umwandte.

Er schluckte einmal und sagte: »Da Sie anscheinend nichts weiter zu tun haben, als dieses Zeug zu hören, habe ich eine Aufgabe für Sie.«

Warrender wollte etwas einwenden, doch Ali brachte ihn zum Schweigen. »Kommen Sie mir nicht mit einer Ihrer üblichen Bemerkungen, Constable, sonst melde ich Sie dem Inspector und dem Chef. Ich habe jede Menge Gründe – angefangen mit Rassismus und Faulheit.«

»Sie können's ja probieren. Hier sind bloß wir zwei, also steht Ihr Wort gegen meines. Und nach dem Anschiss, den Sie gekriegt haben, glaubt Ihnen doch keiner.«

»Vielleicht, vielleicht auch nicht. Aber bedenken Sie eins, Warrender. Wenn Sie das Gleiche gemacht hätten wie ich, wären Sie wahrscheinlich wieder in Uniform. Ich nicht. Ich bin der Alibiasiate bei dieser Ermittlung. Ich bin der braunäugige Junge im Team, den man hinzugezogen hat, damit man uns Vertrauen entgegenbringt. Russell wird mich unter keinen Umständen von diesem Fall abziehen und gestern habe ich mit John Handford und seiner Frau zu Abend gegessen. Sie sehen also, dass ich im Moment derjenige bin, dem man wahrscheinlich eher glaubt. Ich bin derjenige, der die Beziehungen hat. Wenn Sie es darauf ankommen lassen wollen, bitte sehr, aber ich würde es sein lassen, wenn ich an Ihrer Stelle wäre.« Ali ließ die Worte einwirken und hoffte, dass Warrender nicht sah, dass seine Hände zitterten. Noch nie hatte er sich derart zur Wehr gesetzt, und er glaubte kein Wort von dem, was er gesagt hatte. Er hoffte nur, dass Warrender es ihm abnahm, denn mehr hatte er nicht zu bieten.

Er schwieg eine Zeit lang, bis er das Gefühl hatte, Herr der Lage zu sein. »Ich möchte, dass Sie so viel wie irgend möglich über Faysal Hussain und Barry Penistone in Erfahrung bringen«, sagte er. »Ihnen sollte es doch nicht weiter schwer fallen, irgendwas zu finden, was man Hussain anhängen kann. Anscheinend zettelt er gern Unruhen an, und ich muss wissen, warum. Penistone wiederum –«

»Im Nachtbuch steht irgendwas über Penistone.« Warrender stand auf und ging zum Schreibtisch an der Tür. Er schlug das Buch auf. Ali sah, wie er mit den Fingern über die Zeilen fuhr. »Ja genau, er ist wegen sexueller Belästigung festgenommen worden, als man in den frühen Morgenstunden eine Razzia bei einem Rave durchgeführt hat. Ich weiß nicht, ob er noch in Gewahrsam ist.« Er stockte. »Soll ich es feststellen?«, fragte er barsch.

»Ja, und stellen Sie auch fest, wie lange man ihn voraussichtlich dabehält. Danach überprüfen Sie ihn ganz genau, aber treten Sie niemandem auf die Füße. Ich möchte es mir nicht mit dem Inspector vom Dienst verderben.«

»Darüber sollten Sie sich keine Sorgen machen, Sergeant. Sie haben doch selber gesagt, dass Sie der braunäugige Junge im Team sind. Da traut sich keiner ran.« Warrender schlug das Buch zu und ließ es auf den Tisch fallen. Er kehrte zu seinem Platz zurück und setzte sich wieder. »Ist er ein Verdächtiger im Mordfall Mahmood?«

»Nach Meinung des Inspectors nicht.«

»Und Hussain?«

»Tja, Sie haben doch selbst gesagt, dass es häufig jemand aus der Familie ist.«

Warrender, der allmählich wieder Selbstvertrauen gewann, legte die Füße auf den Schreibtisch. »Es ist immer jemand aus der Familie. Reine Zeitverschwendung, wenn wir uns mit Penistone befassen.« Er setzte die Kopfhörer wieder auf, lehnte sich zurück und verschränkte die Hände hinter dem Kopf.

»Vermutlich haben Sie Recht.« Ali beugte sich über den Constable, schaltete das Gerät ab und zog die Kopfhörer heraus. »Ich sehe zu, ob ich Penistones Schwester finde. Ich erwarte, dass Sie irgendetwas vorliegen haben, wenn ich wieder zurückkomme.« Damit wandte er sich ab und ging, spürte die bohrenden Blicke in seinem Rücken, als er durch das Zimmer schritt.

An der Tür drehte sich Ali noch einmal um. »Und noch eins, Warrender.« Der Constable, der gerade den Walkman in seiner Schreibtischschublade verstaute, blickte auf. »Kommen Sie nicht auf die Idee, dass Sie gehen können, bevor wir uns wieder gesprochen haben.« Er tippte sich an den rechten Augenwinkel. »Denken Sie an die braunen Augen.«

Ali brauchte länger als erwartet, um Karen Penistone zu finden. Bei Mahmood war niemand zu Hause. Der Novembermorgen war so grau und trübe, als kehrte bereits die Abenddämmerung ein, und in den meisten Häusern brannte Licht. Bei Amajit aber war alles dunkel. Ali klopfte an die Tür, trat ein paar Schritte zurück und blickte hinauf zum Schlafzimmerfenster. Die Vorhänge waren aufgezogen, also war er höchstwahrscheinlich nicht im Bett. Er klopfte erneut und wartete. Niemand meldete sich. Auch Amajits Wagen war nirgendwo zu sehen.

Sie mussten irgendwo anders sein und allzu viele Möglichkeiten gab es nicht. Zu seinen Eltern dürfte Amajit kaum gegangen sein. Vielleicht besuchte er Hussain, aber bestimmt nicht mit Karen. Möglicherweise war sie wieder im Krankenhaus, obwohl er den Eindruck gehabt hatte, dass es ihr besser ging, als er sie vor zwei Tagen gesehen hatte. Trotzdem rief Ali zur Sicherheit in der Unfallstation an, wo man ihm mitteilte, dass sich Karen Penistone seit ihrer Entlassung nicht mehr gemeldet habe.

Blieb nur noch ihr Haus übrig. Vermutlich wollte sie ein paar Kleidungsstücke holen – oder sie hatte beschlossen, wieder zurückzukehren. Schließlich konnte sie nicht ewig bei Amajit bleiben. Da er nicht genau wusste, wo sie wohnte, rief er Warrender an.

»Saxton Road Nummer einhundertvier, das ist in der Scargill-Siedlung«, sagte Warrender, als er sich meldete. »Übrigens, weil Sie grade dran sind – Penistone wurde heute Morgen gegen acht Uhr unter den üblichen polizeilichen Auflagen entlassen. Das Mädchen steht nach wie vor zu ihrer Anschuldigung und er leugnet immer noch alles. Eigentlich nicht weiter verwunderlich. Ich bezweifle, dass die ganze Sache weiterverfolgt wird. Ihr Wort steht gegen seines und es gibt keinerlei Beweise. Er räumt ein, dass er beim ersten Rave, also am Freitag, mit ihr was hatte, aber letzte Nacht nicht. Er gibt zu, dass er mit einem anderen Mädchen Verkehr hatte, behauptet aber, er weiß nicht, wie sie heißt. Er sagt, die Kleine vom Freitagabend will ihn bloß reinreiten, weil er ihr erklärt hat, dass sie's nicht bringt und sich verpissen soll. Und da er ihrer Aussage nach keinen Verkehr mit ihr hatte, sondern sie bloß betatscht hat, gibt's auch keine Spuren. Offenbar hat man in dem Matsch bei der Scheune, dort, wo es ihrer Darstellung nach passiert sein soll, Stiefelabdrücke gefunden, und Penistone trug Stiefel, aber das heißt noch nicht, dass sie das Mädchen ist, mit dem er zusammen war. Und außerdem sind die Abdrücke inzwischen wahrscheinlich verwischt.«

»War jemand von der Spurensicherung dort?«

»Das bezweifle ich. Außerdem gibt's keine Tatspuren. Wie schon gesagt, es handelt sich um sexuelle Belästigung, nicht um Vergewaltigung.«

»Wer ist der Diensthabende bei der Spurensicherung?«

Warrender war einen Moment lang verdutzt. »Die Sache interessiert Sie gar nicht weiter, was, Sergeant?«

»Nein, die Anschuldigung nicht, aber die Stiefelabdrücke. Man hat in dem Wald, unweit der Stelle, wo Rukhsana Mahmood getötet wurde, einen Teilabdruck gefunden. Und bislang haben wir keine Ahnung, von wem er stammt.«

»Sie klammern sich aber auch an alles, was Ihnen unterkommt, Ali.« Aus Warrenders Tonfall sprach der blanke Hohn. »Sie wollen nicht, dass es jemand aus der Familie war, folglich versuchen Sie es jemand anderem anzuhängen. Warum also nicht einem aufgegeilten Schläger, der einen Stiefelabdruck im Matsch hinterlassen hat? Der kommt Ihnen doch grade recht.«

Ali ließ sich nicht darauf ein. »Wer ist nun der Diensthabende bei der Spurensicherung?«, wiederholte er.

»Na schön, wenn Sie drauf bestehen. Alison Morand. Wollen Sie ihre Nummer?« Er las sie vor. »Sie verschwenden bloß Ihre Zeit, das wissen Sie doch.«

»Das werden wir sehen.« Ali unterbrach die Verbindung.

Eigentlich hatte er vorgehabt, sofort zu der Scheune zu fahren, doch da Penistone auf freiem Fuß war, bestand die Gefahr, dass er sich auf die Suche nach seiner Schwester begeben hatte, und Ali wollte sich davon überzeugen, dass mit ihr alles in Ordnung war. Er hatte nicht den geringsten Zweifel, dass ihr Bruder ihr die Gesichtsverletzungen zugefügt hatte, auch wenn sie es nicht zugeben wollte. Er konnte nicht verstehen, warum Frauen, die derart brutal verprügelt worden waren, unbedingt denjenigen decken wollten, der ihnen so etwas angetan hatte, und noch viel weniger konnte er nachvollziehen, wie sich jemand überhaupt zu einem solchen Übergriff hinreißen lassen konnte. Er hatte Warrender aufgezogen, als er ihm erzählt hatte, er hätte Amina verprügelt, aber häusliche Gewalt war alles andere als ein Witz. Karen Penistone hatte Glück gehabt. Aber nächstes Mal hatte sie vielleicht nicht mehr so viel Glück, und Ali befürchtete, dass es jeden Moment so weit sein könnte. Die Scheune und die Abdrücke konnten warten.

Die Siedlung bestand aus einem Wirrwarr schmaler Straßen und Sackgassen, sodass er eine ganze Weile brauchte, bis er die Saxton Road fand. Er fuhr langsam, blickte sich um und verzog angewidert das Gesicht. Es gab einige scheußliche, heruntergekommene Siedlungen in der Stadt, aber die hier musste die schlimmste sein. Trostlose Häuser säumten die nicht minder trostlosen Straßen. Der schmuddlig-graue Zement, mit dem die städtischen Siedlungshäuser verputzt waren, passte zu dem schmuddlig-grauen Tageslicht, sodass man sie von weitem kaum auseinander halten konnte. Von Türen und Fenstern blätterte die Farbe ab und die Gärten, soweit man sie als solche bezeichnen mochte, waren öde und verwahrlost. Die Rinnsteine lagen voller Müll – Styroporbehälter mit Essensresten von der nächsten Imbissbude, aus denen eine dicke braune Flüssigkeit, vermutlich Currysoße, auf die Fahrbahn rann, zermatschte Pommes, Einkaufstüten, Bierdosen. Eine Querstraße folgte auf die andere, wie in einem Labyrinth, und alle hatten sie ähnliche Namen – Saxton Crescent, Saxton Avenue, Saxton Lane, Saxton Brow. Ali fuhr im Schrittempo, damit er die Saxton Road nicht verpasste. Schließlich fand er sie. Auf halber Höhe sah er Amajits Wagen und eine Menschentraube, die sich auf dem Gehsteig vor der Hausnummer 104 versammelt hatte. Vor Karens Haus. Frauen, die kleine Kinder auf dem Arm hatten, standen herum, rauchten und redeten miteinander, etwas weiter weg die Männer, die zu der Fassade hinaufblickten. Weder Amajit noch Karen waren irgendwo zu sehen. Zuerst dachte Ali, er wäre zu spät gekommen, Barry Penistone wäre bereits hier gewesen, hätte die zwei ertappt und sie alle beide verprügelt. Er stellte seinen Wagen ab und rannte hin.

»Was ist hier los?«

Eine der Frauen deutete auf das Haus. Die Wände waren mit Graffiti beschmiert, mit dunkelroten Buchstaben in allen möglichen Größen, die sich über den Putz und die Fenster zogen.

Farbtropfen rannen an der Mauer herab wie Tränen. Die Botschaft war eindeutig. WEISSE HURE. RAUS. RAUS. RAUS.

»Wo ist Karen Penistone?«

»Die is drin«, teilte ihm eine der Frauen mit. »Die is vielleicht in einer Verfassung. Schreit rum, tobt und zetert. Der Braune is bei ihr und versucht se zu beruhigen.«

Ali drängte sich durch die Frauen. Er rannte den Fußweg hinauf und stürmte hinein, ohne anzuklopfen. Amajit kam ihm im Flur entgegen.

»Fehlt ihr etwas? Ist sie verletzt?«

»Nein, sie ist nur völlig außer sich. Sie ist im Wohnzimmer.«

»Wissen Sie, wer das gewesen ist?«

»Nein, aber ich könnte raten.«

»Haben Sie die Polizei verständigt?«

»Eine der Frauen draußen hat angerufen, aber das ist schon eine Ewigkeit her.«

Ali wollte ins Wohnzimmer gehen, aber Amajit fasste ihn am Arm.

»Sie ist außer sich und völlig verängstigt, Sergeant«, flüsterte er. »Aber sie will kein schlechtes Wort über ihn hören. Besteht darauf, dass er es nicht war.«

»Wissen Sie, wann es passiert ist?«

»Als ich sie gestern hier abgesetzt habe, war es noch nicht da, und der Nachbar sagt, letzte Nacht auch noch nicht, als er die beiden Häuser kontrolliert hat. Offenbar macht er das jede Nacht. Er hat ein ziemlich helles Hoflicht und sagt, es wäre ihm aufgefallen, wenn es bereits da gewesen wäre. Der Milchmann hat es heute Morgen gegen Viertel vor acht bemerkt.«

Ali schüttelte den Kopf. »Barry Penistone war bis halb zwei als Rausschmeißer bei einem Rave in Bridgeden und anschließend wegen angeblicher sexueller Belästigung in einer Arrestzelle in der Polizeizentrale. Er wurde erst heute Morgen um acht Uhr entlassen. Er kann es also nicht gewesen sein.«

Sechzehntes Kapitel

Kamal saß wie üblich hinten im Auto und betrachtete seine mit Farbe verkleckstten Hände.

»Was machen sie jetzt?«

»Glotzen immer noch die Wand an.« Jahangier reckte den Hals, um alles genau sehen zu können. »Die fragen sich wahrscheinlich, wie das da rangekommen ist, ohne dass einer was gesehen oder gehört hat.«

»Is der Bulle noch da?«

»Ist reingegangen.«

»Amajit auch?«

»Hab ihn seit 'ner Ewigkeit nicht mehr gesehen.« Jahangier gähnte. Sie waren erst spätnachts mit der Sache fertig geworden und dementsprechend müde war er. Außerdem ärgerte er sich – all die Mühe, und wozu? Damit sie Amajit anrief und der prompt angerast kam. War die Botschaft nicht deutlich genug gewesen? Eine Warnung sollte es sein, damit sie die Finger voneinander ließen, aber sie hatte das Gegenteil bewirkt.

Tja, wenn sie die Warnung nicht verstand, mussten sie andere Saiten aufziehen. Mal sehen, ob sie es in ein paar Tagen raffte – wenn nicht, wenn sie sich weiter dumm stellte, mussten sie ihr eine Warnung zukommen lassen, die sie nicht ignorieren konnte.

Sobald er sie sah, wusste Ali, dass es wenig brachte, wenn er Karen über ihren Bruder befragte. Ihr tränenüberströmtes Gesicht verriet es ihm. Sie saß in einem Sessel, hatte die Arme eng um sich geschlungen und den Blick auf einen Punkt irgendwo hinter ihm gerichtet, aber er bezweifelte, dass sie irgendetwas sah. Amajit saß ihr gegenüber. Seine Haltung deutete darauf hin, dass er ihr nicht viel Trost spenden konnte.

Ali ging zu ihr, kauerte sich nieder und legte ihr die Hand aufs Knie. »Keine Sorge«, sagte er. »Wir werden herausfinden, wer das gewesen ist.«

Sie blickte ihn an. »Wer sollte mir denn so was antun?«, fragte sie mit matter Stimme.

Da Barrys Alibi niet- und nagelfest war, fiel ihm keine Antwort darauf ein. »Ich weiß es nicht«, sagte er, stand auf und trat einen Schritt zurück. »Und Sie?«

»Nein, allerdings gibt es gewisse Leute, die meinen, ich wäre eine Hure.« Ihre Stimme brach, als sie Amajit einen feindseligen Blick zuwarf. Er bemerkte ihn und schlug die Augen nieder.

»Das stimmt nicht, Karen«, sagte er, ohne dass seine Worte etwas gegen die bedrückte Stimmung auszurichten vermochten.

Ihre Miene wurde mit einem Mal weicher und Tränen traten ihr in die Augen, aber sie erwiderte nichts, sondern blickte nur wieder in die Ferne.

Ali betrachtete sie verdutzt. Was war hier los? Zwischen den beiden herrschte eine Spannung, als wäre Karen eher über ihn ungehalten als über den Unbekannten. Wenn sie über den Vorfall wütend, ja sogar verbittert wäre, wäre das nachvollziehbar gewesen, nicht aber diese Seelenqual, die in der Luft lag. Der Ausdruck »Hure« war der Auslöser gewesen, und Ali war bereit, jede Wette einzugehen, dass sie sich diese Bezeichnung, auch wenn sie noch so ungerecht sein mochte, nicht zum ersten Mal hatte gefallen lassen müssen. Jedenfalls ging es hier um mehr als die Worte, die draußen auf die Wand geschmiert worden waren.

»Ich habe doch nichts weiter getan«, unterbrach ihn Karen, deren Stimme jetzt fester klang, in seinen Gedanken, »als einen Freund zu besuchen, weil ich ihm mein Mitgefühl ausdrücken und ihm ein bisschen helfen wollte.«

Um dann drei Tage dort zu bleiben. Ali verkniff sich den Einwand. Es hatte keinen Sinn, wenn er es sich mit beiden verdarb. Karen war hier das Opfer, nicht der Täter. Sie brauchte Unterstützung, keine Vorhaltungen. Trotzdem wurde Ali das Gefühl nicht los, dass sie nicht ganz unbeteiligt an den Ereignissen der letzten paar Tage war. Die Schläge und die Graffiti mochten nicht in einem direkten Zusammenhang mit dem Mord an Rukhsana Mahmood stehen, aber irgendwie, irgendwo bestand eine Verbindung, davon war er überzeugt. Rukhsana, Karen, Barry Penistone, Ian Berridge, Faysal Hussain, Kamal und Jahangier – sie alle standen in irgendeiner Beziehung zueinander und Amajit war das Bindeglied.

Ali wandte sich an ihn. »Ich möchte Sie kurz sprechen«, sagte er und bedeutete ihm, dass er ihm auf den Flur folgen sollte.

»Was geht hier vor?«, fragte Ali.

Erschöpft lehnte sich Amajit an die Wand. »Ich weiß nicht, was Sie meinen.«

»Nein?« Ali war skeptisch. »Hier herrscht derart dicke Luft, dass man sie geradezu mit dem Messer schneiden kann. Was ist passiert?«

»Sie sehen doch, was passiert ist. Jemand hat ihr die ganze Wand mit Graffiti beschmiert.«

Ali schüttelte den Kopf. »Das ist es nicht, jedenfalls nicht alles. Zwischen Ihnen beiden herrscht eine ungeheure Spannung. Irgendetwas ist vorgefallen, das Sie mir nicht verraten wollen. Sie wissen, wer es gewesen ist, nicht wahr?«

Amajit schüttelte den Kopf. »Wenn es ihr Bruder nicht war – und Sie sagen ja, er kann es nicht gewesen sein –, nein, dann weiß ich es auch nicht.«

»Ihr Cousin vielleicht?«

Amajit riss die Augen auf. »Wer? Faysal? Das bezweifle ich.« Unwillkürlich schlug er einen spöttischen Unterton an. »Können Sie sich vorstellen, wie er draußen auf einer Leiter steht und das Haus beschmiert?«

Ali musste zugeben, dass es unwahrscheinlich war. »Er könnte jemanden damit beauftragt haben. Kamal und Jahangier vielleicht.«

»Möglicherweise, wenn sie hier wären. Sind sie aber nicht. Sie sind in Pakistan.« Amajit schien wieder neue Kraft geschöpft zu haben. Er beugte sich zu Ali vor. »Erklären Sie mir eins«, sagte er verächtlich. »Warum vermuten Sie, dass es jemand aus unserer Gemeinschaft getan hat? Warum nicht ein Weißer?« Er trat näher. »Sie verurteilen mich, Sergeant, aber Zusammengehörigkeitsgefühl ist auch nicht gerade Ihre Stärke, nicht wahr?«

Ali ließ den Einwand auf sich beruhen. Dann wechselte er das Thema. »Was wissen Sie über Barry Penistone?«

Amajit zögerte und trat einen Schritt zurück. »Ich kenne ihn kaum.«

»Haben Sie mit Karen etwa nicht über ihn geredet? Das kann ich kaum glauben. Er hat sie so schwer verprügelt, dass Sie sie nur zwei Tage nach dem Tod Ihrer Frau bei sich aufgenommen haben. Und als ihm klar wurde, dass sie bei Ihnen ist, trat er Ihre Tür ein und wäre vermutlich über Sie hergefallen, wenn ihn Inspector Handford und Constable Graham nicht aufgehalten hätten. Also erzählen Sie mir nicht, dass Sie nicht über ihn gesprochen haben!«

Die Muskeln um Amajits Kinnlade zuckten. Ali straffte sich, dachte, er würden jeden Moment auf ihn losgehen. Stattdessen versank Amajit in Schweigen, und es dauerte eine Zeit lang, bis er sich aus seiner Erstarrung löste.

»Nicht hier«, sagte er und stieß sich von der Wand ab. »Können wir uns in Ihren Wagen setzen?«

Wortlos führte Ali ihn hinaus. Die Nachbarn, die vorhin beisammengestanden hatten, waren inzwischen in ihre Häuser zurückgekehrt, wo sie sich ihrem üblichen Zeitvertreib an diesem christlichen Tag des Herren widmeten. Ali ging zur Beifahrertür, steckte den Schlüssel ins Schloss und drehte ihn um, hörte im dunstig-diesigen Zwielicht das laute Klacken, als die Zentralverriegelung aufsprang. Sie setzten sich hinein, worauf Ali den Motor anließ und warme Heizungsluft durch den Wagen strömte.

Es dauerte eine Weile, bis Amajit das Wort ergriff. Offenbar fiel es ihm schwer, die richtigen Worte zu finden. »Barry Penistone ist ein Schläger, Sergeant, und er ist ein Rassist. Er verprügelt seine Schwester wahrscheinlich öfter, als sie zugibt.«

War das alles? Hatte er ihn deswegen mit nach draußen genommen? »Das ist nichts Neues, Amajit. Wenn Sie ihn nicht anzeigt, können wir nichts weiter machen, als abzuwarten, bis er sie so zurichtet, dass wir eingreifen müssen.«

Amajit seufzte. »Sie wird ihn nicht anzeigen. Sie will nicht, dass er wieder ins Gefängnis kommt.«

»Dann können wir ihr nicht helfen. Sie muss den ersten Schritt unternehmen.«

Wieder kehrte Stille ein. Ali reichte es allmählich. Unwirsch stieß er die Autotür auf. »Wenn das alles ist, Amajit, hätten Sie mich nicht nach draußen schleppen müssen.«

Amajit legte dem Sergeant die Hand auf den Arm. »Nein, das ist nicht alles.« Er rutschte herum und wandte sich Ali zu. »Schauen Sie, ich bin mir nicht sicher, ob ich Ihnen das erzählen sollte, aber ...«

»Aber?«, drängte Ali.

»Sie haben Recht, wir haben über ihn geredet. Am Samstagmorgen, über alles.« Er stockte wieder. »Schauen Sie, Karen hat mir das alles im Vertrauen erzählt, und sie wird mir Vorhaltungen machen, wenn ich es breche ...« Amajit musterte seine Hände. »Karens Sohn – Barry ist sein Vater.«

Die Worte, obwohl nur im Flüsterton gesprochen, hallten förmlich im Wagen wider. Ali stand mit einem Mal unter Hochspannung. Das, was Amajit gerade gesagt hatte, passte zu Dr. Haighs Aussage, als er Handford von Rukhsanas Verdacht berichtet hatte. Und wenn es tatsächlich so war, wie er dem Inspector gegenüber bereits angedeutet hatte, wenn Barry etwas geahnt hatte, was durchaus möglich war, da er von Haigh verlangt hatte, dass sich Rukhsana nicht mehr um seine Schwester kümmern sollte, dann hatte er ein Motiv für die Tat.

»Wissen Sie das genau?«, fragte er.

Amajit blickte auf. »Genau weiß ich es natürlich nicht, aber warum sollte mir Karen so was erzählen, wenn es nicht stimmt?«

»Und warum hat sie es Ihnen erzählt?«

Amajit senkte die Augen. »Sie hat es mir eben erzählt, das ist alles. Sie hat es mir einfach erzählt. Und ich glaube ihr.«

Ali betrachtete Amajit einen Moment lang und ließ dann den

Blick auf seinen gesenkten Lidern ruhen. »Wollen Sie damit sagen, dass sie eine inzestuöse Beziehung mit ihrem Bruder hat?«

Amajit schlug die Augen auf und lief rot an. »Nein, das will ich damit nicht sagen. So ist das nicht. Es kam nur einmal dazu, als sie fünfzehn war. Und sie konnte nichts dafür.«

Sein Ton war unerwartet heftig. Ali runzelte die Stirn. Warum regte sich der Mann über diese Frage so auf? Er hatte sich lediglich bestätigen lassen wollen, ob er ihn recht verstanden hatte. Mit Amajits Beziehung zu Karen musste es mehr auf sich haben, als es den Anschein hatte, davon war er überzeugt. Vielleicht war sie inniger, als die beiden zugeben mochten. Und wenn ja, wie lange ging das schon so? Handford hatte bereits durchklingen lassen, dass Amajit ein Motiv gehabt haben könnte, seine Frau umzubringen, wenn er über Rukhsanas Verhältnis mit Berridge Bescheid wusste. Wenn aber eins zum andern kam und er seinerseits ein Verhältnis mit Karen hatte, hätte daraus eine gefährliche Gemengelage von Gefühlen entstehen können, die durchaus zu einem Mord führen konnte. Immerhin war sein Alibi alles andere als hieb- und stichfest, denn noch hatte sich niemand gemeldet, der ihn während dieser guten halben Stunde gesehen hatte, in der er sich angeblich auf dem Rastplatz aufgehalten hatte.

»Sie konnte nichts dafür? Was meinen Sie damit?«

»Sie wurde ... dazu gezwungen. Er war betrunken. Er hat sie vergewaltigt.« Mit tonloser Stimme stieß er die Worte aus.

Ali fühlte sich ebenso elend wie der Mann, der ihm gegenübersaß, aber als Polizist musste er nachhaken, durfte sich keinerlei Gefühle anmerken lassen. Er legte die Hand auf Amajits Unterarm. »Erzählen Sie mir einfach, was sie Ihnen verraten hat«, sagte er leise.

Es dauerte einen Moment, bis Amajit sich wieder gefasst hatte. »Er war mit einer Frau namens Donna Harrison verlobt«, sagte er dann. »Nach Karens Worten war er ständig sauer auf sie, wollte aber unter keinen Umständen von ihr lassen, und als sie eines Abends im Pub waren und er meinte, ein anderer Gast wollte sie anmachen, stieß er ihm ein Bierglas ins Gesicht.«

»Ja, das wissen wir. Er hat achtzehn Monate dafür gekriegt.«

»Tja, nun ja, als er wieder aus dem Gefängnis kam, hatte Donna die Verlobung gelöst und lebte mit einem anderen Mann zusammen. Karen sagt, Barry hätte sich einfach nicht damit abfinden können, dass es aus war, und ein, zwei Tage nach seiner Entlassung hätte er Donna aufgesucht. Offenbar dauerte es eine Zeit lang, bis er es begriff, aber letzten Endes hätten sie und ihr Lebensgefährte ihm klar machen können, dass sie nichts mehr mit ihm zu tun haben wollte und dass er sie ihn Ruhe lassen sollte. Aber Penistone ließ sich nicht so einfach abwimmeln – das ist nicht seine Art. Wenn er sie nicht haben könnte, sagte er, dann würde er dafür sorgen, dass auch der neue Freund nichts von ihr hatte. Dann griff er zu einem Schlachtermesser und ging damit auf ihn los. Ein Nachbar hörte die Schreie der Frau und rief die Polizei. Barry wurde festgenommen, aber weder sie noch ihr Freund wollten Anzeige erstatten, deshalb musste man ihn laufen lassen. Offenbar trieb er sich den ganzen Nachmittag und Abend über in einem Pub herum, nachdem er aus dem Polizeirevier entlassen worden war, denn als er nach Hause kam, war er stockbetrunken. Karen war im Bett, schlief aber noch nicht. Sie sagt, sie hätte ihn unten herumpoltern hören, fluchend und schimpfend. Aber sie hätte sich nicht groß Gedanken darüber gemacht, weil es nicht das erste Mal war, dass er betrunken nach Hause kam. Daher nahm sie an, dass er irgendwann zu Bett gehen und seinen Rausch ausschlafen würde. Aber diesmal kam es anders. Er drang in ihr Schlafzimmer ein, schrie herum, brüllte sie an und wollte dann zu ihr ins Bett steigen. Sie trat nach ihm, wollte ihn vertreiben, verhedderte sich aber in der Zudecke. Sie sagt, sie hätte sich darin verfangen wie ein Fisch im Netz. Je heftiger sie strampelte, desto mehr hätte sie sich verheddert. Sie sagt, sie wusste, was er vorhatte, hätte ihn aber nicht daran hindern können. Betrunken, wie er war, hat er sie dann letzten Endes vergewaltigt.« Amajit stockte, rang mühsam nach Atem, und seine Miene verriet, wie schwer es ihm fiel, seine Gefühle im Zaum zu halten.

Ali konnte seine Bestürzung nur zu gut verstehen. Auch für ihn war eine Vergewaltigung so widerwärtig wie kaum eine andere Straftat. Obwohl er als Kriminalpolizist nüchtern und sachlich bleiben sollte, packte ihn jedes Mal die pure Abscheu, wenn er sich die Berichte der Opfer anhören musste. Und diesmal erging es ihm nicht anders, auch wenn er die Geschichte nur aus zweiter Hand erfuhr.

Amajit fuhr fort. »Karen sagt, als Barry fertig war, hat er sich von ihr gewälzt und ist eingeschlafen, als ob nichts gewesen wäre.« Er schüttelte den Kopf. »Dass jemand eine Frau vergewaltigt, ist an sich schon schwer zu begreifen, aber in diesem Fall war es auch noch der eigene Bruder.« Er blickte zu Ali auf. »Und für sie war es umso schwerer zu ertragen, weil er am nächsten Tag so tat, als wäre nichts geschehen. Sie konnte niemandem erzählen, was er getan hatte, weil er es schlichtweg geleugnet und sie womöglich auch noch verprügelt hätte. Und Mrs Penistone hätte ihr ohnehin nicht geglaubt, weil sie Barry abgöttisch liebt. Ihrer Ansicht nach kann er gar nichts Unrechtes tun. Er ist der einzige Mann in der Familie und sie ist, was Geld und Unterstützung angeht, in jeder Hinsicht von ihm abhängig.«

»Karen hätte sich an uns wenden können.«

»Sie war fünfzehn, Sergeant. Fünfzehn. Und außerdem hatte sie Angst, dass man ihr nicht glauben würde. Sie ist eine Penistone. Niemand glaubt einer Penistone, zuallerletzt die Polizei. Und selbst wenn man ihr in diesem Fall Glauben geschenkt hätte, hätte ihr Wort gegen das seine gestanden und sie hätte noch viel mehr erdulden müssen, ohne dass etwas dabei herausgekommen wäre. Es gab so gut wie keine Beweise, da sie sich hinterher gründlich gewaschen hat. Sie sagt, sie hat sich regelrecht wund geschrubbt, um den Ekel loszuwerden. Folglich hat sie geschwiegen. Selbst als sie feststellte, dass sie schwanger war, verriet sie niemandem, wer der Vater war. Und als sie es schließlich Barry erzählte, sagte er zu ihr, sie hätte besser aufpassen müssen. Können Sie das glauben? Und anschließend hat er ihr mit einer Tracht Prügel gedroht, falls sie jemals irgendjemandem erzählen sollte, was vorgefallen war. Von da an war sie auf sich selbst angewiesen. Aber inzwischen, so sagt sie jedenfalls, liebt Barry Danny und versucht, sein Bestes für sie beide zu geben.«

»Indem er sie verprügelt und beinahe krankenhausreif

schlägt«, versetzte Ali bitter. Und Warrender dachte, so etwas käme nur unter Asiaten vor. Vielleicht sollte er ihn hierher zitieren, damit er sich das anhörte.

Amajit zuckte die Achseln. »Sie kennt es nicht anders. Sie ist daran gewöhnt. Zumindest sagt sie das. Aber wie man sich jemals an so was gewöhnen kann …«

Ein paar Minuten lang saßen die beiden Männer schweigend da.

»Wenn sie so viel Angst davor hat, dass Penistone ihr etwas antun könnte, und die Sache so lange für sich behalten hat, warum hat sie es dann Ihnen erzählt? Und noch dazu in allen Einzelheiten?«, hakte Ali nach.

Die anschließende Stille verriet ihm, dass er einen wunden Punkt getroffen hatte. Auf etwas gestoßen war, das Amajit wahrscheinlich nicht zugeben würde. Dass sie ein Liebespaar waren? Vielleicht schon seit längerem? Möglicherweise. Aber diese Frage wollte er ihm jetzt nicht stellen. Das war Handfords Sache. Jetzt galt es, etwas Dringenderes zu klären.

»Wusste Rukhsana etwas davon?«

»Schon möglich. Aber wenn sie es wusste, hätte sie es vertraulich behandelt und mir auf keinen Fall etwas davon erzählt.« Amajits Erleichterung darüber, dass Ali seine vorherige Frage nicht weiterverfolgte, war nur von kurzer Dauer. Mit einem Mal packte ihn das helle Entsetzen. »Glauben Sie etwa, sie wusste Bescheid und Penistone hat sie umgebracht, um sie zum Schweigen zu bringen?« Er packte Ali am Revers. »So ist es doch, nicht wahr?«

Miststück! Miststück! Miststück!

Seit er das Polizeirevier verlassen hatte, stieß Barry Penistone immer nur dieses eine Wort aus. Und jetzt, als er mit dem Käfer in die Stadt zurückfuhr, schlug er jedes Mal mit der Faust dazu aufs Lenkrad. Das Geld und sein Messer hatte er zwar wiedergefunden, aber er war nach wie vor stinksauer auf die Frauen im Allgemeinen, vor allem aber auf die Kleine beim Rave. Warum hatte sie das getan? Er hatte sie nicht einmal angerührt, jedenfalls nicht letzte Nacht. Nicht mal mit der Kneifzange hätte er sie angerührt. Hatte er ihr das nicht klar gemacht? Was, zum Teufel, hatte sie sich dabei gedacht, als sie ihn angeschwärzt hatte? Ihretwegen hatte er den Großteil der Nacht auf dem Polizeirevier zugebracht. Letzten Endes hatten sie ihn laufen lassen müssen – »bis wir weitere Ermittlungen angestellt haben«, hatte der tuntige Inspector gesagt. Was für Ermittlungen wollten die denn anstellen, wenn er gar nichts gemacht hatte? Wenn sich die andere beschwert hätte, dann hätten sie wenigstens etwas zu ermitteln. Er grinste. Herrgott, war die gut gewesen. Aber die Erste … elendes kleines Miststück. Der musste man mal zeigen, wo es langging.

Miststücke waren sie, alle miteinander. Donna, die Kleine beim Rave und – er fasste das Lenkrad so fest, dass sich seine Knöchel weiß verfärbten – und dieses braune Miststück, die Tote. Diejenige, deren Mann Karen bei sich wohnen ließ, ihm Danny wegnehmen wollte und mit seiner Schwester vögelte. Warum blieb sie sonst bei ihm?

Dieses Miststück!

»Danke, dass Sie gekommen sind, Alison«, begrüßte Ali die Frau, die sich vorsichtig einen Weg über die matschige Wiese suchte.

Die Erde war durch den Nebel, der über Nacht gefallen war, nach wie vor aufgeweicht, sodass die Furchen, die die Polizeifahrzeuge gepflügt hatten, umso tückischer waren.

»Keine Ursache«, sagte sie, während sie mit dem Fuß den Boden abtastete, als könnte sie jeden Moment darin versinken. »Es gibt doch nichts Schöneres, als an einem Sonntagmorgen bis über beide Ohren im Schlamm zu stecken.«

Sie rutschte auf dem glitschigen Matsch aus und versuchte sich an einem Grasbüschel festzuhalten. Die Tasche mit dem Handwerkszeug zur Spurensicherung glitt ihr aus der Hand, und als sie danach griff, fiel sie auf den Hintern. Sie blickte zu Ali auf. »Dafür sind Sie mir etwas schuldig, Khalid Ali«, sagte sie. »Und ich werde dafür sorgen, dass Sie es nicht vergessen.« Sie ergriff die Hand, die er ihr entgegenstreckte, stand auf, blickte nach hinten und betrachtete ihren Hosenboden. »Und die Rechnung für die Reinigung kriegen Sie auch«, stellte sie trocken fest. »Nun denn, ein Stiefelabdruck, nicht wahr?«

Ali führte sie zur Seitenwand der Scheune. Der Boden rund um das Tor war bei der Massenflucht völlig zertrampelt worden, aber nur ein paar wenige Raver waren außen herum gerannt. Zweifellos hatte die Mehrzahl geglaubt, der schnellste Weg in die Freiheit führte schnurstracks geradeaus.

»Viel ist nicht mehr davon übrig, aber vielleicht reicht es für einen Vergleich mit dem Abdruck, den wir in der Nähe der Stelle gefunden haben, an der Rukhsana Mahmood ermordet wurde. Wir wissen nicht, von wem er stammt, aber ich habe das Gefühl, dass es sich um die gleiche Person handeln könnte, die auch den hier hinterlassen hat.«

»Hoffentlich verlassen Sie sich nicht nur auf Ihr Gefühl, weil es nämlich ein großer Zufall wäre, wenn die beiden übereinstimmen«, versetzte die Kollegin von der Spurensicherung. »Wir sind teuer, wissen Sie, wir Kriminaltechniker. Aber wenn es Sie nicht stört, dass man Sie zusammenstaucht, weil Sie mir die Zeit gestohlen haben und Ihren Etat belasten, kann ich das gerne für Sie überprüfen.«

Die Mittagszeit war längst vorbei, als Ali vor dem Tor der Haftanstalt hielt. Über das Motorengeräusch des Wagens hinweg meinte er Aminas leise Worte zu hören. *Sie können froh sein, wenn sie dich noch einmal sehen, bevor sie zu Bett müssen.* Vielleicht sollte er sie anrufen, ihr mitteilen, wo er war und wann er voraussichtlich zurückkäme. Er warf einen Blick zu seinem Beifahrer. Lieber nicht, wenn er es sich recht überlegte. Nicht, solange Warrender neben ihm saß und jedes Wort mithörte.

Bevor Warrender ihm von der Verhaftung und dem Stiefelabdruck berichtet hatte, hatte er lediglich vorgehabt, Penistones Vorgeschichte zu überprüfen und festzustellen, ob es möglicherweise eine Verbindung zwischen ihm und der Ermordeten gab. Danach hatte er wieder nach Hause gehen wollen. Doch bei dem Gespräch mit Amajit war er nicht nur auf eine mögliche Verbindung, sondern auch auf ein Motiv gestoßen. Die Gelegenheit, Penistone anhand des Abdrucks zu überführen, war zu günstig, als dass er sie sich entgehen lassen konnte. Zumal Alison Morand Sonntagsdienst bei der Spurensicherung hatte; sie war ihm seit langem einen Gefallen schuldig, und dies war genau der richtige Zeitpunkt, um sie daran zu erinnern. Anschließend musste er sich nur noch anhören, was Warrender in Erfahrung gebracht hatte, dann konnte er zurück zu seinen Kindern. Leider, oder auch glücklicherweise, je nachdem, wie man es betrachtete, war Warrender auf einen wichtigen Hinweis gestoßen: Faysal Hussain setzte offenbar Studenten ein, die seinen Stoff verkauften – Studenten wie Mohammed Aziz, Jamillas Mörder.

Das konnte er auf keinen Fall bis zum nächsten Tag auf sich beruhen lassen; nicht, wenn es um Faysal Hussain und seine Anabolika ging, um die Unruhen im letzten Jahr und vielleicht sogar, wenn er großes Glück hatte, um die Fürsorgerin Rukhsana Mahmood. Angesichts der neuesten Erkenntnisse war Barry Penistone Alis Hauptverdächtiger, aber Hussain durfte er unter keinen Umständen außer Acht lassen. Wenn er die Unruhen angezettelt hatte, weil er nicht in den Mordfall Aziz hineingezogen werden wollte, dann schreckte er möglicherweise auch nicht davor zurück, die Frau seines Cousins umzubringen, wenn sie ihm damit drohte, zur Polizei zu gehen und zu erzählen, was er trieb. Immerhin handelte es sich um ein höchst einträgliches Geschäft, und außerdem hätte er damit nicht nur sich einen Gefallen getan, sondern auch der Familie, weil er Rache an der Frau nahm, die Schande über sie gebracht hatte.

Jedenfalls war es den Versuch wert, wenn er der Sache weiter nachging. Deshalb hatte Ali in der Haftanstalt angerufen, in der Aziz seine Strafe verbüßte, mit dem zuständigen Beamten gesprochen und die Erlaubnis erhalten, den Häftling zu vernehmen. Auch die nötige Vollmacht von Seiten der Polizei hatte er glücklicherweise ohne allzu große Mühe erhalten, weil sich der zuständige Chief Inspector in Uniform gerade mit einer Abordnung aufgebrachter Bürger aus Bridgeden herumschlagen musste, als Ali bei ihm vorsprach. Offenbar wollten sie ihren Unmut so rasch wie möglich loswerden und verfügten über so viel Macht und Einfluss, dass sie selbst an einem Sonntag von einem ranghohen Polizeibeamten empfangen wurden. Jedenfalls war der Inspector so abgelenkt gewesen, dass er Alis Bitte nur mit halbem Ohr wahrgenommen hatte. »Gott schütze mich vor Englands Spießern«, hatte er nur gemurmelt, als er die Vollmacht unterschrieb.

Ali stellte den Wagen auf dem Parkplatz ab, der etwas abseits lag, dann gingen die beiden Detectives unter der Mauer entlang zum Tor.

»Vor diesen Knästen gruselt's mich immer«, maulte Warrender.

»Tja, Sie kommen wenigstens wieder raus und können daheim Ihren Tee trinken.«

»Ich hätte schon daheim zu Mittag essen können, wenn Sie nicht gemeint hätten, Sie müssten am Sonntag Sherlock Holmes spielen.«

»Ja, und vermutlich hätten Sie behauptet, Sie hätten den ganzen Tag lang Dienst geschoben. Ich durchschaue Sie, Warrender, also passen Sie auf.« Wider besseres Wissen wurde Ali überheblich. Zum ersten Mal hatte er ausgeteilt und prompt die Oberhand behalten. Vermutlich hielt das nicht allzu lange vor, aber trotzdem tat es gut.

Nachdem sie gründlich durchsucht worden waren, wurden sie zum Vernehmungsraum geführt.

»Wie macht sich Aziz?«, fragte Ali, als sie den Gang entlangliefen.

»Wunderbar, kein Grund zur Klage. Am Anfang hat er sich ein bisschen schwer getan wegen seiner Hautfarbe und der Drogenentwöhnung. Aber jetzt ist er clean und hat sich bestens eingelebt. Anfang des Jahres hat er ein Fernstudium in Oxford angefangen. Will sein Diplom machen. Er ist ein intelligenter Kerl.«

Der Beamte hielt Ali und Warrender die Tür auf. »Warten Sie hier. Ich hole ihn.«

Warrender blickte sich in dem spartanisch eingerichteten Raum um. »Unsereiner hat nicht die nötige Zeit, um sein Diplom zu machen.«

»Hätten Sie denn gern ein Diplom?«

»Ich bin nicht besonders scharf drauf, aber so viel Zeit möchte ich auch mal haben. Vermutlich geht's dem Gesocks besser als unsereinem, denn denen scheint's ja an nichts zu fehlen.«

Ali setzte sich auf einen der Stühle, die um den Tisch standen. »Wissen Sie was, Warrender? Sie schleppen viel zu viel mit sich herum. Warum machen Sie nicht mal halblang und gönnen sich eine Verschnaufpause? Sie verschwenden doch nur Ihre Zeit, wenn Sie ständig das Gefühl haben, dass man Ihnen übel mitspielen will. Nutzen Sie sie lieber anderweitig, dann bringen vielleicht sogar Sie es zu einem Diplom.«

Warrender warf ihm einen abfälligen Blick zu. »Danke, Ali, aber auf Ihren Rat kann ich verzichten.« Er setzte sich neben ihn. »Ich komme mit meinem Leben schon selber klar. Von euch muss ich mir nicht sagen lassen, wo es langgeht.«

Ali lächelte. Warrender muckte zwar auf, aber noch hatte er ihn im Griff. Er wollte ihm gerade klar machen, dass man in diesem Beruf mit anderen Menschen zurechtkommen musste und er diesbezüglich leider noch einigen Nachholbedarf hätte, als die Tür aufging und der Justizvollzugsbeamte Mohammed Aziz in das Zimmer geleitete. Er war klein, schmächtig, wog vermutlich kaum über sechzig Kilogramm und wirkte ganz und gar nicht wie ein Mörder. Penistone hätte ihn vermutlich mit einem Atemzug umpusten können. Er ließ den Blick vom einen Detective zum anderen schweifen, schaute dann den Mann an, der ihn begleitete, als wollte er ihn anflehen, ihn nicht allein zu lassen.

»Ich bin draußen, falls Sie mich brauchen«, sagte der Justizvollzugsbeamte. Der Hinweis galt den beiden Polizisten, aber Ali bemerkte, dass Aziz etwas lockerer wurde, als er ihm dabei auf die Schulter klopfte.

Ali ging um den Tisch herum und zog dem Jungen einen Stuhl zurecht. »Wie behandelt man Sie?«, fragte er.

Aziz zuckte die Achseln. »Inzwischen geht's so. Die sagen, dass ich demnächst vielleicht in eine Haftanstalt komme, wo es weniger streng zugeht.«

Warrender griff in seine Jackentasche und zog eine noch

nicht angebrochene Schachtel Zigaretten heraus. »Rauchen Sie?«

Als Aziz nickte, warf er sie ihm zu. »Ich habe gehört, dass Sie ein Fernstudium angefangen haben. Welches Fach?«

Aziz riss die Schachtel auf und zog eine Zigarette heraus. Er steckte sie in den Mund, beugte sich vor und ließ sich von Warrender Feuer geben. »Informatik«, sagte er.

Belustigt verfolgte Ali das Schauspiel. Warrender zeigte sich von einer ganz anderen Seite. Der Mann rauchte nicht und konnte Zigaretten fast genauso wenig ausstehen wie Asiaten. Er musste die Schachtel eigens für diesen Zweck gekauft haben.

Ali setzte sich wieder hin. »Sie stecken nicht in Schwierigkeiten, Mohammed. Gegen Sie liegt nicht das Geringste vor und wir zeichnen dieses Gespräch auch nicht auf. Constable Warrender wird sich lediglich ein paar Notizen machen und auch das dient uns nur als Gedächtnisstütze. Ist Ihnen das recht?«

Aziz nickte.

»Können Sie sich noch daran erinnern, dass es vor dem Polizeirevier zu Unruhen kam, als Sie festgenommen wurden?«

»Mein Vater hat es mir erzählt, aber ich habe nichts mitbekommen. Mit mir hatte das nichts zu tun.« Er wirkte mit einem Mal nervös und drehte sich zu dem Justizvollzugsbeamten um, der nach wie vor durch die Glasscheibe der Tür zu sehen war. Hektisch zog er an seiner Zigarette.

»Wir wissen, dass Sie nichts mit den Unruhen zu tun hatten, aber vielleicht haben Sie eine Ahnung, wer sie angezettelt hat.«

Aziz drehte die Zigarette zwischen den Fingern hin und her. »Warum sollte ich?«

Warrender lehnte sich zurück. »Der Beamte draußen ist anscheinend der Meinung, dass Sie hier gut klarkommen.«

»Er ist in Ordnung. Nicht so wie manch andere.«

»Er hat uns erzählt, dass Sie jetzt clean sind – ohne Drogen auskommen.«

»Ja.«

»Was haben Sie genommen?« Warrender hatte einen mitfühlenden Tonfall angeschlagen, so als könnte er sich in den Jungen hineinversetzen, verstünde, was er durchgemacht hatte.

Aziz fasste allmählich Zutrauen zu ihm. »Speed, Ecstasy, Anabolika.«

»Nichts Stärkeres? Heroin zum Beispiel, Crack?«

»Ab und zu ein bisschen Crack.«

Warrender beugte sich über den Tisch. »Wer hat Ihnen das Zeug verkauft?«

Aziz zuckte die Achseln.

»Was ist mit den Anabolika? Von wem haben Sie die bekommen?«

»Die sind nicht verboten.« Der Junge klang trotzig.

»Nein, selbstverständlich nicht – nicht der Gebrauch.«

Der Trotz schlug in Angst um. »Der Verkauf auch nicht. Das hat er jedenfalls gesagt.«

»Wer hat das gesagt, Mohammed?«

Aziz drehte sich um, als suchte er einen Ausweg. Der Beamte hinter der Tür richtete sich auf, um sofort eingreifen zu können.

Ali ergriff das Wort. »Ich versichere Ihnen nochmals, dass Sie nicht in Schwierigkeiten stecken.« Er versuchte, ebenso beruhigend zu wirken wie Warrender. »Haben Sie gearbeitet, bevor das alles passiert ist?«

»Nicht ganztags. Ich war auf dem College.«

»Hatten Sie dort auch Informatik belegt?«

»Ja.«

»Was hielt Ihr Vater von Ihrer Wahl?«

Aziz nagte an seiner Unterlippe. »Was *denken* Sie denn? Er wollte, dass ich Jura, Medizin oder so was Ähnliches studiere. Aber das hätte ich nicht gebracht, all die Leserei, die schriftlichen Arbeiten.«

»Aber Sie sind aufs College gegangen, also muss Sie jemand finanziell unterstützt haben.«

»Mein Vater jedenfalls nicht. Er hat gesagt, wenn ich Informatik studieren will, muss ich selber dafür aufkommen.«

»Und Sie haben sich einen Job gesucht?«

»Ja, in einem Restaurant, als Kellner.«

»Wo genau?«

»In dem Curryhaus in der Innenstadt.«

»Dem Lokal, das Faysal Hussain gehört?«

Aziz nickte. Er zog ein letztes Mal an seiner Zigarette und drückte sie im Aschenbecher aus.

»War er gut bezahlt, der Job?« Warrenders Tonfall deutete an, dass es seines Wissens nicht der Fall war.

Aziz ging sofort darauf ein. »Nur wenn man ganztags gearbeitet hat. Ich habe gegen halb sieben angefangen und irgendwann nach Mitternacht aufgehört – sechs, manchmal sieben Abende die Woche.«

»Allzu viel Zeit fürs Studium können Sie da nicht gehabt haben.« Warrender lehnte sich wieder zurück.

»Nein, hatte ich auch nicht. Ich bin im College geblieben, bis die Vorlesungen vorbei waren, habe so viel wie möglich in der Bibliothek gelernt und bin dann zur Arbeit gegangen. Aber eines Tages hat der Chef dann …«

»Meinen Sie damit Mr Hussain?«

»Ja. Er hat gesagt, er könnte mir ansehen, wie müde ich bin, und dass ich nicht so lange im Restaurant arbeiten müsste und mehr Zeit fürs College hätte, wenn ich …«

»Wenn was, Mohammed?«

Aziz ließ die Schultern hängen. Er war Warrender in die Falle gegangen und er wusste es.

»Wenn ich den Kids auf dem College Anabolika verkaufe«, sagte er leise, fast flüsternd.

Warrender ließ die Vorderbeine seines Stuhles wieder auf den Boden sinken. Wie ein triumphierender Trommelschlag hallte der Laut durch den Raum. Er warf Ali einen Blick zu, als wollte er sagen: »Jetzt wissen Sie, warum Hussain die Unruhen angezettelt hat und weshalb er es jederzeit wieder tun wird, wenn es sein muss.«

Siebzehntes Kapitel

Amina hatte Ali denkbar kühl empfangen, als er am Abend zuvor nach Hause gekommen war. Die Kinder waren bereits im Bett gewesen.

»Du darfst sie nicht so vernachlässigen, Khalid. Sie sind zu jung, sie verstehen das nicht.«

Er hatte sich mehrmals entschuldigt und heute Morgen war Amina wieder freundlicher gewesen. Aber er war sich ziemlich sicher, dass ihre Freundlichkeit nur den Kindern galt und sie ihm nach wie vor nicht verziehen hatte.

Jetzt saß er an seinem Schreibtisch und las Faysal Hussains Aussage durch, in der er erklärte, wo er zum Zeitpunkt des Mordes gewesen war. Demzufolge wollte er am Stadtrand eine Immobilie kaufen, da er vorhatte, dort ein weiteres Restaurant zu eröffnen. Es handelte sich um ein altes Kino, und er hatte den Großteil des Tages mit Architekten, Mitarbeitern des Stadtbauamts und Bauunternehmern verbracht, um festzustellen, ob sich sein Vorhaben verwirklichen ließ, bevor er ein Angebot abgab.

Er wandte sich an Warrender. »Stellen Sie fest, inwieweit Hussains Aussage überprüft worden ist«, rief er ihm zu. »Übernehmen Sie das, falls es noch nicht erledigt ist.«

Warrender verzog das Gesicht.

»Kommen Sie, Constable«, sagte Ali. »Sie wissen doch genau, dass Ihnen das Spaß macht.«

Nachdem er Hussain los war, konnte er sich Penistone vornehmen.

Er hatte versucht, mit Handford zu sprechen, aber der war

schon den ganzen Morgen über bei Russell, sodass er ihn noch nicht auf den neuesten Stand der Dinge hatte bringen können. Er war unentschlossen – sollte er warten, bis Handford zu sprechen war, abwarten, bis er von der Spurensicherung ein Ergebnis bezüglich der Stiefelabdrücke bekam, oder sollte er es darauf ankommen lassen und Barry Penistone sofort vernehmen?

Ein Anruf von Peter Redmayne nahm ihm die Entscheidung ab. Eigentlich wollte er John Handford sprechen, doch als Ali ihm mitteilte, dass der Inspector in einer Sitzung sei, bat Redmayne ihn, eine Nachricht entgegenzunehmen.

»John hat mich gefragt, was ich über Barry Penistone wüsste. Bestellen Sie ihm, dass ich mich umgehört habe. Es besteht keinerlei Zweifel, dass er für Hussain Anabolika verdealt. Und er ist eindeutig einer der Besucher, die sich jeden Donnerstag in der Wohnung über dem Curryhaus einfinden. Ich habe ihn anhand des Bildes wiedererkannt, das John mir gefaxt hat.«

»Wissen Sie, wo er das Zeug verdealt?«

»Vermutlich in den Fitnessstudios in der Gegend, vielleicht auch in den Jugendclubs. Er zählt nicht zu den Dealern, denen ich gefolgt bin. Gut möglich, dass er für Hussain bei den Raves arbeitet, wahrscheinlich als Rausschmeißer, aber er könnte dort auch Stoff verkaufen.«

»Besten Dank, Mr Redmayne. Ich gebe Ihre Nachricht an den Inspector weiter. Er wird sich sicher bei Ihnen melden.« Dann kam Ali ein Gedanke. »Nur noch eins«, sagte er rasch. »Wie transportiert Penistone die Drogen, wissen Sie das?«

»Vermutlich mit dem Taxi. Am Donnerstagnachmittag stehen für gewöhnlich etliche beim Restaurant herum. Hussain hat eine ganze Reihe Fahrer in der Tasche.«

»Gut, vielen Dank. Ich richte Ihre Nachricht aus.«

Ali legte den Hörer auf. Drogenhandel beim Rave war genau das, was er brauchte – damit hatte er von Rechts wegen einen Grund, um Penistone zu vernehmen. Der Mann wusste bestimmt nicht, dass das Kriminaldezernat dafür nicht zuständig war – für ihn waren vermutlich alle Bullen gleich.

Das Pflegeheim Moss Carr lag zwar etwas abseits des Weges, aber dennoch nahm Ali die Strecke, die daran vorbeiführte. Dadurch bekam er eine ungefähre Vorstellung davon, wie lange man brauchte, um von der Bäckerei zu dem Wald zu gelangen, in dem Rukhsana umgebracht worden war. Die Straßen waren stark befahren, führten sie doch zur Autobahn oder zu der Stadtumgehung und von dort aus in die Außenbezirke von Leeds. Auf der einen Seite standen in den sechziger Jahren gebaute Doppelhäuser, deren Gärten etwas Schutz vor dem endlosen Verkehrslärm boten. Lange Reihenhauszeilen, im rechten Winkel zur Straße angelegt, erstreckten sich auf der anderen Seite bis in weite Ferne und endeten dann dort, wo das Tal von den Ausläufern der Pennine Chain begrenzt wurde, deren steil aufragende Hänge sie in ewigen Schatten tauchten.

Noch konnte man erkennen, dass dies einst eine blühende Gegend gewesen war. Einsam und verlassen standen die Gebäude, die einst Maschinenbauunternehmen beherbergt hatten – Überreste einer Zeit, in der man den Arbeitern erklärt hatte, dass es ihnen so gut wie nie zuvor ginge. Die Eigentümer, von einer Rezession getroffen, die sie nicht verursacht hatten, hatten erst ein paar Arbeiter entlassen, dann immer mehr, bis sie sich schließlich ins Unvermeidliche gefügt hatten, abgewandert waren und riesige Areale hinterließen, die Zeugnis von ihrem Verrat ablegten. Manche Fabriken waren abgerissen worden, sodass nur noch weite Flächen aus verwittertem Beton zurückgeblieben waren, teilweise mit Gras überwuchert, das in den Rissen und Spalten Fuß gefasst hatte. Andere, die ebenfalls aufgegeben worden, aber stehen geblieben waren, boten den Obdachlosen und Süchtigen eine Zuflucht.

Ali bog nach links in eine steil bergab führende Straße. Hier hatten Unternehmer Land aufgekauft, auf dem sie allerlei Freizeitzentren und Supermärkte bauten. Inmitten der modernen Architektur wirkte die auf einem weitläufigen Grundstück stehende Bäckerei wie ein Fremdkörper – ein Flachbau aus cremefarbenem Beton und roten Ziegeln, umgeben von einer steinernen Mauer, die von einem mit grünem Plastik beschichteten Drahtzaun gekrönt war.

Die junge Frau an der Rezeption war zuvorkommend, doch es dauerte eine Weile, bis sie Penistone aufspürte.

»Er könnte wer weiß wo sein, Sergeant«, entschuldigte sie sich. »Alles kommt zuerst ins Lager, wo er es verstaut oder zur Auslieferung weiterleitet. Er könnte irgendwo in der Produktion sein oder auch in der Verwaltung.« Sie schenkte Ali ein breites Lächeln. »Wenn Sie möchten, kann ich ihn ausrufen.«

Ali erwiderte das Lächeln. »Das wäre sehr nett«, sagte er.

Sie verschwand in einem Hinterzimmer. »Barry Penistone, bitte zur Rezeption. Barry Penistone, bitte zur Rezeption.« Der Ausruf hallte durch das Foyer.

»So«, sagte die junge Frau, als sie zurückkehrte. »Wenn er's gehört hat, müsste er gleich da sein.«

Ali lächelte erneut. »Nur noch eins. Besteht die Möglichkeit, dass wir hier irgendwo unter vier Augen miteinander sprechen können, wenn er kommt?«

Die junge Frau deutete auf eine Tür links neben dem Empfangsschalter. »Dort ist ein Besuchszimmer, das können Sie benutzen. Gehen Sie schon mal rein. Ich sag ihm Bescheid, dass Sie da drin sind.«

Allem Anschein nach war man von Seiten der Geschäftsleitung nicht allzu erpicht auf Besucher. In dem spartanisch eingerichteten Zimmer standen lediglich drei Sessel, die schon bessere Zeiten erlebt hatten, und ein niedriger Tisch, auf dem mehrere Monate alte Illustrierte ausgebreitet waren, dazu eine Vase mit künstlichen Blumen, deren Blütenblätter mit einer Staubschicht bedeckt waren. Ali blätterte zwei Illustrierte durch, während er wartete. Schließlich kam Barry Penistone hereingeschlendert, die Hände in den Hosentaschen, eine halb aufgerauchte Zigarette in den Mund geklemmt.

Ali stand auf.

An Penistones Miene konnte er erkennen, dass er alles andere als erfreut war, ihn zu sehen. »Was wollen Sie?«

»Kurz mit Ihnen reden.«

Penistone nahm die Zigarette aus dem Mund, ließ sie auf die mit schwarzen Flecken übersäten Linoleumfliesen fallen und trat sie mit dem Absatz aus. Offensichtlich hatten es vor ihm schon zahlreiche andere genauso gemacht.

Er funkelte den Sergeant an. »Ich hab schon genug mit euch

geredet. Sagen Sie, was Sie wollen, und danach lassen Sie mich in Ruhe, damit ich weiterarbeiten kann.«

Ali setzte sich wieder hin und zog den benachbarten Sessel näher zu sich. Er bedeutete Penistone, dass er Platz nehmen sollte.

»Wer steckt hinter den Raves?« Er hatte keine Lust, lange um den heißen Brei herumzureden. Auf die Auskunft kam es ihm gar nicht an, aber das war der schnellstmögliche Einstieg.

»Meinen Sie etwa, das erzähl ich Ihnen?« Barry Penistone schürzte die Lippen.

»Das will ich doch hoffen.«

»Warum wollen Sie das überhaupt wissen? Ich hab gedacht, Sie sollen rausfinden, wer die Paki-Braut umgebracht hat.«

»So ist es, aber wir Kriminalpolizisten sind flexibel. Wir übernehmen häufig zwei Fälle zugleich.«

»Und was is mit dem tuntigen Inspector, der mich eingebuchtet hat? Was macht der?«

Barry Penistone war nicht so dumm, wie Ali ihn eingeschätzt hatte. Er konnte durchaus den einen Polizisten vom anderen unterscheiden.

Er ging nicht auf die Frage ein. »Dieses Mädchen, das Sie wegen sexueller Belästigung angezeigt hat, kennen Sie die?«

»Sie kommt manchmal zu den Raves.«

»Haben Sie sich mit ihr unterhalten, waren Sie freundlich zu ihr?«

»Ich bin immer freundlich.«

Ali beugte sich vor, sodass sein Mund dicht an Barry Penistones Ohr war. »Sie sind weiter gegangen, nicht wahr? Sie sind mehr als nur freundlich zu ihr gewesen?«

Der große Mann drehte sich um und schaute Ali aus nächster Nähe an, dass dem Detective sein nach Tabak stinkender Atem ins Gesicht schlug. Er stupste ihn mit dem Finger an, als wollte er ihm jedes einzelne Wort in die Brust rammen. »Kümmern Sie sich um Ihren eignen Dreck. Das geht Sie gar nichts an.«

Behutsam schob Ali den Finger mit dem Handrücken beiseite und lehnte sich wieder zurück. »Vielleicht gehen mich anabole Steroide eher etwas an.«

Der Einwand kam so unverhofft, dass die Überheblichkeit, die Penistone bisher an den Tag gelegt hatte, mit einem Mal wie weggewischt war. Er schien förmlich in sich zusammenzusinken, verkniff den Mund und warf Ali einen Blick zu, der ganz und gar nicht mehr feixend und verächtlich war, eher verdutzt und betroffen. Aber im Umgang mit der Polizei kannte er sich bestens aus, und Ali konnte nur staunen, wie schnell er seine Fassung wiedergewann.

»Wenn Sie das sagen.«

Wie eine Giftwolke ballte sich die Abscheu zwischen ihnen. Ali meinte zu spüren, wie sie in seine Nase eindrang, säuerlich stechend, wie der Uringestank in den Hauseingängen rund um die Snooker-Salons. Penistone war nicht so leicht zu knacken – er kannte sich aus, wusste, wie man in so einer Lage die Oberhand behielt, manchmal mit Gewalt, manchmal mit Raffinesse. Ali merkte, wie er ihm allmählich entglitt. Er grub die Fingernägel in den Handteller. *Er* musste diese Vernehmung führen, nicht der Schläger, der ihm gegenübersaß.

»Sie arbeiten für Faysal Hussain. Er liefert Anabolika und wahrscheinlich auch noch alle möglichen anderen Drogen, die er in die Hand bekommt. Er veranstaltet Raves und Sie sind für ihn tätig. Was also treiben Sie dort, Penistone? Abgesehen davon, dass Sie junge Mädchen sexuell belästigen, meine ich damit. Verkaufen Sie Anabolika, Ecstacy, Speed, LSD?« Er sah, wie sein Gegenüber immer wütender wurde, und hoffte inständig, dass er nicht über ihn herfiel. Hier drin gab es keine Alarmanlage.

Ali wartete darauf, dass er einen Wutanfall bekam, so wie im Krankenhaus, wie bei seinem Zusammenstoß mit John Handford, wie bei Karen Penistone. Aber Penistone hatte sich allem Anschein nach im Griff.

»Die haben nichts bei mir gefunden, als sie mich eingebuchtet haben. Nicht das Geringste. Also lassen Sie mich gefälligst in Frieden. Finden Sie lieber raus, wer die Paki-Braut kaltgemacht hat.«

Es war warm im Zimmer, aber Ali fröstelte mit einem Mal. Er stemmte sich aus dem Sessel und ging zu dem Heizkörper.

Er war alt, stammte vermutlich noch aus der Zeit, als die Bäckerei gebaut worden war, und so breit, dass man darauf sitzen konnte. Er hockte sich hin und wunderte sich darüber, wie heiß er war, als er die Wärme spürte, die durch seinen Mantel drang.

»Wie kommen Sie zur Arbeit, Barry?«

»Wozu wollen Sie das denn wissen?«

Mit einem Mal hatte Ali die ständigen Ausflüchte satt. Er kniff die Augen zusammen. »Sagen Sie mal, weiß Ihr Arbeitgeber eigentlich, dass Sie vorbestraft sind? Denn wenn Sie meine Fragen nicht beantworten, könnte ich vielleicht jemandem ...« Er sah, dass Barry Penistone ihn verstanden hatte.

»Wollen Sie mir drohen?«

»Ja, Mr Penistone. Ich glaube, das kann man so sagen.« Er schwieg einen Moment, ließ es einwirken. »Nun denn, das ist doch eine ganz einfache Frage. Wie kommen Sie zur Arbeit?«

Barry gab nach. »Mit dem Bus. Der hält direkt vor meinem Haus und fährt bis hierher.«

»Wie lange haben Sie Mittagspause?«

»Eine Stunde. Aber im Lager muss ständig jemand da sein, deshalb wechseln wir uns zwischen zwölf und zwei ab. Ich hab von halb eins bis halb zwei.«

»Wohin gehen Sie?«

»Na ja, nicht weit weg. Dazu hab ich keine Zeit. Ein Stück weiter is ein Pub. Da geh ich manchmal hin, aber manchmal nehm ich mir auch Brote mit und ess hier oder ich besorg mir irgendwo eine Portion Fish & Chips.«

»Sie fahren also nicht nach Hause, sondern bleiben in der Nähe der Bäckerei?«

»Hör'n Sie, ich hab langsam die Schnauze voll. Ich hab doch gesagt, dass ich nicht viel Zeit habe.«

Ali war enttäuscht. Er musste es natürlich noch überprüfen, aber seiner Ansicht nach war es mehr als unwahrscheinlich, dass Penistone innerhalb einer Stunde zum Pflegeheim gelangen, Rukhsana umbringen und wieder zurückkehren konnte.

»Und letzten Dienstag haben Sie auch gearbeitet?«

Penistone stand auf und kam auf Ali zu. »Selbstverständlich

hab ich letzten Dienstag gearbeitet. Ich geh immer zu der verfluchten Arbeit. Ich mach bloß blau, wenn ihr mal wieder meint, ihr habt mich am Wickel. Und dann bin ich im Bau.«

»Wie sind Sie am Dienstag zur Arbeit gekommen?«

Penistones Wut wurde stärker. »Das hab ich Ihnen doch schon gesagt. Mit dem Bus.«

»Auch am Dienstag?«

Penistone wurde plötzlich wachsam. »Am Dienstag?«

»Ja.«

»Das war der Tag, an dem die Busfahrer gestreikt haben.«

»Ja.«

»Da bin ich zu Fuß gegangen.«

»Bis hierher. Da müssen Sie ziemlich lange unterwegs gewesen sein. Hat Sie niemand mitgenommen?«

»Nein, niemand. Hör'n Sie, ich bin gelaufen, in Ordnung? Die Leute hier scheren sich nicht drum, ob die Busfahrer streiken, wissen Sie? Wenn ich nicht arbeite, krieg ich keinen Lohn. Ich bin zu Fuß gegangen. Und ich war rechtzeitig hier. Überprüfen Sie meine Stechkarte, wenn Sie mir nicht glauben«, fügte er feixend hinzu.

»Aber selbstverständlich, Mr Penistone, selbstverständlich.« Doch Ali wusste, dass es reine Zeitverschwendung war. Die Stechkarte würde bestätigen, dass er gearbeitet hatte.

»Dann haben Sie also kein Auto?«

Penistone zögerte eine Sekunde, aber Ali wusste nicht genau, ob er nur wegen der Frage verdutzt war oder ob er sich erst eine Antwort zurechtlegen musste.

»Ein Auto? Meinen Sie etwa, ich kann mir von zehn Pfund die Stunde ein Auto leisten? Ich hab genug damit zu tun, dass ich mir das verdammte Fahrgeld für den Bus leisten kann.«

»Aber Sie haben einen Führerschein?«, hakte Ali nach.

»Na und?«

»Sie hätten sich also ein Auto leihen und am Dienstag damit herfahren können.«

Penistone konnte seine Wut kaum mehr bezähmen. »Was soll das ganze Geschwätz von wegen Dienstag und Auto? Ich hab kein Auto, mich hat niemand mitgenommen und ich hab mir auch kein Auto geliehen. Ich bin morgens zu Fuß hierher gekommen und nach Feierabend bin ich wieder nach Hause gelaufen. Fragen Sie doch die Leute, wenn Sie mir nicht glauben. Die werden Ihnen sagen, dass sie gesehen haben, wie ich zu Fuß durchs Tor gekommen bin. Ich bin sogar ein paar Kollegen draußen begegnet. Fragen Sie die.«

Ali seufzte. Hier kam er nicht mehr weiter. Ohne Auto konnte der Mann zur fraglichen Zeit auf keinen Fall beim Pflegeheim gewesen sein. Er hatte sich geirrt, was Barry Penistone anging, und der Inspector hatte Recht. Er konnte ihm nicht das Geringste nachweisen, außer dass er stark genug war, um einen Deckstein aufzuheben und Rukhsana damit den Schädel einzuschlagen. Und mit einem Motiv konnte er auch nicht dienen, selbst wenn man davon ausging, dass er Asiaten hasste, dass er möglicherweise der Vater von Karens Sohn war und dass Rukhsana womöglich etwas geahnt hatte. Nichts als Mutmaßungen. Indizien bestenfalls, und nicht einmal allzu überzeugende, wenn er ehrlich war. Jedenfalls reichte das nicht für eine Anklage wegen Mordes.

Er notierte sich die Namen der Männer, die mit ihm durchs Tor gekommen waren, wusste aber von vornherein, dass sie Penistones Aussage bestätigen würden.

»Na schön, Penistone, das war's.«

Er hätte ihm gern noch die eine oder andere Frage zu Danny gestellt. Aber das war nicht der rechte Ort. Dazu musste man ihn auf dem Revier vernehmen, und außerdem musste er sich vorher bestätigen lassen, ob Karens Geschichte stimmte.

Barry Penistone stand auf. »Weißt du was, Paki, die Mühe hättest du dir echt sparen können.« Höhnisch schürzte er die Lippen. »Warum gehst du nicht wieder dahin zurück, wo du herkommst, damit wir wieder unsre Ruhe haben.«

Ali juckte es in den Fingern – nur zu gern hätte er ihm das Feixen ausgetrieben. »Ich will Ihnen mal was sagen, Penistone. Nur damit ich nicht ganz umsonst hierher gefahren bin. Wie wär's, wenn Sie Hussain mitteilen, dass wir über ihn Bescheid wissen. Und bedenken Sie dabei bitte gleich mit, dass wir auch über Sie Bescheid wissen, was den Handel mit Drogen angeht.«

Er lächelte. »Drogenhandel und sexuelle Belästigung. Diesmal wird man Sie verdonnern.«

Er drängte sich an Penistone vorbei, drehte sich ein letztes Mal zu ihm um und sah seine Miene, den teils feindseligen, teils aber auch bangen Blick, den er ihm zuwarf. Vermutlich wurde er nicht einmal angeklagt, geschweige denn verdonnert. Aber das konnte Penistone nicht wissen, noch nicht.

Barry Penistone wusste überhaupt nicht, wie ihm geschah. Er lehnte sich vor dem Besucherzimmer an die Wand und blickte Ali hinterher, als er hinaus auf den Hof ging. Er hatte keine Ahnung, wie viel die Bullen wussten oder inwieweit sie sich alles nur zusammenreimten. Er wusste nicht, ob sie ihn austricksen oder in die Falle locken wollten. Er wusste nicht einmal, warum. Dieser Paki-Sergeant, der mit den braunen Augen und dem dunkelbraunen Gesicht, verzog keine Miene, ließ sich nicht das Geringste anmerken, sodass man nicht feststellen konnte, was er dachte und ob er irgendwas wusste. Was die Anabolika anging, war er sich aber allem Anschein nach ganz sicher gewesen, aber vielleicht hatte er auch nur geraten. Barry runzelte die Stirn. Nein, das war mehr als unwahrscheinlich. Jedenfalls bei Anabolika. Auf Anabolika verschwendeten die Bullen normalerweise keinen Gedanken, dafür interessierten sie sich nicht. Deswegen handelte Hussain damit. Was Anabolika anging, hatte er die Stadt für sich und das Umland dazu. Sie brachten ihm und seinen Dealern satte Gewinne, die Kunden liefen keinerlei Gefahr, dass sie eingebuchtet wurden, das Drogendezernat kümmerte sich nicht darum, und den Großdealern war es scheißegal, solange ihnen Hussain nicht ins Gehege kam.

Sein Blick wurde finsterer. Angenommen, sie wussten über Hussain und die Anabolika Bescheid – was wussten sie sonst noch? Ali hatte sich ausdrücklich danach erkundigt, was er am Dienstag gemacht hatte und wie er zur Arbeit gekommen war. Am Dienstag war die Paki-Braut umgebracht worden. Glaubten die etwa, er hätte etwas damit zu tun? Tja, sie hatten nichts gegen ihn in der Hand, konnten ihm nicht das Geringste anhängen.

Er drehte sich um und ging den Flur entlang. Die Paki-Braut. Wenn irgendjemand glaubte, er würde auch nur eine Träne wegen ihr vergießen, irrte er sich. Geschah ihr ganz recht. Das neugierige Miststück hatte in Karens Leben rumgeschnüffelt, und in seinem dazu. Ein kalter Schweißtropfen rann ihm in die Augenbrauen. Er nahm seine Mütze ab und wischte sich damit über die Stirn. Hatte sie zu irgendjemandem irgendwas gesagt? Wussten die Bullen über Danny und ihn Bescheid? Tja, und selbst wenn – was bewies das schon? Karen würde nie zulassen, dass man ihn wegen irgendwas belangte. Er gehörte zur Familie. Und sie brauchte ihn, damit er ihr dabei half, Danny aufzuziehen. Und er liebte Danny. Niemals wollte er sich von ihm trennen lassen.

Er bekam es mit der Angst zu tun, hatte das Gefühl, als lege sich ein Eisenring um seine Brust, sodass er kaum noch atmen konnte. Bilder zogen vor seinem inneren Auge vorbei: ein Bierglas, das einem Mann ins Gesicht gerammt wurde, seine Hand, die Karens Wange traf, seine Faust, die auf den Arm des Polizisten prallte … Er schloss die Augen, um die Bilder loszuwerden, die wild durcheinander wirbelten, sich immer wieder in den Vordergrund drängten. Der Rave am Samstagabend. Danny und der Paki. Karen und ihr Paki. Der Paki im Wartezimmer des Krankenhauses. Zeitungsfotos, auf denen ein weißes Zelt im Wald zu sehen war. Polizisten, Bullen, Greifer. Er lehnte sich an die Wand und schlug sich die Hand vor die Augen – er hielt das nicht mehr aus. Aber als die Bilder verschwanden, drangen Stimmen auf ihn ein, schrien durcheinander und versuchten sich Gehör zu verschaffen.

»Diesmal wird man Sie verdonnern, Penistone.«

»Er hat mir mit seinen dreckigen Pfoten unter die Bluse und in den Schlüpfer gefasst.«

»Du hast mich bewusstlos geschlagen.«

»Haben Sie letzten Dienstag gearbeitet?«

Er starrte auf die weiß glänzende Wand des Korridors, der sich vor ihm erstreckte. Führte er in den Himmel oder in die Hölle? Danny und der Paki. Karen und Mahmood. Hussain und die Anabolika. Das weiße Miststück beim Rave. Der Mittwochabend bei Karen. Der Paki im Krankenhaus. Der Mord. Worte und Bilder, die untrennbar miteinander verbunden waren, zugleich aber auch verworren, sodass sie ein heilloses Durcheinander bildeten. Eine Frage jedoch hallte immer wieder heraus.

»Haben Sie letzten Dienstag gearbeitet?«

Dienstag. Sein Kopf wurde allmählich wieder klar, die Worte, die Bilder verschwanden wie von Zauberhand. Was war bloß mit ihm los? Er konnte alles klären – Hussain, Danny, Karen und Mahmood. Und was den Dienstag anging, damit hatte er nichts zu tun. Er hatte am Dienstag gearbeitet und sie konnten ihm nichts Gegenteiliges beweisen.

Achtzehntes Kapitel

Faysal Hussain nahm das Handy vom Ohr und beendete mit einem Daumendruck das Gespräch. Die Mitteilung, die Penistone ihm gerade gemacht hatte, beunruhigte ihn nicht besonders. Die Polizei hatte offenbar die Bäckerei aufgesucht und Penistone gefragt, ob er für ihn dealte. Sie hatten Penistone nicht festgenommen, folglich hatten sie keine handfesten Beweise. Und selbst wenn sie etwas wussten, darüber war sich Hussain im Klaren, konnten sie ihm nichts nachweisen, aber heutzutage brauchte die Polizei Beweise. Dass die Meldung ausgerechnet von Penistone kam, beunruhigte ihn weit mehr. Er hatte am Telefon regelrecht triumphierend geklungen. Ihm mitteilen zu können, dass die Polizei Bescheid wusste, war vermutlich einer der Höhepunkte in seinem erbärmlichen Leben. Fragte sich nur, ob es so abgelaufen war, wie er sagte, oder ob er ihn verpfiffen hatte.

Faysal ging in die Küche und genoss wie stets den Anblick der glatten Kanten und glänzenden Arbeitsplatten, die wie das übrige Haus von seiner Putzfrau, Mrs Agar, gepflegt wurden, der Sauberkeit und Ordnung ebenso viel Freude bereiteten wie ihm. »Für Sie arbeite ich immer wieder gern, Mr Hussain, wo Sie doch ein Haus wie aus dem Bilderbuch haben.«

Er konnte ihr nicht widersprechen. Es war ein Haus, wie es die Weißen einem Pakistani nicht gönnten, ein Haus, wie es normalerweise die gehobene englische Mittelschicht bewohnte – kostspielig, allein stehend, mit einer Doppelgarage und einem Garten rundum. Nicht, dass die Nachbarn irgendetwas gegen Pakistanis hatten, selbstverständlich nicht, aber jeder wusste, dass ein Stadtviertel vor die Hunde ging, sobald sich die ersten dort niederließen. Die Immobilienpreise brachen weg, Freunde und Bekannte zogen fort. Aber weil sie nichts gegen Pakistanis hatten, waren die Anwohner halbwegs freundlich, wenn sie ihm persönlich begegneten, doch sie wollten ihn nicht in ihren eigenen vier Wänden empfangen, und wenn er sie zu sich einlud, ließen sie ihn abblitzen, behaupteten, sie wären bereits anderweitig verabredet. Sie waren ja so beschäftigt, hatten so viele andere Verpflichtungen. Manchmal lud er sie nur ein, weil er ihre Mienen sehen wollte, wenn sie ablehnten – diese Mischung aus Betretenheit und Bedauern. Er lächelte beim Gedanken daran, doch sein Blick blieb starr, unbeteiligt und verschlossen. Dieser Blick kündete von Empfindungen, die nur jemand verstehen konnte, der ebenfalls seiner Rasse wegen zurückgesetzt worden war. Und wenn sie einen schon so behandelten, obwohl man ihrer Ansicht nach ein angesehener Geschäftsmann war, wie würden sie dann erst reagieren, wenn sie erfuhren, womit er das Geld für dieses Haus tatsächlich verdient hatte?

Manchmal empfand er bei diesem Gedanken eine gewisse Genugtuung, doch diesmal nicht. Er hatte seinerseits alles getan, was er nur tun konnte, damit die Polizei nicht auf ihn aufmerksam wurde, doch das war jetzt vorbei. Irgendwie hatten sie es herausgefunden, wussten Bescheid, und auch wenn sie ihm derzeit kaum etwas anhaben konnten, war er irgendwann fällig, würden sie es auch auf ihn abgesehen haben – und zwar nicht, weil er die ganze Gegend mit Anabolika versorgte, sondern weil er ein Pakistani war, der es zu etwas gebracht hatte. Und er war sich wohl bewusst, dass ihn genau derjenige gewarnt hatte, der diesen Tag kaum abwarten konnte – Barry Penistone.

Der Mann bereitete ihm in mancherlei Hinsicht Kopfzerbrechen. Mit seinem Rassismus und seiner aufbrausenden Art kam er halbwegs klar. Aber er begriff nicht, warum er so gut wie kein Geld ausgab, obwohl er wahrlich genug verdiente. Seine anderen Dealer konnten es kaum abwarten, ihre Kohle wieder loszuwerden, sei es bei anderen Dealern oder für schicke Autos und scharfe Klamotten. Nicht aber Penistone. Soweit Hussain wusste, war der Mann von nichts abhängig, jedenfalls von nichts, das man sich in die Adern spritzte oder in die Nase zog, und allem Anschein nach machte er auch keine Anstalten, seinen Lebensstil zu ändern. Er sah aus wie ein schlecht bezahlter Lagerarbeiter und genauso benahm er sich auch. Dabei hätte er sich inzwischen längst halbwegs gute Klamotten und ein einigermaßen anständiges Auto zulegen können, statt ständig mit diesem klapprigen Volkswagen herumzufahren, den er sich ab und zu von einem Freund lieh. Möglicherweise wollte er bewusst nicht aufwendig leben, damit die Polizei sich nicht fragte, wie sich ein ehemaliger Sträfling so etwas leisten konnte. Aber er bezweifelte es. Er hatte die Erfahrung gemacht, dass sich Penistone nur wenig darum scherte, was die Polizei dachte.

Was also machte er mit seinem Geld? Legte er es für schlechte Zeiten auf die hohe Kante? Die Vorstellung beunruhigte ihn. Vielleicht machte er genau das, vielleicht hatte er die Razzia genutzt, um der Polizei mitzuteilen, wer sein Lieferant war. Während er sich dann mit irgendeinem Nichtsnutz die Zelle teilen durfte, könnte Penistone ohne großen Widerstand sein Geschäft übernehmen – und damit meinte er nicht die Restaurants.

Hussain verzog das Gesicht, als er einen Schluck von dem mittlerweile kalten Kaffee trank. Penistone mochte zwar nach dem Motto handeln, dass man erst die Faust einsetzen und hinterher nachdenken sollte, aber er war auch gerissen, ja geradezu verschlagen. Seinen Worten zufolge hatten die Bullen beim Rave nichts bei ihm gefunden, und was die sexuelle Belästigung anging, hatten sie lediglich die Aussage des Mädchens. Diese Anschuldigung führte zu gar nichts, das musste der Polizei doch klar sein. Warum also hatte sich ausgerechnet Ali die Mühe gemacht, zur Bäckerei zu fahren, obwohl er mit dem Fall nichts zu tun hatte, und Penistone wegen so einer Kleinigkeit vernommen? Es musste ein Vorwand gewesen sein, damit er irgendetwas über die Anabolika herausfand, aber selbst dafür war Ali nicht zuständig. Es ergab keinen Sinn. Es sei denn ... es sei denn, sie dachten, Penistone hätte irgendetwas mit Rukhsanas Tod zu tun. Bestimmt nicht. Nein, er konnte nichts damit zu tun haben. Warum auch? Er hatte keinerlei Grund. Oder aber – Hussain zuckte bei dem Gedanken zusammen – die Polizei dachte, er, Hussain, hätte sie umgebracht, und wollte ihn wegen eines Drogendelikts belangen, damit er sich nicht nach Pakistan absetzen konnte.

Hussain zuckte die Achseln. Er goss die trübe, graue Flüssigkeit in die Spüle und drehte den Heißwasserhahn auf. Während er seine Tasse auswusch, sah er zu, wie sich die Überreste des Kaffeesatzes mit dem Wasser vermischten und ihre Farbe verloren. So leicht geht das, dachte er, so einfach beseitigt man den Schmutz. Und da Amajits Frau beschmutzt gewesen war, war es ihm mehr oder weniger egal, wer sie beseitigt hatte. Es war auch nicht weiter wichtig, welche Hintergedanken Ali hatte, als er Penistone aufsuchte. Die Polizei hatte nicht den geringsten Grund, ihn, Faysal Hussain, des Mordes zu verdächtigen – er hatte ein Alibi. Er hatte jedenfalls nicht vor, ins Flugzeug zu steigen und sich abzusetzen; dafür hatte er hier zu viele Geschäfte laufen. Aber er musste dafür sorgen, dass er nicht mehr im Blickpunkt stand.

Er musste Penistone eine Warnung zukommen lassen. Ihm war es am ehesten zuzutrauen, dass er das Maul aufriss. Und Hussain wusste, wie sich das am besten bewerkstelligen ließ – man musste sich Karen Penistone vornehmen, seine Schwester. Penistone hing an seiner Schwester; wenn man ihr etwas tat, traf man auch ihn. Und zusätzlich konnte man Amajit klar machen, dass er das Mädchen in Ruhe lassen sollte. Er konnte also zwei Fliegen mit einer Klappe schlagen, drei sogar, weil die Polizei so damit beschäftigt sein würde, denjenigen zu finden, der die Tat – wie nannte man das gleich, schwere Brandstiftung unter Gefährdung von Menschenleben? – begangen hatte, dass ein paar Anabolika keine große Rolle mehr spielten.

Er griff zu seinem Handy und wählte eine Nummer.

»Ich glaube, wir haben lange genug gewartet«, sagte er, als sich jemand meldete. »Macht es heute Nacht.«

Handford nahm die Aussage und das Foto zur Hand, die ihm die Londoner Polizei per E-Mail geschickt hatte, und lehnte sich zurück.

Ich heiße Bethany Cantrell und bin 24 Jahre alt. Ich arbeite als Rechercheurin für die BBC.
Ich habe Dr. Ian Berridge vor neun Jahren kennen gelernt. Ich war damals fünfzehn Jahre alt und er behandelte mich im Krankenhaus in Belfast wegen Endometriose, einer Erkrankung der Gebärmutter. Ich war zwei Jahre lang in seiner Obhut. Er war nicht so wie die anderen Ärzte, die ich kannte. Er behandelte mich als Mensch, nicht als Fall. Er erklärte mir alles und benahm sich nie hochnäsig. Während ich behandelt oder untersucht wurde, unterhielten wir uns manchmal über allerlei Sachen, die uns interessierten. Ich liebe klassische Musik und spiele Klavier und Flöte. Er sagte, das seien auch seine Lieblingsinstrumente. Er gab mir das Gefühl, etwas Besonderes zu sein, so als wäre ich seine einzige Patientin.
Eines Tages, als meine Behandlung sich dem Ende zuneigte, rief er bei mir zu Hause an und sagte, er hätte zwei Eintrittskarten für ein Konzert in Belfast ergattern können. Seine Frau könnte nicht mitkommen, aber wenn meine Eltern einverstanden wären, würde er gern mich mitnehmen. Da ich auf dem College im Hauptfach Musik studierte, fanden sie, ich sollte mir diese Gelegenheit nicht entgehen lassen. Sie konnten sich solche Konzerte nicht leisten. Hinterher schlug er vor, wir sollten noch auf einen Kaffee zu ihm nach Hause gehen. Wir unterhielten uns, tranken Kaffee, dann Brandy. Er küsste mich, entschuldigte sich dafür und küsste mich wieder. Ich hinderte ihn nicht daran. Letzten Endes landeten wir miteinander im Bett. Es war das erste Mal, dass ich so etwas getan hatte, aber ich fühlte mich geschmeichelt, und als er sagte, dass er mich liebte und sich auch künftig mit mir treffen wollte, konnte ich mir nichts Schöneres vorstellen. Er schlug vor, dass wir unser Beisammensein geheim halten sollten, weil man es in seinem Beruf nicht gern sah, wenn er ein Verhältnis zu einer Patientin hatte. Ich konnte mein Glück kaum glauben. Ich betete ihn an, hätte alles für ihn getan. Und tat es auch.

Wir trafen uns, wann immer er konnte, manchmal bei ihm zu Hause, manchmal fuhren wir auch zu einem Hotel. Als ich mein Vorstellungsgespräch an der London University hatte, erklärte er, dass in London eine Konferenz stattfände, an der er unbedingt teilnehmen wollte. Es waren drei herrliche Tage. Er sprach davon, dass er sich in London niederlassen wollte, damit wir es immer so schön haben könnten. Er sagte, er wollte seine Frau verlassen.
Vier Wochen nach unserer Rückkehr stellte ich fest, dass ich schwanger war. Ich fiel aus allen Wolken, obwohl ich im Nachhinein nicht verstehe, warum. Keiner von uns hatte Verhütungsmittel benutzt. Vermutlich dachte ich, ich könnte wegen der Endometriose keine Kinder bekommen, weil wir schon so lange miteinander schliefen, ohne dass etwas passiert war.
Außerdem spielte es keine Rolle, weil er gesagt hatte, er wollte bei mir bleiben, und ich davon ausging, dass er zu mir halten würde. Ich könnte das Studium um ein Jahr verschieben, er könnte sich in London einen Job besorgen und irgendwann könnten wir heiraten.
Als ich es ihm mitteilte, wurde er wütend, machte mir Vorwürfe, bezeichnete mich als dumme Zicke, weil ich nicht verhütet hätte, und sagte, ich müsste das Kind abtreiben. Niemand dürfe etwas davon erfahren, sagte er, daher käme lediglich ein Abbruch infrage. Er wollte mir einen Platz in einer Klinik in London besorgen und für die Abtreibung aufkommen. Er fragte mich nicht ein einziges Mal, was ich wollte oder wie mir zumute war. Er sprach ständig nur von sich, von seiner Karriere, seinem Ruf. Er sagte, er würde mich anrufen, wenn er die entsprechenden Vorkehrungen getroffen hätte.
Es dauerte etwa eine Woche, bis ich wieder etwas von ihm hörte, und inzwischen hatte ich viel Zeit zum Nachdenken gehabt. Ich war zu dem Entschluss gekommen, dass ich nicht abtreiben konnte. Es war unrecht und ich brachte es nicht fertig. Ich war davon überzeugt, dass er es verstehen würde. Wir trafen uns in dem Park in der Nähe

meines Elternhauses. Es war Ende Februar und weit und breit war niemand zu sehen. Ich war nicht beunruhigt, hatte keine Angst davor, ihm Bescheid zu sagen, weil ich dachte, er würde es verstehen. Aber er wurde wieder wütend. So hatte ich ihn noch nie erlebt. Er sagte, ich wäre eine selbstsüchtige Kuh, verwies darauf, dass er beruflich erledigt wäre, wenn ich so weitermachte. Ich erklärte ihm, dass eine Abtreibung in meinen Augen Mord sei. Er zog mich an sich, hielt mich fest, sagte, er könnte das verstehen, aber ein Fötus sei kein menschliches Wesen, ich beginge also keinen Mord. Aber ich würde sein Leben und das seiner Frau und Kinder zerstören, und das wollte ich doch bestimmt nicht.

In diesem Augenblick wurde mir klar, dass er mich nie geliebt hatte. Ich war lediglich eine Eroberung, eine weitere Beute, vermutlich eine von vielen. Ich erklärte ihm, dass ich nicht abtreiben lassen würde und er mich auch nicht dazu zwingen könnte. Er stieß mich von sich und ging weg. Nach ein paar Schritten drehte er sich wieder zu mir um. Ich kann seinen Gesichtsausdruck kaum beschreiben; er wirkte wie ein Kind, dem man ein Spielzeug verweigert, das es unbedingt haben möchte – teils bockig, teils gehässig, teils wütend. Er ging auf und ab, beschimpfte mich jedes Mal, wenn er sich zu mir drehte, bestand darauf, dass ich abtreiben lassen sollte. Dann kam er plötzlich wieder auf mich zu, blieb dann aber stehen und sagte, er frage mich jetzt zum letzten Mal, ob ich abtreiben lassen würde. Ich sagte nein, worauf er die Hand hob und mir so heftig ins Gesicht schlug, dass ich über die steinerne Umrandung eines Blumenbeetes stolperte und hinfiel. Das brachte ihn nicht zur Besinnung. Er wurde nur noch wütender. Er ließ mich nicht aufstehen, sondern trat mir in den Bauch, an den Kopf. Ich konnte kaum glauben, dass dies der Mann war, den ich so lange geliebt hatte. Dann hörte er plötzlich auf, und als ich die Hände herunternahm, die ich um den Kopf geschlungen hatte, sah ich ihn weggehen. Er schlug sich an die Schenkel, als er verschwand. Er drehte sich nicht ein einziges Mal um. Er ließ mich einfach liegen.

Irgendwann rappelte ich mich auf und schleppte mich aus dem Park, aber auf der Straße brach ich zusammen. Als ich wieder zu mir kam, war ich im Krankenhaus. Man teilte mir mit, dass ich das Kind verloren hätte. Meine Eltern waren aufgebracht und wollten wissen, wer der Vater war, aber ich verriet es ihnen nicht. Ich glaube nicht, dass sie auch nur auf den Gedanken kamen, dass es mein Arzt war, und wenn ich es ihnen gesagt hätte, hätten sie mir nicht geglaubt. Ian hat sich nie wieder bei mir gemeldet. Er hat mich nicht im Krankenhaus besucht, hat meine Eltern nicht gefragt, wie es mir geht, hat sich nicht entschuldigt. Als mich die Polizei vernahm, sagte ich, ich wäre überfallen worden.

Schließlich ging ich auf die Universität und fasste den Entschluss, diesen Abschnitt meines Lebens auf sich bewenden zu lassen, wollte Ian aber nicht gänzlich ungeschoren davonkommen lassen. Ich schrieb ihm, dass ich mich an die Polizei wenden und alles erzählen würde, falls ich jemals hören sollte, dass er auch nur im Entferntesten in einen ähnlichen Vorfall verwickelt sei. Das habe ich getan, als ich die Geschichte von dem anderen Mädchen hörte, und deshalb mache ich jetzt diese Aussage.

Die Aussage, die sie aus freien Stücken gemacht hatte, war ein Bericht über vier Jahre ihres Lebens. Schlichte, nüchterne Worte, die nicht annähernd die Gefühle wiedergaben, die dahinter steckten. So ein hübsches Mädchen – schlank, trotz des dicken Pullovers, ebenmäßige Züge, rotblonde Haare und die grünsten Augen, die Handford je gesehen hatte. Er konnte verstehen, weshalb Berridge in sie vernarrt gewesen war, so wie er auch in Rukhsana vernarrt gewesen war. Er konnte die Schönsten kriegen, warum also nicht? Handford war fast ein bisschen eifersüchtig.

Er las den vorletzten Absatz der Aussage noch einmal. »Man teilte mir mit, dass ich das Kind verloren hätte. Meine Eltern wollten wissen, wer der Vater war, aber ich verriet es ihnen nicht. Ich glaube nicht, dass sie auch nur auf den Gedanken kamen, dass es mein Arzt war, und wenn ich es ihnen gesagt hätte, hätten sie mir nicht geglaubt. Ian hat sich nie wieder bei mir gemeldet. Er hat mich nicht im Krankenhaus besucht, hat meine Eltern nicht gefragt, wie es mir geht, hat sich nicht entschuldigt.«

Wie einsam musste sie gewesen sein. Das Kind verloren, ein Liebhaber, der nichts mehr mit ihr zu tun haben wollte, und Eltern, die ihr Vorwürfe machten. Wem sollte sie sich anvertrauen? Handford schloss die Augen und dachte an seine Töchter. Nicola war vierzehn, nur drei Jahre jünger als Bethany, als sie zum ersten Mal mit Berridge geschlafen hatte. Wie wäre ihm zumute, wenn sie die Betroffene wäre? Würde er ihr glauben? Würde er wissen, wer der Vater war, falls sie ein Kind bekam? Hatte sie einen festen Freund? Ihm wurde klar, dass er keine Ahnung hatte. Er liebte seine Töchter, aber er wusste nicht das Geringste über sie. Er nahm an, dass sie etwas für ihre Zukunft taten, in der Schule gut mitarbeiteten, sich auf ihre Prüfungen vorbereiteten, aber er wusste es nicht, und, was noch schlimmer war, er glaubte nicht, dass er sie nach so langer Zeit noch danach fragen konnte. Was sollte er denn sagen? Wie schnitt man so ein Thema an? »Schläfst du mit Jungs? Verhütest du?« All die Jahre, die er in diesem Beruf tätig war, hatte er sich darauf verlassen, dass Gill sie aufzog, ihnen beibrachte, was recht und unrecht war, auf sie aufpasste, und er war davon ausgegangen, dass sie genau das tat. Er war im Urlaub für sie da gewesen, wenn es ums Vergnügen ging, aber für alles andere …

Er setzte sich auf und besann sich wieder auf seine Pflichten. Er wollte Berridge vorladen und ihn offiziell verhören. Festnehmen würde er ihn nicht, noch nicht, aber er war sich ziemlich sicher, dass es auch dazu noch kommen würde.

Sie hatten im Mordfall Rukhsana Mahmood mehr Verdächtige, als ihnen recht war: ihren Mann, sämtliche Mitglieder seiner Familie, Berridge, Barry Penistone und jetzt, nach Auskunft von Warrender, auch noch Faysal Hussain.

»Chef, der Sergeant hat mich gebeten, seine Aussage zu überprüfen. Er glaubt, Rukhsana könnte vielleicht gewusst haben, dass er dealt, und ihm mit der Polizei gedroht haben, sodass er sie beseitigt hat.«

Handford bezweifelte es. Er hatte Hussains Aussage persönlich aufgenommen, und wenn ihn nicht alle deckten, die Architekten, die Leute vom Stadtbauamt und die Bauunternehmer, hatte er ein hieb- und stichfestes Alibi. Nein, er tippte auf Berridge. Er war kurz vor dem Mord mit Rukhsana gesehen worden, er wollte, dass sie abtrieb, falls das Kind von ihm stammen sollte, er hatte von sich aus eingeräumt, dass er aufgebracht und verzweifelt wegen ihrer Ausflüchte gewesen war, und er hatte zugegeben, dass er sie geschlagen hatte, als er mit ihr auf dem Parkplatz war. Wahrscheinlich war sie in den Wald gelaufen, weil sie von ihm wegwollte, und er war ihr gefolgt, hatte erneut versucht, sie zu einem Abbruch zu überreden, und als sie nichts davon wissen wollte, war er wütend geworden, hatte zum erstbesten Gegenstand gegriffen, der zur Hand war, und damit auf sie eingeschlagen. Außerdem hatte er schon einmal etwas Ähnliches gemacht. Vor sieben Jahren hatte er Glück gehabt, dass er Bethany Cantrell nicht umgebracht hatte. Letzte Woche aber, bei Rukhsana Mahmood, hatte ihn das Glück verlassen.

Aber Handford brauchte weitere Erkenntnisse, wenn er den Mann dingfest machen wollte. Die Sicherheitsvorkehrungen im Pflegeheim waren mehr als dürftig – so gut wie keine Kameras, weder auf dem Parkplatz noch auf der Zufahrt, und die wenigen, die vorhanden waren, enthielten keine Videobänder. Ihre einzige Hoffnung war Nathan Teale, da er zur fraglichen Zeit in der Nähe gewesen war und Laub gefegt hatte.

Handford ging durch den Lageraum und blickte sich um.

»Warrender, hat Graham Ihnen ausgerichtet, dass Sie Teale vernehmen sollen?«

»Ja, Chef, aber der ist noch nicht wieder da. Hat das Wochenende überzogen. Eigentlich hätte er heute wieder arbeiten müssen, aber die Heimleiterin hatte Mitleid mit ihm und hat ihm einen Tag Sonderurlaub gegeben«, erwiderte Warrender, der nicht so verschlossen wirkte wie sonst. »Ich fahre morgen in aller Frühe hin. Wollen Sie irgendwas Besonderes von ihm wissen?«

»Anscheinend ist Teale der Einzige, dem etwas aufgefallen sein könnte, daher will ich wissen, wen und was er gesehen hat, bevor Rukhsana ermordet wurde. Vor allem aber will ich wissen, wann Dr. Berridge dort eingetroffen ist und wann genau er wieder ging. Sagen Sie mir Bescheid, sobald Sie irgendwas erfahren haben.«

»Sir.«

Handford wollte bereits aus dem Zimmer gehen, blieb aber noch einmal stehen. »Wissen Sie, ob Sergeant Ali im Haus ist?«

»Nein, Chef, ich habe ihn seit heute Morgen nicht mehr gesehen«, sagte Warrender. »Er wollte mit Barry Penistone sprechen, hat er gesagt, also ist er vermutlich mit dem zugange.«

»Nun denn, richten Sie ihm aus, dass er zu mir kommen soll, wenn er zurückkommt, bevor ich gehe. Wenn ich schon weg bin, kann er mich notfalls über Handy erreichen. Ansonsten spreche ich morgen früh mit ihm. Heute ist Elternabend in der Schule meiner Töchter, und meine Frau bringt mich um, wenn ich nicht hingehe.«

Es war zwanzig Minuten nach Mitternacht, als die Mahmood-Brüder den Fußweg zu Karen Penistones Haus entlangschlichen und Benzin durch den Briefschlitz gossen. Das brennende Streichholz, das Kamal hineinwarf, fiel in die dunkle Pfütze und setzte sie sofort in Brand. Fauchend loderten die Flammenzungen auf, breiteten sich nach allen Seiten aus und verschlangen alles, was ihnen in den Weg geriet. Sie griffen auf die Benzinrinnsale über, die draußen an der Tür hinabliefen, und entfachten ein weiteres Feuer, das sich brodelnd und Blasen werfend durch die Farbe nach unten fraß.

Drei Minuten später, genau dreiundzwanzig Minuten nach Mitternacht, machte Karens Nachbar seine nächtliche Runde um die beiden Häuser und sah die Flammenzungen, die an die kleine Milchglasscheibe oben in der Tür leckten. Zuerst war er sich nicht ganz sicher, ob er richtig sah, doch dann bemerkte er den Rauch, der durch die Ritze am Boden kroch und sich nach draußen ausbreitete. Außerdem meinte er quietschende Reifen zu hören, aber er wusste es nicht genau, zumal er kein Auto sah.

Dann begriff er mit einem Mal, was los war, und reagierte. Er rief seiner Frau zu, dass sie die Feuerwehr rufen sollte, rannte über den Rasen und hämmerte an das Fenster im Erdgeschoss, um Karen zu warnen, stürmte dann zu seinem Haus zurück, um eine Leiter zu holen. Wenn er rechtzeitig zu ihrem Schlafzimmerfenster gelangte, bevor die Flammen und der Rauch auf den ersten Stock übergriffen, konnte er sie und das Kind vielleicht herausholen.

Zur gleichen Zeit, da der Nachbar ans Fenster schlug, wurde Karen vom lauten Klirren des zerspringenden Glases geweckt, als das Foto von ihr und Danny, das im Treppenhaus hing, am Boden zerbarst, nachdem der Faden von einer aufzüngelnden Flamme verzehrt worden war. Im selben Moment hörte sie das Jaulen der Rauchmelder und ein lautes Hämmern, das allem Anschein nach von unten kam. Benommen schwang sie sich aus dem Bett und ging auf Zehenspitzen zur Tür, um Danny nicht aufzuwecken, der sich in seinem Bettchen herumwarf, dann kurz hustete.

Kaum hatte sie die Tür geöffnet, schlug ihr die Hitze entgegen. Grelle Flammen und schwarzer Qualm drangen auf sie ein. Beißende Dämpfe drangen ihr in die Kehle, sodass sie unwillkürlich würgen musste. Dann hörte sie Danny erstickt aufweinen, hörte, wie er einen Hustenanfall bekam. Mit einem Mal packte sie die Angst, so als schlinge sich eine Python um ihren Leib und wollte sie erdrücken. Ohne nachzudenken, schlug sie die Tür zu und schloss sie beide in dem kleinen Schlafzimmer ein. Doch das reichte nicht – Rauchfäden krochen unter der Tür hindurch, ringelten sich empor und sammelten sich wie dichter grauer Dunst unter der Decke.

Danny schrie. Die jämmerlichen Laute ihres Sohnes brachten Karen wieder so weit zur Besinnung, dass sie reagierte. Sie riss die Zudecke vom Bett und stopfte sie unter die Tür, dann stürmte sie zum Fenster und riss es auf. Die beißende Kälte brannte ihr auf den bloßen Armen und im Gesicht. Dann packte sie die helle Panik und sie schrie laut los.

»Ist schon gut, Karen. Gleich haben wir Sie da rausgeholt«, rief ihr ein Mann von unten zu. »Ich hab eine Leiter. Wo ist Danny?«

Karen drehte sich um und rannte zum Bettchen. Immer noch drang Rauch unter der Tür hindurch und stieg in dichten Schwaden auf. Auf der anderen Seite hörte sie das Knistern und Prasseln der Flammen, die sich langsam durch das Holz fraßen. Sie packte Danny, wickelte ihn kurzerhand in sein Bettzeug und stürmte wieder zum Fenster. Sie sah zwei kräftige Arme, die sich ihr entgegenstreckten, und ein besorgtes Männergesicht.

»Geben Sie ihn mir und steigen Sie dann hinter mir die Leiter runter.«

Sirenen heulten, als sie ihm das Bündel gab und sich dann aufs Fensterbrett schwang. Zaghaft setzte sie den bloßen Fuß auf die oberste Sprosse und drehte sich dann vorsichtig um. Sie hielt sich an der Leiter fest und tastete nach der nächsten Sprosse, nach der übernächsten, spürte die Hitze des Feuers, das unten im Wohnzimmer tobte.

»Kommen Sie, meine Kleine, schneller.« Es war eine kräftige Stimme, genauso kräftig wie die Arme, die sie hielten. Dann stieg sie von der letzten Sprosse und spürte das eisige Gras, als sie wieder festen Boden unter den Füßen hatte.

»Das wäre geschafft. Kommen Sie her, setzen Sie sich.« Eine Decke wurde ihr um die Schultern gelegt. Ihre Kehle brannte, und die Bronchien fühlten sich an, als hätte sie Auspuffgase eingeatmet. Sie hustete und japste nach Luft.

»Stülpen Sie das hier über Mund und Nase, dann fällt Ihnen das Atmen leichter.« Sie hielt mit einer Hand die Decke fest und ergriff mit der anderen die Sauerstoffmaske.

Männer in Uniform rannten an ihr vorbei, doch sie nahm sie nur verschwommen wahr. Schweigend, wie in einen Kokon eingehüllt, saß sie inmitten des Lärms. Sie ließ die Maske sinken. »Danny?«, sagte sie. »Wo ist Danny?«

»Dem fehlt nichts. Hat bloß ein bisschen Rauch eingeatmet, genau wie Sie. Wir haben ihn rüber ins Feuerwehrauto gebracht. Der Rettungswagen ist schon unterwegs. Bald werden Sie's bequem haben.«

Ein Schatten tauchte neben ihr auf. »Ist sie unversehrt?« Ihr Nachbar klang besorgt.

»Die wird schon wieder, sobald wir sie ins Krankenhaus gebracht haben. Hat bloß ein bisschen Rauch abgekriegt. Gut, dass Sie da waren.«

»Ach, ich drehe immer gegen Mitternacht meine Runde. Bei 'ner jungen Frau, die auf sich allein gestellt ist, kann man nicht vorsichtig genug sein. Das arme Ding hat erst unlängst allerhand mitgemacht.«

Karen spürte seinen Atem an ihrem Ohr. »Soll ich Ihre Mum oder Ihren Bruder holen?«

Sie schwieg einen Moment, versuchte, einen klaren Gedanken zu fassen. Wollte sie ihre Mutter hier haben? Wollte sie Barry hier haben? Sie wusste nicht genau, ob sie die beiden ertragen konnte, die eine mit ihrem Gezeter, während der andere blindwütig herumtobte und Gott und der Welt mit einer Abreibung drohte – der Stadtverwaltung, den Elektrizitätswerken, jedem, der seiner Ansicht nach für den Brand zur Verantwortung gezogen werden musste.

»Nein, uns fehlt nichts. Es reicht, wenn sie es morgen erfahren.« Sie zögerte einen Moment. Sie wusste, wen sie bei sich haben wollte. »Aber Sie könnten Amajit Mahmood verständigen«, sagte sie stockend. »Ich gebe Ihnen seine Telefonnummer.«

Neunzehntes Kapitel

Handford drehte sich zur Uhr um und blickte mit zusammengekniffenen Augen auf die roten Leuchtziffern. Er stöhnte. Was war los? Weshalb rief ihn jemand um zehn nach drei an?

Gill regte sich kurz, drehte sich um und kuschelte sich wieder unter ihre Bettdecke. Er warf ihr einen kurzen Blick zu. Im Lauf der Jahre hatte sie es irgendwie fertig gebracht, einfach nicht mehr hinzuhören, wenn mitten in der Nacht das Telefon klingelte. Sobald sich eins der Mädchen rührte, wachte sie augenblicklich auf, aber wenn das Telefon losschrillte, das nur knapp anderthalb Meter neben ihr stand, schlief sie seelenruhig weiter.

Er tastete nach dem Hörer und nahm ihn ans Ohr. »Handford.«

»Entschuldigen Sie die Störung, John. Bob Milsom am Apparat.« Bob war der Inspector vom Nachtdienst. »Aber ich dachte mir, ich sage Ihnen lieber Bescheid, dass es heute Nacht gebrannt hat.«

Handford war jetzt hellwach, aber umso grummeliger. »Ein Brand? Was geht mich denn ein Brand an?«

»Na ja, normalerweise nichts. Aber ich dachte, in diesem Fall wollen Sie vielleicht Bescheid wissen. Das Haus von Barry Penistones Schwester ist gegen Mitternacht in Flammen aufgegangen und allem Anschein nach wurde das Feuer vorsätzlich gelegt.«

Tags darauf schleppte sich Handford um acht Uhr morgens in die Zentrale und wünschte, er könnte einfach ein paar Stunden abschalten und der Welt ihren Lauf lassen. Er hatte es seit jeher nicht leiden können, wenn er mitten in der Nacht geweckt wurde, und daher bedauerte er jetzt schon jeden, der ihm in die Quere kam, bevor er eine ordentliche Dosis Koffein zu sich genommen hatte. Heute Nacht hatte er Bob Milsom angeblafft, er solle sich gefälligst an Sergeant Ali halten, weil der mit der Familie Penistone befasst sei. Danach hatte er versucht, sich wieder halbwegs zu beruhigen, aber trotzdem war er erst nach vier Uhr morgens wieder eingeschlafen, und auch dann war er immer wieder aufgeschreckt. Berridges Verhalten gegenüber Bethany Cantrell war ihm nahe gegangen, und obwohl er nicht mehr darüber nachdenken wollte, ging ihm die Sache jedes Mal, wenn er gerade am Eindösen war, wieder durch den Kopf. Ian Berridge war all das, was Handford verabscheute – skrupellos, unmoralisch, selbstsüchtig, hemmungslos ... Er hätte so weitermachen können, aber er wollte sich nicht mehr mit dem Arzt auseinander setzen, er war wütend auf sich selbst. Er ließ sich von seinen Gefühlen übermannen, nahm die Sache mit Berridge zu persönlich, und das war gefährlich.

Als er ins Büro kam, fand er eine Nachricht von Russell vor, der ihm mitteilte, dass er zu einer Konferenz nach Wakefield gerufen worden sei und sich nach seiner Rückkehr von ihm auf den neuesten Stand der Dinge bringen lassen wollte. Obwohl er dankbar dafür war, dass der Tag nicht mit einer Sitzung beim Chef begann, hätte er nichts gegen eine Tasse Kaffee bei ihm einzuwenden gehabt. Er war enttäuscht, hatte er sich doch auf der Herfahrt darauf gefreut. Jetzt musste er sich mit Pulverkaffee begnügen.

Er besorgte sich beim Automaten einen Becher und ging in sein Büro. Eine halbe Stunde später rief er Ali zu sich.

»Sie sehen aus, als ob Sie die halbe Nacht auf den Beinen gewesen wären«, sagte er grinsend, als der Sergeant ins Zimmer kam.

»Als ob Sie das nicht wüssten«, versetzte Ali.

Handford bedeutete ihm mit einer kurzen Handbewegung, dass er es sich bequem machen sollte, und lächelte. »In diesem Beruf, Sergeant«, sagte er, »muss man mitten in der Nacht aufstehen können.«

Ali zog sich den Stuhl zurecht und setzte sich, während Handford ihm von Bethany Cantrells Aussage berichtete.

»Kommt mir bekannt vor, Chef«, wandte Ali ein, »aber –«

»Sagen Sie's nicht, Sergeant. Constable Clarke hat mich bereits darauf hingewiesen, dass es kein Beweis ist.« Er lehnte sich zurück und verschränkte die Hände hinter dem Kopf. »Also, wie ist es mit Penistone gelaufen? Hat er Rukhsana Mahmood umgebracht?«

Ali seufzte. »Ich wüsste nicht recht, wie er das hätte anstellen sollen, Chef. Er hat ein Motiv und wäre auch dazu fähig, aber er hatte keine Gelegenheit dazu. Er konnte unmöglich von seinem Arbeitsplatz zum Pflegeheim gelangen und rechtzeitig wieder zurück sein, es sei denn, er hatte ein Auto, und das hat er nicht. Er hat einen Führerschein, aber kein Fahrzeug. Ich dachte zunächst, er hätte sich vielleicht eins besorgen können, und sei es nur, um die Drogen in der Wohnung abzuholen. Aber nach Auskunft von Peter Redmayne nimmt er sich dazu ein Taxi, das ihm Hussain zur Verfügung stellt. Er fährt tagtäglich mit dem Bus zur Arbeit. Am Dienstag ist er gelaufen, jedenfalls behauptet er das. Ich habe bei fast allen Taxiunternehmen nachgefragt, aber keiner ihrer Fahrer hat an diesem Tag jemanden bei der Bäckerei abgesetzt, und ich habe auch niemanden gefunden, der ihn mitgenommen haben könnte. Aber er war an seinem Arbeitsplatz. Seiner Stechkarte zufolge war er um halb neun dort, machte um halb eins Mittagspause, war gegen Viertel nach zwei zurück und ging um halb sechs. Vermutlich könnte sie einer seiner Kollegen für ihn abgestempelt haben, aber das ist ein Kündigungsgrund, wenn man sie dabei erwischt, daher werden sie es von sich aus nicht zugeben. Ich habe sogar mit zwei Männern gesprochen, die ihm angeblich am Tor begegnet sind, als er eintraf, und die haben seine Aussage bestätigt. Er hatte kein Auto.«

»Und der Brand bei seiner Schwester? Könnte er damit etwas zu tun haben?«

»Ich habe keine Ahnung. Aber ich wüsste nicht, weshalb. Auf seine Art liebt er Karen und den Jungen.« Er hielt inne. »Er ist übrigens Dannys Vater. Offenbar war er in der Nacht, in der das Kind gezeugt wurde, auf Sauftour, um seinen Kummer zu ertränken. Seine Freundin hatte ihn anscheinend verlassen, während er im Gefängnis war, und lebte mit jemand anderem zusammen. Er wollte sie zurückgewinnen, aber sie machte ihm klar, dass sie nichts mehr von ihm wissen wollte. Daher betrank er sich und vergewaltigte letzten Endes seine Schwester. Sie muss damals etwa fünfzehn gewesen sein.«

»Warum, um alles auf der Welt, ist sie nicht zur Polizei gegangen?«

Ali seufzte. »Aus Angst vor Barry. Und außerdem ist sie eine Penistone. Wer hätte ihr denn geglaubt?«

»Wissen Sie, Ali, in diesem Beruf erlebt man allerlei, und manchmal meint man, dass es nicht mehr schlimmer werden kann. Und dann kommt so was. Die eigene Schwester zu vergewaltigen, das ist doch nicht zu fassen. Der gehört doch eingesperrt.«

»Ganz meine Meinung. Mir war ganz ähnlich zumute, als ich es erfuhr. Aber selbst wenn wir einen Gentest vornehmen lassen, erfahren wir lediglich, dass er der Vater ist. Die Vergewaltigung lässt sich damit nicht beweisen.«

»Nein, das ist ja das Schlimme. Und wie haben Sie es erfahren?«

»Sie hat es Amajit erzählt. Am Samstagmorgen, glaube ich. Er hat es mir berichtet, weil er meinte, ich sollte es wissen.«

Handford konnte sein Erstaunen nicht verbergen. »Wirklich? Sie müssen sich ziemlich nahe stehen, wenn sie ihm etwas derart Persönliches anvertraut.«

»Ja, genau das habe ich auch anklingen lassen, aber Amajit ging nicht darauf ein. Er wirkte nur betreten.«

»Wo ist sie jetzt?«

»Immer noch im Krankenhaus, glaube ich. Mahmood war übrigens bei ihr, als ich letzte Nacht dort hinkam. Anscheinend hat sie ihren Nachbar gebeten, ihn anzurufen, und er ist sofort zu ihr gegangen.«

»Wie hat Penistone das aufgenommen?«

»Er war nicht dort. Sie wollte weder ihn noch ihre Mutter bei sich haben. Sie hat dem Nachbarn erklärt, dass sie bis heute warten wollte, bevor sie ihnen Bescheid sagt. Ich kann nur hoffen, dass Amajit nicht mehr auf der Station ist, wenn sie dort eintreffen.«

Einen Moment lang herrschte Stille. »Trotzdem glaube ich nach wie vor, dass Berridge unser Mann ist«, sagte Handford schließlich. »Ich bin zwar ebenfalls der Meinung, dass Penistone sich womöglich Gedanken darüber gemacht haben könnte, ob Rukhsana etwas wusste. Aber er hatte schon oft genug mit der Polizei zu tun, um sich darüber im Klaren zu sein, dass es nicht darauf ankam, was sie sagte. Karen musste Anzeige erstatten und das hat sie bislang nicht getan. Warum also jetzt? Nein, Ali, Berridge kommt viel eher dafür infrage. Außerdem wissen wir, dass er dort war. Penistone hingegen war nach dem derzeitigen Stand der Dinge nicht einmal in der Nähe.«

»Ich weiß«, sagte Ali. »Aber Dr. Haigh sagte, dass Rukhsana ihn im Verdacht hatte. Wenn Penistone etwas davon wusste, wäre es durchaus möglich, dass er sie beseitigen wollte. Und vermutlich wusste er es, weil er nicht mehr wollte, dass sie Karen betreut. Immerhin handelt es sich um eine schwere Anschuldigung. Auf Vergewaltigung steht ›lebenslänglich‹ und bei seinen Vorstrafen bekäme er wahrscheinlich die Höchststrafe. Vielleicht wollte er es nicht darauf ankommen lassen, dass Rukhsana ihn verpfiff. Irgendwie habe ich das Gefühl, dass ich etwas übersehen habe, Sir. Darf ich an der Sache dranbleiben?«

Handford schlug einen warnenden Tonfall an. »Unter der Voraussetzung, dass Sie sich an die Fakten halten und die Erkenntnisse nicht so zurechtfrisieren, dass sie zu Ihrer Vermutung passen. Denn wenn Sie das tun, geraten Sie ins Schwimmen. Nun zu dem Brand. Könnte er einen Grund gehabt haben, das Haus seiner Schwester anzuzünden?«

»Nein, nicht dass ich wüsste, Chef. Er hatte etwas gegen Rukhsana, weil sie sich in seine Angelegenheiten einmischte. Und er machte sich möglicherweise Sorgen darüber, dass sie etwas wusste. Aber da sie tot ist, konnte sie seine Schwester nicht mehr beeinflussen.«

»Dafür aber ihr Mann. Penistone konnte nicht wissen, ob Karen oder Rukhsana ihm etwas erzählt haben. Er hätte sich darüber nicht weiter den Kopf zerbrechen müssen, wenn Rukhsana lediglich Karens Fürsorgerin gewesen wäre, aber das war sie nicht. Sie waren miteinander befreundet. Und jetzt, kaum dass seine Frau tot ist, lässt Amajit Karen bei sich wohnen und hat vermutlich ein Verhältnis mit ihr. Was würden Sie denn an seiner Stelle tun, als eingefleischter Rassist?«

»Ich würde Amajits Haus in Brand stecken, nicht Karens. Das Kind war dort, John. Penistone würde Danny keiner solchen Gefahr aussetzen.«

»Er verprügelt mir nichts, dir nichts seine Schwester, schlägt sie bewusstlos«, beharrte Handford. »Und es ist ihm völlig egal, dass der Junge dabei ist.«

»Ja, ich weiß, aber das geschieht normalerweise aus Jähzorn. Er geht in die Luft und kann sich nicht mehr zurückhalten. Bei einer Brandstiftung aber handelt es sich um Vorsatz. Alles, was wir über Penistone wissen, deutet darauf hin, dass er erst handelt und dann denkt. Ich bin davon überzeugt, dass er es nicht war.«

»Vermutlich haben Sie Recht.« Handford atmete tief durch. »Dann hat er also Karens Haus nicht in Brand gesteckt. Und solange wir keine Beweise vorliegen haben, ist es unwahrscheinlich, dass er Rukhsana umgebracht hat.«

Alis Blick wurde finster. »Zumal er ein Alibi hat.«

Er wirkte müde, vor allem aber, und das bereitete Handford weit mehr Sorgen, litt Ali anscheinend unter der Vorstellung, dass er sich geirrt hatte, was Penistone anging. Er war sich seiner Sache so sicher gewesen, hatte sich ins Zeug gelegt und hart gearbeitet, um seine Vermutung zu untermauern. Und jetzt war er enttäuscht, weil er Penistone nicht nachweisen konnte, dass er im fraglichen Zeitraum von der Bäckerei zum Pflegeheim und wieder zurück gelangt sein könnte. Handford betrachtete Alis Gesicht. Der Sergeant war blass. Er musste wieder in Schwung gebracht werden. Vielleicht irrte sich Ali doch nicht, vielleicht war es so, wie er sagte. Vielleicht hatte er nur etwas übersehen. In diesem Beruf, das wusste Handford aus Erfahrung, musste man davon überzeugt sein, dass man sich geirrt hatte, und zwar hundertprozentig überzeugt, bevor man aufgab. Und was Penistone anging, waren möglicherweise noch ein paar Prozent offen.

Handford beugte sich über den Schreibtisch. »Alibis kann man knacken, Khalid. Sie haben von Anfang an gesagt, dass Rukhsana im Affekt getötet wurde, einem Wutanfall zum Opfer fiel. Und Berridge ist nicht der Einzige, der über eine gehörige Portion Jähzorn verfügt. Halten Sie sich vorerst weiter an Penistone. Er hat ein Motiv und er wäre zu dieser Tat fähig. Bohren Sie weiter nach. Stellen Sie fest, ob er vielleicht doch die Gelegenheit dazu hatte. Schaffen Sie ihn hierher, fragen Sie ihn noch mal, was er am Tag des Mordes getrieben hat. Sie sagen, er hätte ein Auto gebraucht. Könnte er sich eins geliehen haben? Vielleicht sogar gestohlen? Überprüfen Sie sämtliche Autodiebstähle.«

Alis Laune besserte sich zusehends.

»Besorgen Sie sich die Kleidung, die er letzten Dienstag getragen hat. Wenn er sie umgebracht hat, müssten sich nach wie vor Blutspuren daran befinden.« Handford wollte ihn weiter anspornen, ihn noch mehr aufmuntern. »Und nehmen Sie sich seine Arbeitskollegen vor. Machen Sie ihnen Druck. Stellen Sie fest, ob jemand seine Stechkarte abgestempelt hat. Finden Sie heraus, welche Zigarettenmarke er raucht – jemand hat ein Loch in ihren Mantel gebrannt. Außerdem haben wir am Tatort Kippen gefunden. Erkundigen Sie sich, ob das Labor DNA-Spuren sichern konnte, die für einen Vergleich geeignet sind. Penistone wurde so oft festgenommen, dass sein genetischer Fingerabdruck in irgendeiner Datenbank vorliegen müsste. Und wenn Sie schon mal dabei sind, können Sie gleich feststellen, wer von den Kollegen in Uniform für den Brand zuständig ist, und ihm von unserer Seite aus einen Ansprechpartner zuteilen. Meiner Meinung nach ist es kein Zufall, dass Karen Penistones Haus abgefackelt wurde.« Er hielt inne. Ali schrieb nach wie vor eifrig mit. Als er aufblickte, sagte Handford: »Während Sie sich darum kümmern, halte ich mich weiter an Berridge. Clarke bleibt bei mir, Sie nehmen Graham mit. Gibt's sonst noch was?«

Zögernd berichtete ihm Ali von seinem Besuch bei Mohammed Aziz. »Ich hätte Ihnen schon gestern Bescheid sagen sollen, aber Sie waren beschäftigt. Und abends wollte ich Sie nicht mehr stören. Jedenfalls wissen wir jetzt, warum es letztes Jahr zu diesen Unruhen kam. Hussain ging es nicht um Aziz. Er wollte verhindern, dass wir auf seinen Drogenhandel aufmerksam werden.«

»Dann hat er diesmal noch weit mehr Grund dazu«, murmelte Handford. »Deshalb will er nicht, dass wir uns um seine Familienangelegenheiten kümmern.«

»Aber das ist noch lange kein Grund für ein derartiges Ablenkungsmanöver. Es sei denn, er hat Rukhsana umgebracht, weil sie etwas von seinem Drogenhandel wusste und ihm mit der Polizei drohte. Ich habe Warrender gebeten, sein Alibi noch einmal zu überprüfen. Aber ich muss zugeben, dass es kaum zu erschüttern sein dürfte, nachdem es von so vielen angesehenen Bürgern bekräftigt wurde. Die kann er nicht alle geschmiert haben. Ich möchte damit jedenfalls nicht vor Gericht gehen.«

»Trotzdem kann ich so was nicht gebrauchen.« Handford spürte, wie sich sein Magen zusammenkrampfte. Ein bisschen psychologischer Beistand würde mir auch nichts schaden, dachte er. Da er keinen bekam, trank er einen Schluck Kaffee aus dem Automaten. Er war lauwarm und schmeckte gallebitter. Er schüttelte sich. »Herrgott, ist das eine scheußliche Brühe«, sagte er und warf den Becher in den Papierkorb.

»Da wäre noch was, Chef.« Betreten rutschte Ali hin und her.

Handford lehnte sich wieder zurück und wartete.

»Barry Penistone wurde am Samstagabend beim Rave festgenommen. Ein Mädchen zeigte ihn wegen sexueller Belästigung an. Wir haben damit nichts zu tun, aber der Inspector sagte, sie hätten in der Nähe der Stelle, wo es sich zugetragen haben soll, einen Stiefelabdruck gefunden.«

Handford warf Ali einen finsteren Blick zu. »Warum habe ich den Eindruck, dass ich alles Weitere nicht mehr wissen will?«

»Vermutlich, weil ich die Spurensicherung gebeten habe, den Abdruck mit den Fußspuren zu vergleichen, die wir am Tatort gefunden haben.« Er warf Handford einen kurzen Blick zu. »Ich weiß, dass ich Sie vorher hätte fragen sollen, aber Sie waren nicht da, und –«

»Noch nie was von einem Handy gehört?«, unterbrach ihn Handford.

Ali senkte den Blick, ging aber nicht auf die Frage ein. »Und falls Penistone etwas mit dem Mord zu tun haben sollte ...« Die Worte sprudelten regelrecht aus ihm heraus. »... dann hätten wir keinerlei Möglichkeit mehr gehabt, die Abdrücke zu vergleichen und seine Stiefel zu überprüfen. Denn die Kollegen in Uniform wollten kein Geld dafür ausgeben, weil es sich nur um sexuelle Belästigung handelte.« Ali verstummte.

Handford gab nach. »Und, haben wir schon ein Ergebnis vorliegen?« Er stand von seinem Stuhl auf und hockte sich auf die Schreibtischkante.

»Nein, Sir, noch nicht.«

»Sagen Sie mir Bescheid, wenn es so weit ist.« Handford rieb sich mit einer Hand übers Gesicht, während er darüber nachdachte, ob er Ali tadeln sollte, weil er eine Entscheidung getroffen hatte, die ihm nicht zustand, oder ob er ihn wegen seiner Umsicht loben sollte. Seiner Meinung nach hatte er beides verdient.

»Wenn man davon ausgeht, dass Penistone ein Verdächtiger ist, war es vielleicht ganz gut, dass Sie die Spurensicherung hinzugezogen haben. Auch wenn der Stiefelabdruck nicht von ihm stammen sollte, hätten wir uns die Gelegenheit auf keinen Fall entgehen lassen dürfen.« Er schwieg einen Moment lang, dann beugte er sich zu Ali vor. Ruhig, aber bestimmt sprach er weiter. »Aber geben Sie bitte nie wieder ohne mein Einverständnis Geld aus.« Er blickte dem Sergeant ein paar Sekunden lang in die Augen, nickte dann kurz, um seinen Unmut kundzutun und Ali klar zu machen, dass er sich gefälligst daran halten sollte, wandte sich dann ab und nahm wieder hinter seinem Schreibtisch Platz.

Er griff zu einer von Hand geschriebenen Aussage. »Ich möchte, dass wir uns heute Nachmittag um halb sechs zu einer Lagebesprechung treffen. Sorgen Sie dafür, dass alle Bescheid wissen, ja?«

Ali stand auf und ging zur Tür.

»Ali.«

Er drehte sich um.

»Warrender hatte doch an diesem Wochenende Dienst?«

»Ja, Sir.«

»Ist mit ihm alles gut gegangen?«

»Bestens.«

»Sie sagen mir doch Bescheid, wenn dem nicht so ist?«

»Ja, Sir. Aber es gab keinerlei Probleme.«

Handford schnappte noch ein paar andere Worte auf, die eher gemurmelt als laut ausgesprochen waren. Sie klangen so ähnlich wie »nicht mehr«. Aber er beließ es dabei. Ali hatte offensichtlich alles im Griff.

Amajit starrte auf das Haus. Die Vordertür hatte dem Feuer kaum Widerstand geleistet und die Flammenzungen, die aus den Fenstern leckten, hatten tiefe Risse im Putz hinterlassen. Rußstreifen zogen sich an der Wand empor, als wollten sie auf die blutroten Graffiti deuten: WEISSE HURE. RAUS. RAUS. RAUS. Es regnete und ein kalter Wind zerrte an den Vorhängen, blies sie nach draußen, bauschte sie auf und drückte sie an das Gemäuer, wo sie sich am Zement verfingen und kraftlos flatterten wie die Schwingen eines sterbenden Vogels.

Amajit schlug seinen Mantelkragen hoch. Er hätte nicht hierher kommen sollen. Er hatte es nur getan, weil Karen ihn darum gebeten hatte nachzusehen, ob irgendetwas übrig geblieben war, irgendetwas gerettet werden konnte. Er war erschöpft und wäre lieber nach Hause gegangen.

Auf den Anruf hin war er zum Krankenhaus gerast und die ganze Nacht über dort geblieben. Karen und Danny waren auf einer Station im Seitenflügel untergebracht, und er hatte versucht, auf dem Sessel neben dem Bett etwas zur Ruhe zu kommen, war aber nur ab und zu kurz eingedöst. Beide hatten immer wieder gehustet und ständig waren Schwestern hereingekommen, hatten sich um sie gekümmert, ihre Temperatur und den Blutdruck gemessen. Sie waren freundlich zu ihm gewesen, hatten ihm etliche Tassen Tee gebracht und sogar vorgeschlagen, dass er nach Hause gehen und schlafen sollte, da er hier nichts weiter tun könnte, aber Karen hatte ihn gebeten dazubleiben. Sie hatte Angst – jemand hatte versucht, sie umzubringen, und möglicherweise versuchte er es wieder. Sie wusste nicht, warum, verstand überhaupt nichts. Was hatte sie getan? Warum hatte man es auf sie abgesehen? Warum auf Danny? Sie hatte geweint, wenn sie nicht von Hustenanfällen geschüttelt wurde, und er hatte sie zu trösten versucht, so gut er konnte. Er wünschte, er könnte ihr eine Antwort geben, hatte er ihr gesagt, aber er könnte sich das alles ebenso wenig erklären wie sie.

Das hatte er gesagt, aber es stimmte nicht. Die Graffiti wie auch das Feuer galten eher ihm als Karen, dessen war er sich sicher. Sie war in die Fehde hineingeraten, die er mit seiner Familie austrug. Er war die Ursache und das Ziel dieses Anschlags, nicht sie.

Er ließ den Blick über das verrußte städtische Siedlungshaus schweifen. Wenn er wenigstens glauben könnte, dass es Barry Penistone gewesen war, der das Benzin durch den Briefschlitz gegossen hatte. Aber er wusste, dass er nichts damit zu tun hatte. Ihrem Bruder war zwar alles Mögliche zuzutrauen, aber niemals würde er seinen eigenen Sohn in Lebensgefahr bringen. Auch wenn er ein brutaler Schläger war, der Karen vergewaltigt hatte, liebte er Danny auf seine plumpe, unbeholfene Art. Niemals hätte er es darauf ankommen lassen, dass er verbrannte.

Amajits Familie wiederum war so etwas zuzutrauen. Vermutlich wollten sie niemanden umbringen, sondern nur jemanden einschüchtern, aber zuzutrauen war es ihnen. Vermutlich bezeichneten sie es als Strafe, und er hatte ihnen allerhand Gründe dafür geliefert, ihn zu bestrafen – erst durch seine Ehe mit Rukhsana und jetzt durch seine Freundschaft mit Karen. Er hatte ihnen Schande bereitet und er bereitete ihnen nach wie vor Schande. Sie würden alle Schuld auf Karen schieben, so wie sie auch seiner Frau die ganze Schuld gegeben hatten, aber letzten Endes war er derjenige, der bestraft werden musste, weil er Schande über sie gebracht hatte. Er könnte versuchen, ihnen alles zu erklären, aber sie würden es nicht verstehen, würden sich nicht einmal darum bemühen. Nicht mehr als die Krankenschwestern, die ebenso wenig verstanden, warum er, ein Asiate, die ganze Nacht lang am Bett einer jungen Weißen und eines weißen Kindes saß. Oh, sie waren die Freundlichkeit in Person gewesen, aber ihre Blicke und ihr Getuschel verrieten ihm, was sie dachten.

Auch die Polizei hatte nichts verstanden. »Warum sind Sie hier, Sir? Wie stehen Sie zu Miss Penistone?«

Zu vorgerückter Stunde waren zwei Polizisten in Uniform ins Krankenhaus gekommen und hatten allerlei Fragen gestellt, aber kaum eine Antwort erhalten. Karen konnte ihnen nichts sagen und er wollte nicht. Da sie ihre Familie kannten, hatten sie durchklingen lassen, dass es sich bei dem Brandstifter entweder um einen der zahlreichen Kleinkriminellen handelte, der von Barry übers Ohr gehauen worden war und sich an seine Schwester hielt, um es ihm heimzuzahlen, oder dass es Barry selbst gewesen war, weil er hinter der Versicherungssumme her war. Karen hatte ihnen zu widersprechen versucht, doch sie hatten ihr kaum zugehört – immerhin war auch sie eine Penistone.

Sergeant Ali, der später ebenfalls vorbeigekommen war, hatte weit mehr Scharfsinn bewiesen. Zwar unterstellte er Amajit nicht direkt, dass er eine Beziehung mit Karen hatte, aber er hatte ihn gefragt, ob seine Familie wüsste, dass sie bei ihm gewohnt habe. Amajit hatte so getan, als werde er wütend, und unwirsch erwidert, das ginge niemanden etwas an, aber der Sergeant hatte ihm nicht geglaubt, wie seine nächsten Fragen verrieten. Wusste Faysal Hussain, dass Karen ihn besucht und er sie ein paar Tage bei sich hatte wohnen lassen? Hatte Faysal ihm gedroht? Hatte ihm irgendein anderes Mitglied seiner Familie gedroht? War er sich sicher, dass Jahangier und Kamal in Pakistan waren?

Nein, Sergeant, Faysal weiß es nicht, nein, niemand hat mir gedroht. Ja, ich bin mir sicher, dass Jahangier und Kamal in Pakistan sind.

Was hätte er sonst sagen sollen?

Schließlich war Ali wieder gegangen, vermutlich nach wie vor davon überzeugt, dass jemand aus Amajits Familie Karens Haus in Brand gesteckt hatte, und sich seiner Sache ebenso sicher wie die Polizisten in Uniform, die der Meinung waren, dass Barry oder einer seiner Bekannten dahinter steckten.

Amajit erschauderte, als ihn die Kälte aus seinen Gedanken riss. Er musste ein paar Sachen für Karen zusammensuchen und dann nach Hause gehen.

»Kann ich hineingehen?«, fragte er einen der Feuerwehrmänner. »Miss Penistone möchte, dass ich nachsehe, ob noch ein paar Kleidungsstücke von ihr zu gebrauchen sind.«

»Ja, wenn Sie wollen, mein Guter, aber passen Sie auf. Die Treppe ist gefährlich. Außerdem ist die Kripo drin und sucht nach Spuren. Sehen Sie also zu, dass Sie denen nicht in die Quere kommen.«

Vorsichtig ging Amajit ins Haus. Er erklärte einem der Beamten ein weiteres Mal, was er wollte, worauf der ihn zur Treppe winkte. »Bleiben Sie am Rand, dann passiert Ihnen nichts.«

Die Scheinwerfer, die noch immer draußen aufgebaut waren, tauchten das Innere des Hauses in ein schummriges Licht. Die Schlafzimmer im Obergeschoss rochen nach Rauch, waren durch das Feuer aber kaum in Mitleidenschaft gezogen. Er wühlte in den Schubladen und im Schrank herum, fand aber nur ein paar wenige Kleidungsstücke, die Danny und Karen gehörten. Er hatte sich bislang noch kaum Gedanken darüber gemacht, wie sie finanziell über die Runden kam, doch das spärliche Mobiliar und die armselige Kleidung waren beredt genug. Da er nicht genau wusste, was die beiden brauchten, warf er den gesamten Inhalt der Schubladen und des Kleiderschranks kurzerhand aufs Bett. Er verfluchte sich, weil er keine Taschen mitgebracht hatte, in denen er die Sachen verstauen konnte, und ging dann ins Badezimmer, um ihre Toilettenartikel zu holen. Er war so etwas nicht gewohnt. Was brauchte eine Frau mit einem Kind? Als er wieder ins Schlafzimmer zurückkam, sah er eine ungeöffnete Packung Windeln neben dem Bettchen liegen. Er packte sie zu den anderen Sachen.

Mit einem Mal meinte er, das ganze Ausmaß des Feuers geradezu körperlich zu spüren. Das Haus stank förmlich nach der Boshaftigkeit, die über Karen hereingebrochen war – erst durch die Graffiti, die an die Wand geschmiert worden waren, dann durch das Benzin, das man auf den fadenscheinigen Teppichboden gegossen hatte. Er wollte nicht noch einmal hierher kommen, daher ging er durch sämtliche Zimmer und sah nach, ob er irgendetwas vergessen hatte. Die Kleidung, die Toilettenartikel, sonst noch was? Trotz aller Müdigkeit riss er sich zusammen, versuchte sich zu entsinnen, wie es gewesen war, als Karen ihn das erste Mal besucht hatte. Allem Anschein nach hatte sie alles dabeigehabt, was sie brauchte. Aber Danny hatte mit den Töpfen und Dosen aus dem Wandschrank spielen müssen. Folglich brauchte er Spielsachen. Unten war vermutlich alles dem Feuer anheim gefallen, außerdem war dort die Polizei zugange, und die wollte bestimmt nicht, dass er irgendwelche Spuren zertrampelte. Vielleicht fand er hier oben auch etwas. Er ließ den Blick durch das Zimmer schweifen und entdeckte schließlich ein paar Spielsachen, die unten im Bettchen lagen. Die mussten vorerst genügen. Später, wenn Karen und ihr kleiner Junge wieder halbwegs auf den Beinen waren, konnte er mit ihnen losfahren und ein paar neue kaufen. Als er sich über das Gitter beugte, um die Spielsachen einzusammeln, bemerkte er das zerknüllte Bettzeug. Er starrte es an, stellte sich vor, wie Karen ihren Sohn gepackt hatte, und fragte sich, wie knapp das Kind dem Tod entronnen war.

Mr Mahmood, warum haben Sie mir nicht erzählt, dass Ihre Frau im dritten Monat schwanger war?

Wieder gingen ihm diese Worte durch den Kopf, stürmten ein ums andere Mal auf ihn ein. Er hoffte, er betete darum, dass das Kind, das Rukhsana unter dem Herzen getragen hatte, von ihm war. Er musste sich an diese Hoffnung klammern, denn ohne sie blieb ihm gar nichts.

Tags zuvor war die gerichtliche Untersuchung der Todesursache eröffnet und prompt vertagt worden, worauf der Coroner den Leichnam seiner Frau freigegeben und die Überstellung an die nächsten Anverwandten verfügt hatte. Rukhsana war eine Sikh, daher musste sie ihr Erdendasein nach dem religiösen Brauchtum der Sikhs beschließen. Er konnte das nicht übernehmen. Sie musste ihrer Familie übergeben werden. Er hatte sie aufgesucht. Zunächst hatten sie nichts mit ihm zu tun haben wollen, doch als ihnen klar wurde, dass er bereit war, sie ihnen zurückzugeben, hatten sie ihm erklärt, dass sie eingeäschert und die Asche über dem Wasser verstreut werden würde. Der Glaube der Sikhs verlange es, hatten sie gesagt, dass weder ein Grab noch ein Stein von der Toten künde, deshalb müsste Amajit sich von ihr verabschieden, bevor sie den Leichnam in Empfang nahmen. Sie wollten nicht, dass er an der Bestattung teilnahm. Er war einverstanden gewesen. Eine Stunde lang hatte er im Leichenschauhaus mit ihr zugebracht, hatte ihre eiskalte Hand gehalten und ihr erklärt, wie sehr er sie liebte und immer lieben werde. Dann hatte er für sie und für sich gebetet.

Jetzt war ihm nichts mehr geblieben.

Er sank auf die Knie, kuschelte sich an das Bett, ließ seinen Tränen freien Lauf und schmiegte sich an Karens Kleidung. Selbst in der rauchgeschwängerten Luft rochen sie nach ihr. Doch als er weinte, verflog ihr Duft, und er hatte nur noch seine Frau und das Kind vor Augen, das ihnen vergönnt gewesen wäre.

Dann spürte er, dass er nicht mehr allein im Zimmer war, und zuckte zusammen, als ihm jemand die Hand auf die Schulter legte.

»Kommen Sie, Sir«, sagte jemand hinter ihm. »Das ist halb so schlimm, wie es aussieht. Über kurz oder lang ist das alles wieder so gut wie neu.«

Zwanzigstes Kapitel

Als Handford in den Vernehmungsraum trat, kam ihm Berridge mit ausgestreckter Hand entgegen. Er rang sich ein Lächeln ab, war aber sichtlich angespannt und wirkte bei weitem nicht so lebhaft und strahlend wie sonst. Seine Hand fühlte sich kalt und klamm an.

Trotzdem staunte Handford unwillkürlich über Berridge, der offenbar fest entschlossen war, selbst unter diesen Umständen seinen ganzen Charme spielen zu lassen. Dass man von einem Verdächtigen per Handschlag empfangen wurde, war bestenfalls ungewöhnlich. Ab und zu war so etwas schon vorgekommen und normalerweise hatte sich Handford bei aller Höflichkeit nicht näher darauf eingelassen, doch gelegentlich kam jemand daher und versuchte die Rollenverteilung umzukehren, von den Regeln abzuweichen und die Vernehmung an sich zu reißen. Dann musste er für den nötigen Abstand sorgen. Das hier war so ein Fall.

»Danke, dass Sie gekommen sind, meine Herren«, sagte er förmlich.

Der andere Mann trat einen Schritt vor. Sein glattes, silbergraues Haar war tadellos frisiert, der dunkle Nadelstreifenanzug frisch gebügelt. Handford fielen die gepflegten Fingernägel auf, als er ihm die Hand zum Gruß bot.

»James Waterhouse von der Medical Defense Union, Inspector«, sagte er mit einem seidenweichen, vornehmen Tonfall, auch wenn er ein bisschen spitz klang. »Ich bin Dr. Berridges Rechtsbeistand.«

Handford schüttelte ihm die Hand. »Danke, dass Sie gekommen sind, Sir. Ich bin Detective Inspector John Handford und das ist Detective Constable Clarke«, sagte er und wurde sich wieder einmal bewusst, wie stark sein Yorkshire-Akzent durchklang.

Waterhouse ging sofort zum Angriff über. »Sie haben uns für halb drei hierher gebeten, Inspector. Inzwischen ist es fast drei Uhr. Mein Mandant ist ein viel beschäftigter Mann. Er musste bereits seine Hausbesuche absagen, aber er möchte höchst ungern auch noch die Sprechstunde absagen müssen. Er hat um fünf den ersten Termin«, fügte er nachdrücklich hinzu.

Handford gab sich ungerührt. »Ja, Sir, auch ich habe viel zu tun. Ob Dr. Berridge heute Nachmittag seine Sprechstunde abhalten kann, hängt ganz davon ab, wie rasch wir zur Wahrheit vordringen und wie diese aussieht. Ich kann Ihnen leider nicht versprechen, dass wir das rechtzeitig schaffen.« Er zog sein Sakko aus, hängte es gemächlich über die Lehne seines Stuhls und strich es glatt. Dabei hielt er den Blick unverwandt auf Ian Berridge gerichtet.

Zuerst lehnte sich der Arzt zurück, gab sich gelassen, so als ob ihn das Ganze nichts anginge. Doch als er Handfords prüfenden Blick bemerkte, beugte er sich vor, legte die Arme auf den Tisch und spielte mit seinen Fingern herum, als wollte er irgendetwas Imaginäres betasten, ohne es zu entfernen. Das ganze vertrauliche Gehabe, die Gelassenheit, die er eben noch ausgestrahlt hatte, waren wie weggewischt. Gut, dachte Handford, als er seinerseits Platz nahm. Er nickte Clarke zu, worauf der etliche Kassetten auspackte, eine in den Recorder schob und das Gerät anschaltete.

»Hierbei handelt es sich um den Mitschnitt einer Vernehmung von Dr. Ian Berridge, die am Dienstag, dem sechzehnten November, um vierzehn Uhr sechsundfünfzig stattfindet«, sagte er. »Anwesend sind Detective Inspector John Handford, Detective Constable Andrew Clarke, Dr. Ian Berridge und Mr James Waterhouse von der Medical Defense Union. Dr. Berridge, bevor wir anfangen, muss ich Sie daran erinnern, dass Sie nicht festgenommen sind und jederzeit gehen können. Ferner muss ich Sie darauf aufmerksam machen, dass Sie nicht aussagen müssen. Aber es könnte Ihnen später zu Ihrem Nachteil ausgelegt werden, wenn Sie sich vor Gericht auf etwas beziehen, das Sie bei unserer Befragung nicht erwähnt haben. Alles, was Sie sagen, kann gegen Sie verwendet werden. Haben Sie verstanden?«

Berridge nickte.

»Sprechen Sie bitte laut und deutlich, damit wir es aufzeichnen können.«

Der Arzt leckte sich die Lippen. »Ja, ich habe verstanden.«

»Ich habe Sie hierher gebeten, damit Sie uns bei unseren Ermittlungen im Mordfall Rukhsana Mahmood weiterhelfen, der sich letzten Dienstagnachmittag auf dem Gelände des Pflegeheims Moss Carr zutrug. Soweit ich weiß, kannten Sie das Opfer.«

»Ja, sie war als Fürsorgerin in der Praxis angestellt, in der auch ich tätig bin.«

»Hatten Sie eine Beziehung zu ihr, die über das übliche kollegiale Verhältnis hinausging?«

Berridge antwortete ausweichend. »Ich war ihr Arzt, bis Dr. Copeman in der Praxis anfing und sie zu ihr wechselte.«

»Können Sie uns erklären, weshalb sie sich dazu entschied?«

»Sie sagte, sie wollte sich lieber von einer Ärztin betreuen lassen, zumal sie« – Berridge stockte kurz – »zumal sie schwanger war.«

»Hat sie Ihnen das mitgeteilt, bevor sie den Arzt wechselte?«

»Ja.«

»Als wir das letzte Mal miteinander sprachen, Dr. Berridge, haben Sie zugegeben, dass Sie ein Verhältnis mit Rukhsana Mahmood hatten. Geben Sie das nach wie vor zu?«

Berridge warf seinem Rechtsbeistand einen kurzen Blick zu, worauf dieser nickte.

»Ja.«

»Hatte es irgendetwas mit Ihrem Verhältnis mit ihr zu tun, dass sie den Arzt wechseln wollte?«

»Darauf müssen Sie nicht antworten, Dr. Berridge«, warf der Anwalt ein.

Handford dachte nach. Er brauchte unbedingt eine Antwort

auf diese Frage, aber er musste anders vorgehen. Er setzte erneut an. »Haben Sie und Rukhsana jemals darüber gesprochen, dass sie den Arzt wechseln wollte, *bevor* sie schwanger wurde?«

Wieder warf Berridge einen kurzen Blick zu James Waterhouse. Doch diesmal war die Frage so unverfänglich formuliert, dass ihm auch sein Rechtsbeistand nicht helfen konnte.

»Nein, niemals.«

»Und wann hat sie den Arzt gewechselt, nachdem sie Ihnen mitgeteilt hatte, dass sie schwanger war?«

»Auf der Stelle.«

Handford legte eine Klarsichthülle auf den Tisch, die ein maschinengeschriebenes DIN-A4-Blatt enthielt. »Ich zeige Dr. Berridge eine Kopie der Akte, die er über Rukhsana Mahmood angelegt hat, Beweisstück JH1. Erkennen Sie das hier, Dr. Berridge?«

Berridge nickte. Dann besann er sich. »Ja«, sagte er, ehe er dazu aufgefordert werden musste. »Das ist eine Kopie meiner Patientenakte über Rukhsana Mahmood.«

»Diesen Unterlagen zufolge war sie ab dem achtzehnten September nicht mehr bei Ihnen in Behandlung. Dr. Copeman fing aber bereits am ersten September in der Praxis an. Wenn Rukhsana so viel Wert darauf legte, von einer Frau betreut zu werden, warum hat sie dann nicht den Arzt gewechselt, sobald Dr. Copeman ihren Dienst antrat?«

»Sie war so gut wie nie krank und wusste vermutlich gar nicht, dass sie schwanger war«, erwiderte er mit tonloser Stimme. Doch seine Miene war wachsam, so als wüsste er genau, wohin das unweigerlich führte – dass er demnächst eine Antwort geben musste, von der ihm sein Rechtsbeistand dringend abgeraten hatte.

»Dem Obduktionsbericht nach zu schließen, dürfte sie etwa in der zwölften Woche schwanger gewesen sein, als sie starb. Das Kind muss daher etwa Mitte August gezeugt worden sein. Müsste sie da nicht mindestens Anfang September etwas geahnt haben?«

Berridge gab keine Antwort.

Handford hakte nach. »Dr. Berridge, hat Rukhsana Mahmood bereits zu diesem frühen Zeitpunkt mit Ihnen darüber gesprochen, dass sie schwanger war?«

»Ja.« Die Antwort war kaum vernehmlich.

»Könnten Sie bitte etwas lauter sprechen, Doktor.«

Berridge räusperte sich. »Ja, sie ... wir haben darüber gesprochen, was sie diesbezüglich tun sollte.«

»Was sie diesbezüglich tun sollte? Was meinen Sie damit? Was sollte sie denn tun? Sie war schwanger, warum sollte sie denn diesbezüglich irgendetwas tun?«

Berridge zögerte einen Moment. »Ich meine damit, wer sie weiterbehandeln sollte.«

»Und zu welchem Schluss kamen Sie beide?«

»Dass es besser wäre, wenn sie von Dr. Copeman betreut werden würde.«

»Warum wäre das besser gewesen?«

Berridges Widerstandskraft brach zusehends. Er zupfte immer hektischer an der imaginären Substanz, wandte den Blick ab und starrte auf den Kassettenrecorder. Handford lehnte sich zurück und betrachtete ihn. Ihnen beiden war klar, dass der Arzt einen Fehler begangen hatte, als er dieses »besser« ausgesprochen hatte.

Mittlerweile hatte er lange genug geschwiegen und Handford wollte ihm nicht noch mehr Zeit zum Nachdenken geben. Er wollte ihn zum Reden bringen, denn wenn er redete, dachte er nicht nach.

»Dr. Berridge.« Er ging mit ihm auf Blickkontakt. »Was meinen Sie mit diesem ›besser‹? Wollen Sie damit ausdrücken, dass Sie sie geschwängert hatten und dass es ›besser‹ wäre, wenn ein anderer Arzt feststellen würde, dass sie schwanger war? Jemand, der Sie beide nicht näher kannte?«

Berridge sank förmlich in sich zusammen. »Vielleicht«, sagte er mit tonloser Stimme.

»Wie haben Sie reagiert, als sie es Ihnen mitteilte?«

Angesichts dieser Frage taten sich offenbar Abgründe vor ihm auf. Er funkelte Handford an. »Was meinen Sie denn, wie mir dabei zumute war? Ich war wütend auf sie. Sie hätte besser aufpassen müssen.«

Clarke schaltete sich ein. »Welcher Religion gehören Sie an, Doktor?«

Berridge wandte seinen Blick dem neuen Fragesteller zu. »Ich bin Katholik.«

»Und Sie haben Ihrerseits keinerlei Verhütungsmittel benutzt, als Sie mit Rukhsana Mahmood verkehrten?«

»Nein.«

»Und Rukhsana vermutlich auch nicht.«

»Vermutlich nicht. Ich habe sie nie gefragt.«

»Warum nicht? Sie wollten doch sicherlich kein Kind mit ihr zeugen.«

»Ich ging davon aus, dass sie die Pille nahm.«

»Sie gingen davon aus? Soll das heißen, dass Sie es nicht wussten?«

»Das war allein ihre Sache«, versetzte er bockig.

Clarke ließ nicht locker. »Aber Sie waren ihr Arzt. Sie müssten doch wissen, ob sie die Antibabypille nahm, nicht wahr? Selbst wenn Sie sie nicht verschrieben hätten, wäre das doch zur Sprache gekommen.«

Ian Berridge wandte sich an seinen Anwalt, als wollte er ihn verzweifelt um Beistand bitten.

»Meiner Meinung nach sind alle diesbezüglichen Fragen hinlänglich beantwortet«, schaltete sich James Waterhouse so vornehm und gepflegt wie eh und je ein. »Mein Mandant hat doch bereits eingeräumt, dass er das Kind gezeugt haben könnte. Mir ist nicht ganz klar, inwieweit es Ihnen bei Ihren Ermittlungen weiterhelfen könnte, wenn Sie ihm allein die Schuld daran geben.«

Doch Handford war noch nicht fertig.

»Na schön, Doktor«, sagte er. »Sie wussten also nicht, ob Rukhsana irgendwelche Verhütungsmittel benutzt. Und Sie als Katholik haben selbstverständlich auch nicht verhütet.«

»Nein.«

»Und wie stehen Sie zu einem Schwangerschaftsabbruch?«

Berridge wandte sich vom Inspector ab und warf einen kurzen Blick zu seinem Anwalt. Er wusste genau, dass er in der Falle saß. »Das verstößt gegen das Dogma der katholischen Kirche«, erwiderte er, wich allerdings einer klaren Antwort aus.

»Dann halten Sie sich diesbezüglich also an die Richtlinien der katholischen Kirche?«, fragte Handford.

»Ja.«

»Sie würden also beispielsweise keiner Ihrer Patientinnen einen Schwangerschaftsabbruch anbieten?«

»Ich würde das lieber vermeiden.«

»Es sei denn, bei der Patientin handelt es sich um eine Frau, mit der Sie ein Verhältnis hatten«, sagte Handford grimmig. »Denn dann, Doktor, würden Sie Ihrer früheren Aussage zufolge nicht nur einen Termin für einen Abbruch vereinbaren, sondern auch die Kosten übernehmen.«

»Ich glaube, wir benötigen eine zehnminütige Pause, Inspector«, warf James Waterhouse ein. »Dr. Berridge ist sichtlich erschöpft.«

Barry Penistone ging es um keinen Deut besser als Dr. Berridge. Seiner Ansicht nach hatte ihn der Paki-Bulle völlig grundlos aufs Revier geschleppt. Was hatte der Mann gegen ihn? Machte er das bloß, weil er ein Weißer war? Ein Rassist war er, dieser Paki, nichts als ein Rassist. Bei der erstbesten Gelegenheit würde er sich über ihn beschweren. Ihm alles mit gleicher Münze heimzahlen.

Zum dritten Mal innerhalb einer Woche war er in diesem verdammten Bau. »Warum gebt ihr mir nicht gleich 'nen Schlüssel«, hatte er ihnen vorgehalten. »Dann kann ich euch jederzeit besuchen, wenn ich Lust dazu habe.« Außerdem war Ali bereits zum zweiten Mal in zwei Tagen in der Bäckerei gewesen, aber diesmal hatte er seine Arbeitskollegen befragt. Das machte ihm zu schaffen, zumal ihm der Bulle nicht sagen wollte, warum er das machte. Aber egal, worum es ging, er hatte nichts erfahren. Der Frust war ihm deutlich anzusehen. Deswegen hatte er ihn hierher geschafft – um seinen Frust an ihm auszulassen.

»Wie lang wollt ihr mich denn noch hier behalten?«

»Bis Sergeant Ali mit Ihnen fertig ist«, erwiderte Graham kurz angebunden.

»Der denkt, ich hab die Paki-Braut umgebracht, nicht wahr?« Graham gab ihm keine Antwort.

»Und weshalb hat er mir meine Klamotten weggenommen – und die Stiefel?« Er blickte an dem einteiligen Wegwerfanzug hinab. »In dem Teil hier komm ich mir vor wie 'ne Schwuchtel. Wann krieg ich meine Sachen wieder?«

»Man hat Ihnen doch bereits mitgeteilt, dass sie ins Labor gebracht wurden, und den Grund dafür hat man Ihnen ebenfalls erklärt. Jemand ist zu Ihrer Mutter gefahren, um Ihnen etwas zum Anziehen zu besorgen. Müsste bald wieder hier sein.« Graham schenkte ihm ein breites Lächeln. »Ich weiß gar nicht, was Sie haben, Penistone. Ich dachte, Sie wären so was gewöhnt. Bei Ihrem Vorstrafenregister kann es doch nicht das erste Mal sein, dass Sie so ein Ding tragen.«

Barry funkelte ihn an. »Verpiss dich, du Bullenschwein, verpiss dich bloß.«

»Da Sie sich nun wieder gefasst haben, möchte ich Sie fragen, wo Sie sich am letzten Dienstag aufgehalten haben, Dr. Berridge.«

Berridge starrte auf den Tee in seinem Styroporbecher.

»Sie leugnen doch nicht, dass Sie um ein Uhr nachmittags auf dem Parkplatz des Pflegeheims gewesen sind?«

Berridge schüttelte Kopf, besann sich dann und sagte: »Nein.«

»Mit wem waren Sie dort?«

»Mit Rukhsana Mahmood.«

»Sind Sie eigens dorthin gefahren, um sich mit ihr zu treffen?«

»Wir waren nicht miteinander verabredet, aber ich wusste, dass ich sie dort antreffen würde.«

»Wie das?«

»Weil sie asiatische Tracht trug. Und die hatte sie nur an, wenn sie ihre Tante besuchte, die in dem Heim wohnt.«

»Würden Sie sich das hier bitte mal anschauen.« Handford legte eine zweite Klarsichthülle, die ein Farbfoto enthielt, auf den Tisch. »Ich zeige Dr. Berridge jetzt Beweisstück JH6, ein Foto, auf dem zwei Personen zu sehen sind, die neben einem Auto stehen. Sind das Sie und Rukhsana Mahmood?«

»Ja.«

»Bei diesem Foto handelt es sich um eines von vielen, die für einen neuen Prospekt für das Pflegeheim aufgenommen wurden. Können Sie mir sagen, welche Kleidung Sie darauf tragen?«

Berridge wirkte zunächst verdutzt. »Meinen Anzug und einen Mantel.«

»Und an den Füßen?«

»Stiefel.«

»Sie sind ein Mann, der ein gutes Gespür für die passende Kleidung hat. Stiefel scheinen mir nicht ganz das Richtige zu einem Anzug zu sein. Tragen Sie öfter Stiefel?«

»Gelegentlich. Ich habe Patienten, die an matschigen Nebenstraßen wohnen. Bei schlechtem Wetter nehme ich immer Stiefel mit.«

»Dann haben Sie also Patienten besucht, bevor Sie sich mit Rukhsana Mahmood trafen?«

»Nein, aber manchmal trage ich sie auch oben beim Pflegeheim. Dort ist es mitunter matschig.«

»Auf dem Parkplatz?« Clarke klang skeptisch.

»Ich dachte, Rukhsana und ich würden vielleicht einen Spaziergang in den Wald unternehmen, wo uns niemand sehen kann. Dort ist es immer matschig.«

»Haben Sie einen Spaziergang in den Wald unternommen?«

»Nein.«

»Dr. Berridge, ich glaube, ich sollte Ihnen mitteilen, dass wir einen Stiefelabdruck in der Nähe der Stelle gefunden haben, an der man Rukhsanas Leiche entdeckt hat.«

Berridges Gesicht verlor jegliche Farbe. »Tja, von mir stammt er nicht. Ich habe mich auf dem Parkplatz von ihr getrennt. Ich bin ihr nicht in den Wald gefolgt und ich habe sie auch nicht ermordet.«

»Wollen Sie damit etwa sagen, dass der Abdruck mit dem Sohlenprofil der Stiefel meines Mandanten übereinstimmt, Inspector?«

»Nein, Sir, das will ich damit nicht sagen. Wir haben noch kein Ergebnis des Spurenvergleichs vorliegen.«

»Solange Sie das nicht haben, hat es wenig Sinn, darüber zu sprechen.«

Handford musste ihm Recht geben. Er wandte sich wieder an Berridge. »Kommen wir noch mal auf Ihren Entschluss zurück, Rukhsana zum Pflegeheim zu folgen.«

»Ich bin ihr nicht gefolgt, Inspector.« Berridges Tonfall klang unwirsch. »Ich wusste, wie schon gesagt, dass sie dort war, deshalb bin ich hingefahren. Wir mussten zu einer Entscheidung kommen, was sie bezüglich ihrer Schwangerschaft zu unternehmen gedachte.«

»Sie meinen damit, ob sie zu einem Abbruch bereit war?«

Berridge seufzte. »Ja, ob sie zu einem Abbruch bereit war.« Er warf Handford einen verächtlichen Blick zu. »Na schön, dann bin ich eben ein schlechter Katholik. Wenn ich das nächste Mal wieder in die Nähe einer Kirche komme, werde ich beichten.« Er wurde allmählich dreist, so als wäre ihm alles egal. »Jedenfalls war ich nicht bereit, mich beruflich ruinieren zu lassen, nur weil sie sich nicht entscheiden konnte, von wem das Kind war und was sie deswegen unternehmen wollte.« Sein Tonfall war gehässig, abfällig.

Handford lächelte in sich hinein. Jetzt kam der wahre Dr. Berridge zum Vorschein, genau wie er es gewollt hatte, der Mann, der letztlich an seiner eigenen Arroganz zugrunde gehen würde. Er warf einen kurzen Blick zu Waterhouse und sah den besorgten Ausdruck, der sich einen Moment lang auf dem vornehmen Gesicht abzeichnete. Diesmal konnte der Anwalt nicht um eine Pause bitten.

»Haben Sie ihr die Schuld daran gegeben, dass sie schwanger war?«

»Das konnte ich wohl schwerlich, nicht wahr?« Berridge klang eingeschnappt. »Aber sie hätte Vorsorge treffen können.«

»Weil Sie keine Lust dazu hatten?«

Waterhouse fuhr hoch. »Noch einmal, Inspector. Ich sehe nicht ein, weshalb Sie meinen Mandanten fortwährend wegen dieser Verhütungsfrage behelligen.«

Handford blieb ruhig und fuhr ungerührt fort. »Na schön. Berichten Sie uns, was bei dem Pflegeheim geschah.«

»Ich habe mich mit ihr getroffen und wir haben uns unterhalten.«

Clarke schaltete sich ein. »Unterhalten, Doktor?«, fragte er.

»Na schön, gestritten.«

»Weil sie sich nicht auf eine Abtreibung einlassen wollte?«

»Sie wollte sich auf gar nichts einlassen – weder auf einen Abbruch noch auf das Eingeständnis, dass das Kind von ihrem Mann war und sie es austragen wollte. Dabei hätte es mir wahrscheinlich nicht einmal ähnlich gesehen, selbst wenn es von mir gewesen wäre. Ihre dunkle Hautfarbe hätte sich vermutlich genetisch durchgesetzt. Ich habe ihr das erklärt, aber sie sagte, selbst wenn es nicht weiß wäre, könnte es mir dennoch vom Gesicht her ähneln. Und dann sagte sie zu allem Überfluss auch noch, sie könnte ihren Mann nicht anlügen. Mein Gott, was hat die sich eigentlich in den letzten neun, zehn Monaten gedacht?« Er hatte die Stimme erhoben und klang immer ungehaltener.

»Sind Sie zu einem Entschluss gelangt?«, fragte Handford.

Sein bedächtiger Tonfall reizte den Arzt nur noch mehr. »Nein, wir sind zu keinem Entschluss gelangt. Ich konnte ihr nicht klar machen, dass sie sich entscheiden muss. Die Zeit lief uns davon, aber sie wollte einfach nicht einsehen, dass die Sache drängte.«

»Und was haben Sie dann gemacht?«

»Ich habe sie angeschrien. ›Herrgott noch mal, willst du mir alles kaputtmachen?‹ Und wissen Sie, was sie gemacht hat? Sie hat losgeheult. Geweint hat sie, Herrgott noch mal.«

Berridge gab sich keinerlei Mühe mehr, den charmanten Doktor zu mimen. James Waterhouse legte ihm die Hand auf den Arm, als wollte er ihn sowohl beruhigen als auch warnen, doch Berridge fegte sie kurzerhand weg.

»Da stand ich also, kurz vor dem beruflichen wie privaten Ruin, und alles, was ihr dazu einfiel, war diese Flennerei. Sie wollte einfach nicht zur Vernunft kommen.«

»Konnten Sie sie denn zur Vernunft bringen?«

»Haben Sie schon mal versucht, eine weinende Frau zur Vernunft zu bringen? Ich ging einfach weg, aber sie rief mich zurück.« Er stockte kurz, dann fuhr er fort, fast so, als spräche er mit sich selbst. »Sie hätte mich nicht zurückrufen sollen.«

»Was meinen Sie damit, Dr. Berridge? Warum hätte sie Sie nicht zurückrufen sollen?«

»Dann hätte ich sie nicht geschlagen.« Der Doktor keuchte auf, als bekäme er vor lauter Wut kaum noch Luft. Er griff nach dem Styroporbecher und trank einen Schluck Tee.

Als er sich wieder halbwegs beherrscht hatte, blickte er Handford an. »Ich habe so fest zugeschlagen, dass sie hinfiel, Inspector, aber ich habe sie nicht umgebracht. Sie war noch auf dem Parkplatz, als ich wegfuhr. Sie lag auf dem Asphalt, aber sie lebte.«

»Sind Sie sich dessen völlig sicher?«

»Ja, absolut. Suchen Sie den Mann, der in seinem Wagen saß und uns beobachtete.«

»Ein Mann hat Sie beobachtet?« Handford konnte sein Erstaunen nicht verbergen. »Warum haben Sie das nicht schon früher erwähnt?«

»Weil es mir gerade wieder eingefallen ist. Sollte das nicht der eigentliche Sinn Ihrer Befragung sein, Inspector? Dem Gedächtnis auf die Sprünge zu helfen?« Berridge hatte mit einem Mal wieder zu seinem Selbstvertrauen gefunden.

Handford seufzte. »Erzählen Sie mir von diesem Mann.« Sein Tonfall klang ungläubig. Plötzlich tauchte ein Mann auf, ein Mann, den bislang niemand erwähnt hatte.

»Ich hätte ihn gar nicht bemerkt, wenn er sich nicht darüber ausgelassen hätte, dass man diesen Miststücken eine verpassen müsste, wenn sie es verdienten. Ich war so wütend auf sie, dass ich ihm keine Antwort gab.«

»Können Sie ihn beschreiben?«

»Rundliches Gesicht, kräftig gebaut, trug eine dick gefütterte Jacke. Ich war zu sehr mit mir beschäftigt, als dass ich ihn wirklich wahrnahm.«

»Und was ist mit dem Wagen? Ist Ihnen der aufgefallen.«

»Erst als ich wegfuhr.« Er dachte einen Moment lang nach. »Es war ein grüner VW Käfer.«

Barry Penistone stand auf der Treppe vor der Polizeizentrale und atmete die eisige Luft ein. Die beißende Winterkälte drang durch die Kleidung, die ihm seine Mutter geschickte hatte, und ging ihm unter die Haut. Der Regen hatte aufgehört, doch die Straßen waren immer noch nass und schimmerten im Schein der Straßenlaternen, durch den ab und zu die hellen Scheinwerfer eines Busses fielen. Seit ein paar Monaten war dieser ganze Bereich nur noch für öffentliche Verkehrsmittel und Fußgänger zugelassen. Sämtliche Autos, von den Polizeifahrzeugen einmal abgesehen, wurden über eine Reihe von Einbahnstraßen zu der ganz in der Nähe vorbeiführenden vierspurigen Durchfahrtsstraße gelotst. Nach Aussage des Stadtbauamtes war dieser Innenstadtbereich dadurch weitaus umwelt- und menschenfreundlicher. Barry wünschte, er könnte das auch von den Leuten behaupten, die in dem Gebäude saßen, in dem man ihn sechs Stunden lang festgehalten hatte.

Seit heute Morgen um halb elf war er vernommen worden, hatte ihre Fragen beantwortet, ein ums andere Mal seine Darstellung wiederholt, aber trotzdem mitgespielt und sich an ihre Regeln gehalten. Nicht, dass er irgendetwas zugegeben hätte. Und er dachte auch nicht daran. So leicht wollte er ihnen das Leben nicht machen. Achtzehn Monate wegen schwerer Körperverletzung mochten ja noch angehen, aber auf Mord stand »lebenslänglich«. Und niemand brachte ihn lebenslänglich hinter Gitter.

»Wir wollen nur die Wahrheit wissen, Barry.«

Die Wahrheit. Die kapierten doch nicht mal, was die Wahrheit war, wenn man sie ihnen unter die Nase rieb, weil sie bloß das wissen wollten, was sie für die Wahrheit hielten. Andere Ansichten waren denen doch egal. Sie hatten ihn zu einem Geständnis verleiten wollen, aber auch nach sechs Stunden hatten sie weder sein Alibi knacken noch ihm nachweisen können, dass er zum Zeitpunkt des Mordes beim Pflegeheim gewesen war. Am Dienstag, hatte er ihnen klipp und klar erklärt, war er zu Fuß zur Arbeit gegangen und den ganzen Tag dort geblieben, und wenn sie ihm nicht glaubten, mussten sie ihm das Gegenteil beweisen.

Er war ziemlich stolz darauf, wie er sich auf dem Revier gehalten hatte. Doch jetzt, als er draußen stand, spürte er die ganze Anspannung und das Nervenkribbeln, als stünde er unter Strom. Seine Hände zitterten, als er seine Taschen abklopfte, bis er endlich die Zigaretten fand, die ihm seine Mutter geschickt hatte. Er zog eine aus der Schachtel, tastete dann nach Streichhölzern oder einem Feuerzeug. Die blöde Kuh hatte nicht dran gedacht. Während er noch über die Blödheit der Frauen maulte, wurde die Tür des Polizeireviers aufgestoßen und ein pickliger, etwa sechzehn-, siebzehnjähriger Junge kam heraus.

»Hast du Feuer, Mann?«, fragte Barry.

Der Typ kramte in seiner Anoraktasche herum und holte seine Streichhölzer heraus. Mit plumpen Fingern fischte er eins aus der Schachtel und riss es an. Barry schirmte die Flamme mit beiden Händen ab, bis der Tabak rot aufglühte.

»Bist du lang drin gewesen?«, fragte der Junge.

»Viel zu lang.« Barry sog den Rauch langsam in sich hinein, genoss die Hitze und den bitteren Geschmack.

»Aber drangekriegt haben sie dich nicht, was?«

»Nein, und das schaffen sie auch nicht.«

Der junge Mann mit dem pickligen Gesicht musterte ihn mitfühlend. »Hier«, sagte er und warf ihm die Streichholzschachtel zu. »Behalt sie. Du siehst aus, als ob du sie nötiger brauchst als ich.«

Barry schaute ihm hinterher, als er die Treppe hinabstieg und im Zwielicht verschwand. Er blieb noch eine Weile stehen und rauchte. Die Zigarette tat ihm gut. Doch als er sich wieder halbwegs beruhigt hatte, bekam er es mit der Angst zu tun.

Die ständige Fragerei, wo er sich am Dienstag aufgehalten hatte, hatte ihn nicht so sehr beunruhigt. Aber offenbar wussten sie noch andere Sachen über ihn. Zum Beispiel, dass er für Faysal Hussain Anabolika vertickerte.

»Weisen Sie's mir nach«, hatte er zu Ali gesagt. »Niemand hat je was bei mir gefunden, weder Stoff noch Geld. Also beweisen Sie's.«

Und vermutlich schafften sie das auch. Wenn Hussain aufflog, ließ er garantiert auch alle anderen auffliegen.

Aber was noch schlimmer war, viel schlimmer sogar – sie wussten über Danny Bescheid.

»Sie sind Dannys Vater.« Einfach so. Keine Frage, nur eine Feststellung. Auf eine Frage hätte er antworten können, aber dazu fiel ihm nichts mehr ein. »Kommt mir nicht auf die ganz blöde Tour«, hatte er lediglich erwidert. »Ich bin ihr Bruder. Karen hat sich höchstwahrscheinlich von irgendjemand schwängern lassen, mit dem sie zur Schule gegangen is.«

»Sie hat Ihnen also nicht gesagt, von wem?«

»Nein, sie wollte es nicht verraten. Sie hat genau gewusst, dass ich ihm die Eier absäbel.«

»Wir können einen Vaterschaftstest vornehmen, Barry«, hatte der Paki-Bulle darauf erwidert. »Eindeutig nachweisen, dass Danny Ihr Sohn ist. Ihren genetischen Fingerabdruck haben wir ja seit Ihrer letzten Festnahme vorliegen. Wir müssen uns nur noch das entsprechende DNA-Material von Danny besorgen.«

Konnten die das so einfach machen? Sich einfach Dannys DNA-Material besorgen, ohne irgendjemand um Erlaubnis zu fragen? Er wusste es nicht, jedenfalls nicht genau, aber sobald er rauskam, würde er dafür sorgen, dass Karen so was nicht zuließ.

Wenn sie sich überhaupt noch etwas von ihm sagen ließ. Nicht einmal davon war er noch überzeugt. Niemand außer ihr konnte den Bullen irgendwas gesteckt haben; es konnte nur von ihr kommen. Aber irgendwie konnte er sich nicht vorstellen, dass sie aufs Polizeirevier ging und denen haarklein schilderte, was vorgefallen war. Und jetzt schon gar nicht mehr, nach drei Jahren. Sie musste es irgendjemandem erzählt haben, der es prompt ausgeplaudert hatte.

Je länger er darüber nachdachte, desto genauer meinte er zu wissen, um wen es sich handelte und wie es rausgekommen war. Beim Bettgeflüster mit Amajit Mahmood. Hundertprozentig. Das kalte Grauen packte ihn, wenn er bloß daran dachte, dass die beiden zusammen ins Bett stiegen – dass sie es miteinander trieben. Dass er seinen dicken schwarzen Schwanz in sie steckte. Er schüttelte sich.

Wieso war er ihr lieber als ihre nächsten Angehörigen, ihre Familie? Dass es so war, hatte sie bewiesen, als sie den Paki nach dem Brand zu sich gebeten hatte. Nach Auskunft der Krankenschwestern war er die ganze Nacht bei ihr gewesen. Sie war ziemlich angetan von ihm. Tja, er war nicht angetan, und wenn ihn die Bullen nicht aufs Revier geschleppt und den halben Tag lang vernommen hätten, wäre er längst im Krankenhaus gewesen und hätte sie nach Hause gebracht, sobald sie entlassen wurden. Stattdessen brachte sie Amajit Mahmood wahrscheinlich wieder bei sich unter.

Und bloß weil sich dieser Paki ständig in alles einmischte, könnte er jederzeit festgenommen und verdonnert werden. Obwohl er davon nicht ganz überzeugt war. Weil er mit seiner Schwester geschlafen hatte? Oder weil er sie ihrer Ansicht nach vergewaltigt hatte?

Haben Sie Ihre Schwester zum Geschlechtsverkehr gezwungen? Wie oft haben Sie das getan? Haben Sie sie vergewaltigt, Barry?

Nein, verdammt noch mal. Zugeben würde er es jedenfalls niemals. Selbst wenn sie es behauptete und die Bullen beweisen konnten, dass Danny sein Kind war, würde er einfach sagen, sie wäre schuld daran gewesen, weil sie ihn dazu verleitet hätte.

Wie lange wurde man verknackt, wenn man mit seiner Schwester schlief? Er hatte keine Ahnung. Aber er wusste, dass man für eine Vergewaltigung »lebenslänglich« kriegen konnte. Er wollte nicht lebenslänglich in den Knast, weder für eine Vergewaltigung noch für einen Mord oder sonst was.

Wütend zog er an seiner Zigarette, bis ihm der heiße Rauch in Mund und Kehle brannte. Er stand im Schutz des Vordaches, das den Haupteingang des Polizeireviers überspannte, und betrachtete die Leute unten auf der Straße. Keiner hielt sie auf, befragte sie, schrieb ihnen vor, was sie machen sollten. Nein. Niemand mischte sich in ihre Angelegenheiten ein, weil die nur sie etwas angingen, und das Gleiche galt auch für ihn. Seine Angelegenheiten gingen weder die Bullen noch Mahmood etwas an. Nur ihn. Er würde es ihnen schon zeigen, vor allem diesem Mistkerl von Paki, ihnen klar machen, dass es ihnen nicht gut bekam, wenn sie ihm dazwischenfunkten. So wie er es letzten Dienstag dieser aufdringlichen Schlampe von einer Fürsorgerin gezeigt hatte.

Er zog ein letztes Mal an seiner Zigarette und schnippte die

Kippe weg. Sie landete in einer Pfütze, die sich in den Rissen einer geborstenen Betonplatte gebildet hatte.

Er, Karen und Danny mussten weg. Sofort. Er musste zu Billy Price, das Auto besorgen, dann zu seiner Mutter fahren, seine Klamotten und Ersparnisse holen, die dreitausend Pfund, die er beim Dealen verdient hatte. Anschließend musste er seine Schwester und seinen Sohn von Mahmood fortschaffen.

Und er musste dafür sorgen, dass er für diesen Paki entsprechend gerüstet war. Das Messer war gut und scharf. Er grinste. Ein kurzer Hieb quer übers Gesicht, bevor er wusste, wie ihm geschah. Das würde sein Abschiedsgeschenk an den Paki sein.

Handford war mit Dr. Berridge fast fertig.

Warrender war zurückgekehrt und hatte Neuigkeiten mitgebracht, auf die Handford gern verzichtet hätte. Teale hatte gesehen, dass Berridge gegen halb eins beim Pflegeheim eingetroffen war. Offenbar hatte er sich noch gewundert, wie ein Arzt so dumm sein konnte, dass er die alten Leute während der Mittagszeit besuchte. Aber er hatte ihn nicht wegfahren sehen. Allerdings war ihm ein Wagen aufgefallen, der ihn beinahe über den Haufen gefahren hätte, als er die Auffahrt herunterraste. Er wusste nicht, wem er gehörte, aber es war ein grüner VW Käfer gewesen.

Verdammt. Wenn sie den Fahrer dieses Wagens fanden – und inzwischen war kaum noch daran zu zweifeln, dass es ihn gab –, dann war Berridge aus dem Schneider. Jedenfalls was den Mord anging.

»Suchen Sie diesen Wagen und stellen Sie fest, wer der Fahrer ist, Warrender. Allzu viele grüne VW Käfer kann es nicht mehr geben. Die werden seit etwa neunzehnhundertachtundsiebzig nicht mehr gebaut.«

Möglicherweise konnte er Berridge nicht wegen des Mordes an Rukhsana belangen, aber trotzdem war Handford davon überzeugt, dass er nicht ungeschoren davonkommen würde, was seinen Ruf als Arzt anging.

Handford lächelte jetzt vor sich hin. »Ich habe jemanden mit der Suche nach diesem Wagen betraut, Dr. Berridge. Wenn es ihn gibt, werden wir ihn mit Sicherheit finden. In der Zwischenzeit möchte ich Ihnen noch ein paar Fragen stellen.«

Berridge wirkte gelangweilt.

»Sind Sie jähzornig, Dr. Berridge?«

»Nicht mehr als jeder andere auch.« Schon erstaunlich, dachte Handford, wie dumm sich so ein intelligenter Mann anstellt. Nachdem er zugegeben hatte, dass er Rukhsana geschlagen hatte, nachdem er ihnen bei dieser Vernehmung bereits eine Kostprobe seines Jähzorns gegeben hatte, sollte er seine Worte genau überprüfen, bevor er sie aussprach. Aber er war wieder von sich überzeugt und mit dieser Selbstsicherheit kehrte auch die altbekannte Arroganz zurück.

»Sie meinen also, auch jeder andere, wie Sie es bezeichnen, würde eine Frau schlagen, nicht wahr?«

»Nein. Dass ich Rukhsana geschlagen habe, war ein Ausrutscher. So etwas mache ich normalerweise nicht. Ich – ich hatte Angst. Es geschah, bevor mir klar wurde, was ich da tat.« Er stockte. »Und als ich mir darüber klar wurde, hörte ich auf, beherrschte mich und ging weg. Ich war nicht so aufgebracht, dass ich zu einem Stein griff und ihr damit den Schädel einschlug. Ich habe sie nicht ermordet.«

»Würden Sie sagen, dass Sie dazu fähig wären, jemanden zu töten?«

»Also wirklich, Inspector.« James Waterhouse schlug einen missbilligenden Tonfall an.

Handford beachtete ihn nicht. »Hat Sie Ihr Jähzorn schon einmal so übermannt, dass Sie jemanden töten wollten?«

»Inspector, ich muss gegen diese Fragestellung protestieren. Dr. Berridge hat mehrmals erklärt, dass er Rukhsana Mahmood nicht getötet hat. Sie gehen mit Ihrer Aggressivität zu weit. Wenn Sie so fortfahren, bleibt mir nichts anderes übrig, als Sie darum zu bitten, die Vernehmung abzubrechen und meinen Mandanten gehen zu lassen.«

»Ihr Mandant kann jederzeit gehen, wie Sie wohl wissen, Mr Waterhouse. Aber vorher möchte ihm noch eine Frage stellen.« Handford lächelte versöhnlich. Er wandte sich wieder an Berridge. »Kennen Sie Bethany Cantrell, Doktor?«

Es war wunderbar. Er hatte seine Frage in aller Ruhe vorgebracht, doch die Reaktion, die sie auslöste, war herzerfrischend. James Waterhouse schaute ihn mit verdutzter Miene an. Ian Berridge war sichtlich erschüttert.

Handford lächelte süffisant, wusste er doch, was als Nächstes kam. »Würden Sie Detective Sergeant Jowett hereinbitten, Andy?«

Clarke ging hinaus und kehrte kurz darauf mit einem anderen Mann zurück.

»Darf ich Ihnen Detective Sergeant Jowett vorstellen, Dr. Berridge? Er ist heute Morgen aus Belfast eingeflogen. Er möchte Ihnen ein paar Fragen bezüglich der schweren Körperverletzung stellen, die Bethany Cantrell vor rund fünf Jahren erlitt.«

»Ich muss wirklich protestieren, Inspector.« James Waterhouse war aufgestanden. »Ich verlange, dass man mich mit meinem Mandanten sprechen lässt.«

Berridge hatte sich nicht von der Stelle gerührt, doch die Arroganz und Selbstsicherheit waren wieder verschwunden. Sein Gesicht war aschgrau und verkniffen.

»Natürlich können Sie mit Ihrem Mandanten sprechen, Mr Waterhouse. Ich glaube, er benötigt Sie jetzt mehr denn je. Aber vorher werden ihn Detective Constable Clarke und Detective Sergeant Jowett in den Zellentrakt bringen, damit er offiziell festgenommen werden kann.«

Einundzwanzigstes Kapitel

Barry fuhr bei Amajit Mahmood vorbei, setzte den VW Käfer ein paar Häuser weiter hart an die Bordsteinkante und zog die Handbremse an. Im Wohnzimmer brannte Licht, folglich war jemand da. Seine Haare sträubten sich. Was trieben die beiden? Vermutlich machten sie auf Familie, spielten mit Danny, gaben ihm seinen Tee, brachten ihn zu Bett, setzten sich dann vor den Fernseher oder vögelten. Er spürte, wie ihm das Blut zu Kopf stieg, wie seine Muskeln zuckten, als könnten sie es kaum abwarten, dass er in das Haus eindrang.

Nein. Noch nicht, Barry. Noch nicht.

Wenn er die Sache hier durchziehen und ungeschoren davonkommen wollte, musste er den richtigen Zeitpunkt abpassen. Noch war auf der Straße zu viel los, noch herrschte zu viel Betrieb, noch konnte er zu leicht gesehen werden. Er atmete tief durch und umklammerte das Lenkrad. Kochte geradezu vor Hass und Eifersucht. Er schloss die Augen. In der Dunkelheit sah er wieder Bilder vor sich, Erinnerungsfetzen, so als werde ein Film von innen auf seine Augenlider projiziert.

Lauter wirre Eindrücke, die an ihm vorbeizogen. Ein Mann, der Donna betatschte, ein Bierglas, dann Donna, die ihn wegstieß, Karen, die ihn anschrie, dass er von ihr ablassen sollte. Und schließlich Rukhsana Mahmood, ihre angewiderte Miene, der ganze Ekel, als sie ihn warnte, ihn darauf hinwies, dass sie Bescheid wüsste und etwas unternehmen würde. Er sah, wie der Ekel in Angst umschlug, als der Mauerstein auf ihren Schädel krachte und die Knochen zertrümmerte, und wieder meinte er jeden einzelnen Schlag bis in die Zehenspitzen zu spüren.

Danach kam nichts mehr.

Barry saß reglos da, hatte die Hände immer noch um das Lenkrad geschlungen. Schweißtropfen rannen ihm über Wangen und Nase, die Kleidung klebte ihm auf der Haut. Doch er fror, zitterte.

Die Polizei hatte ihn im Verdacht, davon war er überzeugt, und es war nur noch eine Frage der Zeit, bis der Verdacht zur Gewissheit wurde. Die waren ihm nur noch nicht auf die Schliche gekommen, weil ihnen eine Sache entgangen war, eine Kleinigkeit, eine winzige Spur, aber so wichtig. Billy Prices Auto. Er war am Dienstagmorgen damit unterwegs gewesen, hatte es ein paar Straßen von der Bäckerei entfernt geparkt und war zu Fuß zur Arbeit gekommen. Das machte er immer so, wenn er mit dem Auto unterwegs war. Brauchte ja nicht jeder zu wissen, dass er einen fahrbaren Untersatz hatte – sonst wollten sie bloß alle mitgenommen werden. Außerdem hatte er etwas vor. In der Mittagspause wollte er zu Karen fahren. Karen hatte ihm gesagt, dass die Paki-Braut vorbeikommen wollte, und die machte bei Danny immer ihren letzten Hausbesuch vor der Mittagspause. Er hatte vor, sie zur Rede zu stellen, sie zu warnen, ihr klar zu machen, dass sie sie in Ruhe lassen sollte. Aber als er dort ankam, ging sie gerade, und er war ihr zum Pflegeheim gefolgt. Er konnte sich noch daran erinnern, dass er irgendwas zu dem Mann gesagt hatte, der ihr eine geknallt hatte. Das war ein Fehler gewesen. Irgendwann fiel es dem Mann bestimmt ein und dann ging er zur Polizei. Durch das Auto kamen sie in kürzester Zeit auf Billy Price und dann war er dran. Dann waren sie hinter ihm her. Aber so weit wollte er es nicht kommen lassen. Er wollte abhauen, sich irgendwo verstecken, wo sie ihn nicht fanden. In Irland vielleicht. Aber nicht allein, nicht ohne Karen und Danny.

Er stellte den Spiegel ein, sodass er die ganze Straße im Blick hatte. Die Leute kamen gerade von der Arbeit heim und es herrschte dementsprechend viel Betrieb. Inzwischen war es stockdunkel, abgesehen von den Straßenlaternen und den Scheinwerfern der Autos, die lautlos an ihm vorüberhuschten, ihn grell und gleißend erfassten, worauf er einen Moment lang wieder in Dunkelheit getaucht war, bis er die roten Streifen der Rücklichter vor sich sah, die sie hinter sich herzogen, als sie in der Ferne verschwanden.

Auf dem Gehsteig waren allerhand Leute unterwegs, die vornübergebeugt und mit eingezogenem Kopf durch die Kälte liefen, sich wahrscheinlich auf eine warme Mahlzeit freuten, auf ein paar Dosen Bier und einen Abend vor dem Fernseher. Heute Abend lief ein Fußballspiel, und auch Barry hätte sich gern aufs Sofa gefläzt und zugesehen, wie seine Heimmannschaft den Gegner auseinander nahm. Zwei Männer, die sich angeregt miteinander unterhielten, gingen vorbei. Wahrscheinlich redeten sie über das Spiel, tippten auf das Ergebnis. Zwei zu null, dachte Barry.

Er ließ die Muskeln spielen, spürte seine ganze Kraft und musste unwillkürlich an die Anabolika denken, die er schachtelweise in seiner Reisetasche verstaut hatte. Jede Menge Ampullen – die müssten reichen, bis er seinen eigenen Handel aufziehen konnte. Sein eigener Herr war. Nichts mehr mit Hussain zu tun hatte. Er saß eine Zeit lang da und sann über seine Zukunft nach. Gut sah sie aus, sehr gut sogar.

Doch während er seinen Gedanken nachhing, packte ihn wieder die Ungeduld. Elender Mist. Warum war hier so viel Betrieb?! Er musste sich abseilen. Aber er wollte auch nicht, dass jemand irgendetwas davon mitbekam und sich womöglich einmischte, falls Karen sich sträuben sollte, falls er sie erst zur Vernunft bringen musste. Könnte sein, dass er sie ins Auto zerren musste – sie konnte ganz schön stur sein, wenn sie sich etwas in den Kopf gesetzt hatte.

Wieder rückte er den Spiegel zurecht, bis er die Straße hinter sich im Blick hatte. Mittlerweile waren fast überall die Vorhänge zugezogen, durch die nur ein diffuser rötlicher Lichtschein drang. Er musterte die geparkten Autos. Niemand saß drin, weder ein Pärchen, das sich miteinander unterhielt, noch jemand, der auf seine Freundin oder seinen Freund wartete. Wieder rückte er den Spiegel zurecht und nahm sich die andere Straßenseite vor. Genau das Gleiche. Er zog die Zigarettenschachtel aus der Tasche und zündete sich eine an. Warte lieber noch ein bisschen, sagte er sich, nur die Ruhe. Er warf einen Blick auf seine

Uhr. Noch eine halbe Stunde, dann hockten sie alle vor dem Fernseher. Und wenn sie erst mal davor saßen, waren sie nicht mehr davon wegzukriegen, egal, was draußen los war.

Er schloss die Augen und versuchte ein bisschen vor sich hin zu dösen, aber in einem Käfer war das nicht so einfach, jedenfalls nicht für jemanden mit seiner Statur. Sobald er es sich leisten konnte, würde er ihn abstoßen, sich ein anständiges Auto besorgen. Er rutschte hin und her, versuchte es sich halbwegs bequem zu machen, als plötzlich grelles Scheinwerferlicht in seinen Rückspiegel fiel und ihn einen Moment lang blendete.

Herrgott, mach die verdammten Lichter aus.

Kunterbunte Kringel tanzten vor ihm herum. Er rieb sich die Augen und drehte sich um. Das andere Auto stand unmittelbar hinter ihm und hatte nach wie vor das Fernlicht eingeschaltet. Er wollte sich gerade aus dem Käfer schwingen, sich beschweren, als er das Blaulicht auf dem Dach bemerkte, das sich langsam drehte.

Mit einem Mal krampfte sich sein Magen zusammen. Bullen. Warum hielten die unmittelbar hinter ihm? Suchten die ihn etwa? Hatten sie ihn verfolgt?

Blinzelnd blickte er in das Scheinwerferlicht und versuchte irgendetwas zu erkennen. Er sah nur eine undeutliche Gestalt – vermutlich ein Polizist, der vorne um den Panda herumlief, sich abwandte und zu dem Auto ging, das auf der anderen Straßenseite stand. Es dauerte eine halbe Ewigkeit, bis er endlich die Tür aufriss. Der andere Bulle, der sich unterdessen an der Beifahrertür aufgebaut hatte, tat es ihm gleich.

Barry beruhigte sich wieder und sah zu, wie sie die beiden jungen Asiaten aus dem Auto zogen. Er konnte nicht verstehen, worum es ging, hörte nur das Geschrei, die heftigen Widerworte, mit denen die Asiaten aufbegehrten, sah, wie sie mit den Armen herumfuchtelten, die Bullen bedrängten und ihrerseits herumgeschubst wurden. Sie schrien immer noch, als sie schließlich in den Streifenwagen verfrachtet wurden.

Kurz darauf fuhr ein zweiter Panda vor, worauf sich die Polizisten eine Zeit lang berieten. Dann setzte sich einer in das Auto der beiden Jungs und fuhr damit weg.

Barry lehnte sich zurück und lächelte vor sich hin. Kurbelte dann das Fenster hoch. Gut, dass die Pakis endlich das kriegten, was sie verdienten, auch wenn ihnen die Bullen vermutlich irgendwas unterschoben.

Handford blickte auf, als Sergeant Hewitt an die offene Tür klopfte.

»Wir sind so weit, Chef.«

»Danke.«

»Ach, und von den Brandermittlern ist eine Nachricht für Sie eingegangen. Ein anonymer Anrufer hat ihnen mitgeteilt, dass Jahangier und Kamal Mahmood das Feuer in Karen Penistones Haus gelegt haben und dass sie in einem roten Ford Escort sitzen, der an der Grange Road steht. Der Anrufer hat sogar die Zulassungsnummer des Fahrzeugs durchgegeben.«

»An der Grange Road? Dort wohnt doch Amajit Mahmood.«

»Ganz recht. Ein Streifenwagen ist schon unterwegs, um sie aufzugreifen.«

»Ich wusste doch, dass die beiden nicht in Pakistan sind. Wir hätten energischer nach ihnen Ausschau halten sollen.«

»Vermutlich«, räumte Hewitt ein, »aber wir haben auch nicht viel Unterstützung von der Gemeinde bekommen.«

»Das sollte nicht ausschlaggebend sein.« Handford klang geknickt.

»Kommen Sie, Chef, Sie wissen doch, wie das ist. Zerbrechen Sie sich darüber nicht den Kopf.«

Er lächelte sie an. »Weiß man etwas über den Anrufer?«

»Nur, dass es dem Klang nach ein Asiate war.«

»Weiß Sergeant Ali Bescheid?«

»Noch nicht, Chef.«

»Teilen Sie es ihm mit, ja?«

Handford griff zu der Liste mit den bislang erfolgten Maßnahmen und las sie durch, um sein Gedächtnis aufzufrischen. Dann begab er sich in den Besprechungsraum.

Das übliche Stimmengewirr schlug ihm entgegen, als er eintrat, doch zum ersten Mal meinte er eine gewisse Müdigkeit zu spüren. Seit einer Woche waren sie jetzt mit dem Fall beschäftigt und sämtliche Spuren, denen sie nachgegangen waren, hatten bislang zu nichts geführt. Bei einer Mordermittlung waren die ersten achtundvierzig Stunden entscheidend. Danach konnten sich die Leute nicht mehr so genau erinnern und entsprechend spärlicher wurden die Hinweise. Für die Zeitungen war der Mord längst keine Schlagzeile mehr wert, nachdem sich fünf Tage lang nichts getan hatte. Sie berichteten lediglich noch im Innenteil darüber. Doch die mühsame kriminalistische Arbeit musste weitergehen, zäh und beharrlich, auch wenn sie noch so langweilig war. Und er hatte die Aufgabe, dafür zu sorgen, dass es geschah.

Er stellte sich vor sie und versuchte so aufmunternd wie möglich zu klingen, auch wenn ihm nicht danach zumute war.

»Gut, Leute, alle mal herhören. Bringen wir die Sache hinter uns und danach gehen wir nach Hause.« Handford warf einen Blick auf seine Notizen. »Zunächst einmal möchte ich Ihnen mitteilen, dass Berridge meiner Meinung nach nicht unser Mann ist. Er mag zwar unmoralisch, selbstsüchtig und arrogant sein, ein Arzt, der sich an Frauen heranmacht, die sich ihm anvertrauen und von ihm abhängig sind, und dem man die Zulassung entziehen sollte. Aber ich glaube nicht, dass er ein Mörder ist, noch nicht jedenfalls.«

»Was ist mit den Spuren an seiner Kleidung?«, fragte Ali.

»Noch kein Ergebnis«, antwortete Hewitt.

»Nun ja, wir können nicht völlig ausschließen, dass er es war, bis wir etwas vom Labor gehört haben.« Handford zuckte die Achseln. »Aber vorerst sollten wir ihn außer Acht lassen und uns auf die anderen Verdächtigen konzentrieren. Wer kommt sonst noch infrage?«

»Amajit Mahmood.«

»Barry Penistone.«

»Die Mahmood-Brüder.«

»Faysal Hussain.«

Handford hob die Hand. »Okay, nehmen wir uns einen nach dem anderen vor. Zuerst den Ehemann. Irgendwelche Rückmeldungen, ob jemand seinen Wagen auf dem Rastplatz gesehen hat?«

Clarke griff zu einem Blatt Papier. »Jede Menge, Chef. Leider sind sich die Zeugen nicht einig, was das Fabrikat und die Farbe angeht oder ob sie ihn am Dienstag gesehen haben. Die Aussage, die am ehesten infrage kommt, stammt von einem gewissen Mr Collingwood, der etwa zur fraglichen Zeit an dem Rastplatz vorbeifuhr und dort einen Wagen stehen sah. Er fiel ihm vor allem deswegen auf, weil der Fahrer die Sitzlehne zurückgeklappt hatte, sodass er dachte, ihm wäre vielleicht übel. Er kam dann aber zu dem Schluss, dass er vermutlich nur eine Pause machte. Aber seiner Meinung nach handelte es sich um einen blauen Wagen, nicht um einen grünen. Wir haben also nach wie vor nichts Konkretes, das Mahmoods Alibi bestätigen könnte.«

Warrender wandte sich an seinen Nachbarn. »Wenn es Mahmood nicht war, dann war's Hussain, oder die drei Brüder stecken gemeinsam dahinter«, flüsterte er. »Ist doch immer jemand aus der Familie. Wenn der Chef nicht so ein Schlappschwanz wäre, hätten wir uns von Anfang an auf die konzentriert.«

Handford warf ihm einen scharfen Blick zu. »Haben Sie irgendetwas Nützliches beizutragen, Warrender? Wenn ja, dann sagen Sie es laut, damit wir alle etwas davon haben.«

Warrender errötete. »Ich halte es bloß für wahrscheinlicher, dass es jemand aus der Familie war. Das ist doch immer so.«

Handford machte aus seinem Unmut keinen Hehl. Diesmal wollte er es ihm nicht durchgehen lassen. Jetzt reichte ein kurzer, scharfer Einwand, aber später war ein Gespräch in seinem Büro fällig. »Ist das eine allgemeine Feststellung über Familienangehörige, Warrender, oder beziehen Sie sich speziell auf die Familie Mahmood?«

Warrender hatte sich selbst eine Grube gegraben und er wusste es auch. »Ich bin bloß der Meinung, dass es sich bei dem Mord um eine Strafmaßnahme handelt«, erwiderte er mürrisch.

»Ich glaube, wir haben noch nicht genügend Hinweise, um zu diesem Schluss zu gelangen, Constable«, versetzte Handford spitz. »Vielleicht kann uns Sergeant Ali seine Ansicht dazu vortragen.«

Warrender warf Ali einen bösen Blick zu, worauf der mit einem breiten Grinsen konterte. »Sicher, Sir. Erstens«, sagte er und hielt einen Finger hoch. »Wenn die Tat vor zwei Jahren stattgefunden hätte, wäre ich ganz Ihrer Meinung, Warrender. Aber so lange nach dem eigentlichen Anlass? Nein, das kann ich mir nicht vorstellen. Auch in unseren Kreisen folgt die Strafe für gewöhnlich auf dem Fuß.« Er hielt einen weiteren Finger hoch. »Zweitens handelt es sich bei einem Fememord immer um Vorsatz – die Tat wird genau geplant und vorbereitet. Und was das angeht, sind wir gründlich.«

Warrender wand sich.

»Die Tatwaffe«, fuhr Ali fort, »wäre in diesem Fall eine Pistole, ein Messer oder ein Auto. Ich habe noch nie erlebt, dass man dazu einen Mauerstein benutzt. Hier, Constable Warrender, handelt es sich eher um einen Mord, der aus Wut begangen wurde. Der Täter greift zum erstbesten Gegenstand, schlägt damit zu und drischt weiter auf sie ein, bis sie tot ist. Rasend vor Zorn.« Er hatte den Blick auf den Constable gerichtet und zog die Augenbrauen hoch, als zweifelte er an dessen gesundem Menschenverstand und wollte ihn zugleich vor jedem Widerspruch warnen. Er schwieg einen Moment lang und reckte dann einen weiteren Finger hoch. »Drittens, und das ist vermutlich das Wichtigste, hat jedes Mitglied der Familie ein Alibi. Und diese Alibis sind hieb- und stichfest. Der Einzige von ›der Mischpoke‹, der auch nur annähernd infrage käme, ist ihr Mann – und den haben wir bereits so gut wie ausgeklammert.«

Als Ali endete, herrschte Schweigen. Der Sergeant hatte seine Sache gut gemacht und alle, Warrender eingeschlossen, wussten es.

Das laute Schellen des Telefons zerriss die Stille. Hewitt nahm ab. Sie hörte ein paar Sekunden zu, senkte dann den Hörer, legte die Hand über die Sprechmuschel und gab die Nachricht weiter. »Das Labor, Chef. An Dr. Berridges Kleidung hat man nichts gefunden, was ihn belasten würde, und der Stiefelabdruck stammt auch nicht von ihm. Er stimmt aber mit dem überein, den man bei der Scheune gefunden hat. Möchten Sie, dass sie den anderen Stiefel, der heute eingegangen ist, zu einem Vergleich heranziehen?«

Handford lächelte Ali zu. »Ja. Und wenn's geht, hätte ich die Antwort am liebsten vorgestern.«

Hewitt nahm den Hörer wieder ans Ohr, dann lachte sie. »Ich richte es ihm aus.« Sie wandte sich an Handford. »Sie sagt, sie hat es gehört und möchte wissen, was Sie damit meinen. Vor zwei Tagen oder in zwei Tagen.«

Handford lächelte ihr zu, als sie den Hörer auflegte. »Ich glaube, liebe Leute, ich muss meine Aussage von vorhin berichtigen. Dr. Berridge zählt nicht mehr zum Kreis der Verdächtigen. Nicht der geringste Beweis liegt gegen ihn vor, so schade das ist.«

»Wir haben ihn immer noch wegen Bethany Cantrell am Wickel«, warf Clarke ein. »Und James Waterhouse hat mir erzählt, ganz im Vertrauen natürlich, dass seine Frau ihn verlassen hat. Sie hat die Kinder mitgenommen und ist wieder nach Irland gezogen.«

Handford stimmte nicht in die schadenfrohen Rufe ein, die durch den Raum tönten.

»Nun, wie ich sehe, tut er uns allen sehr Leid. Aber wir müssen uns dennoch mit ihm befassen, weil er jetzt kein Verdächtiger ist, sondern ein Zeuge. Offenbar hat er den Wagen gesehen, der Nathan Teale beinahe über den Haufen gefahren hätte. Wissen wir schon etwas darüber, Warrender?«

»Ja, Sir, ich habe ihn ausfindig gemacht. Allzu viele gibt's davon nicht, wie Sie schon sagten, in Bradford sogar nur einen. Er ist auf einen gewissen Billy Price zugelassen. Ich habe ihn überprüft. Er ist arbeitslos, ein kleiner Gauner. Ein paar Diebstähle, ein paar Einbrüche, ein bisschen Hehlerei. Nichts Schlimmes. Hat nichts mit Drogen zu tun. Befreundet mit Ritchie Barrett, Eddy Kennedy und Barry Penistone.«

Endlich ein Anhaltspunkt, der auf einen der Verdächtigen hindeutete. Etwas, an dem man ansetzen konnte. Die Erregung war deutlich zu spüren. Die Sache geriet wieder in Bewegung.

Warrender wartete einen Moment, bevor er fortfuhr. »Ich habe mit Billy geredet. Offenbar teilen er und Penistone sich das Auto. Es ist auf Price zugelassen, aber Penistone zahlt die Versicherung und die Kfz-Steuer. Das Benzin steuert jeder aus seiner eigenen Tasche bei, was darauf hinausläuft, dass Price kaum damit fährt. Ich habe ihn nach Penistone gefragt, und er sagte, dass er hauptsächlich am Wochenende oder in dringenden Fällen damit unterwegs ist. Zur Arbeit fährt er damit nicht, es sei denn, er will hinterher noch irgendwohin. Oder wenn er aus irgendeinem Grund nicht mit dem Bus fahren kann.«

»Haben Sie nach dem letzten Dienstag gefragt?«

»Na ja, Price war nicht damit unterwegs. Er hat den ganzen Tag gemeinnützige Arbeit geleistet. Sie werden mit einem Minibus abgeholt und zum jeweiligen Einsatzort gebracht. Ich habe es überprüft. Er war dort. Von zehn bis halb fünf. Er weiß nicht, ob Penistone das Auto hatte, aber er glaubt nicht. Er kann sich nicht mehr dran erinnern, ob es an der üblichen Stelle geparkt war, als er zurückkam.«

Handford spürte, wie ihn wieder die Verzweiflung packte. »Wir müssen nachweisen, dass Barry Penistone am Tag des Mordes mit dem Auto unterwegs war. Wenn Rukhsana den Verdacht hatte, dass Barry Dannys Vater ist, dann hatte er ebenso wie Berridge und ihr Mann ein Motiv, sie umzubringen. Wir haben festgestellt, dass Berridge nicht infrage kommt, und bei Amajit ist es so gut wie ausgeschlossen. Aber wir müssen nachweisen, dass Penistone zur fraglichen Zeit am fraglichen Ort gewesen ist. Wenn er am Dienstag nicht mit Prices Auto unterwegs war, konnte er unmöglich zum Pflegeheim gelangen und rechtzeitig wieder zurück sein. Wir haben zwei Zeugen, die aussagen, dass jemand mit diesem Auto beim Pflegeheim war. Folglich muss jemand wissen, wer das war. Morgen kümmern wir uns darum. Wir besorgen uns das Auto und lassen es von der Spurensicherung durchkämmen. Halten Sie sich an die Frau, die die Fotos gemacht hat. Ich will jedes einzelne Bild vorliegen haben. Und ich will, dass sie mit der stärksten Lupe untersucht werden, die Sie auftreiben können. Vielleicht hat sie den VW auf Film gebannt. Ich will wissen, wer in Billy Prices Auto saß.«

Allmählich kamen sie wieder in Schwung. Handford wusste, dass sich morgen wieder jeder mit Feuereifer auf seine Aufgabe stürzen würde. Sie standen kurz vor dem Durchbruch.

Er wandte sich an Ali. »Rufen Sie noch mal im Labor an. Ich

muss wissen, ob dieser Stiefelabdruck von Penistone stammen könnte.«

Ali griff zum Telefon. Leise redete er mit seinem Gesprächspartner am anderen Ende. Dann: »Sie sind sich also so sicher, wie es nach dem derzeitigen Stand der Dinge möglich ist. Danke.«

Er legte den Hörer auf und blickte Handford lächelnd an. »Die Kriminaltechniker sagen, hundertprozentig sicher können sie sich noch nicht sein. Dazu brauchen sie mehr Zeit. Aber dem Augenschein nach sind sie sich ziemlich sicher, dass der Abdruck von dem Stiefel stammt, den sie heute bekommen haben, vorausgesetzt, Sie nehmen sie nicht beim Wort.«

Handford grinste ebenso breit wie Ali.

»Ich glaube, Sergeant, damit haben wir ihn. Machen Sie ihn ausfindig und bringen Sie ihn her.«

Als Ali das Revier verließ und sich auf die Suche nach Barry Penistone begab, kehrte Handford in sein Büro zurück und ließ Warrender zu sich kommen.

Die Miene des Mannes verriet, dass er genau wusste, was ihm blühte. Schweigend stand er da, hatte die Hände auf dem Rücken verschränkt und wartete.

»Ich kenne Sie nicht allzu gut, Warrender, aber anscheinend sind Sie ein guter Polizist. Zu gut, um einen anderen Beruf auszuüben. Leider habe ich auch den Eindruck, dass Sie zu voreingenommen sind und sich zu sehr in Ihrem Rassismus suhlen, als dass Sie für den Polizeidienst geeignet wären.«

Warrender schwieg weiter.

»Ich glaube, Sie müssen sich entscheiden, was Sie wollen. Wollen Sie weiter Ihre Voreingenommenheit und Ihren Rassismus pflegen und sich einen anderen Beruf suchen oder wollen Sie ein guter Detective sein und bei uns bleiben? Denn falls Sie sich für Ersteres entscheiden sollten, werde ich alles in meiner Macht Stehende tun, um Sie loszuwerden. Rassisten kann ich in meiner Mannschaft nicht gebrauchen.«

Warrender räusperte sich. »Sir.«

»Soweit ich weiß, haben Sie um die Beförderung zum Sergeant ersucht.«

»Ja.«

»Und Sie haben es bislang noch nicht geschafft?«

»Nein.«

»Nun ja, vielleicht sollten Sie mal drüber nachdenken, woran das liegt. Es verhält sich nämlich nicht so, wie Sie vielleicht denken mögen – dass Sie wegen Kollegen wie Khalid Ali um Ihre Beförderung gebracht werden. Es liegt nur an Ihnen, daran, was Sie sind und wie Sie sich darstellen.« Handford stand auf und ging um seinen Schreibtisch herum. Er wandte sich an den Constable. »Sie wären der schlimmste Sergeant, den man sich vorstellen kann. Ein Rassist und Leuteschinder.« Er trat einen Schritt näher. »Schminken Sie sich diese Faxen ab und konzentrieren Sie sich auf das Wesentliche. Denn wenn Sie das nicht tun, Warrender, werde ich mich persönlich dafür einsetzen, dass man Sie aus dem Dienst entfernt. Und nun gehen Sie und lassen Sie mich in Frieden.«

Als Warrender die Bürotür hinter sich zuzog, klingelte Handfords Telefon.

Es war der Kollege von der Brandermittlung.

»Wir haben die Mahmood-Brüder in Gewahrsam, Sir. Für uns steht eindeutig fest, dass die beiden Karen Penistones Haus angezündet haben. Sie haben es so gut wie zugegeben und außerdem haben wir in ihrem Kofferraum einen Kanister mit Benzinresten gefunden, dazu einen Anorak, der voller Benzin und roter Sprayfarbe war. Vermutlich haben sie also auch die Schmierereien angebracht. Angeblich hatten sie das Benzin dabei, falls ihnen unterwegs mal der Sprit ausgehen sollte. Wer glaubt denn so was, wenn sie einen Diesel fahren?« Der Mann am anderen Ende gluckste in sich hinein.

»Irgendeine Ahnung, wer sie verpfiffen hat?«

»Ja, das wissen wir. Als sie die Aufnahme gehört haben, sind sie ausgeflippt. Sie haben ihn mit so ziemlich jedem Schimpfwort bedacht, das ihnen auf Englisch und Urdu eingefallen ist. Jedenfalls denke ich, dass es Urdu war. Klang nicht allzu schmeichelhaft.«

»Und wer war es?«

»Ihr Cousin, Faysal Hussain.«

Handford spürte, wie sich sein Magen zusammenkrampfte. Er versuchte sich darauf zu konzentrieren, was der Beamte sagte.

»Weiß der Teufel, warum er sie verkauft hat. Ich bin mir nicht sicher, ob die Brüder auch nur die geringste Ahnung haben. Sie behaupten, sie hätten sich lediglich an seine Anordnungen gehalten. Dass sie Karen Penistone eine Warnung zukommen lassen sollten.«

»Eine Warnung wovor?«

»Dass sie sich von Amajit Mahmood fern halten soll. Hussain wollte nicht, dass er sich mit einer Weißen einlässt. Er sagte, er hätte schon genug Schande über die Familie gebracht.«

Es war genauso, wie Amajit gesagt hatte. Immer gab man der Frau die Schuld, niemals dem Mann. Nur Rukhsana und Karen waren schuld daran, dass Schande über die Familie gebracht wurde, sie allein waren dafür verantwortlich, dass Faysal Hussain mit einem Mal wieder mehr Aufmerksamkeit zuteil wurde, als ihm recht war. Letzten Endes machte er all das wahrscheinlich nur, um von sich abzulenken, damit er weiterhin unbehelligt seinen zwielichtigen, aber einträglichen Geschäften nachgehen konnte.

Manche Leute gingen eben über Leichen.

Zweiundzwanzigstes Kapitel

Irgendjemand klingelte Sturm. Hämmerte herrisch gegen die Tür. Dann klingelte und klopfte jemand wild entschlossen.

Einen Moment lang herrschte Stille, dann wurde die Klappe am Briefschlitz hochgeschlagen.

»Komm schon, Mahmood, ich weiß, dass du da bist.« Barrys krächzende Stimme hallte durch den Flur und ins Wohnzimmer.

Amajit und Karen standen auf und blickten sich fragend an. Karen war blass geworden. Sie schnappte sich Danny, der am Boden spielte, und nahm ihn auf den Arm.

»Der will uns holen«, sagte sie mit zitternder Stimme. »Ich will nicht mit, ich will nicht zu meiner Mutter.«

»Keine Sorge, ich wimmle ihn schon ab. Du bleibst hier«, sagte Amajit und strich ihr beruhigend über den Arm. Er ging hinaus auf den Flur und zog die Wohnzimmertür hinter sich zu. Dann dachte er an seine beiden früheren Begegnungen mit Barry Penistone und fragte sich, ob er nicht lieber Handford anrufen und Barry von der Polizei wegschaffen lassen sollte. Aber ihm war auch klar, dass dafür keine Zeit mehr war. Wenn Penistone reinwollte, kam er auch rein. Schließlich wäre es nicht das erste Mal, dass er hier einbrach; der neue, noch nicht gestrichene Türrahmen zeugte davon. Außerdem wäre es Karen nicht recht, wenn er die Polizei einschaltete. Barry gehörte immerhin zur Familie. Nein, sag ihm einfach, er soll morgen noch mal vorbeikommen, wenn es ihr wieder besser geht. Dafür hat er sicherlich Verständnis, schließlich ist er ihr Bruder.

Er wünschte nur, er könnte auch so gelassen auftreten. Bleib ruhig, sagte er sich. Ruhig und bestimmt. Sei ruhig und bestimmt.

Er drehte den Knauf um, öffnete die Tür, so weit es die Vorlegekette zuließ, und sah Barry Penistones Gesicht unmittelbar vor sich.

»Wo ist sie, Mahmood?«

»Lassen Sie es für heute Abend gut sein«, sagte Amajit so freundlich, wie er konnte. »Sie braucht ihre Ruhe. Sie ist hier gut aufgehoben.«

Barry fuhr aus der Haut. »Ich lass sie nicht bei 'nem Scheiß-Paki, niemals. Ich nehm sie mit. Also lass mich gefälligst rein, du brauner Mistkerl.«

Amajit reagierte nicht schnell genug. Ehe er die Tür schließen konnte, trat Barry zu und traf die Kette, sodass sie mitsamt der Halterung in einem Splitterhagel aus dem Rahmen platzte. Dann knallte er ihm die Tür vor die Brust. Amajit torkelte zurück, stieß an den kleinen Beistelltisch und riss ihn mitsamt dem Telefon um, das beim Aufprall zersprang.

Amajit bekam kaum noch Luft, doch er meinte zu spüren, wie Barry sich auf ihn stürzte. Er rollte sich ein, so gut es ging, und machte sich auf das Schlimmste gefasst. Aber Barry packte ihn lediglich, zerrte ihn hoch und schleifte ihn ins Wohnzimmer, wo er ihn wie einen Sack Mehl fallen ließ. Er kroch zurück, bis er ans Sofa stieß.

Karen zog sich in die hinterste Ecke des Erkerfensters zurück und drückte Danny an sich.

»Hau ab, Barry. Lass uns in Ruhe«, sagte sie mit heiserer, immer noch vom Rauch geschädigter Stimme.

Mit zwei, drei Schritten war Barry bei ihr und packte sie am Arm. »Du kommst mit. Hol deine Sachen.« Sein Tonfall war etwas weicher geworden, duldete aber nach wie vor keinen Widerspruch.

Sie zog ihren Arm weg. »Nein, ich denke nicht dran. Ich bleibe hier. Wir kommen nicht mit nach Hause.«

»Wir gehen nicht nach Hause, du blöde Kuh.« Er sprach jetzt noch sanfter. »Keine Sorge, wir gehen nicht heim. Ich hab das Auto draußen stehen. Wir können überallhin, wohin du willst. Du, ich und Danny. Hol deine Sachen.«

Karen wich zurück. »Ich gehe nicht mit dir weg, Barry Penistone. Nirgendwohin. Amajit sagt, ich kann hier bleiben, bis man mein Haus wieder repariert oder mir eine andere Wohnung zugewiesen hat, und genau das mach ich auch.« Sie vergrub das Gesicht in Dannys Haaren. »Du kannst meinetwegen hingehen, wohin du willst, je weiter weg, desto besser. Aber wir kommen nicht mit.«

Barry zitterte jetzt vor Wut. Jeden Augenblick konnte er in die Luft gehen. Er packte sie am Arm.

»Lassen Sie sie los.« Amajits Aufforderung klang wie ein erstickter Schrei.

Barry fuhr herum, ließ seine Schwester aber nicht los. »Kümmer dich um deinen eigenen Dreck, Paki. Das geht bloß sie und mich was an.« Er wandte sich wieder Karen zu.

Amajit spürte, wie langsam die Kraft wiederkehrte, die Berridge vor ein paar Tagen zu spüren bekommen hatte. Er stürzte sich auf Barry, doch der schnellte herum und erwischte ihn mit der Faust am Kopf. Benommen stürzte er zu Boden, spürte dann, wie ihn weitere Hammerschläge trafen, auf Kopf und Brust einprasselten.

Wie aus weiter Ferne hörte er Schreie, dann weinte ein Kind laut los. Vor seinen Augen drehte sich alles, als er sich aufrappelte. Barry hatte sich inzwischen wieder Karen vorgenommen und zerrte sie quer durchs Zimmer. Sie wehrte sich, rangelte mit ihm, versuchte mit den Füßen auf dem dicken Teppichboden Halt zu finden.

Plötzlich ließ Barry sie los, sodass sie hintenüberfiel, und schnappte sich Danny. Karen schrie auf. »Lass ihn los, lass ihn los.«

Ihr Bruder schaute sie höhnisch an. »Du kannst meinetwegen bei dem Paki bleiben, aber Danny kommt mit mir.«

Sie sprang auf und packte ihn am Arm, doch er stieß sie einfach weg. Wieder versuchte sie es, zerrte an ihm und schrie auf ihn ein. »Nein, Barry. Nein!«

Amajit stürzte sich auf Barry und griff nach dem Kind, doch

elegant wie ein Balletttänzer wich Barry ihm aus und nahm Danny auf den anderen Arm. Wieder langte Amajit nach ihm, zerrte an ihm wie ein Kind, das nach einem Geschenk greift, das knapp außer Reichweite ist. Barry wich ihm ein ums andere Mal aus und lachte über sein verzweifeltes Herumgehampel.

Ehe er wusste, wie ihm geschah, bekam Amajit das Kind plötzlich zu fassen, das jäh aus Barrys Armen glitt. Er warf Danny seiner Mutter zu.

»Lauf, Karen, lauf«, brüllte er. Doch bevor einer von ihnen reagieren konnte, verstellte ihnen Barry den Weg.

»Hier haut keiner ab«, knurrte er und stürzte vorwärts.

Amajit sah das Messer nicht, aber er spürte den sengenden Schmerz, als es sich wie ein Skalpell in seinen Bauch bohrte. Im nächsten Moment stand Barry über ihm, in der einen Hand das Messer, dessen Klinge blutverschmiert war. Amajit fasste sich an die linke Seite, sah das Blut, das durch seine Finger sickerte, und spürte dann wieder den brennenden Schmerz. Und er hörte Karens Schreie. Die markerschütternden Laute schnitten ihm durch den ganzen Leib, bis er in tiefe Dunkelheit sank.

»Was, um alles auf der Welt, war das?« Mrs Clough blickte von dem Hausjäckchen auf, das sie für ihr erstes Enkelkind strickte, das in ein paar Wochen zur Welt kommen sollte.

Mr Clough verfolgte das Fußballspiel. »Was soll denn gewesen sein?«, murmelte er.

Sie legte das Strickzeug weg. »Das da. Der Krach.« Sie ging zu der an Amajits Haus angrenzenden Brandmauer und legte das Ohr an die Wand. »Stell den Fernseher leiser«, befahl sie. »Komm schon, mach ihn leiser.«

Als das Johlen der Fußballfans verstummte, hörten sie die gellenden Schreie. Die beiden schauten einander an.

»Das kommt von nebenan«, sagte Mrs Clough. »Klingt so, als ob's da einen Riesenstreit gibt. Geh doch mal rüber und schau nach.«

»Ich geh da nicht hin«, versetzte Mr Clough. »Ruf die Polizei an. Die ist dafür zuständig.«

Sergeant Ali hörte es zuerst über Funk. Ein Streifenpolizist forderte Verstärkung an. Er stellte das Gerät lauter, wartete, bis der Beamte seinen Standort nannte, riss dann augenblicklich den Wagen herum und machte mit quietschenden Reifen kehrt. Graham klammerte sich an der Armstütze fest, als Ali das Gaspedal durchdrückte, ohne auf die Geschwindigkeitsbeschränkung zu achten, und vom westlichen Stadtrand, wo er nach Auskunft von Billy Price Barry Penistone finden konnte, durch den dichten Verkehr zu der im Osten gelegenen Grange Road raste. Rund zwanzig Minuten später war er da.

Er stellte fest, dass die Straße von Polizeifahrzeugen abgeriegelt war. Doch nachdem sich die beiden Detectives ausgewiesen hatten, wurden sie zu einem Parkplatz gewunken, wo man sie aufforderte, zu Fuß zum Einsatzort zu gehen. Absperrbänder waren um die unmittelbare Umgebung gezogen, zwei Krankenwagen warteten ein Stück weiter weg, und drei, vier weitere Polizeiwagen, deren Blaulichter sich langsam drehten, standen am anderen Ende der Straße quer zur Fahrbahn, sodass niemand vorbeikam. Außerdem stand ein Mannschaftswagen vor dem Haus, aber soweit Ali sehen konnte, waren die bewaffneten Einsatzkräfte noch nicht in Stellung gegangen.

Der Inspector vom Dienst erstattete ihm Bericht. Demnach war auf einen Notruf des Nachbarn hin eine Polizeistreife zu dem Haus gefahren und hatte festgestellt, dass der Besitzer, Amajit Mahmood, von einem gewissen Barry Penistone wider seinen Willen festgehalten wurde. Die Beamten hatten versucht, durch den Briefschlitz mit ihm zu sprechen, doch er hatte ihnen unmissverständlich klar gemacht, dass sie abziehen sollten. Außerdem waren eine junge Frau und ein kleines Kind da drin. Sie glaubten, dass es sich bei der Frau um Penistones Schwester handelte. Während die Polizisten mit Penistone zu reden versuchten, schrie die Frau, dass Mahmood niedergestochen worden sei. Soweit der Inspector wusste, waren keine weiteren Waffen im Spiel, aber trotzdem waren die Anlieger vorsorglich evakuiert worden. Inzwischen war ein Polizeipsychologe angefordert worden, der mit Penistone verhandeln sollte, und derzeit wurden im Haus von Mr und Mrs Clough, das rechts an Amajits Haus angrenzte, die nötigen Fernmeldeeinrichtungen aufgebaut.

Ali teilte dem Inspector mit, dass er die Leute im Haus kannte, fragte ihn, ob er und Graham vor Ort bleiben könnten, und sagte, er wollte Inspector Handford anrufen, damit auch er hierher käme. Der Inspector hatte nichts dagegen einzuwenden.

Der Detective Chief Inspector allerdings hatte etwas dagegen.

»Sie haben hier mehr als genug zu tun, Handford. Bringen Sie die Sache unter Dach und Fach. Und außerdem kennen Sie die Vorschriften. So etwas überlassen wir dem Unterhändler.«

Handford protestierte. »Ich muss dort hin. Barry Penistone hat höchstwahrscheinlich Rukhsana Mahmood umgebracht, und allem Anschein nach ist er auf dem besten Weg, ihrem Mann das Gleiche anzutun. Vielleicht kann ich mit ihm reden.«

»Sie können gar nichts unternehmen, John.« Russell ließ sich nicht erweichen. »Überlassen Sie das dem Unterhändler. Ali ist dort. Er wird uns auf dem Laufenden halten.«

»Aber Sir ...«

»Nichts da, Inspector. In Ihrem Zustand sind Sie dort nur im Weg. Sie bleiben hier. Das ist ein ausdrücklicher Befehl.«

Handford verließ Russell und kehrte in sein Büro zurück. Er schloss die Tür und lehnte sich dagegen. Noch nie war er sich so nutzlos vorgekommen. Er musste zu Mahmoods Haus, doch der Chef bestand darauf, dass er hier blieb und – was sollte er denn hier? Die Sache unter Dach und Fach bringen. Berichte schreiben. Er sollte bei Amajit sein, seine Pflicht tun. Er gehörte dorthin, nicht Ali. Der großartige Ali, der Stolz der Polizei. Er dachte schon wie Warrender.

Er setzte sich hin und schlug die Hände vors Gesicht. Er konnte nicht hier bleiben, konnte sich nicht im Gebäude verkriechen. Vielleicht sollte er Russell übergehen und sich an den Chief Superintendent wenden. Das war zwar gut und schön, wenn der ihn losziehen ließ, aber alles andere als gut, wenn er Russell Recht gab, was weitaus wahrscheinlicher war, da die Vorschriften besagten, dass man so eine Sache dem Unterhändler überlassen sollte. Nein, nach oben zu gehen, kam nicht infrage. Wenn er trotzdem loszog, wonach es ihn mit aller Macht drängte, verstieß er nicht nur gegen Russells ausdrücklichen Befehl, sondern widersetzte sich auch den Anweisungen des Chief Superintendent.

Er legte sich eine Taktik zurecht.

Er griff zum Telefon und wählte Alis Handynummer. Jetzt konnte er feststellen, wie großartig der Sergeant war, auf wessen Seite er stand. Er konnte nur hoffen, dass Ali sein Handy nicht ausgeschaltet hatte. Wenn ja, konnte er was erleben, dann würde er ihn derart zusammenstauchen, dass der Anpfiff, den er letzte Woche bekommen hatte, dagegen nur ein kleines Geplänkel war.

Ali meldete sich fast augenblicklich.

»Khalid, ich habe dem Chef berichtet, was vorgefallen ist, und er hat mir befohlen, hier zu bleiben und alles Weitere dem Unterhändler zu überlassen.«

»Möchten Sie, dass ich Sie auf dem Laufenden halte?«, fragte Ali.

»Nein, Ali, ich möchte, dass Sie herkommen und mich abholen. Ich will nicht mit meinem Auto fahren. Solange es hier geparkt ist, denken alle, ich wäre wenigstens noch irgendwo im Gebäude. Ich komme durch die Tiefgarage raus und treffe mich mit Ihnen beim Theater auf der anderen Straßenseite. Dort kann ich mich unter die Menschenmenge mischen. Wenn's sein muss, kaufe ich mir sogar ein Programm.«

»Sind Sie sich ganz sicher, Sir? Sie könnten sich eine Menge Ärger einhandeln.«

Handford bemerkte Alis besorgten Tonfall. »Und Sie ebenfalls, wenn Sie meiner Bitte Folge leisten. Er hat mir ausdrücklich den Befehl erteilt, hier zu bleiben. Sie können jederzeit ablehnen, wenn Sie möchten.«

»Ich bin in zehn Minuten bei Ihnen«, sagte Ali, bevor er die Verbindung unterbrach.

Dreiundzwanzigstes Kapitel

Unterwegs berichtete ihm Ali, dass der Unterhändler noch nicht eingetroffen sei, als er sich auf den Weg gemacht habe, und dass bislang noch niemand versucht habe, mit Penistone zu sprechen.

Mittlerweile waren Beamte vor und hinter dem Haus postiert. Vor allem die Rückseite war wichtig, da man von dort aus zu dem Wald gelangte, der an das Pflegeheim grenzte, dem Wald, in dem Rukhsana Mahmood ermordet worden war, und wenn Penistone dorthin entkam, hatten sie ihre liebe Not, ihn wiederzufinden. Da oben, gut eine Meile entfernt, konnte er sich aussuchen, in welche Richtung er flüchten wollte.

Handford hörte sich alles genau an, was Ali ihm mitteilte. Er war beunruhigt, weil sie immer noch auf den Unterhändler warteten und bislang noch niemand versucht hatte, mit jemandem im Haus in Verbindung zu treten. Bei den Akten in seinem Büro befand sich irgendwo ein Handzettel »zur gelegentlichen Kenntnisnahme«, über dem, wie er sich zu erinnern meinte, in fetten schwarzen Lettern so was Ähnliches wie RICHTLINIEN BEI VERHANDLUNGEN MIT GEISELNEHMERN stand.

Handford, der sich verzweifelt an den Inhalt zu erinnern versuchte, wünschte, er hätte dem Blatt mehr Aufmerksamkeit geschenkt. Denn eines stand fest: Wenn sie es hier mit einer verletzten Geisel zu tun hatten, musste jemand versuchen, mit Penistone ins Gespräch zu kommen.

Ali hatte für die Fahrt zum Revier zehn Minuten gebraucht, den Rückweg schaffte er in sieben. Er stieß in den für Polizeifahrzeuge ausgewiesenen Bereich und hatte noch kaum angehalten, als Handford bereits die Tür aufstieß. Er winkte dem Polizisten an der Straßeneinmündung mit seinem Dienstausweis zu, duckte sich unter dem blau-weißen Absperrband hindurch und rannte auf den Einsatzleiter zu, der gerade einem Trupp uniformierter Beamter seine Befehle erteilte.

»Was ist los?«, fragte er aufgeregt.

»Im Moment nichts. Es ist ziemlich ruhig. Wir warten auf den Unterhändler, aber der kommt aus Wakefield.«

»Wer ist es?«

»Keine Ahnung. Irgendein hohes Tier, denke ich.«

»Können Sie mit Penistone in Verbindung treten?«

»Ist alles bereit. Die Telefonleitung steht, und außerdem haben wir das Haus untersucht, falls wir es stürmen müssen. Das sind alte Häuser, die haben im Keller noch eine Art Fluchtweg, der durch die angrenzende Kellerwand ins Nebenhaus führt – falls es brennen sollte, nehme ich an. Wenn es sein muss, können wir auf diesem Weg in Mahmoods Haus gelangen.«

»Aber bislang hat noch niemand mit Penistone gesprochen?«

»Nein, noch nicht.«

»Nun ja, irgendjemand sollte das aber tun. Kommen Sie, Sie sind der Einsatzleiter. Lassen Sie's mich mal probieren. Ich kenne ihn.«

Der Inspector war unentschlossen. »Na schön, wenn Sie meinen, aber sobald der Unterhändler eintrifft, halten Sie sich raus. Und zwar ohne jeden Widerspruch.«

Obwohl es rundum von Polizei wimmelte, lag eine geradezu gespenstische Stille über der Straße. Starke Scheinwerfer strahlten Amajits Haus und das Nachbargebäude an, doch nur ein paar Meter weiter weg verloren sie sich in einem grauen Dämmerlicht, das ein Übriges zu der unheimlichen Stimmung beitrug. In Amajits Haus war alles dunkel, von einem Fenster im Erdgeschoss einmal abgesehen, in dem hinter den zugezogenen Vorhängen Licht brannte. Im Augenblick hatten sie keinerlei Möglichkeit zu erfahren, was da drin vor sich ging. Dass jemandem in so kurzer Zeit so viel Grauen widerfahren musste, ging Handford unter die Haut. Noch vor einer Woche hatte Amajit zur großen Mehrheit jener Menschen gehört, die zwar auch ihre

Probleme, aber im Großen und Ganzen vor allem ihre Freude am Leben hatten.

Der Einsatzleiter begleitete Handford zum Haus der Cloughs und stellte ihn den beiden Constables im Wohnzimmer vor.

Handford schüttelte ihnen die Hand.

»Haben Sie schon Verbindung mit Penistone aufgenommen?«, fragte er.

»Er hat sich am Telefon gemeldet, aber ich kann nicht behaupten, dass wir ein ernsthaftes Gespräch geführt haben. Die einzigen Wörter, die er kennt, sind anscheinend ›Verpisst euch‹. Wir wissen also nicht, was da drin vor sich geht.«

»Ich möchte es versuchen.«

Der Mann zuckte die Achseln. »Warum nicht? Auch wenn nichts dabei rausspringt, wissen die Geiseln wenigstens, dass wir da sind. Nehmen Sie einfach den Hörer ab und drücken Sie auf die Rückruftaste.«

Das Telefon klingelte fünfmal, ehe jemand abhob.

»Barry, hier spricht John Handford. Wir haben uns vor ein paar Tagen kennen gelernt, können Sie sich noch erinnern?« Handford rieb sich die Arme. Er hatte immer noch blaue Flecken.

»Ich sag Ihnen das Gleiche, was ich dem andern Bullen gesagt habe. Verpisst euch.«

Handford war darauf gefasst, dass im nächsten Moment der Hörer auf die Gabel knallte, doch die Verbindung wurde nicht unterbrochen.

»Das kann ich nicht machen, Barry. Sie haben ein Kind bei sich. Ich muss wissen, ob ihm nichts fehlt.«

»Meinen Sie etwa, ich tu Danny was zuleide?!«

»Nein, aber er ist noch ein Kind. Er könnte vielleicht Angst bekommen, wenn er sieht, was hier vorgeht.«

»Wenn er Angst hat, dann allenfalls vor euch, nicht vor mir.«

Handford wechselte das Thema. »Was ist mit Amajit Mahmood? Soweit wir wissen, ist er verletzt. Wir müssen wissen, wie schlimm es um ihn steht.«

Kurzes Schweigen, dann wurde die Verbindung unterbrochen.

»Verdammt.« Er war zu schnell vorgeprellt. Selbstverständlich mussten sie wissen, wie schlimm es um Amajit stand, aber es war höchst unwahrscheinlich, dass Penistone es ihnen verriet.

»Warten Sie eine Weile, Sir«, sagte einer der Constables. »Dann können Sie's noch mal probieren. Sie haben ihn wenigstens zum Reden gebracht und das hat noch keiner von uns geschafft. Gehen Sie raus und schnappen Sie ein bisschen frische Luft.«

Handford schlenderte in die Nacht hinaus. Blinzelnd blickte er in den gleißenden Lichtschein, als er Ali auf sich zukommen sah.

»Hat's geklappt, Sir? Die Sanitäter wollen wissen, was es mit Amajits Verletzung auf sich hat.«

Handford seufzte. »Ich hab's versucht, aber ich habe es vermasselt. Als ich Amajit erwähnt habe, hat er den Hörer aufgeknallt.« Er blickte in die Dunkelheit. »Wo bleibt der verdammte Unterhändler?«

»Er steckt im Stau, John. Ich fürchte, vorerst sind Sie dran.«

Handford wünschte nur, er hätte nicht dieses dumpfe Gefühl, dass er der Sache nicht gewachsen war. Sie konnten die Geiseln nicht einfach im Haus lassen, ohne von außen mit ihnen Kontakt aufzunehmen, aber er befürchtete, dass er alles noch viel schlimmer machen könnte, wenn er mit Penistone ins Gespräch zu kommen versuchte.

Er kehrte ins Haus zurück und wandte sich mit einem matten Lächeln an die beiden Constables. »Wollen wir's noch mal probieren?«, fragte er, hoffte, dass sie nein sagten, auf den Unterhändler warten wollten. Doch den Gefallen taten sie ihm nicht.

Handford drückte auf die Rückruftaste. Diesmal hatte er den Eindruck, dass Penistone auf den Anruf gewartet hatte, denn er nahm sofort den Hörer ab.

»Mahmood kommt nicht raus, aber Sie können uns ein bisschen Verbandszeug reinschicken«, sagte Barry kurz und knapp.

»Verbandszeug, ja, das können wir Ihnen liefern.« Fragend wandte er sich an den Constable neben ihm, worauf dieser nickte.

»Wie lang dauert das?«

»Nur einen Moment. Oben an der Straße steht ein Krankenwagen. Die haben bestimmt welches. Wir können Ihnen auch einen Sanitäter reinschicken.« Einer der Constables schüttelte energisch den Kopf. Schon wieder Mist gebaut.

»Jaja, ich weiß schon«, versetzte Barry höhnisch. »Ein Bulle, der sich als Sanitäter verkleidet hat. Sie meinen wohl, ich bin blöde.«

Du doch nicht, Barry. Ich.

»Gut, wir besorgen das Verbandszeug. Ich sage Ihnen Bescheid, wenn es hier ist.« Er legte den Hörer auf. »Tut mir Leid, ich habe nicht nachgedacht.«

»Nein, Sir, Sie machen das gut. Aber wenn wir ihm einen Sanitäter reinschicken, geben wir ihm womöglich eine weitere Geisel in die Hand. Das können wir nicht riskieren.« Er legte die Hand an seinen Kopfhörer, um zu hören, was man ihm mitteilte. »Gut, wir haben das Verbandszeug. Einer der Kollegen steht jetzt vor der Tür. Wie sollen wir es ihm zukommen lassen?«

Handford stellte die Verbindung mit Barry wieder her. Dann gab er dessen Anweisungen weiter. »Die Tür wird er nicht aufmachen. Sie müssen es also durch den Briefschlitz stecken, eine Rolle nach der anderen.« Er wandte sich wieder dem Telefon zu. »Barry, wir haben das Verbandszeug. Wir schieben es durch den Briefschlitz. Sagen Sie mir Bescheid, wenn Sie es haben.«

Einen Moment lang herrschte Stille.

»Gut, ich hab das Zeug.«

»Möchten Sie sonst noch irgendetwas?«

»Nein, abgesehen davon, dass ihr abhaun sollt.«

Im Hintergrund schrie eine Frau auf. »Du musst Amajit gehen lassen! Bitte, Barry. Er blutet wieder. Er stirbt sonst.«

Die Verbindung wurde unterbrochen.

Handford drückte auf die Rückruftaste.

»Was gibt's denn?«

»Barry, lassen Sie mich mit Karen sprechen. Wir müssen wissen, wie schwer Amajit verletzt ist.«

»Was denn, damit ihr reinkommen und ihn holen könnt? Haun Sie ab.«

»Barry.« Handford versuchte so ruhig wie möglich zu bleiben, doch sein Tonfall wurde drängender. »Barry, legen Sie nicht auf. Lassen Sie mich mit Karen sprechen. Sie muss wissen, was sie zu tun hat.«

Die Stille zog sich eine Zeit lang hin.

»Aber keine faulen Tricks. Sagen Sie ihr bloß, was sie machen soll.«

Karen klang angespannt. »Bitte helfen Sie ihm. Er stirbt sonst. Er ist ganz blass und zittert ständig. Er will einschlafen, aber ich lass ihn nicht. Wenn er einschläft, stirbt er.« Plötzlich schrie sie auf. »Bitte, Barry, lass ihn gehen.«

Handford sprach besänftigend auf sie ein. »Karen, bleiben Sie ganz ruhig und tun Sie genau das, was ich Ihnen sage. Barry möchte, dass ich Ihnen lediglich ein paar Anweisungen gebe, damit Sie Amajit helfen können. Aber ich muss ein bisschen mehr wissen. Ich werde Ihnen also ein paar Fragen stellen, und wenn die Antwort ja lautet, sagen Sie einfach ja, damit Barry meint, Sie hätten meine Anweisungen verstanden. Wenn die Antwort nein lautet, sagen Sie nichts. Haben Sie verstanden?«

»Ja.«

»Gut. Hat er einen Stich in den Bauch abbekommen?«

Schweigen.

»Höher?«

»Ja.«

»Viel höher?«

Schweigen.

»Zwischen den Rippen?«

»Ja.«

»Auf der linken Seite?«

»Ja.«

»Sehr gut. Sie machen das prima. Und jetzt geben Sie ein bisschen Druck auf den Verband, versuchen Sie die Blutung zu stillen. Ich werde dafür sorgen, dass Ihnen so schnell wie möglich jemand beisteht. In Ordnung?«

»Ja.« Er hörte, wie ihr die Stimme versagte.

»Legen Sie jetzt auf«, sagte er. »Ich melde mich gleich wieder.«

Handford wandte sich an den Sanitäter, der das Verbandszeug gebracht hatte. »Das Messer hat ihn am Oberbauch erwischt, irgendwo um die unteren Rippenbögen herum, auf der linken Seite. Sie sagt, er ist blass und zittert, und er ist müde und möchte einschlafen.«

»Klingt so, als wäre die Milz getroffen.«

»Ist das schlimm?«

»Unter Umständen. Die Milz ist ein stark durchblutetes Organ. Er könnte auch innere Blutungen haben. Klingt fast so, als ob der Kreislauf zusammenbricht. Dann bekommt er demnächst Herzrasen und der Blutdruck sackt weg. Man muss ihm dringend Flüssigkeit zuführen. Sie müssen ihn rausholen.«

»Wie viel Zeit haben wir?«

»Schwer zu sagen. Schlimmstenfalls hat er nach ein, zwei Stunden schon so viel Blut verloren, dass wir nichts mehr für ihn tun können. Aber ich kann mich auch irren. Möglicherweise hält er auch noch etliche Stunden oder gar Tage durch.«

»Danke.« Handford drückte auf die Rückruftaste.

Barry meldete sich sofort. »Was wollen Sie?«

Handford ging nicht darauf ein. »Barry, wenn Sie Amajit nicht gehen lassen, wird er sterben. Nun ja, ich will Ihnen nichts vormachen. Wir wissen bereits, dass Sie Rukhsana umgebracht haben.«

»Ich war bei der Arbeit.«

»Nein, das waren Sie nicht. Wir haben am Tatort Spuren gefunden, die beweisen, dass Sie dort waren. Außerdem wissen wir über Billy Prices Auto Bescheid. Es steht derzeit vor dem Haus.«

Barry sagte nichts, unterbrach aber auch die Verbindung nicht.

»Was den Mord an Rukhsana angeht, kann ich nichts für Sie tun«, fuhr Handford fort. »Aber Sie machen alles nur noch schlimmer, wenn Sie Amajit sterben lassen.«

Barry lachte. »Ob einmal oder zweimal ›lebenslänglich‹, darauf kommt's auch nicht mehr an.«

»Darauf kommt es sehr wohl an. Wenn Sie wegen eines Mordes verurteilt werden, müssen Sie möglicherweise nicht die ganze Strafe verbüßen, bei einem zweiten aber garantiert. Dazu kommt die Geiselnahme. Und wahrscheinlich legt man Ihnen auch noch die Unzucht mit Ihrer Schwester zur Last.«

»Mir kannst du nicht drohen, Bulle. Also probier's gar nicht erst. Ich komm nur raus, wenn ich mit Karen und Danny ins Auto steigen und wegfahren kann. Ansonsten läuft gar nichts.« Damit wurde die Verbindung unterbrochen.

Entsetzt blickte Karen zu Barry auf. »Du hast Rukhsana umgebracht?«

»Stell dich nicht so dämlich an, du blöde Kuh.«

Sie stand auf und schlug nach ihm. »Du bist das gewesen, du Dreckskerl. Ich hab gehört, was der Bulle gesagt hat.«

Barry fegte sie beiseite. »Dann hast du dich verhört.«

Sie hatte sich nicht verhört, das wusste sie ganz genau. »Tja, und was hast du dann mit ›einmal oder zweimal lebenslänglich‹ gemeint?«

Er trat einen Schritt auf sie zu. »Du hast gar nichts gehört! Überhaupt nichts.«

Sie wandte sich wieder Amajit zu, ohne Barry aus den Augen zu lassen. Ihr Bruder hatte Rukhsana umgebracht. Wieso? Sie war doch nur nett zu ihnen gewesen. Was hatte sie ihm denn getan?

»Warum, Barry?«

»Warum nicht? Nicht schade drum, sag ich. Sie war ein aufdringliches Miststück, das sich in alles eingemischt hat.«

»Nein, das war sie nicht. Sie hat mir mit Danny geholfen, und das ist mehr, als du je gemacht hast.«

Barry ließ sich auf einen der Stühle am Esstisch sinken. »Aber sie hat's gewusst«, brüllte er. »Sie hat gewusst, dass ich Dannys Vater bin.«

»Nein, hat sie nicht. Woher denn?«

»Wegen seinen verdammten Füßen. Vererblich wär das, hat sie gesagt. Ich bin ihr zum Pflegeheim gefolgt, als sie von dir weggefahren is. Sie hat sich dort mit 'nem andern Mann getroffen. Die zwei sind sich schwer in die Wolle geraten. Als er dann abgehaun is, is sie in den Wald gegangen. Ich wollte sie bloß warnen, Karen, das war alles. Aber sie hat mich auf die Palme gebracht.«

»Und du hast mit dem Stein auf sie eingeschlagen?« Sie wollte noch mehr sagen, ihn anschreien, auf ihn einprügeln, doch als ihr klar wurde, was er ihr gerade verraten hatte, verließ sie alle Kraft.

Er fuhr sich mit der Zunge über die Lippen und deutete mit dem Kopf auf Amajit. »Wie geht's ihm?«

»Er muss dringend ins Krankenhaus.«

»Tja, das geht aber nicht, es sei denn, die lassen mich, dich und Danny weg.«

»Das machen die nie und nimmer. Du wirst wegen Mordes gesucht. Du kommst nirgendwo mehr hin, außer in den Knast.«

»Dann bleibt er eben auch hier. Und wenn die nicht wollen, dass er abkratzt, sollten sie mich lieber laufen lassen. Wenn er stirbt, sind sie dran schuld, nicht ich.« Barry ging zu Amajit und blickte auf ihn hinab. »Nicht mal die Polizei schert sich um dich, Paki. Sonst würden sie mich laufen lassen.«

Amajit verdrehte die Augen und stöhnte.

Barry drehte sich wieder zu Karen um. »Schau ihn dir an. Jetzt macht er nicht mehr viel her, was? Jetzt kann er nicht mehr mit dir vögeln, was? Jetzt bringt er's nicht mehr, was?«, schrie er. Er trat nach Amajit, der reglos am Boden lag. »Jetzt bringst du's nicht mehr, du verfluchter Scheiß-Paki, was?«

Karen packte Barry am Arm, versuchte ihn von Amajit wegzuziehen. Im Handumdrehen hatte er sich losgerissen, stieß ihr den Ellbogen an die Brust und wischte ihr eine.

Sie flog rücklings auf das Sofa, wollte sich aufrappeln und sah dann den Stuhl auf sich zukommen. Sie riss die Arme hoch und schrie auf. »Na los, Barry«, brüllte sie. »Dann sind's drei.«

Barry zögerte einen kurzen Moment, sodass Karen auf die Armlehne der Couch klettern konnte. Tränen rannen ihr über die Wangen. »Na los, du elender Mistkerl, bring uns alle drei um, wenn du dich traust.«

Plötzlich klingelte das Telefon. Karen griff danach. »Er bringt uns alle um«, schrie sie hinein. »Machen Sie irgendwas.«

»Wir gehen rein. Auf der Stelle.« Handford stürmte zur Tür. »Wir müssen rein«, rief er. »Und ich komme mit.«

Es dauerte nur ein paar Minuten.

Sie rückten durch den Keller vor wie vorher abgesprochen. Der einstige Fluchtweg war nicht zugemauert, sondern lediglich mit einer Mischung aus Zement und Sand verputzt worden, sodass die Kollegen lediglich dagegen treten mussten und schon waren sie im Nachbarhaus. Dort stiegen sie die Treppe zur Küche hinauf. Handford konnte nur darüber staunen, wie leise die Männer vorgingen. Kaum ein Laut war zu hören. Sämtliche Befehle wurden per Handzeichen erteilt und in null Komma nichts hatten sie sich zu beiden Seiten der Wohnzimmertür aufgebaut. Er stand etwas abseits, dort, wo es nicht so gefährlich war.

Er hörte Danny weinen, ansonsten aber keinen Ton. Was hatte Barry ihnen angetan? Ihm graute vor dem Anblick, der sich ihnen womöglich bot.

Auf ein Zeichen des Truppführers hin trat einer der Beamten die Tür ein, die kaum Widerstand bot, worauf die Männer hindurchstürmten, die Waffen im Anschlag, und allen, die sich im Zimmer aufhielten, zuriefen, sie sollten sich auf den Boden legen.

Karen war neben Amajit, der mit blutgetränktem Hemd und wachsbleichem Gesicht an der Couch lehnte und ein ums andere Mal die Augen verdrehte. Auch ihr Sweatshirt war rot von seinem Blut, ebenso ihre Hände, mit denen sie auf den Verband um seine Brust drückte, um die Blutung zu stillen. Tränen strömten ihr übers Gesicht. Handford wäre am liebsten sofort zu ihr gegangen, aber erst mussten die Männer ihre Aufgabe erledigen, daher hielt er sich zurück, weshalb er auch Danny nicht trösten konnte, der jetzt aus vollem Halse schrie. Barry versuchte den Esszimmerstuhl zu ergreifen, der neben der Couch am Boden lag, doch die Männer vom Einsatzkommando waren zu schnell.

Sie richteten ihre Waffen auf ihn. »Gesicht auf den Boden«, brüllte ihn einer an. »Die Arme über den Kopf.«

Als Handford Barrys Miene sah, dachte er zunächst, er wollte sich mit seiner ganzen Kraft auf sie stürzen und sich gewaltsam einen Fluchtweg bahnen, doch die Männer wichen keinen

Schritt zurück. Knurrend und fluchend kniete er sich hin und ließ sich dann vornüberfallen.

Einer der Beamten trat Barrys Beine weiter auseinander, während ein anderer ihm die Arme auf den Rücken bog und ihm Handschellen anlegte. Barry schrie auf und kreischte, dass sie ihm wehtäten. Die Polizisten achteten nicht darauf. Sie zerrten ihn hoch und schubsten ihn zu Handford.

»Ich glaube, der gehört Ihnen, Sir«, sagte der Sergeant.

Handford packte ihn am Jackenkragen und stieß ihn aus der Tür. Ohne seinen Griff zu lockern, winkte er die Sanitäter ins Wohnzimmer. Ali war bei ihnen.

»Nehmen Sie ihn fest und bringen Sie ihn in den Bus«, befahl Handford seinem Sergeant.

Barry schrie nach seiner Schwester. »Karen. Lass mich nicht allein. Bring Danny.«

Karen beachtete ihn nicht. Sie stand draußen vor dem Haus, hatte Danny auf dem Arm und eine Decke aus dem Krankenwagen um die Schultern geschlungen, die sie vor der eisigen Kälte schützte. Handford ging zu ihr.

»Ist alles in Ordnung?«, fragte er leise.

Sie nickte.

»Er hat es getan, nicht wahr?«, flüsterte sie mit heiserer Stimme.

Handford wusste genau, was sie meinte, aber er wollte den Augenblick, da er ihre schlimmsten Befürchtungen bestätigen musste, noch etwas hinausschieben.

»Wer soll was getan haben, Karen?«

»Barry. Er hat Rukhsana umgebracht, nicht wahr?«

Handford legte den Arm um sie und den Jungen. »Ja, tut mir Leid, aber ich fürchte, er war es.«

»Ich habe gehört, was Sie am Telefon gesagt haben. Man konnte ziemlich viel mithören. Er wollte auch Amajit sterben lassen. Und er hatte es auf mich und Danny abgesehen. Er hätte uns alle drei umbringen können.« Sie schwieg einen Moment. »Er war völlig verängstigt, müssen Sie wissen.«

Handford gab ihr keine Antwort. Sie tat ihm furchtbar Leid, zumal er nichts tun konnte, um ihren Schmerz zu lindern. Der legte sich allenfalls im Lauf der Zeit.

»Kommen Sie«, sagte er behutsam. »Wir bringen Sie und Danny ins Krankenhaus.« Er winkte eine Polizistin zu sich, die sie in ihre Obhut nahm.

Karen drehte sich um. »Kann ich auf Amajit warten?«, fragte sie.

»Die sind bestimmt noch eine Weile mit ihm beschäftigt, Karen. Lassen Sie es lieber gut sein, bis er im Krankenhaus ist. Dort dürfen Sie ihn sicher sehen.«

Gehorsam ließ sich Karen zu dem bereitstehenden Krankenwagen führen. »Ich fahre mit, Sir«, sagte die Polizistin. »Machen Sie sich keine Sorgen um sie.«

Es dauerte gut zwanzig Minuten, bis Amajit auf einer Bahre herausgebracht wurde.

Handford lief nebenher. »Wird er es schaffen?«, fragte er einen der Sanitäter.

Der Mann zuckte die Achseln. »Tot ist er noch nicht. Sie können ja beten, während wir ihn ins Krankenhaus bringen.«

Handford hielt die Tür des Krankenwagens auf. »Fahren Sie mit«, sagte er zu einem Constable.

Der Krankenwagen raste mit Blaulicht und Sirene davon.

Der Einsatzleiter war damit beschäftigt, seine Leute einzuweisen. Er musste die Spurensicherung hinzuziehen, denn Amajit Mahmoods Haus war jetzt ebenfalls ein Tatort. In ein, zwei Stunden durften dann die Nachbarn wieder in ihre Häuser zurückkehren und bald würde alles wieder seinen gewohnten Gang gehen.

»Das haben Sie hervorragend gemacht, Sir«, sagte Ali.

»Meinen Sie?« Handford war nicht davon überzeugt.

»Ja, bestimmt. Sie haben sie rausgeholt.«

»Aber vermutlich nicht rechtzeitig genug, um Amajit Mahmood zu retten. Ich würde das nicht unbedingt als hervorragend bezeichnen.«

Ali legte Handford die Hand auf den Arm. »Sie haben weder mit dem Messer zugestochen noch einem Verletzten die Hilfe verweigert. Das war Penistone. Wenn jemand Mahmood auf dem Gewissen haben sollte, dann ist er es.«

Handford blickte den Sergeant an, der mit so viel Mitgefühl

zu ihm sprach, und fragte sich, weshalb er jemals an ihm hatte zweifeln können.

»Gehen wir aufs Revier zurück«, sagte er. »Hier können wir nichts mehr tun und außerdem müssen wir uns um Penistone kümmern. Wenn wir seinen Anwalt aus den Federn kriegen, können wir ihn gleich vernehmen. Falls Ihnen danach zumute ist. Außerdem sollte ich vielleicht zum Chef gehen und ein bisschen zu Kreuze kriechen.«

Sie gingen zum Auto.

»Das müssen Sie nicht.«

»Oh, ich mach's aber trotzdem. Ich sollte nicht hierher kommen, oder haben Sie das vergessen.«

Ali bückte sich und schloss die Autotür auf. »Nein, ich habe es nicht vergessen. Aber während Sie bei Karen Penistone waren, hat Russell mich angerufen. Er sagte, er ginge jetzt nach Hause und erwarte Sie morgen zu einer abschließenden Lagebesprechung. Gut gemacht, sagte er.«

»Was hat er gesagt?«

»Er sagte, gut gemacht. Offenbar hat ihm der Inspector vom Dienst alles berichtet. Russell weiß vermutlich, dass er Sie von Anfang an hätte hinschicken sollen. Immerhin war es Ihr Fall. Aber da ›Verzeihung‹ in seinem Wortschatz so gut wie nicht vorkommt, ist ›gut gemacht‹ schon fast so was wie eine Entschuldigung. Freuen Sie sich darüber und denken Sie nicht mehr an ihn. Ich weiß zwar, dass es von meiner Seite etwas ungewöhnlich klingt, aber wie wär's, wenn wir beim nächsten Pub einkehren? Sie könnten vermutlich einen starken Drink gebrauchen und ich kann mir ja jederzeit einen Orangensaft genehmigen.«

Handford warf ihm einen skeptischen Blick zu. Eigentlich mussten sie zurück.

Ali grinste ihn an. »Ich bezahle«, sagte er.

»Oh, nun denn, wenn das so ist. Worauf warten wir dann noch?«

Vierundzwanzigstes Kapitel

John Handford stand am Fußende des Bettes und betrachtete schweigend die Mutter und das Baby. Sie war so mit dem Kind beschäftigt, dass sie ihn noch gar nicht bemerkt hatte. Er fragte sich nicht zum ersten Mal, seit er den Blumenladen verlassen hatte, ob es eine gute Idee war, überhaupt hierher zu kommen. Es war lange her, seit er auf der Entbindungsstation gewesen war, und er kam sich etwas fehl am Platz vor. Obwohl er die Blumen auch hätte zustellen lassen können, hatte er es für nötig gehalten, hierher zu kommen, denn alles Weitere musste er persönlich überbringen.

Seit fünf Tagen musste sich Barry Penistone vor Gericht verantworten und gestern, am vierten Tag des Prozesses, nur wenige Tage nach der Geburt ihres Kindes, war Karen als Zeugin der Anklage aufgerufen worden. Er hatte sie im Wartebereich gesehen, wo sie erst saß, dann auf und ab ging, sichtlich nervös war, und hätte gern mit ihr geredet, sie beruhigt, doch das hätte man ihm als Beeinflussung einer Zeugin auslegen können. Schließlich hatte sich ein freiwilliger Helfer ihrer erbarmt und sie in einen abgeschiedenen Raum gebracht. Und hinterher hatte er sie nicht mehr gesehen, weil man sie offenbar sofort wieder ins Krankenhaus geschafft hatte.

Jetzt, da sie die Quälerei hinter sich hatte, hatte sie nur noch Augen für ihr Kind und nahm allem Anschein nach weder ihn noch ihre Umgebung wahr. Er warf einen Blick auf die anderen Betten. Im Gegensatz zu ihrem waren sie in ein Meer von Farben getaucht – die Nachtkästchen standen voller Glückwunschkarten und Blumen für Mutter und Kind, und manche waren sogar rund um den Kopfteil des Bettes aufgereiht. Karens hingegen war schmucklos. Keine Farben, keine Blumen, keinerlei Karten, die den Wasserkrug und das Glas verbargen.

Betreten, wie er war, wollte er sich gerade auf Zehenspitzen davonschleichen und die Blumen der Schwester geben, als Karen den Kopf hob und ihn sah. Ihre Augen strahlten auf, erst erstaunt, dann vor Freude, bis sie schließlich bedrückt wirkten. Er wunderte sich nicht weiter, dass das Misstrauen die Oberhand behielt.

»Ich hoffe, Sie haben nichts dagegen, dass ich einfach hier hereingeschneit komme«, sagte er rasch, um ihre Besorgnis zu zerstreuen. »Die habe ich Ihnen mitgebracht. Von sämtlichen Detectives im Team.« Er legte die Blumen aufs Bett. »Wir wussten nicht, dass Sie das Kind bereits bekommen haben, sonst hätten wir sie Ihnen früher zukommen lassen«, fügte er überflüssigerweise hinzu. Er war sich darüber im Klaren, dass er dummes Zeug redete. »Oh, und da sind noch ein paar kleine Geschenke …« Er zog die beiden in buntes Papier gewickelten Päckchen unter dem Arm hervor und legte sie zu den Blumen. »Für die Kleine und für Danny.«

Sie stand auf, legte das Kind in sein Bettchen und deckte es zu.

»Sergeant Ali ist nicht dabei?«, sagte sie.

»Der ist wieder in Broughton.« Handford beugte sich zu ihr. »Das bleibt unter uns«, sagte er verschwörerisch. »Aber meiner Meinung nach hat er auch nicht unbedingt das Zeug dazu, junge Mütter zu besuchen, die gerade ein Kind gekriegt haben, oder?«

Sie lachte. »Vermutlich nicht.«

»Aber er wird Ende des Monats in die Zentrale versetzt. Einer meiner Sergeants ist zum Inspector befördert worden und Ali tritt seine Stelle an. Er wird sich bestimmt freuen, wenn er Sie wiedersieht. Schauen Sie mal vorbei, wenn Sie zufällig in der Gegend sind.«

»Mal sehen«, sagte sie, wandte sich von dem Kinderbett ab und nahm die Blumen. Sie hielt sie vor ihr Gesicht, genoss sowohl die Farben als auch den Duft. »Die sind ja zauberhaft«, sagte sie. »So schöne Blumen hab ich noch nie bekommen – ordentlich gebunden und in Cellophan verpackt, sogar mit 'ner Karte.« Ihre Augen funkelten auf. »Dass ich die von den Bullen gekriegt habe, glaubt mir kein Mensch. Vielen Dank, Mr Handford.«

Er lächelte. »Es war uns ein Vergnügen«, sagte er, ging auf Zehenspitzen zu dem Kinderbettchen und beugte sich über das schlafende Baby. Er betrachtete es einen Moment lang und hob dann den Kopf. »Sie ist reizend«, flüsterte er.

Karen strahlte. »Ja, das ist sie, nicht wahr?«

Die Kleine hatte helle Haut, doch die dunklen Haare und die fein geschnittenen Züge verrieten eindeutig, wessen Tochter sie war. Sie war das Ebenbild ihres Vaters. Handford fragte sich, ob ihm Rukhsanas Baby ebenfalls derart ähnlich gesehen hätte – denn es war sein Kind gewesen. Er hatte wieder Amajit vor Augen, so wie er ihn gekannt hatte, untröstlich, von Gram gebeugt, darauf angewiesen, dass ihm ein junges Mädchen wieder Kraft gab.

»Ich bin froh, dass Sie hergekommen sind«, sagte Karen. »Ich wollte Sie sehen, aber man hat mir gesagt, das ginge nicht, bevor ich ausgesagt habe. Ich wollte Ihnen für alles danken, was Sie für Amajit getan haben. Wenn Sie nicht gewesen wären, wäre er gestorben.«

Handford blickte weiterhin auf das Kind. »Ich glaube, das hat er eher Ihnen zu verdanken, nicht mir. Sie waren bei ihm, Sie haben genau das Richtige getan und ihn am Leben gehalten. Ich habe lediglich mit Barry geredet und ihn beruhigt, damit er zur Vernunft kommt und aufgibt.« Er warf ihr einen kurzen Blick zu. »Ehrlich gesagt«, fügte er hinzu, »hatte ich nicht die geringste Ahnung, was ich da mache. Mit einem Geiselnehmer zu verhandeln ist schwerer, als man meint.«

»Das glaube ich Ihnen nicht, Mr Handford. Amajit war dem Tod nah. Noch ein paar Minuten, dann wäre er gestorben, wenn ihm niemand geholfen hätte. Und diese paar Minuten hat er Ihnen zu verdanken.«

Handford strich dem Baby mit dem Zeigefinger über die Wange. Die Kleine rührte sich, streckte die Arme über den Kopf, spreizte die kleinen Finger, rollte sie wieder ein und schlief weiter. Er blickte zu der jungen Mutter auf. Sie wirkte bedrückt.

Er lächelte sie an. »Wie geht's Ihnen, nachdem Sie die Sache gestern hinter sich gebracht haben?«

»Müde bin ich«, sagte sie kurz angebunden. »Ich bin froh, dass mir der Doktor geraten hat, noch einen Tag hier zu bleiben.«

»Ja, es ist bestimmt nicht leicht, wenn man so kurz nach der Entbindung vor Gericht aussagen muss.«

Sie legte die Blumen wieder aufs Bett. »Es war furchtbar, wenn Sie's genau wissen wollen. Ich hatte Rückenschmerzen und die Naht hat wehgetan, und der Mann, der Barry verteidigt, ist ein elender Schleimer, der mich ständig angelächelt und dabei so getan hat, als wär alles bloß meine Schuld.«

»Ich kann es mir vorstellen, aber das dürfen Sie nicht persönlich nehmen. Er tut nur seine Pflicht.«

»Indem er mich so hinstellt, als wär ich die letzte Schlampe, die mit jedem ins Bett steigt, der ihr über den Weg läuft? Indem er mir unterstellt, dass ich lüge, dass ich Barry verführt hätte, dass ich ihn in der Nacht, in der er mich vergewaltigt hat, dazu verleitet hätte und dass ich nur gegen ihn aussagen würde, weil ich es ihm heimzahlen will.«

»Ich weiß«, sagte Handford leise. Er wünschte, er könnte sie trösten, sie ihn die Arme nehmen, wie er es getan hätte, wenn sie seine Tochter wäre. Stattdessen setzte er sich auf den Stuhl, der neben dem Bett stand. »Ehrlich, er hat nur das getan, wofür er bezahlt wird. Auch mir hat er schwer zugesetzt.«

»Ja, na gut.« Sie lächelte, als wäre ihr ganzer Unmut mit einem Mal verflogen. »Aber Sie haben auch nicht kurz zuvor ein Kind gekriegt.«

Er lächelte ebenfalls. »Stimmt«, sagte er.

Sie nahm das größere der beiden Päckchen und riss es auf. Er betrachtete ihre Finger, als sie die Klebestreifen löste und das Jäckchen und den Strampelanzug auseinander faltete. »Oh, das ist ja zauberhaft«, rief sie. »Das passt ganz genau, wenn es wieder kälter wird. Richten Sie allen meinen Dank aus, ja?« Ihre Augen schimmerten, als sie ihn anschaute. »Danny darf seins selber auspacken, wenn Sie nichts dagegen haben.«

»Nein, das ist eine gute Idee.«

Sie ging mit ihm auf Blickkontakt. »Wie geht's ihm?«

Handford wusste, dass sie damit Amajit meinte.

»Nicht schlecht. Ich nehme an, die saudische Sonne bekommt ihm gut. Er ist jetzt seit sieben Monaten dort.«

»Das hab ich nicht gewusst.« Sie stockte einen Moment. »Ich habe ihn nicht mehr gesehen, seit wir mit dem Krankenwagen weggebracht worden sind. Sein Cousin hat gesagt, ich darf nicht mal in seine Nähe kommen. Wenn Sie und Sergeant Ali mir nicht Bescheid gesagt hätten, hätte ich nicht mal gewusst, dass er durchkommt.«

»Offenbar war seine Familie bereit, ihn wieder gnädig bei sich aufzunehmen, vorausgesetzt, er bekennt sich wieder zum Islam. Deshalb hat er zwei Monate nach seiner Genesung eine Pilgerfahrt nach Mekka unternommen, hat dann dort Arbeit gefunden und ist in Saudi-Arabien geblieben.«

»Faysal hätte wenigstens zulassen können, dass wir uns noch einmal sehen, bevor er abreist.«

»Ich glaube, Faysal dachte, Sie würden ihn umstimmen, vor allem, wenn er erfährt, dass Sie ein Kind bekommen. Faysal will alle aus dem Weg haben, und zwar am besten dort, wo er sie im Auge behalten kann, sei es im Gefängnis oder in Saudi-Arabien.«

Faysal Hussain hatte sich allerhand Fragen gefallen lassen müssen. Aber wenn man einmal von Peter Redmaynes bissiger Reportage in der Lokalzeitung absah, in der er über den immer weiter um sich greifenden Missbrauch von Anabolika berichtet und Hussains tragende Rolle als Großhändler enthüllt hatte, war er glimpflich davongekommen. Er hatte zugegeben, dass er mit einer zwar verschreibungspflichtigen, aber nicht unter das Betäubungsmittelgesetz fallenden Droge gehandelt hatte, doch da er zum ersten Mal straffällig geworden war, war er um eine Freiheitsstrafe herumgekommen und lediglich zu einer Geldbuße von fünfhundert Pfund und der Übernahme der Verfahrenskosten verurteilt worden.

Er hatte geleugnet, dass er etwas mit dem Brandanschlag auf Karens Haus zu tun hatte. Er gab zwar zu, dass er Kamal und

Jahangier das Auto gegeben hatte, behauptete aber, es wäre ein Geschenk gewesen. Die Geschworenen hatten ihm geglaubt. Kamal und Jahangier allerdings waren zu einer Freiheitsstrafe verurteilt worden und hatten Faysal bittere Rache geschworen, als man sie förmlich aus dem Gerichtssaal hatte schleifen müssen.

Plötzlich nahm Karen die Hand von dem Geschenkpapier und schaute ihn an.

»Was ist los?«, fragte er.

Sie zögerte einen Moment, als wollte sie eine Frage stellen, fürchtete sich aber vor der Antwort. »Barry wird schuldig gesprochen, nicht wahr?«

»Das will ich doch meinen«, sagte Handford, drückte aber insgeheim sämtliche Daumen. »Im Zweifelsfalle für den Angeklagten«, das war der Rechtsgrundsatz, der wie ein Damoklesschwert über jedem Strafprozess hing. »Sämtliche Spuren deuten darauf hin, dass er am Tatort war, als Rukhsana ermordet wurde. Und niemand wird widerlegen können, dass er Amajit tätlich angegriffen oder dass er Sie beide als Geiseln genommen hat. Warum? Machen Sie sich seinetwegen Sorgen?«

»Nein, eigentlich nicht. Ich habe mich bloß gefragt, in welches Gefängnis er kommt, wenn er verurteilt wird.«

»Schwer zu sagen. Warum?«

Karen musterte ihre Finger. »Meinen Sie, er wird vielleicht irgendwo in der Nähe eingesperrt, damit man ihn besuchen kann?«

Handford konnte seine Verwunderung kaum verhehlen. »Nach all dem, was vorgefallen ist, wollen Sie ihn doch sicherlich nicht besuchen. Das hätte ich zuallerletzt erwartet.«

Sie zuckte die Achseln. »Er ist mein Bruder, Mr Handford, und er ist Dannys Vater. Ich glaube nicht, dass wir ihn einfach im Stich lassen dürfen. Und außerdem will ihn meine Mutter bestimmt besuchen.« Sie verzog das Gesicht. »Er ist ihr Ein und Alles, schon seit jeher. Ich weiß nicht, wie sie ohne ihn zurechtkommt.«

»Dann wollen Sie also nicht bei ihr wohnen? Sie müssen jetzt zwei Kinder versorgen.«

Karen verzog das Gesicht. »Würden Sie bei Ihrer Mutter wohnen wollen?«

Er lachte. »Nicht dran zu denken.«

»Nein, und bei mir auch nicht. Ich bin jederzeit für sie da, aber das ist auch alles. Es wird ihr zwar nicht passen, aber nachdem Barry weg ist, hat sie nur noch mich, und irgendwie muss sie damit klarkommen.«

»Dafür werden Sie schon sorgen, Sie und ihre beiden Enkelkinder.«

Karen schaute ihn mit großen Augen an. »Mit Amajits Tochter und Barrys Sohn? Das glaube ich nicht.«

»Ach, ich weiß nicht«, sagte Handford. »Kleine Kinder bringen es irgendwie immer wieder fertig, dass sich die Leute zusammenraufen.« Er stand auf und ging wieder zu dem Bettchen. Das Baby schlief friedlich. »Haben Sie schon einen Namen für sie ausgesucht?«

»Nein. Ursprünglich wollte ich sie Rukhsana nennen, aber das wäre Danny gegenüber unfair, weil ich den beiden irgendwann mal erklären muss, was passiert ist, bevor es ihnen jemand anders erzählt. Und wenn seine Schwester nach der Frau heißt, die sein Vater umgebracht hat, kommt er nie drüber weg, nicht wahr?«

Handford fiel dazu keine Antwort ein. Der verfilzte Frottébademantel schlackerte um ihre Schultern und klaffte über dem Bauch auf, der sich noch immer unter dem T-Shirt wölbte. Mit der einen Hand strich sie über die Blumen, mit der anderen zupfte sie an dem Geschenkpapier herum. Wie alt war sie? Achtzehn? Neunzehn? In diesem Alter hatte er noch seine Jugend genossen. Möglicherweise hatte er mehr Glück gehabt als sie, aber er fragte sich, ob er auch so viel Kraft hatte. Vermutlich nicht, trotz allem, was er erlebt hatte. Er konnte nur hoffen, dass er seinen Töchtern das entsprechende Rüstzeug mitgegeben hatte, damit sie sich besser anstellten als er. Wenn er nur daran dachte, wie ängstlich und misstrauisch er während der ganzen Ermittlungen gewesen war, was er Ali alles unterstellt hatte, musste er zugeben, dass Karen vermutlich eine bessere Figur abgegeben hatte.

»Warum lassen Sie sich nicht von Amajit bei der Namenswahl helfen? Er ist hier, er muss vor Gericht aussagen.«

Die Tränen stiegen ihr in die Augen, als sie ihn anschaute. »Weil Faysal nie und nimmer zulassen wird, dass er mich aufsucht. Ich bin die Weiße, mit der sein Cousin gevögelt hat. Aber er hat mir klar und deutlich gesagt, dass ich nicht die Mutter von Amajits Kind bin und es auch nie sein werde.«

»Möchten Sie Amajit sehen?«

»Ich möchte, dass er seine Tochter sieht, ich möchte, dass er sie wenigstens kennen lernen darf.«

»Aber wollen Sie auch ihn sehen?«

»Ja«, flüsterte sie. »Ja, ich möchte ihn sehen«

»Möchten Sie, dass ich mich darum kümmere?«

»Tun Sie mir das nicht an, Mr Handford. Faysal lässt das niemals zu. Der bringt mich eher um.«

»Faysal Hussain wird Sie nicht behelligen. Dafür sorge ich schon.«

»Na ja, wenn Sie das hinkriegen könnten. Aber ich werde morgen entlassen. Es muss also bald passieren.«

»Wie wär's mit jetzt gleich?«

Sie strahlte auf. »Heißt das, dass er hier ist?«

Handford lächelte. »Im Wartezimmer. Soll ich ihn holen?«

Sie nickte mit tränennassen Augen.

Handford ging hinaus auf den Gang.

Eine Schwester ging an ihm vorbei. Er fasste sie am Arm.

»Miss Penistone ist jetzt bereit, ihren Besucher zu empfangen«, sagte er. »Würden Sie ihn bitte vorbeischicken?«

Danksagung

Mein aufrichtiger Dank gilt Detective Chief Inspector Tony Hennigan für seine Einführungen in die Polizeiarbeit und seine anschauliche Darlegung der Vernehmungstechnik, Inspector Martin Baines, Community Race Relations Officer der West Yorkshire Police, und Station Commander John Vavies vom West Yorkshire Fire Service.

Bedanken möchte ich mich auch bei Dr. Gerald Partridge von der Holycroft Surgery in Keighley und Anne Hill R.G.N., Dip. Ed. für ihren fachkundigen Rat in allen medizinischen Fragen. Des Weiteren möchte ich mich bei den Sechstklässlern des Carton Bolling College in Bradford bedanken, die offen und aufrichtig über die Schwierigkeiten sprachen, denen sie als junge, in England aufgewachsene Moslems in einer westlichen Gesellschaft begegnen.

Mein besonderer Dank gilt David Glover und Maureen O'Hara, die das Manuskript gelesen und stundenlang mit mir darüber diskutiert haben, sowie den Mitgliedern des Airedale Writers' Circle, die mich die ganze Zeit über unterstützten.

Schließlich möchte ich mich bei meiner Agentin Teresa Chris bedanken, ohne die all dies nie zustande gekommen wäre, des Weiteren bei Kirsty Fowkes, meiner mehr als geduldigen Lektorin, und bei Jane Heller, die meine vielen Fehler korrigiert hat.

Eine Heldin, die man nicht vergisst

Der Stromausfall in einem kalifornischen Kühlhaus bringt es an den Tag: Eine eingefrorene Leiche taut auf und Muffin, die reizendste alte Dame der Welt, behauptet sie dort vor Jahren verstaut zu haben ... Privatdetektivin Blue und ihr Dobermann Brontë nehmen erst mal einen kühlen Drink am Pool ihres Motels mitten in der Wüste, bevor sie sich an die Ermittlungsarbeit machen. Denn sie ahnen schon, dass es bei dem Fall schneller heiß hergehen könnte, als ihnen lieb ist ...

Abigail Padgett
Kalt ist der Tod
Roman
Deutsche Erstausgabe

ULLSTEIN TASCHENBUCH

UB47